ullstein

Das Buch

Mai 1945: In den letzten Kriegstagen legt von einem deutschen Stützpunkt im Atlantik ein U-Boot mit unbekanntem Ziel ab. Der Auftrag von Kapitänleutnant Werner Hornung ist streng geheim …

München, 2007: Alexandra Lessing ist Dozentin für Neuere Geschichte an der Universität in München. Leider will niemand ihre Theorien über Geheimabkommen der Achsenmächte im Zweiten Weltkrieg hören. Da bekommt sie ein anonymes Päckchen: Es enthält das in Leder gebundene Logbuch eines deutschen U-Boots vom Typ XXI. Gebannt beginnt sie zu lesen.

New York, 2007: Detective Winston B. Seymour vom Homicide Squad Manhattan steht kurz vor der Pensionierung. In seiner vorletzten Arbeitswoche bekommt er noch einmal einen brisanten Fall auf den Tisch – ein Buchhändler an der Upper East Side ist offenbar einem Ritualmord zum Opfer gefallen.

Als sich Winstons und Alexandras Wege kreuzen, wird ihnen klar, dass das Logbuch ein tödliches Geheimnis enthalten muss. Denn eine unbekannte Macht geht über Leichen, um es in ihren Besitz zu bringen …

Der Autor

Marc Van Allen ist ein Synonym für packende Unterhaltung – ein routinierter Geschichtenerzähler, der in seinen Romanen Realität und Fiktion zu ebenso spannenden wie beunruhigenden Szenarien verschmilzt. Als ehemaliger Militärangehöriger hat er Einblicke in die Apparaturen der Macht genommen, seine fesselnden Romane sind doppelbödige Metaphern auf eine undurchschaubar gewordene Welt. Van Allen gibt Deutschland und die USA als seine Heimat an, unternimmt jedoch ständig ausgedehnte Reisen, die ihn rund um den Erdball führen.

Von Marc Van Allen ist in unserem Hause bereits erschienen:

Venatum

Marc Van Allen

INVISIBILIS

Thriller

Ullstein

Besuchen Sie uns im Internet:
www.ullstein-taschenbuch.de

Umwelthinweis:
Dieses Buch wurde auf chlor- und säurefreiem Papier gedruckt.

Sonderausgabe im Ullstein Taschenbuch
Juni 2008

Umschlaggestaltung: HildenDesign, München
Titelabbildung: © Emin Kuliyev/shutterstock
Satz: Pinkuin Satz und Datentechnik, Berlin
Gesetzt aus der Optima
Druck und Bindearbeiten: CPI – Ebner & Spiegel, Ulm
Printed in Germany
ISBN 978-3-548-26935-1

»Die Eigenschaft der Unsichtbarkeit ist nur für zwei Dinge gut: Um unbemerkt zu fliehen oder sich unbemerkt zu nähern. Also eignet sie sich hervorragend, um zu töten ...«

H. G. Wells, *Der Unsichtbare*

»Nehmen wir einmal an, es gäbe zwei von diesen Ringen, die unsichtbar machen – einen, der von einer moralisch guten Person, und einen anderen, der von einer unmoralischen Person getragen wird. Dann wären beide Personen unsichtbar und niemand könnte die moralisch gute Person von der moralisch schlechten Person unterscheiden ...«

Plato, *Über den Staat*, 2. Buch

Teil I
REVELATIO

PROLOG

Nordseeküste, Deutschland
16. April 1945

Ein fleckiger bleicher Mond hing am Himmel und verbreitete hellen Schein.

Er ließ die See silbern glitzern und bestrich das Land mit verräterischem fahlem Licht, in dem die länglichen U-Boot-Bunker deutlich zu erkennen waren.

Der Vorschrift gemäß waren alle Beleuchtungen gelöscht worden; niemand war erpicht darauf, dass man ihm britische oder amerikanische Bomben auf den Kopf warf. In den letzten Monaten waren andere Bunkeranlagen entlang der Küste verstärkt unter Beschuss genommen worden, und es war durchaus möglich, dass sich der Feind auch diesen Küstenabschnitt vornehmen würde. Zwar wurde Basis 27 von der Reichsabwehr nach wie vor als sicher eingestuft, jedoch war dennoch äußerste Vorsicht geboten in Anbetracht der Lage.

Aus der Ferne war ein dumpfes Brummen zu hören, das sich anhörte wie ein Hummelschwarm an einem lauen Sommerabend. Aber es waren keine Insekten, die dieses Geräusch verursachten, sondern amerikanische B17-Bomber. Das unheimliche Grollen ihrer Motoren wurde von Donner begleitet, der ihnen wie ein Echo folgte.

Bombeneinschläge …

Kapitänleutnant Werner Hornung rauchte eine Zigarette. Mit freudlosem Grinsen dachte er daran, dass er mit jedem Zug gegen das Verdunklungsgebot verstieß. Vor nicht allzu langer Zeit hatte es noch übereifrige Fähnriche gegeben, die eine solch dreiste Zuwiderhandlung sofort gemeldet hätten – *Hundertfuffziger* wurden sie bei den Mannschaften genannt, weil sie jede Vorschrift ohne Wenn und Aber befolgten und niemals Zweifel an deren Sinn aufkommen ließen. Inzwischen waren Hundertfuffziger jedoch selten geworden. Entweder lagen sie bleich und tot in einem stählernen Sarg, der mit ihnen auf den Grund des Atlantik gesunken war, oder aber sie hatten eingesehen, dass es in diesem Krieg nur noch eins zu gewinnen gab, und das auch nur, wenn man Glück hatte: das nackte Leben.

Es war sehr wahrscheinlich, dass Werner Hornung nicht zu jenen Glücklichen gehörte, denen es vergönnt war, in die Heimat zurückzukehren und Eltern und Geschwister, Frau und Kinder wiederzusehen. Denn nachdem er unzählige Feindfahrten überstanden hatte, nachdem er Geleitzüge angegriffen, Frachtschiffe versenkt und Unmengen Tonnage auf den Grund der See geschickt hatte, war er zu einer letzten Mission ausgewählt worden. Einer letzten Mission in einem Krieg, der längst verloren war …

Hornung gab sich selbst die Schuld dafür.

Er hatte zu jenen gehört, die voller Begeisterung in diesen Krieg gezogen waren, in der tiefen Überzeugung, auf der richtigen Seite zu stehen und für eine gerechte Sache zu kämpfen. Doch was immer das für eine Sache gewesen sein mochte – sie war verloren gegangen. Irgendwo in den kalten Tiefen der See, im Donner der Wasserbomben und in den ausgemergelten, von Angst gezeichneten Gesichtern der jungen Kerle, die man ihm als Mannschaft anvertraut hatte.

Anfangs hatte Hornung noch aus Überzeugung gehandelt – später war es ihm nur noch ums bloße Überleben gegangen. Wohlbehalten von der Feindfahrt zurückzukehren und das U-Boot sicher in den Bunker zu steuern war das oberste Ziel, das er verfolgte. Dass man ausgerechnet ihn mit dem Kommando über das neue Boot betraut und zu dieser Geheimmission ausgewählt hatte, war ihm unverständlich. Hornung hatte sich weit von dem entfernt, was er einst hatte sein wollen, als er als junger Kadett zur See gefahren war. Undenklich lange schien das zurückzuliegen, sodass er sich kaum noch an diese Zeit erinnerte. Die Welt hatte sich verändert, schien Kopfzustehen in diesen Tagen, aus den Angeln gehoben von menschlicher Zerstörungswut …

»Boot klar zum Auslaufen, Herr Kaleu!«

Hornung wandte sich um. Vor ihm stand Hans Baumgartner, ein rothaariger Hüne mit bleicher Haut, der als neuer Leitender Ingenieur zu Hornungs Mannschaft gestoßen war, nachdem es seinen alten LI vergangene Woche erwischt hatte. Ein feindlicher Jagdflieger hatte ihm, der so viele Feindfahrten überlebt hatte, auf dem trockenen Land den Tod gebracht – Ironie des Schicksals. Baumgartner schien ein vollwertiger Ersatz für Lechner zu sein, zumal er sich mit der neuen XXI-Serie bestens auskannte.

»Verstanden.« Hornung erwiderte den militärischen Gruß seines Untergebenen. Er folgte Baumgartner zurück in den Bunker, wo sich am Kai die schlanken grauen Formen des U-Boots abzeichneten – eben keines der überkommenen VII-Boote, sondern ein nagelneues Unterseeboot vom Typ XXI.

Unvorsicht ihrer Kapitäne, Ignoranz der Admiralität, technische Überlegenheit der Alliierten – all das hatte dazu geführt, dass die zu Beginn des Krieges viel gepriesene U-Boot-Waffe zu einem Schatten ihrer selbst geworden war. Das neu konstruierte XXI sollte dies wieder ändern – nur ein weiterer Hirnfurz aus dem Hintern der Reichspropaganda. So sah es Hornung, und trotzdem ertappte er sich dabei, dass er Stolz empfand, während er das mehr als 76 Meter lange Unterseeboot abschritt. Der schmale, schräg aufragende Bug, der die See wie eine Schwertklinge teilte, der sich zur Mitte hin verbreiternde Druckkörper, die beiden Flak-Türme und der trutzige längliche Aufbau – all dies sprach Hornungs Sinn für Ästhetik an und gefiel ihm auf eine verquere Art und Weise.

Zudem war das XXI ein Wunderwerk moderner Technik: Mit seinen starken Elektromotoren machte das Boot in getauchtem Zustand 16 Knoten Fahrt, eine verbesserte Rückgewinnung ermöglichte es, während des gesamten Einsatzes unter Wasser zu bleiben. Empfindliche Horch- und Entfernungsmessgeräte machten den Blick durch das Sehrohr überflüssig.

Ein herkömmliches Unterseeboot hätte keine Chance mehr gehabt, die Blockade des Feindes zu durchbrechen. Flugzeuge und U-Boot-Jäger patrouillierten entlang der Küsten. Ein Boot, das gezwungen war, in regelmäßigen Abständen aufzutauchen, war für sie eine leichte Beute. Ein XXI jedoch, das über lange, sehr lange Zeiträume unter Wasser bleiben konnte, hatte durchaus eine Chance, denn hier erwies sich das Radar des Feindes als wirkungslos, und die berüchtigten Ultraschall-Suchgeräte waren zu ungenau, als dass die Position eines getauchten Bootes exakt hätte bestimmt werden können.

U-300 nannte man das neue Boot, nach den dreihundert Kämpfern, mit denen Leonidas, König der Spartiaten, im Jahr 480 v. Chr. den Pass an den Thermopylen gegen die persische Übermacht behauptet hatte. Immer noch trugen die hohen Tiere jenen Hang zur Theatralik zur Schau, mit dem sie ein ganzes Volk an den Rand des Untergangs geführt hatten.

In den Augenwinkeln sah Hornung die beiden Männer, die auf der anderen Seite des Kais standen und prüfend zu ihm herüberblickten, die Uniformen so makellos und geleckt wie am ersten Tag des Krieges. Kein Wunder, dachte Hornung. Kerle wie diese hatten in den letzten sechs Jahren keinen Kriegsschauplatz aus der Nähe zu sehen bekommen. Sie waren Schreibtischtäter, die im Sandkasten spielten und kleine Fähnchen mal hierhin, mal dorthin steckten, während brave Jungs wie Hansen, Kreiner und Lukas für sie Leib und Leben riskierten.

Die Kälte, die sie ausstrahlten, war beinahe körperlich zu spüren. Den beiden hohen Offizieren war deutlich anzusehen, dass sie Hornung misstrauten und die Mission am liebsten selbst angetreten hätten – hätten sie nur gewusst, wie man ein XXI-Unterseeboot befehligte, und hätte der letzte Befehl ihres geliebten Führers sie nicht dazu verdammt, die Stellung zu halten bis zum bitteren Ende.

Hornung hasste sie – und dennoch hatte er keine andere Wahl, als den Befehl zu befolgen, den man ihm erteilt hatte.

Einen Geheimauftrag.

Die feindliche Blockade durchbrechen, jene Koordinaten anzusteuern, die man ihm später noch übermitteln würde, Übergabe der Fracht – so lautete in aller Kürze der Befehl, den er erhalten hatte.

Kein Zerstörungsauftrag. Keine Spionagemission.

Nur eine Fracht – allerdings eine, die ziemlich wichtig sein musste.

Der Kapitänleutnant lachte leise in sich hinein. Man brauchte kein Hellseher zu sein, um zu wissen, wie dieser Krieg ausgehen würde. Was immer der schmale Bauch von U-300 auch bergen mochte, es konnte schwerlich ein Schicksal abwenden, das so gründlich heraufbeschworen worden war. Die Niederlage des Deutschen Reiches stand unmittelbar bevor – wozu also noch diese letzte Mission?

Hornung wusste es nicht und er fragte nicht nach den Gründen – er gehorchte, wie schon so viele Male zuvor. War er ein pflichtbewusster Soldat, der seinem Land diente, oder nur ein williger Handlanger, der seine Schafe folgsam zur Schlachtbank führte? Werner Hornung wusste es nicht und dies war seine Tragik – eine Tragik, die er mit vielen teilte. Die Tragik dieses ganzen verdammten Krieges, der den einzelnen Menschen zum winzigen Zahnrad in einem riesigen Mahlwerk der Zerstörung degradierte.

Kapitänleutnant Werner Hornung nahm noch einen letzten Zug, dann trat er die Zigarette sorgfältig aus und ging über die Stelling an Bord. Er hatte das untrügliche Gefühl, seine Heimat niemals wiederzusehen.

1.

Meine Kindheit …

Das Erste, woran ich mich erinnere, ist Licht. Helles Licht, das mich durch die geschlossenen Augenlider blendet.

So ist es immer gewesen.

Man lernt damit zu leben, ebenso wie mit dem strengen aseptischen Geruch, von dem man umgeben ist, und mit der beißenden Kälte, die einen umhüllt und nicht loslässt, bei Tag nicht und nicht bei Nacht.

Ich zittere und friere am ganzen Körper, fühle mich nackt und schutzlos. Ich rufe um Hilfe, zaghaft und mit einer Stimme, die in der Kälte zu gefrieren scheint, aber niemand kommt, um mir eine Decke zu reichen und mich zu wärmen.

Ich weiß nicht, was Trost ist, und doch möchte ich beruhigende Worte hören, die Gegenwart eines anderen spüren, die mir versichert, dass ich existiere. Aber so laut ich auch rufe, ich bleibe allein, obwohl ich die Schreie der anderen hören kann, in unmittelbarer Nähe. Sie haben Angst, genau wie ich, und sie rufen um Hilfe, genau wie ich.

Und ganz allmählich begreife ich, dass ich längst nicht so einsam bin, wie ich dachte …

Dallas, Texas
22. November 1963

Sie kommen die Houston Street entlang.

Eine Kolonne von Limousinen, eskortiert von Polizisten auf Motorrädern mit blinkenden Lichtern. Fahnen überall, das Sternenbanner flattert mit leuchtenden Farben in der Mittagssonne, und über allem liegt der Jubel der Menschen.

Zu beiden Seiten säumen sie die Straße, von der roten Fassade des Lagerhauses bis hinüber zum Eisenbahnviadukt. Begeistert winken sie der offenen Limousine zu, die als zweites Fahrzeug in der Kolonne rollt und auf deren Rückbank jener sitzt, dessentwegen sie alle gekommen sind: Der 35. Präsident der Vereinigten Staaten …

Freundlich winkt er in die Menge, augenscheinlich sehr glücklich über den freundlichen Empfang, der ihm in dieser Stadt bereitet wird. Seine Gattin sitzt neben ihm, in einem rosafarbenen Kleid, das kindlich und unschuldig wirkt. Auch sie lächelt und winkt, ahnt nichts von dem drohenden Verhängnis.

Der Korso des Präsidenten nähert sich der Kreuzung.

Die Wagen verlangsamen ihre Fahrt, biegen in die Elm Street ein. Der Mann, der auf dem Beifahrersitz der offenen Limousine sitzt, wendet sich zu dem Präsidenten um und sagt etwas, das keiner der Schaulustigen hören kann. Sie jubeln weiter – auch dann noch, als der Präsident zusammenzuckt und sich an die Schulter greift.

Die Kinder winken und schwenken ihre Fähnchen, Fotoapparate klicken, eine Schmalfilmkamera surrt. Ihr mechanisches Auge registriert, dass etwas in das Straßenschild einschlägt, das für einen Augenblick vor der Limousine des Präsidenten auftaucht.

Auch der Mann auf dem Vordersitz zuckt plötzlich zusammen. Ein peitschender Laut wird von der Fassade des nahen Lagerhauses zurückgeworfen, aber noch immer begreift niemand, der auf der Dealey Plaza steht, dass gerade Geschichte geschrieben wird.

Mit Blut!

Plötzlich geht alles blitzschnell.

Der Präsident wird zurückgerissen. Sein Kopf scheint zu explodieren. Blut überall. Dann noch ein Schuss. Der Oberkörper des Präsidenten kippt zur Seite und nach vorn, während die First Lady versucht, aus dem Wagen zu springen, hysterisch schreiend, das rosafarbene Kleid blutbesudelt.

Ihre Schreie verhallen nicht ungehört. Wie ein Echo pflanzen sie sich durch die Reihen der Schaulustigen fort. Die Erkenntnis, dass etwas Schreckliches geschehen sein muss, greift innerhalb von Sekunden um sich, und Panik bricht auf der Dealey Plaza aus.

William Greer, der Fahrer der Präsidentenlimousine, reagiert und beschleunigt, steuert das Fahrzeug aus der Todeszone in den Schutz der nahen Unterführung. Die Polizisten der Motorradeskorte beschleunigen ebenfalls. Aufgeregtes Geschrei. Die Beamten des Secret Service verfallen in Laufschritt, während ringsum die Menschen auf dem Platz die Flucht ergreifen.

Nur wenige von ihnen werden später aussagen, einen Schatten bemerkt zu haben, der für einen kurzen Augenblick auf dem Hügel nahe des Eisenbahnviadukts zu sehen war. Was bleibt, ist flüchtige Erinnerung, aus der Geschichte geschrieben wird.

Erinnerungen an eine Frau in einem blutbesudelten rosafarbenen Kleid.

Erinnerungen an drei Schüsse, die über der Dealey Plaza hallten.

Und an einen einsamen Schützen namens Lee Harvey Oswald ...

Viertel SoHo (South of Houston)
Manhattan, New York City
Gegenwart

Er sah sich selbst laufen.

Den Hügel hinab und durch das Gewirr der Menschen, die aufgeregt schreiend durcheinanderrennen. Er blickt in angstverzerrte Gesichter und panisch geweitete Augen, spürt den eigenen pochenden Pulsschlag, hört das Rauschen des Blutes in seinen Ohren. Das Peitschen der Schüsse hallt noch in seinem Kopf, und er erinnert sich, dass ihn etwas nur um Haaresbreite verfehlte.

Etwas Kaltes.

Tödliches.

Er ahnt, dass der Hauch des Todes ihn streifte, und er kann nicht anders, als weiterzulaufen, immer weiter. Längst weiß er nicht mehr, ob er einer Täuschung erlegen ist, ob es ein Phantom ist, das er verfolgt, aber der Schock, unter dem er steht, zwingt ihn dazu, einen Fuß vor den anderen zu setzen.

Den Hügel hinab.

Über die Straße.

In die Gasse neben dem roten Haus.

Dort hat er den Schatten zuletzt gesehen, und er ahnt, dass er sich irgendwo dort verbirgt. Obgleich er weiß, dass Schreckliches geschehen ist, obwohl der Platz hinter ihm widerhallt vom Geschrei der Menschen und vom Lärmen der Polizeisirenen, hat er keine Furcht. Neugier treibt ihn an und Verzweiflung, während er noch immer die grässlichen Bilder vor Augen hat.

Sie haben ihn ermordet!, schießt es ihm immer wieder durch den Kopf. Sie haben ihn ermordet …!

Dann hat er das Ende der Gasse erreicht.

Eine Straße und ein Parkplatz liegen vor ihm, auf dem mehrere Lieferwagen stehen. Gehetzt schaut er sich um.

Sein Atem geht flach und stoßweise, während sein Herz so heftig schlägt, dass es die Brust zu sprengen droht ... und für einen kurzen Moment glaubt er, erneut einen flüchtigen Schatten wahrzunehmen, einen Schemen drüben beim weißen Chrysler.

Er öffnet den Mund zu einem Schrei, der ihm jedoch nicht über die Lippen kommt, und er will loslaufen, um sich den Schatten zu schnappen.

Plötzlich ein scharfer Knall!

Ein stechender Schmerz in seiner linken Schulter – und die grässliche Erkenntnis, dass er getroffen wurde ...

Schweißgebadet schreckte Winston B. Seymour aus dem Schlaf.

Er hatte ihn wieder.

Den Albtraum, mit dem alles angefangen hatte ...

Aufrecht im Bett sitzend, rieb sich Winston die Schläfen, um die Benommenheit zu vertreiben. Erst ganz allmählich begriff er, dass er sich nicht an der Dealey Plaza befand, sondern in seinem Apartment in SoHo. Und dass seit jenem schicksalhaften Tag des Jahres 1963 Jahrzehnte vergangen waren. Das Grauen, das Winston empfand, war jedoch so frisch, als hätte sich der feige Mord eben erst zugetragen. Warum nur war der Traum zurückgekehrt?

Stöhnend schwang er die Beine aus dem Bett und stand auf. In seinem Apartment herrschte Halbdunkel. Blinkendes Neonlicht von der Bar auf der anderen Straßenseite fiel durch die Lamellen der Jalousie. Er trottete zum Badezimmer, vorbei an leeren Pizzakartons und verbeulten Bierdosen. Winston zog an der dünnen Strippe, und im kalten Licht einer Neonröhre betrachtete er sich in dem verschmierten Spiegel, der über dem Waschbecken an der Wand hing.

Was er sah, war ein alter Mann.

Spärliches graues Haar. Falten, die sich tief in bleiche Haut gegraben hatten. Ein Mund, dessen Winkel stets nach unten zeigten. Schwarz geränderte Augen, aus denen jede Hoffnung gewichen war.

Worauf hätte Winston Seymour auch hoffen sollen?

Darauf, eines Tages nicht mehr in diesem Loch zu erwachen und auf ein verpfuschtes Leben zurückzublicken? Warum nur war der verdammte Traum wieder zurückgekehrt?

Ein Stöhnen entrang sich seiner ausgedörrten Kehle. Er drehte den Wasserhahn auf, formte seine Hände zu einer Schale und trank einige Schlucke. Das Wasser war lauwarm und schmeckte abgestanden und nach Chlor, aber es löschte seinen Durst und half ihm, ein paar klare Gedanken zu fassen.

Er musste an Judy denken, an seine Enkelkinder, die er nie gesehen hatte, und er sagte sich, dass es so vielleicht besser war. Sie hätten keine Freude gehabt an ihrem Großvater, der es in den 64 Jahren seines Lebens lediglich zum verkrachten Detective Sergeant in einem kleinen Revier des New York Police Department gebracht hatte, verarmt an Gefühlen, leer und ausgebrannt und bar jeglicher Illusion.

Winston schloss die Augen und ballte die Hände zu Fäusten, kämpfte den Zorn nieder, der in ihm aufsteigen wollte. Das Kreischen einer Polizeisirene war von der Straße her zu hören.

Erneut machte sich der Schmerz bemerkbar, und Winston musste an das Ende des Traums denken, an die Kugel, die ihn getroffen hatte. Er knöpfte die Jacke des Schlafanzugs auf und entblößte seine linke Schulter, um sie im Spiegel zu betrachten.

Eine Narbe war zu sehen.

In über vier Jahrzehnten war die Wunde äußerlich verheilt. Aber sie war tief, so tief, dass der Schmerz selbst nach so langer Zeit zurückgekehrt war. Und das, obwohl Winston sicher gewesen war, ihn ein für alle Mal losgeworden zu sein.

»Nein«, stöhnte er leise, »nicht noch einmal …«

Gedankenverloren starrte er auf die Narbe, die von jener Kugel herrührte, die ihn am 22. November 1963 getroffen hatte – obwohl er nie an der Dealey Plaza gewesen war …

Ludwig-Maximilians-Universität
München, Deutschland
Gegenwart

»… und bin der Überzeugung, dass wir unser bisheriges so genanntes Wissen in Zweifel ziehen sollten, dass es nicht länger unangefochten Gültigkeit haben sollte. Und das gilt insbesondere auch für das Fortwirken hoher Funktionäre der NSDAP und der Verantwortlichen ihrer Exekutivorgane über das Ende des Zweiten Weltkriegs hinaus. Dies ist eine jener unangenehmen Fragen, denen sich die Wissenschaft stellen muss – und zugleich ein hervorragendes Beispiel dafür, mit welchen Schwierigkeiten sich unsere Disziplin auseinanderzusetzen hat im Zuge des langen und mühsamen Prozesses, an dessen Ende das steht, was wir Geschichte nennen.«

Dr. Alexandra Lessing schaute vom Rednerpult auf und ließ ihren Blick über die Ränge des Hörsaals schweifen. Was sie sah, war ziemlich ernüchternd: Die Begeisterung der Studenten für ihre Theorien hielt sich in Grenzen. Nur wenige Plätze waren belegt, und von der Handvoll Studenten, die in Alex' Vorlesung gefunden hatten, sah die Hälfte so aus, als hätte sie sich nur im Raum vertan. Der Rest machte keinen Hehl aus seinem Desinteresse und war mit anderen Dingen beschäftigt.

Wut schoss in Alex hoch, aber sie beherrschte sich und zwang sich zur Ruhe. Sie verspürte kein Verlangen, sich vor dem Dekanat erneut wegen ungebührlichen Verhaltens rechtfertigen zu müssen, also schluckte sie ihren Ärger und tröstete sich damit, dass sie schon in einigen Minuten wieder in der Abgeschiedenheit ihres Arbeitszimmers sitzen und sinnvollere Dinge tun würde, als ihre Theorien vor einer Bande von Ignoranten zu erläutern.

»Meine Damen und Herren, ich hoffe, mein Vortrag über die Schwierigkeiten der Wahrheitsfindung, die Zeitgeschichte betreffend, hat Sie zum Nachdenken angeregt. Wenn Sie die Thematik vertiefen möchten, empfehle ich Ihnen den Besuch des Seminars, das ich ab nächster Woche abhalten werde. Räumlichkeiten und genaue Uhrzeit entnehmen Sie bitte dem Anschlag am Schwarzen Brett ...«

Sie hatte noch nicht ganz zu Ende gesprochen, als einer der Studenten lautstark auf den Tisch klopfte. Für seine Kommilitonen schien dies das Signal zum Aufwachen zu sein, denn hier und dort wurden Köpfe gehoben und munter in das Klopfen eingestimmt. Normalerweise pflegten Studenten auf diese Weise ihr Wohlwollen auszudrücken – auf diese Art applaudierten sie dem Vortrag eines Dozenten. In diesem Fall aber wollte man ihr offenbar zu verstehen geben, dass sie endlich, endlich aufhören sollte.

Während sie frustriert ihre Unterlagen einpackte, leerte sich der ohnehin nur spärlich besetzte Saal. Den hageren jungen Mann, der mit einem Stapel Bücher unter dem Arm zu ihr trat, bemerkte Alex nicht sofort. Erschrocken zuckte sie zusammen, als der Hagere die Bücher geräuschvoll auf das Rednerpult warf.

»Und?«, fragte er. »Wie ist es gelaufen?«

»Peter! Also weißt du ...« Alex brauchte einen Augenblick, um sich von ihrem Schrecken zu erholen.

Dr. Peter Manhart war einer ihrer Kollegen am Lehrstuhl für Neuere und Neueste Geschichte, ein Eierkopf, wie er im Buche stand, der in der Wissenschaft seine

Berufung gefunden hatte. Manharts Erscheinungsbild war entsprechend: Speckige Cordhosen und ein abgewetztes Tweedsakko, dazu eine altmodische Brille und schulterlanges, zum Pferdeschwanz gebundenes Haar – nicht aus modischen Gründen, sondern weil sein Träger keine Zeit fand, zum Frisör zu gehen.

»Wie ist es gelaufen?«, wiederholte er unbarmherzig seine Frage.

»Wie wohl?«, entgegnete Alex missgelaunt. »Überhaupt nicht. Sie haben mir nicht mal richtig zugehört.«

»Was hab ich dir gesagt?« Mit einem schwachen und auch ein wenig rechthaberischen Lächeln rückte Manhart die Brille zurecht. »Niemand will etwas von deinen Theorien wissen.«

»Aber das ist ein spannender Stoff«, verteidigte sich Alex. »Ich stelle die grundlegende Frage nach der Berechtigung unserer Wissenschaft. Was ist Geschichte und wie wird sie gemacht? Von wem wird sie geschrieben? Wer bestimmt, was in den Geschichtsbüchern steht? Das alles ist überaus interessant.«

»Für dich vielleicht«, meinte Manhart achselzuckend, »für die Studenten bist du nur eine weitere Grüblerin, die an den Grundfesten ihres Fachs rüttelt. Die wollen keine Fragen, Alex. Die wollen ihren Schein und ihre Prüfung und Schluss. Wieso sollten sie sich auch für mehr interessieren? Die meisten von ihnen landen in einem Schulsystem, das lediglich auf die Reproduktion von angeblichem Wissen ausgerichtet ist – wen interessiert da die Wahrheit?«

»Mich«, erklärte Alex wutschnaubend, klemmte sich ihre lederne Aktenmappe unter den Arm und verließ das Rednerpult. Auf der Schwelle des Hörsaals jedoch wandte sie sich noch einmal um. »Ach, übrigens …« In ihren blauen Augen funkelte der Schalk. »Was war noch mal dein Thema dieses Semester?«

»Die Rolle der Familie von der 48er Revolution bis zu Bismarck«, antwortete der Kollege nicht ohne einen gewissen Stolz.

»Mann«, versetzte Alex und nickte anerkennend, »das nenne ich einen *wirklich* spannenden Stoff.«

»Über mangelnden Zulauf kann ich mich jedenfalls nicht beklagen. Sowohl mein Seminar als auch die dazugehörige Vorlesung sind gut besucht. Ich bin sicher, der Professor wird das sehr zu schätzen wissen.«

»Ich auch«, entgegnete Alex mit einem freundlichen Lächeln im Gesicht, das jedoch sofort verschwand, als sie sich abwandte und ein mürrisches »Klugscheißer« hinzufügte.

»Alex?«

»Was denn noch?« Sie drehte sich noch einmal zu ihm um. »Hast du mich noch nicht genug gedemütigt?«

»Tut mir leid«, sagte er und es klang ehrlich. »Darf ich Wiedergutmachung üben?«

»Wie?«

»Sagen wir bei einem Abendessen?«

Alex nahm das Friedensangebot mit einem Lächeln an. »Abgemacht«, sagte sie. »Du bezahlst.«

»Ich bezahle.« Manhart nickte. »Ich hol dich ab – sagen wir um halb acht?«

»Einverstanden.«

»Übrigens, da ist ein Päckchen für dich abgegeben worden.«

»Ein Päckchen? Was ist drin?«

»Liebe Kollegin, ich pflege Post, die nicht an mich adressiert ist, stets verschlossen zu halten«, sagte er süffisant. »Postgeheimnis, du weißt schon. Ich hab's in dein Fach gelegt.«

»Okay, danke.«

Während in den Hörsaal bereits die ersten Studenten drängten, die sich für die »Rolle der deutschen Familie zwischen der 48er Revolution und Bismarck« tatsächlich mehr zu interessieren schienen als für die »Problematik der Geschichtsfindung anhand ausgewählter Beispiele der Zeitgeschichte«, wandte sie sich endgültig zum Gehen.

Über die breite Treppe und durch hohe Korridore gelangte sie in den Haupttrakt des Universitätsgebäudes und durchmaß den Lichthof mit der gläsernen Kuppel. Es hatte eine Zeit gegeben, da war Alex voller Ehrfurcht durch diese Hallen gewandelt, und der Gedanke an die vielen gelehrten Häupter, die vor ihr über diesen Boden geschritten waren, hatte sie wohlig erschaudern lassen.

Von Kindesbeinen an war Alex fasziniert gewesen von der Vergangenheit. Schon früh hatte sie sich für Geschichte interessiert, hatte Essays verfasst und wissenschaftliche Literatur verschlungen, während ihre Altersgenossinnen Liebesbriefe gekritzelt und kitschige Romane gelesen hatten. Geschichtswissenschaftler waren Alex' Helden gewesen – Frauen und Männer, die die Vergangenheit erforschten und dafür sorgten, dass die Menschheit Lehren aus ihren Fehlern und Versäumnissen ziehen konnte. Die mutig und aufrecht den Weg des Wissens beschritten und sich von nichts und niemandem davon abbringen ließen.

Nicht einmal von einer Bande bornierter Studenten …

Alex' Wut war noch immer nicht ganz verraucht – allerdings war sie sich inzwischen nicht mehr ganz sicher, auf wen sie eigentlich wütend war. Vielleicht erwartete sie einfach zu viel, sowohl von sich selbst als auch von anderen. Als sie an die Uni gekommen war, hatte sie den Kopf voll romantischer Vorstellungen gehabt, voller Ideale, die sich, das hatte sie irgendwann einsehen müssen, längst nicht alle verwirklichen ließen. Die Zeit, in der in ihrer Disziplin Grundlagenarbeit geleistet worden war, in der kühne Hypothesen und revolutionäre Theorien aufgestellt worden waren, die das Bild des Menschen von sich und seiner Geschichte neu definiert hatten, war längst vorbei. Die großen Rätsel der Vergangenheit waren sämtlich gelöst, und was blieb, war das fruchtlose Gezänke um des Kaisers Bart. Dabei hatte Alex so viel mehr erreichen wollen …

Sie öffnete die Tür des Büros, das sie sich mit Peter Manhart teilte, und trat in den kleinen, bis unter die Decke mit Büchern, Aufzeichnungen und Dokumenten vollgestopften Raum, in dessen Mitte zwei Schreibtische standen, mit betagt aussehenden Computern darauf. Im Gegensatz zu den Naturwissenschaften, die von der freien Wirtschaft gefördert wurden, war Geschichte keine Disziplin, aus der sich Kapital schlagen ließ – mit entsprechend bescheideneren Etats musste die Fakultät auskommen.

Ein wenig frustriert stellte Alex ihre Tasche ab und wandte sich dann, der Gewohnheit folgend, dem Fach mit dem Posteingang zu. Dass Peter Manhart von einem Päckchen gesprochen hatte, hatte sie schon fast vergessen. Erst als sie es sah, in braunes Packpapier geschlagen und mit dicken Schnüren umwickelt, erinnerte sie sich daran.

Sie nahm es aus dem Fach und prüfte die Adresse. Tatsächlich, es war an sie gerichtet, jedoch war darauf weder ein Absender vermerkt, noch gab es einen Poststempel oder Briefmarken. Wer immer es Alex hatte zukommen lassen, musste es wohl persönlich vorbeigebracht haben.

Seufzend ließ sie sich in den ramponierten Schreibtischstuhl fallen, der selbst unter ihrer zierlichen Gestalt bedenklich ächzte – die knappen Mittel des Lehrstuhls wirkten sich auch auf das Mobiliar aus. Alex nahm an, dass der Stuhl zu besseren Zeiten einem habilitierten Hintern als Ruhestätte gedient hatte, ehe er ausgemustert und einer mittelmäßig erfolgreichen wissenschaftlichen Hilfskraft zugeteilt worden war.

Gedankenverloren drehte sie das Päckchen in den Händen und betrachtete es von allen Seiten, ehe sie beschloss, der Sache auf den Grund zu gehen. Sie griff in den Utensilienbehälter, den sie sich mit Peter teilte und der neben ausgetrockneten Filz- und abgebrochenen Bleistiften auch eine Schere enthielt. Mit zwei Schnitten durchtrennte sie die Schnüre, schlug das Packpapier auseinander – und hielt ein kleines Buch in Händen!

Es war alt.

Der lederne Einband war abgegriffen und schmutzig, das Emblem der Reichskriegsmarine darauf eingeprägt. Die Seiten waren vergilbt und wellig, als wären sie einmal nass geworden. Am auffälligsten war jedoch der Geruch, der von dem Papier ausging – eine strenge Mischung aus Salzwasser, Fisch und Maschinenöl, die zugleich abstoßend und auf eigenartige Weise vertraut war.

Alex schlug das Buch auf und staunte, denn die Seiten waren nicht bedruckt, sondern von Hand beschrieben. Die Tinte war an vielen Stellen zerlaufen, was den Verdacht bestätigte, dass das Papier feucht geworden und wieder getrocknet war. Dennoch ließ sich das Geschriebene noch gut lesen – vorausgesetzt, man beherrschte die deutsche Handschrift, in der die Texte verfasst waren. Jeder Seite waren Zahlenangaben vorangestellt: Daten und Uhrzeiten sowie Längen- und Breitengrade. Alex' Pulsschlag beschleunigte sich, als sie die Jahresangabe las.

1945.

Also war dies ein Logbuch der Reichsmarine, geschrieben im letzten Jahr des Krieges …

Alex' Hände begannen vor Aufregung zu zittern, wie sie es immer taten, wenn sie es mit originalem Quellenmaterial zu tun bekam, das einen direkten, ungefilterten Kontakt zur Vergangenheit versprach. Aber schon im nächsten Augenblick erwachte ihre wissenschaftliche Skepsis.

Wieso, fragte sie sich, sollte ihr jemand ein Logbuch

zukommen lassen? Kriegsgeschichte war schließlich nicht ihr Spezialgebiet. Erlaubte sich jemand einen Scherz mit ihr? Hatten sich Manhart und die anderen die Sache ausgedacht?

Alex verwarf den Gedanken sofort wieder. Peter Manhart mochte ein wenig verschroben sein, aber er war auch durch und durch Intellektueller, der sich niemals einen derart billigen Scherz erlaubt hätte. Wer immer Alex das Päckchen hatte zukommen lassen, war wohl davon überzeugt, dass es ihr bei ihrer Arbeit von Nutzen sein konnte – auch wenn Alex sich nicht vorzustellen vermochte, was ein Logbuch aus dem Zweiten Weltkrieg mit der doch eher theoretischen Problematik der Geschichtsfindung zu tun hatte …

Nachdem sie das Buch mehrmals durchgeblättert und die speckigen Seiten durch ihre Finger hatte gleiten lassen, begann sie, hier und dort ein wenig darin zu lesen. Was sie dabei aufschnappte, weckte ihr Interesse.

Von einer geheimen Mission war die Rede, und den Daten nach hatte diese im April 1945 stattgefunden, nur wenige Wochen vor der deutschen Kapitulation. Wörter wie »Zentrale«, »Druckkörper« und »WaBo« – die gebräuchliche Abkürzung für Wasserbomben – legten außerdem nahe, dass es sich nicht um das Logbuch eines Kriegsschiffs, sondern um das eines Unterseeboots handelte. Eines Unterseeboots, das sich in den letzten Kriegstagen auf geheime Fahrt begeben hatte …

Alex' Neugier war geweckt.

Dass ihr Magen knurrte und sie in die Cafeteria hatte gehen wollen, um sich Kaffee und Kuchen zu holen, war vergessen. Vorsichtig, fast ein wenig ehrfurchtsvoll, legte sie das Buch vor sich auf den Tisch und blätterte auf die erste Seite, wollte ganz von vorn zu lesen beginnen – als sie in ihrem Nacken einen kalten Luftzug spürte.

Erschrocken schaute sie auf und stellte fest, dass die

Tür des Büros weit offen stand. Hatte sie die Tür vorhin nicht geschlossen? Alex war zu gespannt auf den Inhalt des Buchs, um darüber nachzugrübeln. Kurzerhand stand sie auf und schloss die Tür. Dann setzte sie sich wieder und begann zu lesen.

»Basis 27, 16. April 1945 …«

2.

Nordatlantik
30. April 1945

»Und?«

In der stickigen Enge des U-Boots roch es nach Metall und Öl. Kapitänleutnant Werner Hornung schaute sich um.

Die Gesichter, in die er blickte, waren die von alten Männern – dabei war kaum jemand von ihnen älter als fünfundzwanzig. Viele der jungen Matrosen, die in den letzten Wochen noch zum Seedienst rekrutiert worden waren, hatten die Volljährigkeit noch nicht einmal erreicht. Zwei Wochen alte Bärte sprossen in bleichen Gesichtern, die ausgezehrt wirkten und in denen sich die Entbehrungen der Reise eingegraben hatten: Schlafmangel, minderwertige Ernährung, die drückende Enge innerhalb des Bootes und die beständige Furcht, von feindlichen Schiffen angegriffen zu werden und in der Tiefe ein nasses und kaltes Grab zu finden.

Bislang hatten Hornung und seine Mannschaft Glück gehabt. Die neue Technik des XXI-Bootes ermöglichte ein Aufladen der Batterien auch in getauchtem Zustand und machte es daher für Angriffe aus der Luft sehr viel weniger anfällig als die alte VII-Serie. So war es gelungen, die Blockade zu durchbrechen, die die Alliierten entlang der

Küste gezogen hatten, von Gibraltar im Süden bis hinauf nach Norwegen. Der Ärmelkanal lag hinter ihnen, und U-300 steuerte den offenen Atlantik an, Kurs Süd-Südost. Ziel waren jene Koordinaten, die man ihnen vor zwei Tagen in chiffriertem Code durchgegeben hatte.

Mit dem Trubel entlang der Küste war es hier draußen vorbei; mit jeder Seemeile, die das U-Boot zurücklegte, entfernte es sich weiter vom Kriegsgeschehen. Somit hätten Hornung und seine Mannschaft allen Grund zum Aufatmen gehabt, und sie hätten sich darüber freuen können, den wohl schwierigsten Teil der Mission bereits hinter sich zu haben – aber sie taten es nicht.

Denn der Funkspruch, der soeben vom Festland eingetroffen war, hatte das Boot und seine Besatzung mit der Wucht einer Wasserbombe getroffen …

»Meine Herren, ich warte!«, drängte Hornung seine Offiziere, die mit ihm an der Funkerkabine standen. Das waren neben dem Leitenden Ingenieur Baumgartner auch die beiden Wachoffiziere Hansen und Kreiner. Zudem drängte ein Dutzend Matrosen aus beiden Richtungen der U-Boot-Röhre heran. »Was ist Ihre Meinung?«

»Hm …«, machte Baumgartner und strich durch seinen rötlichen Bart. »Könnte eine Finte der Amerikaner sein.«

»Und wenn nicht?«, wandte Kreiner ein. »Wenn es stimmt, was sie im Radio gesagt haben? Wenn der Führer tatsächlich nicht mehr am Leben ist und …«

»Dann wird der Krieg bald zu Ende sein«, sprach Hornung aus, was alle dachten, jedoch niemand laut zu sagen wagte. Die Reaktion der Männer auf Hornungs Worte fiel verhalten aus. Ein erleichtertes Grinsen hier oder dort, jedoch kein lauter Jubel. Jedem war klar, dass das Ende des Krieges auch die Niederlage bedeutete, und so sehr die meisten der Männer sich wünschten, nach Hause zurückzukehren – die Frage war, wie viel davon noch übrig sein würde, nachdem die Siegermächte in Deutschland einmarschiert waren.

Hornung schürzte die Lippen.

Er war schon lange kein Hurrapatriot mehr und den Durchhalteparolen aus Berlin hatte er niemals Glauben geschenkt. Dennoch war er seltsam erschüttert. Dass aber ausgerechnet Großadmiral Dönitz, der Oberbefehlshaber der U-Boot-Waffe, zum Nachfolger des Führers ernannt worden sein sollte, wollte ihm einfach nicht in den Kopf …

»Es *muss* eine Finte sein!« Hansen war sich inzwischen sicher. »Ausgerechnet Dönitz! Warum nicht Charlie Chaplin? Der sieht dem Führer wenigstens ähnlich!«

Einzelne lachten und auch Hornung verzog das Gesicht zu einem Grinsen. Der erste Wachoffizier hatte recht. In den letzten Monaten waren die Alliierten verstärkt dazu übergegangen, den Äther mit Falschmeldungen zu verseuchen – Propaganda, die die U-Boot-Fahrer dazu bewegen sollte, sich zu ergeben. Dass ausgerechnet der »Führer der U-Boote« zum neuen deutschen Staatsoberhaupt ernannt worden sein sollte, stank zehn Seemeilen gegen den Wind nach einer Lüge.

Gelegenheit, die Meldung auf ihre Richtigkeit zu überprüfen, hatten die Männer von U-300 nicht. Zum einen befanden sie sich auf einer Geheimmission und hatten Funkstille zu wahren, zum anderen war bereits seit mehreren Tagen keine Nachricht von Seiten der Admiralität mehr eingegangen.

Das Boot war auf sich gestellt und Hornung hatte eine Entscheidung zu treffen …

»Meine Herren«, sagte er, »zurück auf die Posten! Kurs halten und weitermachen wie bisher.«

»Jawohl, Herr Kaleu!«

»Führer hin oder her – wir haben unsere Befehle. Man hat uns mit einer heiklen Mission betraut, und diesen Auftrag werden wir nach bestem Wissen und Gewissen erfüllen, bis uns jemand sagt, dass dieser Krieg vorüber ist. Verstanden?«

»Verstanden, Herr Kaleu!«

»Dann an die Arbeit!« Hornung nickte seinen Leuten auffordernd zu, die sich daraufhin sofort zerstreuten. »Und Sie, Gruber«, wandte sich der Kommandant an den Funker, »halten weiterhin die Ohren offen. Ich möchte wissen, was auf dem Festland vor sich geht. Ist das klar?«

»Ich werde mein Bestes tun, Herr Kaleu.«

»Ich weiß.« Hornung klopfte dem Unteroffizier ermunternd auf die Schulter, dann wandte er sich ab und kehrte in die Zentrale zurück. Auf dem Weg dorthin war er in Gedanken bei der Fracht, die das Boot, *sein* Boot, geladen hatte – jenen rätselhaften Metallkasten, der statt zweier Torpedos im Bugraum untergebracht war.

Hornung wusste nicht, worum es sich dabei handelte, und er fragte sich, inwiefern es für den Kriegsverlauf tatsächlich noch entscheidend sein konnte, was U-300 in seinen stählernen Eingeweiden verborgen hielt. Konnte die geheimnisvolle Fracht die Wende bringen? Konnte sie die Niederlage ersparen?

Hornung ertappte sich dabei, dass er es hoffte …

Homicide Squad, 6th Police Precinct
Manhattan, New York City
Gegenwart

Früher hatten sie ihn »Tiger« genannt.

Damals, als er noch jung und tatendurstig gewesen war.

Bevor ihn die Vergangenheit eingeholt hatte. Bevor ihn der Job ausgelaugt hatte. Bevor er zur Flasche gegriffen und darüber alles verloren hatte, das ihm je etwas bedeutet hatte.

Noch immer stand das Bild von Lorna und den Kindern auf Winston Seymours Schreibtisch – eine bittere Reminiszenz an die Vergangenheit. Winston hatte es nie über sich gebracht, die Fotografie zu entfernen, auch wenn er jedes Mal, wenn sein Blick darauf fiel, einen leisen Stich im Herzen empfand. Das Bild war auf der Strandpromenade von Coney Island aufgenommen worden, mit dem Vergnügungspark im Hintergrund. Es zeigte Judy und Sam mit Zuckerwatte in den Händen, und es erinnerte Winston daran, dass es eine Zeit gegeben hatte, in der er es gut gehabt hatte. Oder, anders gesagt, in der nicht alles um ihn herum beschissen gewesen war.

Warum nur war der verdammte Traum zurückgekehrt?

Staub bedeckte das Bild, das in einem goldfarbenen Rahmen steckte. Winston hütete sich davor, den Staub abzuwischen, gerade so, als fürchtete er, damit alte Wunden aufzureißen. Es war gut, wenn sich Staub über die Vergangenheit legte. Vielleicht, so hatte Winston einst gehofft, würde dann irgendwann auch der Schmerz vergehen. Aber wie es aussah, war jede Hoffnung vergeblich.

Zeit, dass es zu Ende ging.

In wenigen Tagen würde das Bild zusammen mit dem Tischwimpel der New York Mets, dem hölzernen Stifthalter, einem halben Dutzend ausgetrockneter Filzschreiber und der grünen Unterlage, auf der Sergeant Seymour die letzten zwanzig Jahre seines Lebens Formulare ausgefüllt und Protokolle geschrieben hatte, in einen braunen Karton wandern, den er sich unter den Arm klemmen und nach Hause tragen würde, so wie Millionen anderer Pensionäre vor ihm. Seine Zeit im aktiven Polizeidienst ging zu Ende und es war gut so. Der Tiger hatte schon lange seinen Biss verloren – und seit vergangener Nacht träumte er wieder …

»Sergeant Seymour!«

Das heisere Organ von Lieutenant Sutton, dem Leiter der

Homicide Squad, scholl quer durch das Großraumbüro. Es übertönte das Stimmengewirr und die allenthalben klingelnden Telefone.

»Ja, Sir?«

»In mein Office, Sergeant – sofort! Es gibt Arbeit.«

»Na klar, Sir.« Winston erhob sich von dem alten Schreibtischstuhl, der sich mit leisem Knarzen für die Entlastung bedankte, und durchquerte den Raum mit gemessenen Schritten. Im Lauf von Jahrzehnten hatte er sich an die Hektik gewöhnt, die beinahe zu jeder Tages- und Nachtzeit auf dem Revier herrschte – einen Außenstehenden hätten der hohe Geräuschpegel und das ständige Kommen und Gehen vermutlich verstört.

Durch eine Tür, die zur Hälfte aus Glas war und auf der der Name »Wayne P. Sutton, Detective Lieutenant« zu lesen war, betrat Winston das Office seines Vorgesetzten. Das Büro des Leiters der Homicide Squad – der Mordabteilung – glich eher einem Aquarium – es befand sich am hinteren Ende des Großraumbüros, und die oberen Hälften der drei Wände, die es umgrenzten, bestanden aus Glas; man konnte Jalousien daran herunterlassen, wenn man sich unbeobachtet unterhalten wollte, doch das war nicht der Fall.

Sutton, der hinter seinem Schreibtisch saß, das blonde Haar streng gescheitelt und die Ärmel seines weißen Hemdes hochgekrempelt, war das, was altgediente Cops einen *hotshot* nannten: ein agiler, durch und durch motivierter Enddreißiger, der im Polizeidienst rasch Karriere gemacht hatte. Erst vor kurzem war Sutton zum Leiter des Morddezernats im 6. Revier befördert worden. Wahrscheinlich, so sagte sich Winston, sah er noch einen tieferen Sinn in dem, was er tat. Und während er auf einem der Besucherstühle im Büro seines Vorgesetzten Platz nahm, fragte sich Winston, ob er jemals auch so erbärmlich naiv gewesen war …

»Nun, Sergeant? Wie geht es Ihnen?«

»Danke der Nachfrage, Sir, mir geht's gut«, versicherte Winston, der nie ein großes Talent für Smalltalk gehabt hatte. »Nur noch wenige Tage, und die Sache ist für mich ausgestanden.«

»Sicher.« Sutton nickte. »Sie freuen sich wohl schon auf den Ruhestand?«

»Kann ich nicht sagen, Sir.« Winston zuckte mit den Schultern. »Ich war noch nie im Ruhestand, wissen Sie.«

»Verstehe.« Sein Vorgesetzter verzog keine Miene. »Aber noch ist es nicht so weit, Sergeant. Sie müssen noch mal ran, wie's scheint.«

»Was ist los, Sir?«

»Ein Mord in der Bedford Street.« Sutton griff nach einer braunen Aktenmappe, die vor ihm auf dem Schreibtisch lag, und warf sie Winston zu. »Es hat den Inhaber eines Antiquitätenladens erwischt.«

»Ein Raubüberfall?«, fragte Winston.

»Anzunehmen. Reine Routine. Sie fahren hin, koordinieren die Beweisaufnahme und vernehmen eventuelle Zeugen.«

»Das ist alles, Sir?«

»Das ist alles.«

»Sir, bei allem gebührenden Respekt, ich werde wohl nicht mehr lange genug im Dienst sein, um die Ermittlungen zu Ende zu führen. Wäre es nicht klüger, einen frischeren Beamten als mich auf diesen Fall anzusetzen? Nehmen Sie von mir aus Johnson und McCabe. Oder Leroy und Sandretti …«

»Sergeant«, entgegnete Sutton kaltschnäuzig, »ich weiß nicht, wie es mein Vorgänger auf diesem Posten gehalten hat, aber ich benötige von Ihnen keine Ratschläge in personellen Fragen. Die erwähnten Detectives führen alle eigene Ermittlungen und der Rest des Reviers ist mit den Vorbereitungen auf den Weltgipfel beschäftigt – was bedeutet, dass Sie meine beste Wahl sind. Das mag Ihnen gefallen oder nicht, aber so ist es nun mal.«

»Verstanden, Sir«, entgegnete Winston nur.

»Hören Sie, Seymour«, sagte der Lieutenant und schlug auf einmal einen versöhnlicheren Ton an, »ich kann verstehen, dass Sie so kurz vor der Pensionierung keine große Lust mehr verspüren, da raus zu gehen. Aber in Anbetracht des bevorstehenden Gipfels brauche ich jeden Mann, den ich kriegen kann.«

»Das ist es nicht, Sir.« Winston schüttelte den Kopf. »Noch habe ich meine Marke und meine Dienstwaffe, und wann immer Sie sagen, dass ich in den Dschungel gehen und meinen Job erledigen soll, werde ich es tun. Nur ist es so …«

»Ja?«

»Wenn ich die beste Wahl bin, die Sie haben, dann ist es um diese Abteilung nicht gut bestellt«, sagte Winston mit einem schiefen Grinsen. Damit erhob er sich und wandte sich zum Gehen. »Guten Tag, Sir.«

»Sergeant!«, rief Sutton.

Winston blieb an der Tür stehen. »Ja, Sir?«

»Ihre Kollegen haben mir erzählt, dass Sie wegen Ihrer hohen Aufklärungsquote früher ›Tiger‹ genannt wurden.«

»Und?«

»Sie waren einer der besten Polizisten, die diese Abteilung je hatte. Was ist mit Ihnen geschehen?«

Winston dachte kurz nach. »Ich habe angefangen zu träumen, Sir«, antwortete er rätselhaft.

Suttons Blick verriet, dass er mit dieser Antwort nichts anfangen konnte. »Dann wachen Sie auf und tun Sie Ihre Pflicht, Sergeant«, sagte er eindringlich. »Mehr verlange ich nicht.«

»Ich weiß, Sir.«

»Wenn ich Ihnen irgendwie helfen kann …«

»Nein danke, Sir.« Winston hob die Mappe, die die

Ermittlungsformulare des Mordfalls im Village enthielt. »Alles, was ich brauche, ist hier drin.«

»Ich wünsche Ihnen viel Glück, Sergeant.«

»Danke, Sir«, erwiderte Winston und verließ das Büro seines Vorgesetzten, um sich um den Fall zu kümmern.

Seinen letzten Fall …

3.

Woran ich mich noch erinnere:

Das Schrillen der Glocke, die mich jäh aus meinen Träumen reißt – Albträume ohne konkrete Form und Gestalt, die sich nach dem Aufwachen völlig verflüchtigen.

Der Tagesablauf ist immer der gleiche, bestimmt von Ritualen.

Der Gang zum Waschraum.

Die Rasur.

Das Ankleiden.

Das Frühstück im großen Saal.

Der Unterricht.

Mittags erneut eine Pause, die wir nutzen, um uns auszuruhen. Die bloße Gegenwart der anderen ist ermüdend, ihre Stimmen und Gerüche überfordern mich. Die Lehrer sagen, wir müssen uns daran gewöhnen. Sicher haben sie recht.

Nachmittags wieder Unterricht bis zum Abend.

Danach freie Zeit, die ich allein verbringe. Allein in Gesellschaft – ein Widerspruch, mit dem wir alle leben.

Tag für Tag.

Woche für Woche.

Jahr für Jahr.

Ich habe mich daran gewöhnt, dass meine Freunde keine Gesichter haben. Wieso auch nicht?

Auch ich habe keins …

Südatlantik
14. Mai 1945

Sie hatten den Äquator überquert – nicht über Wasser, wie Schiffe es normalerweise taten, sondern in dunkler Tiefe.

Die revolutionäre Technik der XXI-Serie hielt, was sie versprach, und so hatte U-300 seine Fahrt bis auf wenige Unterbrechungen unter Wasser fortgesetzt.

Eine Äquatortaufe im herkömmlichen Sinn hatte es nicht gegeben. Hornung hatte seinen Leuten jedoch erlaubt, ein wenig zu feiern, und den Smutje angewiesen, doppelte Rationen auszugeben. Vor allem die jüngeren Matrosen hatten sich von ihren älteren und erfahrenen Kameraden manchen derben Spaß gefallen lassen müssen. Aber natürlich hatte die Mission Vorrang. Auch wenn die Niederlage inzwischen vermutlich vollkommen und Deutschland ein Trümmerhaufen war – noch war U-300 ein Kriegsschiff und als solches hatte es einen Auftrag zu erfüllen.

Oder?

Der britische Funkspruch, den der Funker am frühen Morgen aufgefangen hatte, änderte vielleicht alles. Vom Ende des Krieges war darin die Rede, von bedingungsloser Kapitulation der Deutschen – die Wahrheit? Oder der Versuch, zermürbte und kriegsmüde U-Boot-Fahrer zur Aufgabe zu bewegen?

Offiziell war die Meldung auch diesmal nicht bestätigt worden, deshalb waren noch immer Zweifel angebracht – auch wenn Hornung merkte, wie diese Zweifel zusehends schwanden. Auch er war matt und ausgelaugt, wollte zurück in die Heimat, egal, wie es dort aussehen mochte.

War der Krieg in Europa tatsächlich zu Ende?

War die U-300 das letzte U-Boot der deutschen Wehrmacht? Operierte es so weit entfernt von der Heimat, dass der Rückrufbefehl es nicht erreichte?

Hornung hatte den Funker angewiesen, die Information vorerst unter Verschluss zu halten. Nur Baumgartner, der Leitende Ingenieur, sowie Hansen und Kreiner, die beiden Wachoffiziere, waren in Kenntnis gesetzt worden. Die Stimmung in der Mannschaft war auch so schon angespannt. Hornung wollte die Jungs nicht noch zusätzlich in Unruhe versetzen. Alles, was er tun konnte, war warten – so wie der ganze verdammte Krieg zum größten Teil aus Warten bestanden hatte.

Warten auf den nächsten Einsatz.

Auf den nächsten Geleitzug.

Auf die nächsten Bomben.

Auf den Tod.

Wie sehr er die Schnauze voll davon hatte!

»Herr Kaleu?«

Hansens Stimme drang dumpf durch die Tür der Kapitänskajüte, in der Hornung über dem Logbuch saß, und riss ihn aus seinen Gedanken.

»Herein!«

Die Tür wurde geöffnet und die bärtigen Züge des Ersten Wachoffiziers erschienen. »Erreichen in Kürze die befohlenen Koordinaten, Herr Kaleu.«

»Verstanden. Danke, EinsWO.«

Hornung schrieb den Satz zu Ende, dann schlug er das in Leder geschlagene und mit dem Emblem der Reichsmarine versehene Buch zu und folgte Hansen in die Zentrale.

»Position?«, erkundigte sich der Kommandant und wurde über die genaue örtliche Lage sowie den Zustand des Bootes in Kenntnis gesetzt. »Umgebung?«, verlangte er daraufhin zu wissen.

»Keine Schraubengeräusche, Herr Kaleu!«, meldete der Horcher, der über das am Bug angebrachte GHG – das Gruppenhorchgerät – die Außengeräusche verfolgte. »Wie's aussieht, sind wir allein.«

»Sonar?«, wandte sich Hornung an den Unteroffizier, der das neuartige Nibelung-Gerät bediente; dieses ermöglichte mit Hilfe hochfrequenter Schallwellen, Fremdobjekte im Wasser auszumachen und ihre Position und Fahrtrichtung zu bestimmen.

»Zielansprache, Herr Kaleu«, kam es leise zurück. »Da ist etwas über uns.«

»Ein Handelsschiff?«

»Eher ein Zerstörer. Bewegt sich nicht von der Stelle, daher keine Schraubengeräusche.«

Hornung nickte. »In Ordnung.«

Das mussten die Japaner sein, die an der vereinbarten Position auf die Übergabe der geheimen Fracht warteten. Dennoch, der Kommandant wollte sichergehen – sechs Jahre Seekrieg hatten ihn zu einem misstrauischen Mann werden lassen.

»Auf Sehrohrtiefe gehen!«, ordnete er an.

»Sehrohrtiefe!«, erklang die Bestätigung.

Die Ventile wurden geöffnet, die Tauchkammern angeblasen, und langsam stieg das Boot aus der Tiefe. Hornung nahm auf dem ledernen Sattel Platz, klappte die Griffe des Sehrohrs aus und wartete, dass der LI das Periskop freigab.

»Sehrohr klar!«, kam endlich die Meldung, und Hornung starrte durch die Optik und riskierte einen Rundumblick an der Meeresoberfläche. Er musste sich beeilen, denn das Radar neuester Generation, das die Alliierten entwickelt hatten, konnte sogar ein ausgefahrenes Periskop anpeilen.

Hornung sah zunächst nichts als weite, im Morgengrauen blau glitzernde See. Dann schwenkte er das Seerohr in die vom Sonar bezeichnete Richtung – und auf einmal tauchte tatsächlich die gedrungene Form eines Zerstörers im kreisrunden Sucher auf.

Der Kommandant von U-300 spürte einen Kloß in seinem Hals stecken – aus solcher Nähe hatte er noch kein fremdes Kriegsschiff zu sehen bekommen. Riesenhaft und trutzig wuchs der stählerne Rumpf scheinbar direkt vor ihm in die Höhe, noch überragt von turmhohen Aufbauten und den bedrohlichen Geschütztürmen. Ein erster Reflex riet Hornung, sofort das Sehrohr einzufahren und das Abtauchen zu befehlen, aber er rief sich zur Ruhe, sagte sich, dass alles in Ordnung wäre und sie es nicht mit Feinden, sondern mit Verbündeten zu tun hätten …

Im nächsten Moment jedoch sieht der Kommandant die Flagge, die am Topp des Radarmasts weht, und er ringt keuchend nach Luft, als er dort nicht die Sonne Nippons, sondern das amerikanische Sternenbanner erkennt.

»Tauchen!«, ruft er. »Sofort!«

»Alarm!«, gellt es durch das U-Boot, während die Glocken zu schrillen beginnen. Jedermann an Bord unterbricht augenblicklich seine momentane Tätigkeit und eilt auf den ihm zugewiesenen Posten – im konkreten Fall bedeutet dies, dass ein Gutteil der Mannschaft in den Bugraum muss, um dem Boot für einen schnellen Tauchvorgang mehr Lastigkeit zu geben.

Von einem Augenblick zum anderen bricht in der Zentrale Hektik aus. Der Ingenieur und der Zentralenmaat hantieren an Hebeln und Ventilen, blasen die Luft aus den Tauchkammern, während das Sehrohr eingeholt wird. Gleichzeitig stürmen reihenweise Matrosen aus den Hecksektionen bugwärts, hechten und springen durch die runden Schotts.

Schon geht es in die Tiefe. Sechzig Grad Lastigkeit – wie ein Pfeil schießt der schlanke Körper des Bootes hinab.

»Auf hundertfünfzig Meter gehen!«, ordnet Hornung an.

»Hundertfünfzig Meter!«, bestätigt der LI, doch als er wenig später das sinkende Boot abfängt und es durchpendeln lässt, steht der Tiefenmesser bei 170. Hornung schickt ihm einen strafenden Blick, belässt es aber dabei. Die Situation erlaubt keine Diskussionen …

»Schleichfahrt!«, ordnet er an.

Im Boot ist es wieder so still, dass man eine Stecknadel fallen hören könnte. Von seinen kraftvollen Elektromotoren getrieben, gleitet das Boot durch die kalte, dunkle Tiefe, während sich Hornung noch immer fragt, wie ihm ein solch verhängnisvoller Fehler unterlaufen konnte. Der Amerikaner hat einfach da gelegen und gewartet – als hätte sein Kapitän genau *gewusst*, dass sie just an dieser Stelle auftauchen würden …

Plötzlich ein scharfer Knall, unter dem der Druckkörper erzittert. Eine Wasserbombe! Achteraus und noch weit entfernt, aber nahe genug, um das U-Boot gehörig durchzuschütteln.

Die Meldungen der einzelnen Sektionen treffen ein – bislang kein Schaden.

»Zweihundert Meter!«, flüstert Hornung.

»Zweihundert Meter«, bestätigt Baumgartner, und es geht weiter hinab. Diesmal bleibt der Tiefenmesser exakt bei 200 stehen.

»Schraubengeräusche«, meldet der Horcher flüsternd. »Kommen näher …«

Im nächsten Moment wieder Detonationen, die das Boot erschüttern, diesmal sehr viel näher. Das Licht in der Zentrale flackert. Erneut wird das Unterseeboot nach Schäden abgesucht, aber die XXI-Serie macht den Vorschusslorbeeren, mit denen sie bedacht wurde, alle Ehre.

Dennoch – die nächste Serie Wasserbomben detoniert so dicht achtern, dass Hornung noch einmal tiefergehen lässt. U-300 kommt dadurch dem Grund gefährlich nahe. Schließlich, gejagt von dem Zerstörer, dessen Schraubengeräusche sich nun unmittelbar über dem U-Boot befinden, befiehlt Hornung, das Boot auf Grund zu legen und sich »tot« zu stellen. Ein Trick, der ihm und seiner Mannschaft schon einige Male das Leben gerettet hat – aber wird er diesmal ebenso funktionieren?

Der Tiefenmesser zeigt 270 Meter – für ein herkömmliches U-Boot ein extremer Belastungstest. Doch was bedeutet die Zahl im Hinblick auf die XXI? Hornung ist mit der neuen Serie nicht so vertraut wie mit dem alten Typ VII, kennt nicht die Schwächen der Konstruktion. Möglicherweise ein Nachteil ...

Zweifel plagen den Kommandanten, während er mit der Zentralenmannschaft schweigend abwartet. Ungewissheit und Angst zerren an den Nerven, Schweiß perlt auf den bleichen, ausgemergelten Gesichtern.

Endlos scheinende Augenblicke verstreichen.

Dann erneut eine Explosion, näher als alle anderen und mittschiffs. Das Boot schwankt. Wer sich nicht irgendwo festgehalten hat, knallt gegen Rohre, Ventile und Stellräder, zieht sich üble Blessuren zu. Die Beleuchtung in der Zentrale erlischt erneut und diesmal geht sie auch nicht mehr an.

Es bleibt dunkel.

Das Ende ...?

Altschwabing, München
Gegenwart

Das Klingeln der Türglocke riss Alexandra Lessing jäh aus ihrer Lektüre.

Es dauerte einen Augenblick, bis sie aus der bedrückenden Enge eines deutschen U-Boots des Jahres 1945 in die Wirklichkeit zurückgefunden hatte. Dann ein gehetzter Blick auf die Armbanduhr – halb acht! Sie erinnerte sich, dass sie zum Essen verabredet war, und war wütend auf sich selbst, weil sie über dem Lesen des Logbuchs alles um sich herum vergessen hatte.

Rasch sprang sie von der Couch, noch immer in dem grauen Kostüm, das sie normalerweise nur während der Arbeit trug und das nach Meinung des Dekans Seriosität und Würde ausstrahlte – Eigenschaften, die Alex nach eigener Einschätzung komplett fehlten. Mit einem flüchtigen Blick in den Spiegel strich sie ihr kurz geschnittenes schwarzes Haar zurecht, während es ungeduldig schon ein zweites Mal klingelte – und endlich öffnete sie die Tür.

»Hallo.«

Peter Manhart trat ein, zur Ausnahme nicht in Cord und Tweed gekleidet, sondern in Jeans und weißes Hemd. Das Haar schien er zur Feier des Tages frisch gewaschen zu haben, und in der Hand hielt er drei rote Rosen, die er Alex zur Begrüßung hinhielt.

»Peter, was …?« Ein wenig verwundert schaute sie ihn an.

»Wir sind zum Essen verabredet, weißt du nicht mehr?«, fragte er trocken. »Ich bezahle.«

»Das meinte ich nicht. Ich spreche von den Blumen.«

»Die … tja, nun, die sind für dich«, sagte ihr Kollege unbeholfen.

»Aber Peter, das musst du doch nicht.«

»Ich weiß.« Er zuckte mit den schmalen Schultern. »Mir war einfach danach. Nimm es als Trostpflaster.«

»Als Trostpflaster? Wofür?«

»Na ja – für gewisse Studenten, die zu borniert sind, um deine Genialität zu erkennen.« Er grinste breit.

»Ach, das meinst du!« Den Ärger vom Nachmittag hatte sie schon vergessen.

»Alles in Ordnung mit dir?«, fragte Manhart besorgt. »Du bist noch gar nicht umgezogen.«

»Nein.« Sie schaute an sich herab. »Schlimm?«

»Überhaupt nicht. Ich dachte nur, wir verbringen einen netten Abend zu zweit und reden mal nicht über die Arbeit.«

»Einverstanden«, sagte Alex nur, dann stellte sie die Blumen ins Wasser. Ihre Gedanken kreisten noch immer um ein U-Boot, das im Mai 1945 einen Krieg geführt hatte, der längst verloren gewesen war. »Gehen wir.«

Kurzerhand schob sie Manhart nach draußen und zog die Tür hinter sich zu. Alex' Wohnung lag nur wenige Straßenzüge vom Universitätsviertel entfernt. In der Gegend gab es zahlreiche Kneipen, Biergärten und Restaurants, sodass man die Qual der Wahl hatte. Sie entschieden sich für ein asiatisches Restaurant, dessen gläserne Front geöffnet war, sodass man beim Essen halb im Freien saß. Indem Manhart einem Kellner einen Schein zusteckte, ergatterten sie einen hübschen Zweiertisch, wo sie einander bei flackerndem Kerzenschein gegenübersaßen.

»Schön, nicht wahr?«, fragte Manhart mit feierlicher Miene. »Ein Abend ganz ohne Arbeit.«

»Allerdings.« Alex nickte. »Da fällt mir ein, dieses Päckchen, das heute in meinem Fach lag ...«

Ihr Kollege machte ein Gesicht, als hätte er in eine Zitrone gebissen.

»Was?«, fragte Alex.

»Keine Arbeit«, brachte er in Erinnerung, »weißt du noch?«

»Verzeih, aber diese eine Frage muss ich dir noch stellen. Dieses Päckchen ...«

»Was ist damit?«

»Weißt du, wer es abgegeben hat?«

»Keine Ahnung. Als ich heute Mittag ins Büro kam, lag es vor der Tür.«

»Und wer hat es dort hingelegt?«

»Das weiß ich nicht. Wollen wir eine Vorspeise bestellen? Vielleicht etwas Krabbenbrot oder Suppe oder ...«

»Suppe«, entschied Alex lakonisch, ohne auch nur einen Blick in die Speisekarte geworfen zu haben. »Danach Ente süß-sauer und dazu Jasmintee.«

»Für mich das Gleiche«, bestätigte Manhart dem Kellner, der lautlos an ihren Tisch getreten war. Er wartete, bis der

Mann – augenscheinlich ein Chinese, der beim Sprechen allerdings kräftig berlinerte – die Bestellung aufgenommen hatte, dann wandte er sich wieder Alex zu. »Du wirkst ein wenig abwesend«, stellte er missbilligend fest.

»Wirklich?«

»Wirklich – und eigentlich ist das noch untertrieben.«

»Verzeih.« Ein entwaffnendes Lächeln glitt über ihre hübschen Züge, deren leichte Sonnenbräune verriet, dass sie ihre Zeit nicht nur in staubigen Bibliotheken zubrachte. »Es liegt an diesem Buch ...«

»An welchem Buch?«

»Das Buch in dem Päckchen.«

»Das Päckchen vor der Tür?«

»Genau das.«

»Also schön.« Manhart seufzte. »Ich gebe mich geschlagen. Du wirst ja doch keine Ruhe geben, ehe du mir nicht erzählt hast, was es damit auf sich hat. Oder?«

»Nein«, gab Alex zu.

»Also? Was ist es?«

»Das Logbuch eines U-Boots aus dem Zweiten Weltkrieg«, antwortete Alex.

»Ein Logbuch?« Die Augen ihres Kollegen verengten sich zu schmalen Schlitzen. »Bist du sicher?«

»Ganz sicher. Und nicht nur das. Darin wird von einer Geheimmission berichtet, die in den letzten Kriegstagen von einer Nordseebasis aus startete und die sich sogar über das offizielle Kriegsende hinaus erstreckte. Diese Jungs waren dort draußen auf hoher See und wussten nicht, dass Deutschland längst kapituliert hatte, das musst du dir mal vorstellen. Das Ding liest sich wie ein spannender Roman, kann ich dir sagen.«

»Dann ist es eine Fälschung, darauf gehe ich jede Wette ein«, war Manhart überzeugt. »Komm schon, Alex. Eine Geheimmission in den letzten Kriegstagen – klingt ziemlich abenteuerlich, oder? Und warum sollte jemand ausgerechnet dir ein solches Logbuch zukommen lassen? Du bist nicht gerade das, was man eine Expertin für Militärgeschichte nennt.«

»Zugegeben«, sagte Alex. »Aber ich habe eine Theorie. Willst du sie hören?«

»Na klar.« Manhart machte eine resignierende Handbewegung. Einen rein privaten Abend mit Alex zu verbringen, einmal nicht mit ihr über die Arbeit zu sprechen – das war wohl ein zu frommer Wunsch gewesen …

Als fürchtete sie, belauscht zu werden, schaute sich Alex erst misstrauisch um, ehe sie sich weit über den Tisch beugte und mit gedämpfter Stimme verriet: »Ich habe recherchiert, Peter. Den Angaben des Kapitäns zufolge handelte es sich bei seinem U-Boot um eins vom Typ XXI.«

»Und?«

»Die U-Boote der XXI-Serie wurden erst gegen Ende des Krieges entwickelt. Sie waren so konstruiert, dass sie während des gesamten Einsatzes unter Wasser bleiben konnten. Ausgereifte Elektromotoren und eine fortgeschrittene Rückgewinnungstechnik machten das möglich. Außerdem sorgte eine Anzahl für damalige Verhältnisse modernster Ortungsvorrichtungen dafür, dass Torpedos abgeschossen werden konnten, ohne dass zum Zielen das Seerohr ausgefahren werden musste. Nach allem, was wir bislang wussten, kamen die XXI-Boote jedoch nicht mehr wirklich zum Einsatz. Die einzigen, von denen wir wissen, wurden in küstennahen Gewässern versenkt, ehe sie größeren Schaden anrichten konnten. Eines von ihnen – U-2450 – wurde zwölf Jahre nach Kriegsende vom Meeresgrund geborgen, wieder flottgemacht und 1960 in der Bundesmarine eingesetzt, wo es bis 1980 seinen Dienst versah. Es ist heute in Bremerhaven zu besichtigen.«

»Schöne Geschichte«, meinte ihr Kollege. »Nur verstehe ich ehrlich gesagt deine Aufregung nicht.«

»Aber das liegt doch auf der Hand!« Alex hatte Mühe,

ihre Stimme zu dämpfen. »Dieses Logbuch könnte ein Anhaltspunkt dafür sein, dass die U-Boote vom Typ XXI im weitaus größeren Umfang im Einsatz waren, als man das bislang angenommen hat. Wenn es stimmt, was Kapitän Hornung schreibt – und ich sehe bislang keinen Grund, daran zu zweifeln –, dann hat ein Typ-XXI-U-Boot bis über das Kriegsende hinaus den Atlantik befahren. Und damit habe ich genau das, was ich brauche.«

»Aha«, machte Manhart. »Und was brauchst du?«

»Eine Sensation, eine Schlagzeile, einen Aufhänger«, sagte Alex hastig. »Einen spektakulären Irrtum der Geschichtsforschung, anhand dessen ich den Damen und Herren Studenten beweisen kann, dass meine Theorien über die Problematik der historischen Wahrheitsfindung keineswegs aus der Luft gegriffen sind. Und weißt du was?«

»Was denn noch?«

»Ich glaube, dass mir jemand genau aus diesem Grund dieses Logbuch hat zukommen lassen. Ein anonymer Gönner sozusagen. Jemand, der meine Arbeit unterstützen möchte.«

»Möglich«, murmelte Manhart.

»Du weißt nicht zufällig, wer dieser Gönner gewesen sein könnte, oder?« Mit diesen Worten schenkte sie ihm ein so bezauberndes Lächeln, dass Peter Manhart der Versuchung nicht widerstehen konnte, so zu tun, als ob kein anderer als er selbst dieser unbekannte Gönner war. Er brauchte ja nicht direkt zu lügen. Die Wahrheit ein wenig zu dehnen, würde in diesem Fall vollkommen genügen …

»Nein«, erwiderte er, während er zugleich ein Grinsen um seine schmalen Züge spielen ließ.

»Bist du sicher?«

Manhart wurde einer Antwort enthoben, denn in diesem Moment wurde die Suppe serviert. Als ihr der würzige sauerscharfe Duft in die Nase stieg, merkte Alex erst, wie hungrig sie war.

»Weißt du«, sagte sie zwischen zwei Löffeln, »das ist meine Chance. Ich werde an meiner Arbeit über das Fortwirken der Nazis nach '45 anknüpfen und zugleich beweisen, dass so genannte historische Wahrheiten wieder und immer wieder hinterfragt und überprüft werden müssen. Wenn sich erst herumgesprochen hat, was in diesem Buch drinsteht, werden meine Vorlesungen bis auf den letzten Platz besetzt sein, kann ich dir sagen.«

»Du willst damit an die Öffentlichkeit gehen?«, fragte Manhart erstaunt. »Jetzt schon?«

»Nein, natürlich nicht.« Sie schüttelte energisch den Kopf. »Ich werde den Inhalt des Buchs zunächst sorgfältig überprüfen und aufarbeiten. Und wenn meine Ergebnisse so ausfallen, wie ich vermute, werde ich danach ein paar Artikel darüber veröffentlichen – in der ›Historischen Zeitschrift‹ etwa und natürlich im ›Jahrbuch der historischen Forschung‹ und …«

»Du bist ehrlich begeistert«, stellte Manhart fest.

»Klar bin ich begeistert. Gerade du als mein Kollege solltest das verstehen. Ich meine, wozu sitzen wir tagein, tagaus in den Bibliotheken und warten darauf, dass uns die Vergangenheit einen kleinen, einen winzig kleinen Funken Erkenntnis offenbart? Es gibt keinen von uns, der nicht davon träumt, einen solchen Treffer zu landen, oder? Einen Beweis erbringen zu können für eine Theorie, die einen die Geschichte mit anderen Augen sehen lässt.«

»Dein Enthusiasmus wirkt richtig ansteckend.« Manhart lachte. »Du erinnerst mich an ein Kind in einem Süßwarengeschäft.«

Alex nickte eifrig. »So ungefähr komme ich mir auch vor. Dieses Logbuch verändert alles, Peter. Plötzlich sind Dinge möglich, die mir noch gestern unerreichbar schienen. Ein eigener Forschungsauftrag, möglicherweise eine Professur …«

»Übertreibst du nicht ein wenig?« In gespielter Strenge

rückte sich Manhart die Brille zurecht. »Ich meine, immerhin leisten deine Kollegen auch sehr ordentliche Arbeit. Na ja, wenigstens einer von ihnen ...«

Da musste auch Alex lachen. »Verzeih«, bat sie, »ich wollte deine Arbeit nicht herabsetzen. Es ist nur ... Ich bin so aufgeregt. Diese Sache macht mir wirklich Spaß. Zum ersten Mal nach Monaten dröger Ackerei habe ich wieder das Gefühl, in meiner Disziplin etwas bewegen, die Wissenschaft ein Stück voranbringen zu können. Und das wollen wir doch alle, oder nicht?«

»Vielleicht.« Manhart nahm die Brille ab und schaute Alex ins Gesicht. »Du weißt genau, was du willst, nicht wahr?«

»Ich denke schon.«

»Und du lässt dich von nichts und niemandem davon abbringen, richtig?«

»So schnell nicht, nein. Und schon gar nicht, wenn ich ein solches Geschenk bekomme.«

Ihr Kollege lächelte. »Das gefällt mir an dir. Du bist keine dieser blutleeren Lehrstuhlaspirantinnen, von denen es an der Fakultät so viele gibt. Du hast Witz und Esprit und ein festes Ziel vor Augen. Das ist mehr, als die meisten von sich behaupten können.«

»Na, vielen Dank auch.« Alex lächelte. »Wenn ich mich nicht irre, war das ein Kompliment ...«

»Das war es«, bestätigte Manhart. »Trotzdem – ich weiß ehrlich gesagt nicht, wie ich ... nun ja, wie ich ... tja, also ...« Er unterbrach sich, dann senkte er den Blick auf seine Suppenschale, die er nur zur Hälfte ausgelöffelt hatte.

»Peter, was ist denn? Du verhältst dich irgendwie seltsam heute Abend.«

»Seltsam, ja?« Er rang sich ein säuerliches Lächeln ab. »Wahrscheinlich hast du recht. Ein Eierkopf wie ich sollte sich darauf beschränken, wissenschaftliche Thesen zu formulieren. Das kann er nämlich sehr viel besser, als einer geschätzten Kollegin seine Zuneigung zu gestehen.«

»Ihr seine … seine Zuneigung zu …? Du meinst …?«

Alex verstummte. Sie war schlichtweg sprachlos. Offenbar meinte es ihr Gegenüber ernst. Dr. Peter Manhart, der gefeierte Star der Hörsäle, sah plötzlich irgendwie elend aus, aber der flehende Blick seiner braunen Augen sprach Bände.

»Es tut mir leid, Alex, aber ich finde keine anderen Worte«, sagte er kleinlaut. »Hast du es denn nicht bemerkt?«

»Nein«, gestand sie ehrlich. »Offen gestanden nicht.«

»Jeden Tag komme ich eine Stunde früher ins Büro, nur um mit dir reden zu können. Ich helfe dir bei deinen Recherchen, ich gehe für dich zum Kopierer wie ein kleiner Assistent …«

»Verzeih. Ich dachte, du tust das gern für mich.«

»Natürlich. Aber ist dir nie der Gedanke gekommen, dass mehr dahinterstecken könnte?«

Er betrachtete sie forschend, und sie wusste nicht, was sie erwidern sollte. »Weißt du, Peter«, sagte sie schließlich leise, »ich bin mir nicht sicher, ob wir dieses Gespräch …«

»Sag bitte nichts, Alex. Lass mich einfach reden, in Ordnung? Lass mich meine These darstellen, und wenn ich damit fertig bin, dann kannst du gern eine Gegenthese formulieren.«

»Eine Gegenthese formulieren? Peter, das hier ist kein Seminar.«

»Das ist das Problem.« Er lächelte schwach. »Im Seminar weiß ich nämlich ganz genau, wie ich mich auszudrücken habe. Dort bin ich der Herr im Ring und bestimme die Regeln, wenn du verstehst. In diesem Fall aber …«

»Peter, ich …«

»Ich liebe dich, Alex!«, sagte Manhart rasch.

»Du … du liebst mich?«

»Na ja, ich *mag* dich. Ich meine, ich mag dich sehr. Deine erfrischende Art, dein temperamentvolles Auftreten – einfach alles an dir.« Auf einmal musste er grinsen. »Erinnerst du dich an deinen allerersten Tag bei uns, als du den Hausmeister für den Professor gehalten hast?«

»Das wäre noch nicht weiter schlimm gewesen!« Sie verdrehte die Augen. »Peinlich wurde es erst, als ich konsequenterweise den Professor für den Hausmeister hielt.«

»Schon damals wusste ich, dass ich dich gut leiden kann«, fuhr Manhart fort. »Seither haben wir uns noch viel besser kennengelernt und sind Freunde geworden. Aber ich stelle zu meiner eigenen Verblüffung fest, dass mir das nicht mehr genügt. Ich würde gern mehr mit dir zusammen sein, Alex. Verstehst du?«

»Peter …« Sie lächelte ihn unbeholfen an, um Zeit zu gewinnen, denn sie wusste, dass sie ihre Worte sorgfältig wählen musste. Normalerweise war sie ein spontaner Typ, der seine Meinung frei äußerte und kein Blatt vor den Mund nahm. In diesem Fall jedoch war Vorsicht angebracht, schließlich wollte sie niemanden verletzen …

»Ich weiß, das kommt für dich ziemlich überraschend«, räumte ihr Gegenüber ein. »Aber vielleicht könntest du es dir ja mal überlegen?«

»Ich … ich denke nicht, Peter«, sagte Alex leise und so sanft, wie sie es nur vermochte. »Weißt du, in meinem Leben ist im Augenblick einfach kein Platz für eine Beziehung. Die meiste Zeit verbringe ich in Bibliotheken und im Archiv, und wenn ich zur Ausnahme mal nicht dort beschäftigt bin, versuche ich, einer gelangweilten Horde unmotivierter Studenten etwas über den tieferen Sinn unserer wissenschaftlichen Disziplin beizubringen.« Ihr Lächeln bekam einen wehmütigen Zug, während sie weitersprach. »Deine Worte haben mir sehr geschmeichelt, aber ich kann mir nicht vorstellen, dass aus uns beiden etwas werden könnte.«

»Nur jetzt nicht«, fragte Manhart hoffnungsvoll, »oder auch später nicht?«

Sie schüttelte den Kopf. »Ich fürchte, auch später nicht. Wir beide sind einfach zu verschieden, um ein Paar zu werden. Aber ... es würde mich freuen, wenn wir Freunde bleiben könnten.«

»Freunde ...« Er schnitt eine Grimasse. »Na klar.«

»Tut mir leid, Peter. Ich ...«

»Du brauchst dich nicht zu entschuldigen«, sagte er mürrisch. »Es ist nur ... Ich hatte wirklich geglaubt, dass du etwas für mich empfindest.«

»Das tue ich«, versicherte sie. »Du bist ein zuvorkommender Kollege, ein guter Freund und ...«

»Hör auf!«, wehrte er ab. »Das sagst du jetzt nur, um mich zu trösten.«

»... und manchmal auch ein ziemlicher Klugscheißer«, fuhr Alex unbarmherzig fort.

Er musste lachen und sagte dann: »Okay, ich gebe es zu.«

»Du bist mir nicht böse?«

»Nein, natürlich nicht. Wer nicht wagt, der nicht gewinnt, richtig? Immerhin habe ich den Mund aufgemacht, statt immer nur darauf zu warten, dass etwas passiert.«

Alex lächelte. »Das hast du.«

»Würdest du dennoch weiter mit mir zu Abend essen?«

»Es wäre mir ein Vergnügen. Nur eine Frage musst du mir noch beantworten.«

»Ja?«

»Das Logbuch«, brachte Alex in Erinnerung. »Es kommt von dir, nicht wahr? Du bist der geheimnisvolle Gönner, der meine Arbeit so tatkräftig unterstützt.«

Ihre Blicke begegneten sich, und mochte es an seiner Enttäuschung liegen oder daran, dass er noch immer hoffte, seine Kollegin irgendwann für sich zu gewinnen – Peter Manhart gab der Versuchung ein weiteres Mal nach und nickte.

»Ich wusste es«, sagte Alex und schenkte ihm erneut ihr zauberhaftes Lächeln. »Ich wusste, dass es kein anderer gewesen sein konnte als du. Danke, Peter. Du hast mir das Leben gerettet, weißt du.«

»Gern geschehen«, erwiderte er und ein spitzbübisches Grinsen huschte über seine Züge.

Weder er noch Alexandra Lessing ahnten, dass jemand bei ihnen stand und jedes Wort belauschte.

4.

New York (gpa).

Der »Weltgipfel«, wie das Treffen der G 8-Regierungschefs mit ihren Kollegen aus China, Indien und Brasilien genannt wird, wirft seine Schatten voraus. Diplomaten trafen am East River in Manhattan ein, um den Gipfel vorzubereiten, auf den vor allem Drittweltstaaten große Hoffnung setzen. Wie aus gut unterrichteten Kreisen zu hören ist, haben die Vertreter der europäischen G 8-Nationen einen Plan im Gepäck, der eine noch engere Kooperation der G 8 auf dem Gebiet der Entwicklungshilfe vorsieht und Schwellenstaaten eine noch raschere Eingliederung in die Gemeinschaft hoch entwickelter Industrienationen erleichtern soll. Insidern zufolge handelt es sich dabei um den bislang bei weitem ambitioniertesten Vorstoß, Armut und Hunger zu bekämpfen und mittelfristig zu beseitigen …

Pressemeldung 990832a, Global Press Agency

Bedford Street, Greenwich Village
Manhattan, New York City
Gegenwart

Winston B. Seymour mochte das Village nicht, obwohl er seit etwas mehr als dreißig Jahren seinen Dienst in diesem Bezirk versah.

Ähnlich wie die Fotografie auf seinem Schreibtisch barg auch das Viertel im Südwesten von Manhattan eine Menge Erinnerungen, die sich hinter alten Fassaden und im chaotischen Kreuz und Quer der Straßen verbargen.

Erinnerungen, die schmerzten.

Greenwich Village war längst nicht mehr, was es einmal gewesen war. Wo In-Bars und Schwulenkneipen die Straßen säumten, hatten sich einst Galerien und Ateliers befunden, hatten Künstler an Bildern und Skulpturen gearbeitet und Literaten ihre Verse geschmiedet. Nicht, dass Winston etwas davon verstanden hätte. Er war nie ein besonderer Kunstfreund gewesen und gehörte zu jenem Menschenschlag, der sich schwertat, in einem abstrakten Gemälde etwas anderes zu erkennen als eben eine Leinwand mit bunten Farbklecksen darauf.

Anders Lorna.

Als Winston seine spätere Frau kennenlernte, hatte sie im Village gelebt, eine Kunststipendiatin an der NYU, der New York University. Sie hatte Winston tief beeindruckt mit ihrem Wissen über Gott und die Welt und ihrem Gerede von Dingen, von denen Winston keine Ahnung hatte. Und sie war nicht nur klug, sondern auch wunderschön gewesen und hatte ihn vom ersten Augenblick an fasziniert. Was sie im Gegenzug an ihm gefunden hatte, war Winston nie ganz klar gewesen. Irgendwann hatte er sie einmal danach gefragt, und sie hatte ihm geantwortet, dass es sein draufgängerischer Stolz gewesen wäre und seine Fähigkeit, die Dinge absolut zu betrachten.

Gut oder Böse.

Schwarz oder Weiß.

Keine Grautöne dazwischen.

Unter Intellektuellen, so hatte Lorna ausgeführt, würde alles zerredet, würden Diskussionen um die einfachsten Dinge geführt. Winston hingegen lebte nach den klaren Regeln, die sein Beruf erforderte. Die Denkweise eines Cops erlaubt keine Schattierungen. Jemand ist schuldig oder er ist es nicht. Er hat ein Verbrechen begangen oder eben nicht. Diese Einfachheit hatte Lorna an ihm geschätzt, ebenso wie seine Zuverlässigkeit und seine Loyalität.

Obwohl eine viel versprechende berufliche Zukunft vor ihr gelegen hatte, hatte sie ihr Kunststudium abgebrochen, als sie schwanger wurde, und war die Frau eines Cops geworden. Nach eigenem Bekunden war sie glücklich gewesen. Bis zu jenem Tag, an dem Winston aufgehört hatte, einfach zu sein.

Denn irgendwann waren ihm Zweifel gekommen.

Er war ins Grübeln geraten und hatte nicht mehr damit aufhören können, und auch die Erkenntnis, dass er damit sich selbst zerstörte und alles, das ihm etwas bedeutete, hatte nichts daran geändert. Wie ein Insekt, das nicht anders kann, als in die Flamme zu fliegen, die es verbrennt, hatte er nach der Wahrheit gesucht – der Wahrheit in einem Traum …

Vorbei an hohen Steinfassaden, die ein für New York geradezu biblisches Alter hatten, steuerte Winston den zivilen Einsatzwagen die Straße entlang. Die Adresse in den Ermittlungsunterlagen gehörte zu einem schmalen Gebäude, das an die hundertfünfzig Jahre auf dem Buckel haben mochte. Im Kellergeschoss war ein Ladengeschäft untergebracht, ein Buchantiquariat, das dem Mordopfer gehört hatte; darüber befand sich auf zwei Stockwerken die Wohnung des Getöteten, eines Mannes namens Julius Quare.

Auf dem Bürgersteig vor Quares Haus drängte sich uniformierte Polizei, und das nicht nur, weil sich ein Mord ereignet hatte. Wegen des bevorstehenden Gipfeltreffens führender Industrienationen wimmelte es in Manhattan von Uniformträgern. Sogar Cops aus Brooklyn und anderen Boroughs – Stadtbezirken – waren darunter.

Entlang der Absperrung, die die Officers errichtet hatten, drängten sich die Schaulustigen. Die alte Weisheit, nach der die Leute nichts so sehr interessierte wie ein handfester Mord, bewahrheitete sich einmal mehr und ließ ein grimmiges Grinsen über Winston Seymours Züge huschen. Er stellte den Dienstwagen am Pulk der Einsatzfahrzeuge ab und stieg aus.

»Na, Seymour, wie geht's?«, rief ihm ein Kollege vom New York Police Department zu. »Hat man den Tiger auf seine alten Tage noch mal aus dem Käfig geholt?«

»Tja, Josh, sieht ganz so aus.«

Mit einem unbestimmten Lächeln schob sich Winston an dem Uniformierten vorbei und stieg die wenigen Stufen zum Eingang der Wohnung hinauf. Zwei weitere Officers waren dort postiert, die Winston nicht kannte und denen er seine Marke zeigte. Man ließ ihn passieren, und er zwängte sich in das schmale Treppenhaus, wo er auf weitere Polizisten traf.

Wie man ihm sagte, hatte sich der Mord im oberen Stockwerk der Wohnung ereignet. Winston ging hinauf und traf dort auf die Kollegen von der Crime Scene Divison, die bereits mit der Sichtung des Tatorts und dem Sichern von Spuren begonnen hatten.

Und er sah die Leiche.

Julius Quare war 58 Jahre alt und ein Mann von beträchtlicher Leibesfülle gewesen. Er lag auf dem Rücken, sodass sich sein weißlicher, aufgedunsener Körper wie ein lebloser Fleischberg vor dem offenen Kamin erhob, wohin ihn sein Mörder offenbar geschleift hatte – blutige Schlieren auf dem hölzernen Boden ließen zumindest darauf schließen. Der Leichnam war nackt und über und über mit Blut besudelt. Mehrere Messerstiche übersäten den Oberkörper, die Kehle war durchschnitten. Am augenfälligsten jedoch waren die beiden grausigen Souvenirs, die der Mörder am Tatort hinterlassen hatte – zwei Stilette, die in den Augenhöhlen des Opfers steckten.

Wie hatte Sutton es so schön gesagt?

Reine Routine …

»Bullshit«, murmelte Winston grummelnd, und die Beamten der Spurensicherung, die bisher in ihre Arbeit vertieft gewesen waren, bemerkten ihn endlich.

»Tja«, erwiderte einer von ihnen und trat auf Winston zu, »nach einem Raubmord sieht das nicht gerade aus, wenn Sie mich fragen. Dafür hat sich der Täter ein wenig zu viel Mühe gegeben.«

»Was wissen wir bisher?«, fragte Winston, während er sich in der Wohnung umschaute. Altmodische Tapeten bedeckten die Wände, die Einrichtung bestand aus verschrammten alten Möbeln – keine Antiquitäten, sondern eher das, was man in Secondhandläden erstehen konnte. Julius Quare schien nicht unvermögend gewesen zu sein, aber auch nicht gerade reich. Durchschnitt eben – nur sein Ende war alles andere als durchschnittlich gewesen …

»Okay, also der Reihe nach«, antwortete der Forensiker. »Dem Zustand der Leiche nach hat sich der Mord irgendwann in der zweiten Nachthälfte zugetragen. Weder an der Haustür noch an den Fenstern lassen sich irgendwelche Einbruchsspuren feststellen, was darauf hindeutet, dass das Opfer den Täter freiwillig in seine Wohnung ließ.«

»Was wiederum nahelegt, dass sich die beiden kannten«, folgerte Winston.

»Vielleicht. Wir haben ein Adressbuch gefunden, in dem zahlreiche berufliche und private Kontakte vermerkt sind.«

»Immerhin etwas«, brummte Winston, während sich alles in ihm dagegen sträubte, nur wenige Tage vor seiner Pensionierung einen derartigen Scheißjob am Bein zu haben. Jeder einzelne Kontakt in diesem verdammten Büchlein musste überprüft, jede dieser Personen befragt werden ... Wie er das satt hatte!

»Wir gehen davon aus, dass sich der Mord im Badezimmer ereignet hat«, fuhr der CSD-Beamte fort. »Quare wollte ein Bad nehmen und hatte sich bereits ausgezogen, als ihm der Täter zuerst die Kehle durchschnitt, offenbar, damit er nicht mehr schreien konnte, und dann auf ihn einstach. Hat eine Riesensauerei gegeben, wie Sie sich vorstellen können.«

Winston nickte. »Und anschließend hat der Täter das Opfer hierher geschleppt?«

»Davon gehen wir aus. Quare dürfte zu diesem Zeitpunkt bereits tot gewesen sein. Anschließend hat der Mörder diese beiden Souvenirs hinterlassen und ist geflüchtet.«

»Spuren?«

»Bislang Fehlanzeige. Die Spuren im Bad wurden verwischt, weil das Wasser weiterlief und die Wanne zum Überlaufen brachte, und auch hier draußen haben wir bislang nichts gefunden.«

»Zufall?«, fragte Winston.

»Vielleicht auch mehr als das.«

»Was ist mit der Tatwaffe?«

»Haben wir bisher nicht gefunden. Den Einstichen nach muss es sich aber um eine ziemlich große und höllisch scharfe Klinge gehandelt haben, ein Fleischermesser etwa. Zumindest deuten einige der Einstiche darauf hin. Die Stilette hingegen dienten wohl nur zur Dekoration. Der Täter scheint sie eigens zu diesem Zweck mitgebracht zu haben. Wenn die gerichtsmedizinische Untersuchung abgeschlossen ist, werden wir natürlich auch sie auf Fingerabdrücke überprüfen, aber ein Gefühl sagt mir, dass wir nichts finden werden. Der Täter scheint äußerst gerissen und kaltblütig vorgegangen zu sein.«

»Also hat er den Mord geplant?«, folgerte Winston.

»Nach einer Tat im Affekt sieht das hier jedenfalls nicht aus. Zumal es ja so scheint, als hätten sich Täter und Opfer gekannt.«

»Hm …«, brummte Winston. »Quare hat den Täter offenbar selbst ins Haus gelassen … dann will er ein Bad nehmen, während sein Besuch noch im Hause war … Wie passt das zusammen?«

»Vergessen Sie nicht, Sergeant, wir sind hier im Village …«

Das war allerdings wahr. Nachdem Künstler und Galerien das Viertel verlassen hatten und abgewandert waren, hatte sich Greenwich Village zu einem Anziehungspunkt für Homosexuelle entwickelt. War Quare schwul gewesen? Hatte ihn sein Liebhaber ermordet? Oder hatte er sich einen Stricher in die Wohnung geholt und man war sich über den Preis nicht einig geworden?

Im Verlauf seiner langen Dienstzeit hatte Winston Seymour so viel gesehen und erlebt, dass er wusste, dass beide Möglichkeiten in Betracht kamen. Dennoch, etwas stimmte nicht, passte nicht ins Bild eines Mordes aus Eifersucht oder Gier …

»Ich weiß nicht recht«, murmelte er.

»Sie haben Zweifel?«

»Allerdings.« Winston nickte. »Wer immer der Täter war, er hat sein Opfer vorgeführt, es regelrecht drapiert. Er wollte, dass Quare so aufgefunden wird. Wer so etwas tut, der will sein Opfer nicht nur einfach töten. Er will es erniedrigen, es über den Tod hinaus bestrafen.«

»Kranker Bastard.« Der Forensiker schüttelte den Kopf. »Als ob es nicht reichen würde, jemandem die Kehle durchzuschneiden und ihn verbluten zu lassen.«

»Voraussetzung für eine solche Tat ist Hass«, fuhr

Winston fort. »Abgrundtiefer, vernichtender Hass – nicht zwangsläufig auf das Opfer selbst, sondern auf etwas, wofür es steht oder was es repräsentiert.«

»Sie meinen, Quare hat seinen Mörder möglicherweise doch nicht gekannt?«

»Entweder das, oder es war nur eine sehr flüchtige Bekanntschaft.«

»Aber wie ist er dann ungehindert in die Wohnung gelangt? Das passt nicht zusammen, Sergeant.«

»Ich weiß«, gab Winston zu, »ich weiß ...«

Widersprüche.

Schattierungen von Grau.

Wie ihn das alles ankotzte ...

Der Ablauf des Mordes, die Art und Weise, wie Julius Quare getötet worden war – das alles deutete auf einen psychisch kranken Täter hin, der den Ladenbesitzer möglicherweise aus völlig banalen Gründen derart bestialisch ermordet hatte. Gegen diese Theorie allerdings sprach, dass sich Opfer und Täter vielleicht doch gekannt hatten. Zumindest blieb die Frage offen, warum der Mörder so einfach in die Wohnung gelangt war.

Winston würde alles genau überprüfen müssen, jedes einzelne Detail – und er hatte nur noch wenige Tage Zeit dafür ...

»Wo ist die Frau, die den Leichnam aufgefunden hat?«, wollte er wissen.

»In der Küche. Der EMT hat ihr etwas zur Beruhigung gegeben.« Mit EMT war der Sanitäter gemeint, der Emergency Medical Technician. »Ihr Name ist Carmen Hernandez, eine gebürtige Puerto-Ricanerin, die für Quare als Haushälterin gearbeitet hat. Als sie gegen neun in die Wohnung kam, hat sie Quare so vorgefunden und sofort die Polizei alarmiert.«

»Der Anruf ging exakt um neun Uhr drei beim NYPD ein«, stellte Winston mit einem prüfenden Blick in die

Unterlagen fest, die Lieutenant Sutton ihm gegeben hatte. »Das passt schon mal zusammen. Dennoch werde ich der Lady ein wenig auf den Zahn fühlen müssen.«

»Wieso?« Der CSD-Mann unterdrückte ein Grinsen. »Glauben Sie, die Haushälterin hat den Mord begangen?«

»Immerhin hatte sie einen Schlüssel«, gab Winston zu bedenken. »Damit zählt sie in jedem Fall zum Kreis der Verdächtigen.«

»Theoretisch«, räumte der Forensiker ein. »Aber ich denke nicht, dass Carmen Hernandez einen Mord begehen könnte. Außerdem ist sie rein körperlich wohl kaum in der Lage, einen Koloss wie Quare vom Bad ins Wohnzimmer zu schleppen. Wenn Sie sie sehen, werden Sie wissen, was ich meine.«

»Wie auch immer.« Winston bedankte sich mit einem Nicken für die Informationen und verließ das Wohnzimmer. Er folgte den blutigen Schleifspuren, die über den schmalen Hausgang ins Schlafzimmer führten, dessen Teppich sich mit Wasser vollgesogen hatte. Im angrenzenden Bad sah es noch schlimmer aus. Hier stand das Wasser bis zur Türschwelle, ein rosafarbener See. Auf den weißen Kacheln Blutspritzer, ebenso auf dem Spiegel und den Handtüchern, die an der Wand neben der Wanne hingen.

Der Täter musste wie von Sinnen auf sein Opfer eingestochen haben, wieder und wieder …

Winston war zu müde und ausgebrannt, um noch entsetzt zu sein. Im Lauf seiner vielen Dienstjahre hatte er mehr Grausamkeit gesehen, als manch anderer hätte verarbeiten können. Die goldene Regel im Polizeidienst besagte, dass man entweder irgendwann aufhörte, sich mit den Opfern zu identifizieren und mit ihnen zu fühlen, oder den Verstand verlor.

Er wandte sich ab und suchte die Küche, was in der auf zwei Etagen verteilten und verschachtelten Wohnung gar nicht so einfach war. Im unteren Stockwerk wurde er schließlich fündig, obwohl die kleine fensterlose Kammer die Bezeichnung »Küche« eigentlich nicht verdiente. Ein uralter Gasherd und ein noch älterer Kühlschrank standen an der einen, eine mit Geschirr vollgestopfte Vitrine an der anderen Wand. Dazwischen ein quadratischer Tisch mit zwei Stühlen und einer rotweiß karierten Decke darauf.

Auf einem der Stühle kauerte eine ältlich aussehende Frau mit hispanischen Zügen – Carmen Hernandez. Als Winston sie sah, musste er dem Forensiker recht geben. Die Haushälterin konnte Quare schon in Anbetracht ihrer körperlichen Voraussetzungen unmöglich ermordet haben.

Ihr Alter schätzte Winston auf etwa sechzig, ihr Körpergewicht auf höchstens achtzig Pfund. Carmen Hernandez war ein geradezu zerbrechlich wirkendes Wesen. Das schlichte geblümte Kleid, das sie trug, war völlig zerknittert, aus ihrem grauschwarzen, zu einem strengen Dutt hochgesteckten Haar hatten sich einige Strähnen gelöst und hingen ihr ins tränenüberströmte Gesicht. Der Sanitäter war noch immer bei ihr.

»Mrs Hernandez?«, fragte Winston leise und so sanft er es vermochte.

Sie hob den Blick und er schaute in dunkle, von Tränen gerötete Augen. »Ja?«

»Mrs Hernandez, ich bin Sergeant Seymour. Ich leite die Ermittlungen im Mordfall Quare.« Er registrierte, wie sie zusammenzuckte, und nahm sich vor, noch ein wenig behutsamer vorzugehen. »Darf ich Ihnen ein paar Fragen stellen?«

»N-natürlich«, erwiderte sie schluchzend und gab sich Mühe, möglichst gefasst zu wirken – die Tränen, die unaufhörlich aus ihren Augen rannen, machten diese Bemühungen allerdings zunichte.

»Danke, Mrs Hernandez.« Winston nahm ihr gegenüber Platz, um sich auf Augenhöhe mit der Zeugin zu unterhalten. »Ich weiß, dass das alles sehr schwer für Sie sein muss.«

»Was kann ich für Sie tun, *Señor?*« Ihr spanischer Akzent war deutlich zu hören.

»Sie können mir helfen«, erwiderte Winston, »indem Sie mir alles erzählen, woran Sie sich erinnern.«

»Um neun Uhr kam ich wie jeden Tag zur Arbeit«, berichtete sie tonlos. Es war ihr anzumerken, wie schwer ihr das Sprechen fiel. Der Ausdruck ihrer Augen war leer. »Ich öffnete die Tür und ...«

»Sie haben einen eigenen Schlüssel?«

»Natürlich. Ich öffnete also die Tür und rief Mr Quares Namen, wie ich das immer tue, wenn ich sein Haus betrete. Er mag ... mochte es nicht, überrascht zu werden.«

»Ich verstehe. Und weiter?«

»Ich erhielt keine Antwort, also rief ich noch einmal – und plötzlich sah ich es.«

»Was?«

»Das Wasser. Es kam durch die Decke und es war rot. Rot, verstehen Sie? Rot wie Blut ...« Sie verfiel in leises Wimmern. Sie war mit den Nerven ziemlich am Ende. Der EMT neben ihr trat unruhig von einem Fuß auf den anderen.

»Schon gut, Mrs Hernandez«, sprach Winston beruhigend auf sie ein. »Wir können dieses Gespräch auch morgen führen oder ...«

»*No, Señor*«, sagte sie. »Ich will Ihnen helfen. Ich will, dass dieser Teufel gefasst wird, der dem armen Mr Quare das angetan hat.«

»Wie Sie meinen«, sagte Winston. »Was also ist weiter geschehen?«

»Ich ging nach oben, um nach dem Rechten zu schauen – und da sah ich *el asesino* ...«

»Sie haben den toten Mr Quare gesehen?«, hakte Winston nach, dessen Spanischkenntnisse nur bruchstückhaft waren.

»*No*, Sergeant. Ich sagte, ich habe *el asesino* gesehen.«

»Den Mörder«, half der Sanitäter aus, der seinem Aussehen nach hispanische Wurzeln hatte.

»Was?«, schnappte Winston. »Sie ... Sie haben den Mörder *gesehen*?«

»*Sí, Señor* – und doch auch nicht.«

»Was bedeutet das? Haben Sie ihn gesehen oder nicht?«

»Ja und nein.«

Winston seufzte. Schattierungen von Grau ... Warum nur musste das Leben so verdammt kompliziert sein?

»Bitte erklären Sie mir, was das bedeutet«, bat er, seine Ungeduld und Neugier nur mühsam beherrschend. Nach Einschätzung der Forensiker hatte sich der Mord an Julius Quare in der Nacht zugetragen. Gegen neun Uhr morgens konnte sich der Mörder unmöglich noch am Tatort aufgehalten haben. Oder kam Carmen Hernandez doch eine größere Bedeutung in diesem Fall zu, als ihr unscheinbares Äußeres erahnen ließ?

»Ich habe ihn gesehen«, erklärte sie flüsternd.

»Den Mörder?«

Die Zeugin nickte zaghaft.

»Wie sah er aus? Kannten Sie ihn?«

Kopfschütteln.

»Mrs Hernandez«, sagte Winston beschwörend und so ruhig, wie er es nur zustande brachte, »können Sie mir den Täter vielleicht beschreiben?«

Erneutes Kopfschütteln.

»Warum nicht? Ich denke, Sie haben ihn gesehen?«

»Ich habe *etwas* gesehen, Sergeant. Nicht jemanden.«

»Was soll das heißen?«

»Als ich das Wohnzimmer betrat, sah ich etwas bei Mr Quares Leiche stehen. Es war über und über mit Blut besudelt. Mit Mr Quares Blut. Es war grauenvoll ...«

»Was genau war es?«

»Etwas Unheimliches«, antwortete die Haushälterin mit atemlosem Flüstern.

»Genauer können Sie es nicht beschreiben?«

»Es war nicht wie Sie und es war nicht wie ich. Es war *anders*, verstehen Sie?«

»Nein«, gab Winston ehrlich zu.

»Es war etwas, das nicht aus unserer Welt stammt. Etwas Fremdartiges, Böses ...«

»Mrs Hernandez ...« Winston seufzte. »Was genau versuchen Sie mir hier weiszumachen? Wollen Sie mir Angst einjagen?«

»Sicher nicht.« Die Haushälterin schüttelte den Kopf. »Aber Sie *sollten* Angst haben, Sergeant. Wenn Sie klug sind, sollten Sie sogar große Angst haben.«

»Wovor?«

»Vor dem, was ich gesehen habe.«

»Aber was, um Himmels willen, haben Sie gesehen? Ich ... ich verstehe Sie nicht!«

»Das sagte ich Ihnen schon. Etwas, das nicht aus unserer Welt stammt. Das nicht so ist wie Sie und ich.«

»Wollen Sie mir erzählen, ein Außerirdischer hätte Ihren Boss ermordet?«

»Nein, Sergeant. Mr Quares Mörder war kein Wesen aus Fleisch und Blut. Es war nur ein Schemen, ein Geist. Ein Dämon, verstehen Sie?«

»Ein Dämon?« Wilson schüttelte mürrisch den Kopf. »Mrs Hernandez, wollen Sie mir ernsthaft weismachen, ein leibhaftiger *Dämon* hätte den armen Mr Quare umgebracht?«

»Genau das, Sergeant.« Sie lächelte, was in Anbetracht der Situation seltsam unpassend schien.

»Hören Sie, Ma'am«, knurrte Winston, der keine Lust verspürte, sich vorführen zu lassen, »wenn Sie glauben, dass ich Ihnen diesen Müll abkaufe, haben Sie sich geschnitten! Vielleicht mache ich auf Sie ja den Eindruck eines gutgläubigen Idioten, aber ich ...«

»Gehen Sie in die Kirche, Sergeant?«, unterbrach sie ihn.

»Was?«

»Gehen Sie in die Kirche?«, wiederholte sie. In ihren faltigen Zügen zuckte es, aber sie beherrschte sich und hielt nun ihre Tränen tapfer zurück.

Winston zögerte mit der Antwort. Und erinnerte sich erneut an Dinge, die er eigentlich hatte vergessen wollen. Lorna war Methodistin gewesen. Jeden Sonntag war sie zur Kirche gegangen und er hatte sie oft begleitet. »Schon lange nicht mehr«, antwortete er.

»Ich auch nicht«, gestand Mrs Hernandez. »Aber nach dem, was ich heute gesehen habe, werde ich wieder hingehen. Sie können es mir glauben oder nicht, Sergeant. Aber da war ... *etwas*. Etwas Unheimliches. Etwas sehr Böses. Es hat den armen Mr Quare getötet – und es wird weiter töten.«

»Nicht, wenn ich es aufhalten kann«, knurrte Winston, aber es klang nicht ganz so überzeugt, wie er beabsichtigt hatte. Er befeuchtete seine Lippen mit der Zunge. Eigentlich hätte er Carmen Hernandez' Aussage als das Geschwätz einer unter Schock stehenden Zeugin abtun müssen, doch stattdessen empfand er eine seltsame Betroffenheit.

Vielleicht rührte das daher, dass ein Fall dieses Kalibers nur wenige Tage vor seiner Pensionierung auf seinem Schreibtisch gelandet war. Vielleicht aber lag es auch daran, dass die Worte der Haushälterin etwas tief in seinem Inneren zum Klingen gebracht hatten.

Da war etwas. Erinnerungen, die er nicht haben durfte.

Schattierungen von Grau.

Wie er sie hasste.

Und unvermittelt kehrten auch die Zweifel zurück ...

Maxvorstadt, München
Zur selben Zeit

Gespielt und verloren.

Peter Manhart legte die kurze Strecke von der U-Bahn-Haltestelle zu seiner Wohnung zu Fuß zurück. Er befand sich in einer seltsamen Stimmung. Er fühlte sich zurückgewiesen und auch ein wenig entwürdigt, aber das frustrierende Gefühl, das er so gefürchtet und dessentwegen er das private Treffen mit Alexandra Lessing wieder und wieder aufgeschoben hatte, war ausgeblieben.

Im Gegenteil – der Wissenschaftler, der sonst nur für seine Forschung lebte und in den Bibliotheken und Hörsälen der LMU zu Hause war, empfand sogar einen leisen Triumph: Obwohl sich Alex eine Beziehung mit ihm nicht vorstellen konnte, hatte sie zumindest einen Augenblick lang darüber nachgedacht. Und das wiederum bedeutete seiner Meinung nach, dass sein Begehren nicht so abwegig war, wie er es befürchtet hatte. Weder war seine Kollegin in schallendes Gelächter ausgebrochen, noch hatte sie ihn in aller Öffentlichkeit geohrfeigt, und das war doch immerhin etwas.

Manhart war daran gewöhnt, stets alles unter Kontrolle zu haben, ob er nun ein wissenschaftliches Projekt leitete oder eine Diskussion mit Kollegen maßgeblich lenkte und bestimmte. In diesem Fall jedoch war es anders gewesen: Alex seine Zuneigung zu gestehen, war ein Experiment mit offenem Ausgang gewesen.

Zwar war es zugegebenermaßen fehlgeschlagen, aber Manhart war dennoch dankbar für die Erfahrung. Dies war nicht trockene Theorie, sondern die vor Spannung prickelnde Praxis, und es war kein Buch, das er las, sondern die ungefilterte, absolute Realität, die er erlebte: das bunte, pralle Leben mit all den bitteren Rückschlägen und dramatischen Enttäuschungen, die es bereithielt und von denen Manhart bislang nur wenig mitbekommen hatte. Denn statt am richtigen Leben teilzunehmen, hatte er sich in seine Bücher und Studien verkrochen. An diesem Abend jedoch hatte Peter Manhart das Leben kennengelernt und er hatte daran Geschmack gefunden.

Auf eine schräge Weise frohgelaunt, betrat er das Mietshaus, in dessen Erdgeschoss er wohnte. Er sperrte die Tür seiner Wohnung auf und trat in den dunklen Korridor. Das Drücken des Lichtschalters, das Ablegen des Schlüssels auf dem Bord – all das war Routine. Manhart zog sein Jackett aus und hängte es an die Garderobe. Dann wollte er ins Wohnzimmer gehen, um sich einen Drink zu genehmigen und seinen so angenehmen Frust stilvoll zu ertränken – als er ein alarmierendes Geräusch hörte. Ein leises Keuchen, das eindeutig nicht aus seiner Kehle gedrungen war …

Peter Manhart sog scharf die Luft ein und schaute sich um, konnte jedoch niemanden entdecken. Natürlich nicht. Er lebte allein in seiner Wohnung und die Tür war fest verschlossen gewesen. Wen also hätte er atmen hören sollen?

Er schüttelte den Kopf. Offenbar, dachte er, hatte ihn die Sache mit Alex doch mehr verwirrt, als er sich eingestehen wollte.

Er betrat das Wohnzimmer, in dem es weder ein Radio oder eine CD-Anlage noch einen Fernseher gab, dafür zahlreiche Regale, die bis unter die Decke reichten und vor Büchern überquollen.

Die Flasche Bourbon, die ihm im vergangenen Jahr der Professor als Anerkennung für die erfolgreiche Beendigung des Winkler-Projekts geschenkt hatte, hatte er für einen besonderen Moment aufbewahrt. Dieser Moment war gekommen.

Sie stand auf einem kleinen Beistelltisch und hatte bereits Staub angesetzt. Er griff danach und wollte sie öffnen.

»Guten Abend, Doktor.«

Peter Manhart hatte das Gefühl, sein Herz würde für einen Moment aussetzen. Wie vom Blitz getroffen fuhr er zusammen. Die Flasche entrang sich seinem Griff und fiel zu Boden, prallte auf die Terrakotta-Fliesen, zersprang, und der bernsteinfarbene Inhalt spritzte nach allen Seiten. Aber Manhart nahm keine Notiz davon. Entsetzen stand in seinem blassen Gesicht.

»Schade«, sagte die Stimme, die ihn zu Tode erschreckte. »Nun können Sie mir nichts mehr zu trinken anbieten.«

»W-wer sind Sie?«, fragte Manhart entgeistert, während er sich gehetzt umblickte, den Besitzer der Stimme jedoch nirgends entdecken konnte.

»Das ist unwichtig«, wehrte die Stimme ab. Sie gehörte offenbar einem Mann, war Manhart jedoch gänzlich unbekannt, und die Erkenntnis, dass sich ein Fremder unbemerkt Zugang zu seiner Wohnung verschafft hatte, traf den Wissenschaftler bis ins Mark. »Wichtig ist nur, dass Sie etwas haben, das uns gehört – oder vielmehr hatten Sie es bis vor kurzem.«

»Wovon sprechen Sie? Ich habe keine Ahnung, wovon Sie reden.«

»Ich denke schon, dass Sie das wissen – schließlich hat sich der fragliche Gegenstand nach Ihren eigenen Worten noch heute Mittag in Ihrem Besitz befunden.«

»Welcher Gegenstand?«

»Mein guter Doktor. Sie sollten nicht versuchen, mich für dumm zu verkaufen. Das ist schon vielen schlecht bekommen.«

»Aber das ... das versuche ich doch gar nicht!« Schweiß trat auf Manharts Stirn und seine Brille beschlug. »Ich ... ich habe wirklich keine Ahnung, wovon Sie sprechen!«

»Das Logbuch«, sagte die Stimme.

»Welches Log...?« Manhart verschluckte das Wort. Schlagartig wurde ihm klar, was die Stimme von ihm haben wollte. »Damit habe ich nichts zu tun«, beeilte er sich zu versichern. »Das Buch hat jemand meiner Kollegin zugesteckt.«

»Ich weiß – und das waren *Sie!*«

»Aber … aber nein! Wie … wie kommen Sie darauf?«

»Sie selbst haben es gesagt. Erinnern Sie sich?«

»Ich … ich selbst?« Manhart überlegte – und dann dämmerte es ihm. Offenbar hatte jemand das Tischgespräch zwischen ihm und Alexandra Lessing belauscht …

»Tut mir leid, dass der Abend nicht nach Ihren Vorstellungen verlaufen ist, Doktor«, höhnte die Stimme und bestätigte damit Manharts Verdacht, »aber ich garantiere Ihnen, dass diese Nacht für Sie noch einen weit unangenehmeren Verlauf nehmen wird, wenn Sie mir nicht augenblicklich verraten, woher Sie das Logbuch hatten.«

»A-aber ich hatte es nicht!«, rief Manhart verzweifelt. »Das war nur eine … eine Lüge, verstehen Sie? Ich wollte meine Kollegin beeindrucken, nichts weiter!«

»Und das soll ich Ihnen glauben, Doktor?«

»Aber es stimmt!« Die Stimme des Wissenschaftlers überschlug sich, so schrill wurde sie. »Ich … ich sage die Wahrheit! Ich … ich habe das mit dem Logbuch nur behauptet, damit meine … meine Kollegin kapiert, dass … dass ich sie mag. In Wirklichkeit habe ich das Buch nie besessen. Ich weiß nicht mal, was darin steht!«

»Schon wieder eine Lüge. Dr. Lessing hat Ihnen doch von dem Inhalt erzählt!«

»Aber … aber sie hat doch nur Andeutungen gemacht. Ich habe wirklich keine Ahnung, was darin steht.«

»Warum nur glaube ich Ihnen nicht?«

»Bitte, diesmal sage ich die Wahrheit!« Im verzweifelten Bemühen, den Sprecher zu entdecken, drehte sich Manhart um sich selbst. Die Tür zum Schlafzimmer stand halb offen, dahinter herrschte Dunkelheit …

»Es ist sehr unklug von Ihnen, nicht zu kooperieren,

Doktor«, sagte die Stimme. »Sie haben offenbar keinen blassen Schimmer, mit wem Sie sich anlegen.«

»Ich mich mit jemand anlegen? Aber ich ... ich habe nicht ...«

»Wie auch immer«, unterbrach ihn die Stimme, »wir werden die Wahrheit schon in Erfahrung bringen. Schon in Kürze, werter Dr. Manhart. Sie werden entweder den Mund aufmachen oder für immer schweigen.«

»Nein, bitte! Ich habe nicht ...«

Mehr kam nicht mehr über Peter Manharts Lippen, denn in diesem Moment flog die Tür zum Schlafzimmer ganz auf und eine dunkle Gestalt stürzte auf ihn zu. Eine Spritze stach in seinen Hals, ihm wurde ein Serum injiziert, und wenige Herzschläge später sah er dunkle Flecke vor seinen Augen.

Manhart wankte, dann kippte er mit einem heiseren Stöhnen um. In einem verzögerten Reflex brachte er die Arme nach vorn, um sich abzufangen, und fiel in die Scherben der Bourbon-Flasche.

Er spürte nicht mehr, wie die scharfen Kanten seine Handflächen zerschnitten, denn noch ehe er den Boden erreichte, hatte das Serum seine volle Wirkung entfaltet und ihn in ein Meer von Dunkelheit gerissen.

5.

Kennen Sie dieses alte Kinderspiel?

Jeder Spieler hält ein Blatt bunter Karten in der Hand, und man beginnt, abwechselnd zu ziehen. Wer ein Pärchen hat, darf dieses ablegen, gleichzeitig muss man auf der Hut sein, nicht die schwarze Karte zugespielt zu bekommen. Geschieht es dennoch, muss man versuchen, sie möglichst rasch wieder loszuwerden, und das kann nur geschehen, indem der Gegenspieler sie zieht.

Das Zurückspielen des Schwarzen Peters, wie die Karte genannt wird, ist nur augenscheinlich ein einfaches Manöver – in Wirklichkeit erfordert es die Kunst, sich arglos zu geben und den Gegner auf diese Weise in Sicherheit zu wiegen. Andererseits sollte man, indem man die gegnerischen Spieler genau beobachtet, stets wissen, wer den Schwarzen Peter hat.

Auf diese Weise habe ich früh eine Erfahrung gemacht, die mein Leben prägen sollte: Es ist unmöglich herauszufinden, wer den Schwarzen Peter hat, wenn man die Gesichter der anderen Spieler nicht sehen kann …

Südatlantik
14. Mai 1945

Sie lagen auf Grund.

Schweigend und in Finsternis.

Und wieder einmal herrschte die schreckliche Ungewissheit darüber, ob das U-Boot, das ihnen inmitten der feindseligen Tiefe Heimat und Zuflucht war, zur Rettung gereichen oder ihr Sarg werden würde auf dem kalten, dunklen Grund des Ozeans …

»Schadensmeldung«, flüsterte Hornung, sich halb darüber wundernd, dass er überhaupt noch am Leben war. Das U-Boot hatte der letzten Wasserbomben-Explosion standgehalten, obwohl der ungeheure Druck der Tiefe auf seiner Hülle lastete. Ein weiteres Indiz dafür, dass seine Konstrukteure nicht zu viel versprochen hatten: Die XXI-Boote schienen ihren betagten Vorgängern tatsächlich weit überlegen zu sein …

Während LI und Zentralenmaat im Licht einiger Taschenlampen die Zentrale nach Schäden absuchten, trafen die einzelnen Meldungen ein, und es zeigte sich, dass U-300 die Detonation doch bei weitem nicht so gut weggesteckt hatte, wie Hornung gehofft hatte.

Dass der Druckkörper ächzte und sich der Stahl unter der enormen Beanspruchung bog, war unter diesen Voraussetzungen als normal anzusehen. Auch die Ausfälle der Bordelektrik waren hinzunehmen. Geradezu niederschmetternd war jedoch die Meldung, die aus dem Maschinenraum eintraf: Die Stromversorgung des U-Boots war dramatisch eingebrochen. Mehrere Akkumulatoren waren ausgefallen. Ob es am Druck der Tiefe oder an dem Beinahetreffer lag, war zweitrangig.

Entscheidend war: Es gab nur noch Strom für fünfzehn Minuten!

Zusätzlich hatten sich achtern Haarrisse im Druckkörper

gebildet. Eine weitere Bombe, die in unmittelbarer Nähe detonierte, und das Schicksal von U-300 wäre besiegelt.

»Schraubengeräusche!«, meldete der Horcher in diesem Augenblick. »Zerstörer kommt zurück!«

»Scheiße!«, zischte EinsWO Hansen.

»Möglichkeiten?«, fragte Hornung in die Runde seiner Brückenoffiziere.

»Kaum welche, Herr Kaleu. So wie ich das sehe, gehen in einer Viertelstunde die Lichter aus, und dann wird aus unserem Boot ein ganz gewöhnliches Schiff. Allerdings eins, das auf Grund liegt!«

Hornung nickte. Hansen hatte recht. Ohne Elektroantrieb konnte das U-Boot unter Wasser nicht manövrieren – und damit war es das, was auch jedes andere Schiff war, das in 270 Metern Tiefe auf dem Grund des Ozeans lag: ein Wrack!

»LI?«, wandte sich der Kommandant an den Ingenieur.

»Tut mir leid, Herr Kaleu«, sagte Baumgartner und schüttelte den Kopf. »Um das wieder hinzukriegen, bräuchte ich Ersatzteile, die wir nicht haben. Oder mehr Zeit, aber da machen die Austauscher nicht mit. In ein paar Stunden wird es hier drin kaum noch Luft zum Atmen geben.«

»Also?«

»So wie ich es sehe, war's das«, stellte der Leitende Ingenieur fest, und die Kälte, mit der er das sagte, jagte nicht nur seinem Kommandanten einen eisigen Schauer über den Rücken.

Hornung schaute die Wachoffiziere fragend an und erntete nichts als deprimiertes Kopfschütteln.

Aus und vorbei. Die erste große Fahrt von U-300 war gleichzeitig auch seine letzte, und Kapitänleutnant Werner Hornung war der Offizier, der dies zu verantworten hatte.

Was blieb also?

Es gab nur zwei Alternativen, und jeder, der sich in diesem Moment in der Zentrale befand, wusste dies nur zu gut: Entweder man tauchte auf und ergab sich dem Feind, oder aber ...

»EinsWO?«, fragte Hornung mit Flüsterstimme. Er brauchte den Rat des Wachoffiziers, der ihn auf so vielen Fahrten begleitet hatte.

»Na ja ...« Hansen kratzte sich nachdenklich am Hinterkopf. »In Anbetracht der Tatsache, dass der Krieg vielleicht eh schon längst vorbei ist ...«

»Wenn der Krieg vorbei ist«, wandte Baumgartner ein, »warum bombardieren die uns dann?«

»Weil wir hier nichts verloren haben und sie uns zum Auftauchen zwingen wollen«, glaubte Hansen. »Das wäre zumindest eine Erklärung!«

»Eine sehr fadenscheinige«, war Baumgartners Ansicht. »Sie haben uns kein einziges Mal angefunkt, um uns darüber aufzuklären, dass alles vorbei ist und wir uns ergeben sollen!«

»Ich habe keine Ahnung, was in deren Köpfen vor sich geht«, gestand Hornung mit leiser Stimme, »aber denken Sie mal nach, Baumgartner: Seit Tagen haben wir keine Meldung mehr vom Flottenhauptquartier empfangen. Warum wohl? Weil es kein Hauptquartier mehr gibt, deshalb.«

»Oder weil die Geheimhaltung absolute Funkstille erfordert«, wandte der Leitende Ingenieur ein. »Vielleicht weiß die Führung, dass uns die Amerikaner an den Hacken kleben.«

Hansen hätte fast aufgelacht, aber er riss sich im letzten Moment zusammen und flüsterte: »Die doch nicht. Die wissen schon seit Monaten nicht mehr, was hier draußen vor sich geht.«

»Trotzdem – wir können nicht sicher sein.«

»Nein, das können wir nicht«, stimmte Hornung zu und beendete den Disput, indem er mit leiser Stimme anordnete: »Wir werden also aus dem Bauch heraus entscheiden müssen, und ich sage, wir ergeben uns. – Sofort auftauchen! Hansen, klar bei Tauchrettern!«

»Jawohl, Herr Kaleu!«, bestätigte der Erste Wachoffizier mit Flüsterstimme. Er grinste, während sich die Züge des Leitenden Ingenieurs purpurrot verfärbten.

»Nein!«, sagte Baumgartner leise, aber sehr energisch.

»Was soll das heißen?« Hornung wandte sich verblüfft nach dem LI um, der bislang loyal und zuverlässig an seiner Seite gestanden hatte.

»Wir dürfen nicht auftauchen, Herr Kaleu!«

»Wenn wir noch länger hier unten bleiben, werden wir sterben! Noch ein Beinahetreffer wie der von vorhin, und dieses Boot wird für uns alle zum stählernen Sarg, Baumgartner!«

»Ich weiß, Herr Kaleu. Aber die Fracht, die wir an Bord haben, darf den Alliierten auf keinen Fall in die Hände fallen!«

»Ich scheiß auf die verdammte Fracht!«, zischte Hornung und die Frustration und die Entbehrungen von sechs langen Jahren brachen aus ihm hervor. »Ich weiß ja nicht mal, was sich in dieser verdammten Kiste befindet!« Er schüttelte den Kopf, so als würde er sich selbst nicht verstehen, um dann ruhiger fortzufahren: »Die ganze Zeit über habe ich getan, was diese Hanswurste in ihren geleckten Uniformen von mir verlangten, habe brave deutsche Jungs wie Lämmer zur Schlachtbank geführt. Aber damit ist es nun vorbei. Der Krieg ist zu Ende!«

»Das wissen wir nicht!«

»Selbst wenn er noch ein paar Tage dauern sollte – es ist vorbei, Baumgartner. Das Tausendjährige Reich liegt nach sechs Jahren in seinen Todeszuckungen, und ich habe nicht vor, ihm noch einmal fünfzig Leben zu opfern. Für die Jungs hier an Bord trägt nicht dieses Großmaul Dönitz die Verantwortung, sondern ich – und ich sage, wir tauchen auf und ergeben uns!«

»Das dürfen Sie nicht! Ihre Befehle sind eindeutig: Sollte eine Situation eintreten, in der Gefahr besteht, dass die Fracht in die Hände des Feindes geraten könnte, so ist das U-Boot unverzüglich zu zerstören. Personelle Verluste sind in Kauf zu nehmen.«

»Personelle Verluste?«, wiederholte Hornung. »Verdammt, Sie sprechen hier von ...« Er unterbrach sich, dann stammelte er: »W-woher wissen Sie von dem Be-Befehl? Sie ... Sie waren nicht dabei, als ...«

Erneut unterbrach er sich – denn auf einmal glotzte ihn dunkel und drohend das Mündungsloch einer Luger an. Baumgartner hatte die Pistole unter seiner offenen Arbeitsjacke hervorgezogen.

»Sie ... Sie sind gar kein Ingenieur ...?«, ächzte Hornung wenig geistreich.

»Doch, das bin ich«, antwortete Baumgartner mit leiser Stimme, während erneut das hässliche Schrubben des US-Zerstörers zu hören war, der über ihnen kreuzte. »Ich habe sogar geholfen, dieses U-Boot zu konstruieren, und bin daher mit allen technischen Details vertraut.«

»Wer – wer sind Sie, verdammt noch mal?«

»Jemand, dem sehr daran gelegen ist, dass diese Fracht nicht in falsche Hände gerät«, stellte Baumgartner klar. »Es tut mir leid, dass wir es auf diese Weise beenden müssen, Kapitänleutnant Hornung, aber Sie lassen mir keine andere Wahl. Veranlassen Sie die Zerstörung des Bootes – jetzt sofort!«

»Verdammter Schweinehund!«, zischte Hornung. »Elender Verräter! Sie werden mit uns draufgehen!«

»Dessen bin ich mir durchaus bewusst«, versicherte der Rothaarige flüsternd, dem der Schweiß auf der Stirn stand. »Und glauben Sie mir, dies ist ein geringer Preis im Vergleich zu dem, den wir alle entrichten müssten, würden wir jetzt auftauchen.«

»Wieso?«, wollte Hornung wissen. »Was hat U-300

geladen? Was befindet sich in der verdammten Metallkiste?«

»Das wollen Sie nicht wissen.«

»O doch, ich will es wissen. Wenn ich schon dafür ins Gras beißen soll, habe ich ein Recht darauf, es zu erfahren. Die *ganze verdammte Mannschaft* hat ein Recht darauf, es zu erfahren!«

»Der Kaleu hat recht!«, stimmte Hansen heiser zu.

»Jawohl!«, scholl es aus den Reihen der Mannschaft und einige der Männer ballten die Hände zu Fäusten.

»Keine Bewegung!«, zischte Baumgartner und fuchtelte wild mit der Pistole herum. »Ich mache sonst von der Waffe Gebrauch. Wer sich mir in den Weg stellt, der gilt als Verräter am Deutschen Reich und am Führer und wird erschossen!«

»Wenn wir den Kahn sprengen, werden wir *alle* sterben!«, hielt Hansen dagegen.

Und auf einmal überschlugen sich die Ereignisse!

»Nein!«, stieß Hornung entsetzt hervor, als er sah, wie sich der Erste Wachoffizier mit bloßen Fäusten auf den Bewaffneten stürzte.

Baumgartner zog den Abzug der Luger durch. Ein scharfer Knall peitschte durch den Druckkörper – und der Eins-WO sank getroffen nieder!

»Hansen!«

In einem Reflex fing Hornung seinen Ersten Wachoffizier auf, sah entsetzt das Blut, das Hansens Troyer in Höhe des Herzens tränkte. »Mörder!«, zischte er Baumgartner an. »Elender, verdammter Mörder!«

»I-ich ... ich habe nur meine Pflicht getan«, stammelte Baumgartner, die rauchende Waffe noch in der Hand – und wurde im nächsten Moment von einem wuchtigen Gegenstand getroffen!

Es war Lukaschinski, der Maschinist, der mit einem Schraubenschlüssel geworfen hatte.

Hart traf das ölverschmierte Werkzeug Baumgartner an der Schläfe. Er stöhnte auf, wankte zurück – und im nächsten Moment fielen die übrigen Mannschaftsmitglieder über ihn her und überwältigten ihn. Die Waffe wurde ihm entrungen, und Fäuste knüppelten den Ingenieur nieder, der über die geheime Fracht an Bord von U-300 genau informiert zu sein schien.

Zu gern hätte Hornung gewusst, was es damit auf sich hatte, aber es blieb keine Zeit, Baumgartner zu befragen, ebenso wenig wie um Hansen zu trauern. Der Horcher im Zerstörer musste den Schuss gehört haben. Es war ein Wunder, dass nicht längst wieder Wasserbomben auf sie herabregneten. Es gab keine Sekunde mehr zu verlieren!

»Auftauchen!«, befahl er.

»Neeeiiin!«, schrie Baumgartner, dem das Blut aus Mund und Nase lief, laut und schrill.

Ein Faustschlag des Matrosen Gerber ließ ihn endgültig verstummen.

Ein Zischen und Rumpeln durchfuhr das Boot, als die vorderen Tauchkammern angeblasen wurden. Sofort hob sich der Bug, und U-300 begann zu steigen, in steilem Winkel und mit atemberaubender Geschwindigkeit.

»Steigwinkel 60 Grad!«, scholl es durch die Zentrale. »150 Meter, Boot steigt ...«

Rasch ging es aufwärts, Stück für Stück kletterte die Anzeige des Tiefenmessers nach oben. Es war ein Wettlauf gegen die Zeit, das war allen an Bord klar – denn die nächste Wasserbombe, die der Feind ihnen auf die Köpfe warf, würde ihr aller Schicksal besiegeln ...

»20 Meter, Boot steigt!«, meldete Kreiner in Vertretung des Ingenieurs. Hornung hatte sich unterdessen das Hemd vom Leib gerissen. Auch wenn es nicht weiß, sondern hellgrau war, würde der Feind es wohl zu deuten wissen, wenn er den Stoff über dem Kopf schwenkte. Immer wieder war von Besatzungen zu hören, die sich hatten ergeben wollen und beim Aussteigen aus dem Boot von MG-Salven gnadenlos niedergemäht worden waren. In wenigen Augenblicken würde sich zeigen, ob dies der Wahrheit entsprach oder ob es Lügen der Kriegspropaganda waren.

Noch immer fielen keine Wasserbomben, trotz des Schusslautes und Baumgartners irrem Schrei. Es war, als ob man sie dort oben erwartete.

Für einen kurzen Moment befielen Hornung Zweifel. Baumgartner hatte sie alle hintergangen – aber hatte er möglicherweise recht? Was würde passieren, wenn die geheime Fracht von U-300 in den Besitz des Feindes gelangte? War es wert, dafür über fünfzig Menschenleben zu opfern?

Es war zu spät, um sich noch anders zu entscheiden.

»Turmluk kommt frei!«, gellte es durch die Zentrale, und das Boot, das sich in steiler Steiglage befunden hatte, tarierte sich wieder aus.

Hornung war an der Leiter, stieg hinauf in den Turm.

Druckausgleich.

Es zischte, Salzwasser schwappte ins Innere und brannte in den Augen des Kommandanten. Hornung entriegelte das Turmluk, klappte es auf und stieg hinaus in die blendende Helligkeit, die improvisierte Kapitulationsfahne in der Hand.

»*Freeze, Kraut*«, scholl es ihm feindselig von oben entgegen. »*Just one more move and I'll shoot ya. War is over …*«

Altschwabing, München
Gegenwart

Erneut wurde Alexandra Lessing beim Lesen gestört – diesmal nicht von der Türklingel, sondern vom elektronischen Trillern des Telefons.

Es kostete sie einige Überwindung, das Logbuch Werner Hornungs aus der Hand zu legen; es war noch bei weitem interessanter und spannender, als sie es vermutet hatte.

Es war nach zwei Uhr, und eigentlich konnte es nur einer sein, der Alex um diese Zeit anrief ...

»Peter«, sagte sie seufzend, sobald sie den Hörer abgenommen hatte, »bitte sieh es ein! Das mit uns beiden hätte keine Zukunft und ...«

Sie verstummte, als sie kehliges Gelächter hörte.

»Wer ... wer ist da?«, stammelte sie und ein kalter Schauer rann ihr über den Rücken. Das Lachen hatte etwas Unheimliches, Bedrohliches ...

»Jemand, der Sie sehr gut kennt, Dr. Lessing«, sagte eine grässliche, hohe Stimme, die offenbar elektronisch verzerrt wurde, »und der etwas zurückhaben will, das Sie ihm gestohlen haben.«

»Das ... das ich ihm gestohlen habe?« Alex war völlig verwirrt. Wer war der Anrufer? Und wovon sprach er?

»Es ist klein, in Leder gebunden und stinkt nach Fisch und Öl. Trotzdem hätte ich es gern wieder.«

Da begriff Alex, worum es ging. Das Buch. Der Anrufer wollte das Logbuch, in dem sie gerade gelesen hatte.

»Tut mir leid, aber ich weiß nicht, wovon Sie sprechen«, entgegnete sie kaltschnäuzig.

»Dr. Lessing, Sie sollten mich nicht zum Narren halten. Andernfalls könnte das Ihrem Kollegen schlecht bekommen.«

»Meinem Kollegen?« Wovon sprach der Kerl mit der unheimlich verzerrten Stimme diesmal?

»Der gute Dr. Manhart befindet sich in unserer Gewalt. Wenn Sie uns nicht binnen zwei Stunden geben, was wir haben möchten, wird er sterben.«

»He, Moment mal!«, rief Alex, die das Ganze einfach nicht begreifen wollte. »Soll das ein ... ein Witz sein?«

»Durchaus nicht, Doktor. Hier, hören Sie ...«

Es knisterte in der Leitung; der Verzerrer wurde ausgeschaltet. Und dann konnte Alex eine Stimme hören, die sie nur zu gut kannte.

»Was – was wollen Sie von mir …?«

Alex stand stocksteif. Ihr Herz raste, ihre Handflächen wurden feucht, und für einen Moment hatte sie den wirren Gedanken, dass dies alles lediglich ein Albtraum sein könnte, dass sie sich einen Krimi im Fernsehen angeschaut hatte und eingeschlafen war und nun träumte, selbst Mittelpunkt eines Kriminalfalls zu sein.

Aber dann wurde ihr klar, dass es die grausame Realität war, die sie erlebte!

»Peter?«, hauchte sie atemlos.

»Alex! Um Himmels willen!« Es war die Stimme von Peter Manhart, ohne Zweifel. Panik und Todesangst schwangen darin mit.

»Peter, was ist passiert?«

»Sie haben mich in ihrer Gewalt, Alex. Sie drohen, mich umzubringen, wenn du nicht tust, was sie sagen!«

»Wer sind *sie?* Peter, bitte sag mir …«

Wieder ein Knistern.

»Das genügt«, sagte die verzerrte Stimme des Entführers. »Später können Sie sich alles in Ruhe erzählen – vorausgesetzt, Ihr Kollege ist dann noch am Leben.«

»Sie … Sie haben ihn also wirklich ent-entführt?«, flüsterte Alex fassungslos. Es war zu surreal, um es zu begreifen, und dennoch war es Wirklichkeit.

»So ist es, Dr. Lessing. Geben Sie uns das Logbuch und ihm wird nichts zustoßen. Behalten Sie es und er wird sterben. Es ist Ihre Entscheidung.«

»Wo?«, fragte Alex ohne Zögern. »Wann?«

»Jetzt gleich. Der Eingang zum Olympiapark. Das Mahnmal.«

»Wieso ausgerechnet dort?«, wollte Alex wissen. Soweit sie wusste, erinnerte die Gedenkstätte an die Opfer des brutalen Terrorüberfalls auf die Mitglieder der israelischen Olympia-Mannschaft während der Spiele von '72. Ließ sich daraus etwas über die Identität des Anrufers ableiten? War er ein islamistischer Terrorist?

»Weil ich es sage, deshalb!«, antwortete die Stimme am Telefon schroff. »Zermartern Sie sich nicht Ihr hübsches Köpfchen darüber, Doktor. Und hören Sie auf, Löcher in die Luft zu starren, so sehen Sie nämlich ziemlich dämlich aus.«

Alex war wie vom Donner gerührt.

Der geheimnisvolle Anrufer konnte sie sehen! Er beobachtete sie, in diesem Augenblick!

Sie schaute in Richtung des großen Wohnzimmerfensters. Die Vorhänge davor waren zurückgezogen. Alex kam sich in ihrer eigenen Wohnung plötzlich hilflos und ausgeliefert vor.

»Also?«, fragte die krächzende, hohe Stimme.

»Ich komme«, antwortete Alex.

»Sehr gut. Und natürlich lassen Sie die Polizei aus dem Spiel, sonst wird Ihr Kollege dafür bezahlen.«

»Ich – ich werde alles tun, was Sie verlangen«, versicherte Alex. »Nur bitte, tun Sie Peter nichts.«

Die krächzende Stimme lachte. »Sollte der gute Doktor Ihnen am Ende doch etwas bedeuten?«

Damit beendete der grauenvolle Anrufer die Verbindung.

Kreidebleich und mit zitternden Händen stand Alex da und rührte sich sekundenlang nicht. Dann endlich drückte sie die Unterbrechertaste und legte das Schnurlostelefon beiseite. Ihre Knie wurden weich, gaben nach, und benommen sank sie auf das Sofa.

Sie stand unter Schock.

Angst und Wut tobten in ihr und lieferten sich einen heftigen Wettstreit. Angst vor allem um Peter Manhart, der offenbar in eine böse Sache hineingeraten war. Wut, weil sie nichts anderes tun konnte, als zu tun, was der Entführer ihr gesagt hatte. Mit noch immer wild pochendem Herzen schaute sie auf das Buch, das aufgeschlagen auf dem Sofa lag.

Wenn bislang noch ein einziger Zweifel daran bestanden hatte, dass das Logbuch von U-300 ein Geheimnis barg, dann hatte dieser Anruf ihn gründlich beseitigt. Alex hatte von Anfang an gespürt, dass die verschmierten Seiten des Logbuchs eine wissenschaftliche Sensation bargen. Sie würde jedoch keine Gelegenheit mehr bekommen, dieses Geheimnis zu ergründen, denn derjenige, der hinter diesem Buch her war, kannte offenbar wenig Skrupel und war sogar bereit, einen Mord zu begehen, um dieses Buch zurückzuerhalten.

Alex spürte, wie sich ihre Nackenhaare sträubten. Der Gedanke, dass der Unbekannte ihrem Kollegen etwas antun könnte, brachte sie an den Rand einer Panik. Sie zwang sich zur Ruhe, sagte sich, dass sie einen kühlen Kopf bewahren musste, wenn sie Peter retten wollte.

Entschlossen stand sie auf. Die Zeit drängte …

6.

Kairo. Wie sein Pressesprecher verlauten ließ, machte Professor Luigi Benati bei den laufenden Ausgrabungen in der Nähe von Gizeh eine bedeutende Entdeckung, die er der Fachwelt jedoch erst nach seiner Rückkehr in die italienische Hauptstadt vorstellen will.

In den vergangenen Jahren hat Professor Benati von der Archäologischen Fakultät der Universität Rom immer wieder von sich reden gemacht. Mehrfach behauptete er sogar, das Geheimnis der Cheops-Pyramide entschlüsselt zu haben. Benati vertritt wie viele seiner Kollegen aus der Populärwissenschaft die These, das Fundament der Pyramide berge geheimes Wissen aus der Zeit der Pharaonen. Diese Theorie wird jedoch von der seriösen Archäologie strikt abgelehnt. Auch in anderen Fragen musste Benati wiederholt herbe Kritik von namhaften Wissenschaftlern hinnehmen, die ihn nach eigenem Bekunden jedoch nie an der Richtigkeit seiner Forschungen zweifeln ließen.

Benati leitete über zwölf Grabungen in Ägypten, Syrien, der Türkei sowie in Jordanien. Bei seinem jüngsten Ausgrabungsprojekt, das sich aus Geldern einer privaten Forschungsgruppe finanziert, will Benati nun eine weltbewegende Entdeckung gemacht haben, wobei schon jetzt zu erwarten ist, dass die Fachwelt dieser Entdeckung äußerst kritisch begegnen wird.

aus »Historic Essays Monthly«, Ausgabe 1/2007

Homicide Squad, 6th Police Precinct
Manhattan, New York City
Gegenwart

»Und? Was haben Sie?«

Lieutenant Wayne Sutton beugte sich erwartungsvoll über seinen Schreibtisch. Ein Ventilator quirlte die schwüle Luft in seinem »Aquarium«. Diesmal waren die Jalousien heruntergelassen, denn er wollte sich mit Seymour Winston unbeobachtet unterhalten.

»Bislang leider nicht allzu viel, Sir«, gestand Winston. »Nur eines wissen wir mit Bestimmtheit – dass wir es nicht mit einem gewöhnlichen Raubmord zu tun haben. Und mit bloßer Routine erst recht nicht.«

»Na schön.« Sutton nahm die Anspielung auf seine eigenen Worte mit einer resignierenden Handbewegung zur Kenntnis. »Also klären Sie mich auf, Sergeant. *Womit* haben wir es zu tun?«

»Offen gestanden weiß ich es nicht, Sir. Die Spurensicherung ist noch nicht abgeschlossen, von der gerichtsmedizinischen Untersuchung ganz zu schweigen, und da ich an diesem Fall allein arbeite, nehmen die Ermittlungen mehr Zeit in Anspruch als …«

Sutton unterbrach ihn. »Gibt es irgendeinen Hinweis auf den Täter?«

»Bis jetzt leider nicht, Sir.« Winston schüttelte bedächtig den Kopf. »Die Untersuchungen laufen zwar noch, aber bislang hat die Forensik keine brauchbaren Spuren gefunden, die der Täter hinterlassen hat – abgesehen von einer übel zugerichteten Leiche.«

»Hm«, machte Lieutenant Sutton, die Fotos betrachtend, die vor ihm auf dem Schreibtisch ausgebreitet lagen und den nackten Leichnam Julius Quares zeigten. »Der Täter scheint äußerst überlegt und kaltblütig gehandelt zu haben.«

»Das denke ich auch«, stimmte Winston zu. »Einen Affektmord können wir wohl ausschließen.«

»Verdächtige?«

»Noch keine, Sir.«

»Was ist mit der Haushälterin?«

Winston zeigte ein müdes Grinsen. »Ich denke nicht, Sir. Sie wäre physisch kaum dazu in der Lage, den Mord zu begehen, und anschließend wurde Quare noch durch die halbe Wohnung gezerrt.«

»Möglicherweise hatte sie einen Komplizen.«

»Ich bin dabei, alle Möglichkeiten abzuklären, Sir«, versicherte Winston. »Es gibt ein Adressbuch, in dem Quare berufliche und private Kontakte vermerkt hat. Die alle durchzugehen, wird einige Zeit in Anspruch nehmen.«

»Und Zeit ist genau das, was wir nicht haben«, versetzte Sutton.

»Dann geben Sie mir ein paar Leute«, verlangte Winston. »Was wir brauchen, ist eine Ermittlungskommission, die sich speziell mit dem Fall Quare beschäftigt. Sie können nicht erwarten, dass ein einzelner Mann ...«

»Ich habe nicht mehr Leute!«, fiel ihm Sutton barsch ins Wort. »Ob es Ihnen gefällt oder nicht, Sergeant, Sie werden allein mit dieser Sache klarkommen müssen.«

Winston zuckte mit den Schultern. »Wie Sie wünschen, Sir.«

»Wie sieht es mit möglichen Tatmotiven aus?«

»Nun, wir wissen inzwischen, dass Quare homosexuell war, aber wie ich herausgefunden habe, lebte er seit zwei Jahren allein – ein Mord aus Eifersucht ist meiner Meinung nach unwahrscheinlich.«

»Vielleicht hatte er ja einen heimlichen Liebhaber?«

»Möglich wäre es natürlich – in der Bar, die er regelmäßig besuchte, weiß man allerdings nichts darüber.«

»Möglicherweise ist es ein Strichjunge gewesen. Die beiden haben sich um das Geld gestritten und ...«

»Wie ich schon sagte, Sir – nach einem Affektmord sieht es nun wirklich nicht aus.«

»Na schön.« Sutton schnaubte, lockerte sich die Krawatte und öffnete den oberen Knopf seines Hemds. »Also haben wir es tatsächlich mit einem Ritualmörder zu tun?«

»Zumindest deutet einiges darauf hin«, sagte Winston.

»Quare wurde regelrecht hingerichtet und die Leiche anschließend drapiert. Zudem war er schwul, was für den Täter als Motiv bereits ausreichen könnte. Vermutlich leidet der Kerl an extremer Homophobie.«

Winston nickte. »Das würde einiges erklären. Und dennoch gibt es manches, das nicht ins Bild passt.«

»Und das wäre?«

»Zum Beispiel dass sich nirgendwo Spuren gewaltsamen Eindringens feststellen lassen. Und dass Julius Quare nackt war, als man ihn tötete.«

»Sein Mörder könnte ihn auch bedroht und ihn aufgefordert haben, sich zu entkleiden«, wandte Lieutenant Sutton ein. »Es ging dem Kerl darum, sein Opfer zu erniedrigen. Anschließend hat er den Mann umgebracht und ihm die Augen ausgestochen, weil er Dinge gesehen hat, die er nicht hätte sehen sollen. Dr. Freud hätte seinen Spaß an diesem Fall.«

»Kann sein, Lieutenant – aber mein Gefühl sagt mir, dass es nicht so gewesen ist.«

»Ihr Gefühl in allen Ehren, Sergeant, aber Sie sollten sich an die Fakten halten. Gehen Sie von einem Ritualmord aus und erstellen Sie ein entsprechendes Täterprofil. Ich bin sicher, dass wir dem Bastard auf diese Weise auf die Spur kommen werden.«

»Ja, Sir«, sagte Winston und erhob sich. Er wandte sich der gläsernen Tür zu, dann aber blieb er stehen. Einen Augenblick zögerte er und fragte sich, ob es überhaupt Sinn machte, sich so kurz vor der Pensionierung noch einmal mit einem Vorgesetzten anzulegen. Andererseits – was hatte er noch zu verlieren? Er nahm die Hand von der Klinke und wandte sich noch einmal um.

»Lieutenant Sutton?«, fragte er.

»Was gibt's denn noch?«

»Was, wenn wir glauben *sollen*, dass es sich um einen Ritualmord handelt? Haben Sie daran mal gedacht?«

»Was?« Sutton schaute ihn verständnislos an.

»Der Mörder von Julius Quare – was, wenn er uns lediglich glauben machen will, dass er ein durchgeknallter Killer ist? Wenn er uns damit nur auf eine falsche Fährte locken will?«

»Gibt es darauf auch nur einen einzigen Hinweis?«

»Nein«, gab Winston zu. »Nur die Aussage einer unter Schock stehenden Haushälterin, die vorgibt, einen Dämon gesehen zu haben, der über Quares Leiche stand.«

»Scheiße, Seymour!« Sutton schlug mit der Faust auf den Schreibtisch. »Verschwinden Sie aus meinem Büro und kommen Sie erst wieder, wenn Sie brauchbare Fakten haben! Vielleicht ist es Ihnen ja entfallen, aber in einigen Tagen geht in dieser Stadt ein Ereignis von großer weltpolitischer Bedeutung über die Bühne. Der City Hall ist verständlicherweise sehr daran gelegen, New York vor der Weltöffentlichkeit als saubere und sichere Stadt zu präsentieren – das Letzte, was wir also brauchen können, sind Schlagzeilen über einen gefährlichen Ritualmörder, der noch immer auf freiem Fuß ist, weil der zuständige Sergeant seinem Gefühl gefolgt ist. Haben Sie mich verstanden?«

»Natürlich.« Winston zuckte mit den Schultern. »Wie immer, Sir.« Er deutete einen Gruß an, indem er mit Zeige- und Mittelfinger der Rechten die Stirn berührte, und verließ das Büro. Die Tür fiel hinter ihm zu, sein Vorgesetzter blieb schnaubend vor Wut zurück.

Auf dem Weg zum Aufzug stieß Winston eine halblaute Verwünschung aus und haderte einmal mehr darüber, dass ihm kurz vor dem Ende seiner Polizeilaufbahn eine solche Sache aufgehalst worden war. Was erwartete Sutton von ihm? Dass er den Fall in einer knappen Woche löste, noch dazu ganz allein? Dass er dabei alles über den Haufen warf, das er in den letzten dreißig Jahren an Erfahrungen gesammelt und gelernt hatte?

Wenn überhaupt, dann würde Winston diesen Fall auf seine Weise lösen und indem er jenen Hinweisen nachging, die er für wichtig hielt. Auch wenn alles darauf hindeutete – sein Instinkt sagte ihm, dass es sich bei dem Mord an Julius Quare nicht um die Tat eines Wahnsinnigen handelte. Zu glatt war die Inszenierung, zu billig die Lösung, die sich anbot.

Natürlich bestand die Möglichkeit, dass es sich bei dem Täter um einen notorischen Schwulenhasser handelte, der seinem kranken Hass freien Lauf gelassen hatte, und es wäre nicht weiter schwierig gewesen, ein entsprechendes Täterprofil anzufertigen. Aber Winston bezweifelte, dass es jemals gelingen würde, den Mann zu finden, auf den die Beschreibung zutraf.

Denn es gab Widersprüche.

Kleine Details, die sich nicht ins Gesamtbild fügten.

Und die Aussage einer Zeugin …

Olympiapark, München
Gegenwart

Drei Uhr morgens.

Auf dem Leuchtzifferblatt ihrer Taucheruhr sah Alexandra Lessing den Sekundenzeiger die Stunde vollenden.

Dann schaute sie sich gehetzt um.

Scheinwerfer beschienen das Gelände ringsum. Am anderen Ende einer Fußgängerbrücke, die über eine mehrspurige Straße führte, erhob sich die Kulisse der olympischen Anlagen, auch nach über drei Jahrzehnten noch immer eindrucksvoll und überspannt von einer Stahl- und Plexiglaskonstruktion, die an ein Zeltdach erinnerte. Weithin überragt wurde das Ganze von dem Fernsehturm, dessen spitze Nadel weit in den nachtgrauen Himmel ragte. Von der Straße drang das vereinzelte Rauschen von Fahrzeugen herauf, Wind fuhr in die nahen Bäume und ließ das Laub rascheln.

Auf Alex' Seite der Brücke stand das Mahnmal, ein breiter Quader aus Stein, der quer auf einer kurzen Säule ruhte. In ihm waren die Namen der israelischen Athleten sowie des deutschen Polizisten eingraviert, die bei den tragischen Vorfällen im Sommer des Jahres '72 ihr Leben gelassen hatten. Spiele des Friedens hatten es werden sollen, doch Menschen, die mit dem Frieden offenbar nichts anzufangen wussten, hatten dieses hehre Ideal brutal mit Füßen getreten. Die Gedenkstätte am nördlichen Eingang des Parks sollte an die Opfer erinnern – jenes Mahnmal, das Peter Manharts Entführer als Ort der Übergabe genannt hatten.

Alex merkte, wie sie zitterte.

Ihr Herzschlag schien zu rasen und ihre Handflächen waren feucht. Noch immer klammerte sich ein Teil von ihr an die Hoffnung, dass sich alles als schlechter Scherz herausstellen würde. Aber allein die Tatsache, dass sie hier war, zu nachtschlafender Zeit und mit dem Logbuch in ihren Händen, sagte ihr, dass es bitterer Ernst war …

Erneut schaute sie sich um – und auf einmal sah sie unmittelbar neben dem T-förmigen Mahnmal zwei schemenhafte Gestalten!

Die eine stand aufrecht, die andere kauerte am Boden. Alex' Herzschlag wollte aussetzen, als sie in ihr Peter Manhart zu erkennen glaubte.

Langsam, mit unsicheren Schritten, trat sie auf die beiden Schatten zu, von denen sie im Gegenlicht der Parkbeleuchtung nur die Umrisse ausmachen konnte. Das Logbuch hielt sie dabei hoch über dem Kopf, damit man es schon von weitem sehen konnte.

»Halt, Dr. Lessing!«, scholl es ihr entgegen, als sie sich bis auf fünfzehn, zwanzig Schritte genähert hatte. Die Stimme des Mannes klang kühl und beherrscht, aber sie konnte nicht sagen, ob es auch jene war, die sie am Telefon gehört hatte. »Haben Sie, was wir von Ihnen wollen?«

»H-hier in der Tüte!«, brachte Alex mühevoll hervor.

»Herausnehmen und zeigen!«, verlangte der Unbekannte.

Alex kam der Aufforderung nach.

»Gut, Dr. Lessing. Legen Sie das Buch vor sich auf den Boden. Dann drehen Sie sich um und gehen zehn Schritte. Anschließend zählen Sie laut bis hundert – erst dann dürfen Sie nach Ihrem Kollegen sehen. Drehen Sie sich vorher um, sind Sie tot. Beide. Haben Sie verstanden?«

»Was ist mit Peter?«, fragte Alex halb laut, nach der zusammengesunkenen Gestalt spähend. »Geht es ihm gut?«

»Ich habe gefragt, ob Sie mich verstanden haben!«, schrie der Entführer sie an.

»Ja.«

»Dann los! Ich hab nicht die ganze Nacht Zeit!«

Alex nickte eingeschüchtert. Ihr gesichtsloses Gegenüber hatte alle Trümpfe in der Hand. Wenn sie nicht punktgenau tat, was man ihr sagte, gefährdete sie nur Peters Leben – und auch ihr eigenes.

Sie bückte sich und legte das Logbuch vor sich auf den Boden. Dann erhob sie sich wieder, wandte sich um und machte die zehn Schritte, wie der Entführer von ihr verlangt hatte. Da sie Turnschuhe trug, verursachte sie kaum ein Geräusch, während sie langsam einen Fuß vor den anderen setzte. Unheimliche Stille umgab sie und sie begann zu zählen.

»Eins, zwei, drei ...«

Sie lauschte dem Klang ihrer eigenen Stimme, die sich einsam und verloren anhörte. Mehrmals verspürte sie das dringende Bedürfnis, sich umzudrehen und nach dem Rechten zu schauen, aber sie beherrschte sich, weil dies möglicherweise Peters oder ihrer beider Ende bedeutet hätte.

Noch immer hatte sie keine Ahnung, was das alles sollte oder wohinein sie da geraten war. Es war ihr auch gleichgültig, ebenso wie ihr das Logbuch und sein Inhalt gleichgültig geworden waren. Alles, was sie wollte, war Peter Manharts Leben retten …

»Sechsundsiebzig, siebenundsiebzig, achtundsiebzig …«

Alex hatte keine Vorstellung gehabt, wie lange es dauern konnte, bis hundert zu zählen. Die Zeit, in der sie einfach nur dastand und zählte, allein inmitten des Rauschens der Bäume, ihrer eigenen, immer brüchiger werdenden Stimme lauschend und den Schweiß fühlend, der ihren Rücken hinablief, kam ihr wie eine Ewigkeit vor, und je sehnlicher sie das Ende des quälenden Wartens herbeiwünschte, desto länger schien es bis dorthin.

Irgendwann war es so weit.

»Achtundneunzig, neunundneunzig … einhundert!«

Alexandra verstummte und lauschte.

Nichts war mehr zu hören außer dem Wind, der durch die Bäume strich. War sie allein? Hatten sich der oder die Entführer bereits aus dem Staub gemacht? Oder beobachteten sie Alex noch immer?

Sie fasste sich ein Herz und wandte sich um.

Nichts geschah.

Das Logbuch war verschwunden, ebenso wie die Silhouette des Unbekannten. Lediglich die zusammengekauerte Gestalt Peter Manharts hockte noch immer dort, wo sie sich auch vorhin schon befunden hatte.

»Peter!«

Alex hielt nichts mehr.

Sie rannte los, auf Peter zu, und je näher sie ihm kam, desto mehr rückte ihr Kollege aus dem Gegenlicht. Der schmutzige Schein der Parklaterne beleuchtete sein Gesicht, und zu ihrem Entsetzen sah Alex eine rote Spur, die über Manharts Züge verlief.

Blut …

»Peter – *neeeiiin!*«

Mit einem entsetzten Schrei langte sie bei ihm an. Noch immer trug er die Jeans und das Polohemd wie bei ihrem gemeinsamen Abendessen, doch er reagierte nicht auf ihren Zuruf, und als sie sich neben ihm auf die Knie niederließ und ihn an der Schulter berührte, kippte ihr die am Boden kauernde Gestalt Peter Manharts in die Arme.

Schockiert blickte Alex in leere, glasig wirkende Augen.

Die Augen eines Toten.

Ein spitzer Schrei entfuhr ihr und sie prallte zurück. Manharts Oberkörper schlug auf den Boden und Alex starrte in die leblosen Züge ihres Kollegen. In seiner Stirn befand sich ein hässliches dunkles Loch, aus dem ein dünner Blutfaden über sein blasses Gesicht gelaufen und inzwischen geronnen war. Mund und Augen waren weit aufgerissen, in einem makabren Ausdruck maßlosen Entsetzens.

»Nein, nein …«

Tränen der Verzweiflung schossen in Alex' Augen. Ihr Verstand weigerte sich zu begreifen, was geschehen war. Aber der schreckliche Anblick sprach für sich. Peter Manhart war von seinen Entführern skrupellos ermordet worden.

Von Grauen geschüttelt und unfähig, sich zu rühren oder auch nur einen klaren Gedanken zu fassen, lag Alexandra Lessing halb aufgerichtet am Boden. Die Flucht zu ergreifen, laut zu schreien oder die Polizei zu alarmieren – all das wäre naheliegend gewesen, aber sie tat weder das eine noch das andere. Zu groß war ihr Entsetzen, zu tief saß der Schock, unter dem sie stand.

Noch vor ein paar Stunden hatte sie mit Peter Manhart bei Kerzenlicht zu Abend gegessen und er hatte ihr seine Zuneigung gestanden. Nun lag er vor ihr und starrte sie aus leblosen Augen an – und Alex hatte das grässliche Gefühl, dass eine stumme Anklage in diesem toten Blick lag.

Eine endlos scheinende Weile fühlte sie nichts als Schmerz und maßloses Entsetzen – bis ein kleiner, rot leuchtender Punkt ihre Aufmerksamkeit erregte. Ein Punkt, der über den Boden wanderte und dann über Peter Manharts Leiche – und genau auf Alexandra zu.

»Was …?«

Sie blickte an sich herab, registrierte nur am Rande, dass ihre Bluse blutverschmiert war. Ihre Aufmerksamkeit galt dem leuchtenden Punkt, der an ihrem rechten Bein emporkroch und …

In diesem Moment fiel der lethargische Zustand, in den sie verfallen war, schlagartig von ihr ab. Jäh wurde ihr bewusst, dass sie handeln musste, oder sie würde in wenigen Augenblicken ebenso tot sein wie Peter Manhart.

Blitzschnell drehte sie sich zur Seite und rollte einmal um die eigene Achse über den Boden.

Sie spürte, wie etwas über ihren Nacken hinwegzuckte und sie nur um Haaresbreite verfehlte – etwas, das im nächsten Moment auf das Pflaster neben ihr schlug und als heulender Querschläger davonjagte.

Eine Kugel!

Die irgendwie irreale und dennoch schockierende Erkenntnis, dass jemand sie töten wollte, flammte wie ein Blitzlicht in ihrem Bewusstsein auf und brachte sie wieder vollends zur Besinnung. Sie schaute sich hektisch um, konnte den roten Punkt der Laserzielvorrichtung jedoch nirgends entdecken. Also sprang sie auf und begann zu laufen, so schnell ihre Beine sie trugen, in die entgegengesetzte Richtung, aus der das Geschoss gekommen war.

»Hilfe! Hilfe ...!«, rief sie mit kreischender, greller Stimme, über deren panischen Klang sie selbst erschrak. Schweiß glänzte ihr auf der Stirn, und ihr Herz schlug so heftig, als wollte es ihren Brustkorb sprengen.

Sie rannte und rannte und hatte das Gefühl, sich in einem jener Albträume zu befinden, in denen man vor etwas fliehen will, jedoch nicht von der Stelle kommt. Unendlich träge und langsam schienen ihr die eigenen Schritte, und ihr dämmerte die hässliche Erkenntnis, dass sie es nicht schaffen würde, wenn sie einfach nur davonlief – denn schneller als eine Kugel flog konnte sie nicht rennen!

Schon tauchte der rote Lichtpunkt zitternd neben ihr auf dem Boden auf, huschte über die Betonplatten, und zu Alex' Bestürzung gesellte sich noch ein zweiter hinzu. Es waren also zwei Killer, die Jagd auf sie machten ...

»Hilfe!«, schrie sie noch einmal, aber ihre Stimme verhallte, so schien es, ungehört in der Dunkelheit. Und selbst wenn jemand sie hörte, bedeutete das noch lange nicht, dass man ihr helfen würde. Alex wurde klar, dass ihr Überleben ganz allein von ihr selbst abhing.

Unvermittelt änderte sie die Laufrichtung. In ihrer Panik war sie auf die Brücke zugerannt, ungeachtet der Tatsache, dass es auf ihr weit und breit keine Deckung gab und sie den Kugeln ihrer Häscher ausgeliefert war. Sie musste Deckung suchen, drüben zwischen den Bäumen ...

Im selben Moment spürte sie wieder, wie ein Projektil ihren Kopf nur um Haaresbreite verfehlte. Todesangst ergriff sie.

Wie rote Blitze zuckten die Zielpunkte der Laservisiere durch die Nacht, waren bald hier und bald dort. Alex begann wilde Haken zu schlagen. Eine Mülltonne, hinter die sie sich flüchtete, rettete ihr das Leben – das Projektil pflügte eine Furche in den Deckel und zischte in die Nacht davon.

Noch zehn, vielleicht fünfzehn Meter bis zu den rettenden Bäumen …

Alex biss die Zähne zusammen und lief so schnell sie konnte. Als sie erneut einen roten Lichtpunkt heranzucken sah, änderte sie wieder die Laufrichtung und duckte sich. Dabei stolperte sie und fiel der Länge nach hin. Auf allen vieren kroch sie eiligst weiter und erreichte einen Herzschlag später das Gras und die Bäume.

Atemlos flüchtete sie sich hinter einen dicken Stamm, in den einen Sekundenbruchteil später ein weiteres Projektil nagelte. Bruchstücke von Rinde spritzten davon. Alex kroch schnell weiter, von Baum zu Baum, fort von der Brücke und vom Mahnmal und auf die Böschung zu, die vom Park hinunter zur Straße führte. Wenn überhaupt gab es nur dort für sie Rettung …

Noch mehr Kugeln schlugen ringsum ein.

Mit dumpfem Pochen hämmerten sie ins Holz der Bäume oder rasten ins Leere. Immer wieder nahm Alex die leuchtenden roten Punkte wahr, während sie weiterkroch. Wenn sie aufgab oder auch nur einen Augenblick innehielt, war sie tot …

Plötzlich vernahm sie hinter sich hektische Schritte, dazu Stimmen, die einander etwas zuriefen. Sie widerstand der Versuchung nachzusehen. Ihr war auch so klar, dass es die Killer sein mussten, die die Verfolgung aufgenommen hatten. Nachdem sie aus der Ferne nicht erfolgreich gewesen waren, wollten sie ihr blutiges Handwerk aus der Nähe verrichten.

»Wo ist sie, verdammt?«

»Ich kann sie nirgendwo entdecken!«

Alex schöpfte vage Hoffnung. Zwischen den Bäumen

hindurch konnte sie die Straße sehen, den breiten Ring, der am Fuß des Abhangs verlief. Wenn es ihr gelang, die Fahrbahn zu erreichen und ein Auto anzuhalten …

Vorsichtig schaute sie sich um, konnte die roten Projektionspunkte jedoch nirgends mehr entdecken. Also wagte sie sich ein Stück weit aus ihrer Deckung, spähte hinter einem Strauch hervor – und sah ihre Häscher!

Zwei Männer waren es, schwarz gekleidet und mit Pistolen bewaffnet. Die Läufe wirkten ungewöhnlich lang; Alex wusste nicht, dass dieser Eindruck von den Schalldämpfern herrührte, die auf die Mündungen geschraubt waren. Auf den Pistolen waren Laserzielgeräte montiert. Zusätzlich trugen die Kerle seltsame Vorrichtungen vor den Gesichtern, sodass ihre Züge nicht zu erkennen waren – Nachtsichtgeräte. Wachsam spähten sie damit um sich und bewegten sich genau in Alex' Richtung …

Trotz ihrer Panik und des Grauens, das sie empfand – Alex' Überlebenswille war stärker. In aller Eile legte sie sich einen Plan zurecht, wie sie den Killern vielleicht entkommen konnte. Sie musste entweder handeln oder sie würde das gleiche Schicksal erleiden wie ihr Kollege.

Entschlossen griff sie nach einem abgebrochenen Stück Holz, das vor ihr auf dem Boden lag, und schleuderte es von sich. Ein ganzes Stück abseits landete es in einem Strauch und erzeugte ein Rascheln.

»Dort drüben!«, zischte der eine der beiden Killer.

Sofort waren die beiden Laserpunkte wieder da, zielten auf den Strauch, dessen Zweige sich heftig bewegten. Alex indes sprang schleunigst auf und rannte, als wäre der Teufel hinter ihr her. Sie erreichte den Hang und hielt auf die nächste Straßenlaterne zu, in der Hoffnung, ihr greller Schein würde die Männer mit den Restlichtverstärkern vor den Augen blenden und ihr damit einen kleinen Vorsprung verschaffen.

Sie sprang durchs hohe Gras und hastete der Fahrbahn

entgegen. Als ein Streifenwagen der Polizei dort vorbeifuhr, stieß Alex instinktiv einen gellenden Hilfeschrei aus.

Augenblicklich hörte sie wieder die Stimmen der Verfolger.

»Dort unten ist sie!«

»Das Drecksstück hat uns an der Nase herumgeführt!«

Alex wusste, dass es auf jede Sekunde ankam.

So schnell sie konnte, lief sie weiter, aber im hohen Gras kamen ihre Füße nicht so rasch voran, wie ihre Beine es wollten. Sie stürzte, überschlug sich mehrmals auf dem Weg nach unten – und hatte endlich den Fuß der Böschung erreicht. Sie biss die Zähne zusammen und raffte sich auf, wollte die letzten Meter zur Straße zurücklegen – als sie begriff, dass sie etwas übersehen hatte: den knapp zwei Meter hohen Zaun, der Park und Fahrbahn voneinander trennte …

»Stehen bleiben!«, rief einer der Killer, die den Hang herunterstürmten. Schon fegten die roten Zielpunkte wieder heran. »Sie haben nichts zu befürchten!«

»Na klar«, stieß Alex hervor, »genau wie Peter Manhart, nicht wahr?«

Sie warf sich gegen das Geländer, klammerte sich an den dünnen Eisenstangen fest und zog sich daran empor, dabei jedes einzelne Sahnetörtchen verfluchend, das sie in letzter Zeit genascht hatte. Sie erwartete, dass man wieder auf sie schießen würde, aber die Killer taten es nicht. Alex fragte nicht lange, welcher glücklichen Fügung sie dies zu verdanken hatte. Sie erreichte die Zaunkrone und griff hinüber, vollführte einen Überschlag und fand sich auf der Fahrbahnseite des Gitters wieder.

Ein gehetzter Blick zurück – von den Killern war nichts mehr zu sehen. Sicher lauerten sie irgendwo und hatten sie bereits wieder im Visier …

Von Todesangst getrieben, sprang Alex auf und rannte

auf die Fahrbahn. Grelles Scheinwerferlicht erfasste sie und das ohrenbetäubende Tuten eines Signalhorns ließ die schwüle Luft erzittern. Ein schwerer Sattelzug walzte direkt auf sie zu.

Vor Schreck blieb Alex wie angewurzelt stehen, sah den Koloss aus Blech und Chrom.

Der Fahrer trat in die Eisen, worauf das enorme Gefährt ins Schlingern geriet. Einen Augenblick sah es so aus, als wollte es zur Seite ausbrechen und den Zaun niederwalzen, aber dann war das Ungetüm wieder unter Kontrolle – und kam nur wenige Schritte vor Alex zum Stehen.

»Hovno!« Die Fahrertür flog auf, und ein Mann in Jeans und T-Shirt, der zusätzlich eine Baseballmütze verkehrt herum auf dem Kopf trug, setzte aus dem Führerhaus. Sein Deutsch war flüssig, sein slawischer Akzent jedoch unüberhörbar. »Was soll das? Wollen Sie sich umbringen?«

»Bitte!«, flehte Alex, die schnell auf ihn zulief, sodass der Lkw zwischen ihr und den Killern war. »Helfen Sie mir!«

»Was ist los? Wer sind Sie? Allmächtiger ...!« Der Rest sprudelte in seiner tschechischen Muttersprache aus ihm hervor, als er sah, in welchem Zustand sich Alex und vor allem ihre Kleidung befand. »Sind Sie verletzt?«

Alex schaute flüchtig an sich herab. Es war nicht ihr Blut, mit dem sie besudelt war, sondern das von Peter Manhart. »Ich bin in Ordnung«, versicherte sie, »aber ich werde verfolgt! Jemand will mich ermorden!«

»Wer?«

»Stellen Sie keine Fragen, ich bitte Sie! Bringen Sie mich nur rasch zur Polizei!«

»O-okay«, brachte der Fahrer stammelnd hervor, und noch ehe er etwas unternehmen konnte, hatte sich Alex an ihm vorbei in die Führerkabine geflüchtet, wo sie hinter dem wuchtigen Armaturenbrett in Deckung ging.

Der junge Tscheche sprang auf den Fahrersitz und schlug fluchend die Tür zu. Dann löste er die Feststellbremse und gab Gas. Unter kraftvollem Getöse fuhr das massige Gefährt an. Vorsichtig spähte Alex durch das Beifahrerfenster, sah den Zaun und die Bäume vorüberwischen – und gönnte sich ein erleichtertes Aufatmen, als ihr klar wurde, dass sie gerettet war.

7.

Einige Dinge begreift man rasch.

Dass man nicht allein ist, auch wenn man allein zu sein glaubt. Dass Geräusche, welcher Art auch immer sie sein mögen, verräterisch sein können. Und dass es stets von Vorteil ist, zu sehen, ohne selbst gesehen zu werden.

Ein Vorteil gegen alle Fremden.

Ein Vorteil aber auch gegen seinesgleichen.

Der Tag, an dem mir dies klar wurde, ist mir deutlich in Erinnerung geblieben. Der Unterricht war an diesem Tag früher zu Ende als sonst und ich war auf dem Weg zu meinem Zimmer. Der Aufzug war defekt, und so war ich gezwungen, die Treppe zu nehmen. Jene Treppe, die sowohl hinaufführte zu den Unterkünften als auch hinab zu jenen Etagen, die man uns verboten hatte. Ich zögerte, wusste, dass ich damit alles riskieren würde. Aber schließlich siegte die Neugier, und ich tat, was uns allen streng verboten war: Ich entledigte mich meiner Gestalt und wandte an, was ich gelernt hatte – gegen meinesgleichen. Mich lautlos fortbewegend und die Gesetze der optischen Physik für mich nutzend, schlich ich die Stufen hinab. Ich hatte weder Eile noch eine feste Absicht, wurde von Neugier und Langeweile getrieben und ahnte nicht, dass dieser Tag mein Leben verändern würde.

Ich erreichte einen langen Gang, der weder Türen noch Fenster hatte, und folgte ihm. Die Wärmesucher, die unter-

halb der Decke angebracht waren, täuschte ich, wie man es uns beigebracht hatte, und auch sonst bewies ich, dass ich im Unterricht aufmerksam gewesen war. Es kam mir nicht so vor, als ob ich mein Leben riskierte; vielmehr betrachtete ich es als ein Spiel, als einen der zahlreichen Tests, denen wir tagtäglich unterzogen wurden.

Ich erreichte das Ende des Gangs und damit eine zweiflügelige Tür, die einen Spaltbreit offenstand. Gedämpfte Stimmen drangen von der anderen Seite an meine Ohren und ich warf einen Blick durch den Spalt.

Zwei Erwachsene waren es, die sich miteinander unterhielten – Fremde, wie es den Anschein hatte. Sie trugen dunkle Anzüge und Hüte. Ihre Gesichter konnte ich nicht sehen, denn sie wandten mir den Rücken zu, aber ich hörte, was sie sprachen. Unauslöschlich haben sich ihre Worte in mein Gedächtnis eingebrannt, und obgleich viele Jahre verstrichen sind, erinnere ich mich noch genau daran.

»Und welche Fortschritte erzielt das Programm?«, erkundigte sich der eine.

»Ich denke, wir können zufrieden sein«, antwortete der andere. »Die dritte Generation entwickelt bei entsprechender Förderung ganz erstaunliche Fähigkeiten, die wir erst ganz allmählich entdecken. Leider ist sie nicht in der Lage, damit angemessen umzugehen. Gewissermaßen sind sie … wie Kinder.«

»Nicht nur gewissermaßen.« Der eine lachte. »Diese Institution wurde nur aus einem einzigen Grund ins Leben gerufen: um diese Kinder auf die Mission vorzubereiten, die vor ihnen liegt. Keines von ihnen ist älter als zehn, dennoch muss ihnen beigebracht werden, wie sie sich ihre Fähigkeit zunutze machen können. Je früher das geschieht, umso besser ist es für uns alle.«

»Seien Sie unbesorgt.« Die Stimme des anderen klang plötzlich nervös. »Wir werden ihnen alles beibringen, was *sie wissen müssen. Wenn sie diese Institution verlassen, werden sie dem Orden wertvolle Diener sein und dann von ihrer wahren Bestimmung erfahren.«*

»Sehr gut. Bis dahin jedoch darf nichts von dem, was hier geschieht, nach außen dringen. Setzen Sie alles daran, dass es verborgen bleibt, bis diese Kinder dazu bereit sind, ihren Teil des großen Plans zu erfüllen.«

»Das werde ich.«

»Gut, Direktor, ich verlasse mich auf Sie. Und jetzt führen Sie mich zu den Schlafsälen. Ich will sehen, wofür wir fünf Milliarden Dollar bezahlt haben.«

»Wie Sie wünschen.«

Die beiden Erwachsenen wandten sich um. Zum ersten Mal konnte ich sie von vorn sehen – und erschrak.

Denn die beiden Männer waren wie ich und all die anderen.

Sie hatten kein Gesicht …

Polizeiinspektion 43
München, Olympiapark
Gegenwart

»Polizei. Wir sind da.«

Die Stimme ihres jungen Retters, der, wie Alex inzwischen wusste, Jan Bonic hieß und als Subunternehmer für eine tschechische Spedition arbeitete, riss Alex aus ihren Gedanken.

Während der Fahrt hatte sie aus dem Seitenfenster gestarrt, den vorbeiwischenden Lichtern zugesehen und versucht, das Schreckliche zu verstehen, das ihr widerfahren war. Aber so sehr sie sich auch bemühte, es gelang ihr nicht.

Zudem quälten sie zu viele offene Fragen.

Wieso war Peter Manhart ermordet worden? Was hatte

es mit dem geheimnisvollen Logbuch auf sich? Wie war es in Peters Besitz gelangt? Und weshalb gab es Menschen, die dafür töteten?

Alex' Verdacht, dass sie einer großen Sache auf der Spur war, möglicherweise einer wissenschaftlichen Sensation, war erhärtet worden, allerdings auf grausame Art und Weise. Ihr Kollege war tot und auch sie selbst wäre um ein Haar einem Mordanschlag zum Opfer gefallen. Killer waren ihr auf den Fersen gewesen, denen sie nur mit knapper Not entkommen war – und das alles wegen des Logbuchs einer U-Boot-Fahrt, die vor über sechzig Jahren stattgefunden hatte.

Was, in aller Welt, steckte dahinter? Warum hatte Peter sterben müssen? Alex konnte nur hoffen, dass die Polizei ein wenig Licht in diese mysteriöse Angelegenheit bringen würde ...

Wie in Trance öffnete sie die Beifahrertür und stieg aus dem Führerhaus des schweren Sattelzugs. Infolge des Schocks, unter dem sie stand, waren ihre Schritte so unsicher, dass sie beinahe gestürzt wäre, doch Jan, der vor ihr ausgestiegen und um den Sattelschlepper herumgekommen war, fing sie auf und führte sie zum überdachten Portal des nüchternen Gebäudes.

Jan betätigte die Sprechanlage, worauf sich eine schnarrende Stimme danach erkundigte, was sie wollten. Alex murmelte etwas von einem Entführungsfall und einem Mord und davon, dass ihr Leben in Gefahr sei, woraufhin der Türsummer betätigt wurde. Jan öffnete ihr, und mit zitternden Knien trat sie ein, aschfahl im Gesicht und mit blutverschmierter Kleidung.

Einer der beiden Uniformierten, die Nachtbereitschaft hatten, stürzte aus dem Glaskasten und erkundigte sich besorgt nach Alex' Zustand. Erst als er sich überzeugt hatte, dass sie nicht ernsthaft verletzt war, und sie in gestammelten, bruchstückhaften Sätzen geschildert hatte, was geschehen war, wurde sie durch einen langen Gang auf die eigentliche Polizeiwache geführt.

Ein weiterer Uniformierter, der sich als Kriminalobermeister Keller vorstellte, nahm sie in Empfang und brachte sie in ein nüchtern eingerichtetes Büro, wo er die Besucher bat, sich zu setzen. Jan wusste sichtlich nicht, was er hier sollte, aber er kam der Aufforderung nach und blieb.

»In Ordnung, Dr. Lessing«, sagte Keller, nachdem er ihre Personalien festgestellt und alles für das Protokoll vorbereitet hatte, »dann schildern Sie mir bitte, was sich zugetragen hat.«

Alex sah noch immer ziemlich elend aus und sie fühlte sich auch so. Innerhalb der schützenden Wände der Polizeiwache war sie zwar sicher, doch sie brauchte nur an die schrecklichen Ereignisse zurückzudenken, die erst wenige Minuten zurücklagen, um erneut von Grauen geschüttelt zu werden. Sie schloss die Augen und sah Peter Manharts Leiche vor sich, und Tränen der Verzweiflung liefen ihr auf einmal übers Gesicht. Das alles war zu viel für sie ...

»Hören Sie, vielleicht sollten Sie sich zunächst untersuchen lassen«, meinte Keller. »Ich bin mir nicht sicher, ob ...«

»Es geht schon«, murmelte Alex und wischte sich energisch Blut und Tränen aus dem Gesicht.

»Bestimmt?«

Alex nickte krampfhaft.

»Gut, Dr. Lessing, dann fangen wir ganz von vorn an. Sie sagten, es hätte einen Mord gegeben?«

Erneut ein Nicken.

»Wer wurde ermordet?«

»Sein Name ist Peter Manhart«, hörte Alex sich selbst sagen. »Dr. Peter Manhart. Er arbeitet als Hilfswissenschaftler am Lehrstuhl für Neuere Geschichte.«

»Hier an der Universität?«

Wieder nickte Alex.

»Verstehe. Wann haben Sie Herrn Manhart zuletzt lebend gesehen?«

»Erst heute Abend. Wir waren zusammen essen, und er …« Alex' Stimme erstickte in Tränen. Sie schluchzte laut, bevor sie weitersprechen konnte. »Er hat in mir mehr gesehen als nur eine Kollegin. Er wollte mit mir zusammen sein, und jetzt ist er tot und …« Der Rest von dem, was sie sagen wollte, ging in Schluchzen unter, und Jan legte ihr tröstend eine Hand auf die Schulter.

»Dr. Lessing, versuchen Sie, sich zu beruhigen«, bat Keller. »Nur dann können Sie uns helfen. Und wir Ihnen.«

»Ich weiß.« Sie nickte, atmete tief durch und gewann mit Mühe die Fassung zurück. »Ich werde es versuchen.«

»Also der Reihe nach: Wie kommen Sie darauf, dass Herr Manhart ermordet wurde?«

»Weil ich seine Leiche in meinen Armen hielt«, entgegnete Alex tonlos, auf ihre besudelte Bluse deutend. »Dies hier ist sein Blut.«

»Wo war das?«

»Am nördlichen Eingang zum Olympiapark. Am Mahnmal für die Opfer des Terroranschlags '72.«

»Am Mahnmal?«

»Ja«, bestätigte Alex leise. »Dorthin sollte ich kommen, um meinen Kollegen auszulösen.«

»Um ihn … *auszulösen?* Sie sprechen in Rätseln.«

»Nachdem wir uns voneinander verabschiedet hatten, ging ich nach Hause. Ich saß im Wohnzimmer und las, als plötzlich das Telefon klingelte. Am anderen Ende war eine Stimme, die sich seltsam verzerrt anhörte …«

»Ein Stimmenverzerrer?«, fragte Keller.

»Genau. Die Stimme sagte mir, dass ich etwas hätte, was ihr gehöre. Damit war ein Logbuch gemeint, das man mir am Morgen anonym hat zukommen lassen.«

»Was für ein Logbuch?«

»Die Aufzeichnungen eines U-Boot-Kapitäns aus dem Zweiten Weltkrieg«, gab Alex wahrheitsgemäß zur Antwort. »Es beschreibt die Fahrt eines Unterseeboots der XXI-Serie, das in den letzten Kriegstagen mit einem streng geheimen Auftrag auslief.«

»Aha«, sagte Keller nur.

»Hören Sie, ich weiß, wie sich das für Sie anhören muss«, sagte Alex, die dem Polizisten deutlich ansehen konnte, dass er ihr kein Wort glaubte, »aber genauso ist es gewesen. Die Stimme verlangte, ich solle das Logbuch Punkt drei zum Mahnmal bringen, um es gegen Peters Leben auszutauschen. Zum Beweis ließ man mich kurz mit ihm sprechen.«

»Am Telefon?«

»Ja.«

»Und dann?«

»Habe ich bis zur verabredeten Zeit gewartet und bin dann mit der U-Bahn zum Olympiagelände gefahren.«

»Warum haben Sie nicht sofort die Polizei alarmiert?«

»Man hat mir ausdrücklich gesagt, ich solle die Polizei aus dem Spiel lassen. Um Peters Leben zu retten, bin ich darauf eingegangen, aber das war wohl ein Fehler. Als ich am Mahnmal ankam, forderte man mich auf, das Buch zu übergeben, was ich auch tat. Als ich mich dann aber Peter näherte, war er bereits …« Sie verstummte.

»Tot?«, hakte Keller unbarmherzig nach.

»Erschossen«, bestätigte sie tonlos. »Ein Kopfschuss. In seinen Augen lag so viel Furcht und Entsetzen …«

»Was ist dann geschehen?«

»I-ich weiß es nicht mehr ganz genau. Alles ging sehr schnell. Plötzlich waren da diese Lichtpunkte. Rote Lichtpunkte, verstehen Sie? Ich erinnerte mich, dass ich so etwas irgendwann in einem Film gesehen hatte, und begann zu laufen, querfeldein in Richtung Straße.«

»Laserpointer von Zielgeräten?«

»Ich kenne mich mit solchen Dingen nicht aus, aber ich glaube – ja, so nennt man so was wohl.«

»Wurde auf Sie geschossen?«

»Mehrmals.«

»Aber keine der Kugeln hat Sie getroffen, oder?«

»Glücklicherweise nicht.« Die Andeutung eines Lächelns huschte über Alex' Züge. »Ich hab's den Kerlen auch nicht leicht gemacht.«

»Haben Sie die Schützen gesehen?«

»Allerdings. Es waren zwei. Sie trugen schwarze Kleidung.«

»Konnten Sie ihre Gesichter sehen?«

»Nein. Sie trugen irgendwelche Dinger vor den Gesichtern.« Sie machte eine Handbewegung vor ihren Augen.

»Ich verstehe nicht ganz.«

»Nachtsichtgeräte.«

»Ah. Haben Sie eine Vermutung bezüglich der Identität dieser Männer?«

»Was soll die Frage?«

»Ich möchte wissen, ob Sie einen Verdacht haben, wer diese Männer gewesen sein könnten.«

»Woher denn?« Ein wenig entnervt schüttelte Alex den Kopf. »Dass sie die Übergabe an einem Mahnmal für die Opfer eines Terroraktes stattfinden lassen wollten, könnte bedeuten, dass es sich um irgendwelche islamistischen Fundamentalisten handelt. Aber sollten nicht Sie solche Vermutungen anstellen?«

»Schon gut. Haben auch Sie die Männer gesehen, Herr Bonic?«, wandte sich Keller an Jan, der bislang stumm dabeigesessen hatte.

»Nein.« Der Fernfahrer schüttelte den Kopf. »Ich kam erst dazu, als Dr. Lessing vor meinen Laster rannte. Es hätte nicht viel gefehlt und ich hätte sie platt gefahren, aber …«

»Aber?«

»Ich konnte gerade noch rechtzeitig anhalten. Anschließend stieg ich aus, um nach dem Rechten zu schauen. Da sah ich, dass sie voller Blut war …«

»Ich bat ihn, mir zu helfen und mich zur nächsten Polizeiwache zu bringen, was er dann auch getan hat«, ergänzte Alex, um den Bericht zum Abschluss zu bringen.

»Und die beiden Killer?«

»Ich weiß nicht, wo sie geblieben sind.« Alex zuckte mit den Schultern. »Ehrlich gesagt habe ich auf ihre Gesellschaft auch keinen besonderen Wert gelegt.«

»Man hat nicht mehr auf Sie geschossen, als Sie sich auf der offenen Straße befanden, ohne jede Deckung?«

»Ja, so war es.«

»Verstehe«, sagte Keller nur. Er hatte die Aussagen der beiden am Computer mitprotokolliert und tippte noch einige Kommentare hinzu.

»Sie glauben mir wohl nicht?«, rief Alex gereizt. »Mir ist durchaus bewusst, wie verrückt sich das alles anhören muss, aber ich schwöre Ihnen, genau so ist es gewesen. Sie können jede Einzelheit nachprüfen.«

»Genau das werden wir tun«, erwiderte der Polizist, dessen spöttisches Grinsen vermuten ließ, dass er glaubte, es mit einer hysterischen jungen Frau zu tun zu haben, die zu viele schlechte Filme gesehen oder Romane gelesen hatte. »Vertrauen Sie mir, Dr. Lessing, genau das werden wir tun …«

Homicide Squad, 6th Police Precinct
Manhattan, New York City
Zur selben Zeit

»Was gibt's denn, Sir?«

Winston Seymour stand auf der Schwelle von Lieutenant Suttons Büro. Sein Vorgesetzter hatte ihn rufen lassen, in einer dringenden Angelegenheit, wie es hieß …

»Kommen Sie rein, Sergeant«, forderte der Lieutenant ihn auf. »Setzen Sie sich.«

»Was ist los?«, fragte Winston erneut, während er die Tür hinter sich schloss. Er nahm Platz, ahnend, dass schlechte Neuigkeiten auf ihn warteten.

»Dieser Fall, den ich Ihnen anvertraut habe«, sagte Sutton, »dieser Mord in der Bedford Street …«

»Was ist damit, Sir?«

»Haben Sie schon eine konkrete Spur?«

»Das nicht, Sir.«

»Haben Sie das Täterprofil anfertigen lassen?«

»Noch nicht. Ich war bisher damit beschäftigt, die Kontakte des Opfers zu überprüfen – und dadurch hat sich mein Verdacht noch erhärtet, dass etwas an dieser Sache ganz und gar nicht stimmt.«

»Inwiefern?«

»Nun, äußerlich betrachtet deutet tatsächlich alles auf einen Ritualtäter hin. Wobei wir das genaue Ergebnis der gerichtsmedizinischen Untersuchung natürlich erst noch abwarten müssen. Aber hinter diesem Mordfall steckt weitaus mehr, davon bin ich überzeugt. Etwas Großes, dessen wahre Ausmaße wir im Augenblick noch nicht einmal erahnen können.«

»Gibt es dafür Beweise?«, wollte Sutton wissen.

»Indizien«, sagte Winston. »Wenn Sie mich fragen, war der ermordete Buchhändler in irgendeine Schweinerei verwickelt, und ich werde herausfinden, was genau das gewesen ist.«

»In den wenigen Tagen, die Ihnen noch bleiben?«

Winstons Züge verkanteten sich. »Was wollen Sie damit andeuten, Sir?«

»Ich will damit gar nichts *andeuten*, Sergeant«, antwortete Sutton. »Es ist eine Tatsache, dass Sie in wenigen Tagen in den Ruhestand gehen, und ich frage mich, wer dann die Ermittlungen fortführen soll.«

»Bei allem Respekt, Sir – das hätten Sie sich überlegen sollen, bevor Sie mir den Fall übertragen haben.«

»Da haben Sie wahrscheinlich recht.« Sutton nickte. »Glücklicherweise ist es nicht zu spät, um meinen Irrtum zu korrigieren.«

»Sie wollen mir den Fall wegnehmen?«

»Keineswegs, ich ...«

»Wer soll ihn denn bekommen?«, brauste Winston auf. »Johnson vielleicht, dieser arrogante Sack? Oder Sandretti, dieser aufgeblasene Wichtigtuer?«

»Ihre Wortwahl ist der Sache weder dienlich noch angemessen, Sergeant«, wies Sutton ihn kühl zurecht. »Wie ich Ihnen bereits sagte, sind all unsere Leute mit anderen Fällen betraut, sodass ich keinen Einzigen davon entbehren kann. Stattdessen habe ich beschlossen, die Angelegenheit dem FBI zu übergeben. In Anbetracht der Eindrücke, die ich von dem Fall gewonnen habe – und die Sie mir gerade selbst bestätigt haben –, bin ich zu der Überzeugung gelangt, dass diese Sache eine Nummer zu groß für Sie ist, Sergeant Seymour. Zumal mir die Gefahr zu bestehen scheint, dass der Killer erneut zuschlagen wird.«

»Eine Nummer zu groß für mich?«, hakte Winston mürrisch nach und fixierte sein Gegenüber aus zu schmalen Schlitzen verkniffenen Augen. »Außerdem wissen Sie doch wie ich, dass man dem FBI einen Fall nicht einfach übertragen kann. Bei den Jungs kann man allenfalls mal höflich anklopfen und fragen, ob sie sich zuständig fühlen.«

Der Lieutenant schnitt mit der flachen Hand durch die Luft. »Ich brauche von Ihnen keine Belehrungen, wie ich meinen Job zu tun habe, Sergeant. Zu Ihrer Information: Das FBI ist für diesen Fall schon allein deshalb zuständig, weil der Hintergrund des organisierten Verbrechens nicht auszuschließen ist.«

»Sorry, Sir, aber das ist eine Allerwelts-Begründung.«

»Die aber ausreicht.« Sutton fixierte sein Gegenüber aus

schmalen Augen und fuhr eindringlich fort: »Hören Sie, Winston: Sie waren anfangs nicht sehr erbaut darüber, den Fall so kurz vor Ihrer Pensionierung übertragen zu bekommen. Und in Anbetracht der Schwierigkeiten, mit denen Sie in Ihrer Dienstzeit zu kämpfen hatten …«

»Wenn Sie mein Alkoholproblem meinen – seit mehr als zehn Jahren bin ich los von der Flasche«, stellte Winston klar. »Es war nicht einfach, aber ich habe es geschafft. Und ich denke, ich habe diese letzte Chance verdient.«

»Kommen Sie mir nicht auf die Tour! Wer von uns beiden schleicht denn mit hängenden Schultern auf dem Revier herum und erzählt jedem, der es hören will, dass seine Tage hier gezählt wären?«

»Kann sein, Lieutenant«, räumte Winston ein. »Aber dieser Fall gibt mir die Möglichkeit, es allen noch mal zu zeigen und diesen Arschgeigen …«

»Dies ist ein Polizeirevier, Sergeant, kein Selbstfindungskurs. Sie sind nicht hier, um sich selbst zu verwirklichen oder es irgendwem zu beweisen.«

»Ich bin der Letzte, dem Sie das erklären müssen, Lieutenant«, versicherte Winston. »Aber als Sie mir diesen Fall anvertrauten, da sagten Sie, ich solle zu Ihnen kommen, wenn Sie mir helfen könnten – jetzt ist es so weit.«

»Eine solche Hilfe meinte ich nicht«, wehrte Sutton ab.

»Natürlich nicht«, konterte Winston. »Sie haben mehr daran gedacht, mir die Nummer eines Seelenklempners zu geben, wenn ich nicht mehr weiterweiß, nicht wahr? Damit er mich mit irgendwelcher Psychokacke vollquatschen kann und Sie sich besser fühlen können. Aber ich brauche keinen verdammten Psychiater, Sir – ich brauche diesen Fall! Ich bin überzeugt davon, dass ich ihn lösen kann, dass ich zum letzten verdammten Mal in meinem Leben zu etwas nütze sein kann – und ich bitte Sie, mir das nicht zu nehmen!«

»Sergeant Seymour, ich …«

»Ich weiß nicht, ob Sie verstehen können, wovon ich spreche, Sir, aber irgendwann, wenn Ihr Motor nicht mehr ganz so gut in Schuss und Ihr Akku nicht mehr ganz so frisch aufgeladen ist, dann wird hier jemand an Ihre Tür klopfen und Ihnen sagen, dass er in Zukunft Ihren Job machen wird. Sie werden die Welt nicht mehr verstehen, werden sich fragen, was Sie verdammt noch mal falsch gemacht haben – und wenn Sie in den Spiegel schauen, werden Sie feststellen, dass der Kerl darin nicht mehr der ist, der Ihnen noch vor zehn oder fünfzehn Jahren entgegengeblickt hat. Sie werden sich alt fühlen und leer und ausgebrannt, weil Sie alles für den Job gegeben haben. Wenn Sie Glück haben, werden Sie noch eine Frau haben und Kinder, die Sie trösten, aber wahrscheinlich sind die schon über alle Berge, weil sie es mit einem Cop unter dem Dach nicht mehr ausgehalten haben. Also werden Sie die Zähne zusammenbeißen und schlucken, was man Ihnen zu schlucken gibt – und das alles für eine mickrige Pension und 'ne beschissene Armbanduhr.«

Sutton wollte aufbrausen, doch Winston ließ ihn nicht zu Wort kommen. »Warum ich das so genau weiß, wollen Sie wissen? Ganz einfach, Sir: Weil es mir gerade so ergeht! Und ob es Ihnen gefällt oder nicht, wir sitzen im selben Boot!«

Winston war zum Schluss immer lauter geworden. Lauter, als er es beabsichtigt hatte. Mit dem Vorsatz, sich über nichts mehr aufzuregen und alle Ohrfeigen, die ihm das Leben versetzte, gleichmütig hinzunehmen, hatte er soeben gebrochen, wie ihm selbst auffiel.

Eine Zeitlang schaute Sutton ihn nur an. »Wissen Sie«, sagte er schließlich, »für einen angeblich zahnlosen Tiger brüllen Sie noch ganz schön laut.«

»Tut mir leid, Sir. Ich wollte nicht respektlos erscheinen …«

»Und Sie können verdammt überzeugend sein, wenn

Sie wollen«, fuhr der Lieutenant unbeirrt fort. »Also gut, Seymour, Sie bekommen Ihre Chance. In Anbetracht Ihrer herausragenden Verdienste um diese Abteilung räume ich Ihnen eine zusätzliche Frist von 72 Stunden ein.«

Ein überraschtes Lächeln legte sich auf Winstons dunkle Züge. »Danke, Sir.«

»Drei Tage, nicht mehr!«, schärfte Sutton ihm ein. »Danach werde ich ohne Zögern zum Telefon greifen und das FBI verständigen, und keine Rede, die Sie hier schwingen, wird mich davon abhalten können, verstanden?«

»Verstanden, Sir. Mehr brauche ich nicht.« Er nickte dem Abteilungsleiter zum Abschied zu und wollte das Büro verlassen. Er war schon an der Tür, als er sich noch einmal umwandte. »Sir?«

»Was denn noch?« Suttons Blick verriet Ungeduld. »Übertreiben Sie es nicht, Sergeant!«

»Danke, Sir«, sagte Winston noch einmal. »Danke, dass Sie einem alten Tiger noch einmal eine Chance geben. Ich brauche diesen Fall, Sir. Ich brauche ihn wirklich. Dadurch …« Er suchte nach den passenden Worten. »Dadurch bekommt irgendwie alles Sinn. Verstehen Sie, was ich meine?«

Sutton schnaubte und für einen kurzen Augenblick begegneten sich die Blicke der beiden so gegensätzlichen Männer in stillem Einvernehmen. »Verschwinden Sie«, schnarrte Sutton dann. »Sie haben einen Job zu erledigen.«

»Ich weiß, Sir …«

Polizeiinspektion 43
München, Olympiapark
Zwei Stunden später

»Dr. Lessing?«

Die Tür des karg möblierten Raumes, in dem Alex und Jan gewartet hatten, wurde geöffnet, und zwei Polizeibeamte in Zivil traten ein. Der eine, ein Mann mittleren Alters mit energischem Kinn und zurückgekämmtem Haar, trug Sakko und Jeans und war mit einem Tablett beladen, auf dem vier Pappbecher mit Kaffee standen. Zwei davon reichte er an die Besucher weiter, einen nahm er sich selbst. Den vierten Becher nahm seine Kollegin, die ähnlich gekleidet war wie er und ihr langes blondes Haar zu einem strengen Zopf geflochten hatte. Ihre herben, blassen Züge verrieten Entschlossenheit.

»Danke«, sagte Alex und nahm einen Schluck von dem heißen und bitter schmeckenden Getränk. »Das tut gut.« Die Ungewissheit der letzten zwei Stunden war quälend gewesen. Immerzu hatte sie sich gefragt, wer die Kerle waren, die Peter ermordet und auch sie hatten töten wollen. Eine Antwort hatte sie jedoch nicht gefunden. Die Blessuren, die sie sich auf ihrer wilden Flucht zugezogen hatte, waren aber inzwischen versorgt und verbunden worden.

Dass auch Jan noch immer anwesend war, hatte er seiner Hilfsbereitschaft zu verdanken. Die Polizei wollte ihn nicht gehen lassen, bevor erste Untersuchungsergebnisse vorlagen. Einige Beamte waren in den Olympiapark geschickt worden, um Alex' Aussagen zu überprüfen. Warum das so lange dauerte, darüber konnte die junge Wissenschaftlerin nur spekulieren. Sie war müde und wollte nach Hause, nur nach Hause …

Der Beamte lächelte matt. »Ich bin Polizeihauptkommissar Martin Lorenz vom Landeskriminalamt. Dies ist meine Kollegin, Kommissarin Katja Gerster.«

»Landeskriminalamt?« Alex hob die Brauen. Soweit sie wusste, wurde das dem Landesinnenministerium unterstellte LKA nur in besonderen Fällen hinzugezogen. Überdies war das Bayerische LKA eine hochmoderne Polizeizentrale, ausgerüstet mit den neuesten Technologien für Ermittlung, Untersuchung und Information. Nicht zuletzt war das LKA in München die größte kriminalpolizeiliche Ermittlungsdienststelle Bayerns ... »Tut mir leid, dass Sie so lange warten mussten«, fuhr Lorenz fort, »aber es hat einige Zeit gedauert, Ihre Angaben zu überprüfen.«

»Und?«, wollte Alex wissen.

»Nun ja«, sagte Lorenz. »Wo soll ich anfangen? Wir haben keine Leiche gefunden.«

»Was?« Alex fuhr hoch und dabei verschüttete sie einen Teil des Kaffees. »Aber ... aber ... sie war da! Peter Manhart wurde kaltblütig ermordet! Ich habe seinen Leichnam in meinen Armen gehalten ...«

»Es wurden Blutspuren entdeckt«, räumte der Hauptkommissar ein, »die wir mit denen auf Ihrer Kleidung vergleichen werden. Das wäre immerhin ein erster Anhaltspunkt.«

»Ein Anhaltspunkt wofür?«

»Dass Sie die Wahrheit sagen«, antwortete Lorenz offen. »Was denken Sie, wie oft es vorkommt, dass jemand der Polizei eine solche Geschichte auftischt? Islamische Fundamentalisten, ein Mord in dunkler Nacht, das Logbuch einer geheimen U-Boot-Fahrt der Nazis – das alles ist schwer zu glauben, wissen Sie.«

»Von islamischen Fundamentalisten habe ich nichts gesagt«, erklärte Alex. »Alles andere ist wahr.«

»Wenn es so ist, werden wir das bald herausgefunden haben«, schaltete sich Gerster in das Gespräch ein. »Verzeihen Sie unsere Zurückhaltung. Verrückte Verschwörungstheorien haben zurzeit nun mal Konjunktur.«

»Ver-Verschwörungstheorien?« Alex konnte kaum glauben, was sie da zu hören bekam. »Ich bin Wissenschaftlerin! Mein Hauptforschungsschwerpunkt ist die Suche nach geschichtlicher Wahrheit. Wollen Sie mir unterstellen, ich hätte mir das alles nur ausgedacht?«

»Wir unterstellen Ihnen gar nichts«, versicherte Lorenz. »Wir halten uns nur an die Fakten. Und Fakt ist, dass Ihr Kollege Peter Manhart tatsächlich spurlos verschwunden ist – und dass wir mit hoher Wahrscheinlichkeit größere Mengen von seinem Blut auf Ihren Kleidern finden werden.«

»Natürlich! Ich sagte Ihnen doch, wie es passiert ist.« Alex war außer sich. »Er kauerte am Boden, aber zu diesem Zeitpunkt war er bereits tot. Als ich ihn berührte, fiel er mir in die Arme und ...« Sie unterbrach sich, als ihr klar wurde, worauf der Kommissar hinauswollte. »Wollen Sie etwa behaupten, *ich* hätte Peter Manhart umgebracht?«

»Wie ich schon sagte, Doktor – wir unterstellen Ihnen nichts und wir behaupten auch nichts. Wir betrachten den Fall nur aus mehreren Blickwinkeln.«

»Das ist ein Scherz, oder?«

»Nein«, versicherte Lorenz' Kollegin, »das ist kein Scherz. Solange wir Ihre Aussage nicht verifizieren können, zählen Sie zum Kreis der Verdächtigen und ...«

»Aber ... wenn ich Peter Manhart umgebracht hätte, dann wäre ich doch ganz sicher nicht hergekommen, oder?«

»Wer weiß?« Lorenz zuckte mit den Schultern. »Vielleicht ging es Ihnen ja darum, uns auf eine falsche Fährte zu locken. Oder Sie wollten einfach nur sehen, ob Sie damit durchkommen.« Als sie aufbrausen wollte, sagte er schnell: »Glauben Sie mir, Dr. Lessing, wir haben hier schon allerhand erlebt.«

Alex entgegnete nichts mehr darauf, sondern kniff die Lippen zusammen, dass sie zu einem schmalen Strich in ihrem Gesicht wurden. Innerlich jedoch bebte sie.

Sie konnte kaum glauben, was sie da zu hören bekam. Nachdem sie um ihr Leben gerannt und dem Tod nur mit knapper Not entronnen war, wurde sie nun ernsthaft verdächtigt, die Mörderin Peter Manharts zu sein. Das war so ungeheuerlich, dass sie ihre Frustration am liebsten laut hinausgeschrien und die beiden Beamten wüst beschimpft hätte. Nur mühsam brachte sie sich unter Kontrolle – nicht nur, weil sie befürchtete, dass dies die Sache für sie noch schlimmer gemacht hätte, sondern weil sie in ihrem Beruf ja genauso vorging wie diese Polizisten: Was zählte, waren allein die Fakten, nicht das, was irgendwer erzählte. Worauf sonst sollte sich die Polizei bei ihrer Arbeit stützen?

Dennoch konnte Alex nicht verhindern, dass ihr erneut Tränen in die Augen traten. Das alles war einfach zu viel für sie …

»B-bin ich verhaftet?«, wollte sie wissen.

»Nein. Aber Sie sollten sich aus Ihrem eigenen Interesse zu unserer Verfügung halten, falls wir noch weitere Angaben von Ihnen benötigen.«

»Und ich?«, fragte Jan.

»Für Sie gilt das Gleiche«, beschied Gerster dem Fernfahrer. »So lange bis geklärt ist, in welcher Verbindung Sie zu Dr. Lessing stehen.«

»In welcher Verbindung?« Jan lachte verständnislos. »Sie ist mir vor den Laster gelaufen. Hätte ich sie vielleicht überfahren sollen?«

»Wenn es so ist, haben Sie nichts – gar nichts – zu befürchten«, versicherte Lorenz. »Doch bis wir klarsehen, müssen wir Sie um Geduld bitten.«

»Und was ist mit meiner Fracht? Das Zeug muss morgen Mittag in Prag sein.«

»Ich kann Ihnen nicht untersagen, das Land zu verlassen«, sagte Lorenz, »aber Ihnen sollte klar sein, dass Sie weder sich noch Dr. Lessing damit einen Gefallen tun.«

»Verstehe.«

»Na schön.« Alex schnaubte. »Dann werden wir jetzt gehen.«

»Wohin?«, wollte Lorenz wissen.

»Nach Hause, wohin sonst?«

»Das würde ich mir an Ihrer Stelle gut überlegen, Dr. Lessing. Wenn es stimmt, was Sie sagen, dann werden Ihre Feinde dort zuerst nach Ihnen suchen.«

»Kann sein«, sagte Alex kaltschnäuzig, »aber da es keine Killer gibt und ich mir das alles nur ausgedacht habe, brauche ich ja nichts zu befürchten, richtig?«

Der Kommissar erwiderte nichts darauf, hielt ihrem bohrenden Blick jedoch stand.

Seine Kollegin brachte Alex und Jan hinaus auf den Gang und führte sie zum Ausgang. Draußen regnete es. Die schweren Wolken, die sich in der ersten Nachthälfte über der Stadt zusammengebraut hatten, entluden sich und hüllten den Hof und die Straße in graue Schleier.

»Und nun?«, wandte sich Alex an Jan, nachdem sich Gerster verabschiedet hatte. Sie standen unter dem schmalen Vordach, das den Eingang der Polizeiwache überragte.

»Ich werde mir einen Parkplatz suchen und im Lkw schlafen«, sagte Jan achselzuckend. »Mit der deutschen Polizei ist nicht zu spaßen, das ist mir klar.«

»Ich habe mich noch nicht bei Ihnen bedankt«, sagte Alex leise. »Dabei haben Sie mir das Leben gerettet. Und jetzt haben Sie meinetwegen nichts als Scherereien.«

»Ach, nicht der Rede wert.« Er machte eine wegwerfende Handbewegung und zwinkerte ihr dann aufmunternd zu. »Die werden sicher bald herausgefunden haben, was es mit dieser Sache auf sich hat, und dann kommt alles in Ordnung.«

»Sie sind mir nicht böse?«

»Wieso sollte ich? Sie können doch nichts dafür – oder?«

Sie lächelte schwach. »Nein.«

»Na also.« Er nickte ihr zu, dann ging er zu seinem Laster, den er quer auf dem Parkplatz abgestellt hatte. Der strömende Regen schien ihm nichts auszumachen. »Steigen Sie ein, ich fahre Sie nach Hause.«

»Nicht nötig, ich komme schon zurecht.«

»Steigen Sie ein!«, wiederholte er. »Oder wollen Sie sich bei dem verdammten Regen den Tod holen?«

»Sie tun es schon wieder«, meinte Alex.

»Wovon sprechen Sie?«

»Gerade retten Sie mir zum zweiten Mal das Leben …«

8.

N'Djamena.

Wie erst jetzt bekannt wurde, kam es vergangenen Mittwoch in Abéché, der Hauptstadt der Region Ouaddaï im Osten des Tschad, zu einem blutigen Zwischenfall. Das Hauptquartier der Vereinten Nationen teilte mit, dass die örtliche UN-Vertretung von Einheimischen gestürmt und verwüstet wurde. Erst durch den massiven Einsatz von Regierungstruppen konnte dem aufgebrachten Mob Einhalt geboten werden. Zwei Mitarbeiter des UN-Büros fanden bei dem Zwischenfall den Tod, sechs weitere konnten unverletzt aus dem Gebäude fliehen.

Auslöser der Unruhen waren angebliche Unregelmäßigkeiten bei der Verteilung von Hilfsgütern für den von Krieg zerrütteten Norden des Landes. Einheimische werfen den Vereinten Nationen vor, überlebensnotwendige Medikamente absichtlich unter Verschluss zu halten, was angesichts drohender Hungersnot und verseuchter Gewässer im ehemaligen Kriegsgebiet an der sudanesischen Grenze die Not der Menschen dort noch verschlimmere. Der UN-Generalsekretär in New York zeigte sich erschüttert, sowohl von dem Zwischenfall als auch von den Vorwürfen, und versprach eine lückenlose Aufklärung. Eine UN-Kommission soll nun vor Ort die Hintergründe klären.

Sonderbeitrag auf International News Broadcast TV
gesendet 18/10/2006, 9.15 p.m. ETZ

NYPD Scientific Research Division
Bronx, New York City
Gegenwart

»Da sind Sie ja endlich, Sergeant.«

Lana O'Brien, Pathologin in der wissenschaftlichen Untersuchungsabteilung des New York Police Department, schaute von ihrem Schreibtisch auf, als Winston Seymour ihr Arbeitszimmer betrat. Der strenge Geruch, der auf den Gängen des gerichtsmedizinischen Labors herrschte und von Formalin und Desinfizierungsmitteln herrührte, tränkte auch die Luft in diesem Raum, und Winston fragte sich, wie es jemand an einem solchen Arbeitsplatz lange aushalten konnte.

»Alles klar, Doc.« Er schnitt eine Grimasse. »Ein Anruf von Ihnen und ich stehe auf der Matte. War doch nie anders.«

Die Medizinerin war eine robuste Endvierzigerin mit Hornbrille und hatte ihr langes rotes Haar zu einem Pferdeschwanz gebunden. »Immer noch der alte Charmeur, was? Was werde ich nur ohne Sie machen? Richtig langweilig wird das hier werden.«

Winston hob abwehrend die Hände. »Nicht doch, nur kein Schwanengesang. Ich hab mir meinen Ruhestand redlich verdient und das lasse ich mir auch von Ihnen nicht ausreden.«

»Nein? Schade.« Die Pathologin zuckte mit den Schultern. »Ihre Fälle habe ich immer gern bearbeitet.«

»Was denn, Doc? Sie werden mir doch auf meine alten Tage nicht sentimental werden!«

»Keineswegs.« Sie grinste. »Aber Ihre Leichen waren nun einmal immer die interessantesten. Das ist eine Tatsache, Sergeant.«

»Wenn Sie es sagen.«

»Nehmen wir nur den jüngsten Fall, dieser Buchhändler,

der im Village ermordet wurde ...« Inmitten des Chaos auf ihrem Schreibtisch suchte sie nach der entsprechenden Akte.

»Was ist damit? Stimmt was nicht?«

»Deshalb habe ich Sie rufen lassen, Sergeant. Im Bericht der Spurensicherung ist von einem Einzeltäter die Rede ...«

»Davon sind wir bislang ausgegangen«, bestätigte Winston.

»Verstehe.« O'Brien war fündig geworden und zog die Akte unter einem Stapel Fotos hervor, die einem zart besaiteten Betrachter die letzte Mahlzeit hätte hochkommen lassen. »Dann kommen Sie mal mit, Sergeant. Ich möchte Ihnen etwas zeigen.«

Sie erhob sich, kam gemächlich hinter ihrem Schreibtisch hervor und verließ das kleine Büro. Winston folgte ihr den von kaltem Neonlicht beleuchteten Gang hinunter und durch eine schwere Metalltür mit runden Fenstern. Auf der anderen Seite war der antiseptische Geruch noch stärker.

Winston gab sich gleichgültig, aber etwas wühlte in seinem Bauch. Was war nur los mit ihm? Früher hatte ihm das nichts ausgemacht ...

Sie betraten einen hohen, hell beleuchteten Raum mit einem metallenen Untersuchungstisch. Der Boden und drei Wände waren gekachelt, die Stirnseite wurde von einer Anordnung breiter Schubfächer eingenommen, die der Reihe nach nummeriert waren. Zielstrebig trat Dr. O'Brien an das Fach mit der Nummer B-18 und zog es auf.

Dann schlug sie das Tuch beiseite, mit dem der nackte Leichnam von Julius Quare bedeckt war. Der Anblick war wenig erbaulich.

Der Leichnam zeigte jene graublaue Färbung, die Leichen unter Kühlung anzunehmen pflegen. Die Augäpfel fehlten, statt ihrer starrten dem Betrachter zwei dunkle, leere Höhlen entgegen. Das Blut war abgewaschen worden, und die vielen Schnitte und Einstiche, die Quares Körper übersäten, waren dadurch noch deutlicher zu sehen.

»Wie es aussieht«, begann die Pathologin ihren Bericht, »hat der arme Kerl das meiste von dem noch mitbekommen, was ihm widerfahren ist. Insgesamt konnte ich fünfzehn Einstiche feststellen, die meisten davon in Bauch und Rücken, jedoch keiner davon tief genug, um ihn zu töten. Innere Organe wurden kaum verletzt.«

»Was wollen Sie damit sagen, Doc?«

»Damit will ich sagen, dass die Täter es darauf angelegt haben, ihr Opfer möglichst lange am Leben zu lassen. Der Tod trat erst ein, nachdem Quare die Kehle durchgeschnitten wurde. Dieser Schnitt durch den Kehlkopf erfolgte nicht, um ihn am Schreien zu hindern, wie ein Profikiller es getan hätte, sondern ganz zum Schluss – was nicht bedeuten soll, dass die Täter keine Profis waren.«

»*Die* Täter?«

Die Pathologin nickte. »Ich konnte keinerlei Schnittwunden an den Händen feststellen, sehr wohl aber leichte Blutergüsse an den Handgelenken. Das bedeutet, dass sich das Opfer gegen die Messerstiche nicht zur Wehr setzen konnte, weil es aller Wahrscheinlichkeit nach festgehalten wurde.«

»Von einem Komplizen«, folgerte Winston.

»*Mindestens* einem«, verbesserte O'Brien. »Die Größe der Einstiche sowie die Art der Schnitte und die Winkel, in denen auf das Opfer eingestochen wurde, lassen auf drei bis vier Täter schließen.«

Aus der Aktenmappe zog sie eine Skizze hervor, die sie Winston reichte. Darauf waren, von vorn, von hinten sowie von beiden Seiten, die Umrisse eines menschlichen Körpers abgebildet. Mit rotem Kugelschreiber hatte Dr. O'Brien sowohl die Verletzungen als auch die Stoßrichtung der jeweiligen Einstiche vermerkt – für Winston ein unüberschaubares Chaos an Pfeilen, Markierungen und unleserlichen Kommentaren. Sein Blick war entsprechend ratlos.

»Erleuchten Sie mich, Doc«, bat er mit entwaffnendem Grinsen.

»Also schön. Wie Sie sehen können, habe ich den Einstichen Nummern zugeordnet. Die Verletzungen eins bis sieben, die sich allesamt im Rücken befinden, wurden dem Opfer mit einem sehr scharfen und zugleich spitzen Gegenstand beigebracht – ich tippe auf ein Fleischermesser. Die Stiche wurden alle von oben herab geführt, allerdings nur mit geringer Kraft – so etwa.« Mit ihrem Kugelschreiber in der rechten Hand vollführte sie eine entsprechende Bewegung. »Die Einstiche acht bis vierzehn befinden sich an der Vorderseite des Opfers. Wie Sie sehen, verlaufen sie alle senkrecht, was darauf schließen lässt, dass der Täter von unten nach oben gestochen hat. Die Klinge war breiter und weniger scharf, wahrscheinlich ein Jagdmesser oder etwas in der Art. Schließlich die Verletzung, die zum Tod des Opfers führte: Wunde Nummer fünfzehn, der Kehlenschnitt, erfolgte auf einen einzigen Streich und ist ungewöhnlich tief, was auf eine sehr lange und scharfe Klinge hindeutet – ich denke dabei an eines dieser Samuraischwerter oder eine Machete. Und schließlich haben wir noch die Stilette, mit denen die Augen ausgestochen wurden, die jedoch sonst nirgendwo am Körper Spuren hinterlassen haben.«

»Moment, Doc. Wollen Sie behaupten, der Täter hätte die Dinger mitgebracht, nur um sein Opfer am Ende mit durchstochenen Augen zu präsentieren?«

»Genau das, Sergeant – und es waren mehrere Täter, wenn Sie mir die erneute Korrektur gestatten. Es sei denn, Sie finden es normal, dass ein Täter innerhalb kürzester Zeit viermal die Tatwaffe wechselt.«

»Was ist schon normal, Doc?« Winston seufzte. »Glauben Sie mir, in den letzten vierzig Jahren habe ich so viel Scheiße gesehen, dass ich ...«

»Was wird das? Die Veteranentour?« O'Brien winkte ab. »Erstens sind Sie noch kein Veteran, Sergeant, und zweitens habe ich hier auch schon allerhand zu sehen bekommen. Ich mag noch nicht so lange dabei sein wie Sie, aber lange genug, um zu wissen, dass dies hier ein ziemlich ausgefallener Mord ist.«

»Schon gut, Doc. Ich wollte Ihnen nicht zu nahe treten.«

»Kein Problem.« Die Ärztin deckte Quares entstellten Leichnam wieder zu und ließ ihn in der Kühlkammer verschwinden. Dann händigte sie Winston den Bericht aus. »Hier haben Sie das Ergebnis meiner Untersuchung. Tut mir leid, wenn es Ihnen nicht gefällt, aber ein anderes gibt es nicht.«

Winston lachte dumpf. »Darum geht es nicht, Doc. Ich habe mich nur gerade gefragt, was der gute Lieutenant Sutton dazu sagen wird. Er bekommt eine Menge Druck in dieser Sache und war ohnehin schon drauf und dran, mir den Fall zu entziehen und dem FBI zu übergeben.«

Die Pathologin rückte ihre Brille zurecht. »Wenn Sie mich fragen, sollten Sie froh sein, wenn Sie diesen Fall los sind, Sergeant. Das ist nichts, womit man die letzten Tage im Dienst abfeiern kann, glauben Sie mir.«

»Das glaube ich Ihnen sogar gern, Doc.« Winston nickte. »Die Sache ist nur – ich *will* nicht, dass mir der Fall abgenommen wird. Sutton hat mir eine Frist von 72 Stunden gesetzt, und diese Frist will ich nutzen, um nach Möglichkeit Licht in diese Angelegenheit zu bringen.«

»Wozu? Was bezwecken Sie damit, Sergeant? Jeder hier weiß, was Sie geleistet haben.« O'Brien lächelte. »Nicht von ungefähr gab man Ihnen den Spitznamen ›The Tiger‹.«

»Das ist lange her.«

»So lange nun auch wieder nicht. Sie haben es allen gezeigt, Winston. Sie müssen es niemandem mehr beweisen.«

»Danke, Doc, nett von Ihnen.« Er zwang sich zu einem Lächeln. »Aber darum geht es nicht.«

»Nein?« Sie ließ die Hände in den Taschen ihres weiten grünen Kittels verschwinden, was sie ein wenig wie ein trotziges Schulmädchen wirken ließ. »Und worum geht es dann, wenn es erlaubt ist, zu fragen?«

»Tun Sie es lieber nicht, Doc«, bat Winston ausweichend. »Die Antwort würde Ihnen vielleicht nicht gefallen.«

»Lassen Sie's auf 'nen Versuch ankommen.«

»Na schön.« Winston schürzte die Lippen. »Ich kann Ihnen auch nicht genau sagen, wieso – aber aus Gründen, die zu benennen ich im Augenblick nicht in der Lage bin, kommt mir dieser Fall irgendwie … na ja, *vertraut* vor.«

»Vertraut?«

»Klingt verrückt, nicht wahr? Aber genau so ist es. Das alles hier«, er hielt die Mappe mit dem Bericht hoch, »erinnert mich irgendwie an die Vergangenheit. Wir haben eine Zeugin, die den Täter gesehen haben will, aber was sie sagt, ergibt keinen Sinn. Es fanden sich auch keine Spuren des Täters – und nun kommen Sie und behaupten, es wären gleich mehrere gewesen!«

»Ich habe mir das nicht ausgedacht«, führte O'Brien zu ihrer Verteidigung an. »Tote lügen nicht – Sie kennen das Sprichwort.«

»Ich weiß, dass Sie sich das nicht ausgedacht haben«, versicherte Winston. »Ich bin sogar fest davon überzeugt, dass Sie wie immer gute Arbeit geleistet haben und dass Sie richtig liegen, was die verschiedenen Tatwaffen und die Vielzahl der Täter angeht.«

»Aber?«

»Aber ich denke nicht, dass wir es mit einer Gang oder etwas Ähnlichem zu tun haben, ebenso wenig wie ich Suttons Theorie vom Ritualmörder folgen will. Was hier abläuft, Doc, geht weit über das Ausmaß eines gewöhnlichen Mordes hinaus.«

»Aha«, sagte O'Brien. »Und wie kommen Sie darauf?«

»Das sagt mir ... *mein Instinkt!*«, verriet Winston leise.

»Ihr Instinkt in allen Ehren«, entgegnete die Pathologin nüchtern, »aber vielleicht ist es ja nur die Eitelkeit eines Mannes, der nicht wahrhaben will, dass es für ihn Zeit wird, in Pension zu gehen.«

Winston blickte in O'Briens blasses Gesicht und in die von der langen Arbeit bei künstlichem Licht dunkel geränderten Augen. Er kannte sie lange genug, um zu wissen, dass sie es nicht böse meinte. Ihre Ehrlichkeit gehörte sogar zu jenen Eigenschaften, die er am meisten an ihr schätzte. Aber das bedeutete nicht, dass sie deshalb zwangsläufig recht haben musste ...

»Unsinn, Doc!«, widersprach er und wandte sich der Tür des Untersuchungsraums zu, den Bericht unterm Arm. »Ich weiß nur, dass dieser Fall mir eine zweite Chance gibt.«

»Eine zweite Chance?«, rief sie ihm hinterher. »Um was zu tun?«

»Um aufzuwachen«, erwiderte Winston rätselhaft, dann war er draußen.

München
Zwei Tage später

Der Schock hatte sich gelegt. Das Gefühl, verfolgt zu werden, war jedoch geblieben.

Seit Alexandra Lessing wieder zu Hause war, hatte sie ihre Wohnung kaum mehr verlassen. Nur einmal war sie in den Supermarkt gegangen, um sich mit Lebensmitteln einzudecken, zur Mittagszeit, als die Straßen belebt gewesen waren und es vor Passanten nur so gewimmelt hatte. Aber selbst inmitten der anonymen Masse fühlte sich Alex seltsam unwohl und hatte das Gefühl, dass jemand – oder *etwas* – sie beobachtete. Und immer wieder ertappte sie sich dabei, wie sie nach leuchtenden roten Punkten Ausschau hielt, die über den Boden auf sie zuhuschten.

Zu viel war geschehen, das Alex weder verstand noch zuordnen konnte. Warum nur hatte ihr Kollege sterben müssen? Und worum genau handelte es sich bei dem rätselhaften Logbuch, das er ihr hatte zukommen lassen?

Alex war nicht dazu gekommen, das Buch zu Ende zu lesen: Ihre Kenntnis von dem, was auf der ersten und vermutlich letzten Fahrt von U-300 geschehen war, endete mit der Gefangennahme der Mannschaft durch die Besatzung eines Zerstörers der US Navy. Um was hatte es sich bei der geheimen Ladung des Unterseebootes gehandelt? Wurde noch mehr als sechs Jahrzehnte später dafür gemordet? Oder ging es bei der Sache um etwas ganz anderes? War Peter nur durch Zufall hineingeraten?

Fragen über Fragen, auf die Alex bislang keine Antwort gefunden hatte. Zur Universität war sie die letzten beiden Tage nicht gegangen. Offiziell hatte sie sich krank gemeldet, nur das Dekanat und der Professor waren über die tatsächlichen Hintergründe informiert.

Von der Polizei hatte Alex nichts mehr gehört. Wie weit die Ermittlungen vorangeschritten waren, wusste sie nicht. Immerhin war man nicht gekommen, um sie zu verhaften, was hoffentlich bedeutete, dass man sie der Bluttat nicht mehr verdächtigte. Was jedoch die Hintergründe des grausamen Mordes betraf, so war Alex noch immer so ratlos wie in jener schrecklichen Nacht.

Immer wieder tauchten die grässlichen Bilder vor ihr auf, verfolgten sie nicht nur in ihren Träumen, sondern auch am helllichten Tag – wobei Alex nur noch wenig Tageslicht zu Gesicht bekam, denn sie hielt die Jalousien ihrer

Wohnung herabgelassen und die Vorhänge zugezogen und lebte bei künstlichem Licht. Das und die Tatsache, dass sie sich nachts meist ruhelos im Bett hin- und herwälzte und nur wenig Schlaf fand, hatten dafür gesorgt, dass sich tiefe Ränder um ihre Augen gegraben hatten.

Sie hatte sich in ihrer Wohnung eingeigelt, ernährte sich in der Hauptsache von Kaffee und Schokolade und verbrachte die meiste Zeit vor dem Computer, der neben dem Telefon ihre einzige Verbindung zur Außenwelt war. Über das Internet versuchte sie, mehr über das ominöse Logbuch herauszufinden – und damit über die Identität von Peter Manharts Mördern. Handelte es sich tatsächlich um islamische Fundamentalisten? Oder hatten die Entführer das Mahnmal nur deshalb als Ort der Übergabe gewählt, weil sie genau diesen Eindruck erwecken wollten?

Auf all diese Fragen gab es keine Antwort, wenn es nicht gelang, mehr Informationen zu beschaffen. Daher hatte Alex in den letzten beiden Tagen das Netz durchforstet. Das Ergebnis war jedoch gleich null, und das, obwohl Alex all ihre Beziehungen hatte spielen lassen. Selbst eine Anfrage im Hamburger Institut für Schifffahrts- und Marinegeschichte war erfolglos gewesen – zwar hatte es im Zweiten Weltkrieg ein Unterseeboot mit der Bezeichnung »U-300« gegeben, jedoch war dies vom alten Typ VII gewesen und am 22. Februar 1945 vor der spanischen Küste von britischen Minensuchern aufgebracht und versenkt worden. Ein zweites Boot dieses Namens hatte es offiziell nie gegeben.

Alex wusste es besser.

Oder?

Je länger das Geschehen im Park zurücklag, desto unwirklicher kam es ihr vor, und desto mehr fragte sie sich, ob all dies wirklich geschehen war. Hatte sie dieses Buch wirklich jemals in Händen gehalten? Hatte sie Hornungs Bericht tatsächlich gelesen?

Sie schalt sich eine Närrin dafür, dass sie das Buch nicht sofort nach dem Erhalt fotokopiert hatte. Möglicherweise hätten die letzten Einträge genau jene Hinweise enthalten, die Alex fehlten, um das Rätsel zu lösen. Oder war das Logbuch tatsächlich eine Fälschung gewesen, wie Peter bei ihrem Abendessen zunächst vermutet hatte? Aber weshalb sollte er so etwas sagen, wenn er selbst es gewesen war, der ihr das Buch hatte zukommen lassen? War alles nur ein dummer Scherz gewesen, ein Streich unter Intellektuellen? Sie glaubte dies nicht, aber falls doch, hatte Peter Manhart einen hohen Preis dafür bezahlt …

Alex zuckte zusammen, als der Bildschirm ihres Notebooks, mit dem auf dem Schoß sie auf dem Sofa hockte, plötzlich eine Störung meldete. Die Verbindung zum Internet war unterbrochen worden.

Unwillig überprüfte Alex die Kabelverbindungen, konnte aber nichts feststellen. Sie versuchte, sich wieder einzuloggen, was jedoch nicht gelang. »Kein Verbindungsaufbau möglich«, meldete das Programm mit einer Sturheit, die Alex ärgerte. Auch der zweite und dritte Versuch schafften keine Abhilfe.

Alex stellte das Notebook weg, atmete tief durch und rieb sich die übermüdeten und von der vielen Bildschirmarbeit geröteten Augen.

»Warum nur?«, fragte sie sich selbst. »Warum nur muss das Zeug immer dann versagen, wenn man es am dringendsten braucht?«

Da sich ihre Computerkenntnisse darauf beschränkten, Texte abzufassen und in elektronischen Datenbanken zu recherchieren, brauchte sie Hilfe, um den Fehler zu beheben. Ein Blick auf ihre Armbanduhr sagte ihr allerdings, dass es nicht ganz einfach werden würde, jetzt noch Unterstützung zu bekommen. Es war kurz nach 22 Uhr. Einfach jemanden vom Lehrstuhl anzurufen, schied damit aus. Alex würde einen Notdienst beauftragen müssen oder sie würde das ganze Wochenende keine Informationen mehr im Netz suchen können.

Sie stand auf und ging zum Telefon. Die Nummer eines nahen Computernotdienstes hatte sie sich zur Sicherheit notiert – aber weder erhielt sie ein Freizeichen, noch kam eine Verbindung zustande.

Die Leitung war tot …

In diesem Moment begann Alex zu dämmern, dass der Abbruch der Internetverbindung keineswegs auf einen technischen Fehler zurückzuführen war – vielmehr hatte jemand die Telefonleitung unterbrochen!

Alex kam nicht dazu, aus dieser Erkenntnis weitere Folgerungen zu ziehen, denn in diesem Augenblick klopfte es an der Tür ihrer Wohnung, so laut, dass sie zusammenzuckte.

»Dr. Lessing? Sind Sie zu Hause?«, fragte die Stimme eines unbekannten Mannes draußen auf dem Hausflur.

Alex' Magen krampfte sich zusammen.

Erneut ein energisches Klopfen. »Dr. Lessing …?«

Alex presste die Lippen zusammen, während sich ihre Gedanken geradezu überschlugen. Zuerst fielen beide Telefonleitungen aus, unmittelbar darauf klopfte es an ihre Tür – ein Zufall?

»Dr. Lessing, ich komme von der Störungsstelle. Man hat mich geschickt, weil bei Bauarbeiten in der Nachbarschaft einige Telefonkabel beschädigt wurden. Ich möchte nur überprüfen, ob Sie betroffen sind …«

Alex atmete auf. Was für eine Närrin sie doch war! Offenbar litt sie inzwischen unter Paranoia. So weit war es mit ihr schon, dass sie an die einfachste Lösung gar nicht erst dachte. Es brauchte keine vermummten Killer, damit einmal das Telefon ausfiel.

Erleichtert ging sie zur Tür, um zu öffnen. Das alte Parkett knarrte unter ihren Schritten. Dann hatte sie die Tür erreicht, ließ das zusätzliche Sicherheitsschloss aufschnappen, wollte die Tür öffnen, um den Unbekannten einzulassen – als ihr plötzlich Zweifel kamen!

Die Internetverbindung war erst vor wenigen Minuten ausgefallen. Wie konnte die Störungsstelle so rasch darauf reagieren?

Langsam wich sie von der Tür zurück, darauf bedacht, keinen unnötigen Laut mehr zu verursachen.

»Dr. Lessing?«, drang es erneut von draußen. »Ich kann hören, dass Sie zu Hause sind. Bitte öffnen Sie die Tür, damit ich mir Ihr Telefon anschauen kann. Es dauert auch bestimmt nicht lange!«

Alex stand wie erstarrt vor Entsetzen und wusste nicht, was sie tun sollte. Die Killer waren ihr wieder auf den Fersen!

Die Gedanken in ihrem Kopf jagten sich, während sie verzweifelt nach einem Ausweg suchte. Ihr Handy kam ihr in den Sinn, aber selbst wenn sie die Polizei alarmierte, würde jede Hilfe zu spät kommen …

»Dr. Lessing, Sie verhalten sich nicht sehr kooperativ«, stellte der angebliche Mechaniker fest, dessen Stimme sich immer drohender anhörte. »Ich möchte lediglich eine Störung beseitigen!«

»Darauf möchte ich wetten, du Mistkerl!«, knurrte Alex halb laut. Dann fuhr sie auf dem Absatz herum und eilte ins Schlafzimmer. Mit einem Satz sprang sie über das Futonbett, das sie seit drei Tagen nicht gemacht hatte, stürzte zur Balkontür und riss sie auf. Bislang hatte sie den von einem rostigen Gitter umgebenen Quadratmeter Eisen nur dazu genutzt, um im Sommer den Ficus hinauszustellen, den sie neben ihrem Schreibtisch stehen hatte. Sie selbst hatte nie einen Fuß hinausgesetzt, was daran lag, dass sie unter extremer Höhenangst litt. Dennoch blieb Alex nichts anderes übrig, als sich hinaus auf den Balkon zu wagen.

Entschlossen trat sie auf die dünne Plattform, was diese mit einem metallischen Ächzen quittierte. Kühle Nachtluft schlug Alex entgegen, während unter ihr gut fünfzehn Meter gähnende Leere klafften.

Alex blickte über das Geländer nach unten – und erstarrte.

Panische Furcht überkam sie und krampfte ihr Innerstes zusammen. Sie hatte das Gefühl, als würde der Boden unter ihren Füßen schwanken, und sie klammerte sich am Balkongeländer fest, dass ihre Knöchel weiß hervortraten. Der jähe Drang, laut um Hilfe zu rufen, überkam sie, aber sie gab ihm nicht nach. Möglicherweise lauerten noch mehr Killer dort unten im Hinterhof des Hauses, in dem sie ihre Wohnung hatte.

Sie konnte hören, wie erneut an die Wohnungstür geklopft wurde. Dann schien dem Kerl der Kragen zu platzen. Krachend und berstend flog die Tür auf – und Alex wusste, dass sie handeln musste!

Tat sie es nicht, würde sie in wenigen Augenblicken tot sein.

Mit eisernem Willen überwand sie die Starre, die ihre Panik ihr aufgezwungen hatte, und stieg über das Geländer. Sie vermied es, hinabzublicken, versuchte nicht daran zu denken, dass sie mit zerschmetterten Gliedern auf dem Hof enden würde, wenn sie abrutschte oder daneben griff.

»Dr. Lessing?«, hörte sie die Stimme des Mannes aus ihrer Wohnung. »Wo sind Sie?« Er konnte sie jeden Augenblick entdecken.

Mit nackten Füßen tastete Alex in die ungewisse Tiefe, sich fest an den obersten Holm des Geländers klammernd. Dann hing sie außen am Geländer, in beträchtlicher Höhe und zitternd vor Angst.

»Verdammt, wo bist du, du elendes Miststück?«, rief der Mann in der Wohnung und seine Stimme klang nun wütend. »Wo hast du dich verkrochen?« Seine Bemühungen, seine wahren Absichten zu verbergen, hatte er inzwischen aufgegeben.

Mit einer Hand ließ Alex los und griff weiter unten ein Gitter des Geländers. Sie betete, dass ihre schweißfeuchten Hände nicht abrutschten. Dann folgte die andere Hand, und so ging es weiter hinab, Stück für Stück.

Ihr eigenes Körpergewicht zerrte an ihren Armen. Aber Alex gab nicht auf, ließ sich immer weiter hinab. Unter ihr befand sich der Balkon, der zur Wohnung von Gertrude Fink gehörte, einer Mittsiebzigerin, die auf die Anrede »Fräulein« großen Wert legte und ohne Unterlass Volksmusiksendungen zu schauen pflegte. Da Fräulein Fink mit dem Alter schwerhörig geworden war, hatte sie die Lautstärke ihres Fernsehers stets hochgedreht, und wenn sich mal ein Nachbar über das Gedudel aus ihrer Wohnung beschwerte, gab es Zoff und Gezänk.

An diesem Abend jedoch war Alex froh, dass Fräulein Fink unter ihr wohnte. Denn zum einen war die alte Dame immer zu Hause, und zum anderen übertönte das Gejodel aus ihrer Flimmerkiste die Geräusche, die Alex bei ihrer Kletterei verursachte.

Sich mit den Händen an den unteren Rand ihres eigenen Balkons klammernd, versetzte Alex ihren Körper in leichte Schwingungen, dann nahm sie noch einmal allen Mut zusammen und mit einem Satz beförderte sie sich auf den Balkon von Fräulein Fink.

Das metallische Scheppern, das sie dabei verursachte, ging tatsächlich in schmissigen Polka-Rhythmen unter, und im nächsten Moment fand Alex sich wieder von einem schützenden Geländer umgeben.

Keine Sekunde zu früh, denn über ihr betrat jemand den Balkon ihrer Wohnung, und trotz der Lautstärke des Fernsehers von Fräulein Fink hörte sie, wie ein Mann – offenbar in ein Funkgerät – sagte: »Sie kann nicht weit sein, aber in der Wohnung ist sie nicht. Sieht aus, als hätte sich das verdammte Weib über den Balkon abgesetzt … Ich folge ihr!«

Alex' Nackenhaare sträubten sich, als sich ihr Verfolger anschickte, ebenfalls über das Geländer zu klettern. Schon hing er an der Außenseite, ließ sich weiter hinab, pendelte dann wie vorher Alex hin und her und wollte sich ebenfalls auf den unter ihm liegenden Balkon fallen lassen.

Er erreichte ihn jedoch nie, denn wie es den Anschein hatte, ließen seine Hände zu früh los. Die Füße des Verfolgers verfehlten das Geländer, und statt auf dem Balkon zu landen, stürzte er daran vorbei in die dunkle Tiefe. Sein heiserer Schrei brach sofort ab, als er einen Lidschlag später im Hof aufschlug.

Alex stürzte zum Geländer und blickte hinab, sah die grotesk verrenkte Gestalt auf den Pflastersteinen liegen. Gleichzeitig entsetzt und erleichtert wollte Alex sich zurückziehen, als sie die beiden leuchtend roten Punkte an der Wand bemerkte.

Mit einem Aufschrei duckte sie sich – buchstäblich in letzter Sekunde. Die tödlichen Projektile sirrten über sie hinweg und schlugen ins Glas der Balkontür. Es klirrte laut, Splitter trafen Alex' Nacken, und ungeachtet der spitzen Glaszacken, die noch im Rahmen steckten, warf sie sich herum und rettete sich in die Wohnung.

Lavendelduft empfing sie, vermischt mit dem strengen Geruch von Hundefutter. Früher hatte Alex darüber die Nase gerümpft, an diesem Abend nahm sie es dankbar zur Kenntnis. Rasch durchmaß sie Fräulein Finks dunkles Schlafzimmer und stürzte hinaus auf den kurzen Flur. Die Tür zum Wohnzimmer war nur angelehnt. Das Flackern des Fernsehers drang durch den Spalt und beleuchtete den Flur mit blauem Schein, begleitet vom vertrauten Tschingderassa, das wohl dafür gesorgt hatte, dass die alte Dame von den dramatischen Ereignissen vor und in ihrer Wohnung noch nichts mitbekommen hatte.

Da die Wohnung denselben Schnitt hatte wie ihre eigene,

musste sich Alex nicht lange orientieren. Sofort wandte sie sich nach rechts, war schon an der Wohnungstür – als sich etwas durch den Türspalt zum Wohnzimmer zwängte und kläffend auf sie zuschoss.

Der verdammte Hund – ihn hatte Alex ganz vergessen!

Schon war das Tier heran und schnappte zu, verbiss sich in ihrem linken Hosenbein.

»Verdammter Köter, wirst du wohl loslassen?«, wetterte Alex, während sie nach Kräften ihr linkes Bein schüttelte. Der Dackel jedoch ließ nicht von ihr ab.

»Ferdinand, was hast du denn?«, drang eine krächzende Stimme aus dem Wohnzimmer.

»Lass mich los!«, befahl Alex dem Tier, das wie von Sinnen an ihr zerrte. »Wirst du wohl!«

Die Tür zum Wohnzimmer wurde aufgezogen, und Fräulein Fink erschien, in Nachtrock und mit Haube. Als sie ihre ungeliebte Nachbarin gewahrte, ließ die Dame einen gellenden Schrei vernehmen.

»Sie!«, entfuhr es ihr. »Was machen Sie in meiner Wohnung?«

»Das wollen Sie nicht wissen, glauben Sie mir«, entgegnete Alex, während sie weiterhin versuchte, den wütenden Dackel loszuwerden. »Pfeifen Sie Ihr kleines Ungeheuer zurück und rufen Sie die Polizei!«

»Das werde ich!«, verkündete die alte Dame. »Ich werde Sie als Einbrecherin verhaften lassen!«

»Von mir aus«, entgegnete Alex, »aber was immer Sie tun, bleiben Sie in Ihrer Wohnung und öffnen Sie auf keinen Fall die Tür!«

»A-aber …«

Alex hörte nicht mehr, was die verblüffte alte Dame zur Antwort gab. Es war ihr gelungen, den bisswütigen Dackel abzuschütteln, und im nächsten Moment war sie auch schon zur Tür hinaus und hetzte durch den Hausflur. Als sie jedoch die Treppe erreichte, hörte sie, dass ihr von unten polternde Schritte entgegenkamen. Kurzerhand änderte sie den Fluchtweg und nahm den Fahrstuhl.

Die Sekunden bis zum Eintreffen der Kabine kamen ihr endlos vor. Endlich konnte sie die Aufzugstür aufzerren, und sie schlüpfte in die Kabine, drückte den Knopf für das Erdgeschoss – und noch während die Tür sich wieder schloss, konnte sie die Schritte ihrer Verfolger auf dem Gang hören.

»Da ist das Stockwerk! Irgendwo hier hat sich das Miststück verkrochen!«

Sie erheischte noch einen Blick auf eine schwarz gekleidete Gestalt – dann glitt der Aufzug surrend in die Tiefe.

Alex' Blicke saugten sich an der Stockwerksanzeige fest, an den Lichtern, die, so schien es, mit unerträglicher Langsamkeit wechselten, bis sie schließlich »E« anzeigten.

Alex stürzte mit riesigen Schritten an den Briefkästen vorbei und auf die Haustür zu, und wenig später befand sie sich auf der Straße.

Atemlos blieb sie stehen und schaute sich um, wusste nicht, wohin sie sich wenden sollte. Die Polizei war noch nicht eingetroffen. Vielleicht hatte Fräulein Fink sie noch gar nicht alarmiert. Theoretisch konnte in jeder Nische, hinter jedem parkenden Fahrzeug ein Killer hocken und auf sie lauern.

Einmal mehr ergriff nackte Panik von Alex Besitz und sie begann einfach zu laufen. Die wenigen Passanten, die um diese Zeit noch unterwegs waren, bedachten sie mit verwunderten Blicken, als sie an ihnen vorbeirannte, im Jogginganzug, Angstschweiß auf der Stirn, das Haar lose und ungeordnet. Am liebsten hätte sich Alex einem der Menschen anvertraut, aber ihr war klar, dass das die Killer nicht aufgehalten hätte; auf ein Menschenleben mehr oder weniger kam es diesen Leuten nicht an. Alex' einzige Chance bestand darin, eine belebtere Straße zu erreichen, wo ein kaltblütiger Mord nicht ohne weiteres möglich war.

Sie wechselte die Straßenseite und rannte so schnell sie konnte. Und einmal mehr kam ihr der Zufall – oder war es eine Fügung? – zu Hilfe, in Gestalt eines 500 PS starken Giganten aus Blech, Chrom und Stahl, der die Straße heraufpflügte und dessen Signalhorn laut trompetete.

»Jan …!«

Alex konnte ihr Glück kaum fassen, als sie den Truck des jungen Tschechen erkannte. Den schweren Aufleger hatte er nicht mehr auf der Sattelkupplung. Wie Alex wusste, hatte Jans Auftraggeber die Fracht von einem anderen Fahrer abholen lassen, damit die Ware nicht verdarb. Die Zugmaschine hielt mit kreischenden Bremsen unmittelbar auf ihrer Höhe, schnaubte wie ein Monstrum aus archaischer Zeit.

»Alex!«, rief Jan Bonic, nachdem er die Beifahrertür aufgestoßen hatte. »Was ist los mit Ihnen? Sie sehen aus, als wäre der Teufel hinter Ihnen her! Ich wollte Sie besuchen und …«

Alex schrie, statt ihn ausreden zu lassen: »Fahren Sie, Jan! Los, fahren Sie!«

Sie sprang auf und wenige Herzschläge später ließ sie sich auf den mit Kunstleder bezogenen Beifahrersitz fallen.

»Geben Sie Gas, Jan!«, schrie sie in ihrer Verzweiflung. »Los, nichts wie weg hier!«

Der Motor brüllte auf und die mächtige Maschine setzte sich mit lautem Grollen in Bewegung.

»Danke«, stieß Alex atemlos hervor. »Das war knapp!«

»Was ist los?«, wollte Jan wissen.

Trotz der Anspannung, unter der sie stand, zwang sich Alex zu einem Lächeln. »Sind Sie zufällig hier vorbeigekommen?«

»Nicht zufällig«, erklärte Jan. »Sie hatten mir ja Ihre Adresse und Telefonnummer gegeben. Ich wollte bei Ihnen anrufen, aber Ihr Telefon war gestört. Also habe ich mich entschlossen, selber bei Ihnen vorbeizuschauen. Ich kam gerade die Straße rauf, da sah ich Sie laufen.«

»Und schon wieder haben Sie mir das Leben gerettet.«

»Ist wieder jemand hinter Ihnen her?«

»Allerdings – aber ich habe nicht die geringste Ahnung, wieso. Ich weiß nur, dass sie mich umbringen wollen. Einer hätte es fast geschafft, aber dann ist er vom Balkon gestürzt.«

»Wirklich?« Jan staunte sie aus großen Augen an, dann aber nickte er. »Geschieht dem Mistkerl recht.« Er steuerte den Truck die nächtliche Straße hinab und schaltete in den nächsten Gang.

Alex biss sich auf die Lippen. Noch immer sah sie den mit verrenkten Gliedern im Hof liegenden Mann vor ihrem inneren Auge. Obwohl er ihr offenbar das Leben hatte nehmen wollen, ließ sein grausames Ende sie erschaudern. »Dafür wird die Polizei mir vermutlich einen zweiten Mord anhängen wollen«, murmelte sie.

»Das glaube ich nicht«, widersprach Jan und schüttelte den Kopf. »Wissen Sie es denn noch nicht?«

»Was denn?«

»Man hat Manharts Leiche gefunden. Hat Lorenz Sie nicht erreicht?«

»Nein«, knurrte Alex trocken. »Muss an meinem Telefon liegen …«

»Die Obduktion hat Ihre Aussage bestätigt. Außerdem wurden im Park Patronenhülsen und Geschosse gefunden. Sämtliche Verdachtsmomente gegen uns wurden fallengelassen.«

»Immerhin etwas.«

»Ich war gerade auf dem Weg zu Ihnen, um mich zu verabschieden«, sagte Jan und lächelte. »Aber offenbar hängen Sie an mir und meinem Truck.«

»Tut mir leid«, erwiderte Alex, »aber Sie sind offenbar immer genau dann zur Stelle, wenn ich Sie brauche.«

»Also bin ich selbst schuld? Wollen Sie mir das sagen?«, fragte er grinsend.

»So ungefähr.« Sie lächelte entschuldigend.

»Also wieder zur Polizei?«, fragte er. »Sie könnten ...«

Er unterbrach sich, als er im Außenspiegel etwas zu erblicken schien, das ihm nicht gefiel.

»Was ist?«, erkundigte sich Alex.

»Scheiße«, sagte er. »Ich glaube, wir werden verfolgt.«

»Wie bitte?« Sie warf einen Blick in den rechten Außenspiegel – und sah einen Kleinlaster mit offener Ladefläche hinter ihnen herrasen. »Woher wollen Sie wissen, dass ...?«

»Noch ist es nur ein Verdacht«, erklärte Jan, »aber gleich *werden* wir es wissen. Festhalten!«

Er trat aufs Bremspedal, woraufhin sich der Truck so ruckartig verlangsamte, dass Alex gegen das Armaturenbrett geschleudert wurde. Jan kurbelte am großen Lenkrad und mit quietschenden Reifen bog der Lkw in eine Seitenstraße. Dass er dabei um ein Haar eine Reihe von Verkehrsschildern niederwalzte, schien den Fernfahrer nicht zu kümmern. Er beschleunigte wieder, um schon nach wenigen hundert Metern erneut abzubiegen, und zwar in die auch um diese Zeit noch dicht befahrene Leopoldstraße.

Einige Fahrzeuge hupten, als sich der Sattelschlepper auf die Fahrbahn zwängte, das Recht des Stärkeren rücksichtslos ausnutzend. Alex sandte Jan einen verschreckten Blick, aber der Trucker ließ sich nicht beirren – und einen Augenblick später hatten sie Gewissheit darüber, dass sich tatsächlich ein Verfolger an ihr Heck geheftet hatte.

»Da ist er!«, stellte Jan mit neuerlichem Blick in den Außenspiegel fest. »Der Scheißkerl hängt tatsächlich an uns dran. Er holt rasch auf! Gleich hat er uns eingeholt!«

Im Spiegel sah Alex den Kleinlaster heranschießen und ausscheren. Der Fahrer setzte zu einem riskanten Überholmanöver auf der rechten Seite an, das Jan jedoch vereitelte, indem er die Zugmaschine ebenfalls nach rechts zog. Der Verfolger verschwand aus Alex' Blickfeld – nur um kurz darauf wieder aufzutauchen, diesmal auf der linken Seite.

»Was haben die vor?«, rief Alex über das Brüllen des Motors hinweg.

»Das möchte ich auch gern wissen. Die sollten wissen, dass man einen Truck nicht einfach ... Verdammt!«

Der Kleinlaster überholte sie, schoss regelrecht an ihnen vorbei, und Alex sah eine vermummte Gestalt unmittelbar hinter dem Führerhaus auf der Ladepritsche kauern, einen länglichen Gegenstand über der rechten Schulter, den er auf den Truck richtete.

Alex war keine Waffenspezialistin, trotzdem war ihr schlagartig klar, womit der Vermummte auf sie zielte.

»Eine Panzerfaust!«, nahm Jan ihr panisch die Worte aus dem Mund und stieg in die Eisen.

Erneut protestierte das Chassis mit mechanischem Ächzen, während die Bremsen gegen die Masseträgheit ankämpften und sich die Maschine wie ein wilder Stier zu gebärden schien. Die Distanz zum Pritschenwagen, der abermals die Spur gewechselt hatte und sich genau vor ihnen befand, vergrößerte sich sprunghaft – was nichts daran änderte, dass im nächsten Moment ein flammend heller Schweif aus der Röhre der Panzerfaust stach.

»Raus hier!«, brüllte Jan, riss die Fahrertür auf und warf sich nach draußen. Alex, die sich mit den Beinen gegen das Armaturenbrett gestemmt und auf diese Weise verhindert hatte, dass sie erneut nach vorn geschleudert wurde, tat es ihm gleich. Sie stieß die Beifahrertür auf und sprang Hals über Kopf hinaus. Hart kam sie auf dem Asphalt auf.

Dass ein Pkw, der sich rechts zum Abbiegen eingeordnet hatte, ihretwegen ins Schleudern geriet und mit einem anderen Fahrzeug kollidierte, bekam sie nicht mit – dafür erheischte sie aus dem Augenwinkel einen Blick auf das

Geschoss, das aus der Abschussröhre jagte, einen flammenden Schweif hinter sich herziehend.

Frontal stach es auf den Sattelschlepper zu. Alex lief, so schnell sie konnte, rutschte über die Motorhaube eines am Straßenrand geparkten Pkw – und noch ehe sie dahinter in Deckung gehen konnte, detonierte der Sprengkopf.

Es gab einen gewaltigen Knall, der die Fensterscheiben ringsum zittern ließ. Dann kamen die Hitze und die Druckwelle.

Gerade noch konnte Alex hinter dem Wagen in Deckung gehen, ehe das Inferno aus Hitze und Glut über sie hinwegfegte. Ihren Kopf mit den Armen schirmend, lag sie flach auf dem Boden, flüsterte leise ein Stoßgebet, während ringsum brennende und deformierte Trümmer zu Boden prasselten.

Wie lange sie so auf dem Gehsteig gelegen hatte, wusste Alex später nicht mehr zu sagen. Jemand berührte sie an der Schulter, und sie fuhr hoch und blickte in die rußgeschwärzten Züge von Jan Bonic.

»Alles in Ordnung?«, fragte er besorgt.

»Denke schon.« Alex richtete sich vollends auf und suchte ihren Körper nach Blessuren ab. Wie durch ein Wunder war sie weitgehend unverletzt geblieben, abgesehen von ein paar Schürfwunden und blauen Flecken, die sie sich zugezogen hatte.

Ein Blick auf die Zugmaschine – oder vielmehr auf das, was noch von ihr übrig war – machte Alex klar, wie viel Glück sie gehabt hatten. Das Führerhaus war durch die Detonation auseinandergerissen worden und stand lichterloh in Flammen. Und vor dem Hintergrund des tosenden Feuers glaubte Alex, für einen kurzen Augenblick eine schemenhafte Gestalt zu erkennen.

»Was zum …?«

Ihr Gesicht mit der Hand gegen die Hitze abschirmend, schaute sie noch einmal hin, verengte dabei die Augen zu schmalen Schlitzen, doch sie konnte nichts mehr entdecken. Eine Täuschung, zweifellos, infolge des Schocks, unter dem sie stand …

»Verdammter Mist!«, fluchte Jan. Er riss sich die Baseballmütze vom Kopf und schleuderte sie zu Boden. Dann raufte er sich verzweifelt die Haare, während er auf das lodernde Inferno starrte. Im weiten Umkreis war die breite Straße von Trümmern übersät, die Sirenen von Polizei, Feuerwehr und Notarztwagen waren bereits zu hören. »Dieser Truck war alles, was ich besessen habe! Jetzt bin ich pleite! Schluss, aus, das war's!«

»E-es tut mir leid«, stammelte Alex.

»Mehr hast du nicht dazu zu sagen?«, fuhr Jan sie an. »Terroristen sprengen meinen ganzen Besitz in die Luft, und alles, was dir dazu einfällt, ist, dass es dir leidtut?«

»Was erwartest du denn?« Auch für Alex war es angesichts der Situation nur natürlich, zum »Du« überzugehen.

»Ich … ich … ich weiß nicht. Ich weiß nur, dass du mir bislang nichts als Ärger eingebracht hast, Lessing. Noch vor ein paar Tagen war ich ein einfacher Fernfahrer, dessen einziges Problem darin bestand, seine Fracht termingerecht abzuliefern. Und jetzt? Schau mich an! Ich bin am Ende!«

Die letzten Worte gingen in einem erneuten Knall unter, als der Treibstofftank des Trucks explodierte. Ein greller Feuerball rollte empor zum dunklen Himmel, deformierte Metallfetzen flogen nach allen Seiten.

»Tut … tut mir leid«, sagte Alex noch einmal, während sie hinter dem von Trümmerstücken demolierten Pkw kauerten. Tränen traten ihr in die Augen. Auch *ihr* Leben hatte sich während der vergangenen 72 Stunden verändert – so grundlegend, dass es praktisch nicht mehr wiederzuerkennen war –, und das alles nur wegen eines kleinen Büchleins.

Oder war das Logbuch nur ein Vorwand gewesen? Ging

es tatsächlich um etwas völlig anderes? War Alex zwischen die Fronten einer Auseinandersetzung geraten, bei der es in Wahrheit um sehr viel mehr ging? Der Eindruck drängte sich ihr auf, denn der Einsatz der Mittel, mit denen ihre Feinde ihr nach dem Leben trachteten, schien in keinem Verhältnis zu stehen zu dem kleinen, nach Öl und Fisch stinkenden Buch.

Diese Leute versuchten nicht nur einfach, sie auszuschalten – sie führten einen regelrechten Krieg …

Flammen erhellten den Abend, loderten in den dunklen Himmel, beleuchteten das Siegestor und die umliegenden Gebäude mit flackerndem Schein. Polizei traf ein und sperrte das Gelände ab, dazu die Feuerwehr, die sich sofort an die Löscharbeiten machte. Ob es Verletzte oder gar Tote gegeben hatte, wusste Alex nicht, aber sie hörte den schrillen Klang der Martinshörner.

Was sie sah, war ein geradezu apokalyptisches Szenario, das sie bis ins Mark erschaudern ließ, und eine vage Ahnung überkam sie, dass dies erst der Anfang gewesen war. Der Anfang von etwas, das außer Kontrolle geraten war – und dem sie schutzlos ausgeliefert war …

9.

Einige Lektionen lernt man früh.

Feuer ist ein Problem, da der Widerschein der Flammen eine optische Brechung verursacht; ebenso Wasser, das sich wie ein dünner Film über den Körper legt und dessen Moleküle das Licht reflektieren. Auf diese Weise kann – wenn auch nur für kurze Zeit – sichtbar werden, was vor den Augen der Welt verborgen bleiben soll. Täuschung muss deshalb unser ständiger Begleiter sein, ein Konstrukt aus Lüge und Intrige, das Antworten weiß für den Fall, dass die Physik uns verrät. Und je mehr wir lernen, desto mehr begreifen wir, dass die Täuschung allgegenwärtig ist.

Wohin wir auch gehen, was wir auch sehen oder hören – die Täuschung scheint bereits vor uns da zu sein. Man bringt uns bei: Nichts ist so real, als dass es nicht willentlich umgeformt werden könnte, und die Welt ist ein Spielplatz derer, die ihre Macht zu nutzen verstehen.

Die Folgerung, die sich zwangsläufig daraus ergibt, lässt mich erschaudern: Nichts ist so, wie es scheint …

Bayerisches Landeskriminalamt BLKA
München, Maillingerstraße
Gegenwart

»Also noch einmal.« Der Unterton in der Stimme von Hauptkommissar Martin Lorenz verriet, dass er müde war, und die Falten in seinem Gesicht und die Ränder um seine Augen sagten dasselbe. »Sie behaupten also nach wie vor, Sie hätten keine Ahnung, wer die Kerle sind, die Ihnen nach dem Leben trachten?«

Es war vier Uhr morgens. Schon eineinhalb Stunden dauerte das Verhör, dem Alexandra Lessing unterzogen wurde, nachdem man Jan Bonic und sie noch an der Unglücksstelle vorläufig festgenommen hatte – wegen des Verdachts der Hehlerei, wie es hieß …

Alex war mit den Nerven am Ende. Zuerst der Killer, der sie verfolgt hatte und dann zu Tode gekommen war. Dann die Explosion durch den Panzerfaust-Angriff, der Jan und sie um ein Haar zum Opfer gefallen wären. Und nun auch noch ein Polizist, der sie mit den immer gleichen Fragen quälte.

»Nein, das weiß ich nicht!«, platzte es aus ihr heraus. »Vielleicht übersteigt das ja Ihr Vorstellungsvermögen, aber die Killer haben sich mir nicht persönlich vorgestellt.«

»Kein Grund, laut zu werden!«, sagte Lorenz streng. »Ich mache hier nur meinen Job, verstanden?«

»Ich weiß, ich weiß …« Alex seufzte und hob in einer resignierenden Geste beide Hände. »Tut mir leid, aber bitte versuchen Sie mich zu verstehen. Zweimal bin ich innerhalb kürzester Zeit einem Mordanschlag entgangen – die Statistik arbeitet gegen mich, wenn Sie verstehen, was ich meine.«

»Ich verstehe Sie durchaus«, erwiderte Lorenz schon ein wenig sanfter und nickte. »Sie hätten auf mich hören und nicht mehr nach Hause gehen sollen.«

»Zugegeben«, stimmte Alex zu. »Aber wenigstens wissen Sie jetzt, dass ich nicht gelogen habe. Diesmal gibt es Zeugen.«

»Allerdings. Und zwölf Verletzte sowie ungeheure Sachschäden. Auf der Leopoldstraße sieht's aus wie nach einem Bombenanschlag.«

»Ich sagte schon, dass ich das bedaure«, wiederholte Alex. Die Luft im Vernehmungsraum war stickig, ihre Kleidung war voller Schweiß und Schmutz. Sie sehnte sich nach einer warmen Dusche und nach etwas Ruhe – aber wie es aussah, würde sie vorerst weder das eine noch das andere bekommen. »Was wollen Sie denn noch von mir hören?«

»Die Wahrheit«, sagte Katja Gerster schlicht, die an Lorenz' Seite saß.

»Ich sage Ihnen die Wahrheit«, versicherte Alex. »Auch vor zwei Tagen schon. Sie waren es, die mir nicht glauben wollten.«

»Ganz so war es nicht«, wehrte Lorenz ab. »Wir erklärten Ihnen nur, dass wir Ihre Angaben zunächst überprüfen müssten, und das haben wir getan. Wir wissen jetzt, dass im Olympiapark geschossen wurde, und wir wissen auch, dass Peter Manhart tatsächlich ermordet wurde. Aber wir haben nicht einen einzigen Hinweis auf die Täter.«

Alex beugte sich über den kleinen Tisch, an dem Lorenz ihr gegenübersaß, und schaute den Polizisten direkt an. »Dann tun Sie gefälligst Ihre Pflicht!«, zischte sie.

»Sehen Sie, das tun wir bereits«, entgegnete Gerster. »Wir sind davon überzeugt, dass Sie der Schlüssel zur Lösung des Falls sind, dass Sie mehr wissen, als Sie uns verraten wollen.«

»Wie kommen Sie darauf? Wie kommen Sie überhaupt dazu, mich festzunehmen? Hieß es nicht, man hätte alle Verdachtsmomente gegen mich fallen gelassen?«

»Soweit es den Mord an Peter Manhart angeht, ja«,

räumte Lorenz ein. »Deswegen wurden Sie auch nicht festgenommen.«

»Ach ja, ich vergaß.« Alex lachte amüsiert. »Sie halten mich ja neuerdings für eine Hehlerin.«

»Das finden Sie wohl komisch?«

»Sie etwa nicht? Was, bitte schön, soll ich Ihrer Ansicht nach denn verkauft haben?«

»Ein Buch«, antwortete Lorenz rundheraus. »Das Logbuch eines deutschen U-Boots, um ganz genau zu sein. Vor einigen Wochen wurde es einem amerikanischen Sammler gestohlen.«

»Was?«, rief Alex erstaunt und verwirrt.

»Tun Sie nicht so, als hätten Sie es nicht gewusst, Dr. Lessing«, sagte Kommissarin Gerster.

»Ich höre zum ersten Mal davon«, versicherte Alex. »Wie ich Ihnen schon sagte, wurde mir das Buch anonym zugespielt.«

»Von Peter Manhart«, Lorenz nickte, »ich erinnere mich.«

»Ich ... ich schätze, er wollte mir eine Freude damit machen«, versuchte Alex zu erklären. »Das Buch sollte mir dabei helfen, meine Theorien über die Problematik der historischen Wahrheitsfindung zu untermauern.«

»Interessant«, meinte Lorenz mit einem Gesichtsausdruck, der seine Antwort Lügen strafte. »Das Problem ist nur: Jetzt glaube ich Ihnen tatsächlich nicht.«

Alex riss die Augen auf und starrte ihn wieder an. »Und wieso nicht?«

»Sehr einfach: Weil zu viel nicht zusammenpasst. Wer sollen denn diese Kerle sein, die Ihnen ständig auflauern und mitten auf der Leopoldstraße vor dem Siegestor ein Freudenfeuer abbrennen?«

»Das weiß ich nicht!«, schrie Alex, der Verzweiflung nahe.

»Und ob Sie es wissen!«, schrie er zurück. »Und es

wird Zeit, dass Sie uns an Ihrem Wissen teilhaben lassen, Dr. Lessing! Soll ich Ihnen sagen, wie es in Wirklichkeit gewesen ist?«

»Nur zu!«, verlangte Alex. »Das würde mich wirklich interessieren.«

»In Wirklichkeit«, erklärte der Hauptkommissar, »waren Manhart und Sie Komplizen. Mit gestohlenen Antiquitäten haben Sie einen schwunghaften kleinen Handel betrieben, den Sie mit Ihrer akademischen Tätigkeit tarnten.«

»Was?« Alex glaubte, nicht recht zu hören.

»Die Geschäfte liefen zufriedenstellend, aber irgendwann wurden Sie zu gierig«, behauptete Lorenz. »Sie haben sich mit den falschen Leuten eingelassen – russische Kunstschmuggler vermutlich oder anderes Geschmeiß, das für ein paar hunderttausend Euro über Leichen geht. Sie sind sich über den Preis für das Logbuch nicht einig geworden und daraufhin haben Ihnen Ihre Geschäftsfreunde die Partnerschaft gekündigt, ist es nicht so? Und aus Sorge darüber, dass Sie zur Polizei gehen und auspacken könnten, trachtet man Ihnen jetzt nach dem Leben.«

Alex saß da, mit offenem Mund. Sie wusste nicht, was sie *darauf* noch erwidern sollte.

»Mir ist nur noch nicht ganz klar, welche Rolle Bonic in dieser Geschichte spielt«, fuhr Lorenz fort. »Ist er tatsächlich ein Ahnungsloser, der zur falschen Zeit am falschen Ort war? Oder arbeitet er als Kurierfahrer für Sie, um Ware nach Osten über die Grenze zu bringen? Aber ich verspreche Ihnen, dass ich auch das noch herausfinden werde.«

»Und diesen Quatsch glauben Sie wirklich?«, fragte Alex fassungslos. »Wie, verdammt noch mal, kommen Sie auf so was?« Wütend schlug sie mit der flachen Hand auf den Tisch und schrie: »Das ist Verleumdung, und ich werde meinem Anwalt …«

»Was ist mit Ihrem Konto?«, fiel Katja Gerster ihr ins Wort.

»Mein Konto? Welches Konto?«

»Das Schweizer Nummernkonto, das auf Ihren Namen registriert ist«, präzisierte die Kommissarin. »Wenn all das, dessen wir Sie verdächtigen, völlig aus der Luft gegriffen ist, dann erklären Sie uns doch bitte die Existenz dieses Kontos.«

»Aber ich ... ich ... ich habe kein Nummernkonto«, stammelte Alex. »Und ... und in der Schweiz schon gar nicht. Haben Sie eine Ahnung, wie viel man am Lehrstuhl verdient?«

»Die Bezahlung dürfte nicht gerade üppig sein«, meinte Lorenz. »Umso mehr würde es uns interessieren zu erfahren, woher die zwei Millionen Euro kommen, die den Schweizer Behörden zufolge auf dem Konto geparkt sind.«

»Zwei Millionen ...?« Alex war fassungslos. »Das ... muss ein Scherz sein.«

»Hören Sie, Dr. Lessing, uns ist das Scherzen längst vergangen. Wir haben es satt, von Ihnen mit Halbwahrheiten abgespeist zu werden. Wir wollen jetzt endlich wissen, woran wir sind, ehe noch mehr Unschuldige Ihretwegen in Gefahr geraten. Diese Leute, mit denen Sie sich eingelassen haben, kennen keine Skrupel, und ich will nicht warten, bis sie in dieser Stadt ein Haus in die Luft sprengen. Also reden Sie endlich, verdammt noch mal: Wer sind diese Kerle?«

»Ich weiß es nicht!«, schrie Alex den beiden Polizisten in die Gesichter. Ihre Stimme überschlug sich und Tränen der Verzweiflung schossen ihr in die Augen. »Ich weiß nicht, was hier vor sich geht, verstehen Sie das nicht? Da will mich jemand reinlegen und mich ...«

»Natürlich.« Gerster grinste überlegen. »Jemand, der sich diesen Spaß zwei Millionen kosten lässt. Klingt sehr plausibel.«

»Glauben Sie, was Sie wollen – ich weiß nicht, was das

alles soll!«, schrie Alex. »Ich weiß nur, dass mich jemand töten will! Und dass es Ihre Aufgabe wäre, mich zu beschützen!«

»Keine Sorge, das werden wir«, entgegnete Lorenz hart. »Wir haben Untersuchungshaft beantragt. Sie werden so lange in Polizeigewahrsam bleiben, bis Sie sich entschließen, uns die Wahrheit zu sagen.«

»Das ist Erpressung! Ich kann Ihnen nichts sagen, was ich nicht weiß!«

»Dann rufen Sie Ihren Anwalt an – vielleicht wollen Sie ihm ja Ihr Herz ausschütten.«

»Da gibt es nichts auszuschütten! Verdammt noch mal, hören Sie mir denn nicht zu?«

»Jederzeit – sobald Sie aufhören, uns irgendwelche Märchen zu erzählen.«

»Aber ich …«

Alex unterbrach sich. Ihr war klar geworden, dass es keinen Sinn hatte, zu widersprechen. Die Geschichte, die sie zu erzählen hatte, klang tatsächlich völlig unglaubwürdig, und sie hatte nicht einen einzigen schlagenden Beweis zu ihrer Verteidigung vorzubringen, wohingegen es zwei Millionen belastende Argumente gab.

Zwei Millionen Euro!

Woher, verdammt noch mal, war das Geld gekommen? Und wieso gab es auf ihren Namen plötzlich ein Nummernkonto in der Schweiz?

Alex' Verdacht, dass jemand alle Hebel in Bewegung setzte, um sie zu vernichten, schien sich zu bestätigen, und ihr dämmerte die Erkenntnis, dass sie sich, ohne es zu wollen oder auch nur zu ahnen, mit Mächten eingelassen hatte, gegen die sie nicht den Hauch einer Chance hatte …

SoHo (South of Houston)
Manhattan, New York City
Zur selben Zeit

Dienstschluss.

Früher hatte dieses Wort wie Musik in Winston Seymours Ohren geklungen – an diesem Abend kam es ihm vor wie blanker Hohn.

72 Stunden hatte Sutton ihm als Frist gesetzt.

72 Stunden, um einen handfesten Hinweis auf den Täter im Mordfall Julius Quare zu finden.

72 Stunden, von denen schon ein guter Teil verstrichen war, und noch immer tappte Winston im Dunkeln.

Vielleicht, sagte er sich, hatte der Lieutenant ja recht gehabt und die Sache war tatsächlich eine Nummer zu groß für ihn. Früher hatte er sich keinen Deut darum geschert, was andere sagten, hatte sich auf dem Revier die Nächte um die Ohren geschlagen, wenn es darum gegangen war, einen Mörder zu schnappen, ihn zu überführen und aus dem Verkehr zu ziehen.

Aber Winston hatte nachgelassen.

Der Biss des Tigers war ihm verloren gegangen, was jedoch weder an den Jahren lag noch an der Tatsache, dass er in wenigen Tagen seine Polizeimarke für immer abgeben würde – sondern daran, dass ihn die Vergangenheit eingeholt hatte.

Widersprüche, wohin er schaute.

Ein Ritualmord, der von mehreren Tätern begangen worden war.

Ein Tatort, an dem sich keine Spuren feststellen ließen.

Ein Opfer, das allem Anschein nach keine Feinde gehabt hatte.

Eine Zeugin, die etwas von einem Geist erzählte.

Schattierungen von Grau …

Warum nur war der Traum nach so langer Zeit zurückgekehrt? Hatte er Winston nicht schon genug gequält? Reichte es nicht, dass er wegen dieses Traums jahrelang dem Suff verfallen war?

Im Alkohol hatte Winston Vergessen gesucht. Er hatte gehofft, dass der Traum ihn in Ruhe lassen, dass die quälenden Bilder nicht wiederkehren würden, wenn er sich mit Whisky betäubte – und es hatte funktioniert. Zumindest eine Zeitlang. Bis Winston hatte erkennen müssen, dass er darüber alles andere verloren hatte. Lorna und die Kinder hatten ihn verlassen, und er war auf einmal ganz allein gewesen, ein verkrachter Bulle, geplagt von Albträumen und den Geistern der Vergangenheit.

Das war vor etwas mehr als zehn Jahren gewesen. Bevor ihn die Aufsichtsbehörde vom Dienst suspendiert und auf Entziehung geschickt hatte. Bevor die Seelenklempner ihm dabei geholfen hatten, den Traum loszuwerden. Gut zehn Jahre lang hatte er vor ihm Ruhe gehabt – und nun war er erneut zurückgekehrt, just in dem Augenblick, in dem dieser Fall auf seinem Schreibtisch landete.

Konnte das Zufall sein?

Winston bezweifelte es.

Auf die braune Papiertüte aus dem Liquor Store an der Ecke starrend, musste er immer wieder an Carmen Hernandez' Worte denken, an den Geist, den sie gesehen haben wollte, wie er über Julius Quares Leichnam gebeugt dagestanden hatte.

Es kostete ihn Überwindung, sich einzugestehen, dass auch er schon einen solchen Geist gesehen hatte – in jenem Traum, der ihn seit mehr als vierzig Jahren verfolgte ...

Parkland Hospital
Dallas, Texas
16. Dezember 1963

»Wo … wo bin ich …?«

Das Erste, was Winston Seymour wahrnahm, war der strenge Geruch von Desinfektionsmitteln. Dann spürte er den Schmerz, der in seiner linken Körperhälfte tobte. Während sich ein Teil von ihm am liebsten sofort wieder in das beruhigende, schmerzlose Dunkel der Ohnmacht verkrochen hätte, drängte ein anderer zurück ans Licht. Er wollte die Augen öffnen, wollte erfahren, was passiert war und …

»Doktor! Er kommt zu sich!«

Winston regte sich. Er drehte den Kopf, woraufhin ein stechender Schmerz durch seine linke Schulter fuhr. Seine Zunge war zu einem dicken Kloß angeschwollen, ein Stöhnen entrang sich seiner Kehle, die sich wie ausgedörrt anfühlte.

Wo, in aller Welt, war er?

»Puls?«

»Stabil bei achtundsiebzig.«

»Na schön, immerhin etwas. – Mr Seymour? Hören Sie mich?«

Erst da eine der beiden Stimmen seinen Namen rief, nahm Winston sie bewusst wahr. Er begriff, dass er nicht allein war, und seine Neugier, wo er sich befand und wer bei ihm war, ließ ihn blinzelnd die Augen öffnen. Es dauerte einen Moment, bis sie sich an die Helligkeit gewöhnt hatten, doch als sein Blick dann schärfer wurde, schälten sich aus dem verschwommenen Weiß der Umgebung die Züge zweier Menschen, eines Mannes und einer Frau, die Winston noch nie zuvor gesehen hatte.

Die Frau war untersetzt und trug ihr schwarzes Haar unter einer kleinen Haube. Der Mann war an die vierzig und hatte eine Hornbrille im Gesicht. Beide trugen sie Kittel, woraus Winston folgerte, dass er sich in einem Krankenhaus befand – aber wie, in aller Welt, war er hierhergekommen?

»Können Sie mich hören, Mr Seymour?«, erkundigte sich der Mann mit der Brille und schaute auf ihn herab. Winston registrierte irgendwie, dass er in einem Krankenbett lag.

»Ja ... ich höre Sie ...«, brachte er nuschelnd und undeutlich hervor. Das Ungetüm von Zunge gehorchte ihm nicht ganz.

»Das ist gut. Ich bin Dr. Franklin, Ihr behandelnder Arzt. Dies ist Schwester Lowry, die sich in den vergangenen Wochen aufopferungsvoll um Sie gekümmert hat.«

»Wo-Wochen?« Winston glaubte, nicht recht zu hören. »Wie lange ...?«

»Sie meinen, wie lange Sie schon hier bei uns sind?«

Er nickte – das war einfacher, als den dicken Klumpen in seinem Rachen dirigieren zu wollen.

»Etwas mehr als drei Wochen, Mr Seymour – und heute ist es das erste Mal, dass Sie uns mit Ihrer geistigen Anwesenheit beehren. Offen gestanden hatte ich keine große Hoffnung mehr für Sie, denn der Blutverlust war beträchtlich. Aber Sie haben nicht aufgegeben und gezeigt, dass Sie eine Kämpfernatur sind. Das freut mich.«

»Und mich erst«, fügte Schwester Lowry hinzu, die eine resolute Vertreterin ihrer Zunft zu sein schien.

»D-danke«, würgte Winston hervor, während er aus dem Gerede des Arztes schlau zu werden versuchte. Wovon sprach der Kerl? Was für ein Blutverlust? Und wie war es möglich, dass er sich schon seit mehreren Wochen in diesem Krankenhaus befand?

Das Letzte, woran er sich erinnern konnte, war, dass er den Bus zur Dealey Plaza bestiegen hatte. Er hatte unbedingt dabei sein wollen, wenn der Präsident der Vereinigten Staaten ...

Für einen kurzen, nicht messbaren Augenblick zerriss der Schleier, der sich über seine Erinnerung gelegt hatte, und Winston nahm erschreckende Dinge wahr: Er sah eine von Menschen gesäumte Straße, hörte das Peitschen eines Schusses, das ihn zusammenzucken ließ – und panisches Geschrei.

»Was haben Sie?«, fragte der Arzt.

»N-nichts«, beeilte sich Winston zu versichern, während er selbst zu verstehen versuchte, was vor sich ging.

»Ist Ihnen bewusst, was geschehen ist? Wie Sie hierhergekommen sind?«

»Ehrlich gesagt nicht …«

»Das dachte ich mir.« Dr. Franklin und die Schwester tauschten einen schnellen Blick. »Was ist das Letzte, woran Sie sich erinnern?«

»Ich … weiß nicht.« Winston schloss die Augen. Da waren Erinnerungsfetzen – wie Fotos, die ungeordnet in einem Schuhkarton lagen. Ein paar wenige davon konnte er deutlicher erkennen, als er sich darauf konzentrierte. Er sah einen Autobus die Straße herunterkommen und anhalten, sah sich einsteigen und bezahlen. »Ich weiß noch, dass ich in den Bus gestiegen bin«, berichtete er. »Ich wollte zur Dealey Plaza, um den Präsidenten zu sehen.«

»Ich verstehe. Und was ist dann geschehen?«

Winston versuchte sich weiter zu erinnern – aber als würde die Fotografie zerrissen, während er sie betrachtete, und eine andere darunter zum Vorschein kommen, sah er plötzlich eine Frau im rosafarbenen Kleid, die panisch um Hilfe schrie.

Er riss die Augen auf.

»Etwas stimmt nicht«, brachte er mühsam hervor.

»Was ist los?«

»Ich erinnere mich an Dinge«, sagte Winston. »Seltsame Dinge, die keinen Sinn ergeben.«

»Woran genau erinnern Sie sich? Es ist wichtig, dass Sie

mir alles genau beschreiben. Nur dann kann ich Ihnen helfen.«

Winston schloss wieder die Augen, hoffend, dass die flüchtigen Bilder zu ihm zurückkehrten. »Ich stehe an einer Kreuzung und um mich herum sind viele Menschen«, sagte er flüsternd. »Ich sehe eine Frau in einem rosafarbenen Kleid. Es ist über und über mit Blut besudelt und sie schreit um Hilfe. Plötzlich bricht Panik aus. Die Leute stoßen und drängen nach allen Seiten, Schreie und Schüsse ...«

»Schüsse?«

»Allmächtiger!«, entfuhr es Winston. »Jetzt erinnere ich mich! Dies ist die Dealey Plaza! Die Frau im rosafarbenen Kleid ist die First Lady ... Präsident Kennedy wurde ermordet!«

»Winston ...«

»Jetzt weiß ich alles wieder! Ich stehe in der Nähe der Bahnlinie. Dort beobachte ich einen Schatten und folge ihm. Es ist einer der Kerle, die auf den Präsidenten geschossen haben ...«

»Winston, hören Sie ...«

»Ich kann ihn sehen und doch auch nicht. Er ist wie ein Geist, ein Schemen – und er feuert auf mich! Die Kugel verfehlt mich, und ich folge ihm weiter, hinüber zu den Lagerhäusern ...«

»Verdammt, Winston, kommen Sie endlich zu sich!«

»Ich erreiche das Ende der Gasse und den Parkplatz. Dort stehen einige Lieferwagen. Ich will zurück, um die Polizei zu alarmieren, als ein weiterer Schuss fällt. Ich spüre einen heftigen Schlag an meiner linken Schulter und verliere das Bewusstsein – und dann bin ich hier wieder aufgewacht.«

Er schlug die Augen auf. Trotz der schrecklichen Dinge, die er erlebt zu haben glaubte, zeigte sein Gesicht Erleichterung. »Ich erinnere mich an jede Einzelheit«, verkündete er mit schwachem Triumph.

»Winston, ich fürchte, es gibt da etwas, das ich Ihnen sagen muss ...«

»Rufen Sie sofort die Polizei, Doktor! Ich muss ihr berichten, was ich gesehen habe. Dieser Mann – er war nicht wirklich, verstehen Sie? Er war nur ein Schatten, ein Phantom, ein ...«

Dann registrierte er die mitleidigen Blicke, mit denen der Arzt und Schwester Lowry ihn bedachten. »Was ist?«, wollte er wissen. »Stimmt etwas nicht?«

»Eine ganze Menge, fürchte ich«, sagte Dr. Franklin. »Zum Beispiel, dass Sie nicht an der Dealey Plaza waren.«

»Was?« Winston zog die Brauen zusammen. »Wollen Sie mich verscheißern, Doktor? Ich weiß, wo ich gewesen bin und wo nicht. Sogar an das Datum erinnere ich mich genau: Es war der 22. November.«

»Allerdings«, stimmte Franklin zu, »jener Tag, an dem Sie an einer Bushaltestelle von einem irren Amokläufer niedergeschossen wurden. Sie waren zur falschen Zeit am falschen Ort.«

Winston schüttelte den Kopf. »Aber daran ... erinnere ich mich nicht!«

»Es ist normal, dass Sie sich nicht daran erinnern. Es kommt häufig vor, dass traumatische Erlebnisse Gedächtnislücken hinterlassen. Möglicherweise wird die Erinnerung irgendwann zu Ihnen zurückkehren. Bis dahin sollten Sie uns vertrauen.«

»I-ich soll Ihnen ... *vertrauen?*« Winston starrte zuerst den Doktor, dann Schwester Lowry aus großen Augen an. »Verdammt, Mann, ich kenne Sie ja nicht mal!«

»Nun, vielleicht schenken Sie jemandem, den Sie kennen, mehr Glauben als mir. Holen Sie doch bitte Mrs Seymour, Schwester!«

Lowry nickte und verließ das Krankenzimmer, um gleich darauf mit einer ältlich aussehenden Frau zurückzukehren.

Sie hatte gütige Züge und eine beträchtliche Leibesfülle. Ihr ergrautes Haar war zu einem Dutt hochgesteckt, ihr Kleid war dunkelblau mit weißen Tupfen.

»M-Mutter?«, fragte Winston.

»Mein Junge, du bist endlich aufgewacht«, stellte Cecilia Seymour schluchzend fest, während Tränen über ihre runden Wangen rollten. »Der Herr sei gepriesen, meine Gebete wurden erhört.« Sie eilte an sein Bett, beugte sich zu ihm hinab und küsste ihn zart auf die Stirn. Ihr Geruch und ihre vertraute Nähe bewirkten, dass sich Winstons innerer Aufruhr ein wenig legte.

»Wie geht es dir, Junge?«

»Er ist noch schwach«, antwortete Dr. Franklin an Winstons Stelle. »Außerdem hat er Schwierigkeiten, sich zu erinnern. Vielleicht können Sie ihm dabei ein wenig behilflich sein.«

Sie zog sich einen Stuhl heran und setzte sich neben sein Bett. »Was möchtest du wissen?«

»Wie bin ich hierhergekommen?«, fragte Winston und fürchtete sich fast vor der Antwort.

»Nun – mit dem Krankenwagen. Zum Glück war gerade einer in der Nähe der Haltestelle …«

»Welche Haltestelle?«

»Die an der Kreuzung hinterm Haus. Weißt du nicht mehr? Du wolltest nach Downtown fahren, um dir den Präsidenten anzusehen. Du hast ihn so sehr bewundert …«

»Daran erinnere ich mich«, sagte Winston matt. »Aber danach … Ich bin nicht zur Dealey Plaza gefahren?«

»Du wolltest. Aber als der Bus anhielt und du einsteigen wolltest, kam dieser Wahnsinnige und …« Die Stimme versagte ihr. Am Ausdruck ihrer feucht glänzenden Augen konnte Winston sich ausmalen, was sie in den letzten Wochen durchgemacht hatte. Er fühlte sich schlecht und schuldig deswegen.

»Es tut mir leid, Mom«, flüsterte er und schob seine

Hand unter dem Laken hervor, um die ihre zu ergreifen. »Es tut mir wirklich leid ...«

»Hauptsache, du wirst wieder ganz gesund«, antwortete sie lächelnd und küsste ihn erneut.

»Dieser Kerl, der mich angeschossen hat ...«

»Was ist mit ihm?«

»Wurde er geschnappt?«

»Noch nicht«, antwortete Dr. Franklin. »Er befindet sich noch auf freiem Fuß, aber die Polizei wird ihn fassen, da bin ich sicher. Schließlich haben der Busfahrer und die anderen Fahrgäste ihn gesehen und konnten ihn beschreiben.«

»Es gibt also Zeugen?«

»Natürlich.« Der Arzt lächelte mitleidig. »Dachten Sie wirklich, wir würden Ihnen eine Lüge auftischen? Aus welchem Grund sollten wir so etwas tun?«

»I-ich weiß es nicht.« Winston blinzelte unsicher. »Es ist nur ... Ich kann mich deutlich an die Dealey Plaza erinnern ...«

»Es ist ein *Traum*, an den Sie sich erinnern«, verbesserte Dr. Franklin.

»Aber es wirkt so real ...«

»Sie hatten viel Blut verloren und wären um ein Haar gestorben. Es ist ganz und gar nicht besorgniserregend, dass Sie zurzeit Traum und Wirklichkeit nicht voneinander unterscheiden können.«

»Wird die Erinnerung zurückkehren? Die Erinnerung an das, was wirklich geschehen ist, meine ich.«

»Vielleicht, vielleicht auch nicht. In jedem Fall wird die Erinnerung an Ihren Traum verblassen.«

»Und – wenn es kein Traum ist?« Hilfe suchend schaute Winston seine Mutter an, die wiederum fragend den Arzt anschaute.

Der stand für einen kurzen Moment unbewegt, ehe er in schnarrendes Gelächter ausbrach. »Was soll das denn heißen? Denken Sie doch einmal nach, Winston! Es gibt Zeugen für das, was Ihnen an der Bushaltestelle widerfahren ist, und es existieren polizeiliche Aufzeichnungen darüber. Wollen Sie behaupten, die Polizei würde lügen? Ausgerechnet Sie? Ihre Mutter hat mir erzählt, Sie hätten sich selbst für den Polizeidienst beworben!«

»Das stimmt«, sagte Winston kleinlaut.

»Ich weiß nicht, wie Ihre zukünftigen Kollegen es finden würden, wenn Sie sie der Lüge bezichtigen. Außerdem sollten Sie noch einmal gut über alles nachdenken. Sie sagten, Sie hätten einen Geist gesehen, einen Schemen, der den Präsidenten erschossen hätte. Wonach hört sich das Ihrer Ansicht nach an, Mr Winston? Nach der Wirklichkeit oder eher nach einem Fiebertraum?«

»Nach … nach einem Fiebertraum«, gestand Winston mit leiser Stimme und seine Mutter strich ihm tröstend übers Haar.

»So ist es.« Dr. Franklin nickte. »Wie gesagt kann ich Ihnen nicht versprechen, dass die Erinnerung jemals ganz zu Ihnen zurückkehren wird, mein Junge. Aber Sie werden lernen, die Wahrheit von der Unwahrheit zu unterscheiden.«

»Und was liegt dazwischen?«, fragte Winston.

»Es gibt kein Dazwischen, Junge«, machte der Arzt ihm klar. »Entweder, etwas ist unwahr, oder eben nicht. Entweder, etwas ist geschehen, oder es ist nicht geschehen. Ein Dazwischen gibt es nicht, das sollten Sie sich fürs Leben merken.«

»I-ist gut, Sir.«

»Sie können von Glück sagen, dass Sie so glimpflich davongekommen sind. Noch ein paar Wochen Ruhe, dann werden Sie wieder ganz der Alte sein. Nehmen Sie das als Geschenk, Winston. Nicht wenige meiner Kollegen hätten Sie aufgegeben.«

»Okay …« Winston nickte bedächtig und beschloss,

nicht mehr zu widersprechen. Was hätte es auch für einen Sinn gehabt? Außerdem hatte der Doktor recht: Es konnte nur eine Wahrheit geben, und diese besagte, dass das, was er geglaubt hatte, erlebt zu haben, tatsächlich nicht mehr war als ein Traum …

»Dann habe ich mir also alles nur eingebildet«, folgerte er erleichtert. »Ich bin nie auf der Dealey Plaza gewesen und Präsident Kennedy ist auch nicht erschossen worden.«

Er sah, wie sich erneut ein trauriger Ausdruck auf das Gesicht seiner Mutter legte, und abermals sandte sie dem Arzt einen flehenden Blick.

»Bedauerlicherweise«, erklärte Dr. Franklin, »ist dies das Einzige aus Ihrem Traum, das der Wirklichkeit entspricht. Ich nehme an, Ihr Unterbewusstsein hat die Gespräche der Schwestern und Pfleger verarbeitet, die Sie mitgehört haben, während Sie bewusstlos waren.«

»Der Präsident – ist *tot?*«, fragte Winston entsetzt.

»Ein Attentäter hat ihn auf der Dealey Plaza erschossen – etwa zur selben Zeit, als Sie das Opfer des irren Amokläufers wurden. Sie wurden beide in dieses Krankenhaus gebracht – eine seltsame Ironie des Schicksals, nicht wahr?«

»Allerdings.« Winston nickte.

»Aber im Gegensatz zu Ihnen hat der Präsident es nicht geschafft. Nur kurze Zeit, nachdem er eingeliefert wurde, erlag er seinen Verletzungen. Der neue Präsident der Vereinigten Staaten heißt Lyndon B. Johnson …«

SoHo (South of Houston)
Manhattan, New York City
Gegenwart

Schattierungen von Grau.

Winston Seymour lachte düster.

Dafür, dass es sie angeblich nicht gab, hatten sie ihm im Lauf seines Lebens schwer zu schaffen gemacht. Zumindest in dieser Hinsicht hatte Dr. Franklin absolut falsch gelegen: Die Erinnerung an den Traum war niemals ganz verblasst.

Wieder und wieder war er zurückgelehrt.

Anfangs hatte Winston dem keine Bedeutung beigemessen, hatte geglaubt, dass er nur genug Zeit bräuchte, um alles zu verarbeiten. Aber der Traum hatte ihn weiter verfolgt und ihn niemals ganz losgelassen, weder auf der Polizeischule noch als er nach dem Tod seiner Mutter nach New York umgesiedelt war. Erst durch Lorna hatte er gelernt, zu vergessen. Sie und die Kinder hatten dafür gesorgt, dass er leben konnte, ohne von dem immer wiederkehrenden Albtraum gequält zu werden und von Fragen, auf die es keine Antwort gab.

Aber dieses Glück war nicht von langer Dauer gewesen.

Irgendwann im Jahr '81 hatte Winston einen Mordfall zu bearbeiten gehabt. Eine junge Frau war vergewaltigt und anschließend getötet worden. An den Anblick ihres leblosen Körpers erinnerte er sich, als wäre es gestern gewesen.

Sie hatte ein rosafarbenes Kleid getragen und es war von Blut besudelt gewesen.

In der darauffolgenden Nacht war der Traum zurückgekehrt, so intensiv wie nie zuvor. Und von da an hatte er jede Nacht diesen Traum gehabt – wieder und immer wieder!

Aus Furcht, sie könnte ihn für verrückt halten, hatte Winston es für sich behalten und Lorna nichts davon erzählt. Auch den Gang zum Arzt hatte er gemieden, aus Sorge, man könnte ihn vom Dienst suspendieren. Wer hätte dann die Familie ernähren sollen?

Stattdessen hatte Winston versucht, auf seine Weise damit fertig zu werden.

Nacht für Nacht.

Woche für Woche.

Monat für Monat.

Jahr für Jahr.

Bis er es irgendwann nicht mehr ausgehalten hatte.

Der Griff zur Flasche war ihm als die einzig mögliche Lösung erschienen. Zwar hatte der Alkohol ihm niemals Antworten geliefert und ihm eine Menge anderer Probleme eingetragen, aber wenigstens waren die Fragen für eine Weile verstummt und er hatte seine Ruhe gehabt.

Und nun, nachdem er geglaubt hatte, all das weit hinter sich gelassen zu haben, war der Traum erneut zurückgekehrt. Und nicht nur das: Plötzlich gab es eine Zeugin, die behauptete, etwas Ähnliches gesehen zu haben wie er selbst damals. Einen Schatten, einen Geist, der einen wehrlosen Mann ermordet hatte.

Genau wie damals ...

Winston hatte Kopfschmerzen, seine Gedanken waren schwer wie Blei. Dennoch hatte er das Gefühl, dass auf eine schräge Art und Weise alles einen Sinn bekam. Hinter diesem Mordfall im Village steckte mehr, als sich auf den ersten Blick erkennen ließ, da war er sich sicher. Es musste einen Grund dafür geben, dass der Traum zurückgekehrt war. Was versuchte ihm sein Unterbewusstsein zu sagen? Gab es einen Grund für all das?

Oder *wollte* er es nur glauben, weil ihn der Gedanke, dass alles, was er durchgemacht hatte, und alle Verluste, die er hatte hinnehmen müssen, ohne jeden Sinn gewesen waren, verrückt machte? War er einfach nur dabei, den Verstand zu verlieren? War es nicht besser, den schrecklichen Traum, die Fragen und alles andere erneut in Alkohol zu ertränken? Niemand scherte es, wenn ein pensionierter Bulle im Suff versank.

Nachdenklich drehte Winston die braune Papiertüte in der Hand, betrachtete sie von allen Seiten und befühlte den flachen, festen Gegenstand darin. Wahrscheinlich, sagte er sich, gab es nur diese eine Möglichkeit, die Geister der Vergangenheit zu betäuben.

Das braune Papier der Tüte knisterte, als Winston die Flasche herauszog. Er besah sich das Label und die klare bernsteinfarbene Flüssigkeit.

Whisky – immerhin.

Es hatte eine Zeit gegeben, da hatte er sich mit billigem Fusel zugeschüttet, um Geld zu sparen. Insofern stellte der Whisky eine Verbesserung dar, wenngleich Winston bezweifelte, dass seine Vorgesetzten das zu würdigen wussten. Ein bitteres Lachen entrang sich seiner Kehle, während er sich vorzustellen versuchte, wie Sutton reagieren würde. Würde er ihn vom Dienst suspendieren?

Sollte er.

Winston B. Seymour war den Regeln des Spiels lange genug gefolgt und hatte nichts mehr zu verlieren. Für Sutton und seine geschniegelten Zinnsoldaten gehörte er ohnehin zum alten Eisen. Schlimmer noch – für sie war er ein Säufer, ob er nun trank oder nicht. Also konnte er ebenso gut trinken.

»Cheers, Lieutenant Sutton!«

Entschlossen schraubte er die Flasche auf, roch am Flaschenhals und wollte ansetzen, um den Whisky hinunterzustürzen und alles um sich herum zu vergessen – als das Telefon klingelte.

»Verdammter Bockmist, was …?«

Es klingelte noch einmal, scheinbar so energisch, dass

Winston nicht anders konnte, als nach dem Hörer zu greifen.

»Ja?«, schnarrte er mürrisch in die Sprechmuschel.

»Hier ist Sutton«, erklang lakonisch die Stimme seines Vorgesetzten. »Kommen Sie sofort ins Revier!«

»Wieso?«, fragte Winston, der dazu nicht die geringste Lust verspürte.

»Ein Verdächtiger wurde gefasst«, erklärte Sutton. »Ich denke, wir haben den Täter …«

10.

Es gibt eine Frage, der sich ein Mensch im Lauf seines Lebens immer wieder stellen muss – der Frage nach seinem Handeln.

Soll er eingreifen, wenn etwas geschieht, das er für falsch hält? Oder soll er stillhalten und sich einreden, dass schon jemand anderer oder vielleicht ein günstiger Zufall eine Änderung bewirken wird?

Kein Tag vergeht, an dem sich Menschen nicht mit dieser Frage konfrontiert sehen, sei es in den kleinen Alltagsdingen oder in den großen, bedeutenden Angelegenheiten. Die meisten Menschen geben sich dabei der Illusion hin, sie selbst könnten entscheiden, ob sie eingreifen oder nicht. In Wirklichkeit hat kaum jemand von ihnen eine Wahl.

Soziales Umfeld, gesellschaftlicher Rang, Persönlichkeitsstruktur und momentane Gemütsverfassung – all diese Dinge prägen den Menschen und schränken seine Entscheidungsfreiheit ein. So mancher, der handeln möchte, kann es nicht, weil sein Umfeld es nicht zulässt, und manch anderer, der sich verweigern möchte, handelt dennoch, weil man es von ihm erwartet und die gesellschaftliche Situation ihn dazu zwingt. Ihr bloßes Vorhandensein in der Gesellschaft setzt die Menschen unter Druck, lässt sie zu Sklaven ihrer Physik werden.

Wirklich frei in seiner Entscheidung ist nur der, der nicht Teil der Gesellschaft ist. Wer aber ist nicht Teil der Gesell-

schaft? Wer interagiert nicht mit anderen Menschen und entzieht sich dem Prozess, der ihn zum sozialen Wesen macht?

Nur der, der nicht gesehen werden kann.

Unter allen Kreaturen auf dieser Welt ist er der Einzige, der frei ist in seinen Entscheidungen.

Aus »De invisibile«
von Giuseppe Fiorino

Bayerisches Landeskriminalamt BLKA
München, Maillingerstraße
Gegenwart

Alexandra Lessing fror erbärmlich.

Die Beine eng an sich gezogen, kauerte sie auf der Pritsche im hintersten Winkel der Zelle. Die Wände waren kahl, die Beleuchtung war nüchtern und grell.

Trotz der Wolldecke um ihre Schultern kam Alex sich nackt und schutzlos vor, und sie fragte sich unablässig, wie sie in diese jämmerliche Situation geraten war. Mit einem harmlosen Päckchen hatte alles angefangen – nur knapp drei Tage später lag ihre gesamte Existenz in Trümmern.

Was hätte sie jetzt darum gegeben, wieder vor gelangweilten Studenten am Rednerpult stehen und Vorlesungen halten zu dürfen. Vielleicht, sagte sie sich, hatte es ja auch an ihr gelegen, an ihrer Art und Weise, den Stoff zu vermitteln. Sie war bei ihren Vorträgen nicht wirklich auf ihre Zuhörer eingegangen und hatte dafür die Quittung bekommen, aber statt etwas dagegen zu unternehmen, hatte sie sich immer nur beschwert. Insgeheim hatte sie stets darauf gewartet, dass die Wissenschaft ihre Genialität erkannte und ihr auf halbem Weg entgegenkam, und als sie das

Buch in den Händen gehalten hatte, hatte sie es als ihre große Chance betrachtet.

Sie hatte nicht einmal in Erwägung gezogen, einen ihrer Kollegen in ihre Forschung mit einzubeziehen. Ihr Ehrgeiz hatte sie gepackt und alles um sie herum vergessen lassen – und das Ergebnis war, dass ihr Kollege Peter Manhart hatte sterben müssen und sie selbst nur mit Mühe mehreren Mordanschlägen entgangen war. Und weil das noch nicht genügte, hatte jemand sie offenbar bei der Polizei in Misskredit gebracht, indem er ein auf ihren Namen registriertes Nummernkonto eröffnet und zwei Millionen Euro darauf eingezahlt hatte. Ein unbekannter Gegner, dessen Feindschaft sich Alex zugezogen hatte, ohne es zu wollen oder von ihm auch nur zu ahnen.

Und das machte ihr Angst.

Wer immer der Gegner war, er verfügte über große Macht und hatte keine Hemmungen, sie radikal einzusetzen. Entführung, Mord und Terror – all das ließ an organisiertes Verbrechen denken. Aber worum ging es dabei? Ganz sicher nicht um eine mehr oder minder erfolgreiche Historikerin, sondern schon viel eher um ein altes Logbuch, das geheimes Wissen barg.

Alex war nicht mehr im Besitz von Kapitänleutnant Hornungs Aufzeichnungen, also konnte sie ihren Verdacht nicht überprüfen. Aber sie nahm an, dass die Antwort auf all ihre Fragen und der Grund dafür, dass Peter Manhart hatte sterben müssen, irgendwo in den verschmierten, handbeschriebenen Seiten des Logbuchs von U-300 steckte. Mit äußerst kriminellen Mitteln hatte jener unbekannte Feind das Buch an sich gebracht, und er schien jeden töten zu wollen, der es je besessen hatte.

Das Logbuch war der Schlüssel – aber diese Erkenntnis taugte nichts, solange die Polizei Alex nicht glaubte und sie hier festgehalten wurde, weil sie im Verdacht stand, selbst eine Kriminelle zu sein …

»Alex? Kannst du mich hören?«

Jan Bonics Stimme hallte heiser und elend über den kahlen Gang. Er saß in der Zelle nebenan, getrennt von seiner angeblichen Komplizin. Alex erhob sich und schlich zur metallenen Tür der Zelle, die eine kleine vergitterte Öffnung hatte.

»Ich höre dich«, erwiderte sie halblaut. »Wie geht es dir?«

»Beschissen«, antwortete er unverblümt. »Ich kann nicht glauben, dass das alles wirklich passiert.« Und dann fuhr er anklagend fort: »Seit du in mein Leben getreten bist, ist es nicht mehr wiederzuerkennen. Nicht nur, dass ich meinen Truck verloren habe, jetzt sitze ich auch noch im Knast – und das habe ich nur dir zu verdanken, Lessing!«

»Ich weiß«, erwiderte Alex mitfühlend. »Und es ... es tut mir leid.«

»Davon kann ich mir keinen neuen Lkw kaufen!«, entgegnete er aufgebracht. »Ich bin ruiniert, ist dir das klar?«

»Das wollte ich nicht, Jan, das musst du mir glauben. Ich bin sicher, wir finden eine Lösung und ...«

»Was willst du tun?«, unterbrach er sie. »Mir einen neuen Lastwagen kaufen? Schotter genug hast du ja ...« Er lachte freudlos.

»Was soll das heißen? Glaubst du den Mist mit den zwei Millionen etwa?«

»Na ja, wenn die Polizei es sagt ...«

»Ich habe keine zwei Millionen, merk dir das!«, versetzte Alex entrüstet. »Da will mich jemand fertigmachen, indem er mich vor der Polizei schlecht aussehen lässt.«

»So? Und wer?«

»Vermutlich dieselben Leute, die mir ans Leben wollen«, antwortete Alex überzeugt. »Es hat irgendwas mit diesem Buch zu tun, das ich in meinem Besitz hatte. Irgendein Geheimnis steckt dahinter – wenn ich nur wüsste, welches.«

»Das würde uns auch nicht hier rausbringen.«

»Das nicht. Aber vielleicht könnte ich der Polizei auf diese Weise helfen, die Ganoven zu fassen, und so meine Unschuld beweisen – und deine natürlich auch.«

»Nett von dir, dass du dabei auch an mich denkst!« Jan schnaubte erregt. »Das Problem ist nur, dass wir hier festsitzen, Lessing. Und ich denke nicht, dass uns die Polizei einfach ...«

Er brach mitten im Satz ab und verstummte.

»Jan?«, fragte Alex in die Stille.

Sie erhielt keine Antwort.

»Jan?«, fragte sie noch einmal. »Das ist nicht witzig, hörst du? Melde dich gefälligst!«

Aber der junge Fernfahrer antwortete nicht, und obwohl sie sich hier in Gewahrsam der Polizei und also in Sicherheit befanden, hatte Alex plötzlich Angst um ihn. Sie drängte sich dicht an die Tür, versuchte, durch das Gitterloch einen Blick auf den Gang zu erhaschen – und zuckte zusammen, als das stählerne Türblatt plötzlich nachgab!

»Was, zum Henker ...?«

Mir leisem Quietschen schwang die Zellentür einen Spaltbreit auf, zur maßlosen Verblüffung der Insassin.

Alex trat einen Schritt zurück, weil sie glaubte, jemand würde zu ihr in die Zelle treten, aber es kam niemand. Auf dem Gang blieb alles still und die Tür stand noch immer offen. Wie gebannt starrte Alex auf den Spalt – in dem plötzlich ein Gesicht erschien. Ein halblauter Schrei entfuhr ihrer Kehle.

»Schhh, ich bin es«, sagte jemand – und zu ihrer Verblüffung erkannte Alex Jans blasse Züge.

»Wie bist du ...?«, wollte sie fragen, während er ihre Zellentür vollends öffnete, doch der Rest des Satzes blieb ihr im Hals stecken. Quietschend schwang die Tür auf, und Jan stand vor ihr, von einem Ohr zum anderen grinsend.

»Ich weiß es nicht«, antwortete er achselzuckend. »Ich habe plötzlich gemerkt, dass meine Zelle nicht mehr verschlossen ist.«

»Aber wer ...? Wie ...?«

»Frag nicht lang. Komm lieber mit.« Er winkte und bedeutete ihr, ihm den Gang hinab zu folgen.

Alex wollte ihm hinterher, an der Schwelle ihrer Zelle befielen sie jedoch Skrupel.

»Warte!«, flüsterte sie.

»Was ist?«

»Wenn wir das tun, sind wir gesuchte Verbrecher.«

»Das sind wir auch so schon«, war Jan überzeugt. »Sagtest du nicht eben, dass du unsere Unschuld beweisen könntest, wenn du mehr über dieses Logbuch weißt?«

»I-ich glaube, ja, das könnte ich ...«

»Dann komm mit. Das ist unsere einzige Möglichkeit. Wir finden heraus, was es mit dem verdammten Ding auf sich hat, und helfen den Bullen dabei, die wahren Übeltäter zu schnappen. Auf diese Weise sind wir aus dem Schneider und die Versicherung bezahlt mir meinen Truck. Ende gut, alles gut. Was meinst du?«

Alex zögerte. Zugegeben, aus Jans Mund hörte sich der Plan überzeugend und einfach an. Aber ... war das überhaupt ein Plan? Wo sollten sie mit ihrer Suche beginnen? Und hatten sie überhaupt eine Chance? Waren sie nicht so gut wie tot, sobald sie das Polizeigebäude verließen?

»Hovno!«, schnaubte Jan. »Mach, was du willst, Lessing, ich hau ab!« Damit huschte er durch den langen Gang davon, und Alex wusste, dass sie eine Entscheidung treffen musste. Entweder sie fügte sich in ihr Schicksal, auch wenn sie vielleicht viele Jahre lang unschuldig eingesperrt würde, oder sie versuchte, den Mord an Peter Manhart aufzuklären – auch wenn es sie vielleicht das Leben kostete ...

»Warte!«, zischte sie. Sie verließ ihre Zelle und eilte Jan

hinterher, der bereits das Ende des Korridors erreicht hatte. Es schien eine ruhige Nacht zu sein, denn keine der anderen Zellen war besetzt. Zeugen für ihre Flucht gab es also nicht, dafür aber Überwachungskameras, vor denen sich die beiden Flüchtlinge in Acht nehmen mussten.

Als sie jedoch die Geräte erblickten, die am Ende des Ganges unter der Decke montiert waren, atmeten sie erleichtert auf. Die beiden Kameras schienen nicht in Betrieb, denn die roten Lämpchen unter den Objektiven blinkten nicht – geradeso, als hätte jemand die Kameras abgeschaltet. Womöglich derselbe Jemand, dem sie auch ihre Befreiung aus den Zellen zu verdanken hatten …

Die schwere, grün gestrichene Metalltür, die aus dem Zellentrakt führte, stand halb offen. Schon wollte Jan hinausschlüpfen, als Alex ein hässlicher Verdacht überkam. »Warte noch einen Augenblick!«, raunte sie ihm zu. »Was, wenn es unsere Feinde sind, die uns zur Flucht verhelfen? Wenn sie uns nur nach draußen locken wollen, um uns umzubringen?«

»Die Gefahr besteht«, räumte Jan ein. »Aber erstens habe ich nicht vor, mich umbringen zu lassen, und zweitens ist es mir ziemlich egal, wem wir das zu verdanken haben.« Seine Argumentation erschien der Wissenschaftlerin nicht ganz logisch, aber bevor sie etwas einwenden konnte, fuhr er fort: »So eine Chance kommt niemals wieder und ich werde sie nicht ungenutzt verstreichen lassen. Geht das in deinen Kopf?«

Sie nickte nur, und in diesem Moment kam ihr vollends zu Bewusstsein, dass jene Tage, in denen ihre Welt einfach und sicher gewesen war, unwiderruflich vorüber waren. Ein unscheinbares Logbuch hatte alles verändert …

»Also los!«, zischte Jan ihr zu. Er stieß die Tür auf und sie huschten beide hinaus auf den Korridor. In gebückter Haltung eilten sie an geschlossenen Türen und großen Fenstern vorbei, durch die man in die Amtsstuben der Ermittlungsbeamten blicken konnte. Um diese späte Stunde standen die Büros zum Glück alle leer, andernfalls wäre es den beiden Flüchtenden wohl kaum gelungen, sich klammheimlich aus dem Staub zu machen.

»Achtung!«, zischte Jan plötzlich und zog Alex in eine Türnische, wo sie atemlos verharrten.

Schritte waren auf dem Gang zu hören, die sich langsam näherten, dazu das Klimpern eines Schlüsselbunds. Jemand pfiff leise vor sich hin – vermutlich ein Beamter, der Nachtbereitschaft hatte. Alex befürchtete schon, er würde genau in ihre Richtung kommen, als sich die Schritte plötzlich wieder entfernten. Eine Tür wurde geräuschvoll geöffnet und fiel ins Schloss – und auf dem Gang herrschte wieder Stille.

»Weiter!«, drängte Jan, und sie verließen ihr Versteck und folgten dem Korridor bis zur Treppe. Prüfende Blicke nach oben und unten, dann eilten sie die Stufen hinauf.

Sie gelangten in einen weiteren Korridor und huschten vorbei an einer Reihe von Fenstern, die zur Straßenseite des Gebäudes gerichtet waren, sich jedoch allesamt nicht öffnen ließen. Sie einzuschlagen, um nach draußen zu gelangen, war ebenfalls keine Option – zum einen bezweifelte Alex, dass es sich um gewöhnliches Glas handelte, zum anderen hätten sie damit sicher Alarm ausgelöst. Vom infernalischen Krach, den eine berstende Fensterscheibe verursachte, ganz zu schweigen.

Ob es ihnen gefiel oder nicht – sie mussten zum Vordereingang hinaus. Und der wurde bestimmt rund um die Uhr bewacht …

Vom Mut der Verzweiflung getrieben, schlichen sie am Bereitschaftsraum vorbei, aus dem gedämpfte Stimmen zu hören waren, dazu der Sprecher aus einem Radio, der gerade sagte:

»… hat sich der Bundesaußenminister bereits in New York eingefunden, um Vorabgespräche mit seinen Amtskollegen aus Indien und China zu führen, die der Sondierung …«

»Vorsicht!«

Jan stieß sie leicht mit dem Ellbogen an, um sie auf eine Videokamera aufmerksam zu machen, die am Ende des Korridors montiert war – und die rot blinkende Diode wies darauf hin, dass dieses Gerät aktiv war. Die Kamera zu umgehen, war nicht möglich. Die beiden hatten nur eine Chance: sich eng an der Wand zu halten und zu hoffen, dass sie nicht gesehen wurden.

Sie huschten nach vorn, vorbei an Bürotüren aus Buchenholz, die den Gang zu beiden Seiten säumten. Sie hatten das Ende des Korridors und damit den toten Winkel der Kamera schon fast erreicht, als Alex im Vorbeieilen ein Türschild gewahrte, auf dem stand: »K1 Martin Lorenz/Katja Gerster«. Einer spontanen Idee folgend, hielt sie inne und zwängte sich in die Türnische.

»Was soll das?«, zischte Jan, der das sichere Ende des Korridors bereits erreicht hatte und den nur noch eine massive Metalltür von der Eingangshalle trennte. »Bist du verrückt geworden?«

»Warte einen Augenblick«, verlangte sie und lauschte an der Tür. Kein Laut war aus dem Raum zu hören.

Alex schickte ein Stoßgebet zum Himmel, als sie die Klinke drückte – um erfreut festzustellen, dass die Tür nicht verschlossen war. Leise schlüpfte sie in das Zimmer dahinter und fand sich in einem kleinen, nüchtern eingerichteten Büro wieder, dessen Mitte zwei aneinandergestellte Schreibtische einnahmen, mit Telefonen und Computern darauf und einer Menge Akten, die sich auf den Tischplatten stapelten. Im Mondschein, der durch das hohe Fenster fiel und das Arbeitszimmer mit kaltem Licht erfüllte, fiel Alex' Blick auf einen metallenen Aktenschrank an der gegenüberliegenden Wand.

Mit etwas Glück …

Alex eilte hin und zog die Schublade mit dem Schildchen »G–L« auf. In Windeseile blätterte sie die Reiter der Hängemappen durch. Immer wieder warf sie gehetzte Blicke zur Tür, befürchtete, sie könnte jeden Augenblick entdeckt werden. Aber sie gab nicht auf und suchte weiter – und ihre Beharrlichkeit wurde belohnt: Kurz darauf hielt sie die Mappe in Händen, die auf »Lessing, Alexandra« lautete.

Atemlos schlug Alex die Akte auf, fand darin allerlei Formulare und einige Faxe, darunter eines von der Schweizer Bankaufsichtsbehörde, in dem tatsächlich die Existenz eines Nummernkontos mit einem Guthaben von zwei Millionen Euro bestätigt wurde, das auf Alex' Namen registriert war.

»Ihr Schweine!«, kam es Alex flüsternd über die Lippen, auch wenn sie nicht recht wusste, wen sie damit eigentlich beleidigte. »Ihr elenden Schweine ...«

Sie blätterte weiter, und schließlich fand sie, wonach sie gesucht hatte: ein Schreiben von Interpol, in dem vom Diebstahl des Logbuchs die Rede war. Dem Brief zufolge hatte ein gewisser Bruce Baumgartner, wohnhaft in Portland im US-Bundesstaat Maine, Anzeige erstattet, weil ihm das Buch gestohlen worden war, und es gab Hinweise darauf, dass das Büchlein über Umwege nach Deutschland gelangt war.

Baumgartner!

Alex erinnerte sich nur allzu gut an den Namen. Vielleicht, sagte sie sich, handelte es sich bei jenem Bruce Baumgartner um einen Nachkommen von Hans Baumgartner, jenem Mann, der als Leitender Ingenieur auf der U-300 gedient und dabei seine ganz eigenen Ziele verfolgt hatte ...

Sie überflog das Schreiben noch einmal, um sich die Einzelheiten einzuprägen. Dann steckte sie die Mappe rasch zurück und schloss die Schublade wieder, huschte zur Tür und hinaus auf den Gang. Im Laufschritt legte sie die restliche Distanz zu Jan zurück, der sie mit entnervtem Blick erwartete.

»Was soll das?«, fuhr er sie flüsternd an. »Hast du den Verstand verloren?«

»Wir brauchten einen Hinweis«, erklärte sie schlicht. »Jetzt haben wir ihn.«

Er brummte etwas Unverständliches in seinen Zweitagebart. Dann deutete er missmutig auf die Metalltür zur Eingangshalle. »Auf der anderen Seite sitzen zwei Bullen hinter dickem Panzerglas«, erklärte er niedergeschlagen.

»Woher weißt du das?«, fragte sie.

»Hab einen Blick riskiert«, antwortete er flüsternd. »Die Tür ist nicht verschlossen.«

»Das ist merkwürdig, oder?«

Er zuckte nur mit den Schultern. »Was wir auch anstellen, an denen kommen wir nicht ungesehen vorbei.«

»Wir müssen es versuchen«, sagte Alex.

»Zwecklos. Da können wir ebenso gut freiwillig in unsere Zellen zurück!«

Alex machte ein grimmiges Gesicht. Sie war gewiss nicht zur Ausbrecherin geworden, um gleich wieder aufzugeben, zumal sie eben erst einen Hinweis entdeckt hatte, wo sie bei ihren Recherchen ansetzen konnte. Vorsichtig öffnete auch sie die Metalltür einen Spaltbreit, spähte hinaus in die nüchterne Eingangshalle, wo normalerweise zwei Polizeibeamte hinter Sicherheitsglas saßen – zu ihrer Verblüffung konnte Alex jedoch niemanden entdecken.

»Da ist niemand«, flüsterte sie.

»Was?«

»Der Glaskäfig ist nicht besetzt«, bekräftigte sie. »Die Vögel sind ausgeflogen.«

»Aber eben waren sie doch noch …« Jan verstummte, und mit einem Blick vergewisserte er sich, dass Alex ihn nicht zum Narren hielt. Tatsächlich. Die Stühle hinter dem Schalter waren unbesetzt, von den Polizisten fehlte jede Spur.

»Jetzt oder nie!«, knurrte Alex.

»Nichts wie raus!«, pflichtete Jan ihr bei – und beide schoben sie sich durch die halb geöffnete Tür nach draußen. Dass sie das Kameraauge im Vorraum erfasste, kümmerte sie nicht mehr. Am unbesetzten Eingangsschalter vorbei rannten sie auf den Ausgang zu, warfen sich gegen die schwere Tür und waren im nächsten Moment draußen.

Im Laufschritt ging es die Treppe hinab und über den Vorplatz. Sie hatten die Büsche, die das Gelände rings umgaben, noch nicht erreicht, als sie hörten, wie im Gebäude eine Glocke zu schrillen begann.

»Sie haben Alarm gegeben!«, stieß Alex atemlos hervor. »Ich nehme an, der gilt uns.«

»Hovno!«, knurrte Jan. »Wenn wir nicht schnell verschwinden, werden sie uns gleich wieder haben.«

»Wo sollen wir hin?«

»Da entlang«, entschied er und deutete durch das Gebüsch zur nahen Straße. Dort standen mehrere Wagen geparkt. Er änderte die Laufrichtung und rannte weiter, dicht gefolgt von Alex. An einem der geparkten Fahrzeuge – einem alten Japaner – hielt Jan inne.

»Was ist?«, wollte Alex wissen.

»Wir brauchen einen Wagen!« Jan machte sich bereits an der Fahrertür zu schaffen.

»Einen Wagen? Du … du willst ein Fahrzeug stehlen?«

»Was sonst? Zu Fuß werden sie uns gleich wieder einfangen.«

»Aber einen Autodiebstahl begehen …«

»Willst du ein Taxi rufen?« Er grinste freudlos. »Nur zu, wenn's dir Spaß macht. Ich versuch lieber hiermit mein Glück.«

Mit einem leisen Klicken sprang das Schloss auf. Jan riss

die Wagentür auf, sprang ins Auto und kletterte auf den Fahrersitz. Die Verkleidung der Lenkradsäule entfernte er mit einem gezielten Fausthieb, dann machte er sich an der Zündung zu schaffen. Nur wenige Augenblicke später sprang der Motor an.

»Na?« Jan grinste sie an und stieß von innen die Beifahrertür auf.

Alex' Zögern währte nur kurz. In den Augen des Gesetzes war sie ohnehin eine Verbrecherin, die sich nun auch noch des Ausbruchs aus Polizeigewahrsam schuldig gemacht hatte. Ein Autodiebstahl war in diesem Kontext eher ein Kavaliersdelikt, noch dazu eines, das sich nicht vermeiden ließ …

»Gib Gas!«, sagte sie, während sie sich auf den Beifahrersitz fallen ließ und die Tür zuschlug – und Jan fuhr an.

Das Fahrzeug – ein Kleinwagen aus den späten Achtzigern, der seine besten Jahre längst hinter sich hatte – schoss aus der Parklücke und die Straße hinab. Jan schien sich die Herfahrt mit dem Streifenwagen genau eingeprägt zu haben, denn er fand mühelos zurück zur Hauptstraße.

»Ich kann nicht glauben, dass wir das getan haben!«, rief Alex, die merkte, wie das Adrenalin durch ihre Adern jagte. »Sind wir wirklich gerade aus der Polizeihaft ausgebrochen?«

»Allerdings«, bestätigte Jan grimmig. »Du hast Talent dazu.«

»Vielen Dank auch. Von der vielversprechenden jungen Wissenschaftlerin zur Ausbrecherkönigin. Was für eine Karriere.«

»Du fühlst dich nicht sehr wohl dabei, was?«

»Du etwa?«

Er zuckte mit den Schultern. »Manchmal muss man das Gesetz brechen, um dem Recht zum Sieg zu verhelfen.«

Sie verdrehte die Augen. »Ich bezweifle, dass die Polizei

das ebenso sieht. Wenn es mir nicht gelingt, möglichst rasch Beweise für unsere Unschuld zu finden …«

»Du hast gesagt, du hättest einen Hinweis!«, erinnerte Jan, während er den Wagen Richtung Stadtzentrum steuerte.

»Ja«, bestätigte Alex, während sie immer wieder nervös über die Schulter blickte und jeden Augenblick erwartete, das Blaulicht von Streifenwagen in der Dunkelheit aufblitzen zu sehen. »Sag mal, ist es klug, in die Stadtmitte zu fahren?«

»Ich denke schon, und zwar aus zwei Gründen: Erstens wissen die Bullen nicht, dass wir ein Fluchtfahrzeug haben, weil der Diebstahl frühestens am Morgen gemeldet wird. Das bedeutet, sie werden zunächst die unmittelbare Umgebung nach uns absuchen, und das verschafft uns einen Vorsprung.«

»Und zweitens?«

»Werden sie mit Sicherheit annehmen, dass wir die Autobahn benutzt haben, um möglichst rasch Land zu gewinnen. Damit, dass wir uns in der Stadt einnisten, rechnen sie bestimmt nicht.«

»Du kennst dich aus, was?«

»Ein wenig«, gab er mit einem spitzbübischen Grinsen zu, das verriet, dass er nicht immer Fernfahrer gewesen war. »Was ist nun mit deinem Hinweis?«

»Ich habe einen Blick in meine Akte geworfen«, berichtete Alex in aller Kürze. »Ich wollte wissen, wer der Kerl war, der gegen mich Anzeige erstattet hat – ein gewisser Bruce Baumgartner, wohnhaft in den Vereinigten Staaten.«

»Ein Amerikaner?« Jan hob die Brauen. »Der Name hört sich für mich ziemlich deutsch an …«

»In dem Logbuch war ebenfalls von einem Baumgartner die Rede – möglicherweise ein naher Verwandter. Das würde zumindest ansatzweise erklären, warum sich das Buch in seinem Besitz befand.«

»Vielleicht – aber es erklärt noch längst nicht, warum man hinter *dir* her ist.«

»Richtig. Baumgartner ist die einzige konkrete Spur, die wir haben, der einzige Ansatzpunkt.«

»Dann müssen wir zu ihm.«

»Na klar.« Alex seufzte schwer. »Hast du nicht gehört, was ich gesagt habe? Der Kerl wohnt in den Staaten.«

»Ich habe dir zugehört«, versicherte Jan, »und du hast auch gesagt, dass dieser Baumgartner deine einzige Spur ist. Was also bleibt dir anderes übrig?«

»Ich werde darüber nachdenken ...«

»Dazu hast du keine Zeit. Du musst das Land noch heute Nacht verlassen – morgen früh wird es zu spät sein.«

»Wie stellst du dir das vor? Ich bin eine gesuchte Kriminelle und befinde mich auf der Flucht. Weder habe ich ein Flugticket, noch habe ich Geld oder einen Ausweis, und zurück in meine Wohnung kann ich schon gar nicht, weil dort entweder die Polizei oder die verdammten Killer auf mich lauern.«

»Zugegeben.« Jan grinste schief. »Ich werde dir also mal wieder helfen müssen.«

»Du willst mir helfen? Wie?«

»Indem ich dich begleite, Lessing. Erinnerst du dich, dass ich dir von dem Freund erzählt habe, den ich hier in München habe?«

Alex nickte. »Was ist mit ihm?«

»Er schuldet mir noch ein paar alte Gefallen – und er hat ziemlich gute Beziehungen. Er kann uns alles besorgen, was wir brauchen.«

»Nein, Jan.« Alex schüttelte den Kopf. »Das musst du nicht. Du hast ohnehin schon viel mehr für mich getan, als ich erwarten konnte. Ganz abgesehen davon, dass du mir bereits zweimal das Leben gerettet hast.«

»Ich möchte es aber«, widersprach er. »Ich weiß nicht, welchem günstigen Schicksal wir unsere Flucht zu verdanken haben, aber ich werde die Chance, die sich daraus ergibt, nicht ungenutzt lassen. Wenn auch nur eine hauchdünne Möglichkeit besteht, dass wir deine Unschuld beweisen und diese Schweine auffliegen lassen können, die uns das alles eingebrockt haben, dann sollten wir sie nutzen! Ich werde dir dabei helfen.«

»Aber warum? Du kennst mich doch gar nicht. Du musst dein Leben nicht für mich riskieren.«

Sein Grinsen war entwaffnend. »Wer sagt, dass ich es für *dich* tue, Lessing?«, fragte er. »Inzwischen habe ich selbst genügend Gründe, diesen Leuten in den Arsch zu treten. Die haben meinen Truck in die Luft gesprengt und versucht, mich umzubringen, und so etwas nehme ich persönlich. Ich werde diese Kerle also bluten lassen. Und jetzt will ich wissen, ob du dabei bist oder nicht. Also?«

Alex brauchte nicht lange zu überlegen – es war ohnehin schon entschieden. »Ich bin dabei«, erwiderte sie leise.

»Dann los ...«

Homicide Squad, 6th Police Precinct
Manhattan, New York City
Gegenwart

Mit gemischten Gefühlen betrat Winston Seymour den Befragungsraum im Erdgeschoss des Polizeigebäudes. Auf Lieutenant Suttons Anruf hin war er sofort aufs Revier gefahren – die Whiskyflasche hatte er zurückgestellt.

Einstweilen ...

Der Verdächtige, von dem Lieutenant Sutton am Telefon gesprochen hatte, war Len Tifford, ein 25-jähriger Mann aus dem benachbarten Chelsea, einschlägig vorbestraft: Diebstahl, illegaler Drogenbesitz, Schwulenstrich.

Eine Polizeistreife hatte Tifford aufgegriffen, als er ziellos durch die Hafengegend geirrt war, die Klamotten blutverschmiert und ein Messer in der Hand. Ein Schnelltest hatte ergeben, dass das Blut auf Kleidung und Messer nicht seines war und dass die Blutgruppe mit der von Julius Quare übereinstimmte. Indizien, die genügt hatten, um ihn in Gewahrsam zu nehmen …

»Okay«, knurrte Winston, nachdem er die Formalitäten erledigt hatte, »dann legen Sie mal los, Tifford. Was hatten Sie um diese späte Stunde am Hafen zu suchen? Und woher kommt das Blut an Ihren Klamotten, von dem Messer ganz zu schweigen?«

Tifford, ein drahtiger junger Kerl mit kahlgeschorenem Schädel, blickte ihn verständnislos an. An dem kleinen Tisch in der Mitte des Vernehmungsraums saßen sie einander gegenüber, und dem verstörten Ausdruck in Tiffords Augen konnte Winston entnehmen, dass dieser noch bis vor kurzem unter Drogen gestanden hatte. Die unmittelbare Wirkung war verflogen, aber Tifford durchschritt gerade jenes tiefe Tal, das sich an einen Drogentrip anzuschließen pflegt. Er fror erbärmlich und hatte zugleich Schweiß auf der Stirn, und sein blasses Gesicht mit den dunklen Rändern unter den Augen wirkte ziemlich ungesund. Auf einen Anwalt hatte er verzichtet.

»I-ich weiß es nicht«, presste er stammelnd hervor.

»Was wissen Sie nicht? Was Sie im Hafen getrieben haben oder wie das Blut an Ihre Kleidung kommt?«

»Bei-beides«, kam es kleinlaut zurück.

»Sie sind nicht zum ersten Mal hier, Tifford, also sollte Ihnen eigentlich bekannt sein, wie's läuft«, knurrte Winston. »Sie können sich natürlich dumm stellen und alles abstreiten – aber sollte der DNS-Test eine Übereinstimmung zwischen dem Blut an Ihren Klamotten und dem von Julius Quare ergeben, dann wird es verdammt finster für Sie. Wenn Sie jetzt auspacken und ein Geständnis ablegen, wird man Ihnen das vor Gericht positiv anrechnen.«

»Ein Geständnis?« Tiffort blickte Sergeant Winston verständnislos an. »Was – was soll ich denn gestehen?«

»Den Mord an Julius Quare!«

»Julius Quare? Dieser fette Kerl aus dem Village?«

»Man kennt sich also …«

»Nur flüchtig. Quare hat mich ein paar Mal … Ich meine, ich habe mit ihm …«

»Wann ist das zuletzt gewesen?«

»Weiß nicht genau.« Tifford zuckte mit den knochigen Schultern. »Vor drei, vier Monaten vielleicht.«

»Da haben Sie Quare zuletzt gesehen?«

»Nein, gesehen habe ich ihn noch öfter. Hing gelegentlich in den Bars herum. Schwulenkneipen – Sie wissen schon …«

»Wann sind Sie ihm das letzte Mal begegnet?«

»Woher soll ich das wissen? Ein paar Wochen wird es wohl her sein. Genau kann ich mich nicht erinnern.«

»Es war nicht zufällig am vergangenen Dienstag?«

»Nein, nein – ganz sicher nicht. Ich habe Quare schon eine ganze Weile nicht mehr gesehen.«

»Schön, dann erklären Sie mir, woher das Blut auf Ihrer Kleidung kommt.«

Tifford schüttelte den Kopf. »Das weiß ich nicht.«

»Was soll das heißen, Sie wissen es nicht?«

»Das Blut ist auf einmal da gewesen, verstehen Sie? Ich kann mich nicht erinnern, wie es auf meine Klamotten kam.«

»Und das Messer? Können Sie sich daran auch nicht mehr erinnern?«

»Nein, verdammt noch mal!«

»Das sollten Sie mir erklären.«

»Da war dieser Typ …«

»Welcher Typ?«

»Na ja, dieser Kerl, den ich schon 'ne Weile kenne und der mir ab und zu 'nen Job verschafft.«

»Name?«, wollte Winston wissen und zückte sein Notizbuch.

»Seinen echten Namen kenn ich nicht. Er nennt sich Leon.«

»Leon also.« Winston notierte es. »Nur weiter.«

»Leon vermittelte mir also diesen Job in Chelsea. Sagte, irgend so 'ne reiche Ratte würde fünf Tausender dafür abdrücken, dass er sich mal bedienen darf. Also bin ich hin.«

»Wann war das?«

»Dienstagabend.«

Winston schürzte die Lippen. In jener Nacht also, in der Julius Quare ermordet wurde. »Und weiter?«, hakte er nach.

»Diese Typen hatten ein Loft in der Hafengegend gemietet. Dort ging ich hin.«

»Welche Typen? Kennen Sie Namen?«

Tifford lachte auf. »Was denken Sie denn, wie das läuft? Dass sich in dieser Branche alle höflich verbeugen und sich einander vorstellen?«

»Was ist weiter passiert?«

»Na ja, die wollten wohl 'ne große Party schmeißen, aber so 'ne müde Feier hab ich noch nie erlebt.«

»Inwiefern?«

»Da waren kaum Leute und die Musik war beschissen. Dann kam irgendwer und hat Pillen verteilt.«

»Was war das für Zeug?«

»Woher soll ich das wissen? Bei 5000 Dollar fragt man nicht, sondern greift einfach zu. Ich hab das Zeug geschluckt und danach ist mir der Film gerissen. Das Nächste, woran ich mich erinnere, ist die Zelle, in der ich aufgewacht bin.«

Winston schlug die Mappe mit den bisherigen Untersuchungsergebnissen auf. Eine genaue Blutanalyse stand noch aus, aber die Schnellüberprüfung deutete nicht darauf hin, dass sich Narkotika in Tiffords Blut befunden hatten. Seine Augen freilich sagten etwas anderes …

»Sonst können Sie sich an nichts erinnern?«

Tifford überlegte kurz. »Nein«, sagte er dann. »Hören Sie, Sie müssen mir glauben. Ich hab mit diesem Mord nichts zu tun. Irgendwer versucht mir da was anzuhängen.«

»Wer?«

»Woher soll ich das wissen?« Aus Tiffords Stimme sprach Verzweiflung.

»Gibt es denn Zeugen dafür, dass Sie auf dieser Party gewesen sind?«

»Klar – die Typen, die dort waren.«

»Deren Namen Sie aber nicht kennen.«

»Genau.«

»Können Sie sie denn beschreiben?«

»Nein. Sie trugen Masken, wie reiche Typen das häufig tun.« Er lachte freudlos. »Man will ja nicht erkannt werden, wenn man das nächste Mal beim Bürgermeister zum Neujahrsempfang geladen ist.«

»Es gibt also niemanden, der Ihre Version der Geschichte bezeugen kann?«

»Nein, verdammt noch mal. Sie werden mir wohl glauben müssen. Ich bin unschuldig. Sie können mir nicht was anhängen, das ich nich' getan habe.«

»Haben Sie 'ne Ahnung«, sagte Winston. »Vergessen Sie nicht das Blut an Ihrer Kleidung und das Messer. Wenn der DNS-Test eine Übereinstimmung ergibt …«

»Aber ich habe mit dieser verdammten Sache nichts zu tun!«

»Mit welcher verdammten Sache haben Sie dann was zu tun, Tifford? Das Blut auf Ihren Klamotten ist nicht Ihres, und das Messer werden Sie wohl auch nicht dazu benutzt haben, sich eine Friedenspfeife zu schnitzen. Also?«

»Verdammt noch mal, ich weiß es nicht!« Echte Verzweiflung war in Tiffords Zügen zu lesen – allmählich schien in seine drogenverseuchte Gehirnwindungen die Erkenntnis zu sickern, dass er in üblen Schwierigkeiten steckte.

Winston Seymour schätzte Typen wie Tifford nicht besonders und er hatte im Lauf seiner Dienstzeit unzählige von ihnen hinter Schloss und Riegel gebracht. In diesem Fall jedoch hatte er Mitleid mit dem Knaben. Nicht etwa deshalb, weil Tiffords wachsende Verzweiflung ihn berührt hätte, sondern weil er selbst nicht daran glaubte, dass ein Stricher aus Chelsea der Mörder von Julius Quare war.

Es fehlten beinahe alle Voraussetzungen: Tifford hatte kein wirkliches Motiv für den Mord an Quare gehabt, und zudem war da die Sache mit den Messerstichen im Körper des Opfers, die nach Aussage der Gerichtsmedizinerin mit verschiedenen Tatwaffen ausgeführt worden waren, nicht nur von einem Messer. O'Brien zufolge waren es mehrere Täter gewesen, was ausschloss, dass Tifford die Tat allein begangen hatte.

Und schließlich war da noch die Aussage von Carmen Hernandez, die einen Geist gesehen haben wollte …

Zugegeben, mit seiner kreidebleichen Haut und dem kahl rasierten Schädel sah Tifford schon ein wenig aus wie ein Gespenst.

Natürlich konnte man dagegenhalten, dass Tifford vielleicht Komplizen gehabt hatte, dass er die anderen Tatwaffen alle hatte verschwinden lassen, aber dafür gab es im Augenblick keine Beweise, und Winston bezweifelte, dass es sie jemals geben würde.

All das würde allerdings hinfällig sein, wenn die DNS des Blutes auf Kleidung und Messer mit der von Julius Quare übereinstimmte. Dann würde Sutton die Staatsanwaltschaft drängen, Anklage zu erheben, und der Lieutenant hatte die Sache endlich vom Tisch, zeitig genug, um sein Revier zum UN-Gipfel in schönstem Glanz erstrahlen zu lassen …

»Was für eine Scheiße …« Winston hatte laut gesprochen, statt es nur zu denken.

Tifford, der betreten zu Boden gestarrt hatte, schaute auf und sandte seinem Gegenüber einen fragenden Blick. »Sie glauben mir, nicht wahr? Sie glauben mir, dass ich Quare nicht umgebracht habe.«

»Was ich glaube oder nicht glaube, spielt keine Rolle, Junge«, murrte Winston. »Hier zählen nur Fakten.«

»Aber ich bin es wirklich nicht gewesen.« Tiffords Stimme war zu einem Flüstern verblasst. »Sie müssen mir helfen, Sergeant. Da versucht irgendwer, mich fertigzumachen.«

»Wer?«

»Das weiß ich nicht, aber die wollen mir diesen Mord anhängen. Irgendwelche Typen, die den Arsch voll Kohle haben und denen es egal ist, wenn ein kleiner Stricher im Knast vor die Hunde geht. Ich bin ein beschissenes Bauernopfer, geht das nicht in Ihren Schädel?«

Winston nickte – ein Bauernopfer.

Dieser Ausdruck traf es wohl am besten.

Auch er hatte den Eindruck, dass Tifford für etwas büßen sollte, das er nicht getan hatte, aber er konnte es nicht beweisen, und Sutton verlangte nach raschen Ergebnissen.

Auf frappierende Weise fühlte sich Winston an die Vergangenheit erinnert: ein Mord, dessen Hintergründe im Dunkeln lagen, eine Obrigkeit, die auf rasche Ergebnisse drängte, widersprüchliche Indizien, deren Existenz schlicht geleugnet wurde, und schließlich ein einzelner Täter, der zum Sündenbock gemacht wurde, damit die wahren Drahtzieher unerkannt blieben.

Der 22. November 1963 hatte Winston Seymour tief geprägt – nicht nur, weil er an diesem Tag um ein Haar getötet worden wäre, sondern auch, weil sich nach diesem Tag seine Welt radikal verändert hatte.

Die USA waren fortan nicht mehr dieselben gewesen, genau wie Winstons Leben. Nach der Entlassung aus dem

Krankenhaus war sein Wunsch, zur Polizei zu gehen und zu helfen, Unrecht und Kriminalität auf den Straßen zu bekämpfen, noch immer stark gewesen, aber es war auch der Keim des Zweifels in ihm gesät worden. Trotzdem hatte es noch Jahre gebraucht, bis er sich eingestanden hatte, dass es nicht nur zwei Seiten gab, dass die Wirklichkeit aus mehr bestand als aus Schwarz und Weiß. Seine Geradlinigkeit war es gewesen, die Lorna so an ihm geschätzt hatte, doch im Grunde war Winston Seymour ein Zweifler gewesen, und zwar seit jenem Tag im November '63, als die Schüsse gefallen waren – sowohl jene auf den Präsidenten als auch der, der ihm selbst fast das Leben genommen hätte.

Winston war ein Zweifler, und wenn er zurückdachte, so waren die Träume stets dann zu ihm zurückgekehrt, wenn er am meisten gezweifelt hatte. Zweifel hatten sein Leben bestimmt: Zweifel an sich selbst, an seinem Beruf, an der Wahrheit.

Und auch in diesem Moment zweifelte Winston.

Die Geschichte schien sich auf bizarre Weise zu wiederholen, und er war nicht gewillt, das tatenlos hinzunehmen. Wenn Sutton einen Handlanger brauchte, der Widersprüche einfach leugnete und nur das tat, was man ihm befahl, dann sollte er sich jemand anderen suchten. Winston Seymour war Polizist gewesen, seit fast vierzig Jahren, und er würde sich nicht in den Ruhestand verabschieden, indem er alles verriet, wofür er sein Leben lang eingetreten war.

Die Erkenntnis war so einfach wie erschütternd:

Die Welt war niemals nur schwarz oder weiß.

Sie war voll grauer Schatten.

Teil II

ACTIO

II.

»Unterdessen wurden, ungeachtet des Unmutes, den große Teile der New Yorker Bevölkerung inzwischen äußern, die Vorbereitungen für den bevorstehenden Weltgipfel weiter vorangetrieben. Laut Edward J. Lohan, dem zuständigen Pressesprecher des New York Police Department, sieht die Sicherheitsplanung unter anderem eine dreitägige Totalsperrung der United Nations Plaza von der 42nd bis zur 48th Street vor sowie die Räumung der an die First Avenue grenzenden Gebäude. Da zu erwarten ist, dass diese Maßnahme in weiten Teilen von Midtown ein erhebliches Verkehrschaos zur Folge haben und das Tagesgeschäft in den betroffenen Blocks völlig lahmlegen wird, haben führende Vertreter aus Politik und Wirtschaft beim Bürgermeister eine Beschwerde eingereicht.

Dies ist jedoch nicht der einzige Widerstand, der sich gegen den Weltgipfel formiert. So haben Globalisierungsgegner mehrere Großdemonstrationen angekündigt, die, wie es in einer Erklärung heißt, ein »Zeichen gegen die scheinheilige und im Kern imperialistische Politik der G8« setzen sollen. Zu den Demonstrationen werden rund zehntausend Teilnehmer aus aller Welt erwartet. Sollte sich die Stadtverwaltung jedoch durch ihre rigorosen Sicherheitsmaßnahmen noch mehr Unmut zuziehen, so steht zu erwarten, dass sich auch einige Tausend New Yorker den Demonstranten hinzugesellen werden. Was Manhattan dann erleben wird, könnte sich als schwerer Rückschlag für eine Stadt erweisen, die nach den traumatischen Ereignissen der jüngsten Vergangenheit eben erst wieder zu sich selbst gefunden hat …«

Roger Hoffman
Kommentator auf CTNY Radio

Interstate 95 North
Massachusetts, USA
Gegenwart

Alexandra Lessing war nicht zum ersten Mal in den Vereinigten Staaten – und das, obwohl sie aufgrund ihrer Höhenangst für das Fliegen nicht allzu viel übrig hatte.

Zuletzt war sie in den USA gewesen, um als Vertreterin der Historischen Fakultät der LMU München an einem wissenschaftlichen Symposium in Chicago teilzunehmen – weder damals noch irgendwann zuvor war Alex allerdings mit einem gefälschten Pass in die USA eingereist.

Innerhalb weniger Stunden hatte Jan Bonic ihnen Reisepässe und gefälschte Visa besorgt, die sie als tschechisches Ehepaar auswiesen. Am frühen Morgen hatten sie am Münchner Flughafen eine Maschine nach Boston bestiegen, und nun, knapp neun Stunden später, waren sie mit einem Leihwagen auf dem Weg nach Portland im Bundesstaat Maine, um einen Mann zu suchen, von dem Alex nur den Namen kannte: Bruce Baumgartner.

»Und?«, fragte Jan, der auf dem Beifahrersitz saß und an dem Hot Dog kaute, den er sich an der letzten Tankstelle gekauft hatte. »Was sagst du? Hat gut funktioniert, oder?«

»Das hat es«, stimmte Alex zu, die den Buick über die breite Fahrbahn nach Norden steuerte. Draußen herrschte drückende Schwüle, aber die Klimaanlage blies kühle Luft ins Wageninnere, und aus dem Radio säuselte leise Musik. »Allerdings hätte ich mir vor dem Einreisebeamten fast in die Hosen gemacht.«

»Dazu bestand kein Grund.«

»Das sehe ich anders. Zumal die Sicherheits- und Personenkontrollen nach dem 11. September drastisch erhöht wurden.«

»Der gute Marek versteht nun mal sein Handwerk.«

»Offensichtlich. Trotzdem, wenn wir aufgeflogen wären …«

»Sind wir aber nicht«, fiel Jan ihr schmatzend ins Wort. »Wo ist dein Optimismus geblieben, Lessing? Wir haben es aus Deutschland rausgeschafft und sind hier, im Gelobten Land. Was willst du mehr?«

»Ich will diesen Bruce Baumgartner finden«, antwortete sie verdrossen, »und ich will herausbekommen, wie das Logbuch nach Deutschland gelangt ist. Wenn ich das alles weiß und auch Beweise dafür habe, *dann* bin ich wieder optimistisch.«

»Das ist typisch für euch Deutsche.«

»Was?«

»Dass ihr alles so verbissen seht.«

»Vielleicht«, sagte Alex. »Das Problem hast du wohl nicht, was?«

»Warum sollte ich? Mein Truck ist hin, und die Versicherung weigert sich, zu zahlen. Meine ganze Existenz ist den Bach runter, aber …« Er grinste, noch Reste des Hamburgers zwischen den Zähnen. »Wenigstens habe ich gute Laune.«

»Ist nicht zu übersehen.« Sie streifte ihn mit einem Seitenblick, woraufhin das Grinsen von seinem Gesicht abfiel wie Putz von einer alten Fassade.

»Lass dich nicht täuschen, Lessing«, sagte er leise. »Lass dich nur nicht täuschen …«

»Wie weit ist es noch bis Portland?«

»Noch 70 Meilen etwa. Soll ich dich ablösen?«

»Nicht nötig.« Alex schüttelte den Kopf und schaute dann wieder geradeaus auf die Straße, die sich durch die sanften Hügel und Wälder Neuenglands wand, vorbei an Siedlungen aus weiß gestrichenen Häusern, aus denen spitze Kirchtürme ragten. Das Laub hatte bereits zu welken begonnen, der Indian Summer stand bevor, jene Zeit, in der sich die Wälder des Nordostens in allen Farbtönen von erdigem Braun bis zu feurigem Orange färbten – ein Naturschauspiel ohnegleichen.

Alex hatte keine Augen für die Schönheit der Natur. Noch immer waren alle Fragen offen: Fragen nach dem Geheimnis, das das alte Logbuch barg, nach den Drahtziehern der Anschläge und schließlich nach all dem, was dahintersteckte.

In was für eine üble Sache war Alex da nur geraten?

Sie hatte das Gesetz gebrochen und war Tausende von Kilometern gereist, um eine Antwort auf diese Frage zu finden.

Homicide Squad, 6th Police Precinct
Manhattan, New York City
Etwas später

»Nun, Sergeant?«

Wayne Suttons Blick war forschend, und wie Winston Seymour fand, enthielt er auch einen Anflug besserwisserischer Arroganz.

»Nun was, Sir?«, fragte Winston zurück und stellte sich ahnungslos – seiner Ansicht nach das Klügste, was er tun konnte.

»Die Frist ist um, Sergeant«, brachte Sutton erbarmungslos in Erinnerung. »Die 72 Stunden, die ich Ihnen gegeben habe – sie sind verstrichen. Es ist an der Zeit, die Karten auf den Tisch zu legen.«

»Sieht ganz so aus, Sir.«

»Also, zu welchem Ergebnis sind Sie gekommen?«

»Zu keinem, Sir.«

Sutton brauste auf. *»Wie bitte?«*

»Ich meine, zu keinem *abschließenden* Ergebnis«, konkretisierte Winston. »Drei Tage haben nicht ausgereicht, um allen Spuren nachzugehen.«

»Was ist mit dem Verdächtigen?«, wollte Sutton wissen. »Diesem ...«, er schaute in der Akte nach, »Len Tifford.«

Obwohl ihm sein Vorgesetzter wie immer einen der Besucherstühle angeboten hatte, war Winston lieber stehen geblieben. »Ich glaube nicht, dass Tifford der Täter ist, Sir«, sagte er leise, aber mit fester Stimme.

»Sie *glauben* nicht, dass Tifford der Täter ist?«

»Nein, Sir.«

»Obwohl er Blut an seiner Kleidung hatte, das laut DNS-Analyse mit dem des Mordopfers übereinstimmt? Obwohl er die Tatwaffe noch in der Hand hielt?« Suttons Stimme wurde immer lauter.

»Ich gebe zu, dass die Last der Indizien erdrückend ist, Sir. Aber ich glaube nicht, dass ...«

»Das sind keine Indizien, Sergeant!«, schrie Sutton aufgebracht. »Das sind klare, unwiderlegbare Beweise! Tiffords Fingerabdrücke befinden sich auf der Waffe, an der das Blut des Opfers klebt! Aufgrund solcher Beweise hat man schon reihenweise Leute in die Todeszelle geschickt!«

»Dann will ich hoffen, Sir, dass diese Leute schuldig waren, Sir – denn Len Tifford ist es nicht.«

Sutton versuchte, sich wieder unter Kontrolle zu bringen. Mit mühsam unterdrückter Wut brachte er hervor: »Wie kommen Sie darauf, verdammt noch mal? Ist es Ihre angebliche Erfahrung, die Sie dies glauben macht?«

»Teilweise, Sir«, sagte Winston, die Provokation übergehend. »Vor allem aber geht es mir um die Widersprüche in diesem Fall.«

»Widersprüche?« Sutton stöhnte gequält. »Was für Widersprüche?«

»Zum einen haben wir kein Motiv: Julius Quare und Len Tifford kannten sich kaum, und meine Nachforschungen haben auch nicht ergeben, dass sich die beiden in letzter Zeit – wie soll ich es ausdrücken? – *beruflich* getroffen hätten. Zum anderen möchte ich auf den Obduktionsbericht verweisen, Sir: Dr. O'Brien geht davon aus, dass es sich um mehrere Täter gehandelt hat. Es wurde lediglich eine Tatwaffe in Len Tiffords Besitz gefunden, während die Gerichtsmedizin die Anwendung mehrerer Tatwaffen festgestellt hat.«

»Das sollen Widersprüche sein?«, schnappte Sutton. »Ich werde Ihnen sagen, was ich von Ihren so genannten Widersprüchen halte, Seymour: ein Hirnfurz nach dem anderen! Ich habe Ihnen von Beginn an gesagt, dass wir es hier nicht mit einem gewöhnlichen Mörder zu tun haben, sondern mit einem irren Ritualkiller. Das Motiv liegt nicht in seinem Verhältnis zum Opfer, sondern in seiner Psyche. Und dass so ein kranker Irrer bei ein und demselben Mord mehrere Tatwaffen benutzt, liegt vielleicht darin begründet, dass er eben ein verdammter kranker Irrer ist! Die Kollegen der CSD haben jedes Staubkorn in Quares Wohnung umgedreht und dabei kaum nennenswerte Spuren entdeckt. Es kommt selten genug vor, dass ein einzelner Täter so sorgfältig vorgeht – aber gleich eine ganze Gruppe? Kommen Sie, Sergeant, was wollen Sie mir erzählen? Außerdem gibt es die Aussage einer Zeugin, in der ganz eindeutig von einem *einzelnen* Täter die Rede ist, den sie in der Wohnung gesehen haben will.«

»Das stimmt«, räumte Winston ein. »Einen Schatten, um genau zu sein. Einen Geist.«

»Wahrscheinlich wollen Sie das als Nächstes zu Tiffords Verteidigung ins Feld führen«, spottete Sutton. »Dass er ein Wesen aus Fleisch und Blut ist und deshalb als Täter nicht in Frage kommt. Wissen Sie was, Sergeant?«

»Was, Sir?«

»Ich glaube, dass es ein Fehler war, Ihnen diesen Fall zu überlassen. Fast könnte man den Eindruck haben, dass Sie sich in Gedanken bereits in den Ruhestand verabschiedet haben und nicht mehr daran interessiert sind, ordentliche Polizeiarbeit zu leisten.«

Winston Seymour atmete tief durch, dann straffte sich seine Gestalt. »Bei allem Respekt, Sir! Das ist eine ungeheure Unterstellung! Mein ganzes Leben lang habe ich …«

»Glücklicherweise«, fuhr der Lieutenant fort, ohne auf Winstons Einwurf einzugehen, »weiß ich es besser. Es liegt weder an Ihrem mangelnden Engagement noch an mangelnder Erfahrung – sondern ganz einfach daran, dass Sie zu lange in diesem Job gearbeitet haben. Sie sind müde, Winston, und das kann ich gut verstehen. Viele Jahre lang waren Sie ein guter Ermittler – mal von Ihrem Alkoholproblem abgesehen –, vielleicht sogar der beste, den diese Abteilung je hatte. Aber nun ist Ihnen das passiert, was einem Polizisten niemals passieren darf: Sie haben die Distanz verloren. Sie sind in diesem Fall nicht objektiv.«

»Sir, ich …«

»Aus diesem Grund werde ich tun, was ich schon vor drei Tagen hätte tun sollen: Ich werde Ihnen den Fall entziehen und die Kollegen von der Bundespolizei bitten, ihn zu übernehmen. Das scheint mir die beste und vernünftigste Lösung zu sein.«

»Ja«, sagte Winston voller Bitterkeit, »und wohl auch die bequemste.«

Anders als er erwartet hatte, reagierte Sutton nicht wütend auf diesen Einwurf, sondern sagte: »Ich erwarte nicht, dass Sie mich verstehen, Sergeant. Aber Sie sollten mir vertrauen, dass dies die beste Entscheidung ist.«

»Ist das Ihr letztes Wort in dieser Sache?«

»Allerdings.«

»Dann hat es wohl keinen Sinn, Ihnen meine Argumente zu erläutern«, sagte Winston nüchtern. »Aber lassen Sie mich Ihnen sagen, Sir, dass mir das alles hier ziemlich bekannt vorkommt.«

»Bekannt?« Sutton runzelte irritiert die Stirn. »Inwiefern?«

»Es erinnert mich an einen anderen Fall, in dem die Hinweise ebenfalls widersprüchlich waren. Mit hoher Wahrscheinlichkeit gab es auch mehrere Täter, was jedoch nie abschließend geklärt wurde, weil die Mächtigen kein Interesse an einer Aufklärung hatten. Auch damals wurde ein einzelner Mann zum Sündenbock gemacht und genau wie damals wurden die Ermittelnden eingeschüchtert und diffamiert.«

»Was genau versuchen Sie mir damit zu sagen, Sergeant? Wollen Sie mir unterstellen, ich hinderte Sie daran, Ihren Job zu machen?«

»Ich will Ihnen gar nichts unterstellen, Sir. Ich weiß nur, dass die Geschichte nicht neu ist. Das alles war schon mal da, weiß der Himmel wie oft.«

»Was reden Sie denn da? Was soll das für ein Fall gewesen sein? Ich habe noch nie davon gehört.«

»Doch, Sir, haben Sie. Ganz bestimmt sogar«, versicherte Winston. »Und es gibt sogar noch eine weitere Parallele.«

»Welche?«

Winston, der sich bereits zum Gehen wandte, antwortete: »Damals wie heute wollte niemand die Wahrheit wissen!«

Portland, Maine
Zur selben Zeit

»Bauer ... Baughman ... Bauknight ... Bauld ...« Alexandra Lessing blickte von dem aufgeschlagenen Telefonbuch auf. »Kein Baumgartner.«

»Was? Bist du sicher?« Jan, der am Wagen gelehnt hatte, stieß sich ab und trat ebenfalls unter die Telefonmuschel, in deren Telefonbuch Alex den Namen Bruce Baumgartner gesucht hatte.

Mit dem Zeigefinger fuhr die junge Wissenschaftlerin noch einmal über die infrage kommende Spalte mit den alphabetisch aufgelisteten Namen, wurde jedoch auch diesmal nicht fündig. »Kein Bruce Baumgartner«, stellte sie fest. »Nicht mal den Nachnamen gibt es.«

»Vielleicht hat er kein Telefon.«

»Unwahrscheinlich«, meinte Alex.

»Oder er hat seine Nummer nicht ins Telefonbuch eintragen lassen«, vermutete Jan. »Wahrscheinlich ist es ein stinkreicher Typ und die geben ihre Telefonnummern selten preis.«

»Das wäre schon eher möglich«, murmelte Alex. »Aber wie bringen wir dann seine Adresse in Erfahrung?«

»Keine Ahnung, Lessing. Du bist die Intelligenzbestie von uns beiden, nicht ich.«

Alex schnitt eine Grimasse. Das Letzte, was sie im Moment brauchen konnte, waren Kommentare wie dieser. Sie dachte kurz nach, nahm dann den Hörer von der Gabel und wählte die Null.

»Operator? – Ja, bitte verbinden Sie mich mit Mr Bruce Baumgartner, wohnhaft in Portland, Maine. – Natürlich, ich warte. – Was? Kein Baumgartner? Das ist seltsam ... – Ich weiß bestimmt, dass er ein Telefon hat! – Nein, sicher nicht ... – Gibt es eine andere Möglichkeit, wie ich an seine Nummer ...? – Offen gestanden, ich möchte damit nicht zur Polizei gehen. Es handelt sich um eine Privatangelegenheit, die ich nicht … – Tatsächlich? Vielen Dank, Sie haben mir wirklich sehr geholfen.«

Alex hängte den Hörer ein. Ihr hübsches Gesicht verriet ein wenig Hoffnung.

»Und?«, wollte Jan wissen.

»Die nette Dame meinte, man könnte über seine Sozialversicherungsnummer an ihn herankommen.«

»Seine Sozialversicherungsnummer? Und wie bekommen wir die?«

Alex überlegte kurz, legte sich eine Strategie zurecht, dann wählte sie erneut die Nummer der Vermittlung. Sie warf einige Münzen ein, ließ sich mit dem örtlichen Office der Sozialversicherungsverwaltung verbinden und hatte im nächsten Moment einen jungen Mann an der Strippe.

»Social Security Administration. Wie kann ich Ihnen helfen?«

»Hi, hier ist Kimberley Cooper von Lloyd and Partners«, sagte Alex und verstellte ihre Stimme so, dass sie sich ziemlich jung und naiv anhörte. »Ich habe folgendes Problem: Ein Mr Bruce Baumgartner hat vorige Woche als Hausmeister bei uns angefangen, und ich bräuchte dringend seine Sozialversicherungsnummer, um die nötigen Formalitäten zu klären.«

»Nun, dann sollten Sie ihn nach seinem Sozialversicherungsausweis fragen.«

»Das habe ich schon getan«, antwortete Alex verlegen. »Das Problem ist, dass ich … nun ja, ich habe die Nummer verlegt und kann … äh, kann sie beim besten Willen nicht mehr finden. Und wenn ich jetzt noch mal danach frage und einer meiner Chefs davon Wind bekommt, krieg ich jede Menge Ärger, weil … äh, weil es nicht das erste Mal ist, dass ich … äh …«

»Tut mir leid, Miss. Da kann ich Ihnen nicht helfen.«

»Aber ich … ich brauche diesen Job, ich brauche ihn

wirklich.« Alex' Stimme nahm einen flehenden Tonfall an. »Sie müssen mir helfen, Sir, bitte. Wenn Sie es nicht tun, verlier ich den Job. Mein Abteilungsleiter hat mir das schon angedroht. Ich verspreche auch, dass ich es niemandem weitersagen werde, ganz bestimmt. Ich will nicht ...«

Sie unterbrach sich, weil sie hörte, wie am anderen Ende der Leitung eine Computertastatur bearbeitet wurde. Eine kurze Pause entstand, dann bekam Alex eine Nummer mitgeteilt, die sie sich sofort notierte.

»Haben Sie vielen Dank, Sir«, säuselte sie. »Sie haben mir das Leben gerettet.«

»Schon gut. Warten Sie – sind Sie sicher, dass es sich um *diesen* Bruce Baumgartner handelt?«

»Wieso?«

»Nun ja – dieser Mr Baumgartner wurde laut Sozialversicherungseintrag 1905 geboren. Er lebt in einem Seniorenheim in Waites Landing, und es sollte mich wundern, wenn er in seinem Alter noch als Hausmeister ...«

Alex hängte den Hörer einfach ein. »Wir haben ihn«, verkündete sie. »Baumgartner lebt in einem Altersheim. Deshalb hat er keinen Telefonanschluss.«

»Mann«, meinte Jan und nickte anerkennend. »Das war nicht schlecht. Das war sogar ziemlich gerissen, wenn ich das mal so sagen darf.«

»Vielen Dank«, erwiderte Alex, während sie bereits im Telefonbuch nach der Adresse des Altenheimes in Waites Landing suchte.

»Wo hast du eigentlich so gut Englisch gelernt? Du klingst wie eine waschechte Amerikanerin.«

»Jugendsünden«, gab sie zurück.

»Jugendsünden?«

»Ja. Allerdings nicht meine eigenen, sondern die meiner Mutter. Sie hatte was mit einem GI, der in Deutschland stationiert war – meinem Vater.«

»Dann bist du zur Hälfte Amerikanerin?«

»Nein.« Alex schüttelte entschieden den Kopf. »Ich bin Deutsche, klar? Mein Vater ist abgehauen, als ich vierzehn war. Von einem Tag zum anderen war er weg.«

»Na ja«, meinte Jan, »immerhin ist er lange genug geblieben, um dir seine Sprache beizubringen. Das war doch ziemlich anständig von ihm.«

»War es nicht«, widersprach Alex und riss ratschend eine Seite aus dem Telefonbuch. »Aber sehr nützlich.«

»Hast du die Adresse?«

»Allerdings.«

»Dann nichts wie hin.«

Sie gingen zurück zum Wagen und diesmal übernahm Jan das Steuer. Den Hinweisschildern folgend, gelangten sie in den Ortsteil Waites Landing. Sie brauchten nicht lange zu suchen: Das Heim war in einer Villa im Kolonialstil untergebracht, die weithin sichtbar auf einer steilen Klippe über dem Meer thronte. Es schien mehr ein Sanatorium zu sein als ein Altersheim – ein hoher Eisenzaun umgab das weitläufige Gelände, und es gab eine Pforte, an der sich Besucher anzumelden hatten.

»Sie wünschen?«, erkundigte sich der Pförtner, der einen streng gestutzten Oberlippenbart hatte und eine korrekt sitzende dunkelblaue Uniform trug. Das Sanatorium schien über beträchtliche finanzielle Mittel zu verfügen – oder vielmehr die Menschen, die darin untergebracht waren …

»Wir möchten Mr Baumgartner besuchen«, erklärte Alex und diesmal sprach sie mit unüberhörbar deutschem Akzent.

»Wer sind Sie?«

»Seine Enkeltochter aus Deutschland. Ich möchte Großvater noch einmal sehen, ehe er …«

»Ich werde nachfragen«, unterbrach sie der Pförtner. Er trat in das kleine Häuschen und griff zum Telefon. Durch das kreisrunde Fenster konnten Alex und Jan ihn einige Worte sprechen sehen und auch, wie er anschließend den

Kopf schüttelte. Dann kehrte er zurück, einen missbilligenden Ausdruck im Gesicht.

»Tut mir leid«, erklärte er mit einer Stimme, die seine Worte Lügen strafte, »Mr Baumgartner empfängt keine Besuche. Und er hat auch keine Enkelin.«

»Vielleicht hat er es ja vergessen«, versuchte Alex es noch einmal und stellte dabei ein unschuldiges Lächeln zur Schau. »Schließlich ist er nicht mehr der Jüngste und …«

»Sie sollten jetzt verschwinden, Miss«, empfahl ihr der Pförtner. »Andernfalls werde ich die Polizei rufen.«

»Schön, lassen wir den Quatsch«, sagte Alex kühl und ihr Lächeln war schlagartig verschwunden. »Mein Name ist Alexandra Lessing, und ich bin den weiten Weg aus Deutschland hergekommen, weil ich Mr Baumgartner sprechen muss. Es geht um einen Gegenstand, der ihm gestohlen wurde.«

»Tut mir leid, Miss«, wiederholte der Pförtner.

»Bitte, es ist sehr wichtig. Wenn ich nicht mit Mr Baumgartner reden kann, war meine ganze Reise vergeblich, und dann weiß ich nicht mehr weiter.«

»Tut mir leid, Miss«, sagte der Pförtner erneut und er sprach es so emotionslos wie ein Automat.

»Ich bin mir sogar sehr sicher, dass es Ihnen leidtun wird, Mister!«, versicherte Alex zornig. »Wenn Mr Baumgartner erfährt, dass man ihm sein gestohlenes Gut zurückbringen wollte und diejenige von einem übereifrigen Pförtner aufgehalten wurde, wird er bestimmt nicht sehr erfreut sein. Also, wenn Sie unbedingt Ihren Job verlieren wollen …« Sie hob in einer bedauernden Geste die Schultern, fügte dann aber hinzu: »Andernfalls gehen Sie jetzt in Ihr Häuschen, greifen noch mal zum Telefon und fragen nach, ob Mr Baumgartner eventuell Besuch von Kapitänleutnant Werner Hornung empfangen würde.«

Der Pförtner, ein Mann in den Fünfzigern, der offenbar nicht die geringste Lust verspürte, seinen Arbeitsplatz zu verlieren, starrte sie unsicher an. Als Alex seinem prüfenden Blick standhielt, wandte er sich ab und telefonierte tatsächlich noch einmal – um mit geläuterter Miene zurückzukehren. »Professor Baumgartner lässt bitten«, erklärte er hölzern und die Besucher durften passieren.

»Professor?«, fragte Jan, während er den Buick über eine schmale Zufahrt zu dem weiten Parkplatz unmittelbar vor der Villa lenkte.

»Auch für mich ist das eine Überraschung«, sagte Alex. »Na ja, vielleicht sind wir ja so was wie Kollegen.«

Sie stiegen aus und näherten sich dem hohen, von Säulen getragenen Portal. Im angrenzenden Park, der zur Seeseite hin abfiel, unternahmen Heimbewohner Spaziergänge oder saßen auf Bänken und genossen den Blick auf den Atlantik. Alex' Vermutung, dass es sich um ein Heim für Betuchte handelte, bestätigte sich – jeder der Bewohner hatte einen weiß bekittelten Begleiter, der nur für ihn da zu sein schien …

Sie hatten die gläserne Pforte noch nicht ganz erreicht, als sie von innen geöffnet wurde und eine ebenfalls in blendendes Weiß gekleidete Krankenschwester ihnen entgegentrat, eine junge Frau, die ihr langes blondes Haar hochgesteckt hatte.

»Mrs Lessing?«, fragte sie Alex.

»Ja.«

»Dann ist dies Mr Hornung, nehme ich an.« Die Schwester deutete auf Jan.

Im ersten Moment wollte Alex lachend verneinen, entschied sich dann aber anders. Wenn diese kleine Notlüge half, zu dem mysteriösen Mr Baumgartner vorzudringen …

»So ist es«, bestätigte sie deshalb rasch.

»Es freut mich wirklich sehr.« Die Schwester lächelte. »Professor Baumgartner hat Ihren Namen so oft erwähnt, aber ich hätte nicht geglaubt, Sie einmal persönlich kennenzulernen. Und offen gestanden, ich hätte Sie mir älter vorgestellt.«

»Nun ja …« Alex überspielte ihre Verlegenheit mit einem Lächeln. »Können Sie uns bitte gleich zum Professor bringen? Die Angelegenheit, in der wir ihn sprechen müssen, ist sehr dringend.«

»Gewiss«, sagte die Schwester, ließ sie eintreten und schritt ihnen voraus, einen breiten, klinisch wirkenden Gang hinab, in dem ihre Schritte widerhallten. Die Deckenbeleuchtung spiegelte sich in den blank polierten Bodenfliesen, breite Türen mündeten zu beiden Seiten in den Korridor.

»Wie wohnlich«, sagte Jan halblaut, wofür Alex ihm einen leichten Rippenstoß versetzte.

»Wissen Sie«, sagte die Schwester, der Alex und Jan durch ein Labyrinth aus Korridoren und Treppen folgten, »das ist auch für uns etwas Besonderes. In all den Jahren, in denen er nun schon bei uns ist, hat der Professor niemals Besuch erhalten – und nun schon zum zweiten Mal in so kurzer Zeit.«

»Schon zum zweiten Mal?«, wollte Alex wissen und schlagartig erwachte das Misstrauen in ihr.

»Vor einer Woche war schon mal jemand hier«, bestätigte die Schwester.

»Wer?«, fragte Alex mit ungutem Gefühl. »Etwa die Polizei?«

»Nein, die doch nicht.« Die junge Frau lachte. »Ich hatte an diesem Tag keinen Dienst, aber meine Kollegen haben mir erzählt, dass es sich um einen sehr korrekt wirkenden Gentleman gehandelt habe, den der Professor wohl von früher kannte.«

»Wissen Sie seinen Namen?«

»Nein, tut mir leid.«

»Oder wissen Sie, worüber die beiden gesprochen haben?«

»Was für eine Frage – natürlich nicht. Die Privatsphäre unserer Bewohner ist uns sehr wichtig, wissen Sie.« Die Krankenschwester senkte die Stimme. »Aber man hat mir erzählt, dass der Professor nach dem Besuch sehr verstört gewesen sei. In diesem Zusammenhang möchte ich Sie übrigens ersuchen, auf seine Gesundheit Rücksicht zu nehmen. Sein Herz ist sehr schwach seit dem letzten Schlaganfall.«

»Er hatte einen Schlaganfall?«

»Schon zwei, und der letzte hat deutliche Spuren hinterlassen. Die meiste Zeit sitzt der Professor nur in seinem Stuhl und schaut aufs Meer hinaus. Aber es gibt auch lichte Momente – mit etwas Glück erwischen Sie einen davon.«

»Ich verstehe«, sagte Alex und versicherte dann: »Keine Sorge, wir werden sehr behutsam sein und seinen Zustand berücksichtigen. Noch eine Frage – wieso nennen Sie Mr Baumgartner ›Professor‹?«

»Nun, weil er das ist, nicht wahr?«, erwiderte die Schwester lächelnd und mit einer selbstverständlichen Geste. »Der Professor hat lange Jahre an der Columbia unterrichtet. Wussten Sie das nicht?«

Vor einer der Türen blieb sie stehen und klopfte. Obwohl von drinnen keine Antwort kam, drehte sie den Knauf und trat ein. Gleichzeitig bedeutete sie Alex und Jan, noch einen Augenblick zu warten. Kurz darauf kehrte sie zurück und nickte auffordernd, und Alex und Jan durften das Zimmer betreten.

Es war ein holzgetäfelter, im neuenglischen Stil möblierter Raum, der zur Seeseite hin verglast war und so gar nichts von einem Krankenzimmer hatte. In einem hochlehnigen Ledersessel, der vor der Glasfront stand, zur glitzernden blauen See hin, saß eine zusammengesunkene Gestalt in einem karierten Hausmantel.

»Professor Baumgartner?«

Alex und Jan umrundeten den Sessel und erblickten

die bleichen Züge eines alten Mannes. Die Augen lagen tief in den Höhlen, die Wangen waren hohl und grau, das Gesicht durchzogen von Falten. Er hatte einen Kranz aus silberweißem Haar und einen grauen Vollbart, und sein Blick schien in weite Ferne gerichtet.

»Professor Baumgartner?«, fragte Alex noch einmal, doch erneut zeigte der Greis keine Reaktion.

»Professor Baumgartner«, versuchte sie es dennoch weiter, »wir haben eine lange Reise auf uns genommen, um Sie zu besuchen, Kapitänleutnant Hornung und ich ...«

Als hätte die Nennung dieses Namens einen Schalter in ihm umgelegt, kam plötzlich Leben in den eben noch so lethargischen alten Mann. Ruckartig hob er den Kopf und seine milchig trüben Augen taxierten die beiden Besucher. Ihr Blick wirkte ängstlich.

»Sie«, entfuhr es ihm, als er Jan gewahrte. »Sie sind zurückgekehrt. Sie sind wieder da ...«

Alex biss sich betroffen auf die Lippen. Der Alte schien ihren Begleiter tatsächlich für Hornung zu halten.

»Ich – ich habe es nicht gewollt«, versicherte Baumgartner mit deutlich hörbarem deutschem Akzent. »Ich ... ich habe nur meine ... meine Pflicht getan, verstehen Sie? Sie haben bekommen, was Sie wollten. Warum lassen Sie mir nicht meine Ruhe?«

In dem Moment, als sie die Angst und den gehetzten Ausdruck in Baumgartners faltigen Zügen sah, fiel es Alex wie Schuppen von den Augen: Dieser Mann, der sich Bruce Baumgartner nannte und offenbar einen akademischen Grad innehatte, war nicht etwa ein Verwandter jenes Hans Baumgartner, der vor mehr als sechzig Jahren an der letzten Fahrt von U-300 teilgenommen hatte – er war es selbst!

Sein Alter, sein deutscher Akzent, die Reaktion auf den Namen seines ehemaligen Kommandanten ... all das deutete darauf hin. Alex atmete tief durch und bemerkte, dass ihre Hände zitterten. Vor ihr saß der womöglich letzte Überlebende der Besatzung. Ein Augenzeuge, der ihr sicherlich Aufschluss darüber geben konnte, welche Fracht das U-Boot damals geladen hatte und weshalb Menschen auch Jahrzehnte später noch bereit waren, dafür zu töten.

Wie Baumgartner hierher gelangt war und weshalb er seinen Vornamen geändert hatte, wusste Alex nicht. Aber im Gesicht des Alten konnte sie lesen, dass er von den Geistern der Vergangenheit gejagt wurde. Einer Vergangenheit, die sie erforschen musste, wollte sie das Rätsel entwirren und ihre Unschuld beweisen ...

»Professor«, sagte sie so sanft sie es vermochte, »wir müssen uns unterhalten ...«

»Sie können sich auf mich verlassen«, sagte er mit kehliger Stimme. »Ich ... ich werde nichts verraten. So wie ich es geschworen habe!«

»Wie Sie es geschworen haben?«, fragte Alex.

»Als Sie das letzte Mal hier waren«, sagte er keuchend. Alex nahm an, dass Baumgartner damit jenen Besucher meinte, der ihn vor einer Woche aufgesucht hatte.

»Professor, was genau haben Sie geschworen?«, fragte sie vorsichtig.

»Dass ich nichts verraten werde ... Und das habe ich auch nicht getan!« Sein Gesichtsausdruck war der eines Schuljungen bei der Schelte. »Ich habe das verdammte Ding nicht mehr!«

»Welches verdammte Ding?«

»Was wohl? Das Buch natürlich.«

»Welches Buch?«

Der Alte kniff die Lippen zu einem schmalen Strich zusammen und starrte Alex feindselig an.

»Professor, welches Buch?«, wiederholte Alex fordernd.

»Fragen Sie *ihn*«, erwiderte Baumgartner, auf Jan deutend.

Alex begriff. Da Baumgartner glaubte, in Jan seinen alten Kaleu vor sich zu haben, konnte eigentlich nur ein Buch gemeint sein.

»Sprechen wir hier von einem Logbuch?«, fragte sie ihn trotzdem. »Dem Logbuch von U-300?«

»Er hat es«, beharrte der Alte. Erneut hob er den Arm und zeigte auf Jan, was ihm infolge des Schlaganfalls offenbar einige Schwierigkeiten bereitete.

»Professor Baumgartner, wurde Ihnen das Buch gestohlen?«, fragte Alex leise. »Haben Sie deshalb Anzeige erstattet?«

»Tun Sie nicht so«, flüsterte er und bedachte sie mit einem Blick, der sie erschaudern ließ. »Sie wissen es ganz genau. Ich weiß, warum Sie hier sind. Sie wollen mich auf die Probe stellen. Wollen sehen, ob der alte Baumgartner noch dichthält.« Er kicherte leise.

Alex, die sich ein wenig zu ihm vorgebeugt hatte, straffte sich wieder. Hans Baumgartner, einst ein brillanter Ingenieur, war nur noch ein Schatten seiner selbst …

»Professor, ich versichere Ihnen, dass wir Sie nicht auf die Probe stellen wollen.«

»Lüge, alles Lüge!«, rief er auf einmal und fuchtelte wild mit den Armen herum. »Gehen Sie!«

»Das kann ich nicht. Erst brauche ich Antworten.«

»Das kann ich mir denken!« Er ließ die Arme wieder sinken und erneut kicherte er. »Aber ich … ich werde sie Ihnen nicht geben. Ich habe es geschworen.«

»Wem haben Sie es geschworen?«

Erneut starrte er sie an, diesmal wieder unverhohlen feindselig. »Ich habe keine Lust auf deine Spielchen, elende kleine Schlampe!«, zischte er – nicht auf Englisch, sondern auf Deutsch. Es hörte sich etwas seltsam an, da er sich seiner Muttersprache offenbar lange nicht mehr bedient hatte, trotzdem war es gut verständlich.

»Herr Professor«, sagte Alex deshalb ebenfalls auf

Deutsch, »wäre es Ihnen lieber, wenn wir die Unterhaltung auf diese Weise fortsetzen?«

»Sie – Sie sind auch Deutsche?«

»Allerdings.«

»Das ... das ist gut.« Er schien sich ein wenig zu beruhigen. »Ich ... äh, ich vermisse die Heimat, wissen Sie. Bin lange nicht dort gewesen.«

»Wie lange?«, fragte Alex.

»Sehr lange. Vielleicht zu lange. Ja, viel zu lange. Man wollte mich dort nicht mehr, wissen Sie.« Alex hörte eine tiefe Traurigkeit in seiner Stimme und sah, dass seine Augen feucht wurden.

Baumgartner wusste etwas, das stand außer Frage, aber er fürchtete sich davor, es preiszugeben. Wenn Alex etwas aus ihm herausbekommen wollte, würde sie sein Vertrauen gewinnen müssen ...

»Wenn sie Ihnen so viel bedeutet, warum haben Sie die Heimat dann verlassen?«, fragte sie sanft und offenbar einfühlsam.

»Weil ... dort alles verloren ist.«

»Was bedeutet das?«

»Die Heimat hat sich ... *verändert*. Alles hat sich verändert – und dabei waren wir so kurz davor.«

»So kurz vor was?«

In seinen Augen blitzte es auf einmal angriffslustig auf. »Den Krieg zu gewinnen natürlich!«, krächzte er. »Wir waren kurz davor, den Krieg zu gewinnen!«

»Was bringt Sie darauf?«

»Was mich darauf bringt?« Wieder ein irres Kichern. »Ich muss es wissen, Schätzchen, denn ich war ja dabei. Ich habe es mit eigenen Augen gesehen.«

»Was gesehen?«

»Die Zukunft«, flüsterte er mit einem Blick, der Alex kalte Schauer über den Rücken jagte. »Und vielleicht auch die Vergangenheit.«

»Was genau heißt das, Professor?«

»Das wissen Sie nicht?«

»Nein.« Alex warf Jan einen hilflosen Blick zu. »Wir haben keine Ahnung, was Sie meinen.«

»Ich … ich verstehe.« Wieder ein Kichern, und dann verfiel er wieder ins Englische, das ihm, trotz des starken Akzents, mit dem er sprach, weniger Schwierigkeiten zu bereiten schien als seine Muttersprache. »Ziemlich geschickt, wirklich. Aber wenn ihr mich überlisten wollt, müsst ihr schon etwas früher aufstehen, ihr – *Bastarde!*«

»Über-überlisten? So etwas liegt uns fern, Professor. Alles, was wir wollen, sind ein paar Antworten. Was hatte U-300 geladen und welchem Zweck diente es? Was ist geschehen, nachdem sich die Besatzung den Amerikanern ergeben hatte?«

»Sie wissen, was damals passiert ist?« Seine Augen verengten sich zu schmalen Schlitzen. »Natürlich wissen Sie es! Sie haben das Buch gelesen, nicht wahr? Damit haben Sie sich verraten. Sie gehören zu *ihnen*. Sie arbeiten für *sie*.«

»Für wen?«, fragte Alex völlig verwirrt. »Wovon sprechen Sie?«

»Sie wissen verdammt gut, wovon ich spreche. Sie sind überall und sie beobachten uns.«

»Wer denn?«

»Die Menschheit ist verloren, sie weiß es nur noch nicht«, fuhr der Professor mit düsterer Stimme fort und Alex erschauderte erneut. Am liebsten wäre sie sofort gegangen und hätte in Baumgartner das gesehen, was er aller Wahrscheinlichkeit nach auch war, nämlich ein verrückter alter Greis, der seine Zeit weit überlebt und dies nicht verkraftet hatte. Aber da war etwas im Verhalten des Alten, in seiner Art zu sprechen und sie anzuschauen …

»Was bedeutet das alles?«, versuchte sie es noch mal, jedes einzelne Wort betonend, während Jan bereits ungeduldig mit den Augen rollte.

»Sie haben keine Ahnung«, sagte Baumgartner. »Ja, Sie wissen tatsächlich nicht, wovon ich spreche.«

»Nein«, gab Alex zu und konnte sich eine bissige Nachfrage nicht verkneifen. »Wissen Sie es denn?«

»Gyges weiß es«, entgegnete der Alte und wieder kicherte er.

»Gyges? Wer soll das sein?«

»Lesen Sie die Klassiker – dort finden Sie die Antwort. Und denken Sie daran, dass sie überall sind. Überall, hören Sie? Es hat keinen Zweck, ihnen entkommen zu wollen.«

»Wer, verdammt noch mal? Von wem sprechen Sie?«

»I-ich ...« Baumgartner schien etwas erwidern zu wollen, aber er brachte es nicht über die Lippen. Seine Züge verkanteten plötzlich, sein Gesicht verfärbte sich blau, seine Augen quollen weit aus den Höhlen hervor.

»Verdammt!«, stieß Jan hervor. »Was stimmt nicht mit ihm?«

»Professor, ich muss wissen, von wem hier die Rede ist!«, rief Alex, ungeachtet ihres Versprechens, den Alten zu schonen. »Sagen Sie es mir! Es geht um Leben und Tod!«

Und Baumgartner antwortete ihr, allerdings weder auf Englisch noch auf Deutsch, und er sprach so leise, dass er kaum zu verstehen war: *»Pauci sunt illi, qui non possunt videri. Sed timeo iram invisibilium ...«*

»Was faselt er da?«, wollte Jan wissen.

»D-das ist Latein«, sagte Alex verblüfft.

»Fragen Sie Namir«, fügte Baumgartner flüsternd hinzu und sein Blick schien dabei durch die beiden Besucher hindurchzugehen. »Namir kennt die Antwort.«

»Namir?«, fragte Alex. »Und was ist mit Gyges? Professor, was hat das zu bedeuten?«

Sie erhielt keine Antwort mehr – Baumgartner war erneut in jenen Zustand der Lethargie verfallen, in dem sie beide ihn zu Beginn ihres Besuches angetroffen hatten. Reglos saß er in seinem Sessel und starrte hinaus auf die See. Eine leichte Brise strich über die Wellen, die weiße Schaumkronen trugen, während sie träge landwärts rollten.

»Professor!«, rief Alex, als könnte sie ihn so aus seinem Dämmerzustand reißen, aber der Alte reagierte nicht mehr. »Professor Baumgartner«, versuchte sie es noch einmal, und als auch das nichts half, packte sie ihn an den knochigen Schultern und rüttelte ihn. Doch auch das holte den alten Mann nicht mehr zurück in die Wirklichkeit.

Dafür erschien auf einmal die Schwester, die draußen auf dem Gang gewartet hatte. Aufgebracht stürmte sie ins Zimmer.

»Was fällt Ihnen ein?«, fuhr sie die Besucher an. »Hatte ich Sie nicht gebeten, den Professor zu schonen?«

»Er weiß etwas!«, stieß Alex hervor, während Jan sie von dem Alten wegzog. »Er muss es uns sagen!«

»Er muss überhaupt nichts!«, widersprach die Schwester energisch und stellte sich schützend zwischen ihren Patienten und die Besucher. »Sie allerdings müssen jetzt gehen, andernfalls werde ich den Sicherheitsdienst verständigen!«

»Den Sicherheitsdienst?« Alex lachte ergrimmt. »Alles, was ich will, sind ein paar Antworten.«

»Gehen Sie!«, forderte die Schwester mit einer Miene, die keinerlei Widerspruch zuließ, worauf der junge Tscheche Alex am Arm packte und sie sanft, aber bestimmt nach draußen bugsierte.

»Komm!«, raunte er ihr auf Deutsch zu. »Es ist besser, wenn wir verschwinden.«

Alex wehrte sich gegen seinen Griff, wollte nicht gehen, ohne erfahren zu haben, was Baumgartner wusste. Was hatten sie bislang denn schon zu hören bekommen? Nur das Gefasel eines tattrigen Greises. Waren sie dafür aus der Polizeihaft geflohen? Hatten sie dafür die weite Reise auf sich genommen?

Alex bebte innerlich vor Enttäuschung und Frustration, aber sie sah ein, dass Jan recht hatte. Wenn die Schwester den Sicherheitsdienst rief und möglicherweise auch noch die Polizei verständigte, steckten sie in den größten Schwierigkeiten. Sie würden also versuchen müssen, aus dem Wenigen, das sie erfahren hatten, ein wenig schlau zu werden – wenn dies überhaupt möglich war …

Durch das Labyrinth aus Treppen und Korridoren führte die Schwester sie wieder nach draußen und verabschiedete sie mit unterkühltem Blick.

»Und?«, fragte Jan auf dem Weg zurück zum Wagen. »Was willst du jetzt tun?«

»Weitermachen«, sagte Alex trotzig. »Was sonst?«

»Und wie gehen wir vor?«

»Baumgartner weiß etwas, das steht außer Frage«, erklärte Alex. »Aber entweder kann er es uns nicht verraten oder er will es nicht.«

»Weißt du, was ich denke?«

»Was?«

»Meiner Ansicht nach hat der alte Knacker nur Mist gefaselt.« Jan zuckte mit den Schultern. »Nun, er ist ja auch nicht mehr der Jüngste und er hat schon zwei Schlaganfälle hinter sich, nicht wahr?«

»Das stimmt. Trotzdem haben wir das eine oder andere erfahren.«

»Ach ja?«

»Ja. Nehmen wir nur das Logbuch.«

»Was ist damit?«

»Es scheint sich bis vor kurzem tatsächlich noch in seinem Besitz befunden zu haben. Allerdings glaube ich nicht, dass er es war, der Anzeige wegen des angeblichen Diebstahls erstattet hat. Er schien ja sogar irgendwie froh zu sein, es endlich los zu sein.«

»Ja«, stimmte Jan zu, »und das solltest du auch sein.«

»Wie meinst du das?«

Sie hatten den Wagen erreicht, und Jan blieb stehen, um Alex eindringlich anzuschauen. »Hör mal, Lessing, du weißt, dass ich dich gut leiden kann und dir gerne helfe. Aber allmählich frage ich mich, ob die ganze Sache nicht vielleicht ein bisschen zu gefährlich ist.«

»Ein *bisschen* zu gefährlich?«

»Dieses Gerede von irgendwelchen Typen, die überall sind und uns beobachten, hat mir eine Scheißangst gemacht«, gestand der junge Tscheche ein. »Und dieses lateinische Gestammel – ich weiß nicht mal, was das bedeutet, aber …«

»Er sagte ›Pauci sunt illi, qui non possunt videri. Sed timeo iram invisibilium‹«, wiederholte Alex die Worte des Alten.

»Und was heißt das?«

»Es bedeutet: ›Nur wenige gibt es, die nicht gesehen werden können, aber ich fürchte den Zorn der Unsichtbaren‹«, übersetzte Alex.

»Ha! Das Geschwafel eines Verrückten!«

»Ich bin mir da nicht so sicher, Jan«, widersprach Alex. »Kann sein, dass es eine Art Botschaft für uns war, die wir entschlüsseln müssen.«

»Entschlüsseln? Eine Botschaft?«, stieß er hervor, während sie in den Wagen stieg. Er öffnete die Tür auf der Fahrerseite und klemmte sich hinters Steuer. »Wie meinst du das denn jetzt wieder?« Er steckte den Schlüssel ins Zündschloss und ließ den Motor an.

Mahnend hob sie den Zeigefinger. »Vergiss nicht, ich bin Wissenschaftlerin.«

»Nun gut, aber wenn du hier wissenschaftliche Forschung betreiben willst«, sagte er mit beißendem Sarkasmus, »wo willst du dann ansetzen?«

»Wir haben gewisse Ansatzpunkte.«

»Ach ja?«

»Wir haben diesen lateinischen Satz. Möglicherweise

ist er ein Zitat, und ich werde herausfinden, von wo es stammt. Außerdem nannte er den Namen ›Gyges‹. Und er sprach von einem Mann namens ›Namir‹.«

»Nicht sehr aussagekräftig«, meinte Jan. »Oder?«

»Aber immerhin etwas. Mein Gefühl sagt mir, dass Baumgartner noch viel mehr weiß. Wenn es mir gelingt, ein paar Fakten zutage zu fördern, kann ich ihn damit konfrontieren und ihn auf diese Weise vielleicht dazu bringen, uns noch mehr zu verraten.«

»Und wie willst du es schaffen, an diese Fakten zu gelangen?«

»Ich bin Mitglied des IRC.«

»Was ist das?«

»IRC ist die Abkürzung für International Research Circle, ein Zusammenschluss von Universitäten auf der ganzen Welt, der Studierenden und dem Lehrpersonal uneingeschränkten Zugang zu Bibliotheken und Archiven gewährt.«

»Und?«

»Erinnerst du dich, was die Schwester gesagt hat? Dass Baumgartner lange Jahre an der Columbia University unterrichtet habe?«

Jan zuckte mit den Schultern. »Muss mir wohl entgangen sein …«

»Meine Mitgliedschaft beim IRC gewährt mir Zugang zur Bibliothek und den Archiven der Columbia«, erklärte Alex. »Wenn Baumgartner dort geforscht und unterrichtet hat, ist anzunehmen, dass er dort auch die eine oder andere Spur hinterlassen hat – in wissenschaftlicher Hinsicht, meine ich. Dort werde ich vielleicht etwas über die Namen Gyges und Namir finden.«

Jan legte den Rückwärtsgang ein und setzte den Wagen aus der Parkbucht. »Aber du vergisst, dass Dr. Alexandra Lessing polizeilich gesucht wird.«

»In Deutschland, nicht in den Staaten.«

»Das wissen wir nicht«, mahnte Jan. »Das Buch, um das sich alles dreht, wurde angeblich in den USA entwendet. Es ist gut möglich, dass die deutsche Polizei ihre US-amerikanischen Kollegen informiert hat, für den Fall, dass wir hier aufkreuzen.«

Alex verzog das Gesicht, meinte aber: »Das Risiko müssen wir eingehen.«

»Nun gut«, meinte Jan. »Also wohin?«

»Zur Columbia University.«

»Und wo befindet sich diese Universität?«, fragte Jan, der den Wagen zurück auf die Straße gelenkt hatte.

»In der Stadt, die angeblich niemals schläft«, sagte Alex mit einem spitzbübischen Grinsen, das zeigte, dass ihre Wut inzwischen verflogen und die Wissenschaftlerin in ihr erwacht war. »In New York City …«

12.

Jedes Kind gelangt früher oder später zu der bitteren Erkenntnis, dass seine Welt nicht perfekt ist.

Bis zu diesem Zeitpunkt scheint alles vollkommen zu sein. Man befindet sich in Einklang mit der Umgebung, in die hinein man geboren wurde, empfindet weder Furcht noch Bedrohung. Aber so sicher wie die Nacht auf den Tag, folgt diesem Zustand der Harmonie auch die Erkenntnis des Menschen, dass er im Grunde ohnmächtig ist und fremden Kräften ausgeliefert, die sein Leben kontrollieren und bestimmen.

Ich erinnere mich genau an jenen Tag, der mich an meiner Welt zweifeln ließ – jenen Tag, an dem Frank Gallagher verschwand.

Natürlich war Frankie nicht sein wirklicher Name. Keiner von uns hatte einen Vornamen; nach Ansicht unserer Lehrer brauchten wir sie nicht. Unsere Nachnamen mussten genügen, um uns voneinander zu unterscheiden, und persönliche Kontakte unter den Schülern waren ohnehin nicht erwünscht. Frankie und ich lehnten uns gegen diese Regel auf, indem wir uns gegenseitig Namen ausdachten, bei denen wir uns riefen.

Wir waren Freunde, soweit Angehörige unserer Art so etwas haben können. Wir wohnten Wand an Wand, gingen gemeinsam zum Unterricht und teilten manche Erfahrung.

Bis ich eines Nachts Schritte auf dem Gang hörte.

Ich erwachte, schlich zur Tür meiner Kammer und konnte gedämpfte Stimmen hören, die sich unterhielten. Dann vernahm ich, wie die Tür zum Nebenzimmer geöffnet wurde, und für einen kurzen Moment glaubte ich, Frankie schreien zu hören. Ich wollte hinaus auf den Gang, um zu sehen, was dort vor sich ging, wollte meinem Freund zu Hilfe eilen. Dann aber musste ich feststellen, dass meine Tür verschlossen war – und das, obwohl uns ohnehin jeden Abend eingeschärft wurde, unsere Kammern nachts nicht zu verlassen.

Wieso verbot man uns etwas, das wir sowieso nicht tun konnten? Und was widerfuhr Frankie?

Die Stimmen verstummten, und ich hörte, wie sich die Schritte wieder entfernten. Am nächsten Morgen war Frankie verschwunden.

Als ich nach ihm fragte, erklärte man mir, er wäre gegangen, und als ich von den Geräuschen berichtete, die ich in der Nacht gehört hatte, sagte man, Frankies Leistungen wären zu schlecht gewesen und sein Schicksal sollte mir ein Ansporn sein.

Damals war ich acht Jahre alt, genau wie Frankie, und ich schwor mir, zu lernen, um am Leben zu bleiben und nicht plötzlich spurlos zu verschwinden wie mein Freund.

Ich habe ihn nie wiedergesehen …

Butler Library, Columbia University
Morningside Heights, New York City
Drei Tage später

Mit den gefälschten Ausweisen und unter dem Namen des tschechischen Paares, als das sie sich tarnten, hatten Alex und Jan in Greenwich Village in einer Absteige an der Bleecker Street eingecheckt, die die Bezeichnung »Hotel« nicht verdiente, dafür jedoch billig war und unauffällig.

Ihre IRC-Mitgliedschaft nutzend, recherchierte Alex zunächst einen Tag lang in der Public Library, doch weder gelang es ihr, etwas über eine Person namens Namir herauszufinden, noch den Quellennachweis für das offenbar lateinische Zitat zu erbringen, das Baumgartner gebraucht hatte. Nur hinsichtlich des Namens »Gyges« erzielte Alex einen gewissen Erfolg.

Natürlich war ihr der Name aus der griechischen Sage vertraut, aber da Alte Geschichte nicht ihr Fachgebiet war, hielten sich ihre Kenntnisse in gewissen Grenzen. Doch sie fand heraus, dass Gyges laut Plato der Ahnherr der Lydier war. Durch Zufall gelangte er in den Besitz eines Ringes, der seinen Träger unsichtbar machte. Gyges nutzte ihn, um den König des Landes zu töten und sich selbst an die Macht zu bringen. In seiner Abhandlung über das Wesen des Staates machte Plato die Sage zum Gegenstand eines Exkurses über menschliche Moral – aber war es das, was Baumgartner gemeint hatte? Oder war es ein ganz anderer Gyges, von dem der alte Mann gesprochen hatte?

Am nächsten Tag setzte Alex ihre Studien in der für ihre Zwecke besser bestückten Historischen Abteilung der Columbia University fort. Den ganzen Vormittag über durchstöberte sie Datenbänke und Mikrofilmarchive, recherchierte auch im Internet und legte eine Liste von Büchern an, die sie sich in den Lesesaal kommen ließ, dazu stapelweise Kopien von Zeitungs- und Zeitschriftenartikeln. Sie bediente sich der »Schneeballmethode«: Man begann mit einem kleinen Hinweis und erschloss sich dann anhand der Literaturverweise in den Büchern immer mehr Wissensquellen. Und zumindest was »Gyges« betraf, gewann Alex einige Erkenntnisse – Erkenntnisse, die ihr kalte Schauer über den Rücken jagten.

Am frühen Abend traf sie sich mit Jan auf dem Campus, um ihn über die Ergebnisse ihrer Nachforschungen in Kenntnis zu setzen. Auf einer Bank im Central Quadrangle sitzend, dem von altehrwürdigen Gebäuden umgebenen Park der Universität, erstattete sie dem Tschechen Bericht. Die ausgeglichene Ruhe, die in dem Gelände herrschte, stand in krassem Gegensatz zu dem Aufruhr, der in ihr tobte.

»Und?«, fragte Jan ganz unbedarft. »Sind Sie fündig geworden, Frau Professor?«

»Nenn mich nicht so!«, entgegnete sie und blickte sich argwöhnisch um. »Und sprich gefälligst leiser. Es braucht nicht jeder zu wissen, dass wir keine Amerikaner sind.«

»Nanu?« Er hob die Brauen und rückte die Baseballkappe zurecht, die er trug. »Du klingst ziemlich besorgt und ...«

»Dazu habe ich auch allen Grund«, unterbrach ihn Alex düster.

»Wieso? Was hast du herausgefunden?«

Alex antwortete nicht sofort, sondern schaute sich noch einmal verstohlen nach allen Seiten um. »Erinnerst du dich an das, was ich dir gestern über Gyges erzählt habe?«, fragte sie dann.

»Natürlich – das war der Typ mit dem Ring, der unsichtbar macht.«

»Vergiss das. ›Gyges‹ war auch der Name eines streng geheimen Forschungsprojekts, das im Herbst 1945 begonnen wurde, kurz nach Ende des Krieges.«

»Eines Forschungsprojekts? Wofür?«

Ein schwaches Lächeln glitt über ihre Züge. »Das wirst du mir nicht glauben.«

»Versuch's einfach.«

»Okay, aber dazu muss ich ein wenig ausholen. Vielleicht hast du schon mal davon gehört, dass US-Geheimdienst und Pentagon nach dem Ende des Zweiten Weltkriegs ganz versessen darauf waren, Forschungsergebnisse aus den Kriegslabors der Nazis in die Finger zu kriegen. Nicht nur tonnenweise Unterlagen, sondern auch ganze

Laboreinrichtungen wurden damals beschlagnahmt, und führenden Wissenschaftlern, die eben noch für das Dritte Reich gearbeitet hatten, bot man Amnestie an, wenn sie dafür ihre Fähigkeiten in den Dienst der so genannten freien Welt stellten.«

»Ist das dein Ernst?«

»Es ist eine allgemein bekannte Tatsache, dass die Kernforschung oder auch das amerikanische Raumfahrtprogramm in den Fünfziger- und Sechzigerjahren nur deshalb derart rasche Fortschritte machten, weil in großem Umfang auf Wissenschaftler zurückgegriffen wurde, die zuvor für die Nazis gearbeitet hatten. Ich habe allerdings stets die These vertreten, dass die Verbindungen noch ungleich weiter gingen, und Projekt Gyges scheint dies zu bestätigen.«

»Inwiefern?«

»Du musst wissen, dass in jenen Tagen mit Feuereifer an neuen Waffen gearbeitet wurde. Zwei Weltkriege hatten die bis dahin bestehende Ordnung außer Kraft gesetzt. Die alten Reiche und ihre Kolonien gab es nicht mehr, doch mit den USA und der Sowjetunion traten zwei ungeheuer starke und gegensätzliche Weltmächte auf den Plan. Es bildeten sich zwei Blöcke, der Ostblock und die freie westliche Welt, die einander unversöhnlich gegenüberstanden.«

»Der Kalte Krieg ...« Jan wirkte ein wenig gelangweilt. »Nett, dass Sie einem tschechischen Fernfahrer mit mittlerem Schulabschluss ein wenig Geschichte beibringen wollen, Frau Professor.«

»Verzeih.« Sie lächelte ihn entschuldigend an, fuhr dann aber hastig fort: »Ich wollte nur deutlich machen, dass die späten vierziger und frühen fünfziger Jahre eine Zeit tiefgreifender Umwälzungen und entsprechender Verunsicherung waren. Im Bestreben, sich vor der Bedrohung im Osten zu behaupten, setzten der US-Geheimdienst und das nordamerikanische Verteidigungsministerium auf eine ganze Reihe heute geradezu verrückt anmutender Ideen.«

»Zum Beispiel Atome zu spalten«, feixte Jan.

»Oder bemannte Raketen ins All zu schießen«, sagte Alex. »Es gab aber auch allen Ernstes den Versuch, übersinnlich begabte Menschen zu rekrutieren, die mittels Gedankenreise feindliche Einrichtungen ausspionieren sollten.«

»Wirklich?«

»Allerdings.« Alex nickte heftig. »Und es gab das Projekt Gyges.«

»Worum ging es dabei?« Jan grinste. »Mörderkaninchen abzurichten und nach Moskau zu schicken?«

»Nein.« Alex verzog keine Miene. »Es ging darum, Soldaten und militärisches Gerät mittels Bestrahlung aus dem sichtbaren optischen Spektrum herauszunehmen.«

»Sie aus dem sichtbaren Spektrum herauszunehmen?« Jan runzelte die Stirn. »Was soll das denn heißen?«

»Sie unsichtbar zu machen«, drückte Alex es weniger wissenschaftlich aus.

»Sie *unsichtbar* zu machen?«, wiederholte Jan wenig geistreich und seine Gesichtszüge wurden um ein paar Nuancen blasser. »Das … das ist ein Scherz, oder?«

»Ich fürchte nicht. Hast du jemals etwas von dem legendären ›Philadelphia-Experiment‹ gehört?«

»Gehört ja, aber ich könnte nicht genau sagen, worum …«

»Im Jahr 1943«, erklärte Alex, »führten amerikanische Wissenschaftler einige Experimente durch, in deren Zuge der Zerstörer U.S.S. Eldridge spurlos verschwand und erst einige Zeit später wieder auftauchte. Es gibt wilde Spekulationen darüber, was für eine Art Experiment das war – die einen behaupten, man habe versucht, das Schiff an einen anderen Ort zu teleportieren, andere sagen, es wäre der Versuch einer Zeitreise gewesen. Meine Theorie jedoch ist, dass das Experiment in Verbindung stand mit Projekt Gyges und man versucht hat, das Schiff und seine Besatzung *unsichtbar* zu machen.«

»Was wohl auch gelungen ist«, brachte Jan atemlos hervor.

»Offenbar«, stimmte Alex zu, »allerdings mit katastrophalen Folgen für die Besatzung. Einige Mannschaftsmitglieder verloren bei dem Versuch das Leben, andere den Verstand. Wieder andere waren spurlos verschwunden und wurden nicht mehr gesehen.«

»Was soll das heißen? Wo sind sie geblieben?«

»Darüber gibt es keine Informationen.« Alex lachte emotionslos. »Ohnehin stammt das, was ich dir soeben erzählt habe, nicht gerade aus seriösen Quellen. Für das Projekt Gyges fand ich immerhin einige halbwegs verlässliche Belege, alles andere habe ich mir aus dubiosen Zeitungsartikeln und noch dubioseren Zeitschriftenbeiträgen zusammenreimen müssen, von den einschlägigen Internetseiten fanatischer Verschwörungstheoretiker ganz zu schweigen.«

»Dubios?« Jan hob die Brauen.

»Boulevardblätter, populärwissenschaftliche Magazine, die Internetseiten von Leuten, die du und ich gestern noch als Spinner abgetan hätten …«

»Und denen glaubst du?«

»Offen gestanden, weiß ich nicht mehr, was ich glauben soll und was nicht«, gab Alex zu. »Aber drei Dinge haben mich nachdenklich gemacht.«

»Nämlich?«

»Erstens: All diese Quellen, so zweifelhaft sie auch sein mögen, weisen erstaunliche Übereinstimmungen auf.«

»Was auch daran liegen könnte, dass sie alle voneinander abgeschrieben haben«, gab Jan zu bedenken.

»Zugegeben«, räumte Alex ein. »Allerdings ist da noch der zweite Punkt: In einem Internet-Artikel habe ich einen

Bericht darüber gelesen, dass die Nazis ebenfalls Unsichtbarkeits-Experimente durchgeführt hätten – und dass man die Unterlagen darüber kurz vor Kriegsende heimlich auf ein U-Boot verladen habe, um sie den japanischen Verbündeten zu übergeben. Diese Unterlagen sollten nicht in die Hände des Feindes fallen. In Japan wären sie vor den Alliierten und den Sowjets sicher gewesen. Verstehst du, was ich meine? Das könnte die geheimnisvolle Fracht gewesen sein, die U-300 auf seiner letzten Fahrt geladen hatte.«

»Und drittens?«

»Wurden in einem der Artikel – einem hochspekulativen Beitrag über das Philadelphia-Experiment und seine Folgen – die Namen einiger Wissenschaftler genannt, die nach dem Krieg für das Projekt Gyges tätig gewesen sein sollen. Darunter fand sich ein gewisser Dr. Bruce Baumgartner.«

»Ernsthaft?« Jans Grinsen war auf einmal wie weggewischt.

Alex nickte. »In den 60er Jahren wurde Baumgartner Gastdozent an der Naturwissenschaftlichen Fakultät der Columbia. Ich kann dir noch nicht sagen, wie das alles genau zusammenhängt und was hinter dieser Sache steckt. Aber die Teile des Puzzles fügen sich allmählich zusammen, und ich habe den Eindruck, dass wir einer ziemlich großen Sache auf der Spur sind. Aber wir brauchen noch mehr Informationen, etwas, womit ich Baumgartner unter Druck setzen kann. Ich muss wissen, was es mit diesem geheimnisvollen Mr Namir auf sich hat, den er erwähnte. Möglicherweise ist Namir damals ebenfalls dabei gewesen, denn der Professor sagte, dass er die Antworten kennt.«

»Unwahrscheinlich«, meinte Jan. »Doch wenn Namir ebenfalls dabei gewesen ist, dürfte er inzwischen gestorben sein. Oder er ist in Baumgartners Alter und kann sich an nichts mehr erinnern.«

»Das Risiko müssen wir wohl eingehen, denn eine Alternative haben wir nicht. Alles, was ich bislang gesammelt habe, ist reine Spekulation, solange wir niemanden finden, der es bezeugen und uns weitere Informationen geben kann.«

»Verstehe.« Jan nickte. »Was wirst du also tun?«

»Ich werde zurückkehren in die Bibliothek und meine Recherchen fortsetzen. »Es muss mir gelingen, mehr herauszufinden, und wenn es die ganze Nacht dauert.«

»Schön«, erwiderte Jan, »aber ich bin dabei.«

»Nicht nötig«, wehrte Alex ab. »Ich bin diese Art von Arbeit gewohnt. Wahrscheinlich wärst du mir mehr hinderlich als nützlich.«

»Keine Sorge, Lessing, ich werde dir nicht im Weg sein. Aber wenn diese Sache wirklich so groß ist, wie du sagst, lasse ich dich nicht mehr aus den Augen.«

Sie musste lächeln. »Machst du dir Sorgen um mich?«

»Um *uns*«, verbesserte er. »Wir sollten von jetzt an immer zusammenbleiben. Diese Kerle, wer immer sie sind, haben bereits gezeigt, dass sie keinen Spaß verstehen – und wenn wirklich wahr ist, was du herausgefunden hast …«

»Im Augenblick ist es nur eine Theorie.«

»Allerdings eine ziemlich gefährliche. Wenn es wirklich um irgendwelche Geheimwaffen geht …«

»Geheimwaffen aus dem Zweiten Weltkrieg, wohlgemerkt«, gab Alex zu bedenken. »Das alles ist ziemlich lange her.«

»So lange nun auch wieder nicht, denn noch immer gibt es Menschen, die dafür töten«, wandte Jan ein und dem konnte Alex nicht widersprechen. »Lass mich dich begleiten«, bat er. »Ich verspreche, mich im Hintergrund zu halten.«

Alex schaute ihn prüfend an. Einerseits beruhigte sie der Gedanke, einen Freund bei sich zu haben, andererseits wäre sie bei ihren Recherchen lieber allein gewesen.

An Projekten, die für ihre Karriere wichtig gewesen waren, hatte sie immer allein gearbeitet und dabei stets auch brauchbare Ergebnisse erzielt …

Aber bei dieser Sache ging es nicht um ihre Karriere, sondern um ihr Leben!

»Okay, ich bin einverstanden«, sagte sie und ihre Blicke trafen sich. Für einen winzigen, ungreifbaren Moment war da mehr als pure Notwendigkeit, die zwei fremde Menschen in einer Notlage zusammengeschweißt hatte. Oder irrte sich Alex? Waren die Verunsicherung und die leise Furcht, die sie empfand, so groß, dass sie nicht nur einen Freund, sondern einen Partner herbeisehnte?

Sie verdrängte den unsinnigen Gedanken, stand von der Parkbank auf und ging zurück zur Bibliothek, im Schlepptau Jan, der ihr wie ein Schatten folgte. Da er weder Mitglied des Internationalen Forschungskreises noch eingeschriebener Student der Columbia war, würde sich Alex etwas einfallen lassen müssen, wie sie ihn an den strengen Augen der Bibliotheksaufsicht vorbeibekam. Sie überlegte noch, als sie den imposanten Bau mit der von hohen Säulen getragenen Fassade bereits betraten.

Auf einmal wurde Alex von einem der Bibliotheksbediensteten angesprochen – einem jungen Mann mit Nickelbrille, spitzer Nase und gravitätisch blickender Miene.

»Dr. Lessing?«

»Ja?«

»Es geht um einige der Bücher, die Sie im Archiv bestellt haben.« Er hielt Alex' Anforderungsformulare hoch, die sämtlich mit roten Stempeln versehen und zurückgeschickt worden waren.

»Was ist damit?«

»Diese Bücher sind – wie soll ich es sagen? – von etwas *zweifelhafter Natur* betreffs ihrer Seriosität.«

»Das ist mir klar«, antwortete Alex. »Es geht mir um einen Vergleich der seriösen und der Populärwissenschaft.

Wahrheitsfindung in der Geschichtsschreibung ist Gegenstand meines aktuellen Forschungsprojektes.«

»Interessant«, behauptete der Bebrillte ungerührt. »Ich muss Ihnen allerdings mitteilen, dass sich diese Bücher nicht in unserem Archiv befinden.«

»Nun – in diesem Fall würde ich es sehr begrüßen, wenn Sie den Suchdienst bemühen würden, um die Bücher in einer anderen Bibliothek für mich zu bestellen.«

»Auch das wird sich kaum machen lassen.«

»Ach nein? Und warum nicht, wenn ich fragen darf?«

»Dr. Lessing, ich habe mir erlaubt Ihre Mitgliedsnummer beim IRC zu überprüfen. Vor wenigen Minuten ist ein Fax aus Deutschland eingegangen, in dem es heißt, dass Ihre Mitgliedschaft beendet sei. Außerdem sei ein Verfahren gegen Sie in die Wege geleitet worden.«

»Ein Verfahren?« Alex verstand nicht recht. »Zeigen Sie mir dieses Fax.«

»Bitte sehr.« Der Bibliotheksmitarbeiter händigte ihr das Papier aus. »Und bitte machen Sie sich nicht die Mühe, es zu zerreißen – ich habe bereits mehrere Kopien angefertigt und an alle maßgeblichen Gremien geschickt.«

Alex konnte kaum glauben, was sie da hörte. Mit zitternden Händen hielt sie das Blatt und las, was dort in bestem Oxfordenglisch geschrieben stand. Von Unregelmäßigkeiten im Forschungsablauf war die Rede, von einer Doktorarbeit, die angeblich über weite Teile abgeschrieben worden wäre, von einer einstmals vielversprechenden Assistentin, von der sich der Lehrstuhl jedoch getrennt hätte, und schließlich von einem Forschungsauftrag, der erloschen wäre …

Alex spürte, wie ihr das Blut ins Gesicht schoss und Tränen ihre Augen füllten.

Ihr Rechtsempfinden und ihr Stolz sträubten sich dagegen, das einfach widerspruchslos hinzunehmen. Man hatte sie in einem Atemzug beschuldigt und abgeurteilt, ohne ihr die Chance zu geben, sich zu verteidigen. Sie wollte … sie *konnte* das nicht einfach auf sich sitzen lassen.

»Das ist nicht wahr!«, beschwerte sie sich, was den Bibliotheksbediensteten nur zu einem weiteren müden Blick veranlasste. »Nicht ein Wort davon!«

»Sehen Sie, Dr. Lessing, das alles sollten Sie mit Ihrer Fakultät und der Justiz in Ihrem Land klären. Meine Aufgabe besteht lediglich darin, sicherzustellen, dass kein Unbefugter Zutritt zur Bücherei dieser Universität erhält.«

»Verstehe.« Alex nickte. »Damit ist für Sie alles ganz einfach, nicht wahr?« Angriffslustig blitzte sie den jungen Mann an und wäre im nächsten Moment wohl mit einer Kanonade an wüsten Beschimpfungen über ihn hergefallen, hätte Jan sie nicht zurückgehalten.

»Vorsicht, Lessing«, raunte er ihr auf Deutsch zu, sodass der andere sie nicht verstehen konnte.

»Was denn?«, blaffte sie wütend. »Bist du jetzt etwa auch noch gegen mich?«

»Nein, aber …«

Sie fuchtelte wild mit dem Fax herum. »Hier steht, dass ich mir meinen Doktortitel erschlichen hätte. Glaubst du das etwa?«

»Darum geht es nicht«, machte Jan ihr unbarmherzig klar. »Tatsache ist, dass man in Deutschland weiß, dass du hier bist – und das ist nicht gut …«

Alex hielt den Atem an.

Daran hatte sie noch gar nicht gedacht.

Zweifellos stand die Universitätsleitung mit der Polizei in Verbindung, und natürlich würde es nicht lange dauern, bis die deutsche Polizei die Information auf dem Tisch hatte, dass sich die flüchtige Alexandra Lessing in New York aufhielt. Möglicherweise war die Sache schon an das Bundeskriminalamt weitergegeben worden – in diesem Fall hatte man wohl auch das FBI verständigt …

»Du hast recht«, sagte sie gepresst und schluckte ihren

Ärger und ihre Frustration hinunter. »Wir müssen verschwinden.«

»Meine Worte«, sagte Jan nur.

Alex bedachte den Universitätsmitarbeiter mit einem letzten grimmigen Blick, dann wandte sie sich ab, und sie verließen die Bibliothek und den Campus.

Auf dem Weg zurück ins Hotel fragte sich Alex einmal mehr, wer ihre unbekannten Gegner sein mochten. Wer immer sie waren, sie kämpften mit allen Mitteln – und sie schienen über großen, schier grenzenlosen Einfluss zu verfügen …

Bedford Street, Greenwich Village
Manhattan, New York City
Zur selben Zeit

Okay.

Er arbeitete nicht mehr an dem Fall.

Eigentlich nicht mehr.

Der Fall Julius Quare war ihm entzogen worden und lag auf dem Schreibtisch irgendeines FBI-Schnösels, aufgrund des dringenden Verdachts auf einen Serientäter, wie es offiziell hieß. Aber natürlich wusste Winston Seymour, dass dies nicht der wahre Grund sein konnte. Auch der Hintergrund des organisierten Verbrechens schied vermutlich aus.

Winston war schon zu lange im Geschäft, als dass er nicht genau gewusst hätte, wie solche Dinge liefen. Man übergab einen ungelösten Fall nicht aufgrund eines bloßen Verdachts an die Bundesbehörde, dafür sorgte schon die gesunde Konkurrenz zwischen FBI und Department, und die Feds hatten gewöhnlich auch Wichtigeres zu tun, als sich um einen toten schwulen Freier zu kümmern. Geschah es dennoch, waren die Gründe zumeist politischer

Natur.

Es schien Kreise zu geben, die ein ausgesprochenes Interesse daran hatten, dass der Fall Julius Quare möglichst rasch bearbeitet und zu den Akten gelegt wurde, und das Letzte, was man wollte, war ein renitenter Cop, den auf seine alten Diensttage noch einmal der Ehrgeiz packte. Man hatte einen Verdächtigen und wollte, dass dieser vor Gericht gestellt wurde, Indizien hin, Motiv her. Dass die Sache einen miesen Beigeschmack hatte, schien niemanden wirklich zu stören – wie so häufig, wenn politische Interessen im Spiel waren.

Okay, okay.

Sein Fall war es nicht mehr – eigentlich nicht mehr –, aber solange Winston keine neue Aufgabe übertragen bekam und sich niemand darum scherte, was er an seinen letzten verbleibenden Diensttagen trieb, konnte er doch ruhig noch ein paar Nachforschungen anstellen. Inoffiziell gewissermaßen. Zumal er das Gefühl nicht loswurde, bei seinen Ermittlungen etwas Wichtiges übersehen zu haben …

Es war das zweite Mal, dass er dem Geschäft in der Bedford Street einen Besuch abstattete – jenem Antiquariat, das im Kellergeschoss von Julius Quares Haus lag und das der Ermordete zu seinen Lebzeiten betrieben hatte. Allerdings hatte Quare nicht nur alte Bücher verkauft, wie Winston bereits bei seinem ersten Besuch festgestellt hatte: In einem der vielen Regale stapelten sich uralte Zeitungen, Ausgaben der *New York Times* und von *USA Today*, die dreißig Jahre und älter waren und von denen Winston sich beim besten Willen nicht vorstellen konnte, dass sich noch jemand für sie interessierte. Ein anderes Regal wiederum war vollgestopft mit alten Comics und Pulps, ein weiteres war alten Zeitschriften vorbehalten – Sportillustrierten, Musik- und Filmmagazinen und ebenso alten Fernsehprogrammen und Zeitschriften über Populärwissenschaften.

Julius Quares eigentliche Spezialität jedoch schienen Magazine und Bücher über paranormale Phänomene und angebliche Staatsverschwörungen gewesen zu sein, in denen darüber spekuliert wurde, ob die Mondlandung '69 nur inszeniert oder Elvis in Wahrheit ein Alien gewesen war. Gerahmte Fotografien hingen an den Wänden, die verschwommene Aufnahmen angeblicher Ufos zeigten oder irgendwelche Schatten in einem See, die die Existenz des Ungeheuers von Loch Ness belegen sollten.

Auch in den Regalen, die mit Büchern vollgestopft waren – sowohl Hardcover- als auch Paperback-Ausgaben –, waren die Themen »übernatürliche Phänomene« und »finstere Verschwörungen« vorherrschend – Spekulationen über den Ufo-Absturz von Roswell, die Wahrheit über den Untergang der Titanic ... kurzum, ein wüstes Sammelsurium wilder Spekulationen und Fantastereien. Ob Quare selbst an diesen Quatsch geglaubt hatte, wusste Winston nicht, aber sein Laden ließ darauf schließen.

Im Vorbeigehen fiel Winstons Blick auf einen Buchrücken, dessen Aufdruck »Die Wahrheit hinter Dallas« versprach.

Er konnte nicht anders, als es aus dem Regal zu ziehen und durchzublättern. Aus dem Wenigen, das er beim Überfliegen der vergilbten Seiten mitbekam, folgerte er, dass der Verfasser des Buches zu jenen gehörte, die starke Zweifel an der offiziellen Version des Kennedy-Attentats hegten – auch er vertrat offenbar die Meinung, dass der Präsident Opfer einer Verschwörung in hohen Militärkreisen geworden war.

Ob der Mann damit recht hatte, darüber erlaubte sich Winston kein Urteil, zumal er ja festgestellt hatte, dass sich die Wahrheit in Grautöne hüllte und sich von der Unwahrheit nie ganz trennen ließ. Aber der Fund machte ihm klar, dass sich unter den zahllosen Pamphleten in Quares Laden nicht nur abstruses Zeug befand, sondern auch das eine oder andere Werk, dessen Verfasser berechtigte Zweifel anmeldete, und darüber kam Winston ein Gedanke.

Was, wenn Quare der Wahrheit zu nahe gekommen war? Keiner bestimmten Wahrheit, sondern nur *irgendeiner* von vielen? Wenn sich jemand von den vielen Verschwörungstheorien in seinem Laden bedroht gefühlt hatte? Wenn dies der wahre Grund für seine Ermordung gewesen war?

In dem Mief, der in dem halbdunklen, nur von schmutzigen Oberlichtern erhellten Laden herrschte, atmete Winston tief durch. Wäre das ein Motiv für den Mord? Zumindest wäre es Winstons Meinung nach eine Erklärung, weshalb die Täter einen zwar nicht gänzlich Unschuldigen, in diesem Fall jedoch Unbeteiligten zum Sündenbock gemacht hatten. So blieben nicht nur sie selbst, die wahren Täter, im Dunkeln, auch ihr Motiv blieb verborgen und ihr Geheimnis damit gewahrt.

Len Tifford hatte auf Winston tatsächlich den Eindruck gemacht, als habe er keine Ahnung, was in Wirklichkeit vor sich ging. Möglicherweise steckten hinter dem Mord ungleich größere Interessen, als er bisher geahnt hatte, und eine geheimnisvolle Macht manipulierte die Arbeit der Polizei.

Genau wie damals bei Kennedy …

Winston stellte das Buch zurück ins Regal und versuchte, sich Suttons Gesicht vorzustellen, würde er ihn mit diesen Gedanken konfrontieren. Noch vor ein paar Tagen hätte Winston vermutlich selbst nicht geglaubt, dass sich so etwas wie die Kennedy-Affäre wiederholen könnte, aber gab es nicht deutliche Anzeichen dafür? Oder war er nur schon zu lange bei der Detective Division und hatte angefangen, allmählich verrückt zu werden?

Er schritt die Reihen der Regale ab und lauschte dem Knarren der Dielen unter seinen Füßen. Schließlich machte er kehrt, ging zurück zum Verkaufstresen, auf dem sich eine altertümlich anmutende Registrierkasse befand. Daneben stand eine Kaffeetasse mit dunklen Rändern darin und eine Zeitschrift lag mit einem zur Hälfte ausgefüllten Kreuzworträtsel auf dem Tresen. Julius Quare hatte das Rätsel wahrscheinlich am nächsten Morgen weiter lösen wollen und wohl nicht damit gerechnet, dass ihn sein Ende so bald ereilen würde.

Seufzend wollte sich Winston abwenden und den Laden wieder verlassen, als sein Blick auf die schmale Tür hinter dem Tresen fiel. Er öffnete sie und warf einen Blick hinein – es schien sich um eine Abstellkammer zu handeln, die mit allerlei Zeug vollgestopft war. Als Winston das Licht einschaltete, sah er etwas, das sofort seine Aufmerksamkeit erregte – einen alten Putzeimer aus Blech. Das war an sich nichts Besonderes. Die geschwärzte Innenseite des Eimers ließ jedoch vermuten, dass jemand ein Feuer darin entzündet hatte – und das machte das verbeulte Stück schon interessanter. In der Ecke sah Winston einen bunt bedruckten Kanister stehen, ein Bodenreiniger, dessen Inhalt ein aufgedruckter Warnhinweis als leicht entflammbar kennzeichnete.

Winston kombinierte: Offenbar hatte jemand etwas in den Eimer gegeben, das er spurlos hatte vernichten wollen, den Reiniger darüber geschüttet und es angezündet. Er hatte es in der kleinen Kammer getan, damit ihm die Bude, die bis unters Dach vollgestopft war mit trockenem Papier, nicht in Flammen aufging. Trotzdem war es nicht ungefährlich gewesen, ein offenes Feuer in einem solch alten Gemäuer zu entzünden. Zumindest war es ungewöhnlich, und es ließ darauf schließen, dass Quare – oder wer auch immer es sonst getan hatte – in ziemlicher Eile gewesen war.

Vielleicht war das auch der Grund dafür, dass die Aktion nicht von Erfolg gekrönt gewesen war – denn was dort im Eimer lag, war nicht gänzlich zu Asche verbrannt!

Winston bückte sich und nahm es vorsichtig heraus. Es

war ein Buch – oder das, was davon noch übrig war. Die Seiten waren zum größten Teil verbrannt und vom ledernen Einband waren nur noch rußige Reste übrig. Wieso, fragte sich Winston, sollte jemand ein Buch verbrennen?

Nicht nur, dass die Seiten von Feuer und Hitze derart angegriffen waren, dass sie zu zerbröseln drohten, sobald er sie berührte – das Wenige, das darauf noch zu lesen war, war auch noch handschriftlich und in einer Sprache verfasst, die Winston nicht beherrschte.

Er schlug die erste Seite auf, um zu sehen, was für einen Titel das Buch trug, wurde allerdings nur teilweise fündig.

THEO
GRUN
DER UNSIC

lauteten die Buchstaben, die noch zu lesen waren – der Rest verlor sich in verkohlter Schwärze.

Was hatte das nun wieder zu bedeuten?

Die Angelegenheit wurde immer rätselhafter, und auch wenn es offiziell gar nicht mehr Winstons Fall war, verspürte er dennoch den Drang, die Sache aufzuklären. Immerhin bewies der Fund, dass er die bessere Spürnase hatte. Die Jungs von der Spurensicherung hatten es sich einfach gemacht und nur die Wohnung des Opfers abgesucht, nicht den Laden und erst recht nicht diese Kammer.

Aus der Tasche seines Jacketts zog Winston einen Plastikbeutel hervor, in den er die Überreste des Buches steckte. Beweismittel unerlaubt vom Tatort zu entfernen, war ein Vergehen, das streng geahndet wurde – Winston konnte auch das nicht abschrecken und zudem war diese Kammer ja nicht der Tatort – das war die Wohnung über dem Laden.

Und außerdem hatte Winston gar keine andere Wahl. Das hieß, er hätte natürlich wieder zur Flasche greifen können, um gegen die ihn quälenden Gefühle und Empfindungen anzugehen, die mit dem Traum zurückgekehrt waren.

Oder aber er suchte nach der Wahrheit …

Hotel Sanderson, Bleecker Street
Greenwich Village, New York City
Am Abend desselben Tages

Ein Luxushotel war es nicht, in dem Alex Lessing und Jan Bonic untergekommen waren, aber da ihre Reisekasse knapp bemessen war und sie möglichst wenig auffallen wollten, war es wahrscheinlich nicht die schlechteste Wahl. Der Zwischenfall an der Columbia hatte sie gewarnt; sie mussten in der anonymen Masse untertauchen und darauf hoffen, dass sich ihre Spuren in den Straßenschluchten der Acht-Millionen-Stadt verloren.

Beim Chinesen an der Ecke holte Jan zwei Kartons Chop Suey, über das sie sich heißhungrig hermachten. Mit verschränkten Beinen saßen sie auf dem durchgelegenen Doppelbett. Zusammen mit einem verschrammten Nachttisch, einem alten Kleiderschrank und einem kleinen Fernseher bildete es die Einrichtung des Zimmers. Ein zweites Zimmer hatten sie nicht nur ihrer begrenzten Geldmittel wegen nicht genommen, sondern auch, weil sie sich als Ehepaar tarnten. Ein Pärchen, das getrennte Zimmer mietete, hätte Argwohn erregt, und genau das wollten sie vermeiden.

»Gut?«, fragte Jan zwischen zwei Portionen Chop Suey, die er mit den Essstäbchen in den Mund schob.

Alex nickte nur. Ihre Gedanken waren bei anderen Dingen.

»Du wirkst ziemlich erschöpft«, sagte Jan.

»Das bin ich auch«, antwortete sie und schob einen Happen Chop Suey hinterher.

»Das hat dich ziemlich mitgenommen, was?«

Sie schüttelte den Kopf, während sie in ihrem Karton herumstocherte. »Für mich völlig normal, dass man mir die Zulassung entzieht und mich öffentlich als Betrügerin verleumdet, dass man mir alles nimmt, wofür ich mein Leben lang gearbeitet habe. Gehört sozusagen zum Tagesgeschäft, also kein Grund zur Sorge.«

Sie hatte versucht, es möglichst cool und locker zu sagen, aber wieder füllten sich ihre Augen mit Tränen. Jan stellte seinen Karton mit den Stäbchen beiseite und berührte Alex sanft am Arm. »He«, sagte er nur.

»Schon gut«, wehrte sie ab, »ich bin in Ordnung. Muss mich nur daran gewöhnen, dass mein Leben völlig ruiniert ist.«

»Es ist nicht ruiniert«, widersprach er.

»Nein?« Sie lachte bitter auf. »Hast du vergessen, dass ich eine flüchtige Kriminelle bin? Wer wird sich denn die Mühe machen, meine Angaben zu überprüfen? Für die bin ich längst abgehakt, das kannst du mir glauben.«

»Aber wir werden dieses üble Spiel gewinnen, Lessing«, sagte Jan energisch. »Deshalb sind wir hier. Wir wollen Informationen. Informationen darüber, wer hinter dieser ganzen Sache steckt. Warum musste dein Kollege sterben? Was hat es mit diesem verdammten Logbuch auf sich? Sobald wir die Antworten auf diese Fragen haben, werden wir uns der Polizei stellen, und man wird nicht anders können, als uns zuzuhören. Dann wird sich alles aufklären und man wird sich bei dir entschuldigen müssen.«

»Glaubst du das wirklich?«

»Allerdings.«

»Du bist ein Träumer.« Sie lächelte schwach. »Hast du noch nicht begriffen, mit wem wir es hier zu tun haben? Diese Leute sind mächtig, Jan. So mächtig, dass es für sie kein Problem ist, Behörden zu manipulieren, die Polizei nicht nur an der Nase herumzuführen, sondern sie auch für ihre üblen Machenschaften zu missbrauchen. Wer immer sie sind, sie haben keine Skrupel und gehen ohne Wimpernzucken über Leichen. Aber ganz offenbar können sie auch subtilere Mittel einsetzen. Und ihre Aktivitäten scheinen nicht auf ein einzelnes Land beschränkt zu sein. Das macht mir Angst, weißt du.«

Er nickte. »Mir ebenfalls.«

»Ich weiß nicht mehr, was ich denken soll. Noch vor ein paar Tagen dachte ich, dass wir es mit irgendeiner kriminellen Organisation zu tun hätten, mit Terroristen oder sonst wem. Aber die Informationen, auf die ich heute in der Bibliothek gestoßen bin, legen nahe, dass wir es mit einem ganz anderen Gegner zu tun haben – einem Gegner, den wir nicht fassen können und der hinter einem sechzig Jahre alten Geheimnis her ist. Wer weiß, vielleicht hat man uns schon lokalisiert. Vielleicht beobachtet man uns bereits, jetzt in diesem Augenblick …«

Sie warf einen gehetzten Blick zum Fenster. Die Vorhänge hatten sie vorsorglich zugezogen – sicher fühlte sich Alex dennoch nicht.

»Komm«, sagte Jan leise und breitete seine Arme aus, und sie konnte nicht anders, sie stellte ihr Essen beiseite und schmiegte sich an ihn, empfand ungeheuren Trost, als er die Arme um sie schloss und sie festhielt.

Und da war noch mehr. Etwas, das Alex nicht zulassen wollte, obwohl sich jede Faser ihres Körpers nach menschlicher Wärme sehnte, nach Liebe und Geborgenheit.

»Eigentlich«, sagte sie, während sie sich wieder von ihm löste, »weiß ich überhaupt nichts über dich.«

»Du weißt genug«, versicherte er leise.

»Ich kenne deinen Namen«, sagte sie. »Und du bist immer dann zur Stelle, wenn ich dich am meisten brauche.«

Er lachte. »Das ist schon eine ganze Menge.«

»Du sprichst nicht gerne über dich, oder?«

»Nicht unbedingt.«

»Warum nicht?«

»Weil es nicht viel zu erzählen gibt. Ich bin Fernfahrer von Beruf und verdiene mir mein Geld damit, anderer Leute Zeug durch die Gegend zu karren.«

»Wenn man dir nicht gerade den Laster unterm Hintern wegschießt.« Sie lächelte dünn.

»Genau.«

»Eins musst du mir aber dennoch verraten.«

»Was?« Er legte den Kopf schief und schaute sie an.

»Wo hast du gelernt, wie man ein Auto knackt? Und wieso kennst du Leute, die innerhalb kürzester Zeit falsche Ausweispapiere besorgen können?«

»Jugendsünden«, antwortete er, mit den Schultern zuckend.

»Jugendsünden?«, wiederholte sie fragend.

»Na ja, du hast sicher auch ein paar Leichen im Keller liegen, oder?«

»Was bringt dich darauf?«

»Jeder hat welche. Man muss nur lange genug nachdenken, dann fällt es einem wieder ein. Da hab ich doch recht, oder nicht?«

Seine Art, sie mit neugierigen Fragen zu löchern, erinnerte sie irgendwie an einen Lausejungen, der wissen wollte, wie Babys gemacht werden. Alex musste lachen, trotz der Anspannung, unter der sie stand. »Also schön«, gestand sie ein und hob resignierend die Hände, »du hast gewonnen. Auch ich habe eine Jugendsünde begangen.«

»Und was, wenn es erlaubt ist, zu fragen? Hast du einer Katze die Milch geklaut? Oder einem Hund den Knochen?«

»Schlimmer. Als ich vierzehn war, habe ich eine Flasche Schnaps aus einem Supermarkt gestohlen.«

»Furchtbar.« Seine Brauen verengten sich und er schnalzte tadelnd mit der Zunge.

»Ja, nicht wahr? Eigentlich wollte ich die Flasche kaufen,

aber der Typ an der Kasse wollte sie mir nicht geben, weil ich zu jung war. Also ...«

»... hast du sie mitgehen lassen.«

»Genau so war's.«

»Hilfe«, sagte Jan unbeeindruckt, »ich bin mit einer Diebin in einem Hotelzimmer eingeschlossen. Ich sollte sofort die Bullen rufen.«

»Nein«, widersprach sie, »*ich* sollte die Bullen rufen. Immerhin sitze ich hier mit einem Autoknacker.«

»Wir beide sind ganz schön gefährlich, was?«

»Kann man wohl sagen.«

»Passt gut zusammen.«

»Finde ich auch«, pflichtete Alex ihm bei.

Ihre Gesichter waren einander immer näher gekommen, bis sie sich dicht voreinander befanden. Noch immer war Alex nicht sicher, ob sie dies wollte, angesichts all des Chaos, in dem sie steckte, aber sie unternahm auch nichts dagegen.

Ihre Lippen begegneten sich in einem Kuss, der hart war und verlangend. Alex' Sehnsucht nach menschlicher Nähe und Wärme war so überbordend, dass sie jeden Widerstand aufgab – *gerade* in Anbetracht ihrer Lage. Die letzten Tage hatten ihr klargemacht, wie zerbrechlich ihr kleines Leben war. Stets war Alex' Blick auf den Horizont gerichtet gewesen, hatte sie versucht, das zu tun, was für die Zukunft wichtig war, für ihre Karriere, für ihr Ansehen unter den Kollegen.

In diesem Moment jedoch, in der scheinbaren Sicherheit des Hotelzimmers, auf dieser Insel der Geborgenheit inmitten der Hektik und des Getöses, die auch bei Nacht noch in den Straßen Manhattans herrschten, zählte nur das Hier und Jetzt.

Sie ließ es zu, dass er ihren Hals mit Liebkosungen bedeckte, half ihm dabei, ihre Bluse aufzuknöpfen, und erschauderte unter seiner Berührung. Sie ließ sich auf das

Bett zurücksinken und entspannte sich, fühlte, wie seine offenbar nicht unerfahrenen Hände über ihren Körper wanderten. Draußen heulte eine Polizeisirene, aber Alex bekam nichts davon mit. Sie hatte das Gefühl, in einem Strudel zu versinken, der sich nur um sie beide drehte und in dem es keine Killer gab, keine Polizei, keine Verschwörung und keine Intrigen. Nur zwei Menschen, die einander liebten und die süßen Früchte des Augenblicks kosteten, bis sie schließlich vor Erschöpfung einschliefen.

Als Alex erwachte, wusste sie weder, wo sie sich befand, noch vermochte sie sich im ersten Moment daran zu erinnern, welcher Wochentag war.

Sie konnte sich nicht entsinnen, wann sie das letzte Mal derart tief und fest geschlafen hatte, und es dauerte eine Weile, bis die Benommenheit von ihr abfiel und die Erinnerung zurückkehrte. Sie registrierte, dass sie nackt war, und ihr Blick fiel auf Jan, der neben ihr im Bett lag, unbekleidet wie sie selbst, und noch schlief.

Ein Lächeln huschte über ihre Züge, als sie an die zurückliegende Nacht dachte – und im nächsten Moment überfiel sie die Reue.

Das Gefühl, einen Fehler gemacht zu haben, kroch in ihr hoch. Den Grund dafür vermochte sie nicht zu benennen. Lag es daran, dass sie nichts übrig hatte für Beziehungen, die nur eine Nacht andauerten? Oder gefiel ihr nur der Gedanke nicht, dass sie die Kontrolle verloren und ihrem Verlangen nachgegeben hatte?

Sie hatte das dringende Bedürfnis nach einer Dusche und schwang sich aus dem Bett. Leise, um Jan nicht zu wecken, schlich sie zum Badezimmer. Sie schloss die Tür hinter sich und verspürte für einen Moment den Drang, den Schlüssel herumzudrehen, wofür sie sich gleich darauf eine Närrin schalt. Warum benahm sie sich so seltsam? Jan hatte nichts getan, das sie nicht auch gewollt hatte – und dennoch war da dieses seltsame Gefühl in ihr.

Dieses Gefühl von Widerstand ...

Sie stieg in die Badewanne und zog den Duschvorhang zu. Das Wasser, das aus dem mit Flugrost überzogenen Brausekopf spritzte, war ein wenig zu heiß und roch nach Chlor, aber sie genoss es dennoch, wie es ihren Körper hinabrann, und gab sich der Illusion hin, dass es die vergangene Nacht abwaschen und ungeschehen machen konnte.

Was war schon passiert? Sie hatte die Nacht mit einem Mann verbracht, den sie kaum kannte, der ihr dafür aber Trost und ein wenig Hoffnung geschenkt hatte – so wie sie ihm. Gewissermaßen war es ein Tausch gewesen, ein Geschäft zwischen zwei Menschen, die sich in einer ausweglosen Lage befanden und denen nichts geblieben war außer ihnen selbst.

Die Frage war nur: Warum empfand Alex nicht so?

Warum fühlte sie sich dennoch elend und ausgenutzt und kam sich vor, als wäre die letzte Nacht gegen ihren Willen geschehen, obgleich sie davon überzeugt gewesen war, es zu wollen?

Vielleicht deshalb, weil sie Jan Bonic mochte – und sie war sich nicht sicher, ob es sich umgekehrt genauso verhielt. Doch was wusste sie schon über ihn? Was hatte er von sich preisgegeben?

Nichts.

Sie hatten miteinander geschlafen, waren einander körperlich so nahe gewesen, wie zwei Menschen es nur sein können, und sich dennoch fremd geblieben. Alex war sicher, dass es das war, was sie störte, und als sie die Dusche abstellte und sich in das nicht mehr ganz weiße und ein wenig streng riechende Frottee hüllte, beschloss sie, diesen Missstand zu beheben. Sie würde Jan zur Rede stellen und diesmal würde sie sich nicht mit einsilbigen Antworten und platten Scherzen abspeisen lassen. Sie wollte wissen, wer der Mann war, mit dem sie die Nacht verbracht hatte und der sein Leben riskierte, um ihr zu helfen.

Sie trocknete sich ab und schlang sich das Handtuch um. Dann verließ sie das Bad, um Jan zu wecken und mit ihm zu reden. Eine dichte Dampfwolke folgte ihr hinaus in den Schlafraum.

»Jan? Bist du schon wach?«

Alex erhielt keine Antwort. Nicht einmal das leise Geräusch von Jan Bonics Atem war mehr zu hören.

»He, du Schlafmütze, ich rede mit dir! Raus aus den Federn, wir müssen ...« Sie unterbrach sich, als sie sah, dass das Laken zurückgeschlagen und das Bett leer war.

»Jan?«

Sie schaute sich um, und dann entdeckte sie dunkle Spuren auf dem schmutzigen Teppichboden, die quer durch das Hotelzimmer führten, zu dem alten Kleiderschrank.

»Jan, was soll das? Willst du mir Angst einjagen?«, fragte sie mit zitternder Stimme. Sie trat auf den Schrank zu, riss die Türen auf – und sah die blutüberströmte Gestalt Jan Bonics!

Er war nackt, sein Körper von Kratzern und Blutergüssen übersät, die Augen geschlossen. Beinahe aufrecht lehnte er an der Rückwand des Schranks, während schreiend rotes Blut an seiner schlanken Gestalt herabrann – Blut, das von seinem Hinterkopf stammte.

Sein kurz geschnittenes Haar war getränkt von Blut, und vor der hölzernen Wand des Schranks konnte sie etwas erkennen, das wie Gallerte aussah und aus einer klaffenden Öffnung in seinem Schädel hing.

Hirnmasse ...

Alex prallte zurück.

Für einen Augenblick war sie nicht in der Lage, sich zu bewegen oder auch nur zu schreien. Ihr Verstand setzte aus. Alles, was sie sah, war die grässlich zugerichtete Gestalt des Mannes, der vor ihr im Schrank lehnte und mit dem sie noch vor wenigen Stunden Zärtlichkeiten ausgetauscht hatte.

Schließlich rührte sie sich wieder. Sie konnte nicht anders, als die Hand auszustrecken und ihn zaghaft zu berühren.

»Jan ...?«

Seine Haut war noch weich, das Blut warm und klebrig – und plötzlich regte er sich!

Alex' jähe Hoffnung schlug allerdings in blankes Entsetzen um, als sie erkannte, dass sie den Leichnam durch ihre Berührung lediglich aus dem Gleichgewicht gebracht hatte. Der blutüberströmte leblose Körper Jan Bonics kippte ihr entgegen und hätte sie unter sich begraben, wäre sie nicht im letzten Moment zur Seite gesprungen. Das Handtuch verlor sie dabei, und so stand sie nackt und zitternd vor dem Leichnam des einzigen Freundes, der ihr geblieben war. Bäuchlings lag Jan auf dem Teppich, der sich unter ihm dunkel färbte, sein Hinterkopf eine deformierte blutige Masse.

Und endlich entrang sich Alexandra Lessings Kehle ein gellender Schrei.

13.

Portland, Maine.

Wie bekannt wurde, erlag Dr. Bruce Baumgartner, ehemaliger Vorsitzender des New England Scientific Clubs sowie langjähriger Dozent an der Columbia University, vorgestern Nacht einem Schlaganfall. Der Physiker Baumgartner zählte zu den herausragenden Kapazitäten auf dem Gebiet der Strahlenforschung. Der gebürtige Deutsche, der nach dem Ende des Zweiten Weltkriegs in die Vereinigten Staaten kam, arbeitete zunächst für die Regierung, ehe er seine herausragenden Fähigkeiten in den Dienst der wissenschaftlichen Lehre stellte. Für Aufsehen in Fachkreisen sorgten vor allem seine Theorien über die Relativität molekularer Dichte. Die letzten Jahre seines Lebens verbrachte Baumgartner in einem Pflegeheim für Senioren in Portland. Er wurde 104 Jahre alt und hinterlässt keine Erben.

Meldung in »The New England Observer«

Alex stand unter Schock.

Als Peter Manhart gestorben war, hatte sie in ihrem Inneren einen Abgrund gespürt, eine tiefe, entsetzliche Leere. Nun war auch Jan Bonic tot, und sie hatte das Gefühl, in eben jenen Abgrund zu stürzen.

Frierend, am ganzen Körper zitternd und mit vor Tränen verschwommenen Blicken, kauerte sie auf dem Rand der Badewanne und schaute durch die offen stehende Tür zu, wie die Detectives des New York Police Department Jans leblosen Körper in einen nüchternen Plastikkasten betteten, nachdem sie das Umfeld der Leiche genau sondiert und jede noch so kleine Spur sichergestellt hatten.

»Wo bringen Sie ihn hin?«, fragte Alex heiser, sich an den Pappbecher mit heißem Kaffee klammernd, den ihr irgendwer in die Hände gedrückt hatte.

»Zur genaueren Untersuchung ins Polizeilabor«, antwortete der verantwortliche Sergeant, ein schlanker blasser Mann, dessen Alter Alex auf etwas über sechzig schätzte. Seine Züge waren energisch und entschlossen, anders als der Blick seiner Augen, in denen Alex Mitleid zu erkennen glaubte. Er schloss die Tür des Badezimmers, um ihr den Anblick zu ersparen.

»Und dann?«, wollte sie wissen.

»Nun, alles deutet auf einen stumpfen Tatgegenstand hin, mit dem der Hinterkopf von Mister …«, er warf einen Blick auf seine Unterlagen, »… Cerny eingeschlagen wurde. Finden wir die Tatwaffe, finden wir mit großer Wahrscheinlichkeit auch den Täter.«

»Ich verstehe.«

»Und Sie sind sicher, dass Sie niemanden gesehen haben?«

»Völlig sicher.« Alex schüttelte den Kopf. »Ich sagte Ihnen doch schon, dass ich unter der Dusche war, als … *es* geschah. Ich kam aus dem Badezimmer und ahnte nichts Böses. Dann sah ich die Spuren und ging zum Schrank, und dann …«

Sie unterbrach sich, als plötzlich wieder die grässlichen Bilder in ihrem Bewusstsein auftauchten: Jans nackte, leichenblasse Gestalt, das Blut überall …

»Schon gut.« Der Polizist, ein Sergeant vom Morddezernat des NYPD, nickte. »Sie haben Ihre Aussage bereits zu Protokoll gegeben. Darüber hinaus können Sie sich an nichts erinnern?«

»Woran sollte ich mich denn noch erinnern?«

»Hatte Ihr Mann in den letzten Tagen Kontakt zu verdächtigen Personen? Kamen Sie sich in irgendeiner Weise verfolgt oder beobachtet vor?«

»Weder das eine noch das andere«, log Alex. Es war seltsam, den Polizisten von Jan als ihrem Ehemann sprechen zu hören. Aber das war nun einmal die Tarnung, die sie gewählt hatten – wenngleich Alex bezweifelte, dass die gefälschten Pässe einer genaueren Überprüfung durch die Polizei standhalten würden.

Nicht nur, dass Jan tot war, sie war auch kurz davor aufzufliegen, und Alex brauchte nicht lange darüber zu grübeln, wem sie das zu verdanken hatte. Sie schämte sich fast dafür, aber die Frage, wie man sie so schnell hatte finden können, beschäftigte sie und drängte Jans Tod immer mehr in den Hintergrund.

Die Bemühungen des Sergeants, den wahren Täter zu ermitteln, würden ebenso fruchtlos bleiben wie die seiner deutschen Kollegen, da war Alex sicher. Der unbekannte Gegner war übermächtig, und trotz aller Trauer und Furcht, die Alex empfand, war ihr klar, dass sie sich vorsehen musste …

»Mrs Cerny, aus welchem Grund sind Sie in die Staaten gekommen?«

»Nur zum Vergnügen«, sagte Alex schnell, wissend, dass jede andere Antwort nur unangenehme Fragen nach sich gezogen hätte. »Wir wollten schon immer mal den Big Apple besuchen, das Empire State Building, die Freiheitsstatue und all das.«

»Und da steigen Sie in einem Hotel dieser Kategorie ab?«

»Man kann nicht alles haben, nicht wahr?« Alex zwang

sich zu einem Lächeln. »Haben Sie eine Ahnung, was ein Transatlantikflug heutzutage kostet?«

»Nein«, gestand der Sergeant offen. »Ehrlich gesagt, ich habe die Staaten noch nie verlassen. Und vielleicht hätten auch Sie zu Hause bleiben sollen.«

»Was wollen Sie damit sagen?«

»Ihr Mann wurde ermordet, Mrs Cerny. Muss ich dazu denn noch was sagen?«

»Nein.« Sie schüttelte traurig den Kopf. »Durchaus nicht.«

»Sehen Sie, ich weiß nicht, ob Ihnen der Ernst der Lage klar ist. Ihr Mann wurde tot in einem Hotelzimmerschrank aufgefunden, und es gibt weder Zeugen, die einen Eindringling beobachtet haben, noch hat der Mörder an der Zimmertür irgendwelche Spuren hinterlassen, obwohl sie abgesperrt war und Sie den Sicherheitsriegel vorgelegt hatten. Das ist seltsam, oder nicht?«

»Soll ... soll das heißen, Sie verdächtigen *mich?*« Alex lachte bitter auf. »Stellen Sie sich hinten an, Sergeant.«

»Was soll das heißen?«

»Gar nichts.« Für ihre Unbeherrschtheit hätte sie sich am liebsten geohrfeigt. »Ich wollte damit nur zum Ausdruck bringen, wie abwegig Ihr Verdacht ist. Wollen Sie behaupten, *ich* hätte Jan ermordet?«

»Was würden Sie denn denken?«, fragte der Polizist. »Es gibt keine Spuren einer dritten Person.«

»Und auch keine Tatwaffe«, wandte Alex ein. »Wie hätte ich sie verschwinden lassen sollen, da ich doch bis zum Eintreffen der Polizei das Hotelzimmer nicht verlassen habe?«

»Ob Sie das nicht getan haben, wissen wir noch nicht. Die Ermittlungen haben gerade erst begonnen. Bisher haben wir nur Ihre Aussage.«

»Ich kann es nicht gewesen sein!«, beharrte Alex, obwohl ihr klar war, wie lächerlich sich das anhörte. »Ich sagte Ihnen doch schon, dass ich unter der Dusche stand, als es passierte.«

»Gibt es dafür Zeugen?«

»Sicher, ich nehme immer ein, zwei Leute mit, wenn ich duschen gehe.« Sie funkelte ihn wütend an. »Nein, verdammt, dafür gibt es keine Zeugen!«

»In diesem Fall muss ich Sie wohl auffordern, mich aufs Revier zu begleiten, Mrs Cerny.«

»Bin ich … *verhaftet?*«

»Noch nicht. Aber sollten Sie sich widersetzen …«

»Ich bin es nicht gewesen!«, versicherte Alex noch einmal. »So glauben Sie mir doch! Als ich Jan das letzte Mal sah, lag er noch im Bett und schlief. Ich stand auf und ging unter die Dusche. Als ich zurückkam, war er tot.«

»Ich weiß, Mrs Cerny. Das haben Sie mir bereits erzählt.«

»Aber Sie hören mir offenbar nicht zu, Sergeant …«

»… Seymour«, vervollständigte er. »Winston Seymour.«

»Okay, Sergeant Seymour«, sagte Alex, sich mit aller Macht zur Ruhe zwingend. Ihr war klar, dass es ihr gelingen musste, den Polizisten von ihrer Unschuld zu überzeugen, oder ihr Schicksal war besiegelt. Wenn die New Yorker Polizei erst ihren richtigen Namen herausfand und erfuhr, dass sie zu Hause in Deutschland ebenfalls in einen Mordfall verwickelt und zudem aus dem Polizeigewahrsam geflüchtet war, war alles aus und vorbei.

Sie wischte sich die Tränen der Verzweiflung aus dem Gesicht, schaute dem Sergeant tief in die sanft blickenden Augen, in denen sie entferntes Verständnis zu erkennen glaubte – und beschloss, alles auf eine Karte zu setzen. Früher oder später würden die Behörden ohnehin alles herausbekommen. Wenn sie also noch ein paar Punkte sammeln wollte, musste Alex es wohl oder übel mit der Wahrheit versuchen.

»Ja?«, hakte er nach. »Haben Sie mir etwas zu sagen?«

»Ich fürchte schon.« Alex nickte. »Mein Name ist nicht Olga Cerny. Und ich bin auch keine tschechische Staatsbürgerin.«

»Nein?« Seine Augen verengten sich zu Schlitzen.

»Nein«, erwiderte Alex und ließ den slawischen Akzent weg, mit dem sie bisher gesprochen hatte. »Ich bin Deutsche. Mein richtiger Name ist Alexandra Lessing.«

»Für eine Deutsche beherrschen Sie unsere Sprache erstaunlich gut.«

»Mein Vater war Amerikaner«, erklärte Alex. »Dennoch bin ich deutsche Staatsbürgerin.«

»Und diese Ausweise?« Seymour hielt die kleinen Mappen hoch.

»Sind gefälscht«, gestand Alex kleinlaut. »Der wirkliche Name des Mordopfers lautet Jan Bonic. Anders als ich ist er tatsächlich Tscheche. Ein Freund von ihm hat uns die Ausweise besorgt.«

»Warum erzählen Sie mir das alles?«

»Ganz einfach, Sergeant.« Alex' Stimme bebte. »Jan Bonic war der einzige Freund, der letzte Verbündete, den ich hatte. Jetzt bin ich völlig allein, und wenn es mir nicht gelingt, Sie zu überzeugen, dann werden diese Leute gewinnen, verstehen Sie?«

»Welche Leute? Wovon wollen Sie mich überzeugen?«

»Wenn Sie bei den deutschen Behörden nachfragen«, fuhr Alex fort, »werden Sie feststellen, dass sowohl gegen Jan als auch gegen mich ein Haftbefehl vorliegt.«

»Wessen werden Sie beschuldigt?«

»Man verdächtigt mich der Hehlerei, jedoch ohne tatsächliche Beweise dafür zu haben.«

»Keine Beweise?« Seymour betrachtete sie mit einem undeutbaren Blick. »Erzählen Sie mir, was wirklich vorgefallen ist.«

»Nun, ich bin – oder vielmehr *war* – Assistentin am Lehrstuhl für Neuere Geschichte der Universität München. Vor einem Jahr habe ich meinen Doktortitel gemacht und hatte gute Aussichten, eine Dozentenstelle zu erhalten.«

»Sie haben einen Titel? Dann muss ich Sie wohl mit Dr. Lessing ansprechen.«

»Vergessen Sie's«, wehrte Alex ab. »Wie es aussieht, spielt das keine Rolle mehr. Diese Leute verfügen über großen Einfluss.«

»Welche Leute?«, hakte Seymour nach – und Alex begann zu berichten, so knapp sie es vermochte und so ausführlich, wie es nötig war, um den Polizisten über die Vorfälle der letzten Tage in Kenntnis zu setzen.

Sie ließ dabei nichts aus. Ihr war klar, dass früher oder später alles ans Licht kommen würde, und es war ihr lieber, wenn der Sergeant es aus ihrem Mund erfuhr. Weshalb sie das tat und wieso sie solch instinktives Vertrauen zu einem Mann fasste, den sie noch nie zuvor in ihrem Leben gesehen hatte, wusste sie selbst nicht. Vielleicht lag es auch nur daran, dass sie das dringende Bedürfnis hatte, jemandem die ganze Geschichte zu erzählen. Dieses Bedürfnis machte Winston Seymour zu einer Art Beichtvater – und lieferte sie dem Urteil des Polizisten aus.

Alex berichtete alles: von dem Logbuch, das ihr zugespielt worden war, und von ihrem Kollegen, der mit dem Leben dafür bezahlt hatte. Von den Killern, die ihr auf den Fersen gewesen waren, von der Begegnung mit Jan Bonic und davon, dass die Polizei sie als Täterin verdächtigte. Von den zwei Millionen, die sich auf einem Konto fanden, das sie nie eröffnet hatte, und von ihrer Flucht aus der Untersuchungshaft. Und schließlich von ihrer Reise in die USA, von ihrer Begegnung mit Bruce Baumgartner und ihren Recherchen in der Bibliothek der Columbia – bis hin zum bitteren Ende.

»Hm«, brummte Seymour, der sich alles angehört und sie nur ganz selten mit einer gezielten Rückfrage unterbrochen hatte. »Deshalb also sagten Sie, dass Ihr Doktortitel ohne Bedeutung ist. Er wurde Ihnen aberkannt.«

Alex nickte. »Wenn es mir nicht gelingt, meine Unschuld zu beweisen, werde ich nicht nur alles verlieren, wofür ich je gearbeitet habe, sondern aller Voraussicht nach auch hinter Gitter wandern.« Tränen waren ihr in die Augen gestiegen und leise fügte sie hinzu: »Ganz abgesehen davon, dass ich den einzigen Freund verloren habe, den ich noch hatte.«

Der Sergeant fixierte sie mit einem abschätzigen Blick. »Hatten Sie was mit dem Opfer?«, fragte er unvermittelt.

»Wie bitte?«

»Ich möchte wissen, ob Sie mit dem Opfer intim gewesen sind.«

Alex überlegte kurz. Am liebsten hätte sie die Frage verneint, weil ihr klar war, dass alles andere ihre ohnehin schon abenteuerliche Aussage in einem noch seltsameren Licht erscheinen ließ. Aber sie beschloss, bei der Wahrheit zu bleiben. Schon deshalb, weil man bei einer Obduktion ohnehin herausfinden würde, dass Jan wenige Stunden vor seinem Tod Geschlechtsverkehr gehabt hatte ...

»Ja«, sagte sie deshalb leise. »Und nein. Ich ... ich meine ... ich mochte ihn gern, aber ich habe ihn nicht geliebt ... denke ich. Er hat mir geholfen, verstehen Sie? Er war ein Freund, die einzige Hilfe, der einzige Trost. Es war ...« Sie unterbrach sich, hob den Blick und schaute den Polizisten an. »Kennen Sie dieses Gefühl, Sergeant?«, fragte sie. »Die Einsamkeit, die einen überkommt, wenn man von allen verlassen wurde, wenn die Welt einem den Rücken kehrt? Das Gefühl, vor Angst fast den Verstand zu verlieren?«

»Nein«, behauptete Seymour, aber an seinen Augen konnte sie erkennen, dass er log.

»Man fühlt sich so allein, dass es einen fast zerreißt«, fuhr sie leise fort, »und man verzehrt sich nach etwas Trost, nach ein wenig Liebe. Ich bin keine Frau, die mit jedem hergelaufenen Typen ins Bett geht, Sergeant. Aber in diesem besonderen Fall, in dieser dunklen Stunde ...«

»Ich verstehe«, sagte Seymour nur.

»Dann ... glauben Sie mir?«

»Was von all dem soll ich Ihnen glauben?«

»Nun – alles. Es ist wahr, jedes einzelne Wort davon.«

Winston Seymour verzog das Gesicht und murmelte etwas, das Alex kaum verstand – irgendetwas von Grauschattierungen. Dann gönnte er sich ein ausgiebiges Seufzen. »Hören Sie, Dr. Lessing, ich will ganz ehrlich sein ...«

»Ja?«

»Ich würde Ihnen gern glauben, was Sie über Ihr Verhältnis zum Mordopfer ausgesagt haben, und ich nehme an, dass auch der Rest Ihrer Geschichte nicht gänzlich an den Haaren herbeigezogen wurde. Aber ich kann nicht ...«

»An den Haaren herbeigezogen?«, platzte es aus Alex heraus. »Sergeant, das war keine Fabel, die ich Ihnen erzählt habe. Ich schütte mein Herz vor Ihnen aus, und Sie behaupten, das alles wäre *an den Haaren herbeigezogen?«*

»Ich sagte: Nicht *gänzlich* an den Haaren herbeigezogen«, korrigierte er sie. »Ihre Geschichte klingt so verdammt abgefahren, dass ich eher geneigt bin, Hollywood anzurufen als die Staatsanwaltschaft.«

»Ich habe mir das nicht ausgedacht, Sergeant!«, rief Alex verzweifelt. »Ich habe Ihnen die Wahrheit gesagt. Und ich erwarte, dass Sie mich ernst nehmen!«

»Das tue ich«, versicherte Seymour. »So wie ich jeden der Fälle ernst genommen habe, die ich in den letzten vierzig Jahren auf den Tisch bekommen habe. Aber soll ich Ihnen was sagen? Dies ist mein allerletzter Fall. Der letzte verdammte Job, den man mir vor dem Ruhestand angetragen hat – und das auch nur, weil sonst niemand Zeit hatte.«

»Dann sollten Sie ihn richtig machen«, forderte Alex mit wildem Funkeln in den Augen – und schien mit ihren Worten eine verwundbare Stelle getroffen zu haben.

»Erzählen Sie mir nicht, wie ich meinen Job zu machen habe!«, fuhr er sie an. »Wenn ich ihn so machen würde, wie es von mir erwartet wird, ständen Sie bereits in Handschellen vor dem Haftrichter! Verdammt noch mal, ich hasse diese Scheiße! Immer der gleiche Fuck!«

»Wovon sprechen Sie?« Alex konnte sich den plötzlichen Wutausbruch des Polizisten nicht erklären.

»Wissen Sie, weshalb ich hier bin?«, fragte Seymour mit bebender Stimme. »Warum ich Ihren Fall überhaupt bekommen habe?«

»Warum?«

»Weil mir der vorherige Fall entzogen wurde, deshalb! Ein Mordfall in Greenwich Village, gar nicht mal weit von hier. Reine Routine, wie es hieß, aber dann wurde alles kompliziert. Verdammt kompliziert, verstehen Sie?«

»Genau wie bei mir ...«

»Keineswegs. In Ihrem Fall ist die Sache eindeutig. Sie waren mit dem Opfer allein und sind die einzige Person, die als Täter in Frage kommt. Alles, was noch fehlt, ist die Tatwaffe, aber die werden wir finden, und dann ...«

»Haben Sie mir denn nicht zugehört?«, fiel ihm Alex ins Wort und auf einmal kam ihr ein schrecklicher Gedanke: Wenn ihre unbekannten Gegner derart rücksichtslos über Leichen gingen und es sogar fertigbrachten, selbst Polizeibehörden zu manipulieren – weshalb sollten sie dann nicht auch in der Lage sein, Beweismaterial zu fälschen, um es der Polizei im geeigneten Moment zuzuspielen? »Ich sagte Ihnen doch, dass ich mit dem Mord an Jan Bonic nichts zu tun habe! Warum wohl, denken Sie, habe ich Ihnen das alles erzählt? Damit Sie die Filmrechte verschachern können?«

»Ich will Ihnen sagen, weshalb Sie mir das alles erzählt

haben! Aus dem gleichen Grund, aus dem ich vierzig Jahre lang belogen und verscheißert worden bin von Typen, die bis zum Hals in der Kacke steckten: Sie haben Angst und wollen Ihren Hals retten.«

»Ja, ich habe Angst!«, gab Alex zu. »Eine Scheißangst sogar! Aber nicht, weil ich ein Verbrechen begangen hätte und mich vor der Strafe fürchte, sondern weil ich nicht begreife, was hier vor sich geht. Ich weiß nicht, was hinter alldem steckt, aber ich weiß, dass meine Feinde über große Macht und Einfluss verfügen. Überprüfen Sie meine Aussage, wenn Sie mir nicht glauben. Telefonieren Sie mit den deutschen Behörden, erkundigen Sie sich in Portland nach Professor Baumgartner. Sie werden feststellen, dass ich die Wahrheit gesagt habe, in jedem einzelnen Punkt …«

Bei den letzten Worten war Alex immer leiser geworden. Resignation hatte von ihr Besitz ergriffen. Seymour schaute sie aus großen Augen an und wusste offenbar nicht, was er entgegnen sollte. Im Grunde schien er ihr glauben zu wollen, aber sein Blick signalisierte Unentschlossenheit.

»Das alles hat keinen Zweck«, sagte er schließlich mit rauer Stimme. »Morgen werde ich mich in den Ruhestand verabschieden und ein anderer Detective wird diesen Fall bearbeiten. Erzählen Sie ihm, was Sie mir erzählt haben – vielleicht wird *er* Ihnen glauben.«

»Vielleicht?« Alex konnte nicht verhindern, dass erneut Tränen in ihre Augen traten – diesmal allerdings nicht Tränen der Trauer, sondern der Wut und der Verzweiflung. »Ist das alles, was Sie mir geben können? Ein lausiges Vielleicht?«

»Tut mir leid«, murrte der Sergeant und er hörte sich in diesem Augenblick unendlich müde an. »Mehr kann ich nicht für Sie tun, Dr. Lessing.«

»Sie könnten meine Aussage zumindest überprüfen.«

»Meine Kollegen werden das tun, sofern sie es für notwendig erachten.«

»Ich verstehe.« Alex' Lippen wurden zu einem dünnen Strich.

»Es tut mir leid«, wiederholte er, »aber ohne einen einzigen sichtbaren Beweis …« Kopfschüttelnd wandte er sich ab und wollte das Badezimmer verlassen.

»Nur mit dem Herzen sieht man gut, Sergeant«, murmelte Alex. »Das Wesentliche ist für die Augen unsichtbar …«

Seymour, die Türklinke schon in der Hand, blieb abrupt stehen und drehte sich wieder zu ihr um. »Was sagen Sie da?«

Alex hatte in Gedanken gesprochen und sich dabei der deutschen Sprache bedient. »Ich habe nur Antoine de Saint-Exupéry zitiert«, sagte sie.

»Wen Sie zitiert haben, ist mir scheißegal«, entgegnete Seymour brüsk. »Aber das letzte Wort …«

»Welches Wort?«

»*Uhnsiktba*«, sagte Seymour. Das deutsche Wort hörte sich aus seinem Mund drollig an, war aber gut verständlich.

»Was ist damit?«, fragte Alex.

»Was bedeutet es?«

»*Invisible*«, übersetzte Alex auf Englisch.

»Schreibt man das so?« Er griff in die Innentasche seines Jacketts und beförderte einen schwarz verkohlten Gegenstand in einer Plastiktüte zutage, den Alex erst beim zweiten Hinsehen als Buch identifizierte.

Es musste im Feuer gelegen haben, denn das meiste davon war verbrannt. Nur die linke Hälfte mit dem Bund war noch übrig, der die gewellten, angeschwärzten Seiten noch notdürftig zusammenhielt. Seymour nahm es heraus und schlug die erste Seite mit dem Titel auf, von dem nur die auf seltsame Weise übereinander angeordneten Worte »THEO… GRUN… DER UNSIC…« übrig geblieben waren, der Rest war ein Fraß der Flammen geworden.

»Ja«, bestätigte sie. »Das letzte Wort könnte durchaus *unsichtbar* geheißen haben – invisible.«

»Und die anderen Worte?«

Alex zuckte mit den Schultern. »*Der* ist im deutschen ein bestimmter Artikel, und *Theo* ist ein Name ... Oder es könnte vom griechischen *theos* abgeleitet sein, was ›Gott‹ bedeutet.«

»So wie in ›Theologie‹, ja?«

»Genau. Sagen Sie, was ist das für ein Buch?«

»Ein Beweisstück in einem anderen Fall.«

»In was für einem Fall?«, fragte Alex indiskret.

»Das geht Sie nichts an.«

»Und es ist in deutscher Sprache geschrieben?«

»Das nehme ich an.«

»Haben Sie es denn nicht übersetzen lassen?«

»Nein, ich ...« Der Polizist verstummte, und das Mahlen seiner Kiefer ließ erkennen, dass etwas nicht in Ordnung war. Alex war aufgefallen, dass Seymour leiser sprach, seit er das Buch hervorgezogen hatte, geradeso als dürften seine Kollegen, die nebenan nach Spuren suchten, nichts davon erfahren. Was genau es damit auf sich hatte, wusste Alex nicht, aber sie witterte ihre Chance.

»Ich könnte Ihnen helfen«, schlug sie vor.

»Wobei?«

»Ich könnte das Buch für Sie übersetzen. Was noch davon übrig ist, meine ich.«

Der Sergeant schaute sie an. Für einen winzigen Augenblick schien er nicht uninteressiert zu sein, dann aber kehrte wieder der dienstliche Gleichmut auf seine Züge zurück. »Ich denke nicht, dass das eine gute Idee wäre.«

»Wieso nicht? Ich helfe Ihnen, indem ich das Buch übersetze, und Sie helfen mir, indem Sie meine Aussagen überprüfen. Eine Hand wäscht die andere, wie man bei uns zu Hause sagt.«

»Ein deutsches Sprichwort, was?«

»Sie haben es erfasst.«

»Interessant – trotzdem lautet meine Antwort ›Nein‹.«

»Warum? Was haben Sie zu verlieren?«

Seymour betrachtete sie mit einem unmöglich zu deutenden Blick. »Mehr als Sie ahnen«, sagte er leise.

»Soll das heißen, Sie wollen nicht wissen, was in dem Buch steht? Kommen Sie, lassen Sie mich nur einen kurzen Blick hineinwerfen. Ich verspreche Ihnen, dass ich niemandem etwas davon verraten werde …«

Der Sergeant schüttelte den Kopf, aber die Geste wirkte nicht sehr entschlossen.

»Nur einen kurzen Blick«, sagte Alex. »Vielleicht ist das Ihre letzte Chance, in diesem Fall weiterzukommen, bevor Sie in den Ruhestand gehen …«

Erneut schien sie eine wunde Stelle getroffen zu haben, auch wenn seine Reaktion diesmal ganz anders ausfiel. Erneut griff Seymour in die Jackentasche, dann reichte er ihr Handschuhe aus dünnem Latex. »Hier«, sagte er, »ziehen Sie die über. Und seien Sie vorsichtig. Die Seiten sind verdammt brüchig.«

»Ist nicht das erste Mal, dass ich mit alten Büchern zu tun habe, wissen Sie …«

Sie streifte sich die Handschuhe über, dann griff sie vorsichtig in die Plastiktüte und entnahm ihr das Buch. Alter Brandgeruch drang ihr in die Nase, Papier und brüchiges Leder knisterten und knirschten in ihren Händen.

Es war kein gedrucktes Werk, sondern ein Notizbuch, das handschriftliche Anmerkungen und Zeichnungen enthielt, die meisten davon so bruchstückhaft, dass kaum mehr etwas zu entziffern war.

Doch plötzlich stutzte Alex. Gleich auf den ersten Seiten war sie auf einige Zeilen gestoßen, die – anders als der Rest – in lateinischer Sprache verfasst waren. Zwar waren sie ebenfalls unvollständig, jedoch konnte Alex die fehlenden Worte problemlos ergänzen.

»*Pauci sunt illi, qui non possunt videri*«, flüsterte sie, »*sed timeo iram invisibilium.*«

»Was heißt das?«, fragte Seymour unwirsch. »Reden Sie gefälligst so, dass ich es verstehen kann.«

»›Nur wenige gibt es, die nicht gesehen werden können, aber ich fürchte den Zorn der Unsichtbaren‹«, übersetzte Alex.

»Noch ein Zitat?«

»Ja«, gab sie verblüfft zur Antwort und runzelte die Stirn, »und zwar eins, das ich erst vor wenigen Tagen gehört habe.«

»In welchem Zusammenhang?«

Sie blickte auf und schaute ihn aus großen Augen an. »Professor Baumgartner sagte diese Worte zu mir, als ich bei ihm war.«

»Sind Sie sicher?«

Sie nickte heftig. »Allerdings, und er sagte auch etwas von …« Alex unterbrach sich, während sich in ihrem Kopf einzelne Puzzleteile zu einem komplexen Gebilde zusammenfügten. Einem Gebilde, das noch längst nicht vollständig war, jedoch einige Zusammenhänge offenbarte. Zusammenhänge, die Alex eisige Schauer über den Rücken jagten …

»Allmächtiger«, flüsterte sie.

»Was ist?«, wollte Seymour wissen.

»Erinnern Sie sich, dass ich Ihnen von diesem Projekt erzählt habe – Gyges?«

»Natürlich«, antwortete Seymour. »Wie ich schon sagte, ein filmreifer Stoff.«

»Viel mehr als das«, erklärte Alex. »Sehen Sie denn nicht, wie alles zusammenhängt?«

»Wie was zusammenhängt?«

Alex konnte spüren, wie sich ihr Pulsschlag beschleunigte, während ihre Gedanken immer größere Sprünge machten und immer abenteuerlichere Schlussfolgerungen zogen. So musste es sein, wenn man kurz davor stand, einen bahnbrechenden Durchbruch in der Forschung zu erzielen, wenn man im Begriff war, jene Schwelle zu überschreiten, auf deren anderer Seite sich unentdecktes Land befand ...

»Gyges ist eine Gestalt aus der griechischen Sage«, erläuterte sie. »Angeblich besaß er einen Ring, der unsichtbar macht. Gleichzeitig ist es auch der Codename eines Forschungsprojekts, an dem CIA und Pentagon während und nach dem Zweiten Weltkrieg arbeiteten.«

»Was für ein Forschungsprojekt?«

»Angeblich ging es darum, Soldaten und Gerät mittels Bestrahlung unsichtbar zu machen«, antwortete Alex aufgeregt. »Ich habe das für ein Hirngespinst gehalten, aber die Hinweise verdichten sich, dass es mehr ist als das. Baumgartner arbeitete ursprünglich für die Nazis, die auf diesem Gebiet ebenfalls Forschungen betrieben, und er gebrauchte dasselbe Zitat, das sich nun in diesem Buch wiederfindet – ein Buch, das in deutscher Sprache gehalten ist. Der Kreis schließt sich damit, verstehen Sie?«

»Gar nichts verstehe ich«, gab Winston Seymour zu.

»Woher haben Sie dieses Buch? Bitte, Sergeant, es ist wichtig, dass Sie mir alles darüber sagen!«

»Aus einem Antiquariat nicht weit von hier. Der Besitzer kam vor einigen Tagen auf ziemlich mysteriöse Weise ums Leben. Er wurde ermordet. Das Buch fand ich bei der Durchsuchung des Ladens.«

»Sein Besitzer hat versucht, es zu verbrennen«, folgerte Alex, die vor Aufregung kaum noch an sich halten konnte. »Verstehen Sie, was das bedeutet, Sergeant? Das bedeutet, dass wir es möglicherweise mit demselben Feind zu tun haben. Jemandem, der dem Geheimnis von Projekt Gyges auf der Spur ist und der dafür gewissenlos mordet.«

Seymour bedachte sie mit einem eindringlichen Blick. »Glauben Sie das wirklich?«

»Was ich glaube, spielt keine Rolle. Die Beweise sprechen für sich. Wir haben Baumgartners Aussage, dazu die Informationen aus dem Logbuch. Und wir haben dieses Fragment. Das alles passt zusammen, verstehen Sie?«

In Winston Seymours Zügen stand wieder die alte Unentschlossenheit zu lesen. Abwechselnd starrte er auf Alex und das halb verbrannte Buch in ihren Händen, während er die neu gewonnenen Erkenntnisse zu ordnen suchte.

»Bitte, Sergeant«, sprach Alex beschwörend auf ihn ein. »Ich erwarte nicht, dass Sie mir blind vertrauen. Überprüfen Sie meine Angaben, dann schauen Sie sich die Fakten an und ziehen Sie Ihre eigenen Schlüsse. Aber ich wette mit Ihnen, Sie werden zum gleichen Ergebnis kommen wie ich.«

»Zu welchem Ergebnis?«

»Dass es kein Zufall war, dass wir uns begegnet sind«, entgegnete Alex voller Überzeugung. »Das Schicksal hatte hier seine Hand im Spiel, davon bin ich fest überzeugt.«

»Das Schicksal?« Aus Seymours Mund hörte sich das Wort an wie ein Fluch.

»Werden Sie mir die Zeit gewähren, die ich brauche, um das Buch zu übersetzen?«

Er schaute sie lange an, während es in seinem Gesicht vor innerer Anspannung zuckte.

»Abgemacht«, sagte er schließlich.

Unbekannter Ort
Zur selben Zeit

Das Licht in dem weiten Raum war gedämpft.

Unwirklicher Schein drang durch die verglaste Front und traf den Schreibtisch und die verschiedenen Kommunikationseinrichtungen darauf: Computerterminals und Telefone, Bildschirme und Decoder erlaubten es ihrem

Benutzer, mit der Welt in Kontakt zu treten, wann immer er es wünschte. Jedes Gespräch, jeder Datentransfer wurde chiffriert und ging über geheime Satellitenverbindungen, sodass alles, was gesagt oder anderweitig ausgetauscht wurde, vertraulich blieb.

Es sei denn, der Benutzer wünschte es anders.

Die Gestalt, die in dem hohen Ledersessel im Zentrum des halbkreisförmigen Tisches saß, war im Halbdunkel kaum auszumachen, war mehr unsichtbar als sichtbar und wirkte eher wie ein Phantom denn wie eine Person. Ihre Bewegungen waren bedächtig und von jener Ruhe bestimmt, die große Macht und absolute Kontrolle einem Menschen verliehen.

Wer damit beschäftigt ist, Macht zu erwerben, der lebt in der ständigen Furcht, es entweder nicht zu schaffen oder sie wieder zu verlieren. Wer sie bereits hat, den plagt die Furcht vor demjenigen, der noch mächtiger ist. Die Gestalt im Ledersessel jedoch kannte diese Furcht nicht. Die sprichwörtliche Arroganz des Mächtigen war ihr prägender Charakterzug.

Arroganz nicht aus Überheblichkeit, sondern aus Erfahrung.

Jahrhundertealte Erfahrung …

Als sich eines der Telefone auf dem Schreibtisch mit elektronischem Trillern meldete, ließ sich die Gestalt mit dem Abnehmen Zeit. Mit der Geduld eines Menschen, der zu warten gewohnt war, griff sie schließlich nach dem Hörer.

»Ja?«

»Ich bin es«, sagte die Stimme am anderen Ende nur, die auf einem der Computerbildschirme augenblicklich analysiert und bestätigt wurde. Keine Namen, keine Codierungen. So war es am einfachsten …

»Und?«, fragte die Gestalt im Dunklen.

»Die Vorbereitungen des Projekts in Rom wurden planmäßig abgeschlossen.«

»Ahnen unsere Freunde etwas?«

»Keine Spur. Sie werden genau das tun, was wir von ihnen erwarten – und dabei noch glauben, dass sie es zu ihrem eigenen Nutzen tun.«

»Sehr gut.« Wäre es in dem Raum heller gewesen, hätte man die Gestalt am Schreibtisch lächeln sehen. »Wann wird der Anschlag stattfinden?«

»Kurz nach Bonatis Eintreffen in Rom.«

»Gut. Was ist mit unserem anderen Projekt?«

»Die Vorbereitungen verlaufen wie vorgesehen. Bislang keine nennenswerten Planabweichungen. Außer vielleicht ...«

»Ja?«

»Eine gewisse Störung, die noch beseitigt werden muss. Nichts von Bedeutung, aber eine Störung.«

»Wo?«, verlangte die Gestalt zu wissen.

»New York.«

»New York?« Erstmals seit langer, seit sehr langer Zeit fühlte die Gestalt einen Anflug von Unruhe. »Dieser Störfaktor muss umgehend ausgeschaltet werden«, ordnete sie an.

»Keine Sorge. Er ist unter Kontrolle.«

»Wie darf ich das verstehen?«

»Einer unserer besten Agenten wurde auf das Problem angesetzt, und ich versichere Ihnen, es *ist* kein Problem mehr ...«

14.

Eine bittere Erfahrung …

Anfangs war es nur ein Spiel.

Irgendwer hatte aus dem Kunstunterricht einige Dosen Farbe geklaut. Zunächst experimentierten wir nur ein wenig damit herum, machten uns einen Spaß daraus, dieses und jenes an die Wände zu schmieren. Bis einer von uns seine Farbdose fallen ließ.

Ich kann mich noch gut daran erinnern: an die Fontäne, die aus dem Gefäß schoss, als es auf dem Boden aufschlug, ein Springbrunnen blauer Farbe, der fast lotrecht in die Höhe spritzte – und dabei Spuren hinterließ.

Wir alle, die wir eben noch ausgelassen durch den Gang getollt waren, unterbrachen unser Spiel, starrten voller Unglauben auf den Kameraden, dem das Missgeschick passiert war. Keiner von uns lachte. Zu bizarr war, was wir sahen – denn zum ersten Mal erblickten wir einen von uns.

Wie ein begossener Pudel stand er da, über und über mit Farbe bekleckert, die seinem konturlosen Körper plötzlich Gestalt gab. Sein kahl rasierter Schädel, sein schmales Gesicht, sein schmächtiger Körper – plötzlich war das alles zu sehen. Und im nächsten Moment betrachteten wir die Farbe mit anderen Augen.

Mit ihr könnte man sichtbar machen, was andernfalls unsichtbar geblieben wäre …

Kurz entschlossen warf ich den Pinsel weg und tauchte

stattdessen die Hand in den Farbtopf. Da wir, anders als im Kunstunterricht, keine Handschuhe trugen, konnte ich auf einmal meine Finger sehen. Ich hob meine Hand und schaute zu, wie die Farbe daran herabrann und dabei immer mehr enthüllte, das verborgen bleiben sollte – und schließlich konnte ich nicht widerstehen und schmierte mir die Farbe ins Gesicht.

Ich war nicht der Einzige.

Überall ringsumher entstanden farbige Mienen in dem konturlosen Nichts – grüne Gesichter, gelbe, rote und blaue. Zum allerersten Mal erblickte ich jene, mit denen ich mein Leben teilte, und zum ersten Mal offenbarte ich mich ihnen auf eine Weise, wie ich es noch nie zuvor getan hatte und es eigentlich auch nicht durfte.

Das Chaos war unbeschreiblich.

Wir waren darauf trainiert worden, auf sensorische Wahrnehmungen zu reagieren, auf Stimmen, Gerüche und Veränderungen der Umgebungstemperatur – aber nichts davon hatte uns auf das vorbereitet! Zum ersten Mal konnten wir einander sehen. Es war befreiend und beängstigend zugleich. Es war nicht nur ausgelassene Freude, die wir empfanden, sondern auch Lust: Wir wussten, dass wir etwas Verbotenes taten, und dennoch – oder gerade deshalb – konnten wir nicht genug davon bekommen.

Wir konnten uns nicht sattsehen an den Körpern der jeweils anderen, die wir nie zuvor in unserem Leben zu Gesicht bekommen hatten, und wir reagierten darauf wie Kinder und machten jede Menge Lärm. Die einen lachten, die anderen schrien, ein paar brachen in Tränen aus – und so blieben wir nicht lange unbemerkt.

Aufseher kamen.

Als sie sahen, was wir getan hatten, verloren sie jede Beherrschung. Wir wurden auseinandergerissen und getrennt. Die bange Freude, die wir eben noch empfunden hatten, verpuffte, und nur die Furcht blieb zurück.

Ich weiß noch, dass man mich durch einen langen Korridor schleppte und sich die Schreie meiner Kameraden irgendwann verloren. Man brachte mich in einen separaten Raum, wo man mich bereits erwartete. Ich erinnere mich, dass ich entsetzt auf die Peitsche blickte, die vor mir im Halbdunkel zu schweben schien. Dann packte man mich und presste mich gegen die Wand, und das Nächste, was ich fühlte, war sengend heißer Schmerz auf meinem nackten Rücken.

An diesem Tag lernte ich eine weitere wichtige Lektion: dass man ein Geheimnis erst dann offenbaren darf, wenn die Zeit reif dafür ist …

Homicide Squad, 6th Police Precinct
Manhattan, New York City
Vier Stunden später

»Das ist unglaublich … einfach unglaublich …«

Alexandra Lessings Stimme bebte, während sie in den Seiten des halb verbrannten Buches blätterte.

»Was ist so unglaublich?«, erkundigte sich Winston Seymour, der den Tisch, an dem sie saß, wie ein Raubvogel umkreiste. Nach ihrer Unterhaltung im Hotel hatte er sie mit aufs Revier genommen, wo sie sich in der Abgeschiedenheit eines Vernehmungszimmers jenes Buch ansehen sollte, das Winston in Julius Quares Laden gefunden hatte. Alex kannte den Grund dafür nicht, aber der Polizist schien ein besonderes Interesse an diesem Fall zu haben. »Reden Sie schon, Doc. Was steht in dem verdammten Buch?«

»Na ja«, sagte Alex, »es ist nur noch ein Fragment, und die fehlenden Teile sind zu umfangreich, deshalb lässt sich der Inhalt nicht vollständig rekonstruieren. Aber wie es aussieht, handelt es sich um einen wissenschaftlichen

Versuchsbericht, den ein deutscher Physiker wohl noch zu Kriegszeiten verfasst hat.«

»Hm ...«, machte Winston. »Und worum geht es darin?«

»Ich denke, ich weiß inzwischen, wie der vollständige Titel lautete«, erwiderte Alex und machte ein Gesicht, als wüsste sie die Lottozahlen der nächsten Woche.

»Ach? Und wie?«

»Die theoretischen Grundlagen der Unsichtbarkeit«, antwortete Alex auf Deutsch, um es gleich darauf ins Englische zu übersetzen.

Winston wusste augenscheinlich nicht, wie er darauf reagieren sollte. Zuerst grinste er breit, dann blickte er wieder völlig ernst. »Das ist ein Scherz, oder?«

»Nein, Sergeant. Das ist kein Scherz.«

»Sie haben sich das ausgedacht, um eine Verbindung zwischen Ihrem Fall und diesem zu schaffen. Sie denken, dass Sie auf diese Weise noch mal den Kopf aus der Schlinge ziehen können und ...«

»Nein, Sir«, sagte Alex entschieden. »Jeder andere, der der deutschen Sprache mächtig ist, wird Ihnen meine Aussage bestätigen. Dieses Buch – oder vielmehr das, was noch davon übrig ist – enthielt die Forschungsergebnisse eines Wissenschaftlers, der nach einer Möglichkeit suchte, Dinge und sogar Menschen unsichtbar zu machen.«

»Und das verdammte Ding ist echt?«

»Davon gehe ich aus. Jedenfalls ist darin dasselbe lateinische Zitat vermerkt, das auch Baumgartner benutzte: *Pauci sunt illi, qui non possunt videri, sed timeo iram invisibilium* – Wenige gibt es, die nicht gesehen werden können, aber ich fürchte den Zorn der Unsichtbaren. Scheint so etwas wie der Wahlspruch dieser Leute gewesen zu sein.«

»Welcher Leute?«

»Der Wissenschaftler, die an dem Projekt gearbeitet haben«, antwortete Alex. »Ich nehme an, dass es sich dabei um eine ganze Gruppe hochkarätiger Spezialisten gehandelt hat, zu denen auch Baumgartner gehörte.«

»Und diese Jungs, diese Wissenschaftler, haben tatsächlich versucht, Leute unsichtbar zu machen?«

»Genau wie bei Herbert George Wells«, bestätigte Alex nickend. »Wenn Sie dergleichen Dinge lesen.«

»Gibt's das auch als Film?« Winston grinste schief. »Sollte ein Scherz sein.«

»Witzig.« Alex schnitt eine Grimasse.

»Was steht noch in dem Buch?«, wollte der Polizist wissen.

»Na ja, ich bin keine Physikerin«, gestand Alex. »Vieles von dem, was hier notiert wurde, verstehe ich nicht. Aber es taucht immer wieder der Name ›Laurin‹ auf.«

»Wer soll das sein?«

»Der Sage nach war Laurin ein Zwerg, der eine Tarnkappe besaß. Das Ding war in der Lage, ihn unsichtbar zu machen.«

»Noch ein Unsichtbarer.« Winston schnaubte.

»Ich denke, ›Laurin‹ war der Tarnname des Forschungsprojekts. Die Nazis arbeiteten in ihren geheimen Waffenversuchsanlagen an einer Vielzahl von Projekten, von denen sich die Führung eine Wende im Kriegsgeschehen erhoffte. Neue U-Boote, Raketen – sogar an der Atombombe wurde gebastelt.«

»Ja«, knurrte Winston. »Nur gut, dass diese Mistkerle damit nicht mehr fertig wurden.« Auf einmal bedachte er sie mit einem seltsamen Blick und sagte: »Ich hoffe, ich trete Ihnen damit nicht auf die Füße.« Es klang fast entschuldigend. »Immerhin sind Sie Deutsche und …«

Alex schüttelte den Kopf. »Keine Sorge, Sergeant. Ich identifiziere mich ganz bestimmt nicht mit einer Bande feiger Massenmörder. Es war ein großes Glück für mein Land, dass die Nazis mit ihren Forschungen nach einer neuen Geheimwaffe nicht fertig geworden sind – zu Ende gebracht wurden die erst vom Pentagon, das leider keine Skrupel hatte, auf die Forschungsergebnisse der Nazis zurückzugreifen. Übrigens war das auch bei der Entwicklung der Saturn-Raketen für das Raumfahrtprogramm der Fall.«

»Ich erinnere mich, mal was darüber gelesen zu haben.« Winston nickte. »Allerdings habe ich mich damals etwas gefragt, das ich mich auch jetzt wieder frage: Wie war das möglich? Ich meine, wieso haben die Deutschen nicht sämtliche Unterlagen vernichtet, statt sie in Feindeshand fallen zu lassen?«

»Aus zwei Gründen. Zum einen unterschätzen Sie die deutsche Gründlichkeit. Von sämtlichen Forschungsunterlagen wurden frühzeitig Kopien angefertigt, die in den Reichsarchiven deponiert wurden, damit sie nicht durch Diebstahl abhandenkamen oder durch Feuer vernichtet wurden. Zum anderen witterten die Wissenschaftler eine Chance, ungestraft davonzukommen. Also wechselten sie kurzerhand die Seiten und setzten ihre Arbeit für einen neuen Auftraggeber fort.«

»Unglaublich«, knurrte Winston.

»Finden Sie? Eine ganze Reihe vormals fest überzeugter Nazi-Wissenschaftler trat in der ehemaligen DDR auch in die Dienste des Kommunismus, um ihre Forschungen fortsetzen zu können. Es geht um die Universalität der wissenschaftlichen Idee. Für viele meiner Kollegen ist es letztlich nicht von Belang, für wen sie arbeiten.«

»Und die US-Regierung hat sich darauf eingelassen?«

»Nicht nur das. Man gewährte diesen Wissenschaftlern hier in den USA vollständige Amnestie, bürgerte sie ein und gab ihnen zum Teil sogar neue Identitäten. Einige von ihnen wurden geachtete Persönlichkeiten, so wie Bruce Baumgartner. Und das bringt mich dazu anzunehmen, dass auch ›Laurin‹ zu jenen Projekten gehörte, die vom Pentagon weiterbetrieben wurden. Erinnern Sie sich, was ich Ihnen über das Projekt ›Gyges‹ erzählte?«

»Halbwegs«, murmelte Winston. »Ich muss gestehen, dass ich Probleme hatte, Ihnen ganz zu folgen ...«

»Ich denke, dass aus dem Laurin-Projekt der Nazis nach dem Krieg das Gyges-Projekt der US-Regierung wurde. Ein neues Land, ein neuer Name, aber noch immer wurde dasselbe Ziel verfolgt.«

»Sie ... Sie meinen, Menschen unsichtbar zu machen?«

»Nicht nur Menschen. Auch militärisches Gerät, Panzer, Flugzeuge, Kriegsschiffe – das ganze Arsenal. Das war es wohl, was man im Sinn hatte und was Baumgartner mir mitteilen wollte. Vielleicht«, meinte Alex mit Blick auf das verkohlte Notizbuch, »sind dies sogar seine Aufzeichnungen. Oder aber ...«

»Was haben Sie?«, fragte Winston, als sie plötzlich verstummte.

»Möglicherweise haben diese Aufzeichnungen zu der streng geheimen Ladung gehört, die U-300 an Bord hatte, als es kurz vor Kriegsende auslief. Im Logbuch des Kommandanten war von einer Kiste unbekannten Inhalts die Rede, die im Bugraum gelagert wurde. Das U-Boot hatte den Auftrag, diese Kiste an ein Schiff der kaiserlich-japanischen Marine weiterzugeben, offenbar damit nach der deutschen Kapitulation in den Kriegslabors des Tenno an diesem Projekt weitergeforscht werden konnte. Man wollte den Kampf um keinen Preis aufgeben. Der Geheimdienst der Alliierten hat von der Sache jedoch Wind bekommen und das U-Boot an der vereinbarten Stelle abgefangen. Auf diese Weise sind sowohl Baumgartner, der wahrscheinlich einer der führenden Köpfe des Projekts war, als auch sämtliche Aufzeichnungen in die USA gelangt.«

»Klingt verdammt abenteuerlich, wenn Sie mich fragen. Aber so könnte es gewesen sein.«

»Wie war der Name des Mannes, in dessen Besitz sich das Buch zuletzt befand?«, wollte Alex wissen.

Winston zögerte mit der Antwort.

»Kommen Sie, Sergeant. Wenn Sie mir nicht vertrauen, wieso haben Sie mir dann dieses Buch gezeigt? Sie wollen, dass ich Ihnen helfe, so wie ich will, dass Sie mir helfen. Ich versichere Ihnen, dass nichts, worüber wir uns hier unterhalten, diesen Raum verlässt.«

»Na schön.« Der Polizist nickte. »Der Name des Mannes war Julius Quare. Wie ich schon sagte, wurde er ermordet.«

»Quare wie Q. U. A. R. E.?«

»Ja, wieso fragen Sie?«

»Na ja ...« Alex zuckte mit den Schultern. »Vielleicht hat es ja nichts zu sagen, aber das Wort *quare* bedeutet im Lateinischen ›warum?‹. Es kann natürlich ein Zufall sein, aber ...«

»Ist es wahrscheinlich nicht.« Winston schüttelte den Kopf. »Quare scheint ein ziemlich komischer Kauz gewesen zu sein. Hat in seinem Laden pfundweise Zeitungen und Bücher über Verschwörungstheorien gebunkert – Ufos, Aliens und den ganzen Scheiß. War wohl völlig verrückt danach.«

Alex horchte auf, dann sagte sie: »Vielleicht ist er ja mit einer seiner Theorien der Wahrheit zu nahe gekommen und musste deswegen sterben.«

»Ja«, knurrte Winston, »derselbe Gedanke ist mir auch gekommen, als ich seinen Laden durchstöberte.«

»Nehmen wir nur einmal an«, dachte Alex laut nach, »es hätte tatsächlich ein Forschungsprojekt mit dem Namen Laurin gegeben, das zum Ziel hatte, Menschen und militärisches Gerät durch Bestrahlung unsichtbar zu machen. Und nehmen wir weiter an, dass in US-Labors an einem ähnlichen Projekt gearbeitet wurde, an dem nach Kriegsende auch deutsche Wissenschaftler beteiligt wurden. Was, wenn es tatsächlich gelungen ist?«

»Sie meinen ...?«

»Bei meinen Recherchen bin ich auf das Philadelphia-Projekt gestoßen, bei dem ein ganzes Schiff samt seiner Besatzung spurlos verschwand. Hobbyforscher und Verschwörungstheoretiker auf der ganzen Welt haben sich mit dieser Sache befasst und jede mögliche und vor allem auch unmögliche Theorie aufgestellt. Von Zeitreise-Experimenten ist die Rede, von Teleportation und noch vielem mehr.«

»Tele... *was?*«

»Teleportation«, erklärte Alex. »Die Übertragung von Materie von einem Ort zum anderen mittels Energie.«

»Sie meinen *beamen?*«

»Etwas in der Art.« Alex nickte. »All das wurde von Verschwörungstheoretikern und anderen Fantasten in Erwägung gezogen, aber offenbar ist das Verschwinden des Schiffes selbst das Ziel des Experiments gewesen. Das würde bedeuten, dass bereits 1943 ein erster Durchbruch erzielt wurde, wenn auch mit verheerenden Auswirkungen für die beteiligten Menschen.«

»Was für Auswirkungen?«, fragte Winston und ein Schauer schien ihn frösteln zu lassen.

Alex erzählte ihm, was sie auch schon Jan berichtet hatte. »Einige Matrosen des Schiffs starben bei dem Experiment, andere verloren den Verstand und etliche verschwanden spurlos für immer.«

Winston versuchte ein Grinsen; es sollte gelassen wirken, verriet jedoch nur seine Unruhe. »Wollen Sie mir etwa weismachen, Doc, dass Militär und Geheimdienst seit mehr als einem halben Jahrhundert über Mittel und Wege verfügen, Menschen *unsichtbar* zu machen?«

»Wir sollten es in Erwägung ziehen«, sagte Alex leise.

»Aber das widerspricht doch jeder Logik! Wenn die Regierung tatsächlich über solch eine Technik verfügt, hätte man damit eine Menge Leben retten können – in Korea, in Vietnam, im Irak ... Warum hat die Regierung diese

Technik nicht in diesen schlimmen Kriegen eingesetzt? Oder sie genutzt, um diese Kriege von vornherein zu verhindern?«

»Wer weiß?« Alex zuckte mit den Schultern. »Vielleicht hält die Rüstungsindustrie nicht viel von dieser Erfindung. Ein Krieg, der innerhalb weniger Tage beendet ist, ist reichlich unrentabel, finden Sie nicht?«

»Jetzt hören Sie sich auch schon an wie einer dieser Verschwörungstheoretiker«, stellte Winston fest.

»Sorry, ich weiß auch nicht auf alle Fragen eine Antwort«, entgegnete Alex. »Aber ich vermute, dass es diese Technologie gibt, und ich bin davon überzeugt, dass sie bereits mehrfach angewendet wurde.«

Winston schüttelte ungläubig den Kopf. »Ist Ihnen eigentlich klar, was Sie da sagen?«

»Ich glaube schon«, sagte Alex.

»Wenn Sie recht haben, würde das bedeuten, dass es bereits Menschen gibt, die unsichtbar sind, oder?«

»Ich nehme es an.«

»Und das wiederum würde heißen, dass sie tun und lassen können, was ihnen beliebt, weil niemand sie sehen und folglich auch niemand sie für ihre Taten zur Verantwortung ziehen könnte.«

»Davon handelt H. G. Wells' Roman. Er stellt darin die These auf, dass sich der unsichtbare Mensch an keinerlei Ethik oder Moral gebunden fühlt, da er ja nicht gesehen wird und deshalb auch keine Konsequenzen seines Handelns befürchten muss.«

»Ich hab tatsächlich schon mal die Verfilmung gesehen«, behauptete Winston.

»An einer Stelle behauptet Wells sogar, dass Unsichtbarkeit hervorragend dafür geeignet sei, um zu morden.«

»Um zu morden«, wiederholte der Sergeant – und in diesem Moment fügten sich für Winston Seymour die Bruchstücke seines Lebens zu einem sinnvollen Ganzen zusammen. »Natürlich«, flüsterte er, als ihn die Erkenntnis wie ein Hammerschlag traf. »Das ist die Lösung …«

»Was für eine Lösung?«

»Julius Quares Haushälterin sprach von einem Schemen, den sie gesehen haben will, einem Phantom, das sich über Quares Leiche beugte. Natürlich hat ihr niemand geglaubt, aber vielleicht … vielleicht hat sie die Wahrheit gesagt.«

»Vielleicht«, murmelte Alex schaudernd. »Das würde bedeuten, dass ich mit meinen Vermutungen richtig liege – obwohl es mir lieber wäre, ich würde mich irren.« Sie bemerkte den Blick, mit dem Winston sie betrachtete und den sie nicht zu deuten vermochte. »Was denken Sie gerade, Sergeant?«

Mit leiser Stimme fragte er sie: »Was wäre, wenn ich Ihnen sagen würde, dass auch ich schon ein solches Phantom gesehen habe?«

»Sie?« Alex brauchte einen Moment, um ihre Überraschung zu überwinden. »Wo? Wann?«

»In einem … *Traum*«, erwiderte Winston mit Flüsterstimme. »Einem Traum, der sich am 22. November 1963 zutrug.«

»Ein Traum, der sich zutrug?« Die Formulierung verwirrte Alex.

»Es war der Tag, an dem John F. Kennedy ermordet wurde«, sagte Winston. »In diesem Traum sah ich einen der Attentäter – und irgendwie auch wieder nicht. Er war nicht greifbar, sondern nur ein Schemen, eine Spiegelung der Luft. Eine wandelnde Fata Morgana, wenn Sie so wollen.«

»In einem … in einem Traum?« Noch immer begriff Alex nicht, was der altgediente Cop ihr sagen wollte.

»Ja, in einem Traum …«

Sie seufzte und fuhr sich mit einer Hand durch ihr kurz geschnittenes Haar. »Wissen Sie, was ich mich frage, Sergeant?«

»Was?«

»Warum ich Ihnen das alles erzählt habe«, sagte sie mit einer Stimme, in der Frustration und Resignation unüberhörbar waren. »Ich hätte mir denken können, dass Sie mir kein Wort glauben. Es hätte allerdings genügt, mir dies mitzuteilen.« Auf einmal wurde sie lauter, klang wütend. »Sie müssen die Sache nicht auch noch ins Lächerliche ziehen.«

»Aber …« Abwehrend hob er beide Hände. »Aber das tue ich nicht.«

»Natürlich nicht!«, sagte Alex sarkastisch und nickte grimmig. »Ich erzähle Ihnen von Dingen, die sich tatsächlich zugetragen haben, und von Vermutungen, die ich auf Grund realer Gegebenheiten angestellt habe, und Sie kommen mir mit einem Traum vom Kennedy-Attentat. Ist Ihnen nichts Dümmeres eingefallen?«

»Aber dieser Traum«, sagte Winston, »ich glaube, er war … ja, ich glaube, das ist wirklich geschehen. Verstehen Sie?«

»Wollen Sie behaupten, es wären unsichtbare Killer gewesen, die Ihren Präsidenten …« Sie unterbrach sich, schaute Winston an, musterte ihn und sah den Ausdruck in seinem Gesicht. »Sie … Sie haben das *ernst* gemeint?«

»Allerdings«, sagte Winston und um seine Mundwinkel zuckte es. »Seit mehr als vierzig Jahren verfolgt mich dieser Traum. Er lässt mir keine Ruhe, hat mir in unzähligen Nächten den Schlaf geraubt und mir schließlich die Familie genommen. Vier Jahrzehnte Arbeit im Morddezernat mögen mich hart und zynisch gemacht haben – das ist eine Voraussetzung, wenn man in diesem Job überleben will –, aber es gibt Dinge, über die ich mich niemals lustig machen würde, und dazu gehört Präsident J. F. K. Ich habe ihn sehr bewundert, wissen Sie.«

»Entschuldigen Sie«, bat Alex. »Ich wollte Sie nicht verletzen. Es ist nur … Wie passen ein … *ein Traum* und all das zusammen?«

»Nicht ich bin hier die Wissenschaftlerin, Honey, sondern Sie. Ich habe Ihnen geglaubt – jetzt glauben *Sie* mir!«

»Na schön, ich glaube Ihnen«, entgegnete Alex ein wenig unwirsch. »Und was jetzt?«

»Nun, wenn wir davon ausgehen, dass Ihre Vermutungen und Schlussfolgerungen irgendwie der Wahrheit entsprechen, dann wissen wir jetzt immerhin, weshalb diese Killer hinter Ihnen her sind.«

»Nämlich?«

»Aus dem gleichen Grund, aus dem sie auch Julius Quare ermordet haben: Sie sind der Wahrheit zu nahe gekommen, Doc, und jemand hat ein großes Interesse daran, dass all diese Dinge im Verborgenen bleiben. Ein so ausgeprägtes Interesse, dass er dafür rücksichtslos über Leichen geht.«

Alex nickte. »Das würde auch den Mord an meinem Kollegen erklären.«

»Wir haben es mit einem Killer zu tun, den es nach den uns bekannten Gesetzen der Physik gar nicht geben dürfte.«

»Nun«, meinte Alex, »dann sollte ich wohl zum Gegenangriff übergehen und das tun, was diese Kerle am wenigsten erwarten.«

»Und das wäre?«

»An die Öffentlichkeit gehen. Die ganze verdammte Sache publik machen. Wenn erst das Fernsehen darüber berichtet hat und Hunderttausende von Menschen auf der ganzen Welt im Internet darüber gelesen haben, kann man eine solche Sache nicht mehr vertuschen. Das könnte mir das Leben retten.«

Winston lachte und schüttelte den Kopf. »Hunderttausende von Menschen wissen aus dem Fernsehen und aus dem Internet, dass in Roswell ein Ufo abgestürzt ist und dass Elvis noch lebt«, behauptete er. »Trotzdem werden diese eindeutigen Tatsachen weiterhin geschickt von der Regierung vertuscht!«

»Können Sie nicht ernst bleiben?«, beschwerte sich Alex.

»Ich bin ernst«, erklärte Winston. »Was ich damit sagen will, ist: Sie haben weder einen Beweis noch einen Zeugen, der Ihre Behauptungen unterstützt – und damit unterscheiden Sie sich in nichts von all den Spinnern da draußen!«

»Das stimmt so nicht ganz«, entgegnete Alex triumphierend. »Vergessen Sie Bruce Baumgartner nicht. Wenn es uns gelingt, ihn zu einer Aussage zu bewegen, haben wir gewonnen. Er ist der lebende Beweis für all das, worüber wir bisher nur spekulieren können.«

»Der lebende Beweis«, wiederholte Winston. »Ich fürchte, da irren Sie, Alex.«

»Was soll das heißen?«

»Das heißt, dass Bruce Baumgartner, ehemaliger Professor an der Columbia-Universität, heute Nacht gestorben ist.«

»Was?« Alex fuhr hoch. »Woher ... woher wollen Sie das wissen?«

»Ich habe den Namen überprüfen lassen, nachdem Sie ihn erwähnten. Wie es heißt, erlag Baumgartner den Folgen eines schweren Schlaganfalls.«

»Das ... das ist kein Zufall«, war Alex überzeugt, »das ist Ihnen doch klar, oder?«

»Baumgartner hatte ein gesegnetes Alter«, gab Winston zu bedenken, »und er hatte bereits zwei Schlaganfälle hinter sich.«

»Trotzdem. Jemand, der sein Leben lang geschwiegen hat, beginnt auf einmal zu plaudern und stirbt dann plötzlich. Das stinkt doch zum Himmel!«

»Zugegeben«, räumte Winston ein, »aber auch das können wir nicht beweisen. Und ohne Beweise ...«

»Ich pfeif auf Ihre Beweise!« Alex rieb sich die Oberarme, weil sie ein jähes Frösteln befiel. »Zuerst Julius

Quare, dann Jan und jetzt auch noch Baumgartner. Ohne Frage ist mein Name der nächste auf der Todesliste. Man will auch mich für immer zum Schweigen bringen!«

»Keine Sorge«, sagte Winston, »ich werde auf Sie aufpassen. Aber dazu ist es nötig, dass Sie mir bedingungslos vertrauen. Haben Sie das verstanden?«

»Ja«, antwortete Alex ein wenig zögernd – das letzte Mal, als sie begonnen hatte, jemandem zu vertrauen, war dieser Jemand mit eingeschlagenem Schädel in einem Kleiderschrank geendet …

»Ich weiß nicht, was ich von dieser ganzen Sache halten soll«, gestand Winston Seymour freimütig, »aber sie ist mir unheimlich, und ich will meine Karriere nicht mit noch einer Leiche beschließen müssen.«

»Wie tröstlich.« Alex lächelte zaghaft.

»Auf keinen Fall dürfen Sie in Ihr Hotelzimmer zurück. Sollten sich dort noch persönliche Dinge von Ihnen befinden, können wir einen Kurier beauftragen, der …«

»Nicht nötig.« Alex winkte ab. »Bei der Flucht aus Deutschland musste ich alles zurücklassen.«

»Gut.« Winston nickte. »Das NYPD, der US Marshals Service und das FBI-Field Office New York verfügen in der Stadt über geeignete Unterschlupfmöglichkeiten für gefährdete Personen. Meist handelt es sich dabei um Kronzeugen in Prozessen gegen das organisierte Verbrechen. Aber ich werde meinen Vorgesetzten davon überzeugen, dass auch Sie besonderen Schutzes bedürfen.«

»Danke«, sagte Alex. »Und was werden Sie ihm erzählen?«

»Die Wahrheit – dass die Dinge anders liegen als zunächst vermutet und Sie eine wichtige Zeugin sind.«

»Ich stehe demnach nicht mehr unter Tatverdacht?«

»Nein.«

»Und was werden Sie Ihrem Vorgesetzten sonst noch erzählen?«

»Bestimmt nichts von unsichtbaren Killern oder irgendwelchen Nazi-Experimenten – Sutton hält mich auch so schon für ein seniles Wrack. Dass er mir diesen Fall überhaupt noch übertragen hat, hat nur mit der Personalknappheit zu tun. Wenn ich ihm erzähle, was Sie mir erzählt haben, suspendiert er mich an meinem vorletzten Tag vom Dienst und lässt mich auf meinen Geisteszustand überprüfen.«

»Wer könnte ihm das verdenken?« Alex zuckte mit den Schultern. »Diese ganze Geschichte ist so verrückt, dass ich sie selbst kaum glauben kann. Warum glauben *Sie* mir, Sergeant?«

Winston Seymour schaute sie lange an. »Vielleicht, weil ich ein sentimentaler Hund bin«, antwortete er schließlich. »Ich habe eine Tochter in Ihrem Alter, die ich eine Ewigkeit nicht mehr gesehen habe.«

»Rührende Geschichte.« Alex hielt seinem Blick stand. »Aber das ist nicht der wahre Grund, oder?«

In Winstons Gesichtszügen zuckte es. Einen Augenblick lang hatte es den Anschein, als wollte er Alex böse anblaffen, dann aber sagte er: »Vielleicht hoffe ich einfach, dass all die Scheiße um mich herum irgendwann einen Sinn ergibt. Es gibt Dinge, die ich mein Leben lang versucht habe zu verstehen. Fragen, auf die mir niemand eine Antwort geben konnte.«

»Und Sie denken, dass ich es kann?«

»Vielleicht«, antwortete Winston leise und nickte.

»Glauben Sie an das Schicksal, Sergeant?«

»Nein«, antwortete der Polizist, aber seinem Tonfall war zu entnehmen, dass er nicht die Wahrheit sagte.

Alex verübelte es ihm nicht, denn auch sie war nicht ganz ehrlich gewesen. Nicht, dass sie gelogen hätte, aber sie hatte dem Sergeant, dem sie sich auf seltsame Weise verbunden fühlte, etwas verschwiegen – zum einen, weil sie sich selbst nicht sicher war, zum anderen aber auch, weil sie sich keine Blöße hatte geben wollen. Sie hatte es für sich behalten, dass auch sie schon so ein Phantom gesehen hatte, eine schemenhafte Gestalt, die kurz aufgetaucht und dann wieder verschwunden war – in jener Nacht, in der die vermummten Attentäter Jan Bonics Truck in die Luft gesprengt hatten. Für einen winzigen Moment hatte Alex geglaubt, vor dem Hintergrund der lodernden Flammen eine schemenhafte Gestalt zu erkennen …

Eine Sinnestäuschung?

Was wiederum Sergeant Winston Seymour und das Schicksal betraf, glaubte Alex fest daran, dass es mehr gewesen war als bloßer Zufall, der den altgedienten Cop und sie zusammengeführt hatte. Ja, sie war sogar überzeugt davon, obgleich sich ihr wissenschaftlich geschulter Verstand vehement dagegen sträuben wollte.

Nicht alles, was in dieser Welt geschah, war wissenschaftlich exakt zu erklären, das wusste sie …

15.

»Es ist ein Skandal! Wie viel wollen wir uns noch gefallen lassen von einer Regierung, die Freiheit und Demokratie in alle Welt tragen will, ihren eigenen Bürgern jedoch genau diese Rechte versagt?«
Rosie G., Brooklyn

»Fernsehen und Radio berichteten, dass die nicht genehmigte Demonstration an der 47th Street von der Polizei friedlich aufgelöst wurde. Ich war dabei und weiß es besser. Wie friedlich kann ein Schlagstock sein, den man in den Rücken gestoßen kriegt?«
MCool, Queens

»Es heißt, New York sei eine tolerante Stadt, die ihre Besucher willkommen heißt, aber jede Gastfreundschaft hat ihre Grenzen. Seit Wochen sehen wir zu, wie unsere schöne Stadt allmählich zum Polizeistaat wird. Uniformen, wohin man blickt, die Freiheitsrechte werden eingeschränkt. Habe mich entschlossen, ebenfalls auf die Straße zu gehen.«
BBQ, West Side

»... geht es längst nicht mehr um ein Politikertreffen, bei dem nur Hände geschüttelt werden. Der New Yorker Weltgipfel ist zum Symbol geworden – zum Symbol für eine

Regierung, die dieses Land und die Menschen darin als ihr Eigentum zu begreifen scheint und entsprechend mit ihnen verfährt. Es liegt an uns, ob wir diese Entwicklung zulassen wollen oder uns dagegen zur Wehr setzen ...«
Paul Revere, East Village

Stimmen aus dem Online-Forum »InterState of the Union« (gekürzt)

Hotel Leonardo, Upper Midtown
Manhattan, New York City
Am nächsten Tag

Selbst in dem Hotelzimmer, in dem man Alexandra Lessing untergebracht hatte, hörte man das Geschrei der Menschen, die unten auf der Straße demonstrierten. Als hundertfaches Echo scholl es durch die Häuserschluchten und schien sich mit jedem Stockwerk, das es zwischen den Fassaden emporschwang, noch zu verstärken. Es drang selbst durch die Doppelverglasung der geschlossenen Fenster.

Immerhin schien das Budget, das dem New York Police Department, dem US Marshals Service und dem Federal Bureau of Investigation für den Schutz gefährdeter Personen zur Verfügung stand, nicht gerade knapp bemessen zu sein. Das Hotel im Herzen von Midtown gehörte durchaus zur gehobenen Kategorie. Wahrscheinlich, dachte Alex, wurden in dieser Suite sonst Mafia-Größen untergebracht, die ihre ungeliebte Konkurrenz ans Messer liefern wollten und denen man den Aufenthalt so angenehm wie möglich gestalten musste, um sie bis zum Prozessbeginn bei Laune zu halten.

Allerdings konnten selbst Whirlpool, Pay-TV, ein Kingsize-Bett und ein marmorgekacheltes Badezimmer Alex nicht darüber hinwegtäuschen, dass sie im Grunde eine

Gefangene war. Auch wenn sie nicht mehr unter dringendem Tatverdacht stand, durfte sie längst nicht gehen, wohin es ihr beliebte.

Spätestens an der Tür wäre sie abgefangen worden, von dem uniformierten Cop, den Winston Seymour dort postiert hatte. Zu ihrem Schutz, wie es hieß – aber war das auch die Wahrheit? Konnte sie Seymour trauen oder trieb er sein eigenes Spiel in dieser immer verworrener und undurchsichtiger werdenden Sache?

Alex ermahnte sich selbst zu Bedachtsamkeit und Ruhe.

In Anbetracht all der Dinge, die geschehen waren, und der wilden Vermutungen, die sie angestellt hatte, ohne dafür wirkliche Beweise zu haben, lief sogar eine der Rationalität verpflichtete Wissenschaftlerin Gefahr, in eine handfeste Paranoia zu verfallen. Objektive Analyse war nicht möglich angesichts all der Widersprüche, die sich offenbarten und deren Auflösung möglicherweise alles in Frage stellte, was Alex stets als gesichert angenommen hatte.

Wenn sich bewahrheitete, was sie vermutete, musste die Welt mit anderen Augen betrachtet werden. Waren diese ungeheuerlichen Experimente tatsächlich gelungen? Hatten Wissenschaftler in den Vierzigerjahren tatsächlich etwas geschafft, wovon die Menschheit seit Urzeiten träumte?

Der Ring des Gyges, die Tarnkappe Siegfrieds – sie alle waren Ausdruck des alten Traumes von der Unsichtbarkeit. Sehen zu können, ohne selbst gesehen zu werden, und handeln zu können, ohne dafür zur Rechenschaft gezogen zu werden. Genau darin lag das Problem, wie schon Plato festgestellt hatte: Denn wer weder gesehen noch für sein Handeln verantwortlich gemacht werden konnte, der fühlte sich frei von jeder Moral. Was das bedeutete, darüber wollte Alex gar nicht erst nachdenken.

Obwohl es ein offizielles Beweisstück war, hatte ihr Winston Seymour das Buch mit den Aufzeichnungen überlassen, das er im Laden von Julius Quare gefunden hatte. Der Sergeant schien sich um Vorschriften nicht besonders zu scheren, was wohl damit zusammenhing, dass er unmittelbar vor seiner Pensionierung stand und seinen letzten Diensttag absolvierte. Allerdings hatte Seymour offenbar auch ein sehr persönliches Interesse daran, Licht in diese mysteriöse Angelegenheit zu bringen. Und dies wiederum schien mit dem Traum zusammenzuhängen, von dem er Alex andeutungsweise erzählt hatte.

Alex wusste nicht, was sie davon halten sollte. Sie war Seymour dankbar, dass er sie nicht in Untersuchungshaft gesteckt hatte, und auch wenn sie ihm noch nicht ganz und gar vertraute, wollte sie ihm helfen, so gut es ging.

Auf dem großen Bett des Hotelzimmers sitzend, blätterte sie vorsichtig in den zur Hälfte verbrannten Seiten des Buches, wieder und wieder.

Das meiste, was sie noch entziffern konnte, verstand sie dennoch nicht. Naturwissenschaft war nie ihre Stärke gewesen, deshalb hatte sie sich auf das Studium der Geschichte verlegt. Und der Vielzahl mathematischer Formeln und Gleichungen, von denen die überwiegende Mehrzahl zudem nur bruchstückhaft war, konnte sie nicht einen brauchbaren Hinweis entnehmen. In den erläuternden Texten jedoch tauchten immer wieder Stichworte auf, die Alex' Aufmerksamkeit erregten und die sie sich notierte – Begriffe wie »molekulare Oszillation«, »negative Rezeption« oder »rezeptive Auskopplung«.

Natürlich war Alex in der Lage, diese Begriffe zu übersetzen, aber sie verstand nicht deren Zusammenhänge. Winston Seymour würde einen Spezialisten beschaffen müssen, mit dem Alex über diese Begriffe sprechen konnte …

Sie gähnte und warf einen Blick auf die Uhr.

Schon nach zehn.

Sie hatte sich so konzentriert mit dem Buch und seinem Inhalt befasst, dass sie nicht gemerkt hatte, wie schnell die Zeit vergangen war. Nun jedoch spürte Alex die bleierne Müdigkeit, die sie befallen hatte. Sie fühlte sich seelisch wie körperlich erschöpft und sehnte sich nach ein wenig Entspannung. Ein Bad würde ihr guttun – und sie hoffentlich die innere Ruhe finden lassen, die sie brauchte, um einzuschlafen.

Vorsichtig steckte sie das Notizbuch zurück in den Plastikbeutel und legte es in die oberste Schublade des Nachtkästchens. Dann stand sie auf und ging ins Badezimmer. Aus alter Gewohnheit schloss sie die Tür, ehe sie sich über die Wanne beugte und den Hahn aufdrehte. Heiß und plätschernd stürzte das Wasser in die Wanne und füllte sie rasch, während Dampfschwaden das Bad durchzogen; der Spiegel über dem Waschbecken beschlug.

Alex war fast dankbar dafür. Sie hatte kein Verlangen, sich selbst im Spiegel zu sehen, denn bestimmt hätte ihr nicht gefallen, was sie dort gesehen hätte: ein blasses Gesicht, aus dem die Sonnenbräune gewichen war, und von dunklen Rändern umlagerte Augen, deren Blick stumpf und ernüchtert war und ohne Illusionen.

Während sie sich langsam die Bluse aufknöpfte, fragte sich Alex einmal mehr, in was sie da eigentlich hineingeraten war – und ob es die Realität war, die sie erlebte, und nicht vielmehr ein grässlicher Albtraum, einer in der Art, unter dem Winston Seymour schon all die Jahre litt.

Ein kühler Luftzug riss Alex jäh aus ihren Gedanken.

Sie blickte sich um und stellte fest, dass die Tür, die sie soeben geschlossen hatte, wieder offen stand. Alex schloss sie erneut. Als sie sich wieder umwandte, um sich ihrer Bluse vollends zu entledigen, gewahrte sie etwas – etwas, das ihr das Blut in den Adern gerinnen ließ.

Auf dem beschlagenen Spiegel befanden sich auf einmal Buchstaben, ein Wort, das jemand hastig dorthin geschmiert hatte.

HELLO

Erschrocken prallte Alex zurück, stieß mit dem Rücken gegen die geschlossene Tür. Eine Stimme in ihrem Hinterkopf sagte ihr, dass sie sich ihren eigenen Fluchtweg verbaut hatte, und mit vor Entsetzen geweiteten Augen starrte sie auf die geheimnisvolle Schrift, während das Wasser weiterhin die Wanne und sich der Raum immer mehr mit Dampf füllte.

Und plötzlich glaubte Alex zu sehen, wie sich aus den weißen Schwaden menschliche Konturen schälten!

»Nein …«, flüsterte sie, und es klang flehend, das kürzeste Gebet, das sie je in ihrem Leben gesprochen hatte.

Die schemenhafte Gestalt verschwand nicht. Im Gegenteil, immer deutlicher waren ihre Konturen auszumachen, sodass Alex im nächsten Augenblick sicher war, einen Mann mit einem beeindruckenden athletischen Körperbau vor sich zu haben, der sie um einen ganzen Kopf überragte. Sogleich schoss ihr durch den Kopf, was Seymour ihr auf der Fahrt zum Hotel über den Mord an Julius Quare erzählt hatte: das Badezimmer, die übergelaufene Wanne …

Zu dem Grauen, das sie ohnehin schon empfand, gesellte sich panische Furcht, und sie fuhr herum, griff nach dem Knauf, wollte die Badezimmertür aufreißen, um zu flüchten …

… aber eine unüberwindbare Kraft hielt die Tür geschlossen.

Der Polizeibeamte, der auf dem Gang Wache hielt, kam Alex in den Sinn, und sie wollte laut schreien – aber eine Hand versiegelte ihr auf einmal den Mund, ehe sich ihm auch nur ein Laut entringen konnte.

»Ruhig, Dr. Lessing«, erklang eine Stimme unmittelbar neben ihrem rechten Ohr. Sie hörte sich rau und markant an, aber seltsamerweise nicht bedrohlich. »Seien Sie still, dann wird Ihnen nichts geschehen. Haben Sie mich verstanden?«

Sie wand sich im Griff ihres Häschers.

»Haben Sie mich verstanden, Dr. Lessing! Ihnen wird nichts zustoßen, wenn Sie sich ruhig verhalten!«

Sie stand auf einmal stocksteif, rührte sich nicht mehr.

»Ich will nur reden. Okay, Dr. Lessing?«

Sie antwortete mit einem krampfhaften Nicken.

»Dann hören Sie mir gut zu, Dr. Lessing«, sagte die Stimme aus dem Nichts. »Ich möchte Ihnen eine Geschichte erzählen ...«

Amargosa-Wüste
Nellis Air Force Base, Nevada
August 1948

»Und es ist Ihnen tatsächlich gelungen?«

Die teigigen Züge von Major General Kenneth McLaury drückten unverhohlene Zweifel aus. Zweifel, die nach den Ereignissen von Philadelphia nur zu berechtigt waren. Zweifel, die Professor Horace Craven und sein Team jedoch in wenigen Augenblicken zu zerstreuen gedachten.

»Warten Sie es ab, General«, entgegnete Craven, ein hagerer Mann von schmächtiger Statur, der in seinem langen weißen Kittel einen seltsamen Kontrast zu dem fülligen Offizier in seinem grünen Drillich bildete. McLaury war bekanntermaßen ein Mann der Truppe. In Europa hatte er an vorderster Front gekämpft. Ein Mann der Tat, dem man nichts vormachen konnte. Anfangs war Craven darüber erschrocken, dass man ausgerechnet McLaury geschickt hatte, um der Vorführung beizuwohnen. Andererseits – gelang es, McLaury zu überzeugen, war der Rest ein Kinderspiel ...

»Sie wollen mir also allen Ernstes erzählen, dass es

Ihnen gelungen ist, einen Panzer unsichtbar zu machen?«, schnarrte Major General Kenneth McLaury.

»Nicht nur den Panzer, Sir – auch seine Besatzung.«

»Und das nicht nur für ein paar flüchtige Augenblicke wie damals das verdammte Schiff, sondern dauerhaft?«

»So lange, wie Sie es wünschen, Sir.«

»Sorry, Doc, aber ich kann's nicht glauben.« Major General Kenneth McLaury schüttelte den Kopf.

»Sie brauchen es auch nicht zu glauben, Sir – in wenigen Augenblicken werden Sie es mit eigenen Augen sehen. Oder besser gesagt – Sie werden es eben *nicht* sehen!« Er wandte sich an seinen Kollegen. »Dr. Baumgartner, sind Sie so weit?«

Baumgartner war ein hochgewachsener Mann und steckte wie Craven in einem Kittel. Sein kurz geschnittenes Haar war feuerrot, und seine Züge wirkten entsprechend blass. Er stand an einer Konsole mit Dutzenden von Hebeln, Knöpfen und Schaltern und nahm dort letzte Einstellungen vor. McLaury hatte nicht den geringsten Schimmer, was er dort wirklich trieb.

Baumgartner drehte sich um, nickte und sagte: »Ja, Professor. Alles ist bereit.« Er sprach mit einem Akzent, der dem General nicht gefiel – ein aus dem unerbittlichen Krieg in Europa verbliebener Reflex ließ ihn noch immer zusammenzucken, wenn er einen »Fritz« Englisch reden hörte. »Das Versuchsobjekt befindet sich am Bestrahlungspunkt und die Bestrahlungssequenz wurde eingeleitet. Sobald der General den Befehl dazu erteilt, kann die Demonstration beginnen.«

»Ein Deutscher?«, flüsterte McLaury, der nur halb zugehört hatte, Craven zu.

»Zweifellos einer der fähigsten Wissenschaftler, mit denen ich je zusammengearbeitet habe.«

»Musste das sein? Haben wir keine eigenen Männer?«

»Glauben Sie mir: Baumgartner *ist* unser eigener Mann«,

versicherte der Professor mit überzeugtem Lächeln. »Er ist jetzt US-Bürger und arbeitet für uns.« Er reichte McLaury einen Feldstecher. »Bitte, General. Wenn Sie einen Blick riskieren möchten …«

McLaury nahm den Feldstecher entgegen und trat an das schmale Sichtfenster. Der Bunker, in dem sie sich befanden, war tief im Sand der Sonora-Wüste begraben, nur die Beobachtungskuppel, in der sie sich im Augenblick aufhielten, lugte ein Stück hervor, getarnt von einem großen Felsen. Das Fenster blickte nach Norden, wo inmitten der endlos scheinenden Sandfläche ein einzelnes Objekt stand. Ein einziger Blick durch das Fernglas genügte dem Major General, um festzustellen, dass es sich um einen Panzer vom Typ Sherman M4 handelte – jener bewährten Maschine, die sowohl in Europa als auch im Pazifik im Einsatz gewesen war. Einige ausrangierte Tanks waren der Abteilung Beta zu Versuchszwecken zur Verfügung gestellt worden. Dieser war wohl einer davon.

Craven nickte einem seiner Mitarbeiter zu, die schweigend an ihren Kontrollpulten standen, weiß bekittelte Drohnen einer verbotenen Wissenschaft. Der Mann nahm Funkverbindung zur Besatzung des Panzers auf.

»Sonnenwagen – hier Prometheus! Können Sie mich hören?«

»Laut und deutlich, Prometheus!«, drang die schnarrende Stimme eines jungen Mannes aus dem Lautsprecher.

»Sind Sie bereit?«

»So bereit, wie wir nur sein können, Sir«, kam die Antwort.

Craven nickte zufrieden und richtete einen fragenden Blick auf McLaury. »Wollen Sie an die Besatzung ein paar Worte richten, Sir? Immerhin sind diese Männer im Begriff, Geschichte zu schreiben.«

Der Major General nickte und trat ans Mikrofon. »Morgen, Jungs. Wie geht's euch da draußen?«

»Wir können nicht klagen, Sir.«

»Keine Wünsche?«

»Wenn Sie so fragen – 'n kaltes Bier wäre nicht schlecht. Diese Konservendose hier macht dem Namen Sonnenwagen alle Ehre.«

»Kann ich mir vorstellen.« McLaury nickte grimmig. »Wenn das hier vorbei ist, Sohn, bekommen Sie von mir so viel Bier, wie Ihre Kameraden und Sie trinken können.«

»Ist das ein Versprechen, Sir?«

»Worauf Sie sich verlassen können, Soldat.«

»Wir kommen auf Sie zurück, Sir.«

»Das will ich hoffen. Viel Glück, Jungs.«

»Danke, Sir.«

McLaury trat vom Mikrofon zurück und kehrte ans Fenster zurück, während Baumgartner und die anderen Mitglieder der Forschungsgruppe noch ein paar Feineinstellungen vornahmen.

»Vorbereitungen abgeschlossen«, meldete der gebürtige Deutsche schließlich. »Strahlenprojektor einsatzbereit.«

»Verstanden«, bestätigte Craven und nickte McLaury auffordernd zu. »General, wenn Sie den Befehl geben möchten ...«

Der Major General blickte wieder durch den Feldstecher, sah den Panzer in der flirrenden Hitze der Wüste stehen. Einen unmerklichen Augenblick lang schien er zu zögern, dann nickte er entschlossen. »Fangen Sie an!«, knurrte er. »Finden wir endlich heraus, ob Ihre Theorien zu was taugen. Aber ich warne Sie, Craven – wenn nicht, wird der Ausschuss den Stecker ziehen und Ihren ganzen verdammten Laden dichtmachen.«

»Keine Sorge, Sir«, erwiderte Craven selbstsicher. »Strahlungssequenz einleiten!«, gab er den Befehl des Generals weiter, woraufhin Baumgartner und seine Kollegen mehrere Hebel betätigten, verschiedene Knöpfe drückten und einige Schaltungen vornahmen.

Abgesehen davon, dass ein leises Summen die heiße Luft erfüllte, war keine Veränderung wahrzunehmen. Wie gebannt starrte McLaury durch den Feldstecher, in der Erwartung, dass etwas geschah – aber noch stand der Panzer unverändert inmitten der Wüste, umgeben von flimmernden Luftspiegelungen.

»Sonnenwagen – hier Prometheus!«, hörte er einen der Wissenschaftler ins Mikrofon sprechen. »Statusbericht!«

»Hier Sonnenwagen«, kam die Antwort. »Ist alles ruhig. Keine besonderen Vorkommnisse.«

Die Wissenschaftler tauschten erstaunte und nervöse Blicke.

»Strahlungsintensität erhöhen!«, ordnete Baumgartner an, während Major General McLaury weiter durch den Feldstecher starrte.

Noch immer keine Veränderung ...

»Sonnenwagen – Statusbericht!«

»Alles ruhig, Prometheus. Wir können nichts Auffälliges feststellen.«

Erneut wurden Blicke gewechselt, die eine wachsende Nervosität verrieten. In dem Blick, den Craven dem deutschstämmigen Wissenschaftler schickte, lag sogar eine Spur von Drohung ...

»Strahlungsintensität erhöhen!«, verlangte der ehemalige Deutsche daraufhin noch einmal.

»Aber Sir!«, wandte einer der Mitarbeiter ein. »Wenn wir nochmals erhöhen, kommen wir in den kritischen Bereich und ...«

»Strahlungsintensität erhöhen!«, wiederholte Baumgartner automatenhaft.

Der Assistent wandte sich verzweifelt an Craven. »Sir, ich ...«

Doch Craven ließ ihn nicht ausreden. »Haben Sie nicht gehört, was Dr. Baumgartner gesagt hat, Stevens? Erhöhen Sie die verdammte Strahlungsintensität!«

»Verstanden, Sir«, kam es leise zurück und das Summen im Bunker intensivierte sich.

»Sonnenwagen?«

»Noch immer keine Reaktion, Prometheus. Hier ist alles wie ... Warten Sie!«

»Was ist?«

»Ich fühle mich auf einmal so ... so seltsam ... Mir ist übel, ich ...« Der Rest von dem, was der Soldat hatte sagen wollen, ging in würgenden Lauten unter. Er übergab sich und den übrigen Besatzungsmitgliedern schien es nicht besser zu gehen.

»Sonnenwagen, bitte melden!«, verlangte der Wissenschaftler am Mikrofon. »Statusbericht!«

»E-entschuldigen Sie, Sir. Das kam so überraschend. Wir ... wir sind alle ... Ich kann nicht ...« Erneut konnte der Panzerkommandant den Satz nicht beenden, denn aus dem Hintergrund war plötzlich lautes Geschrei zu vernehmen.

»Sonnenwagen, was ist los bei Ihnen? Erstatten Sie augenblicklich Meldung!«

»I-ich weiß nicht! Etwas geschieht mit uns, Sir. Ich kann es nicht beschreiben. Es ist ...«

Plötzlich schrie auch der Panzerkommandant auf. Es war ein lang gezogener, schriller Schrei, der Major General McLaury zusammenzucken ließ. Dergleichen Schreie hatte er in der Vergangenheit viel zu oft gehört – die Schreie von Männern, die Todesqualen litten ...

Er setzte den Feldstecher ab und fuhr zu Craven herum.

»Abbrechen!«, befahl er. »Sofort!«

»Aber General ...«

»Abbrechen!«, wiederholte McLaury energisch. »Haben Sie mich nicht verstanden? Holen Sie die Jungs da raus – aber sofort!«

Craven empfand Widerstand, der jedoch nicht stark genug war, um sich gegen den hoch dekorierten Offizier aufzulehnen. »Baumgartner!«, wandte er sich an seinen Stellvertreter. »Sie haben den General gehört. Das Experiment wird abgebrochen!«

»Nein, Sir!«, widersprach der in Deutschland geborene Wissenschaftler zu aller Verblüffung.

»Was?«, polterte McLaury, noch ehe Craven etwas erwidern konnte. »Sie verweigern meinen direkten Befehl? Verdammter Kraut, was ...?«

»Sehen Sie, General!«, rief Baumgartner, den fiebrigen Blick weiterhin starr auf sein Kontrollpult gerichtet. »Es geschieht ...!«

»Was geschieht?«

»Sehen Sie ...!«

Unwirsch wandte sich McLaury um, warf einen Blick durch den Feldstecher – und wurde Zeuge eines unglaublichen Schauspiels!

Der Sherman-Panzer, der dort draußen in der Wüste stand, ein Koloss aus dreißig Tonnen Stahl, löste sich vor den Augen des Major Generals auf.

Zuerst verschwammen nur die Umrisse des Tanks, dann wurde der ganze Tank irgendwie unscharf und war vor dem Hintergrund der blendend weißen Dünen immer undeutlicher zu erkennen. Hier und dort wurde der olivgrün gestrichene Stahl durchsichtig, der Koloss begann zu fluktuieren.

Im nächsten Moment war er verschwunden – und mit ihm die panisch schreienden Stimmen aus dem Inneren des Panzers!

»Da-das ist nicht möglich«, würgte McLaury. »Das muss ein verdammter Trick sein ...«

»Kein Trick, Sir«, versicherte Craven mit unverhohlenem Stolz, »sondern menschliche Erfindungsgabe.«

»Da soll mich doch eine Panzergranate beim Scheißen treffen. Der verdammte Tank ist tatsächlich verschwunden!«

»In Wirklichkeit nicht, Sir«, widersprach der Professor. »Der Tank ist noch immer dort draußen, nur ist er für uns nicht mehr zu sehen. Er ist – im besten Sinn des Wortes – unsichtbar.«

»Unsichtbar«, echote McLaury voller Andacht, während sein militärisch gedrilltes Gehirn bereits die Möglichkeiten dieser neuen Erfindung auszuloten begann. »Und Sie können das auch mit anderen Waffengattungen tun?«

»Wir arbeiten daran. Dieser Panzer ist das erste größere Objekt, das wir dauerhaft in den Status der negativen Rezeption versetzt haben – so bezeichnen wir den Zustand der Unsichtbarkeit. Aber schon sehr bald werden wir – so nehmen wir an – auch in der Lage sein, andere Objekte oder eine größere Anzahl von Menschen auf diese Weise zu tarnen. Ich denke dabei an Kriegsschiffe und Flugzeuge und …«

»Keine Kriegsschiffe mehr!« Der Major General schnitt eine säuerliche Miene. »Aber ich kann es kaum erwarten, eine B-24 mit dieser Technik fliegen zu sehen.«

»Sie werden sie nicht *sehen*, Sir«, widersprach Baumgartner, der zu McLaury getreten war, »und das ist das Beste daran!«

Der General bedachte den Deutschstämmigen mit einem prüfenden Blick – dann brach er in schallendes Gelächter aus. »Da haben Sie recht, Doktor«, stimmte er zu und reichte zuerst ihm und dann Craven die Hand. »Gentlemen, ich gratuliere Ihnen zu diesem außergewöhnlichen Erfolg. Ich versichere Ihnen, dass sowohl der Ausschuss als auch das Pentagon zu würdigen wissen, was Sie …«

»Professor!«, ließ sich plötzlich die Stimme desjenigen Wissenschaftlers vernehmen, der am Mikrofon saß und einen schweren Kopfhörer trug.

»Was ist?«, wollte Craven wissen.

»Ich empfange da etwas, das …« Er erhöhte die Lautstärke, und aus dem rauschenden Empfänger drang etwas, das sich anhörte wie das Stöhnen eines Menschen.

»Sonnenwagen – hier Prometheus!«, rief der Wissenschaftler ins Mikrofon, um erneut Kontakt zur Panzerbesatzung aufzunehmen. »Können Sie uns hören? Kommen, Sonnenwagen!«

Es dauerte eine Weile, bis eine Antwort zu hören war, und sie war kaum verständlich. »Helfen ... Sie ... uns ...«, drang es aus dem Lautsprecher. Die Stimme hörte sich an wie die eines Toten. Nicht nur McLaury, auch die Wissenschaftler durchrieselte ein eisiger Schauer.

»Worauf warten Sie noch?«, rief der Major General grollend. »Holen Sie die Jungs zurück!«

»Rückkopplung einleiten!«, befahl Craven und nicht einmal Baumgartner widersprach.

Erneut verstärkte sich das summende Geräusch, und durch den Feldstecher konnte McLaury erkennen, wie sich dort, wo eben noch offenbar nichts gewesen war, wieder die Umrisse eines Sherman-Tanks formten. Der Turm und das Geschützrohr waren bereits zu sehen und auch der Rest entstand wie aus dem Nichts heraus – ein gespenstischer Anblick, den der General allerdings nicht bis zum Ende verfolgte.

»Mein Jeep!«, ordnete er an und stampfte mit polternden Schritten davon, um den Bunker durch den schmalen Aufgang zu verlassen. Sein Adjutant, der im Hintergrund gewartet hatte, folgte ihm, ebenso Professor Craven.

Kaum saßen sie im Jeep, als dieser bereits anfuhr und hinaus in die Wüste raste, wo der Panzer inzwischen wieder vollständig aufgetaucht war.

Eine Staubwolke hinter sich herziehend, jagte das offene Militärfahrzeug auf den Panzer zu.

»Seien Sie vorsichtig, General!«, warnte Craven den Offizier. »Wir wissen noch nicht, welche genauen Auswirkungen das Experiment auf das Versuchsobjekt hat.«

»Was Sie nicht daran gehindert hat, ein paar meiner Jungs in die verdammte Konservenbüchse zu stecken!«

»Ich bin sicher, dass ihnen nichts geschehen ist«, beteuerte Craven, »und wenn doch, so haben sie ihr Leben für ein Experiment gegeben, das alles bisher Dagewesene ...«

In diesem Moment erreichte der Jeep den Panzer und wurde scharf abgebremst. Der General sprang vom Beifahrersitz, just in dem Augenblick, als das Turmluk des M4 von innen geöffnet wurde.

Eine Hand erschien und schließlich ein Gesicht – und General Kenneth McLaury, der im Krieg dem Grauen unzählige Male ins Auge geblickt hatte, stieß einen entsetzten Laut aus!

»Allmächtiger ...!«

16.

Was ist Wahrheit?

Zahllose Menschen, darunter viele, die klüger und weiser sind als ich, haben sich über diese Frage den Kopf zerbrochen.

Ist Wahrheit das, was uns umgibt? Was unsere Sinne wahrnehmen, was wir sehen, hören, riechen und fühlen können? Ist sie gleichbedeutend mit dem, was wirklich ist? Oder ist die Antwort viel komplexer?

Ist Wahrheit das, was wir als wahr empfinden? Ist sie abhängig von dem, was man uns von Kind an beigebracht hat? Wird sie uns gewissermaßen in die Wiege gelegt? Wird sie von unserem Umfeld, von unserer Geschichte, unserer Kultur bestimmt?

Wenn Nationen gegeneinander in den Krieg ziehen, so glaubt jede, für die Wahrheit einzutreten, für die vermeintlich einzig mögliche Variante des Seins – und doch sind es sehr verschiedene Wahrheiten, für die auf beiden Seiten gekämpft, getötet und gestorben wird. Wie wahrhaftig können Wahrheiten sein, die einander gegenseitig ausschließen? Die Menschen dazu bringen, in ihrem Dienst zu morden?

Auch ich gehörte zu jenen, die mit der Wahrheit aufwuchsen – denen Tag für Tag beigebracht wurde, woran man zu glauben, was man zu achten und was man zu verwerfen hat. Man zeigte uns den Feind, den wir zu has-

sen hatten, und den Freund, den wir lieben sollten, und obwohl man uns unbedingten Gehorsam lehrte, lernte ich eine bestimmte Lektion früher und besser als alle anderen.

Dass die Wahrheit stets im Auge des Betrachters liegt …

Hotel Leonardo, Upper Midtown
Manhattan, New York City
Gegenwart

»Warum erzählen Sie mir das alles?«

Inzwischen hatten die unsichtbaren Hände Alexandra Lessing aus ihrem Griff entlassen – geflohen war sie dennoch nicht, sondern hatte atemlos der Erzählung der Stimme gelauscht. Sie stand mit dem Rücken gegen die gekachelte Wand des Badezimmers gelehnt und starrte dorthin, wo sie ihr Gegenüber vermutete. Auch wenn sie es nicht sehen konnte, sagte ihr ein Gefühl, dass dort etwas war.

Dass dort *jemand* war …

Alex bebte am ganzen Körper vor Angst und Entsetzen. Dennoch hatte sie gut zugehört – und was sie gehört hatte, hatte ihr Grauen nur noch gesteigert …

»Ich habe Ihnen das erzählt, weil ich möchte, dass Sie mir vertrauen«, sagte die Stimme.

»Dass … dass ich Ihnen vertraue?« Alex stieß ein hysterisches Kichern aus. »Das ist ein Scherz, oder?«

»Nein, Dr. Lessing. Hinsichtlich solcher Dinge pflege ich niemals zu scherzen. Es gibt einen Grund dafür, dass ich hier bin. Oder glauben Sie, ich hätte mich Ihnen aus einer Laune heraus offenbart? Ich gehe damit ein hohes Risiko ein.«

»Was für ein Risiko?«

»Sie könnten jetzt laut Hilfe rufen«, antwortete die Stimme. »Oder Sie könnten fliehen und die Polizei alarmieren. Ich würde Sie nicht daran hindern.«

»... sagte die Katze und fraß die Maus.«

Die Stimme aus dem Nichts seufzte. »Ich sehe, Sie vertrauen mir noch immer nicht, obwohl ich alles dafür getan habe.«

»Was haben Sie getan?«, fragte Alex aufgebracht. »Sie haben mir eine Geschichte erzählt wie aus einem Schundroman. Experimente mitten in der Wüste, ein Panzer, der spurlos verschwindet – also wissen Sie ...«

»Diese Geschichte stammt aber aus keinem Schundroman. Alles, was ich Ihnen berichtet habe, hat sich wirklich so ereignet!«

»Dann beweisen Sie es«, verlangte Alex. »Bringen Sie es in einen Zusammenhang. Sagen Sie mir endlich, was das alles soll. Und vor allem verraten Sie mir, wer Sie sind ... *was* Sie sind. Ist das alles nur ein billiger Trick? Ich verliere allmählich den Verstand!«

Alex wunderte sich selbst über ihren beherzten Tonfall. Dasselbe Gefühl, das ihr sagte, wohin sie ihre Worte zu richten hatte, verriet ihr auch, dass von ihrem unsichtbaren Gegenüber – wenn es denn existierte und nicht alles nur Täuschung war – keine unmittelbare Gefahr ausging.

Die Stimme schwieg einen Augenblick, als ob sie selbst überrascht wäre von Alex' heftiger Reaktion. »Also gut, Dr. Lessing«, sagte sie dann, »ich werde Ihnen noch mehr Informationen geben und Ihnen helfen, sie einzuordnen. Meine Identität jedoch werde ich Ihnen erst zu einem späteren Zeitpunkt offenbaren.«

»Schießen Sie los!«

»Einiges von dem, was ich Ihnen verraten werde, haben Sie selbst bereits herausgefunden, wenn auch noch nicht als gesicherte Erkenntnis, sondern lediglich als Vermutung.«

»Nämlich?«

»Bereits in den 30er Jahren begannen deutsche Forscher mit der Entwicklung einer Technik, die es ermöglichen sollte, Menschen und Gegenstände unsichtbar zu machen. Unter ihnen war auch ein gewisser Hans Baumgartner, der in Frankfurt unter Born studiert hatte. Anfangs von ihren Kollegen verlacht, gelang es diesen Forschern schließlich, Kontakt zur Reichskanzlei aufzunehmen, wo man ihren Ideen im Hinblick auf den Krieg, den man allen Friedensbeteuerungen zum Trotz vorbereitete, Gehör schenkte. Ein Etat von einer Million Reichsmark – für damalige Verhältnisse eine unvorstellbare Summe – wurde bewilligt, um das Projekt voranzutreiben, das fortan den Namen ›Laurin‹ trug. Das Ziel, das man Baumgartner und seinen Leuten vorgegeben hatte, ging freilich noch weiter, als nur einzelne Menschen und Gegenstände optisch unsichtbar zu machen – man wollte eine Armee unsichtbarer Soldaten, die in der Lage sein sollte, das Feindesland zu infiltrieren und so den Gegner in Furcht und Panik zu versetzen.«

»Also doch.« Alex nickte. »Was ist daraus geworden?«

»Nach anfänglichen Erfolgen – es gelang Baumgartner, Mäuse und Ratten durch Bestrahlung vorübergehend unsichtbar zu machen – musste das Projekt schwere Rückschläge hinnehmen. Vor allem mit zwei Problemen hatten die Wissenschaftler zu kämpfen: Der Unsichtbarkeitseffekt war nur von kurzer Dauer, und er veränderte und deformierte das bestrahlte Objekt, da sich die molekulare Struktur verschob. Da der Krieg inzwischen begonnen hatte, drängte die Führung dennoch auf rasche Erfolge, und man begann mit Versuchen am Menschen, obwohl man noch längst nicht so weit war. Niemand wollte sich für diese riskanten Experimente als Freiwilliger melden, also griff man auf Kriegsgefangene zurück – in erster Linie auf russische Soldaten, junge unschuldige Männer, die fern ihrer Heimat einen grauenvollen Tod starben.«

»Mein Gott«, sagte Alex leise.

»Baumgartners Experimente zeigten schreckliche Resultate. Verblendet von der Idee, den Endsieg im Alleingang erzwingen zu müssen, ging er buchstäblich über Leichen. Und je länger der Krieg dauerte, und je mehr sich das Kriegsglück zu Ungunsten der Deutschen wendete, desto besessener wurde Baumgartner von dem Gedanken, der so genannten Herrenrasse und ihrem Führer doch noch zum Sieg zu verhelfen. Zwar gelang es ihm nicht, den entscheidenden Durchbruch zu erzielen, seiner menschenverachtenden Überzeugung tat dies jedoch keinen Abbruch. Selbst als die Niederlage unausweichlich war, hielt Baumgartner an seiner Vision von einer Armee der Unsichtbaren fest, die zum Schluss doch noch den deutschen Sieg erkämpfen sollte, und behauptete, kurz vor Lösung sämtlicher Probleme zu stehen. Am 16. April 1945 stach daher ein U-Boot des neuen Typs XXI mit einem geheimen Auftrag in See ...«

»Kapitänleutnant Hornungs Boot«, flüsterte Alex.

»Genau. U-300 sollte die Forschungsunterlagen des Laurin-Projekts zu einem geheimen Übergabeort mitten auf dem Meer bringen, wo ein Kriegsschiff der kaiserlich-japanischen Marine auf ihn wartete. Getarnt als Leitender Ingenieur ging Baumgartner mit an Bord, um die Arbeit an Projekt Laurin mit japanischen Forschern zu beenden. Auf diese Weise hoffte man in Berlin, noch eine Wende im Kriegsgeschehen herbeiführen zu können.«

»Ist wohl nichts draus geworden ...«

»Nein. Der amerikanische Geheimdienst OSS – der Verläufer des heutigen CIA – bekam von der Sache Wind. Ein japanisches Kommuniqué wurde abgefangen und entschlüsselt, daraufhin brach ein Flottenverband der US-Navy auf und fing das japanische Schiff ab, während ein US-Zerstörer zum Rendezvous-Punkt geschickt wurde. Man bombardierte U-300 und zwang es zum Auftauchen, und auf diese Weise gelangten die Unterlagen des Projekts in amerikanischen Besitz.«

»Aber das war nicht das Ende von Projekt Laurin, richtig?«

»Allerdings nicht – denn in amerikanischen Labors wurde zu diesem Zeitpunkt längst an einem ähnlichen Projekt geforscht, das nach der griechischen Sage vom Ring, der unsichtbar machen kann, ›Projekt Gyges‹ genannt wurde. Schon 1943 war es gelungen, im Hafen von Philadelphia ein Kriegsschiff kurzzeitig unsichtbar zu machen ...«

»Das Philadelphia-Experiment«, entfuhr es Alex atemlos.

»Richtig. Allerdings stießen die US-Wissenschaftler bei diesem Versuch an ihre Grenzen und ein Großteil der Mannschaft ging bei dem Experiment drauf. Mit den Erkenntnissen aus deutschen Labors hoffte man, die Fehler korrigieren zu können – und da man auf Baumgartners Erfahrungen nicht verzichten wollte, gewährte man ihm vollständige Amnestie und ernannte ihn zum Stellvertretenden Teamleiter, statt ihm wegen seiner unmenschlichen Experimente den Prozess zu machen. Und was hat dieser Schweinehund getan? Er legte sich einen neuen Vornamen zu, bekam die US-Staatsbürgerschaft, wurde linientreuer Amerikaner und diente dem Sternenbanner, als hätte er nie etwas anderes getan.«

»Ein Mann mit Prinzipien«, versetzte Alex bitter.

Sie hatte geahnt, dass sich hinter der Fassade des alten Mannes, dem sie in Portland begegnet war, mehr verbarg, als sich auf den ersten Blick offenbarte, aber auch sie erschauderte angesichts der Abgründe, die sich in der Historie dieses Mannes auftaten. Baumgartner war ein überzeugter Nazi gewesen, ein Wissenschaftler der übelsten Sorte, der seinen Kodex verraten und seine Forschungen über jede Moral gestellt hatte – und gewissermaßen war er noch dafür belohnt worden ...

»Schon im Spätsommer 1945, nachdem auch der Krieg im Pazifik zu Ende gegangen war, nahm die neu formierte Forschungsgruppe ›Gyges‹ wieder ihre Arbeit auf. ›Gyges‹ setzte sich zusammen aus renommierten Chemikern und Physikern aus dem ganzen Land. Die Leitung wurde Dr. Horace Craven übertragen, einem Professor aus Harvard, der schon in Philadelphia dabei gewesen war. Baumgartner soll sein beflissener Diener gewesen sein, der ihm wie ein Schatten folgte. Durch weitere Versuche gelang es, die Phase der Unsichtbarkeit auszudehnen und schließlich sogar dauerhaft zu machen. Ein französischer Physiker namens Dubois berechnete die theoretischen Grundlagen dafür, ein Objekt durch Bestrahlung aus dem sichtbaren Spektrum aus- und wieder einzukoppeln.«

»Ich verstehe«, flüsterte Alex. »Davon also war in diesem Notizbuch die Rede ...«

»Durch die neuen Kenntnisse in der Atomphysik gelang es, die Y-Strahlen, wie sie in Anspielung auf die Röntgenstrahlen genannt wurden, dahingehend zu modifizieren. In der Praxis erwies sich die Methode jedoch als sehr viel komplizierter, da organische wie anorganische Materie durch die Bestrahlung instabil wurde. So auch bei dem Experiment, von dem ich Ihnen berichtet habe – was damals den M4-Panzer verließ, war kaum noch als menschliches Wesen zu bezeichnen. Als Folge wurde Horace Craven als Leiter der Gruppe abgesetzt, und ich nehme an, Sie können sich denken, wer an seiner Stelle fortan Projekt Gyges leitete ...«

»Baumgartner«, sagte Alex tonlos.

»Unter seiner Führung«, bestätigte die Stimme, »verstärkte das Team seine Bemühungen noch. Baumgartner holte sich Rückhalt aus dem Pentagon und sorgte dafür, dass sein Etat verdoppelt wurde – und unter hohen Verlusten gelang ihm im Oktober 1948 schließlich der endgültige Durchbruch: Mittels intensiver Y-Bestrahlung wurden dreizehn Menschen erfolgreich aus dem sichtbaren Quantenspektrum herausgenommen und unsichtbar gemacht. Ein uralter Menschheitstraum hatte sich damit erfüllt.«

»Das kann nicht sein.« Alex schüttelte den Kopf. »Das ist einfach unmöglich ...«

»Zweifeln Sie noch immer, Dr. Lessing? Nachdem Sie all das erfahren haben? Nachdem ich direkt vor Ihnen stehe? Ich selbst bin der lebende Beweis, dass die Experimente von damals zum Schluss erfolgreich waren. Dies ist kein Trick, Dr. Lessing. Weder dringt die Stimme, die Sie hören, aus verborgenen Lautsprechern, noch gibt es Spiegel oder einen doppelten Boden. Vorhin habe ich Sie berührt, wissen Sie noch?«

Alex erinnerte sich schaudernd. Die ganze Zeit über hatte sie den Worten des Unsichtbaren so aufmerksam gelauscht, dass sie nicht dazu gekommen war, sich Gedanken über die Existenz ihres Gegenübers zu machen – einer Existenz, die es gar nicht geben dürfte ...

»Darf ich?«, fragte sie und streckte zaghaft die Hand aus.

»Nur zu.«

Gebannt auf ihre Rechte starrend, trat Alex einen Schritt vor – um erschrocken zurückzuweichen, als ihre Finger etwas berührten. Weiche, warme menschliche Haut ...

»Schon gut«, sagte die Stimme angesichts des Entsetzens, das sich in Alex' Zügen spiegelte. »Glauben Sie mir jetzt, dass die Experimente damals erfolgreich waren?«

»A-aber ... Ihre Stimme ... Sie hört sich so jung an«, wandte Alex ein. »Wären Sie damals dabei gewesen, wären Sie jetzt achtzig Jahre oder noch älter, richtig?«

»Wer sagt, dass das Projekt jemals gestoppt wurde? Darf ich Ihnen eine Frage stellen, Dr. Lessing?«

»Natürlich.«

»Was, denken Sie, ist das letzte Privileg in einer Welt, in

der die letzten Grenze fallen und in der Werte wie Moral, Ehre und Anstand nur noch leere Worthülsen sind?«

»Ich weiß nicht«, entgegnete Alex. Sie verspürte keine Lust auf Ratespiele, hatte noch damit zu tun, die bloße Existenz ihres Gegenübers zu begreifen …

»Dann denken Sie nach, Dr. Lessing. Was ist das höchste Gut, der letzte verbliebene Luxus in einer Gesellschaft, die sich vor sich selbst prostituiert, in der die Überwachung und die Unfreiheit des Einzelnen stetig voranschreitet, während die wenigsten Menschen davon Notiz nehmen?«

»Anonymität?«, nannte Alex das erste Wort, das ihr in den Sinn kam.

»Eine gute Antwort«, lobte die Stimme. »Aber der Begriff der Anonymität unterstellt per Definition, dass Sie zwar unerkannt bleiben, Ihre Tat jedoch publik wird. Nein, Dr. Lessing – das Privileg, von dem ich spreche, umfasst noch ungleich mehr. Es erlaubt Ihnen nicht nur, unerkannt zu bleiben, sondern auch, Ihre Taten zu verschleiern. Stellen Sie sich vor, Sie besäßen die Macht, die Geschicke der Menschen nach Ihren Vorstellungen zu lenken und zu manipulieren, ohne dass jemand auch nur eine Ahnung davon hätte, dass Sie überhaupt existierten. Was würden Sie tun?«

»I-ich weiß es nicht«, entgegnete Alex stammelnd. Die Worte ihres unheimlichen Gegenübers fügten sich in ihrem Kopf auf eine Art und Weise zusammen, die ihr Angst machte. »Wer sind Sie?«, fragte sie zaghaft.

»Ein Freund«, kam es leise zurück.

»Beweisen Sie es.«

»Ich hätte Sie töten können und habe es nicht getan.«

»Das soll ein Freundschaftsbeweis sein? Ist das Ihr Ernst?«

»Erinnern Sie sich an die Nacht, in der Dr. Manhart ermordet wurde?«, kam die Gegenfrage aus dem Nichts.

»Woher wissen Sie von Manhart?«

»Erinnern Sie sich oder nicht?«

»Natürlich erinnere ich mich«, erwiderte sie. »Ich habe einen guten Freund verloren in dieser Nacht und wäre um ein Haar selbst getötet worden …«

»Um ein Haar. Haben Sie sich nie gefragt, weshalb Sie die Kugeln der Killer nicht getroffen haben? Weshalb die beiden plötzlich aufgehört haben, auf Sie zu schießen? Und weshalb Sie unbeschadet über den Zaun auf die Straße entkommen konnten?«

»Nun, ich …«

»Ich werde es Ihnen sagen, Dr. Lessing: weil ein Freund bei Ihnen war und Ihnen bei der Flucht geholfen hat.«

»Ei-ein Freund? Wollen Sie damit sagen, dass …« Alex verstummte, während sie erneut zu begreifen versuchte, wie das alles zusammenpasste und welchen Sinn es ergab.

»Oder an jene Nacht, in der Sie in Ihrer Wohnung überfallen wurden? Als der Killer Ihnen auf den Balkon Ihrer Nachbarin folgen wollte, dann aber in die Tiefe stürzte? Auch damals hat Ihnen jemand geholfen, Alexandra. Jemand, den Sie nicht sehen konnten, der aber dennoch zur Stelle war und Ihnen das Leben gerettet hat.«

»Das … das kann nicht sein!«, stieß Alex hervor – und fügte dann leiser hinzu: »Oder doch …?«

»Dr. Lessing, haben Sie sich als Kind niemals gewünscht, einen besonderen Freund zu haben? Einen, von dessen Existenz nur Sie allein wissen und der für alle anderen unsichtbar ist?«

»Natürlich«, bestätigte Alex. »Jedes Kind wünscht sich einen solchen Freund.«

»Ihr Wunsch ist soeben in Erfüllung gegangen, Dr. Lessing …«

Homicide Squad, 6th Police Precinct
Manhattan, New York City
Zur selben Zeit

Winston B. Seymour hatte sich oft gefragt, wie es sein würde, wenn er an seinem letzten Arbeitstag am Schreibtisch sitzen und seine persönliche Habe in einem Karton verstauen würde.

Dieser Tag war gekommen.

Die Schubladen waren bereits geleert, und auch die Tischplatte, auf der er über dreißig Jahre lang den Papierkram erledigt hatte, war weitgehend abgeräumt. Nur das Bild stand noch da, das Lorna und die Kinder auf der Promenade von Coney Island zeigte. Bis zuletzt hatte Winston es stehen lassen, hatte sich davor gescheut, es zu berühren. Aber dann kam der Augenblick, in dem er auch diesen letzten Schritt noch tun musste.

Er griff nach dem Bild, blies den Staub von Glas und Rahmen und betrachtete es – der Stich in seinem Herzen, den Winston befürchtet hatte, blieb jedoch aus.

Warum?

Vielleicht, weil er im Lauf der Jahre gelernt hatte, mit dem Verlust zu leben. Vielleicht aber auch, weil Winston Seymour begriffen hatte, dass sein Leben nicht nur aus Vergangenheit bestand.

Gewiss, er war verbittert, empfand noch immer Enttäuschung darüber, dass man ihm den Fall Quare entzogen und ihm damit die letzten Chance genommen hatte, sich vor aller Welt zu rehabilitieren. Aber diese Verbitterung ging nicht so weit, dass er sich in Selbstmitleid verlor.

Einige Kollegen hatten eine Abschiedsfeier für ihn organisieren wollen, aber Winston hatte abgelehnt. Er hätte die Heuchelei nicht ertragen. Außerdem war er noch nicht so weit, sich endgültig zu verabschieden. Ein Gefühl sagte ihm, dass sein größter Fall noch vor ihm lag, auch wenn er dann keine Dienstwaffe und Marke mehr hätte. Das Zusammentreffen mit Alexandra Lessing hatte Winston klargemacht, dass er nicht der Einzige war, der sich für die Wahrheit interessierte – und dass es ihm vielleicht irgendwann gelingen würde, das Rätsel zu lösen, das ihm jener immer wiederkehrende Traum auch nach Jahren noch aufgab.

Natürlich hatte Winston weder seinen Kollegen noch Sutton etwas von der Sache erzählt. Stattdessen hatte er die Akte Lessing in der Cold-Case-Ablage verschwinden lassen, wo vermutlich niemand nach ihr suchen würde. Der Fall Bonic kam offiziell als ungelöst ins Archiv – inoffiziell jedoch würde Winston an der Sache dranbleiben.

Er wusste nicht, wohin das alles führen würde. Was Alexandra Lessing ihm erzählt hatte, hätte ausgereicht, um sie in eine psychiatrische Klinik zwangseinweisen zu lassen. Aber aus verschiedenen Gründen war Winston Seymour davon überzeugt, dass die junge Deutsche nicht verrückt war. Zum einen entbehrte das, was sie sagte, nicht einer gewissen Logik. Zum anderen deckte es sich mit dem, was Winston selbst beobachtet hatte. Und drittens schien sie eine Suchende zu sein. Eine Suchende nach der Wahrheit. So wie er selbst.

Winston vermochte es nicht genauer zu benennen, aber er fühlte sich Alex Lessing auf unerklärliche Weise verbunden. Als ob ihr Zusammentreffen vom Schicksal gelenkt worden war, als ob es einen bestimmten Grund dafür gab, dass sie einander begegnet waren – und diesen Grund wollte Winston erforschen.

Die Neugier darauf tröstete ihn über jenen Augenblick hinweg, vor dem er sich die letzten zehn Jahre gefürchtet hatte …

Den Karton mit den privaten Habseligkeiten unter dem Arm betrat er Suttons »Aquarium«, gab Dienstausweis,

Marke und Dienstwaffe ab und beschloss so das Ende seiner aktiven Zeit beim NYPD. Sutton gab sich jovial und schüttelte ihm die Hand, nannte ihn beim Vornamen, als er ihm alles Gute für die Zukunft wünschte. Er überreichte ihm die Dankesurkunde der Stadt New York und das berüchtigte kleine Kästchen, das den »Veteranen-Wecker« enthielt – jene billige Armbanduhr, die ausscheidenden Beamten als Geschenk mit in den Ruhestand gegeben wurde, mit den Initialen ihres Trägers auf der Innenseite eingraviert.

Winston bedankte sich artig, verzichtete aber darauf, die Uhr anzulegen. Stattdessen verabschiedete er sich sofort von Sutton und von seinen Kollegen, die draußen Spalier standen. Als er das Gebäude des 6. Reviers, das ihm im Lauf der letzten Jahrzehnte beinahe zur zweiten Heimat geworden war, verließ, tat er es erhobenen Hauptes und nicht ohne einen gewissen Stolz. Es mochte das Ende eines Lebensabschnitts sein – aber seit Alexandra Lessing in sein Leben getreten war, hatte Winston den Eindruck, dass es auch der Beginn eines neuen war.

Den Karton unter dem rechten Arm, winkte er sich mit der Linken ein Taxi heran. Das Yellow Cab brachte ihn nach Hause.

Dass er, Winston Seymour, Detective Sergeant a. D., dabei beobachtet wurde, ahnte er nicht …

Vor dem Mietshaus in SoHo, das er bewohnte, seit Lorna und die Kinder ihn verlassen hatten, ließ er das Taxi anhalten, bezahlte den Fahrer und stieg aus. Mit dem Karton unter dem Arm stieg er die Stufen zum fünften Stock hinauf, den Vermieter dafür verwünschend, dass er den Lift noch immer nicht hatte reparieren lassen. Einigermaßen außer Atem erreichte er die fünfte Etage, fischte mit der freien Hand den Wohnungsschlüssel aus der Jackentasche – und erstarrte!

Die Tür zu seinem Apartment war bereits offen, und die

Kratzer an Schloss und Türblatt verrieten deutlich, dass sie gewaltsam geöffnet worden war.

Rasch stellte Winston den Karton ab, und in einer wie selbstverständlichen Geste glitt seine Rechte zum Gürtel, wo sich fast vierzig Jahre lang das Holster mit der Dienstwaffe befunden hatte. Natürlich griff sie ins Leere und eine lautlose Verwünschung kam Winston über die Lippen.

Er atmete tief durch und überlegte kurz, was er tun sollte – dann fasste er sich ein Herz und stieß die Tür mit dem Fuß heftig auf.

Das Türblatt schlug gegen die Wand, und mit geballten Fäusten setzte Winston in sein Apartment, gewillt, sein Hab und Gut erbittert zu verteidigen.

Ein Blick ins Badezimmer – dort schien niemand zu sein. Winston eilte weiter in den Wohn- und Schlafraum, schaute sich gehetzt um. Niemand war mehr zu sehen. Aber der oder die Eindringlinge hatten deutliche Spuren hinterlassen.

»Verdammte Scheiße, was …?«

Fassungslos stand Winston vor dem Chaos, das einmal sein trautes Heim gewesen war. Ein Ordnungsfanatiker war er nie gewesen und hatte das geführt, was man einen Junggesellenhaushalt nannte, komplett mit alten Pizzaschachteln und leeren Bierdosen, die den Boden übersäten. Nun allerdings sah sein Apartment aus, als wäre eine Granate darin detoniert.

Sämtliche Schränke standen offen, der Inhalt war durchwühlt und einfach auf den Boden geworfen worden. Das Gleiche galt für die beiden Bücherregale und von Winstons Sammlung alter Jazz-Schallplatten war nur noch ein schwarzer Scherbenhaufen übrig. Auch seine Kleidertruhe war durchwühlt worden. Hemden, T-Shirts und Jacken lagen quer über den Boden verstreut. In der Kochnische, die sich an den Wohnraum anschloss, hatten die Eindringlinge nicht weniger arg gewütet – sämtliche Schränke waren leer geräumt, der Boden mit Glasscherben und Bruchstücken von Porzellan übersät. Gefühlsduselei war nicht Winstons Sache, aber als er sah, dass auch das Teeservice seiner Mutter, das ihr stets so viel bedeutet hatte, in Scherben lag, befiel ihn heiße Wut. Wer, in aller Welt, hatte das getan?

Soweit Winston es beurteilen konnte, fehlte nichts. Weder hatten sich die Einbrecher an seinem Fernseher noch an seiner Stereoanlage vergriffen. Entweder, diese Kerle hatten es nur darauf abgesehen, zu zerstören, oder sie hatten nicht gefunden, wonach sie gesucht hatten, und ihre Frustration darüber an seinem Hab und Gut ausgelassen.

Winston war klar, dass dieser Einbruch keine Zufallstat war. Er lebte in einer ziemlich sicheren Gegend, und das Haus, in dem er wohnte, sah nicht gerade so aus, als ob es dort viel zu holen gäbe. Je mehr er darüber nachdachte und je länger er in den Trümmern umherstapfte, die ihm von seinem Eigentum geblieben waren, desto überzeugter war er, dass die Eindringlinge nach etwas gesucht hatten, das sie in seinem Besitz vermuteten.

Das halb verbrannte Notizbuch!

Die Erkenntnis traf Winston wie ein Hammerschlag.

Wenn auch nur die Hälfte von dem, was ihm Alexandra Lessing erzählt hatte, der Wahrheit entsprach, dann befand sie sich im Fadenkreuz einer ausgewachsenen Verschwörung – und er, Winston B. Seymour, war ebenfalls hineingeraten. Den Einbruch nahm er als Beweis dafür, dass die Deutsche mit ihren Vermutungen richtig lag, und er wollte verdammt sein, wenn er …

Winstons Gedankenkette zerbrach, als er den roten Lichtpunkt bemerkte, der neben ihm über die Wand zuckte und sich dabei rasend schnell auf ihn zubewegte.

In einem Reflex aus vier Jahrzehnten Polizeidienst warf er sich zu Boden, geradewegs zwischen die Scherben seiner geliebten Jazz-Sammlung – und das keinen Augenblick zu früh!

Mit lautem Klirren barst die Fensterscheibe zur Bedford Street, und etwas schlug quer durch den Raum, um mit einem hässlichen Laut in die gegenüberliegende Wand zu klatschen.

»Shit!«, stieß Winston hervor. In all den Jahren im aktiven Dienst war er nicht ein einziges Mal in seiner Wohnung angegriffen worden – an seinem letzten Arbeitstag hingegen wurde er nicht nur Opfer eines Einbruchs, sondern auch noch von einem Killer unter Beschuss genommen! »Als ob diese Bastarde nur darauf gewartet hätten, dass ich den Dienst verlasse …«

Wie um sich zu vergewissern, dass dort tatsächlich keine Waffe steckte, ging sein Griff noch einmal zum Gürtel, natürlich umsonst. Auf allen vieren robbte Winston zum Fenster, um darunter in Deckung zu gehen, während eine zweite und eine dritte Kugel durch den Raum fegten.

Der Killer beschoss ihn von der gegenüberliegenden Straßenseite aus, von einem der oberen Stockwerke oder vom Dach.

Winston kauerte sich unter das Fensterbrett, wissend, dass der Killer ihn dort nicht erwischen konnte – aber der Ex-Polizist hatte nicht mit der Verschlagenheit seines Gegners gerechnet.

Im nächsten Augenblick war es, als würden die Trümmer und Scherben, die den Boden übersäten, lebendig. Sie bewegten sich, verrutschten, und Glas knirschte unter unsichtbaren Sohlen.

»Was, zum Henker …?«, stieß Winston hervor. »Das ist doch nicht möglich. Das kann einfach nicht sein …«

Er konnte es einfach nicht fassen – auch dann noch nicht, als sich wie von Geisterhand ein abgebrochenes Tischbein in die Luft erhob und dort einen Augenblick verharrte, ehe es direkt auf ihn niederging.

Winston warf sich zur Seite und entging so dem Schlag des Unsichtbaren. Den Kopf mit beiden Armen schirmend, kroch er auf den Knien durch den Raum, ungeachtet der Tatsache, dass er damit wieder ins Schussfeld des Killers geriet.

»Nein, nein!«, murmelte er immer wieder und kam sich vor, als wäre er das Opfer in einem Gespensterfilm.

Gehetzt blickte er sich über die Schulter, sah, dass der zerstörte alte Bildröhrenfernseher plötzlich in der Luft schwebte und seine Verfolgung aufnahm. Das verdammte Ding würde ihn erschlagen, wenn es ihm mit voller Wucht auf den Kopf geworfen wurde!

»Wo ist das Buch?«, hörte er plötzlich eine Stimme kreischen.

»We-welches Buch?«, presste Winston hervor, während er schutzsuchend weiterrobbte.

»Du weißt, von welchem Buch ich spreche. Spuck's aus, Bulle! Du willst die Pension doch noch genießen! Also rede!«

Entsetzt stellte Winston fest, dass er sich in eine Ecke hatte treiben lassen. Vor ihm schwebte der Fernseher mit dem zersplitterten Bildschirm, die Tür befand sich in unerreichbarer Ferne, und zwischen TV-Gerät und Tür klebte ein roter Lichtpunkt an der Wand. Sich am Kleiderschrank abstützend, richtete sich Winston zur Hälfte auf, die Knie weich wie Butter.

»Wer – wer bist du«, stieß er hervor, die Augen vor Entsetzen weit aufgerissen, ohne jedoch jemanden zu sehen.

»Ich stelle hier die Fragen!«, entgegnete die Stimme aus dem Nichts. »Wo – ist – das – Buch?«

Winston verzog das Gesicht, presste die Zähne aufeinander und stieß hervor: »Selbst wenn ich es wüsste, ich würde es dir nicht sagen!«

»Ach nein?«, tönte es drohend.

»Nein.« Winston nickte grimmig. »Weil du meine Plattensammlung zerstört hast.«

»Ich werde noch viel mehr zerstören«, drohte der Unsichtbare. »Zum Beispiel dein Gesicht, deine Hände, deine Kniescheiben!«

»Fuck you!«, schrie Winston ins Nichts. Sein Leben lang hatte er nach der Pfeife anderer getanzt, hatte sich verbogen und stets versucht, dem System zu dienen. Er hatte die Schnauze so voll davon.

Wenigstens würde er in dem Bewusstsein sterben, dass der Traum, der ihn den größten Teil seines Lebens verfolgt hatte, kein Hirngespinst gewesen war.

Carmen Hernandez hatte die Wahrheit gesagt. Es gab sie tatsächlich, jene unsichtbaren Schemen ...

Ein unmenschlicher Schrei erklang, und der Fernseher hob sich noch ein Stück weiter in die Luft, um dann auf Winston herabzustürzen – als sich die Ereignisse überstürzten.

Das Gerät fiel tatsächlich, allerdings nicht auf Winston, sondern geradewegs auf seinen unsichtbaren Träger, der offenbar plötzlich ins Taumeln geraten war. Ein Stöhnen war zu hören, gefolgt von heiseren Schreien, und an einigen Stellen im Raum flogen Trümmer und Scherben über den Boden.

Fast gleichzeitig erschien – Winston traute seinen Augen nicht – Alex Lessing!

Sie stand plötzlich in der Tür des Wohn- und Schlafraums und schrie: »Sergeant! Hierher!«

Winston warf sich herum – und sah, wie der rote Lichtpunkt an der Wand auf Alexandra zuhuschte.

»In Deckung, Doc!«, hörte er sich selbst brüllen, dann ging alles so schnell, dass das menschliche Auge kaum noch folgen konnte.

Kurz bevor der rote Punkt Alex erreichte, schien er sich plötzlich aufzufächern, schien das Licht des Lasers von etwas gebrochen zu werden. Winston, der aufgesprungen war und zur Tür eilte, warf den Kopf herum und sah für einen Sekundenbruchteil die Konturen einer menschlichen

Gestalt, umgeben von rubinrotem Licht, das sie umkränzte. Im nächsten Augenblick schlug die Kugel ein.

Ein dumpfer Schrei erklang, die leuchtende Silhouette begann zu fluktuieren, und der nackte Körper eines Menschen wurde sichtbar, flackernd wie in grellem Blitzlicht. Aber ehe Winston begriff oder auch nur mitbekam, was genau vor sich ging, fühlte er, wie er gepackt und davongezerrt wurde.

»Nichts wie raus hier, Sergeant!«, raunte ihm jemand ins Ohr, aber es war nicht die Stimme Alexandra Lessings, sondern die eines jungen Mannes.

Auf zitternden Beinen stolperte Winston aus dem Wohn- und Schlafraum, während sich ein Projektil mit dumpfem Schlag in den Türrahmen bohrte.

Im nächsten Moment fand sich Winston Seymour im Hausflur wieder.

»Dort entlang!«, sagte die Stimme und stieß ihn Richtung Treppe. Dort jedoch verharrten sie. Schwere Stiefel polterten die Stufen herauf, und im nächsten Moment tauchten zwei vermummte Gestalten im Korridor auf, die schwarze Kampfanzüge trugen und schwarze Gesichtsmasken. Sie hielten Maschinenpistolen mit schwerer Zusatzausstattung im Hüftanschlag, hochmoderne Ausführungen des bewährten MP5-Modells von Heckler & Koch. Wie Winston mit fachmännischem Blick erkannte, handelte es sich um die MP5SD6 mit integriertem Schalldämpfer und variabler Schussfolge. Darüber hinaus waren die MPis der Vermummten noch mit Laserzielgeräten versehen.

Sie richteten die Waffen auf Alex und Winston, und einer der Vermummten schrie: »Keine Beweg…«

Unsichtbare Hände packten seinen Kopf und rissen ihn mit brutaler Gewalt herum. Es knackte hässlich, als das Genick des Mannes brach.

Sein Kumpan sprang zurück, schwenkte die Waffe, fand jedoch kein Ziel – und …

Im nächsten Moment wurde er über das Treppengeländer geschleudert. Sein heiserer Aufschrei verstummte sogleich wieder, als er kopfüber auf die Stufen schlug.

»Die Treppe runter!«, rief der Unsichtbare Winston und Alex zu. »Schnell!«

Sie rannten die Stufen hinab, vorbei an dem dort liegenden Vermummten, der sich beim Sturz den Hals gebrochen hatte, dann rannten sie durch den Hauseingang auf die Straße.

»Das Taxi dort!«, rief Alex und deutete auf ein Yellow Cab. Es stand am Straßenrand und schien nur auf sie gewartet zu haben. Atemlos stiegen sie ein – dass sich drei Türen seines Taxis öffneten und schlossen, obwohl augenscheinlich nur zwei Personen einstiegen, bekam der Driver nicht mit.

»Wohin?«, wollte er mit jenem Gleichmut wissen, der New Yorker Taxifahrern zu eigen ist.

»Zum Flughafen Newark!«, sagte eine Stimme – und erneut bemerkte der Fahrer nicht, dass keiner seiner beiden Fahrgäste den Mund zum Sprechen öffnete. »Geben Sie Gas! Wir haben's eilig!«

17.

»Aus den vorgenannten Gründen komme ich in meiner Eigenschaft als Leiter der mit der Untersuchung des Zwischenfalles von Abéché betrauten Kommission zu dem Schluss, dass der feindliche Übergriff auf die örtliche UN-Vertretung seitens der Einheimischen nicht wie zunächst angenommen auf Unregelmäßigkeiten bei der Vergabe von humanitären Hilfsgütern zurückzuführen ist.

Vielmehr deuten die Gespräche, die unsere Inspektoren sowohl mit Betroffenen als auch mit Unbeteiligten des Zwischenfalls geführt haben, darauf hin, dass das spurlose Verschwinden zahlreicher Menschen der Auslöser für die Unruhen war. Laut Angaben der örtlichen Polizeibehörde wurden bis zum Zeitpunkt des Übergriffs in der Region Abéché 38 – achtunddreißig – vermisste Personen registriert, zum größten Teil Frauen. Während die Polizei die Drahtzieher dieser Entführungen jenseits der sudanesischen Grenze vermutet, verdächtigt die Bevölkerung hinter dem Verschwinden der Frauen das hiesige aus EU-Geldern finanzierte ›Institut für tropenmedizinische Forschung‹. Der genaue Grund für diese Vermutung konnte von uns auch in längeren Gesprächen nicht ermittelt werden. Wir kommen zu dem Schluss, dass einheimischer Aberglaube sowie diffuse Ängste vor Fortschritt und Technik die tieferen Beweggründe waren, die zum Angriff auf die UN-Vertretung und zum Tod zweier Mitarbeiter führten.

Zwar hat die Kommission alles unternommen, um die Verdachtsmomente der Bevölkerung zu entkräften, jedoch kann nicht garantiert werden, dass es in absehbarer Zeit nicht zu weiteren Übergriffen in und um Abéché kommt …«

Aus dem Abschlussbericht von Abdul Mahir
Leiter der Abéché-Untersuchungskommission
Quelle: Internes UN-Papier 18/016

Westbound Motel
Interstate 78, New Jersey
Gegenwart

Der Flughafen war nur ein Täuschungsmanöver.

An einem der zahllosen Abflugschalter von Newark Airport checkten Winston Seymour und Alexandra Lessing – die ein letztes Mal den Namen Olga Cerny benutzte – für einen Transatlantikflug ein, den sie jedoch nicht nahmen. Da ihr anonymer Gegner zweifellos die Passagierdaten sämtlicher Airlines überprüfen würde, würde ihn das eine Weile ablenken.

In einem Wagen, den ihr unsichtbarer Freund für sie »beschaffte«, fuhren Alex und Winston anschließend in ein Motel, dessen Besitzer einen nicht weniger schäbigen Eindruck machte als die Unterkunft selbst. Dafür stellte er keine überflüssigen Fragen. In einem Flachbau aus den 60er Jahren, in dem nicht nur reguläre Gäste, sondern auch Termiten und Kakerlaken residierten, bezogen sie zwei nebeneinanderliegende Räume: Alexandra Lessing, Winston B. Seymour und jener mysteriöse »Freund«, den keiner von ihnen sehen konnte und dem sie dennoch ihr Leben zu verdanken hatten.

Die Vorhänge zogen sie zu, sodass von außen niemand

hereinblicken konnte, und in der schwülen, miefigen Luft des Westbound Motels entspann sich eine bizarre Unterhaltung …

»Sie sind also unsichtbar?«, fragte Alex und kam sich albern dabei vor. Ihre Frage war die eines Kindes, das nicht verstand. Aber wie hätte sie auch sonst reagieren sollen angesichts der jüngsten Enthüllungen?

»Wie Sie sehen«, kam die Antwort aus dem Nichts.

»Na ja«, knurrte Winston, »Humor hat er wenigstens.«

»Aber wie kann das sein?«, bohrte Alex weiter. Nachdem sie ihren ersten Schock verwunden hatte, erwachte allmählich ihre wissenschaftliche Neugier. »Ich meine, nehmen Sie eine spezielle Pille oder tragen Sie einen Anzug oder …?«

»Kein Anzug, keine Pille«, drang es aus dem Nichts zurück. »Ich wurde so geboren.«

»So *geboren?*«

»Ja.«

»Unsichtbar?«

»Allerdings.«

»Wie … wie das?« Alex schüttelte verständnislos den Kopf. »Ich meine … hat es etwas mit Ihren Genen zu tun?«

»Indirekt. Die Unsichtbarkeit hängt mit einer Veränderung im molekularen Aufbau des menschlichen Körpers zusammen.«

»Sie sind also ein … ein Mensch?«

»Durchaus – nur eben unsichtbar.«

»Und Sie haben mich beschützt, wie Sie behaupten?«

»Richtig. Zweimal habe ich dafür gesorgt, dass die Kugeln der Killer Sie nicht erwischten, und ich war es auch, der Ihnen in München zur Flucht aus der Polizeihaft verholfen hat.«

»Aha …« Das musste Alex erst einmal verdauen. Schließlich fragte sie: »Aus welchem Grund?«

»Weil ich für Ihre Lage verantwortlich bin«, antwortete der Unsichtbare rundheraus.

»Wie darf ich das verstehen?«

»Sehr einfach, Dr. Lessing – ich war es, der Ihnen das Logbuch hat zukommen lassen.«

»Sie ... Sie lügen!«, rief Alex empört. »Das Logbuch wurde mir von einem Kollegen zugespielt, der dafür mit seinem Leben bezahlte.«

»Ich weiß, was mit Dr. Manhart geschehen ist, und es tut mir aufrichtig leid. Aber es ändert nichts daran, dass in Wahrheit ich es gewesen bin, der Ihnen das Logbuch zukommen ließ, nachdem ich es wenige Tage zuvor einem Agenten des Ordens abgenommen hatte. Übrigens war das jener Agent, der Julius Quare ermordet hat.«

Winston horchte auf. »Julius Quare ... Dann hatte die Haushälterin also recht. Sie hat an jenem Morgen tatsächlich einen Geist gesehen.«

»Allerdings«, stimmte der Unsichtbare zu.

»Wollen Sie behaupten, es gäbe noch mehr von Ihrer Sorte?«, rief Alex, und es klang, als würde sie gleich hysterisch werden.

»Noch ungleich mehr. Was ich Ihnen zu sagen habe, wird Ihnen nicht gefallen, Dr. Lessing.«

»Nur zu, Mann«, ermunterte Winston den Unsichtbaren. »Mich kann allmählich nichts mehr erschüttern.«

»Es *wird* Sie erschüttern, glauben Sie mir«, versicherte der junge Mann, der seinen Namen noch immer nicht genannt hatte. »Ich war es nicht, der Julius Quare ermordet hat. Es waren andere – Unsichtbare wie ich. Der Orden hat ihn beseitigen lassen, weil Quare Dingen auf der Spur gewesen ist, von denen er niemals hätte erfahren dürfen.«

»Der Orden?«, fragte Alex. »Welcher Orden denn?«

»Geduld«, bat der Unsichtbare. »Sie werden alles erfahren, Dr. Lessing. Zunächst sollten Sie aber wissen, dass Sie beide nicht etwa zufällig in diese Sache hineingeraten sind oder weil ich es wollte. Sie beide sind Teil von etwas, das sehr viel größer ist.«

»Wovon sprechen Sie, Mann?«, wollte Winston wissen.

»Ehrlich gesagt würde mich das auch interessieren«, pflichtete Alex ihm bei. Während der Fahrt vom Flughafen ins Motel hatte sie Winston erzählt, was der Unsichtbare ihr über sich und seine Herkunft berichtet hatte, aber das klärte noch nicht die wichtigsten Fragen: Wer war ihr unsichtbarer Beschützer und warum hatte er ihnen geholfen? Und vor allem: Konnten sie ihm trauen?

»Geduld«, bat er noch einmal. »Es ist wichtig, dass Sie Ihre Rolle in diesem Konflikt begreifen.«

»In welchem Konflikt?«, fragte Alex. »Was für eine Rolle? Wovon sprechen Sie? Wie sind Sie überhaupt auf mich gekommen?«

»Über das Internet«, lautete die ebenso simple wie einfache Antwort.

»Das Internet?«

»Dort habe ich von Ihrem Forschungsgebiet erfahren – ›Historische Wahrheitsfindung‹. Das ist – kurz gesagt – auch das Gebiet, auf dem ich selbst arbeite.«

»Sie sind Wissenschaftler?«

»Das nicht. Aber ich teile Ihr Interesse an der geschichtlichen Wahrheit, Dr. Lessing. Außerdem sind Sie der deutschen Sprache mächtig, was ja unumgänglich ist, um das Logbuch von U-300 lesen zu können. Darüber hinaus nahm ich an, dass Sie in Deutschland weit genug vom Orden entfernt wären, sodass dieser von Ihnen nichts mitbekommt – was sich allerdings als folgenschwerer Irrtum erwiesen hat.«

»Da ist schon wieder dieser Orden!« Winston seufzte schwer. »Fuck, jetzt erzählen Sie endlich – was hat es damit auf sich? Was ist das für ein beschissener Orden, verdammt?«

»Ich spreche vom *Ordo Invisibilium*, Mr Winston – dem Kreis der Unsichtbaren.«

»Ein ... ein Kreis von Unsichtbaren?«, wiederholte Alex. »Wollen Sie damit sagen, dass es nicht nur mehrere von Ihrer Sorte gibt, sondern dass sie sich auch ... dass sie sich in einer Art Organisation zusammengeschlossen haben?«

»Genau das. Einer überaus mächtigen Organisation, um genau zu sein, die einst ins Leben gerufen wurde, um die Vereinigten Staaten von Amerika vor inneren wie vor äußeren Feinden zu schützen.«

»Ha!«, rief Winston. »Was für ein abgefuckter Unsinn!«

»Glauben Sie das wirklich?« Die Stehlampe auf dem Nachttisch bekam ein plötzliches Eigenleben, hob ab und schwebte wie an Fäden durch die Luft, während die unsichtbare Stimme flüsterte: »Unterschätzen Sie nicht unsere Möglichkeiten.«

»Shit!«, stieß Winston hervor, zu Tode erschrocken. »Könnten Sie sich vielleicht diese Grusel-Show sparen? Das alles ist so schon unheimlich genug.«

»Ganz meine Meinung«, pflichtete Alex bei.

»Sie finden das gruselig?«, fragte der Unsichtbare, der die Lampe zurückstellte. »Vielleicht sollte ich Sie dann doch lieber nicht in diese schaurigen Geheimnisse einweihen – offenbar verkraften Sie die Wahrheit nicht.«

»Das lassen Sie mal unsere Sorge sein!«, maulte Winston. »Also, was hat es mit diesem angeblichen Orden auf sich?«

»Nicht ›diesem angeblichen‹«, widersprach die Stimme, »sondern mit dem real existierenden. Innerhalb des Ordens gibt es verschiedene Gruppen von Unsichtbaren. Es gibt die *Guardians*, unsichtbare Schutzengel, wie ich selbst einer bin, damit beauftragt, das Leben Unschuldiger zu beschützen. Und es gibt die *Demons*, unsichtbare Killer ohne Skrupel, willenlose Tötungsmaschinen. Und schließlich gibt es die *Greys*, die Grauen, die im Hintergrund bleiben und die Fäden ziehen. Aber was ursprünglich ins Leben gerufen wurde, um Amerika und die freie Welt zu beschützen, wurde schon bald zu ihrer Geißel.«

»Was bedeutet?«, fragte Alex.

»Es bedeutet, dass die Menschheit einmal mehr ihren alten Fehler begangen hat, Dr. Lessing. Nämlich den, neues Wissen zu nutzen, ohne sich jemals die Frage zu stellen, ob man es nutzen sollte. Dabei hätte es genügt, bei Plato nachzuschlagen, um die Folgen des Experiments abzusehen.«

»Der Orden hat sich jeglicher Kontrolle entzogen«, folgerte Alex in Erinnerung an das, was der griechische Philosoph über das Wesen des Unsichtbaren und die Unmoral geschrieben hatte.

»Wie ich Ihnen ja schon erklärte, waren die Experimente, die im Auftrag des Pentagon durchgeführt wurden, durchaus erfolgreich«, fuhr der Unsichtbare fort. »Man war fortan in der Lage, Menschen in den Zustand negativer Rezeption zu versetzen, allerdings mit gewissen Einschränkungen. Beispielsweise gelangte man irgendwann zu der Einsicht, dass es nicht möglich ist, technisches Gerät auf Dauer unsichtbar zu machen, da die Moleküleigenschaften anorganischer Materie dem entgegenstehen. Bei organischem Material hingegen erzielte man rasche Fortschritte, allerdings unter immensem Aufwand an Kosten und Energie. Also verwarf man die Idee, ganze Armeen von Unsichtbaren zu erschaffen. Stattdessen schuf man eine Elite unsichtbarer Agenten, um sie zu Spionagezwecken hinter dem Eisernen Vorhang einzusetzen.«

»Der Orden der Unsichtbaren«, folgerte Alex.

»So ist es. Die ersten unsichtbaren Agenten trugen infolge der Behandlung und der damit einhergehenden molekularen Veränderung schreckliche Entstellungen und Deformationen davon – nicht nur am Körper, sondern auch hinsichtlich ihres Geisteszustandes, wie sich später zeigen sollte. Sie waren derart entstellt, dass sie in einer gemeinsamen Erklärung verlangten, dauerhaft unsichtbar gemacht zu werden, oder sie würden das Projekt auffliegen lassen. Zum ersten Mal bekamen die Anzugträger im Pentagon eine Ahnung davon, was sie da ins Leben gerufen hatten. Noch hätten sie handeln können, aber sie ignorierten die Warnungen und gaben der Forderung nach. Getrieben von der Kommunistenpanik jener Tage glaubte man, das kleinere Übel zu wählen, indem man den Unsichtbaren das Feld überließ. Anfangs schien diese Rechnung auch aufzugehen. Aber dann geschah das, was der Philosoph Plato schon vor fast zweieinhalb Jahrtausenden vorhergesagt hatte: Auf Grund ihrer Unsichtbarkeit verloren die Agenten jeden Skrupel und damit auch jeden Sinn für Loyalität. Sie sagten sich von ihrem Land los und begannen, im Verborgenen selbst die Fäden zu ziehen. Seither ist es ihnen gelungen, ihren Einflussbereich konsequent auszubauen.«

»Seither?« Winston hob die Brauen. »Wir sprechen hier von vierzig, fünfzig Jahren. Diese Kerle müssen doch inzwischen steinalt sein ...«

»... oder bereits gestorben«, fügte Alex hinzu.

»Um dies zu verstehen, müssen Sie das Grundprinzip der Unsichtbarkeit begreifen«, erklärte die scheinbar körperlose Stimme. »Vereinfacht dargestellt, werden durch die Y-Bestrahlung die Moleküle des menschlichen Körpers in Schwingung versetzt, und zwar so, dass sie das für das menschliche Auge wahrnehmbare Spektrum verlassen. Stellen Sie es sich wie einen Gegenstand vor, der sich rasch vor Ihren Augen bewegt – erfolgt die Bewegung schnell genug, wird der Gegenstand praktisch unsichtbar.«

»Dann ... befinden Sie sich in ständiger Bewegung?«

»Gewissermaßen.« Der Unsichtbare schien ein wenig amüsiert. »Allerdings erfolgt diese Bewegung in einem subjektiv nicht wahrnehmbaren Maßstab. Gespeist wird sie von der Bioelektrizität des menschlichen Körpers, was zum einen erklärt, wieso es nie gelungen ist, anorganische Materie dauerhaft und stabil in den Zustand der Unsichtbarkeit zu versetzen, und was andererseits auch bedeutet, dass die Tarnung erlischt, sobald jemand von meiner Art getötet wird.«

»Verstehe«, meinte Winston. »Deshalb wurde dieser Kerl in meinem Apartment sichtbar, als die Kugel ihn traf.«

»So ist es. Aber es hat sich auch gezeigt, dass die molekulare Oszillation, wie wir es nennen, eine regenerative Wirkung auf die Zellen des menschlichen Körpers hat. Mit anderen Worten ...«

»... Unsichtbare leben länger«, vervollständigte Alex.

»Die Grauen tragen ihren Namen zu Recht«, bestätigte der geheimnisvolle Freund. »Sie sind alt, sehr alt.«

»Wie alt genau?«

»Das weiß niemand. Der Orden selbst hingegen hat sich in den Jahren nach dem Krieg verjüngt. Mitte der fünfziger Jahre wurde eine zweite Generation von Unsichtbaren geschaffen, ohne dass es zuvor gelungen wäre, die bis dahin existierenden Probleme zu lösen. Durch die starke Anfangsstrahlung, die notwendig ist, um den Prozess zu initiieren, kollabieren zahlreiche Körperzellen, verschmelzen mit anderen oder vermehren sich auf unkontrollierte Weise. Dies hatte erneut grässliche Entstellungen zur Folge, die jedoch nie jemand zu Gesicht bekam, weil die betreffenden Personen nie wieder sichtbar gemacht wurden.«

»Und was ist mit Ihnen?«, fragte Alex mit leiser Stimme. »Sind Sie auch ...?«

»Nein«, antwortete der Unsichtbare mit fester Stimme. »Ich gehöre zur dritten Generation meiner Art – eine Generation, die durch puren Zufall entstand. Eine Laune der Evolution, wenn Sie so wollen.«

»Wie darf ich das verstehen?«

»Zu Beginn der Experimente konnte niemand ahnen, dass die molekulare Oszillation Auswirkungen auf die menschliche DNS haben würde und daher auch weitergegeben werden könnte. Auf diese Weise entstand eine weitere Generation von Unsichtbaren – Menschen, die bereits im Zustand der negativen Rezeption auf die Welt kamen.«

»Das heißt, Sie … Sie wissen nicht, wie Sie aussehen? Sie haben Ihr Gesicht noch nie gesehen?«

Erneut schien ihr geheimnisvolles Gegenüber erheitert. »Unterschätzen Sie mich nicht, Dr. Lessing. Auch wenn Sie mein Gehirn nicht sehen können, es ist durchaus vorhanden. Außerdem«, fügte er hinzu, »kann ich Ihres ja auch nicht sehen und trotzdem haben Sie einen Doktortitel, nicht wahr?« Dann wurde seine Stimme wieder ernst. »Natürlich gibt es Möglichkeiten, Unsichtbares sichtbar zu machen. Natürlich weiß ich, wie ich aussehe.«

»Aber … wie sind Sie aufgewachsen? Ich meine …«

»Unmittelbar nach der Geburt wurde ich von meiner Mutter getrennt«, berichtete der Unsichtbare und auf einmal lag Bitterkeit in seiner Stimme. »Ich habe sie niemals kennengelernt. Ich bin aufgewachsen in einer Kaderschule des Ordens, von denen es auf der Welt eine ganze Reihe gibt. Dort wurden wir nach unseren Charaktereigenschaften aussortiert und ausgebildet …«

»… zu *Guardians* oder *Demons*«, fügte Alex schaudernd hinzu.

»Richtig.«

»Und diese Typen, diese Unsichtbaren … streben nach der Weltherrschaft?«, fragte Winston mit einer Grimasse, die verriet, dass er die Frage selbst nicht ganz ernst nahm.

»Keineswegs, Sergeant Seymour. Sie haben sie bereits.«

»Was …?«, stammelte er. »Was … wollen Sie damit sagen?«

»Damit will ich sagen, dass der Orden nach nichts zu streben braucht, das er bereits hat. Vergessen Sie alles, was Sie über die Welt und ihre Machthaber zu wissen glaubten – die Unsichtbaren sind die wahren Drahtzieher. Sie bestimmen die Weltpolitik und lenken die Geschicke der Menschheit, indem sie Militärs und Geheimdienste gegeneinander ausspielen. Ihnen geht es darum, dass die Menschen in Furcht und Paranoia leben. Denn je größer die Angst des Menschen vor dem Menschen ist, desto leichter lässt er sich regieren.«

»Und man hat nie versucht, dem Treiben dieses Ordens Einhalt zu gebieten?«

»Durchaus. Anfang der 60er Jahre, nachdem man entdeckt hatte, dass die Unsichtbarkeit genetisch vererbt werden kann, gab es geheime Verhandlungen zwischen dem Orden und der Regierung. Die Unsichtbaren verlangten, eine Zuflucht zu bekommen, um sich dort ungestört zu entfalten, und man erwog, ihnen Alaska zu überlassen.«

»Das ist nicht Ihr Ernst!«, platzte es aus Winston hervor.

»Und ob es das ist!«

»Warum ist nichts daraus geworden?«

»Weil kurz vor Abschluss der Verhandlungen ein neuer Präsident ins Weiße Haus einzog, der eine andere Politik verfolgte und nicht gewillt war, dem Orden Zugeständnisse zu machen.«

»Kennedy!«, murmelte Winston leise.

»Genau. Als JFK von Projekt Gyges erfuhr, beendete er es augenblicklich und setzte sich zum Ziel, den Orden zu zerschlagen und dem Treiben der Unsichtbaren ein Ende zu bereiten. Nun ja, Sie wissen, wie die Sache ausgegangen ist.«

»Moment mal!«, ging Alex dazwischen. »Wollen Sie damit sagen, dass Kennedy sterben musste, weil er sich mit dem Orden der Unsichtbaren angelegt hat?«

»Genau das. Vergessen Sie, was Sie über Lee Harvey Oswald, die CIA, Exilkubaner oder die Mafia gehört haben – das alles diente nur dazu, die wahren Hintergründe des Attentats zu verschleiern und die Existenz des Ordens weiterhin geheim zu halten. Die Warren-Kommission wurde nicht etwa gegründet, um die Wahrheit aufzudecken, sondern um sie zu vertuschen. In Wirklichkeit war es nicht ein einzelner Schütze, der den Präsidenten getötet hat, sondern es waren drei Killer, die niemand sehen konnte.«

»Ich ... ich wusste es«, stieß Winston hervor. »Dieser Traum, der mich all die Jahre verfolgt hat, entspricht also der Wahrheit!«

»Einen Augenblick«, wandte Alex ein. »Das ist doch verrückt! Wenn es stimmt, was Sie sagen, müsste die Weltgeschichte der letzten sechzig Jahre komplett umgeschrieben werden.«

»Genau so ist es«, bestätigte der Unsichtbare kalt.

»Aber das kann nicht sein! Das ist einfach nicht möglich!«

»Warum nicht? Weil Sie es nicht wahrhaben wollen? Ich hatte gedacht, dass gerade Sie damit am besten klarkommen würden, Dr. Lessing. Schließlich ist die Suche nach historischer Wahrheit und vor allem die Anzweiflung von historischen Wahrheiten Ihr Spezialgebiet, nicht wahr?«

»Das stimmt, aber ...«

»Sie können die Existenz des Ordens leugnen und sich in trügerischer Sicherheit wiegen, wie die meisten Menschen das tun, aber es ändert nichts an seiner Existenz. Die letzten sechzig Jahre der Menschheitsgeschichte sind eine Folge von Manipulationen und Intrigen, gesponnen von Leuten, die im Hintergrund agieren, im wahrsten Sinne des Wortes unsichtbar. Ich weiß, wie ungeheuerlich sich dies für Sie anhören muss, aber wenn Sie diese simple Tatsache einmal akzeptiert haben, werden die Dinge für Sie nicht mehr ganz so unsichtbar sein, und Sie werden das sehen, woran Sie am meisten interessiert sind.«

»Und das wäre?«

»Die Wahrheit, Dr. Lessing«, lautete die schlichte Antwort. »Die Wahrheit.«

»Okay«, meinte Alex, »rekapitulieren wir also noch einmal: Sie sagen, es gibt eine Organisation von Unsichtbaren, die die Weltpolitik nach ihren Vorstellungen und Wünschen manipuliert und die ihre Agenten da draußen hat, die natürlich ebenfalls unsichtbar sind. Und dass es diese Agenten sind, die es auf mein Leben abgesehen haben.«

»So ist es.«

»Dann erklären Sie mir doch bitte, wieso nicht einfach einer dieser unsichtbaren Agenten auf mich angesetzt wurde. Er hätte in meine Wohnung kommen, sich das Logbuch schnappen und mich heimlich und ohne großes Aufsehen ermorden können. Wäre das nicht viel einfacher gewesen?«

»In meinem Fall hat man es so versucht«, sagte Winston. »Und bei Julius Quare war es wohl auch so, wie es aussieht.«

»Ich fürchte, Sie haben noch immer nicht ganz verstanden, wovon ich hier spreche«, entgegnete die gestaltlose Stimme, an die sich Alex noch immer nicht gewöhnen konnte. »Ich spreche hier nicht von ein paar Gesetzlosen, die zufällig unsichtbar sind und hier und dort ein Verbrechen verüben. Ich spreche von einer weltumfassenden Organisation, die im Verborgenen die Fäden zieht und sich dabei zahlreicher Helfer bedienen kann. Die Möglichkeiten, die sich dem Orden bieten, sind ungleich vielfältiger, als Sie sich das vorstellen können. Längst nicht alle, die für den Orden arbeiten, sind unsichtbar. Terroristen, gedungene Mörder, Mitglieder des organisierten Verbrechens, Geheimdienstler – die Liste derer, die dem Orden auf die eine oder andere Weise dienen, ist nahezu endlos.«

»Das ist schwer zu glauben«, wandte Alex ein. »Weshalb sollten Geheimdienste für eine Organisation tätig sein, die die Entmachtung ihrer eigenen Regierung zum Ziel hat? Das widerspricht jeder Vernunft.«

»Wer sagt, dass sie es wissentlich tun?«, fragte der Unsichtbare. »Der Orden versteht es vortrefflich, seine eigenen Ziele als die seiner Helfer darzustellen. Nicht immer sind die Dinge, wie sie scheinen, Dr. Lessing. Sie dürfen sich nicht mehr auf das Offensichtliche verlassen. Sie müssen lernen, alles zu hinterfragen.«

»Ach ja? Dann frage ich Sie, weshalb Peter Manhart entführt und ermordet wurde, wenn angeblich *Sie* es waren, der mir das Logbuch zugespielt hat.«

»Das weiß ich nicht«, drang es ein wenig resigniert aus dem Halbdunkel des Motelzimmers. »Aus irgendeinem Grund glaubte der Orden, dass Ihr Kollege etwas mit der Sache zu tun hatte. Allerdings habe ich keine Ahnung, wie man auf diese Idee kommen konnte.«

Alex saß auf einmal wie vom Donner gerührt da. Von einem Augenblick zum anderen hatte sie das Gefühl, in einen bodenlosen Abgrund zu stürzen.

»Es war ... meinetwegen«, flüsterte sie. »Ich ... ich war der Grund ...«

»Doktor«, sagte die Stimme aus dem Nichts, »ich bezweifle, dass ...«

Sie ließ den Unsichtbaren nicht zu Ende reden, sondern sagte: »An jenem Abend hat er mir seine Zuneigung gestanden.« Sie konnte nicht verhindern, dass ihr die Tränen in die Augen traten. »Er wollte mit mir zusammen sein, aber ich habe ihn zurückgewiesen. Ich sagte, dass ich zu viel um die Ohren und keine Zeit für eine Beziehung hätte, aber das war nicht der wahre Grund. In Wirklichkeit mochte ich ihn einfach nicht genug und das hat er wohl irgendwie gefühlt. Er hat das mit dem Logbuch nur gesagt, um mich zu beeindrucken. Mein dummer Stolz ist schuld an seinem Tod ...«

»Dr. Lessing ... Alex ...«

»Es ist gut«, sagte sie leise und wischte sich die Tränen aus dem Gesicht. Innerlich fühlte sie sich leer und ausgebrannt. »Ich glaube Ihnen. Was bleibt mir auch anderes übrig? Nur eins wüsste ich gern noch: Warum haben Sie mir das Logbuch gegeben? Was haben Sie sich davon versprochen?«

»Dass Sie die Brisanz des Inhalts erkennen und damit an die Öffentlichkeit gehen.«

»Das hatte ich vor.«

»Ich weiß – und der Orden wusste das auch. Das Logbuch wäre ein konkretes Beweisstück gewesen, ein erster Schritt hin zur Aufdeckung der Organisation.«

Alex nickte. »Deshalb hat es auch niemanden interessiert, ob ich von diesem Buch Kopien angefertigt habe. Kopien können gefälscht sein.«

»Gibt es denn Kopien?«

Alex schüttelte den Kopf. »Dazu blieb keine Zeit. Ich wusste ja nicht, dass ich das Buch so rasch wieder loswerden würde. Wie naiv ich gewesen bin.«

»Grämen Sie sich nicht deswegen. Wie Sie eben ganz richtig sagen, hätten Kopien ohnehin keine Beweiskraft. Aber es war einen Versuch wert.«

»Einen Versuch wert?« Alex brauste auf und starrte wütend in das Nichts, aus dem die Stimme erklungen war. »Wissen Sie überhaupt, was Sie da sagen?«, schrie sie. »Ein Mensch wurde ermordet! Ein Mensch, der mir viel bedeutet hat! Und nicht nur er!« Sie meinte damit Jan Bonic, der brutal erschlagen worden war, kurz nachdem sie mit ihm geschlafen hatte, und leise wiederholte sie: »Nicht nur er …«

»Es tut mir leid, Dr. Lessing. Aber da draußen herrscht Krieg, auch wenn die meisten Menschen nichts davon wissen. Und im Kampf gegen den Orden ist die Wahrheit unsere beste Waffe.«

»Sie reden ständig von der Wahrheit!«, fauchte Alex. »Warum gehen Sie dann nicht einfach da raus und sagen den Menschen, was los ist? Allein Ihre Existenz ist doch Beweis genug!«

»Man könnte es annehmen, Dr. Lessing, aber dem ist nicht so. Die Menschen glauben nur das, was sie *sehen*. Auch Sie werden diese Erfahrung noch machen, fürchte ich.«

»Was Sie nicht sagen. Warum erzählen Sie uns das alles? Wer sind Sie, verdammt noch mal?«

»Wie ich schon sagte – ein Freund.«

»Ein seltsamer Freund«, stellte sie fest. »Sie haben uns das Leben gerettet, aber noch nicht einmal Ihren Namen genannt.«

»Nennen Sie mich Ismael.«

»Ismael.« Alex zeigte ein wildes Grinsen. »Belesen sind Sie also auch. Aber das beantwortet nicht meine Frage.«

»Ich gehöre zu den *Anderen*«, erklärte Ismael.

»Zu den *Anderen?* Wer soll das sein?«

»Unsichtbare der dritten Generation, deren moralisches Empfinden stärker ausgeprägt ist als das ihrer Vorgänger. In den Kaderschulen des Ordens wollte man uns zu willenlosen Befehlsempfängern erziehen, aber wir fühlten uns den Werten der Menschlichkeit mehr verpflichtet als jenen der Organisation. Also formte sich Widerstand – eine Gruppe von Unsichtbaren, die einen verborgenen Krieg gegen die unsichtbare Bedrohung führt und zu der auch ich gehöre.«

»Und wie viele von euch gibt es?«, mischte sich Winston B. Seymour wieder in das Gespräch ein.

»Viel weniger, als nötig wären«, antwortete Ismael leise, »aber mehr, als Sie ahnen. Die Frage, die sich stellt, ist, ob Sie dazugehören wollen.«

»Ob wir dazugehören wollen?«, wiederholte Winston, und er und Alex tauschten einen verblüfften Blick.

»Unser Widerstand braucht mehr Unterstützung aus der Welt der Sichtbaren, wenn wir erfolgreich sein wollen.«

»Erfolgreich?«, fragte Winston. »Wobei?«

»Den Orden zu bekämpfen und dafür zu sorgen, dass

die Menschheit wieder frei wird in ihrem Handeln und ihren Entscheidungen. Bedenken Sie, dass es in den letzten Jahrzehnten kaum eine Krise, kaum einen Konflikt in dieser Welt gab, an dem der Orden nicht in irgendeiner Weise beteiligt war.«

»Wollen Sie damit sagen, dass der Orden für alles Elend in der Welt verantwortlich ist?«, fragte Winston.

»Nein, das wäre zu einfach. Auf dieser Welt gibt es auch so schon genügend Hass und Unrecht. Aber der Orden unternimmt nichts dagegen, obwohl er die Macht dazu hätte. Im Gegenteil – er schürt Konflikte, wo er nur kann. Er sorgt dafür, dass das Armutsgefälle zwischen den Staaten der ersten und der dritten Welt bestehen bleibt, und der Nahe Osten ist derzeit sein liebstes Spielfeld«, fuhr Ismael fort. »Verstehen Sie, was ich Ihnen zu sagen versuche? Erst wenn der Orden zerschlagen ist, ist der Weg für dauerhaften Frieden und Wohlstand für alle Menschen geebnet. Bis dahin bleibt das nichts als eine ferne, unerreichbare Vision. Schon Plato hat das gewusst.«

»Was genau bieten Sie uns an?«, wollte Alex wissen, die Mühe hatte, all das zu verarbeiten. Die Welt, wie Alex sie gekannt hatte, existierte plötzlich nicht mehr, und das machte ihr Angst.

»Ich biete Ihnen an, Agenten im Dienst der *Anderen* zu werden – im Gegenzug gewähren wir Ihnen Schutz und uneingeschränkten Zugang zu allen Informationen, die wir über den Orden gesammelt haben. Sie werden das bekommen, was den wenigsten Menschen vergönnt ist, nämlich Gewissheit.«

»Wer sagt, dass wir das wollen?«, fragte Alex forsch.

Der Unsichtbare lachte leise. »Wahrheit«, erwiderte er dann, »ist wie eine Droge – hat man erst einmal von ihr gekostet, will man nicht mehr davon lassen. Oder glauben Sie, Sie könnten einfach wieder in Ihr altes Leben zurückkehren? Sie beide wären wissend unter Unwissenden, und es gäbe niemanden, mit dem Sie über Ihre Ängste sprechen könnten. Mal abgesehen davon, würde der Orden Sie nicht lange am Leben lassen.«

Alex und Winston erwiderten nichts darauf. Im schummrigen Halbdunkel saßen sie auf dem schäbigen Bett und sahen sich ebenso ratlos wie betroffen an.

»Wollen Sie am Leben bleiben?«, brachte es ihr unsichtbarer Begleiter auf den Punkt. »Und wie wollen Sie dann Ihr Leben weiterführen?«

Alex brauchte nicht lange zu überlegen.

Ismael hatte ihr Weltbild völlig auf den Kopf gestellt. Sie war gezwungen, nicht nur die Vergangenheit, sondern auch die Gegenwart mit ganz anderen Augen zu sehen. Alles, woran sie je geglaubt hatte, erschien ihr als eine Lüge. Vor allem die Wissenschaft, der sie einen Großteil ihres Lebens geopfert hatte. Alles nur eine groß angelegte Täuschung. Die Täuschung einer weltumspannenden Organisation von Wesen, bei denen Alex sogar Schwierigkeiten hatte, sie noch als Menschen zu bezeichnen.

Alex wehrte sich dagegen, wollte nicht, dass die Welt, wie sie sie kannte, unterging und dieser Welt der Lügen und der Manipulation Platz schuf – andererseits deckte sich Ismaels Bericht haargenau mit dem, was sie selbst herausgefunden hatte, erklärte alles, was sich während der letzten beiden Wochen zugetragen hatte. Natürlich, Alex brauchte Ismaels Vorschlag nicht anzunehmen, konnte stattdessen einfach das Motelzimmer verlassen und versuchen, sich auf eigene Faust durchzuschlagen. Sicherlich hätte der Unsichtbare sie nicht daran gehindert. Aber es war fraglich, ob sie dann den nächsten Tag noch erleben würde.

Die Killer des Ordens – oder wer immer sie auch geschickt haben mochte – waren ihr auf den Fersen, und diese Killer waren mit absoluter Sicherheit kein Hirngespinst, sondern blutige, brutale Realität. Und angenommen – nur angenommen! – Alex würde ihnen wie durch ein Wunder entkommen können, dann würde man sie früher oder später vor Gericht stellen, denn schließlich wurde sie von der Polizei gesucht, und das nicht nur zu Hause in Deutschland, sondern inzwischen auch in den USA.

Hatte sie eine andere Wahl, als auf Ismaels Angebot einzugehen?

»Ich bin dabei«, erklärte sie mit gepresster Stimme.

»Ich habe nicht daran gezweifelt. Und was ist mit Ihnen, Winston?«

»Ich habe nichts mehr zu verlieren«, sagte der Ex-Cop ohne Zögern. »Ich hab meine Familie verloren und meinen Job an den Nagel gehängt. In meiner Wohnung sieht es aus wie in der verdammten Bronx in den 70er Jahren und in meinem Kopf schwirren tausend Fragen. Auf die will ich Antworten!«

»Also?«

»Zählen Sie mich dazu«, knurrte Winston B. Seymour und er zeigte dem Unsichtbaren ein verwegenes Grinsen.

18.

Ich erinnere mich noch genau an den Tag, an dem ich sie zum ersten Mal sah.

Die Grauen.

Sie hatten sich nicht angekündigt. Plötzlich waren sie da, und ich fühlte eine seltsame Kälte, als sie den Klassenraum betraten. Ihre Autorität war körperlich zu spüren; selbst in der Reaktion unserer Lehrer bemerkte ich Furcht.

Es waren zwei.

Beide waren sie groß und schlank, und einer von ihnen hinkte beim Gehen.

Sie trugen graue lange Mäntel und Hüte und – obwohl im Raum nur künstliche Beleuchtung herrschte – Spiegelbrillen, sodass die oberen Hälften ihrer Gesichter bedeckt waren. Darunter war – nichts! Dort, wo sich Mund und Nase hätten befinden müssen, klaffte gähnende Leere.

Ein Anblick, der auf einen unvorbereiteten Menschen grauenerregend wirken musste. Wir hingegen hatten schon Ungewöhnlicheres gesehen. Die Sensation bestand nicht darin, dass die Besucher keine Gesichter hatten, sondern darin, dass sie durch die Mäntel und Hüte, die sie trugen, ihre Gestalt erkennen ließen. Es war ein Zeichen dafür, dass sie sich für unantastbar und unangreifbar hielten, und ich weiß noch, dass ich mich fragte, ob sie überhaupt Menschen waren.

Sie sprachen mit kehligen Stimmen, die jeden Klang ver-

loren hatten und dennoch – oder gerade deshalb – furchteinflößend wirkten. Sie redeten von der Zukunft und von der Aufgabe, zu deren Erfüllung wir in die Welt gesetzt worden wären, von der Überlegenheit unserer Art und davon, dass wir geboren wären, um zu herrschen.

Dann schritten sie durch unsere Reihen, blieben bei jedem von uns kurz stehen, um ihn eingehend zu betrachten – durch die Spiegelbrillen, die sie trugen, konnte man ihre Blickrichtung genau ausmachen, was sonst bei uns Unsichtbaren schlecht möglich ist!

Ich weiß noch, dass sie bei mir einen Augenblick länger verweilten als bei den anderen.

Dann wandten sie sich ab und gingen weiter, so unvermittelt, wie sie gekommen waren.

Zurück blieb nur Kälte – und leises Grauen.

Unbekannter Ort
Gegenwart

Sie waren zusammengekommen – in ihrem geheimen Domizil, das von Stille und Dunkelheit umgeben war.

Eine Vollversammlung war einberufen worden.

Nacheinander traten sie ein, um in den dreizehn Sesseln Platz zu nehmen, die in einem weiten Kreis gruppiert waren. Ein leicht erhöhtes Podium befand sich in der Mitte des kreisrunden Saals. Auf seinem metallenen Boden eingraviert war das Emblem des Ordens.

Die Ratsmitglieder trugen allesamt graue, altmodisch geschnittene Mäntel und hatten die Hüte tief in die nicht vorhandenen Gesichter gezogen. Ihre Spiegelbrillen waren kleine Wunderwerke modernster Technik, mit denen sie im Infrarotbereich sehen und Wärmefelder unterscheiden konnten. So wurde ihnen offenbar, was das menschliche Auge nicht zu erfassen vermochte. Hätte sich ein anderer

Unsichtbarer, der nicht zum Kreis der Dreizehn gehörte, in diesem Raum aufgehalten, hätte seine Körperwärme ihn verraten, was seinen Tod besiegelt hätte.

Es war eine Atmosphäre gegenseitigen Misstrauens, die in dem von gläsernen Wänden umgebenen Saal herrschte. Nicht einer derer, die einen Platz im Innersten Zirkel besetzten, saß dort, weil er gutgläubig gewesen wäre oder anderen Menschen blindlings vertraut hatte. Misstrauen, Argwohn und Vorsicht waren die hervorstechendsten Eigenschaften der Grauen, schon seit Jahrzehnten ...

Selten kam es vor, dass eine Vollversammlung einberufen wurde. Das Risiko, das bestand, wenn sich alle Angehörigen des Innersten Zirkels an einem Ort aufhielten, war zu groß. Dennoch ließ es sich von Zeit zu Zeit nicht vermeiden.

Zwölf von dreizehn Sesseln waren inzwischen besetzt; der letzte war leer geblieben und niemand schien sich daran zu stören. Der Sitz war schon seit langer Zeit vakant, da sein Besitzer die oberste Regel des Ordens verletzt hatte.

Er war unvorsichtig gewesen ...

Der einzige Zugang zum Innersten Zirkel schloss sich mit einem leise schabenden Geräusch. Ein akustisches Signal erklang – das Zeichen dafür, dass der Saal versiegelt und von der Außenwelt abgeschottet war. Was immer darin gesprochen wurde, würde die gläsernen Wände des Zirkels niemals verlassen.

Dem Protokoll gehorchend, erhoben sich die Mitglieder des Zirkels von ihren Sitzen, und einer nach dem anderen nannte laut die Parole, die bei der letzten Versammlung ausgegeben worden war. Dabei wurde das Stimmmuster von einem Computer analysiert und überprüft – eine letzte Vorsichtsmaßnahme, um sicherzugehen, dass sich kein Unbefugter Zutritt zum Innersten Zirkel verschafft hatte. Nachdem alle zwölf Anwesenden ihre Parole genannt hatten, wechselte die Farbe der gedämpften Beleuchtung auf ein mattes Grün. Die geheime Unterredung konnte beginnen.

In gespenstischer Stille nahmen die Ratsmitglieder wieder Platz. Nicht ein einziger Laut war zu hören, kein Wort der Begrüßung wurde gesprochen. Eisiges Schweigen herrschte, während jedes der zwölf Mitglieder des Zirkels misstrauisch um sich blickte. Schließlich erhob sich eines von ihnen – eine hochgewachsene Gestalt, die beim Gehen ihr linkes Bein nachzog – und trat in die Mitte des Raums, um das Podium zu besteigen.

»Angehörige des Innersten Zirkels«, sagte der Graue mit kehliger Stimme, die dennoch bis in den letzten Winkel des Raumes drang. »Sie alle kennen den Grund für die heutige Versammlung. Unser New Yorker Projekt steht unmittelbar vor seiner Ausführung, was bedeutet, dass wir unserem Ziel ein gutes Stück näher gekommen sind. Allerdings mussten wir, wie Sie alle bereits wissen, auch einen Rückschlag hinnehmen.«

»Wir haben davon gehört«, meldete sich ein anderes Ratsmitglied zu Wort. »Ist das New Yorker Projekt dadurch gefährdet?«

»In keiner Weise.«

»Wie können wir da so sicher sein?« Ein weiteres Mitglied des Zirkels hatte das Wort ergriffen. »Unsere Gegner sind nicht zu unterschätzen. Sie haben an Macht gewonnen.«

»Aber was für Gegner sind das schon?«, entgegnete der Redner. »Ein paar Rebellen, weiter nichts. Dummköpfe, die sich mit dem Unausweichlichen nicht abfinden wollen. Solche Narren hat es zu allen Zeiten der Geschichte gegeben.«

»Das ist wahr«, räumte der andere ein. »Doch nur allzu oft waren es gerade solche Narren, die große Pläne zunichtemachten.«

»Das entspricht den Tatsachen!«, bestätigte ein weiterer der Grauen. »Mit ihren Aktionen haben die Rebellen uns in letzter Zeit übel mitgespielt. Wir haben einige unserer besten Agenten verloren und ...«

»Und?«, unterbrach ihn die Gestalt auf dem Podium. »Was heißt das schon? Das sind nicht mehr als Moskitostiche in der Haut eines Elefanten. Was auch immer die Aufständischen tun, sie können uns nichts anhaben. Sie kennen nicht mal unsere Pläne, und wenn sie die wüssten, hätten sie keine Ahnung, wie sie dagegen vorgehen könnten.«

»Kein Plan ist perfekt.«

»Dieser ist es. Er wurde minutiös ausgearbeitet, und wieder einmal werden jene, die glauben, ihre eigenen Herren zu sein, uns mit ihren Taten dienen wie Sklaven. Glauben Sie mir, meine Freunde, es besteht kein Grund zur Besorgnis. Die Rebellen sind ein Ärgernis, daran besteht kein Zweifel. Aber sie haben weder das Wissen noch die Macht, um uns gefährlich werden zu können.«

»Sind Sie da auch ganz sicher?«

»Völlig. Diese lächerlichen Aufständischen werden wie alle anderen gegen ihren Willen zu unseren Helfern werden. Und wenn das New Yorker Projekt erst abgeschlossen ist, werden ihre lächerlichen Versuche, sich gegen uns aufzulehnen, ohnehin nicht mehr von Bedeutung sein. Denn dann haben wir endlich das, was wir immer wollten, meine Freunde – die unmittelbare Kontrolle ...«

Highway 63, Iowa
Zwei Tage später

»Und hier ist es?«

Alexandra Lessing blickte aus dem Seitenfenster des Kleinbusses, auf dessen Rückbank sie saß – was sie sah, waren Maisfelder, die sich nach allen Himmelsrichtungen in scheinbar endlose Weite erstreckten. Nur hier und dort war eine gelbe Staubwolke zu sehen, die sich am Horizont erhob und auf den Einsatz einer Erntemaschine schließen ließ. Ansonsten herrschte triste Eintönigkeit, und das schon seit unzähligen langen Meilen. »Das sieht nicht sehr aufregend aus, wenn Sie mich fragen.«

»Warten Sie's ab, Dr. Lessing«, entgegnete Ismael, der vorn auf dem Beifahrersitz hockte – zumindest nahm Alex das an –, während Winston Seymour den Kleinbus steuerte. »Warten Sie's ab.«

Eine einmotorige Propellermaschine hatte sie von einem kleinen Flugplatz in New Jersey in die Nähe von Cedar Rapids gebracht, von wo aus sie die Reise mit dem Wagen fortgesetzt hatten – das war vor vier Stunden gewesen. Seither hatten sie zweimal das Fahrzeug gewechselt, und angesichts der schnurgeraden, verlassen wirkenden Highways Iowas und der endlosen Maisfelder gelangte Alex allmählich zu der Überzeugung, dass es hier draußen *rein gar nichts* gab, das für sie von Interesse sein konnte …

»Die Lady hat recht«, stimmte Winston ihr verdrossen zu. »Seit Stunden tuckern wir durch die Gegend, ohne dass wir auch nur einen Schatten von Ihren angeblichen Freunden gesehen hätten.«

»Sie werden auch bestimmt niemals einen Schatten von ihnen zu sehen bekommen«, entgegnete Ismael.

»Allmählich frage ich mich, was das alles soll«, brummte Winston.

»Geduld«, mahnte Ismael mit ruhiger Stimme. »Ich sagte es Ihnen schon – wenn Sie für die *Anderen* arbeiten wollen, ist Geduld das, was Sie am dringendsten brauchen. Überstürzte Handlungen könnten uns verraten und das wäre tödlich.«

Winston erwiderte nichts darauf und auch Alex zog

es daraufhin vor zu schweigen. Obwohl er ihnen seine Herkunft offenbart und sich als ihr Freund zu erkennen gegeben hatte, fühlten sich beide in Ismaels Gegenwart nicht besonders wohl. Es war seltsam, das Gesicht eines Gesprächspartners nicht sehen zu können. Im Mienenspiel eines Unsichtbaren kann man unmöglich ausmachen, wie ernst er seine Worte meint. Bisweilen schloss Alex die Augen, wenn Ismael sprach, um sich der Illusion hinzugeben, dass sie es mit einem ganz normalen Menschen zu tun hatte. Dann versuchte sie auf den Klang seiner Stimme zu achten, sich ganz darauf zu konzentrieren, auch auf Nuancen in seinem Tonfall. Aber selbst das half wenig und so wurde sie ihr Misstrauen ihm gegenüber einfach nicht los.

»Wie weit ist es noch?«, fragte sie schließlich wieder und diesmal fragte sie es sehr energisch.

»Nicht mehr weit.«

»Das haben Sie vorhin auch schon gesagt!«, beschwerte sie sich. »Verdammt, Ismael, ich bin kein Kind. Sagen Sie mir die Wahrheit!«

»Ich sage Ihnen die Wahrheit, Alexandra. Wir sind fast da.«

»Und woran erkennen Sie das?«, fragte Alex spöttisch. »Ich meine, diese Maiskolben da draußen unterscheiden sich nicht wirklich von denen, an denen wir vor einer Stunde vorbeigefahren sind, oder?«

»Sie vertrauen mir noch immer nicht«, erkannte Ismael. Seine Stimme klang weder verbittert noch vorwurfsvoll, es war lediglich eine Feststellung, auf die Alex nichts erwiderte. »Wollte ich Ihnen schaden, Alexandra, hätte ich das längst tun können – da bräuchte ich nicht stundenlang mit Ihnen durch diese Ödnis zu kurven. Oder halten Sie mich für einen Masochisten?«

»Ich weiß nicht, was Sie sind«, sagte Alex leise und im Bewusstsein, dass sie ihn damit verletzte. Es war ihr in diesem Augenblick gleichgültig. Sie war müde und erschöpft und hatte Angst. Und sie hatte es satt, davonzulaufen. Seit ihrer Flucht aus der Polizeihaft in München tat sie nichts anderes.

Eine Schotterstraße zweigte vom Highway ab, und Ismael wies Winston an, abzubiegen. Der Kleinbus wurde abgebremst, und über einen holprigen schmalen Weg, der zu beiden Seiten von Mauern aus mannshohem Mais gesäumt wurde, ging es weiter. Eine dicke Staubwolke folgte dem Wagen.

Sie gelangten an eine Wegkreuzung, und Ismael wies Winston an, rechts abzubiegen. Weitere Kreuzungen folgten, sodass der Ex-Polizist, obwohl er den Wagen steuerte, im Labyrinth des Maisfeldes bald jede Orientierung verlor. Alex ging es nicht anders. Je weiter sie sich vom Highway entfernten, desto mieser fühlte sie sich.

Schließlich erreichte der Bus eine von Feldern umgebene Fläche, in deren Mitte sich die Überreste einer alten Farm erhoben. Das Holz war grau und verwittert, das Dach hatte zahllose Löcher und die Veranda war unmittelbar über dem Eingang eingebrochen. Vor dem Schuppen gegenüber dem Wohnhaus stand das rostige Wrack eines uralten Pick-ups, dahinter ragte wie eine spitze Nadel ein hölzerner Turm empor, auf dessen Spitze sich früher einmal ein Windrad gedreht hatte. Trümmer und Müll lagen allenthalben umher.

»Ist es das?«, fragte Alex in unverhohlenem Spott. »Ist das die geheime Kommandozentrale Ihrer Freunde? Ich muss gestehen, ich bin beeindruckt!«

»Anhalten!«, befahl Ismael, ohne auf Alex' Einwurf einzugehen.

Winston kam der Aufforderung nach.

»Motor abstellen!«

Der ehemalige Cop drehte den Zündschlüssel herum und das leise Brummen des Motors erstarb.

»Sie wissen also nicht, was ich bin«, stellte Ismael fest

und diesmal war die Bitterkeit in seiner Stimme unüberhörbar. Offenbar sprach er zu Alex. »Ist das alles, was Sie zu sagen haben, nachdem ich Ihnen mehrmals hintereinander das Leben gerettet habe?«

»Nehmen Sie es nicht persönlich«, wehrte sie ab. »Ich bin nur müde und gereizt und …«

»Steigen Sie aus!«, wies Ismael sie barsch an und öffnete die Beifahrertür. »Sie auch, Winston.«

»Wozu?«

»Tun Sie's einfach, okay?«

Mit einer leisen Verwünschung löste der ehemalige Cop seinen Gurt und stieg aus, ebenso Alex, die sich fragte, was dies nun wieder zu bedeuten hatte. Hatten sie sich in ihrem unsichtbaren Begleiter doch geirrt? Arbeitete er für die andere Seite? Hatte er den Auftrag, sie in dieser abgeschiedenen Gegend umzubringen?

Die absurdesten Gedanken jagten ihr durch den Kopf, während sie vor dem Bus stand und ihren Blick über die trostlosen Überreste der Farm schweifen ließ. Die Gebäude mussten schon vor Jahren verlassen worden zu sein. Hier lebte ganz sicher niemand mehr. Alex empfand Ernüchterung, aber auch spontane Wut. War es das, wofür sie all die Strapazen und Entbehrungen auf sich genommen hatte? Um eine schäbige Ruine mitten im Nirgendwo zu besuchen …

»Und jetzt?«, fragte sie provozierend in die Richtung, in der sie Ismael vermutete. »Haben Sie Ihr Spiel jetzt lange genug mit uns getrieben? Zeigen Sie jetzt Ihr wahres Gesicht?«

»Kommen Sie mit«, kam die Antwort aus der entgegengesetzten Richtung, sodass sie leicht zusammenzuckte; der Unsichtbare stand nicht links, sondern rechts von ihr.

Alex und Winston folgten den Fußspuren, die sich vor ihnen im gelben Staub abzeichneten. Sie umrundeten das Wohnhaus und gelangten auf dessen Rückseite, wo es im

Boden eine gemauerte Einfassung gab, von einer hölzernen Falltür verschlossen.

»Was ist das?«, fragte Alex verblüfft.

»Der Eingang zu einem Sturmbunker«, sagte Winston staunend. »Wenn im Herbst die Twister toben, dienen diese Dinger den Farmern als Zuflucht.«

»Fassen Sie mit an!«, forderte Ismael seine beiden Begleiter auf. Gemeinsam öffneten sie die Falltür. Das morsche Holz klappte zur Seite, darunter führten steinerne Stufen in dunkle Tiefe.

»Worauf warten Sie?«, fragte Ismael.

»Ich weiß nicht«, gab Alex bissig zurück. »Vielleicht darauf, dass Sie uns erklären, was das alles soll.«

»Ich habe Ihnen bereits alles erklärt, Alexandra. Wenn Sie mir nicht vertrauen, ist das Ihre Sache.«

»Ach ja, ich vergaß.« Sie deutete in das finstere Loch und sagte sarkastisch: »Dies ist der geheime Kommandoraum einer Gruppe von Unsichtbaren, die dem Orden Widerstand leisten. Gut, dass Sie's gesagt haben – andernfalls könnte man meinen, es handle sich um den Sturmbunker einer verlassenen Farm.«

»Gehen Sie«, sagte Ismael nur.

Sie starrte in die Richtung, in der seine Stimme aufgeklungen war, und einmal mehr bedauerte sie es, ihm nicht in die Augen schauen zu können. Einen Moment lang erwog sie, einfach davonzurennen. Aber was dann? Wenn der Unsichtbare sie töten wollte, hätte er es tatsächlich längst tun können.

Zudem war da die Neugier, die sie nicht mehr losließ, seit sie Ismael begegnet war …

Alex nickte und stieg die Stufen hinab, dicht gefolgt von Winston. Sie erreichten den Fuß der Treppe und fanden sich in einem Stollen wieder. Im fahlen Licht, das durch den Einstiegsschacht fiel, gingen sie noch ein Stück weiter, bis der unterirdische Gang vor einer verschlossenen Tür endete. Und diesmal war es nicht morsches Holz, sondern ein Schott aus blank poliertem Metall, das ihnen den Weg versperrte und mit einem Zahlenschloss gesichert war.

»Das ist doch …« Alex fehlten die Worte und auch Winston war verblüfft. Etwas drängte sich an den beiden vorbei und murmelte: »Entschuldigen Sie!« Dann klickten die Tasten des Zahlenschlosses, als Ismael den Code eingab – und im nächsten Moment öffnete sich das Schott mit leisem Zischen.

Dahinter lag ein weiterer schmaler Gang, der allerdings von hellem Neonlicht beleuchtet wurde und dessen Wände aus glattem Beton bestanden. Er hatte so gar nichts von einer alten Sturmzuflucht, sondern schon eher von einem ausgewachsenen Luftschutzbunker.

»Die Farm dort oben ist nicht wirklich alt, oder?«, fragte Alex.

»Nein«, gestand Ismael. »Es hat einige Mühe gekostet, es so aussehen zu lassen, das können Sie mir glauben. Aber wie ich an Ihrer Reaktion erkennen konnte, ist es uns geglückt. Bitte, treten Sie ein …«

Alex stieg über die Schwelle und kam sich unendlich dumm vor. Das dumpfe Wummern eines Generators war zu hören, metallischer Geruch lag in der Luft. »Es … es tut mir leid«, sagte sie stammelnd. »Ich wollte nicht … ich meine, es lag mir fern …«

»Schon gut.« Wieder zuckte sie zusammen, weil die Stimme überraschenderweise vor ihr erklang. »Ich weiß, dass das hier nicht einfach für Sie ist. Das alles ist neu für Sie, und Sie haben Angst und wissen nicht, wie Sie darauf reagieren sollen.«

»Das stimmt«, murmelte Alex, »aber das gibt mir nicht das Recht, Sie fälschlich zu beschuldigen.«

»Ich komme darüber hinweg«, versicherte der Unsichtbare und lachte leise. »Ich bin ein großer Junge.«

»Und ich ein großes Mädchen«, sagte Alex, erleichtert

darüber, dass Ismael es so locker nahm. Das Schott hinter ihnen schloss sich mit leisem Zischen und Alex fügte hinzu: »Obwohl ich mir im Augenblick ziemlich klein und unbedeutend vorkomme.«

»So wie Alex im Wunderland«, scherzte Ismael.

»Genau«, pflichtete Winston ihm bei, »nur dass unser Spiegel aus Stahl besteht und unser Karnickel unsichtbar ist.«

»Um ehrlich zu sein«, meinte Alex, »habe ich die Geschichte der kleinen Dorothy im Lande Oz immer lieber gemocht als die von Alice im Wunderland.«

»Seltsam, dass Sie das sagen«, murmelte Ismael.

»Wieso?«

»Weil ›OZ‹ auch der Name ist, den wir diesem Ort hier gegeben haben.«

»Ich verstehe.« Alex grinste freudlos. »Und Sie sind wohl der große Zauberer?«

»Nicht ganz«, entgegnete Ismael, »und es genügt auch nicht, die Hacken zusammenzuschlagen, um von hier aus wieder nach Hause zu kommen. Aber etwas ist dennoch wie im Märchen.«

»Und das wäre?«

»Sehen Sie auf den Fußboden.«

Alex blickte hinab, sah die gelben Markierungen, die in Bodennähe entlang der Wand verliefen. »Und?«, wollte sie wissen.

Ismael lachte leise. »Folgen Sie einfach der gelben Straße.«

»Und was erwartet mich am Ende?«

»Warten Sie's ab.«

Sie folgten dem Gang, ohne dass Alex hätte sagen können, ob ihr unsichtbarer Begleiter vor oder hinter ihnen ging. Als sie an eine Kreuzung kamen, richteten sie sich nach den gelben Markierungen auf dem Boden. Ismael befand sich offensichtlich doch vor ihnen, denn ein zweites

Schott öffnete sich, bevor Alex und Winston es erreichten. Ein weiterer Korridor schloss sich an, der ebenfalls menschenleer war – oder zumindest schien es so.

»Ganz schön einsam hier unten«, stellte Alex fest.

»Nicht so einsam, wie es aussieht«, entgegnete Ismael rätselhaft. Sie erreichten eine Treppe, über die sie weiter hinab gelangten. Mit jeder Stufe wurde es kühler. Erneut schloss sich ein Gang an die Treppe an, der allerdings weniger hell beleuchtet war als jener zuvor. Das Ende markierte ein weiteres Schott aus blank poliertem Metall, das noch ungleich massiver wirkte als die ersten. Hier gab es kein Zahlenschloss, wohl aber eine Kamera, die oberhalb des Durchgangs ihr Objektiv auf die Besucher richtete.

»Identifikation!«, verlangte eine Stimme, die aus einem verborgenen Lautsprecher drang.

»Ismael«, nannte der Unsichtbare laut und vernehmlich seinen Namen und fügte eine Zahlencodierung hinzu.

»Identität bestätigt!«, schnarrte die Stimme. *»Ihre beiden Begleiter sollen sich ebenfalls identifizieren.«*

»Wie soll das funktionieren?«, fragte Winston. »Sie kennen mich doch gar nicht.«

»Identifizieren Sie sich!«

»Seymour, Winston B.«, entgegnete der Ex-Polizist ein wenig unwirsch, worauf eine kurze Pause eintrat.

»Identität bestätigt!«, meldete die Stimme dann.

»Was? Aber wie ...?«

»Lessing, Alexandra«, nannte Alex schnell auch ihren Namen und auch ihr Stimmmuster schien als authentisch erkannt zu werden.

Wie war das möglich? Es hatte doch niemand wissen können, dass sie herkommen würden? Oder etwa doch?

Ein leises Summen ertönte, worauf sich das Schott in der Mitte teilte und beide Hälften auseinanderglitten. Alex und Winston hielten den Atem an – denn auf der anderen Seite lag eine andere Welt!

»Shit!«, maulte der ehemalige Polizist. »Ich hätte mir doch die Filmrechte sichern sollen …«

Observation Base Zero
Chickasaw, Iowa

Ismael hatte recht gehabt.

Alex hatte tatsächlich das Gefühl, sich in einer Märchenwelt zu befinden, denn alles, was sie sah und was sie umgab, kam ihr so unwirklich vor, dass sie sich am liebsten gekniffen hätte, um sich zu vergewissern, dass sie bei Bewusstsein war und nicht etwa träumte. Doch es war die Realität, die sie umgab, so unfassbar sie auch sein mochte.

Was sich auf der anderen Seite des Schotts befand, war eine Art Zentrale. Ein niedriger, schmaler Raum, mit elektronischem Gerät auf beiden Seiten: Konsolen und Terminals, Bildschirme, über- und nebeneinander angebracht, und Kabel, die zu Strängen gebündelt unterhalb der Decke verliefen. Die Beleuchtung im Raum war gedämpft und wurde vom Flackern der Bildschirme bestimmt – hier bunte Fernsehbilder, dort Satellitenaufnahmen, anderswo wieder statistische Auswertungen. Leises Rauschen drang aus Lautsprechern, begleitet von einzelnen Gesprächsfetzen. Dieser Ort diente ganz offensichtlich dem Zweck, zu beobachten, Informationen zu sammeln und sie auszuwerten.

Doch alle Terminals und Konsolen waren unbesetzt. Niemand saß in den am Boden festgeschraubten Drehstühlen davor und …

»Guten Tag, Dr. Lessing«, erklang plötzlich unmittelbar vor Alex eine Stimme und sie zuckte heftig zusammen.

»Verzeihen Sie meinem Kollegen«, sagte eine andere Stimme, etwas weiter entfernt, die einer jungen Frau in

Alex' Alter zu gehören schien. »Er hat in der langen Zeit, die er schon hier unten verbracht hat, seine guten Manieren verloren. Nehmen Sie sich eine der Brillen und setzen Sie sie auf.«

»Diese hier?« Alex deutete auf eine Halterung an der Wand neben dem Schott. Darin steckten mehrere Sichtgeräte, die auf den ersten Blick wie klobige Sonnenbrillen aussahen.

»Genau die«, bejahte die Stimme der jungen Frau.

Alex nahm zwei der Brillen aus der Halterung. Eine gab sie an Winston weiter, die andere setzte sie selbst auf – und gab einen verblüfften Ausruf von sich!

Denn wo eben noch nichts als leere Luft gewesen war, sah sie nun die rot und gelb leuchtenden Konturen mehrerer Personen.

»Es mag wie eine gewöhnliche Brille aussehen«, erklärte die Stimme der jungen Frau, »aber es handelt sich um ein hochempfindliches Wärmesichtgerät. Jede Brille ist mit zwei winzig kleinen Kameras ausgestattet, die die Wärmebilder aufnehmen, und das integrierte Flüssigkristall-Display zeigt Ihnen diese Bilder, bleibt dabei jedoch transparent, wodurch der Hintergrund auch weiterhin für Sie erkennbar bleibt.«

»Nettes Spielzeug«, brummte Winston, der mit der eigenen Hand vor dem Gesicht herumwedelte und ihre orangegelben Umrisse betrachtete.

»Nicht wahr? Vor allem sehr nützlich, denn es macht Dinge sichtbar, die dem bloßen Auge verborgen bleiben.« Die Sprecherin winkte und gab sich damit als jene Gestalt im Display zu erkennen, die ganz rechts stand. Weiter hinten konnte Alex zwei weitere menschliche Formen erkennen, und als sie den Kopf wandte, gewahrte sie unmittelbar neben sich eine groß gewachsene Gestalt – Ismael, den sie zum ersten Mal tatsächlich sehen konnte …

»Das … das ist einfach unglaublich.« Sie setzte die Brille

ab – und hatte abermals das Gefühl, dass Winston und sie die einzigen Menschen im Raum waren.

»Mir ist klar, wie verwirrend das alles für Sie sein muss, Dr. Lessing«, versicherte die Unsichtbare, während Alex die Brille wieder aufsetzte, »aber bitte glauben Sie uns, dass es auch für uns nicht einfach war, dieses Treffen zu arrangieren. Immerhin geht es dabei für uns um alles.«

»Um alles?«, fragte Winston.

Im Display konnte man erkennen, wie sich die unsichtbare Sprecherin an Ismael wandte. »Du hast es ihnen nicht erzählt?«

»Nein, Mina«, antwortete er. »Ich nahm an, das wolltest du selbst tun.«

»Was tun?«, fragte Alex. »Was hat er uns nicht erzählt?«

Die Unsichtbare seufzte, schien einen Augenblick zu überlegen. »Am besten«, sagte sie dann, »wir fangen noch einmal von vorn an. Ihre Namen kennen wir ja bereits, aber wir haben es bislang versäumt, uns vorzustellen. Mein Name ist Mina Harker. Ich bin Kommandantin von Observationsbasis Zero.«

»Observationsbasis Zero«, echote Alex. »OZ ist also eine Abkürzung. Ich verstehe.«

»Dr. Jekyll, unser Kommunikationsoffizier, hat sich Ihnen gegenüber ja bereits bemerkbar gemacht, wenn auch wenig rücksichtsvoll. Und der Dritte im Bunde ist …«

»… Mr Hyde«, riet Alex.

»Nicht ganz«, ließ sich jener Unsichtbare vernehmen, der bislang geschwiegen hatte. »Sie gestatten? Crusoe mein Name. Robinson Crusoe, um genau zu sein.«

»Was soll das werden?« Alex kam sich ziemlich veralbert vor. »Ein Kindergeburtstag?«

»Keineswegs, Dr. Lessing«, versicherte Commander Harker. »Anders als Sie genoss keiner von uns den unvergleichlichen Luxus, als Individuum aufzuwachsen. Deshalb gab man uns nach unserer Geburt keine Namen, sondern Produktbezeichnungen. Ähnlich wie die Sklaven, die nach dem amerikanischen Bürgerkrieg jene Namen ablegten, die ihre Besitzer ihnen gegeben hatten, wählten auch wir uns neue Namen, nachdem wir dem Orden entkommen waren. Wir griffen auf die Namen von Romanfiguren zurück, weil es uns das Gefühl gibt, eine Vergangenheit zu haben und Individuen mit unterschiedlichen Charaktereigenschaften zu sein. Diese Namen dienen uns zwar auch zum Schutz vor den Spionen des Ordens, aber sie sind ebenso Ausdruck unserer Individualität.«

»Verzeihen Sie«, sagte Alex leise, »das wusste ich nicht. Ich … ich wollte Sie nicht verletzen.«

»Das haben Sie nicht. Zerbrechen Sie sich nicht den Kopf deswegen. Wenn alles zutrifft, was Ismael uns berichtet hat, werden Sie mehr als genug Gelegenheit bekommen, um es wiedergutzumachen.«

»Was soll das heißen?«, fragte Alex.

»Ismael hat Ihnen inzwischen bestimmt verraten, dass es kein Zufall war, dass er und Sie aufeinandertrafen, Dr. Lessing.«

Alex nickte. »Ich weiß. Er war es, der mir das Logbuch von U-300 zukommen ließ.«

»Dies ist richtig.« Der orangerot geränderte Schemen, der den Körper der Kommandantin darstellte, trat näher an die Besucher heran. »Wenn Sie hier sind, bedeutet das, dass Sie eingewilligt haben, sich uns anzuschließen. Mehr brauchen Sie im Augenblick nicht zu wissen.«

»Das reicht mir aber nicht, Lady«, ging Winston Seymour barsch dazwischen, »denn ich für meinen Teil habe auch ein paar gute Gründe, mich auf diesen Wahnwitz einzulassen. Vor allem bin ich an der Wahrheit interessiert.«

»Sie werden die Wahrheit erfahren«, versicherte die Kommandantin, »und noch viel mehr als das. Jedoch erst, wenn wir es verantworten können. Denn im Augenblick drängen andere, wichtigere Aufgaben.«

»Was ist los?«, wollte Alex wissen. »Was für ein Ort ist dies überhaupt?«

»OZ dient der Überwachung des Ordens«, erklärte Dr. Jekyll bereitwillig. »Über diese Bildschirme laufen täglich Hunderte von Nachrichten aus der ganzen Welt, von den Meldungen der großen Agenturen bis hin zum Klatsch der Yellow Press. Anhand von automatisierten Suchmustern versuchen wir, Manipulationen herauszufiltern, die auf Aktivitäten des Ordens schließen lassen.«

»Manipulationen ...« Alex glaubte, ein Würgen im Hals zu verspüren. In jenem schäbigen Motelzimmer in Jersey hatte sich alles, was Ismael über den Orden der Unsichtbaren und seine Tätigkeit berichtet hatte, seltsam abstrakt und wenig bedrohlich angehört. An diesem Ort schien alles sehr viel konkreter ...

»So ist es. Auf diese Weise erhalten wir seit einigen Wochen Hinweise darauf, dass der Orden etwas plant.«

»Was?«, wollte Winston wissen.

»Eine große Aktion, die zum Ziel haben könnte, der Organisation auf einen Schlag politische Macht einzutragen.«

»Politische Macht?«, fragte Alex mit einem verständnislosen Blick in Ismaels Richtung. »Ich dachte, die hätte der Orden längst ...«

»Sie haben recht, insofern, dass der Orden bisher indirekten Einfluss auf die Politik der Mächtigen ausübt. Nach unseren jüngsten Informationen stehen unsere Feinde jedoch unmittelbar vor dem nächsten Schritt. Sie begnügen sich nicht länger mit der indirekten Kontrolle. Sie wollen die direkte, absolute Macht!«

»Einen Augenblick«, bat Winston, ein Lächeln im Gesicht, das an einen Wahnsinnigen erinnerte und zum Ausdruck brachte, dass er nicht glauben konnte, was er gerade gehört hatte. »Wovon genau sprechen wir hier? Von der … *Weltherrschaft?*«

»Im Zeitalter globaler Datennetze und allumfassender Überwachung ist totale Machtausübung keine hohle Phrase mehr, Mr Seymour«, sagte Commander Harker. »Der Orden strebt nach der völligen Kontrolle – und er könnte sie bekommen, in einer Aktion, die den 11. September 2001 als das entlarven wird, was er tatsächlich war, nämlich nur eine Vorübung.«

»Wa-wa-was wollen Sie damit sagen?« Alex schüttelte verständnislos den Kopf. »Dass … dass der Orden hinter den Anschlägen auf das World Trade Center steckte?«

»Ziehen Sie Ihre eigenen Schlüsse, Doktor«, antwortete Crusoe anstelle der Kommandantin. »Wie Sie sich vielleicht erinnern, wurden einige konkrete Hinweise auf die bevorstehenden Anschläge sowohl vom Geheimdienst als auch von der Bundespolizei ignoriert. Unmittelbar nach den Anschlägen wurden dann aber verlassene Fahrzeuge aufgefunden, die die Attentäter benutzt haben sollen und die bis unter den Rand mit belastendem Beweismaterial vollgestopft waren. Und schließlich: Haben Sie jemals Bilder jener ominösen Maschine gesehen, die das Pentagon getroffen haben soll?«

»Nein«, gaben Alex und Winston wie aus einem Mund zu.

»Natürlich nicht – weil all diese Dinge vom Orden inszeniert wurden und bestimmten Zielen und Zwecken dienten. Natürlich traten die ›Grauen Eminenzen‹ einmal mehr nicht persönlich in Erscheinung, sondern bedienten sich eifriger Diener, die in ihrem blinden Fanatismus willige Handlanger waren. Das alles ändert jedoch nichts daran, dass der eigentliche Plan vom Orden ausging. Ziel war es, die USA in eine bis dahin nicht gekannte Hysterie zu stürzen und die weltpolitische Lage radikal zu verändern.«

»Aber diese Unsichtbaren, der Orden ...«, wandte Winston ungläubig ein. »Das sind doch Amerikaner, oder nicht? Ehemalige Agenten der Regierung.«

»Und?«

»Nun, diese Leute haben einen Eid geleistet, der Demokratie und der Freiheit zu dienen und ...«

»Das haben sie«, räumte Commander Harker ein, »aber ihr Schwur von einst ist ihnen gleichgültig geworden. Die Grauen betrachten die Vereinigten Staaten längst nicht mehr als ihre Heimat. Sie haben sich von allen freiheitlichen Werten losgesagt und folgen ihrer eigenen Doktrin. Und diese Doktrin besagt, die Macht des Ordens zu mehren, was es auch kostet.«

»Und diese Irren planen jetzt also eine neue Schweinerei?«, fragte Winston heiser.

»Alles deutet darauf hin«, antwortete Harker. »Wir wissen nicht genau, worum es sich dabei handelt, aber wir sind sicher, dass es eine Aktion von bislang beispiellosem Ausmaß ist. Nicht von ungefähr halten sich derzeit zahlreiche Unterführer des Ordens in New York City und Umgebung auf.«

»In ... in New York City?« Winstons Nackenhärchen sträubten sich. Die Erinnerung an den 11. September 2001 ließ ihm noch immer das Blut in den Adern gefrieren. Er hatte keinen Dienst gehabt an diesem für New York so schicksalhaften Tag, aber wie so viele hatte er als Freiwilliger geholfen, wo immer er gebraucht worden war. Die Vorstellung, dass der Stadt, die er zu seiner Wahlheimat erkoren hatte, eine noch größere Katastrophe drohte, war einfach entsetzlich. »Und ... und Sie wissen nicht, worum es geht?«

»Leider nicht«, sagte die Kommandantin. »Aber genau an dieser Stelle kommen Sie ins Spiel, Dr. Lessing.«

»Ich?« Alex musste schlucken. »Wie denn das?«

»Dadurch, dass wir Ihre Hilfe brauchen, um die Pläne

des Ordens zu vereiteln. Weil wir nicht wissen, was genau unsere Feinde planen, besteht unsere einzige Hoffnung darin, das Hauptquartier des Ordens ausfindig zu machen und den Drahtziehern das Handwerk zu legen, ehe sie dazu kommen, ihren verwerflichen Plan in die Tat umzusetzen.«

»Verstehe«, erwiderte Winston grimmig. »Und wo befindet sich dieses Hauptquartier?«

»Das, werter Sergeant, wüssten wir mindestens ebenso gerne wie Sie«, entgegnete die Kommandantin lapidar. Im Display des Wärmesichtgeräts konnte Alex erkennen, dass sich das Rot von Harkers Umriss dabei ein wenig vertiefte. »Die Wahrheit ist jedoch, dass wir im Dunkeln tappen. Die Lage des Hauptquartiers, des ›Innersten Kreises‹, wie der Rat der Grauen auch genannt wird, ist nur Unsichtbaren der ersten Generation bekannt. Selbst die Top-Agenten unter den Unsichtbaren der zweiten Generation haben allenfalls eine Ahnung davon, wo es sich befinden könnte, aber keine gesicherten Erkenntnisse. Einmal heißt es, es befinde sich tief unter der Erdoberfläche, dann wieder ist davon die Rede, dass die Zentrale der Grauen gut getarnt in einer europäischen Großstadt versteckt sei. Andere Indizien deuten darauf hin, dass der Innerste Kreis seine Position beständig ändert, aus Sorge vor Entdeckung. Was davon der Wahrheit entspricht und was nicht, konnten wir bislang nicht herausfinden – mit Ihrer Hilfe soll sich dies jedoch ändern, Doktor.«

»Mit meiner Hilfe?«, fragte Alex. »Inwiefern?«

»Dr. Lessing, sagt Ihnen die Abkürzung NAMIR etwas?«

»NAMIR ...«, murmelte Alex nachdenklich. »Baumgartner erwähnte das Wort, als wir ihn in Portland besuchten. Er sagte mir, ich sollte Namir befragen, weil er die Antwort kenne ... Ehrlich gesagt wusste ich nicht, dass es sich dabei um eine Abkürzung handelt. Ich hielt es für einen Eigennamen.«

»NAMIR steht für *National Archives of Military Research*, Dr. Lessing«, erklärte Commander Harker. »Wir haben allen Grund zu der Annahme, dass das Archiv für militärische Forschungen wichtige Hinweise auf die Ergebnisse und den Ausgang von Projekt Gyges enthält – und offen gestanden waren es Ihre Nachforschungen an der Columbia, die uns erst darauf brachten, in diese Richtung zu recherchieren.«

Alex horchte auf. »Wollen Sie damit sagen, dass Sie mich bereits die ganze Zeit über beschatten?«

»Wie ich schon sagte, Dr. Lessing – dieser Ort wurde nur zu dem Zweck eingerichtet, um zu beobachten und Informationen auszuwerten.«

»Warum haben Sie mir dann nicht geholfen, als man mich verleumdet und aus dem Forschungskreis ausgeschlossen hat?«

»Weil wir uns dadurch unseren Feinden gegenüber verraten hätten.«

»Ich verstehe«, sagte Alex, allerdings nur sehr zögerlich. »Und Sie denken, dass in diesem NAMIR ein Hinweis darauf zu finden ist, wo das geheime Hauptquartier des Ordens sein könnte?«

»Es könnten darin Protokolle der Gespräche abgelegt sein, die zwischen den Unsichtbaren und der Nixon-Administration geführt wurden«, mischte sich Dr. Jekyll ein. »Eines der Zugeständnisse, die dem Orden damals gemacht wurden, bestand in der Einrichtung einer geheimen Basis, die – nun halten Sie sich fest – aus Steuermitteln finanziert wurde.«

»Der amerikanische Steuerzahler hat diese unsichtbaren Bastarde auch noch dafür bezahlt, dass sie ihm jetzt in den Hintern treten?«, rief Winston erbost.

»So könnte man es ausdrücken – obgleich wir es vorziehen würden, wenn Sie sich in unserer Gegenwart einer anderen Wortwahl bedienen würden, Mr Seymour. Vergessen Sie nicht, dass auch wir der Spezies *homo invisibilis* angehören.«

»Ach, das tut mir jetzt aber leid«, knurrte Winston heuchelnd.

»Aber ich verstehe nicht, wo das Problem liegt«, kehrte Alex zum eigentlichen Thema zurück. »Wenn sich alle Informationen, die Sie benötigen, in diesem NAMIR-Archiv befinden, warum holen Sie sich dann nicht einfach, was Sie brauchen?«

»Genau das haben wir vor, Dr. Lessing«, antwortete Commander Harker, »aber Sie sollten wissen, dass NAMIR zu den am besten gesicherten Archiven der Vereinigten Staaten gehört. Viele Stockwerke unter dem Pentagon gelegen, enthält es Unterlagen über sämtliche geheimen Waffenprojekte, die jemals von einer US-Regierung unterstützt wurden – vom gepanzerten Kanonenboot der Konföderierten bis hin zu Ronald Reagans SDI. Das Archiv ist besser gesichert als Fort Knox, dennoch haben wir vor, den Einbruch zu wagen.«

»Wer?«, fragte Alex entgeistert. »Wer könnte so etwas tun?«

»Ich«, antwortete Ismael, der sich bislang im Hintergrund gehalten hatte.

»Sie?« Erstaunt wandte sich Alex zu ihm um. »Können Sie so was denn?«

»Vielleicht hat Ismael vergessen, Ihnen gegenüber zu erwähnen, dass er einer unserer besten Agenten ist«, erklärte Commander Harker nicht ohne Stolz. »Er wurde vom Orden für diese ganz spezielle Art der Informationsbeschaffung ausgebildet.«

»Sie wissen, dass es angeblich noch nie jemandem gelungen ist, im Kreml einzudringen?«, fragte Ismael.

Winston nickte. »Und soweit ich weiß, ist das auch die Wahrheit.«

Ismael kicherte. »Eben nicht.«

»Wenn es jemandem gelingt, bei NAMIR einzudringen, die gewünschten Akten zu kopieren und mit diesen Kopien wieder rauszukommen«, sagte Harker, »dann Ismael.«

Winston kam nicht umhin, beeindruckt durch die Zähne zu pfeifen. »Und was habe ich mit der ganzen Sache zu tun?«, wollte Alex wissen.

»Da Sie sich bereits mit Projekt Gyges und seinen Wurzeln beschäftigt haben, käme Ihnen die Aufgabe zu, uns bei der Auswertung der gewonnenen Informationen zu helfen. Als ausgebildete Historikerin dürfte das für Sie keine große Schwierigkeit darstellen, zumal Sie Ihre Fähigkeit, über die Grenzen der herkömmlichen Wissenschaft hinauszudenken, bereits wiederholt unter Beweis gestellt haben.«

»Außerdem«, fügte Ismael hinzu, »erfüllen Sie eine weitere wichtige Voraussetzung für eine Zusammenarbeit mit uns – Sie haben in Deutschland keine lebenden Verwandten.«

»Und?«, fragte Alex.

»Wäre es anders, wären Repressalien gegen Ihre Familie zu befürchten, sobald Sie in unsere Dienste treten. Der Feind ist sehr gut informiert.«

»Genau wie Sie, nicht wahr?«

»Wir haben unsere Hausaufgaben gemacht«, gab Ismael zu.

»Das Logbuch«, folgerte Alex. »Es war nur ein Test, oder? Sie hatten schon die ganze Zeit über vor, mich zu rekrutieren. Hornungs Aufzeichnungen sollten mich nur locken.«

»Nennen wir es eine Art Prüfung«, sagte Commander Harker. »Wir fanden Ihre Arbeit über das Fortwirken einflussreicher Nazi-Größen nach '45 interessant, mussten jedoch sichergehen, dass wir Ihnen vertrauen können.«

»Aus Ihrem Munde hört sich das an, als wäre es um die Ausschreibung für eine Assistentenstelle gegangen«, entgegnete Alex. »Ihre *Prüfung*, wie Sie es nennen, hat einen guten Freund von mir das Leben gekostet.«

»Und das bedaure ich wirklich sehr, Dr. Lessing«, versicherte die Kommandantin. »Aber wir alle, die wir hier stehen, haben Verluste erlitten. Der Krieg gegen den Orden hat schon viele Opfer gefordert. Und es werden noch mehr werden, wenn es uns nicht gelingt, die Pläne der Grauen zu durchkreuzen. Verstehen Sie, was ich Ihnen damit sagen will? Wir glauben, dass Sie einen wichtigen Beitrag zu unserem Kampf leisten können. Es liegt in Ihren Händen, ob Peter Manharts Tod im Nachhinein noch einen Sinn bekommt oder nicht.«

»Und was ist mit mir?«, fragte Winston in die Stille, die entstanden war, weil Alex auf einmal schwieg. »Weder verfüge ich über Dr. Lessings Qualifikationen, noch kann ich irgendetwas zu Ihrer Sache beitragen.«

»Das ist wahr«, bestätigte Dr. Jekyll mit entwaffnender Direktheit. »Doch Sie wären nicht hier, wenn die Überprüfung Ihrer Person nicht ein paar erstaunliche Details zutage befördert hätte.«

»Details?«, fragte Winston. »Was für Details? Ich meine, immerhin haben Sie vor, sich unerlaubten Zugang zu einer Regierungsbehörde zu verschaffen, und noch vor ein paar Stunden habe ich für eben diese Regierung gearbeitet und das Gesetz, das Sie gerade brechen wollen, geschützt.«

Statt direkt darauf einzugehen, fragte Commander Harker scheinbar zusammenhanglos: »Was haben Sie am 22. November 1963 getan, Mr Seymour?«

»Was haben Sie gesagt?« Verblüfft wirbelte Winston herum, um in Harkers Richtung zu starren.

»Ich habe Sie gefragt, was Sie am 22. November 1963 getan haben – dem Tag, an dem Präsident Kennedy in Dallas einem Attentat zum Opfer fiel.«

»Ich … ich … ich …« Winston fehlten zunächst die Worte, dann würgte er hervor: »Ich wollte zur … zur Dealey

Plaza, um … um den Präsidenten zu sehen … Aber ich bin nie dort angekommen. Ein … ein bewaffneter Räuber schoss mich auf dem Weg dorthin nieder.«

»Sie sind also nie dort gewesen?«

»Das sagte ich gerade, oder nicht?«, entgegnete Wilson harsch.

»Sie waren nicht dabei, als der Präsident erschossen wurde?«

»Nein, verdammt! Muss ich's Ihnen buchstabieren?«

»Das heißt, Sie haben keinerlei konkrete Erinnerung an das Attentat oder an das, was danach geschah?«

»Shit! Nein, ich …« Der Ex-Polizist unterbrach sich, er schüttelte wild den Kopf und stieß dann hervor: »Fuck, ja! Es gibt einen Traum«, gab er zu. »Fuck, ja – einen Traum, der mich seit jenem Tag immer wieder heimsucht. Ich wurde Zeuge des Attentats und verfolge einen der Killer …«

»… den Sie nicht wirklich sehen können, nicht wahr?«, ergänzte Commander Harker.

»Das stimmt! Scheiße, woher wissen Sie …?«

»Was würden Sie sagen, Winston, wenn ich Ihnen verriete, dass es niemals einen Raubüberfall gegeben hat? Dass Sie in Wahrheit auf der Dealey Plaza gewesen sind und alles mit angesehen haben – und dass Sie Zeuge wurden, wie einer der *Demons*, die der Orden auf Kennedy angesetzt hatte, geflohen ist?«

»Ich würde sagen, dass … dass Sie … dass Sie verrückt sind!«

»Im ersten Moment würden Sie das natürlich. Aber dann würden Sie nachdenken und feststellen, dass dies die einzig mögliche Lösung ist. Die einzige Antwort auf die Fragen, die Sie sich in all den Jahren gestellt haben – jedenfalls die einzige, die einen Sinn macht.«

»Fuck, ja – vielleicht …«, hörte sich Winston selbst sagen, während seine Gedanken sich förmlich überschlugen.

Konnte es tatsächlich möglich sein? War er betrogen und manipuliert worden? Und das im großen Stil? Ein Teil von ihm hatte es gefühlt in all den Jahren, aber es gab auch viele Argumente, die dagegen sprachen.

»Was ist mit den Zeugen des Vorfalls?«, wollte er wissen. »Den Protokollen der Cops?«

»Auch Zeugen lassen sich manipulieren«, lautete die lapidare Antwort, »und Polizeiberichte lassen sich fälschen. Das brauche ich Ihnen doch nicht zu erzählen, Sarge. Wussten Sie, dass nicht einer der Zeugen, die damals den Überfall an der Bushaltestelle gesehen haben wollten, mehr am Leben ist? Sie alle starben in den Jahren nach dem Attentat auf teils sehr mysteriöse Weise.«

»Wollen Sie damit sagen, dass ich – oh, fuck! – dass ich Opfer eines Komplotts geworden bin? Dass der verdammte Orden diesen ganzen Shit irgendwie gedeichselt hat?«

»Genau das.«

»Aber ... was ist mit meiner Mutter?«, wandte Winston ein. »Sie hat sich ganz sicher nicht bestechen lassen ...«

»Das war auch nicht nötig. Ihre Mutter hat niemals auch nur geahnt, dass der angebliche Gedächtnisschwund ihres Sohnes die Folge einer Manipulation war.«

»Sie meinen, der Orden hat in meinem Gedächtnis herumgewühlt?«

»Und damit das gelöscht, was Sie gesehen hatten«, bestätigte Harker. »Nur war die Löschung nicht hundertprozentig, richtig? Sie erinnern sich an das, was damals passiert ist, wenn auch wie in einem Traum.«

»Das stimmt«, bestätigte Winston und fügte leise hinzu: »Und dieser Traum hat um ein Haar mein ganzes Leben zerstört.«

»Auch das tut mir leid«, versicherte die Kommandantin von OZ, »aber wie Dr. Lessing biete ich auch Ihnen an, uns bei unserem Vorhaben zu helfen und sich auf diese Weise beim Orden zu revanchieren.«

Winston überlegte kurz. »Warum?«, fragte er schließlich. »Warum sollte der Orden so etwas tun? Warum hat er mich nicht einfach aus dem Weg schaffen lassen wie all die anderen Zeugen? Wäre das nicht viel einfacher und weniger riskant gewesen, als mir eine Gehirnwäsche zu verpassen?«

»Zugegeben«, gestand Commander Harker ein, »und genau aus diesem Grund sind Sie so interessant für uns, Mr Seymour.«

»Wie darf ich das verstehen?«

»Wissen Sie, der Orden überlässt nichts dem Zufall. Nur weil wir nicht wissen, weshalb Sie verschont wurden, bedeutet das nicht, dass es nicht einen triftigen Grund dafür gäbe – und diesen Grund wollen wir unbedingt herausfinden.«

»Na klar.« Winston nickte. »Langsam verstehe ich. Ich bin Ihr verdammtes Versuchskarnickel …«

»Den Versuch haben andere gemacht – uns geht es darum, den Grund dafür herauszufinden. Natürlich können wir Sie weder zwingen, bei uns zu bleiben, noch uns zu helfen. Aber wenn Sie sich entschließen, uns zu unterstützen, versprechen wir Ihnen, dass Sie nicht nur die Wahrheit über sich selbst herausfinden, sondern darüber hinaus auch die Chance erhalten, sich an denen zu rächen, die Ihr gesamtes Leben ruiniert haben.«

Die Worte der Kommandantin blieben nicht ohne Wirkung. Winston brauchte nicht mehr lange, um sich zu entscheiden. Die tiefe Lebenskrise, in die er geraten war, die Trennung von Lorna und den Kindern, der Suff, dem er verfallen war – das alles hing letztlich mit jenem Traum zusammen, der, wie er erfahren hatte, gar keiner war.

Gewiss, Harker und ihre Leute hatten ihm keine Beweise geliefert für die Richtigkeit ihrer Behauptungen, aber die waren auch nicht nötig. Im Grunde hatte Winston die Wahrheit stets tief in seinem Inneren *gefühlt*. So, als wäre sie immer da gewesen und hätte nur darauf gewartet, dass er sie endlich anerkannte.

Winston brannte darauf, es denen heimzuzahlen, die verantwortlich waren für sein verpfuschtes Leben.

»Wissen Sie«, sagte er leise, »ich war nicht immer ein Cop und zufällig bin ich in einer der übelsten Gegenden von Dallas aufgewachsen. Gut möglich, dass ich Ihnen ein paar nützliche Tipps geben kann, wenn Sie einen Einbruch planen …«

Teil III

REACTIO

19.

Rom (gpa).

In den frühen Morgenstunden wurde auf dem Flughafen der italienischen Hauptstadt ein Sprengstoffanschlag verübt. Wie Polizei und Augenzeugen berichten, sprengte sich ein Selbstmordattentäter in der Ankunftshalle inmitten einer Gruppe ankommender Fluggäste in die Luft. Acht Menschen riss er dabei mit in den Tod, sieben weitere wurden teils schwer verletzt. Unter den Todesopfern befinden sich auch der bekannte Archäologe Prof. Dr. Luigi Benati von der Università degli Studi di Roma La Sapienza, *der ältesten Universität Roms und zugleich der größten europäischen Universität, sowie zwei seiner Assistenten, die von einer Forschungsreise zurückgekehrt waren. In einer ersten Stellungnahme sprach das Dekanat der Universität von einem entsetzlichen Verlust sowohl in menschlicher Hinsicht als auch für die Wissenschaft und verurteilte den Anschlag aufs Schärfste.*

Obwohl sich bislang niemand offiziell zu dem Anschlag bekannte, gehen Polizei und Staatsanwaltschaft von einem terroristischen Hintergrund aus. Möglicherweise haben die Ausgrabungen, die er zuletzt in Ägypten, Syrien und Jordanien durchführte, Benati zur Zielscheibe islamistischer Kräfte gemacht. (siehe auch Kommentar und Politik)

Il Corriere, Titelstory

Hotel Steuben, Washington D.C.
Vier Tage später
9.52 p.m., T minus 8 Minuten

Viel Zeit war nicht geblieben, um den Einbruch in das NAMIR-Archiv vorzubereiten. Die Hinweise, dass die große Aktion, die der Orden plante, unmittelbar bevorstand, hatten sich verdichtet. Ein in Rom verübter Anschlag, hinter dem Commander Harker und ihre Leute ebenfalls den Orden vermuteten, gab schließlich den Ausschlag für die Entscheidung, die Operation sofort durchzuziehen.

Informanten, die Harker nur als »Quellen« bezeichnete, hatten die Kommandantin und ihre Leute mit einer Menge Details über jenen riesigen fünfeckigen Komplex versorgt, in dem angeblich das eigentliche Herz der letzten verbliebenen Supermacht schlug.

Das Pentagon.

Im Jahre 1941 errichtet, beherbergt der imposante Bau am Ufer des Potomac nicht nur das amerikanische Verteidigungsministerium, sondern auch die Oberkommandos von Army, Navy, Marineinfanterie und Air Force sowie die Führung des militärischen Geheimdienstes. Im Hinblick auf den Krieg in Europa und die Gefahr, dass auch die Vereinigten Staaten in diese Auseinandersetzung verwickelt werden könnten – was bald darauf auch geschah –, wurde das Pentagon als zentrale Schaltstelle militärischer Macht entworfen, ein gigantischer fünfeckiger Bau, der mit seinen 280 Meter langen Außenwänden zu den größten Bürogebäuden der Welt zählt.

Ein Ort, dessen Name überall auf der Welt zum Synonym für exekutive Staatsgewalt geworden ist und um den sich unzählige Mythen ranken.

Die meisten davon hatte Alex stets als lächerlich und unglaubwürdig abgetan. Zu Unrecht, wie sie hatte feststellen müssen …

»Wissen Sie, warum es keine Bilder vom Absturz der dritten Maschine des 11. September gibt?«, fragte Commander Harker sie. »Von jener Maschine, die angeblich das Pentagon getroffen hatte?«

»Nein«, antwortete Alex.

»Weil es keine dritte Maschine gab«, erklärte Harker. »Die Regierung hat diese Geschichte in die Welt gesetzt, um zu vertuschen, dass sich am Vormittag des 11. September eine schwere Explosion im Gamma-Trakt des Pentagon ereignet hat.«

»Ein weiterer Anschlag?«, fragte Alex.

»Die Entscheidung darüber überlasse ich Ihnen. Aber Sie sollten wissen, dass noch am selben Tag mit den Reparaturen begonnen wurde und man beim Wiederaufbau des entsprechenden Gebäudeteils einige Veränderungen vorgenommen hat.«

»Was denn für Veränderungen?«

»Man verstärkte die Wände mit Titanstahl und baute zusätzliche Sicherheitsbarrieren ein. Auf diese Weise entstand ein eigens geschützter Bereich im ohnehin schon bestbewachten Gebäude der USA – dieser Bereich bekam die hübsche Bezeichnung ›Sektion Gamma‹. Ich denke nicht, dass es ein Zufall ist, dass sich gerade dort das NAMIR-Archiv befindet. Entweder steckte der Orden hinter dem Anschlag und verfügte über genügend Einfluss, um eine Festung innerhalb des Pentagons errichten zu lassen. Oder aber die Regierung selbst hat den Umbau vorangetrieben und versucht, ihn durch die Attentate des 11. September zu vertuschen …«

Was auch immer davon der Wahrheit entsprach, es war beängstigend, und einmal mehr ertappte sich Alex dabei, dass sie sich zurücksehnte in ihr altes Leben, in das beschauliche Dasein, das sie in München gefristet hatte.

Aber es gab kein Zurück.

Selbst wenn sich Alex entschieden hätte, nach Deutschland zurückzukehren, selbst wenn es ihr gelungen wäre, die Polizei von ihrer Unschuld zu überzeugen und den Nachstellungen des Ordens zu entkommen, wäre es ihr nicht möglich gewesen, ihr altes Leben zu führen. Denn inzwischen gehörte sie zu den wenigen, die die Wahrheit kannten. Was sie gesehen und erfahren hatte, war zu erschütternd, als dass man es ignorieren konnte. Waren die letzten sechzig Jahre der Menschheitsgeschichte tatsächlich nichts als eine imfame Lüge, eine allumfassende gigantische Täuschung?

Unter dem Namen Francis Cooper checkte sie ins Steuben-Hotel in Washington ein. Das war vor zwei Tagen gewesen. An diesem Abend saß sie in ihrem Zimmer vor dem Notebook, das Dr. Jekyll für sie eingerichtet hatte. Über eine abgeschirmte Satellitenverbindung war es ihr möglich, mit Ismael Kontakt zu halten, der ins Pentagon eindringen sollte. Alex sollte ihm bei der Suche nach den relevanten Informationen helfen. Ein Headset, das Alex immer wieder nervös zurechtrückte, ermöglichte die Sprechverbindung, während auf dem Bildschirm die Aufnahmen der Mikrokamera zu sehen waren, mit der Ismael ausgerüstet war. Die Kamera und das Funkgerät waren nicht unsichtbar, aber winzig klein und für Spionagezwecke entwickelt, sodass man hoffen durfte, dass sie Ismael nicht verraten würden.

Dass Ismael für das bloße Auge unsichtbar war, räumte ihm einen gewissen Vorteil ein, mehr nicht. Im Inneren der Gamma-Sektion gab es Wärmedetektoren, Geräuschmelder und andere Sicherheitsvorkehrungen, und obgleich er unsichtbar war, konnte Ismael nicht durch Wände gehen: Schotts mussten geöffnet und Wege gesucht werden, die nicht nur tief ins Innere der Gamma-Sektion, sondern auch wieder hinausführten. Eine ungeheure Herausforderung, selbst für einen Unsichtbaren, und Alex verspürte Angst um ihren Schutzengel, den sie noch nie wirklich zu Gesicht bekommen hatte …

Dr. Jekyll und Mr Crusoe waren am Vortag mit einem Wagen angereist, den Winston Seymour gefahren hatte. Wie Ismael nach Washington gekommen war, wusste Alex nicht – vor zwei Stunden hatte er sich jedoch aus Arlington gemeldet, und im Augenblick war er auf dem Weg zum Einsatzort, während Winston, Crusoe und Jekyll in dessen Nähe Posten bezogen hatten, in einem eigens dafür ausstaffierten Lieferwagen, der laut Beschriftung einer Firma für Reinigung und Entsorgung gehörte, dessen Kastenaufbau jedoch mit Hightech vollgestopft war.

Alex verstand nicht viel von derlei Dingen – als Jekyll über Satellitenkommunikation und codierte Datenflüsse referiert hatte, hätte er ebenso gut Chinesisch sprechen können. Immerhin hatte sie begriffen, dass eine direkte Verbindung zu Ismael unmöglich war, sobald er sich Sektion Gamma bis auf weniger als eine halbe Meile genähert hatte. Dann nämlich betrat er die so genannte Nullzone, innerhalb derer jede externe Funk- oder Satellitenverbindung durch Störwellen unterbunden wurde. Ismaels erste Handlung würde also darin bestehen, sich mit Jekylls Hilfe in die Kommunikation des Pentagon zu hacken, um im offiziellen Datenstrom versteckte codierte Signale zu senden und zu empfangen. Auf diese Weise würden auch die Bilder der Mikrokamera übertragen werden, die Alex dann auf dem Display ihres Notebooks sah.

So weit die Theorie.

Alex merkte, dass ihre Handflächen feucht geworden waren und sich ihr Pulsschlag beschleunigt hatte.

Ein Blick auf die Uhr.

Noch vier Minuten bis zum Beginn der Operation.

Im dunklen Hotelzimmer, in dem kein Licht brannte und dessen Fenster geschlossen waren, sodass der Lärm der Straße nur gedämpft hereindrang, fühlte sich Alex plötzlich schrecklich einsam. Der Wunsch, eine freundliche Stimme zu horen, erfüllte sie.

»Ismael?«, fragte sie leise.

»Bin unterwegs«, hörte sie im Headset ihren Schutzengel.

»Darf ich dich etwas fragen?«

»Nur zu«, sagte Ismael gelassen. Er schien keinerlei Nervosität zu empfinden. »Wir sind allein auf dieser Frequenz, also können wir ruhig ein bisschen reden. Frag ruhig, wenn dir danach ist.«

»Wann hast du dich dazu entschieden, dich gegen den Orden zu stellen?«

»Es war nicht die große, alles verändernde Entscheidung, es waren viele kleine Schritte. Am meisten aber hat wohl die Sache mit Frankie dazu beigetragen.«

»Frankie?«

»Frank Gallagher«, erklärte Ismael. »Jedenfalls war das der Name, den der Orden ihm gegeben hatte. Als ich ein Junge war, war er mein bester Freund – soweit Unsichtbare so etwas haben können.«

Im Halbdunkel des Zimmers runzelte Alex die Stirn. »Warum sollten Unsichtbare keine Freunde haben?«

»Weil es in unserer Welt keine vertrauten Gesichter gibt – keine Mienen, in denen man lesen, keine Blicke, die man deuten, und kein Lächeln, das man einander schenken kann. Unsichtbar zu sein bedeutet sehr viel mehr, als nicht gesehen zu werden, Alexandra. Es bedeutet, nicht *wahrgenommen* zu werden, mit allen hässlichen Konsequenzen. Schon der gute Plato wusste um die Auswirkungen der Unsichtbarkeit auf die menschliche Psyche.«

»Du schweifst vom Thema ab«, sagte Alex.

»Welches Thema?«

»Frankie«, brachte sie in Erinnerung.

Auf einmal zögerte Ismael mit der Antwort. »Ach ja, Frankie ... Eines Tages wurde er abgeholt.«

»Abgeholt? Von wem?«

»Von den Grauen vermutlich.«

»Vermutlich? Du hast nie nachgefragt?«

»Natürlich hab ich gefragt. Es hieß, Frankie habe sich in der Ausbildung nicht genügend bemüht und sei deshalb aus dem Kader entfernt worden.«

»Und was hast du getan?«

»Was glaubst du wohl? Ich hab alles darangesetzt, ein gehorsamer Schüler zu sein, um Frankies Schicksal nicht zu teilen.«

»Wieso? Was ist mit ihm geschehen?«

»Was wohl? Er war nicht gut genug, also wurde er ausgesondert. Wie eine faule Frucht.«

»Bist du ihm jemals wieder begegnet?«, fragte Alex, der ein eisiger Schauer über den Rücken rann.

»Niemals mehr«, sagte Ismael nur, und sie glaubte zu hören, dass seine Stimme dabei ihre Farbe veränderte. »Aber an diesem Tag ist mir klar geworden, dass die Grauen ebenso grausam wie gnadenlos sind und dass ihr System beschissen ist. Allerdings«, räumte er ein, »hat es danach noch lange gedauert, bis ich den Mut aufbrachte, mich gegen den Orden zu stellen.«

»Wie kam es dazu?«

»Einer meiner Lehrer hat meine Zweifel wohl gespürt«, erzählte Ismael leise, fast flüsternd. »Eines Tages ließ er mich in sein Büro kommen. Ich dachte, ich hätte etwas ausgefressen, und fürchtete schon, es würde mir ergehen wie Frankie.«

»Was ist passiert?«

»Dieser Lehrer war ein Unsichtbarer der zweiten Generation, einer der wenigen, die mit den Zielen des Ordens nicht übereinstimmten. Von ihm erfuhr ich von der Existenz der *Anderen*. Er hat mich zu dem gemacht, was ich bin, und er war es auch, der dafür sorgte, dass ich entkommen konnte.«

»Ich verstehe.«

»Wir nähern uns ... Einsatzort ...«, meldete Ismael, und

auf einmal war die Sprechverbindung gestört, was darauf schließen ließ, dass er sich der Nullzone näherte.

»Verstanden«, bestätigte Alex und gab sich Mühe, dabei sachlich und neutral zu klingen, obwohl sich zu ihrer Nervosität nun wieder die Angst um Ismael gesellte. »Viel Glück«, flüsterte sie in das Stabmikro des Headset, ohne zu wissen, ob sie überhaupt noch gehört wurde. »Pass auf dich auf, hörst du …?«

Sie erhielt keine Antwort mehr.

Atmosphärisches Rauschen drang aus den Kopfhörern, und wie Jekyll es angeordnet hatte, beendete Alex die Audio-Verbindung und starrte auf den Bildschirm des Notebooks, dessen Videofenster jetzt nur noch flimmernde Linien zeigte.

Eine Minute verging, dann zwei …

Vierundzwanzig Minuten – so lange durfte die ganze Operation dauern. So lange brauchte das System nach Dr. Jekylls Berechnungen, um den fremden Datenstrom zu entdecken.

Vierundzwanzig Minuten – innerhalb dieser Zeitspanne musste es Ismael gelingen, sämtliche Sicherheitssysteme zu überwinden, in das NAMIR-Archiv einzudringen, die gesuchten Daten ausfindig zu machen und zu sichten und wieder wohlbehalten nach draußen zu gelangen – andernfalls würde die Falle zuschnappen, und es würde selbst für einen Unsichtbaren unmöglich sein, ihr zu entkommen.

Vierundzwanzig Minuten – für die Aufgabe, die Ismael zu erledigen hatte, eine viel zu kurze Zeit – für Alex, die zum Warten verurteilt war, eine Ewigkeit …

Vier Minuten waren verstrichen.

War es Ismael gelungen, in das Gebäude einzudringen?

Hatte er die Eingangskontrollen bereits hinter sich?

Oder war er gefasst worden?

Die Ungewissheit zerrte an Alex' Nerven. Schweiß trat

ihr auf die Stirn, und sie glaubte, dass die Luft im Hotelzimmer auf einmal unerträglich heiß und stickig war. Sie hätte einiges darum gegeben, mit Winston und Jekyll in Kontakt treten zu können, aber aus Gründen der Sicherheit waren die beiden auf einem anderen Kanal mit Ismael verbunden, dessen Frequenz Alex nicht kannte.

So blieb sie also allein.

Wartend.

Ängstlich.

Isoliert.

Bis es laut an die Tür ihres Hotelzimmers klopfte.

»Miss Cooper?«, fragte jemand mit energischer Stimme.

Alex zuckte zusammen.

»Miss Cooper?«, wiederholte die Stimme, und es wurde erneut geklopft, drängender diesmal.

Alex war wie versteinert und wusste nicht, was sie tun sollte. Warum, in aller Welt, musste man sie ausgerechnet jetzt stören? Ein unglücklicher Zufall – oder mehr als das?

»Miss Cooper, ich weiß, dass Sie auf Ihrem Zimmer sind. Der Portier hat Sie gesehen!«

Der Klang der Stimme war kalt und schneidend – die Stimme eines Mannes mit Autorität.

Noch immer saß Alex wie erstarrt vor ihrem Notebook und wusste nicht, was sie tun sollte. Ihr Blick fiel auf das Handy. Commander Harker hatte ihr eine Nummer gegeben, die sie in Notfällen anrufen konnte, aber es war sicher zu spät, um …

»Miss Cooper, bitte ersparen Sie uns das. Ich kann die Tür auch gewaltsam öffnen, aber es wäre mir bedeutend lieber, wenn Sie …«

Alex warf einen gehetzten Blick auf den Bildschirm des Notebooks. Noch immer nichts als Flimmern. Ismael war also nach wie vor nicht am Ziel, dabei waren inzwischen mehr als fünf Minuten verstrichen …

Ihr Pulsschlag beschleunigte sich, das Rauschen ihres eigenen Blutes vermischte sich mit dem der Kopfhörer. Ihr Mund fühlte sich plötzlich trocken und ihre Lippen spröde an, und bang fragte sie sich, was zu tun war. Sollte sie antworten? Sie wusste ja noch nicht einmal, wer der Kerl draußen auf dem Hotelflur war …

»Na schön, Miss Cooper, ich kann auch anders«, ließ sich die Stimme erneut vernehmen. »Oder sollte ich Sie lieber bei Ihrem wirklichen Namen nennen – *Dr. Lessing?*«

Alex war wie vom Donner gerührt.

Wer immer vor der Tür stand, kannte ihr Geheimnis, und das bedeutete, dass er entweder für die Polizei arbeitete – oder für den Orden!

In beiden Fällen musste Alex das tun, was Dr. Jekyll ihr für den Fall einer Entdeckung eingeschärft hatte: Mit einer schnellen Tastenkombination aktivierte sie das Notfallprogramm des Notebooks. Dieses würde innerhalb von zehn Sekunden nicht nur die Satellitenverbindung beenden, sondern sämtliche gespeicherten Daten löschen, und anschließend würde sich die Festplatte neu formatieren. Danach, so hatte sich Jekyll ausgedrückt, wäre das Notebook wieder »ganz jungfräulich«.

Große Zahlen auf dem Display zeigten den Countdown an.

10 …

9 …

»Ich warne Sie, Lessing – treiben Sie es nicht zu weit. Sie stecken ohnehin schon ziemlich tief in der Tinte!«

Alex ignorierte den Unbekannten. Am ganzen Körper zitternd, starrte sie auf den Bildschirm und hoffte, dass die Zeit reichte.

6 …

5 …

»Ich trete jetzt die Tür ein, Dr. Lessing!«

»I-ich bin hier!«, rief sie mit bebender Stimme.

»Sieh an. Haben Sie sich entschlossen, aus der Deckung zu kriechen?«

»Wer sind Sie? Und was wollen Sie?«

»Das werde ich Ihnen sagen, sobald Sie die Tür geöffnet haben!«

»Einen Augenblick noch!«

3 …

2 …

»Verdammt, was tun Sie da? Versuchen Sie mich hinzuhalten?«

Im nächsten Moment krachte es dumpf, als etwas gegen die Zimmertür prallte. Das Schloss gab nach und die Tür flog geräuschvoll auf – allerdings nur einen Spaltbreit.

Die Sicherheitskette hielt, aber nur so lange, wie ein Bolzenschneider brauchte, um sie zu durchtrennen. Die Tür schmetterte gegen die Wand, und eine dunkle Gestalt stand auf der Schwelle, von der im Gegenlicht der Flurbeleuchtung wenig mehr als die Silhouette zu erkennen war. Das alles geschah innerhalb von Sekunden.

Beim Aufbersten der Tür war Alex mit einem entsetzten Schrei aufgesprungen, hatte den Blick jedoch nicht vom Display genommen. Noch immer war ihr Blick wie hypnotisiert darauf geheftet.

1 …

0.

Die Anzeige erlosch, dann wurde der Bildschirm schwarz und Alex atmete innerlich auf – als plötzlich eine hünenhafte Gestalt auf sie zuschoss und sie grob auf die Couch stieß.

»Verdammt, was tun Sie da?« Der Mann im weiten Mantel griff nach dem Notebook, starrte auf den Bildschirm und fluchte.

»Geben Sie sich keine Mühe«, sagte Alex, »Sie werden nichts mehr finden.«

»Dämliches Miststück!« In einem jähen Wutausbruch

schleuderte der Kerl im Mantel das Notebook gegen die Wand und es zerbrach. »Wissen Sie überhaupt, was Sie da getan haben?«

»Ich denke schon.«

»Nichts wissen Sie! Überhaupt nichts!«

Er stampfte quer durch den Raum und schaltete das Deckenlicht an, sodass Alex ihn jetzt genauer betrachten konnte. Er war von geradezu hünenhafter Größe, und die Art, wie er sich bewegte, ließ vermuten, dass sich unter dem weiten Stoff des Trenchcoats ein muskulöser und durchtrainierter Körper verbarg. Sein auffallend blasses Gesicht war glatt rasiert, sein schwarzes Haar kurz geschnitten. Seine Augen konnte Alex nicht sehen, da er eine Sonnenbrille mit verspiegelten Gläsern trug.

»Wer sind Sie?«, wollte sie wissen.

Der Fremde hatte etwas an sich, das ihr kalte Schauer über den Rücken jagte. Es war nicht nur die bedrohliche Aura, die ihn umgab – Alex hatte auch den Eindruck, dass er etwas *Künstliches* an sich hatte. Etwas, das sich mit Worten schwer beschreiben ließ, das sie jedoch umso deutlicher spürte …

Nachdem er eine Weile wütend im Zimmer auf und ab gestampft war, stieß er ein tiefes Seufzen aus. Dann griff er in die Innentasche seines Mantels. Alex zuckte zusammen, weil sie vermutete, dass er eine Waffe ziehen würde, aber es war nur ein Ausweis.

»Agent Parker – National Security Agency.«

»Sie – Sie arbeiten für die NSA?« Alex war überrascht. Sie hatte einen Polizisten erwartet, möglicherweise auch einen Killer des Ordens, aber keinen Mitarbeiter des militärischen Geheimdienstes.

»Allerdings.« Parker nickte, während er drohend auf sie herabblickte. »Und sicher können Sie sich den Grund meiner Anwesenheit denken.«

»Nun, offen gestanden nicht«, antwortete Alex nervös

und befeuchtete mit der Zunge ihre Lippen. »Ich denke auch eher, dass Sie mir eine Erklärung schuldig sind. Immerhin sind Sie gerade gewaltsam in mein Hotelzimmer eingedrungen und …«

»Tun Sie das nicht«, fiel Parker ihr barsch ins Wort.

»Was soll ich nicht tun?«

»Versuchen Sie nicht, mich zum Narren zu halten! Die Nummer mit dem Notebook reicht schon, um Sie für die nächsten zwanzig Jahre hinter Gitter zu bringen. Versauen Sie sich nicht auch noch den kümmerlichen Rest Ihres beschissenen Lebens. Irgendwann wollen Sie doch die Freiheit wiedersehen, oder?«

»Was? Aber ich habe nicht …«

»Wo ist er?«, stieß der NSA-Agent hervor.

»Wer?«

»Fragen Sie nicht so dämlich – Ihr Komplize natürlich!«

»Welcher Komplize?«

»Der, den man nicht sehen kann!«, brüllte Parker sie an. »Es sei denn, man hat so ein nettes Spielzeug auf wie ich gerade!«

Er tippte gegen die Sonnenbrille auf seiner Nase und Alex erkannte die bestürzende Wahrheit.

Der Agent wusste von der Existenz der Unsichtbaren …

Sektion Gamma
Pentagon, Washington D.C.
Zur selben Zeit

Die erste Hürde hatte Ismael genommen.

Gemäß den Informationen, die dem Hauptquartier zugetragen worden waren, hatte um exakt 22:00 Uhr die Ablösung der Spät- durch die Nachtschicht begonnen. Eben jene Sekunden, in denen die Übergabe des Wachdiensts stattfand und die Protokollarien befolgt wurden, hatte der

Unsichtbare genutzt, um die Eingangskontrollen zu überwinden.

Zunächst hatte man erwogen, den Einbruch bei Tag durchzuführen – dann, wenn die rund 23 000 Angestellten, die im Pentagon ihrer Arbeit nachgingen, die Büroräume und Korridore bevölkerten und niemand darauf achten würde, wenn sich hier oder dort Dinge entgegen ihrer eigentlichen Physik verhielten. Schließlich hatte das Hauptquartier jedoch entschieden, dass das Risiko einer indirekten Entdeckung zu groß war, und die Operation in die späten Abendstunden verlegt. Dann, wenn nur noch die Nachtschicht den Betonkoloss am Ufer des Potomac besetzt hielt …

Es war das erste Mal, dass Ismael das Pentagon betrat, dennoch waren ihm die nüchternen und schnurgeraden, von dunklen Türen gesäumten Korridore absolut vertraut.

Unzählige Male war er die Computersimulation des Gebäudes durchgegangen, die Crusoe anhand gestohlener Grundrisspläne erstellt hatte, und Ismael musste anerkennend feststellen, dass die Übereinstimmung mit der Realität verblüffend war. Nur zwei Dinge waren anders als in der Simulation: der strenge Geruch von Reinigungsmitteln, der die Gänge erfüllte – und das Pochen seines eigenen Herzens, das der Unsichtbare deutlich spüren konnte.

Mit traumwandlerischer Sicherheit fand er seinen Weg: den Korridor hinab und am Fahrstuhl vorbei, das Treppenhaus hinauf zur fünften Etage. Dort wandte sich Ismael nach links – und stand vor einer metallenen Wand, die den Gang abschottete.

AUTHORIZED STAFF ONLY

stand auf der Tür aus Panzerglas, die in die Wand eingelassen war. Daneben war ein Zahlenschloss angebracht, dessen blinkendes Display über dem Tastenfeld die Eingabe des passenden Zugangscodes verlangte.

Ismael biss sich auf die Lippen. Nun würde sich zeigen, was die Informationen wert waren, die Sawyer und Twist in Bangkok besorgt hatten …

Er tippte die Nummernfolge ein, die er sorgfältig auswendig gelernt hatte, worauf das Zahlenschloss ein leises Trillern von sich gab. Gehetzt blickte sich Ismael um, aber auf dem langen Korridor, der von der Nachtbeleuchtung nur spärlich erhellt wurde, war niemand zu sehen.

Mit leisem Zischen öffnete sich die Tür und schwang auf. Ohne Zögern schlüpfte Ismael hindurch und huschte auf die siebte Tür auf der rechten Seite zu, an deren Schloss er denselben Code noch einmal eingab. Im nächsten Augenblick befand er sich in einem menschenleeren Großraumbüro, in dem ungezählte Schreibtische in Reih und Glied standen, getrennt durch beigefarbene Paravents. Auf den Tischen, die einander glichen wie ein Ei dem anderen, standen Computerterminals und Bildschirme – die Arbeitsplätze von Angestellten, die winzig kleine Teile im Räderwerk einer riesigen Maschinerie waren.

Die Tische waren nummeriert.

Ismael suchte den Schreibtisch mit der Nummer G716.031 und ließ sich daran nieder. Sich vergewissernd, dass ihm niemand gefolgt war, fuhr er das Terminal hoch.

Auf dem Bildschirm erschien eine Maske, die ihn zur Eingabe des Zugangscodes aufforderte. Das Losungswort war beinahe prophetisch. Es lautete »Invisibilis«.

Kaum hatte Ismael es eingegeben, verschwand die Maske und der Desktop des Pentagon-Intranets erschien; das Siegel des Department of Defense prangte in der Mitte. Ismael wusste nicht, welchem Zweck dieser Arbeitsplatz normalerweise diente – in dieser Nacht würde er hoffentlich sein Tor nach draußen werden.

In Windeseile steckte er den winzigen Übertragungschip an einen der dafür vorgesehenen Anschlüsse des Terminals – mehr brauchte er nicht zu tun. Jekylls Piratenprogramm würde sich innerhalb weniger Sekunden in die Innereien des Global Information Grid wühlen, jenes weit verzweigten Kommunikationsnetzes, das das Pentagon zu allen militärischen Außenstellen unterhielt. Danach blieben Ismael noch genau vierundzwanzig Minuten, um zu tun, was er zu tun hatte ...

Der Bildschirm des Terminals erlosch, was Ismael als Zeichen dafür wertete, dass das Programm seine Arbeit erfolgreich erledigt hatte. Den offiziellen Datenstrom nutzend, konnte Ismael wieder mit der Außenwelt in Kontakt treten. In exakt achtzehn Minuten, dann nämlich, wenn die Sicherheitsroutine des GIG die fremden Daten entdeckte, würde das Programm sich selbst entfernen und den Chip löschen. Bis dahin musste Ismael nicht nur gefunden haben, wonach er suchte, sondern auch das Gebäude verlassen haben ...

»Okay«, flüsterte er in das winzig kleine Funkgerät, »ich bin im Netz. Eigentlich solltest du mich jetzt hören können und die Bilder meiner Kamera auf dem Bildschirm haben.«

Er erhielt keine Antwort.

»Dorothy? Kannst du mich hören? Bitte kommen!«

Erneut war die Antwort nichts als Schweigen – und Ismael begann zu ahnen, dass die Operation nicht so verlief, wie sie sollte ...

Hotel Steuben, Washington D.C.
T plus 6 Minuten

Das Entsetzen war Alexandra Lessing deutlich anzusehen.

»Was denn?«, höhnte der NSA-Agent. »Sollten Sie überrascht sein von der Tatsache, dass ich die Wahrheit kenne?«

»Die Wahrheit worüber?«, fragte Alex atemlos. Sie wusste

nicht, was sie tun sollte, also entschloss sie sich, erst einmal alles abzustreiten, auch wenn sie nicht wirklich glaubte, dass das Sinn hatte.

»Sie tun es schon wieder«, tadelte Parker. »Schon wieder versuchen Sie, mich zum Narren zu halten. Und wieder sage ich Ihnen, dass Sie das nicht tun sollten, Dr. Lessing. Ich weiß *alles.*«

»Was wissen Sie?«

»Sicher mehr, als man Ihnen gesagt hat. Ich weiß von den Unsichtbaren und von dem Krieg, der da draußen tobt – und ich weiß, dass Sie sich entschieden haben, dabei mitzumischen. Bedauerlicherweise ohne alle Fakten zu kennen.«

»Was für Fakten?«, wollte Alex wissen.

Parker trat auf sie zu, beugte sich zu ihr herab und zischte ihr ins Gesicht: »Sie haben sich für die falsche Seite entschieden, Dr. Lessing. Daher nehme ich an, dass Sie nicht über alles Bescheid wissen, sonst wäre einer klugen Frau wie Ihnen ein solcher Fehler sicherlich nicht unterlaufen.«

»Was Sie nicht sagen.«

»Was hat man Ihnen erzählt?«, wollte der NSA-Agent wissen.

»Erwarten Sie ernstlich, dass ich Ihnen das sage?«

Parker schüttelte den Kopf. »Es ist mir gleichgültig, Dr. Lessing. Ich habe auch so eine ziemlich gute Vorstellung davon, was man Ihnen eingeredet hat. Man hat Ihnen erzählt, dass sich die so genannten Anderen, die sich gegen den Orden der Unsichtbaren gestellt haben, für die Freiheit der Menschen einsetzen, dass der Orden nur das Chaos und die Mehrung der eigenen Macht zum Ziel hat. Ist es nicht so?«

Alex antwortete nicht, aber die Worte des Agenten verwirrten sie.

»Ist es nicht so?«, wiederholte der Agent. Sein bleiches, unnatürlich glattes Gesicht schwebte unmittelbar vor ihr.

»Und wenn?«, fragte Alex dagegen. Trotz der Furcht, die sie empfand, war ihr klar, dass sie keine Informationen preisgeben durfte, sonst waren sowohl Ismael als auch die Mission verloren …

Zu ihrer Überraschung erging sich Parker in höhnischem Gelächter. »Sie sind sich Ihrer Sache sehr sicher, was? Was würden Sie sagen, wenn ich Ihnen erkläre, dass Sie getäuscht wurden? Dass sich in Wirklichkeit alles andersherum verhält?«

»Was … was soll das heißen?«

»Dass es in Wahrheit nicht der Orden ist, den die Menschheit zu fürchten hat, sondern dass die so genannten Anderen nach der absoluten Kontrolle streben!«

Alex lachte auf. »Ich würde Sie für einen verdammten Lügner halten.«

»Ach ja? Und die Anderen haben Sie nicht belogen?«

»Nein.«

»Woher wollen Sie das wissen? Hat man Ihnen auch nur einen einzigen schlüssigen Beweis geliefert? Oder haben Sie nur einfach das geglaubt, was Sie glauben *wollten?*«

Alex erwiderte nichts darauf, aber tief in ihrem Inneren hatte Parker einen wunden Punkt getroffen. Beweise hatten Winston Seymour und sie tatsächlich nicht zu sehen bekommen. Sie hatten gemäß den Informationen gehandelt, die man ihnen gegeben hatte, nach ihrer Überzeugung …

»Sie haben einen Fehler begangen«, stellte Parker fest und es klang weder vorwurfsvoll noch anklagend. »Aber noch ist es nicht zu spät, diesen Fehler zu korrigieren. Der Orden der Unsichtbaren, dessen einziges Ziel darin liegt, die Menschheit zu beschützen, braucht Ihre Hilfe, Dr. Lessing.«

Alex starrte ihn an und zischte: »Vergessen Sie's.«

»Ihre Reaktion ist verständlich«, meinte der NSA-Agent.

»Aber schon in wenigen Augenblicken werden Sie anders über die Sache denken. Denn *ich* werde Ihnen Beweise liefern …«

Sektion Gamma
Pentagon, Washington D.C.
Zur selben Zeit

Den äußeren Sicherheitsgürtel hatte Ismael hinter sich gelassen – tatsächlich waren die Codes das viele Geld wert, das die *Anderen* für sie bezahlt hatten, und bislang war Ismael auch nicht Gefahr gelaufen, entdeckt zu werden.

Er kannte die Schichten der Nachtwache genau, wusste, wann die Bewaffneten diesen Gebäudeabschnitt kontrollierten, sodass er sich nicht allein auf seine Unsichtbarkeit verlassen musste, um vor ihnen verborgen zu bleiben. Dennoch war Ismael nicht zufrieden; ein nagendes Gefühl der Unruhe erfüllte ihn, das sich verstärkte, je tiefer er in die spärlich beleuchteten Eingeweide des Betonkomplexes vordrang.

»Habe Marke 12 erreicht«, diktierte er mit Flüsterstimme in das winzige Funkgerät.

»Verstanden«, klang Dr. Jekylls Stimme ruhig und beherrscht in seinem Ohr. »Hat sich Dorothy inzwischen gemeldet?«

»Noch immer nicht.« Ismael biss sich auf die Lippen.

»Dorothy« war der Codename, den Alexandra für sich gewählt hatte. Wiederholt hatte er versucht, sie auf ihrer Frequenz zu erreichen, aber sie meldete sich einfach nicht. Schlimmer noch, die Verbindung war tot, was nur bedeuten konnte, dass Alex entdeckt worden war und sie das Notfallprogramm aktiviert hatte …

»Wir sollten abbrechen«, schlug Jekyll vor.

»Auf keinen Fall.«

»Aber wenn Alex gefasst wurde und dem Feind verrät, was wir hier machen ...«

»Das wird sie nicht. Sie wird ihnen nichts verraten.«

»Du kennst deren Methoden. Die wissen genau, wie man jemanden zum Sprechen bringt.«

»Damit hast du leider recht«, sagte Ismael leise, fast flüsternd. »Aber wenn wir jetzt abbrechen, vergeben wir jede Chance, die Katastrophe zu verhindern. Geht das nicht in deinen Schädel, Jekyll?«

»*Doktor* Jekyll«, verbesserte der andere angesäuert. »Also gut, die Operation wird fortgesetzt. Aber falls dir dort drin etwas zustößt ...« Er sprach nicht weiter.

»Schon klar«, erwiderte Ismael düster.

Sie konnten ihm nicht helfen.

Niemand konnte ihm helfen, wenn er entdeckt wurde ...

Der Korridor beschrieb eine Biegung. Eine Reihe von Kaffeeautomaten säumte die linke Wand, und unvermittelt stand Ismael vor einem weiteren stählernen Schott, das den Gang abriegelte und offensichtlich nachträglich eingebaut worden war. Natürlich, denn jenseits dieser schier unzerstörbaren Wand befand sich jener Bereich, der durch die Explosion am 11. September zerstört und anschließend wieder aufgebaut worden war – eine separate Festung innerhalb des wohl berühmtesten Fünfecks der Welt.

Gesichert war das Schott nicht mit einem herkömmlichen Zahlenschloss, sondern mit einem Retinascanner, was es einem Unsichtbaren ziemlich unmöglich machte, es zu öffnen. Gerade so, als hätte man damit gerechnet, dachte Ismael grimmig.

»Zeit?«, erkundigte er sich flüsternd über Funk.

»Noch exakt siebzehn Minuten.«

»Verstanden.«

»Zwanzig Sekunden bis zum Rendezvous.«

»Verstanden«, wiederholte Ismael.

Er vernahm die Tritte von schweren Militärstiefeln, die sich den Korridor herab näherten. Eines musste man den Jungs lassen – sie waren pünktlich …

Lautlos zog er sich zu den Kaffeeautomaten zurück, kauerte sich in die Nische zwischen den Automaten und hoffte, dass die Wachen das winzige Funkgerät und die kleine Spionagekamera nicht sahen. Taten sie es dennoch, würde er sich seiner Haut wehren müssen …

Zwei lange Schatten erschienen, gefolgt von zwei Uniformierten in Tarnanzügen. Der eine trug ein Schnellfeuergewehr am Schulterriemen, der andere eine Armeepistole im Holster.

Ismael wagte kaum zu atmen. Dies war einer der heikelsten Augenblicke der Mission …

Die beiden Soldaten blieben vor dem Schott stehen. Während der eine das Gewehr in den Anschlag nahm und den Korridor sicherte, trat der andere an den Scanner, woraufhin sein rechtes Auge abgetastet wurde. Ein Summen war zu hören und im nächsten Moment teilte sich die stählerne Wand. Der Soldat mit dem Gewehr blieb zurück, der andere trat durch die entstandene Öffnung – und Ismael nutzte die zwei, drei Sekunden, die ihm blieben, um hinter ihm durchs Schott zu schlüpfen.

Anders als im restlichen Gebäude, in dem die Wände aus getünchtem Beton bestanden, waren sie hier mit Metall verkleidet. Jedes noch so leise Geräusch hallte von den glatten stählernen Flächen wider.

Dieser Trakt war eine Festung in der Festung: kugelsicher, bombensicher, einbruchssicher …

Nur nicht für einen unsichtbaren Eindringling!

Beschriftungen und Richtungspfeile waren in die Korridorwand eingraviert. Das meiste davon waren Abkürzungen, die Ismael rein gar nichts sagten, aber unter all den Kürzeln stach ihm das Wort NAMIR ins Auge.

Statt den Soldaten weiter auf ihrem Rundgang zu folgen, stahl sich Ismael in einen Seitengang und folgte der Beschilderung zum geheimen Militärarchiv. Er war zwar allein, aber die Gänge und Korridore der Gamma-Sektion waren vielfach gesichert – durch Videokameras, Wärmesensoren, Geräuschmelder, Laserschranken ... Da musste er verdammt auf der Hut sein.

Aber Ismael war kein gewöhnlicher Eindringling. Fast die Hälfte seines Lebens hatte er solche Einsätze trainiert und gelernt, auch dann unsichtbar zu bleiben, wenn modernste Technik zum Einsatz kam.

Schnelligkeit und Lautlosigkeit waren die Schlüssel zum Erfolg. Bewegte sich Ismael rasch genug, war die Brechung der Laserstrahlen zu kurz, um von den Sensoren wahrgenommen zu werden, da es ja nicht mal zu einem vollständigen Lichtabriss kam. Keinen Laut zu verursachen, war ihm in zahllosen Trainingsstunden beigebracht worden, tagein, tagaus, viele Jahre lang – ebenso wie die mentale Fähigkeit, seine Körpertemperatur willentlich abzusenken, so wie indische Yogis es tun. Die Kombination all dieser Dinge hatten seine Lehrer *iter invisibilium* genannt – den Pfad der Unsichtbaren ...

Sich auf eine Art und Weise fortbewegend, die ebenso schnell war wie lautlos und ein extremes Maß an Konzentration und Körperbeherrschung abverlangte, drang Ismael weiter in die Sektion Gamma ein.

Nach etwa fünfzig Metern endete der schnurgerade Gang vor einer Aufzugtür, die sich auf Knopfdruck öffnete. Ohne Zögern trat Ismael in die Kabine – und erstarrte, als er die Stockwerksanzeige sah. Denn was US-Bürger und Weltöffentlichkeit als das Pentagon kannten, schien nur die Spitze des Eisbergs zu sein, und das war in gewissem Sinne wörtlich zu nehmen. Auf minus zehn Etagen lautete die Anzeige, was nicht mehr und nicht weniger bedeutete, als dass sich NAMIR zehn Stockwerke tief unter der Erde befand – und das auf ehemaligem Sumpfland, das der Natur mit großem Aufwand und eisernem Willen abgetrotzt worden war.

»Seht ihr das, Jungs?«, flüsterte er ins Funkgerät.

»Allerdings.«

»Gebt Winston 'nen Schluck Wasser«, bat Ismael trocken. »Wie's aussieht, hat das den Steuerzahler 'ne ganze Stange Geld gekostet ...«

Damit drückte er den Knopf und mit leisem Summen glitt der Fahrstuhl in die Tiefe ...

Hotel Steuben, Washington D.C.
T plus 10 Minuten

»Sie behaupten also, ich hätte mich falsch entschieden, dass in Wirklichkeit alles andersherum wäre. Die guten Jungs sind die bösen und umgekehrt, ja?«

»Wenn Sie es so lapidar ausdrücken wollen.« Parker ging langsam vor Alex auf und ab. »Fest steht, dass die Anderen nicht das sind, wofür sie sich Ihnen gegenüber ausgegeben haben, sondern verbrecherische Subjekte, denen die Gabe der Unsichtbarkeit zu Kopf gestiegen ist und die sich von Recht und Gesetz losgesagt haben ...«

»Komisch«, unterbrach ihn Alex, »genau das wird vom Orden auch behauptet.«

»Aber es ist nicht wahr!«, fuhr Parker sie an, der abrupt stehen geblieben war.

»Dann beweisen Sie es«, zischte Alex. Nicht, dass sie dem Agenten auch nur ein Wort von dem, was er sagte, geglaubt hätte, aber ihn in ein Gespräch zu verwickeln, schien ihr die beste Taktik, um Zeit zu gewinnen und Ismael die wertvollen Minuten zu verschaffen, die er brauchte ...

»Die werden Sie bekommen!«, versicherte Parker schnaubend. »Nicht der Orden war es, der Peter Manhart entführt hat und Sie in jener Nacht töten wollte. Nicht seine

Schergen haben einen Anschlag auf Jan Bonics Lastwagen verübt. Das alles waren die der Anderen!«

»Behauptungen!«, sagte Alex. »Wo bleiben die Beweise?«

»Die Anderen wussten von Ihrer Reise in die USA, nicht wahr? Sie haben Sie die ganze Zeit über beobachtet, richtig?«

»Und?«

»Sie waren es, die Sie verleumdet und bei Ihren Wissenschaftskollegen in Misskredit gebracht haben, während der Orden seine Verbindungen genutzt hat, um Sie zu rehabilitieren. Dieser Artikel«, Parker griff in die Seitentasche seines Trenchcoats und zog ein Fax hervor, das er Alex reichte, »wird morgen in allen großen deutschen Tageszeitungen erscheinen.«

Alex nahm das Papier entgegen und überflog es.

Darin wurde von einem Systemfehler in der Datenverwaltung der Münchner Universität berichtet, der lange Zeit unentdeckt geblieben wäre und zu einer Reihe unkontrollierter Löschungen und Datenverschiebungen geführt habe. Auf diesen Systemfehler wäre zurückzuführen, dass mehrere Mitarbeiter des wissenschaftlichen Personals in den letzten Wochen irrtümlich beschuldigt wurden, sich im Zuge ihrer Arbeit unlauterer Mittel bedient zu haben. Die Vorwürfe würden sämtlich fallengelassen und die Mitarbeiter – neben Alex wurden auch noch vier weitere LMU-Dozenten genannt – wieder in ihre alten Positionen übernommen.

Verblüfft schaute Alex auf, blickte in die blassen, nun nicht mehr ganz so bedrohlich wirkenden Züge von Agent Parker.

»Bekämpfen Sie uns nicht«, sagte er leise. »Wir sind Ihre Freunde …«

National Archives of Military Research, Pentagon
Zur selben Zeit

Es lag vor ihm.

Zum Greifen nahe.

Und dennoch unerreichbar fern.

Die Aufzugtüren hatten sich geöffnet, und vor Ismael erstreckte sich ein an die fünfzehn Meter langer röhrenförmiger Korridor, der von einem Schott aus Panzerglas verschlossen wurde. Dahinter sah Ismael endlose Reihen von Aktenschränken in einer riesigen Halle. Doch das waren keine gewöhnlichen Aktenschränke – die Metallkonstruktionen reichten gut drei Stockwerke hoch und waren über Stege erreichbar und über diese auch miteinander verbunden.

NAMIR.

In der schwachen Beleuchtung verloren sich die endlosen Reihen in der Dunkelheit, sodass die tatsächlichen Dimensionen des Archivs nur zu erahnen waren. Ismael hatte gewusst, dass das Archiv groß war – aber mit diesen Dimensionen hatte er nicht gerechnet.

»Shit!«, kommentierte er leise.

»Kannst du laut sagen«, war Dr. Jekylls Antwort. »Was da wohl alles lagert?«

»Keine Zeit, es rauszufinden«, erwiderte Ismael und verließ die Liftkabine. Dann eilte er den kurzen Gang hinab zu dem Schott, das aus zentimeterdickem Panzerglas bestand, eingerahmt von Titanstahl. Es aufbrechen zu wollen oder auch nur den Versuch zu unternehmen, es zu zerstören, wäre ein törichtes Unterfangen gewesen. Auch wurde dieser Eingang weder durch Codewörter noch durch Zahlenkombinationen gesichert – sondern von einem Handflächenscanner, der nur einer begrenzten Anzahl von Menschen Zugang gewährte.

»Zeit?«, erkundigte sich Ismael einmal mehr.

»Vierzehn Minuten. Es wird knapp. Willst du abbrechen?«

»Auf keinen Fall – eine Gelegenheit wie diese bekommen wir nicht wieder.«

»Aber wenn du in vierzehn Minuten nicht draußen bist, schnappt die Falle zu!«

»Wenn schon«, knurrte Ismael, »mit etwas Glück werdet ihr bis dahin die gesuchten Daten haben ...«

Er biss sich unterhalb des Handgelenks in den Arm – so lange und so fest, bis Blut hervortrat. Sobald der Lebenssaft seinen Körper verließ und damit aufhörte, ein Teil von ihm zu sein, wurde er sichtbar. Ismael beschmierte seine Finger damit, die daraufhin ebenfalls sichtbar wurden, und verteilte das Blut auf seiner ganzen rechten Handfläche.

Dann trat er an das kastenförmige Gerät, das seitlich in die Korridorwand eingelassen war, und presste seine Rechte auf das dafür vorgesehene Feld. Der Scanner aktivierte sich und ein grüner Lichtstreifen wanderte mit quälender Langsamkeit über Ismaels Hand. Augenblicke unerträglichen Wartens setzten ein, in denen er nur hoffen konnte, dass Oberons Plan aufging ...

»Wie lange noch?«, fragte er einmal mehr.

»Zwölf Minuten.«

»Verdammt.«

»Es tut sich nichts«, stellte Jekyll über Funk fest. »Das verdammte Schott rührt sich nicht.«

»Wart's ab«, murrte Ismael.

»Was? Dass sie dich entdecken und umbringen? Sieh zu, dass du verschwindest.«

»Noch nicht«, wehrte Ismael ab.

»Wie lange willst du denn noch warten?«

»Nur noch einen Moment. Ich kann nicht zulassen, dass ...« Er unterbrach sich, weil der Boden unter seinen Füßen leicht vibrierte. Im nächsten Augenblick teilte sich das Schott und die beiden Hälften glitten lautlos vor ihm auseinander.

Kühle Luft schlug Ismael entgegen, die nach altem Papier roch.

Der Weg nach NAMIR war frei.

Hotel Steuben, Washington D.C.
T plus 12 Minuten

»Meine Freunde wollen Sie sein?« Ein unsicheres Lachen kam über Alexandras Lippen, während sie ungläubig in die blassen Züge von NSA-Agent Parker blickte. »Schon seltsam – irgendwie scheinen sich in diesen Tagen alle regelrecht darum zu schlagen, meine Freunde zu werden.«

»Aus gutem Grund«, erwiderte Parker. »Sie sind nicht nur eine brillante Wissenschaftlerin, sondern denken auch über die Grenzen des Altbekannten hinaus. Eine gefährliche Mischung.«

»Gefährlich?« Alex hob die Brauen.

»Für Ihre Feinde. Für Ihre Freunde jedoch werden Sie dadurch zu einer wertvollen Verbündeten.«

»Dann sollten Sie sich vielleicht vor mir fürchten, Parker«, entgegnete Alex kaltschnäuzig, »denn ich habe mich bereits für eine Seite entschieden – und *Sie* sind ganz sicher nicht mein Freund.«

»Können Sie sich da wirklich so sicher sein? Was hat Ismael Ihnen gegeben außer ein paar fadenscheinigen Erklärungen und Geschichten? Hat er Ihnen je Beweise vorgelegt?«

»Sie ... Sie kennen seinen Namen?«

»Natürlich kennen wir ihn. Er führt unsere Liste gesuchter Top-Terroristen an. Was glauben Sie wohl, wie viele Menschenleben er auf dem Gewissen hat!«

»Menschenleben? Aber er ist ein *Guardian* ...«

»Ein *Guardian*?« Parker lachte freudlos auf. »Hat er Ihnen das erzählt? Er ist ein *Demon*, liebe Alexandra, und zwar einer der gefährlichsten!«

»Sie lügen!«

»Glauben Sie? Dann sagen Sie mir, welche Beweise er Ihnen dafür geliefert hat, dass er Ihr heimlicher Beschützer gewesen ist.«

»Nun, er …«

»Nicht er, sondern wir waren es, die Sie vor den Nachstellungen der Anderen beschützt haben. Und Ismael ist ein Agent dieser gewissenlosen Bande und hatte den Auftrag, Sie aufzuspüren, sich Ihr Vertrauen zu erschleichen und auf diese Weise dafür zu sorgen, dass Sie sich der falschen Organisation anschließen.«

»Nein«, sagte Alex entschieden und schüttelte heftig den Kopf. Ihr Innerstes sträubte sich dagegen, auch nur in Erwägung zu ziehen, was Parker sagte. Nicht weil ihr Glaube an Ismael und die Anderen so unerschütterlich gewesen wäre, sondern weil sie nicht bereit war, das kleine Stückchen Wahrheit, das sie gefunden zu haben glaubte, schon wieder loszulassen. Sie klammerte sich daran wie eine Schiffbrüchige an ein Stück Treibholz, während rings um sie der Sturm des Zweifels tobte …

»Dann werfen Sie einen Blick hierauf«, sagte Parker und griff erneut in seinen Trenchcoat. Diesmal beförderte er ein kleines Gerät zutage, das die Form eines Buches hatte. Er klappte es auf und stellte es vor ihr auf den Tisch.

Es war ein Datenabspielgerät mit einem etwa zwölf Zentimeter messenden Bildschirm. Klein genug, um in jede Tasche zu passen, aber groß genug, dass man auf dem Bildschirm auch Einzelheiten erkennen konnte. Der NSA-Agent drückte einige Knöpfe und auf dem Bildschirm wurde eine Videoaufzeichnung abgespielt.

Alex sah ein Zimmer, das ihr sofort bekannt vorkam. Dennoch brauchte sie einen Augenblick, um zu erkennen, dass es ihr Hotelzimmer in New York war – jene schäbige Unterkunft im Hotel Sanderson, die sie zusammen mit Jan Bonic bewohnt hatte.

Und das war noch nicht alles.

Alex sah sich selbst im Bett liegen, neben Jan. Die Perspektive des Bildes ließ darauf schließen, dass die Kamera irgendwo unter der Decke angebracht gewesen war, vermutlich getarnt durch den Lampenschirm. Ein kalter Schauer durchrieselte Alex, als ihr klar wurde, dass sie die ganze Zeit beobachtet worden war …

»W-was ist das?«, fragte sie verblüfft.

»Sehen Sie«, verlangte Parker unbarmherzig, ohne auf die Frage einzugehen.

Auf dem kleinen Bildschirm sah Alex sich selbst erwachen, das Laken zurückschlagen und aus dem Bett steigen. Sie zuckte zusammen, als sie erkannte, dass sie splitternackt war, und warf Parker einen fast scheuen Blick zu. Der NSA-Agent schien sich darum nicht zu scheren – wahrscheinlich, sagte sie sich, hatte er sich die Aufzeichnung ohnehin schon ein halbes Dutzend Mal angeschaut.

Die Alex der Aufzeichnung verließ das Bild und kurz darauf war aus dem Lautsprecher des Abspielgeräts das Rauschen einer Dusche zu hören. Alex begriff: Diese Aufnahmen stammten von jenem Morgen, an dem Jan ermordet worden war, und in wenigen Augenblicken würde sie zu sehen bekommen, was sich in dem Zimmer abgespielt hatte, während sie unter der Dusche gestanden hatte …

Obwohl sie sich alles andere als sicher war, ob sie es wirklich sehen wollte, konnte sie ihren Blick nicht von dem kleinen Monitor wenden. Augenblicke lang geschah nichts – dann ging alles blitzschnell!

Die Laken des Betts flogen wie von Geisterhand hoch, darunter kam Jans nackter Körper zum Vorschein, der im nächsten Moment von unsichtbaren Händen in die Luft gerissen wurde. Dabei erwachte Jan – ehe etwas, das man nicht sehen konnte, ihn mit Wucht in die Magengrube traf.

Er klappte nach vorn und fiel seitlich vom Bett. Noch während er am Boden lag, schien ihn ein weiterer Stoß zu treffen, denn er gab einen gedämpften Schrei von sich und wand sich am Boden. Im nächsten Moment jedoch schien er sich jäh von der Attacke erholt zu haben. Mit einer Behändigkeit, die Alex ihm nicht zugetraut hätte, sprang er auf, und im selben Atemzug entbrannte in dem Hotelzimmer etwas, das Alex noch nie zuvor in ihrem Leben gesehen hatte.

Es war ein Kampf – und irgendwie auch nicht.

Aufrecht stand Jan Bonics nackte Gestalt inmitten der schäbigen Einrichtung und vollführte mit den Armen wilde Karatehiebe, sodass man glauben konnte, er hätte den Verstand verloren. Alex freilich wusste es besser, denn was wie Schattenboxen aussah, war in Wahrheit ein Duell auf Leben und Tod.

Gegen einen Unsichtbaren.

Hätte sie die Hintergründe nicht gekannt, sie hätte Jan für verrückt gehalten: Erstickte Schreie von sich gebend, schlug er wie von Sinnen um sich – und schien damit den unsichtbaren Angreifer tatsächlich auf Distanz zu halten. Ob seine Züge blankes Unverständnis zeigten oder einfach nur Entsetzen, konnte Alex auf dem kleinen Bildschirm nicht erkennen. Fest stand, dass Jan dem Angreifer tapfer Widerstand geleistet hatte – bis zum grässlichen Ausgang des Kampfes …

Der Schlagabtausch dauerte an. Dann, unvermittelt, trat eine Pause ein. Jan sagte einige Worte in einer Sprache, die Alex nicht verstand – sie nahm an, dass es Russisch war –, erhielt jedoch keine Antwort. Er gab einen verächtlichen Laut von sich und drehte sich nach dem Bett um, griff blitzschnell unter die Matratze und zog eine schallgedämpfte Pistole hervor.

Alex schlug die Hand vor den Mund. Dass Jan bewaffnet gewesen war, hatte sie nicht gewusst. Völlig nackt, die Pistole beidhändig im Anschlag, stand Jan in der Mitte des Zimmers. Die Augen hatte er – soweit Alex es erkennen konnte – geschlossen und schien nur zu lauschen, wartete, dass sich sein unsichtbarer Gegner regte.

Gleichzeitig konnte Alex sehen, wie sich hinter Jan die Nachttischlampe wie von Geisterhand vom Nachttisch hob und auf ihn zuschwebte. Beinahe wollte sie ihm eine Warnung zurufen, als würde all das gerade eben passieren und es sich nicht um eine Aufzeichnung von Dingen handeln, die sich längst ereignet hatten. Aber Alex biss sich auf die Lippen – und das Schicksal nahm seinen Lauf.

Der tellerförmige Ständer der Nachttischlampe zuckte herab und erwischte ihn am Hinterkopf. Jan zuckte zusammen, stand jedoch noch aufrecht, die Waffe im Anschlag. Alex wandte sich ab. Den zweiten Schlag, der Jan Bonic traf und seinen Schädel zerschmetterte, sah sie nicht mehr.

»Was ist?«, erkundigte sich Parker spöttisch. »Können Sie die Wahrheit nicht ertragen? Los doch, Alexandra – schauen Sie hin!«

Widerwillig kam Alex der Aufforderung nach und sah, wie Jans lebloser Körper von unsichtbaren Händen gepackt und zum Schrank geschleppt wurde. Die Gestalt, die das tat, war blutbesudelt, sodass Alex schemenhafte Umrisse erkannte. Die Umrisse eines athletisch gebauten Mannes, der ohne Reue und Skrupel zu handeln schien – und die ihr entfernt bekannt vorkamen.

Nachdem er den Leichnam im Schrank deponiert hatte, schloss er sorgfältig die Tür, und ein spöttischer Laut kam über seine unsichtbaren Lippen.

»Du wirst keinen Schaden mehr anrichten«, sagte er zufrieden – und Alex erstarrte.

Denn was sie hörte, war jene sonore Stimme, die sie unter Tausenden wiedererkannt hätte.

Die Stimme ihres Schutzengels, der soeben vor ihren Augen zum ruchlosen Mörder geworden war.

Die Erkenntnis war so einfach wie bestürzend.

Ismael hatte sie belogen.

Er war kein *Guardian*, sondern ein *Demon!*

Und Alexandra Lessing merkte, wie ihre Überzeugung bröckelte …

20.

Ein Grundsatz, der uns eingeschärft wurde:

Ihr braucht euch nicht zu fürchten.

Vor nichts.

Vor niemandem.

Gebetsmühlenhaft wurde er wiederholt, zu jeder Tageszeit und manchmal auch nachts. Immer wieder, so lange, bis wir es glaubten und uns selbst für unbesiegbar hielten.

Nur jener, der gesehen wird, hat Anlass zur Furcht – der Unsichtbare hingegen braucht sich nicht zu fürchten, denn er steht außerhalb der Ordnung. Kein Gesetz kann ihm Einhalt gebieten, niemand vermag ihm etwas anzuhaben.

Er hat keine Angst – er verbreitet sie.

Er erschrickt nicht, sondern verbreitet Schrecken.

Er fürchtet nicht, sondern ist die Furcht …

So lehrten es mich jene, die mich zu dem gemacht haben, was ich bin – aber keiner von ihnen hätte sich wohl träumen lassen, dass sich diese Überzeugung eines Tages gegen sie richten könnte …

National Archives of Military Research, Pentagon
T plus 20 Minuten

»Das hier könnte etwas sein …«

Im Laufschritt war Ismael an den endlos scheinenden Reihen der Aktenschränke vorbeigeeilt. Eines musste man den Archivaren des Pentagons lassen – sie waren sehr ordentlich. Jede Schrankzeile war einem Jahrgang gewidmet, jede der zwölf senkrechten Anordnungen enthielt die Aufzeichnungen eines Monats.

Ismael war der Ansicht, dass es wenig Sinn hatte, die Schränke wahllos nach entsprechenden Hinweisen zu durchwühlen, auch wenn darin vermutlich eine Menge zu finden war, das Rückschlüsse auf das Wirken des Ordens erlaubte. Er musste die Suche auf einen bestimmten Zeitpunkt konzentrieren – und dies war die Ära Nixon, unter der die zweifelhafte Einigung mit dem Orden erzielt worden war. Ein Stillhalteabkommen, das der Regierung vermeintliche Freiheit und den Unsichtbaren völlig neue Möglichkeiten eingebracht hatte …

Die Dokumente und Aufzeichnungen, auf die Ismael stieß, hätten gereicht, ganze Regalreihen mit Enthüllungsbüchern zu füllen. Geheime Waffenentwicklungsprojekte aus den Fünfzigerjahren, die in den Sechzigern wegen des Vietnamkriegs noch vorangetrieben wurden. Streng geheime Unterlagen über das von Kennedy initiierte und von seinen Nachfolgern fortgeführte Raumfahrtprogramm. Pläne für eine Invasion Kubas, die offenbar vom Weißen Haus verworfen worden waren. Atomare Erstschlag-Szenarien gegen die UdSSR. Atomare Vergeltungsschlag-Szenarien gegen die UdSSR. Und schließlich das schriftliche Protokoll eines vertraulichen Gesprächs zwischen dem Stabschef des Weißen Hauses und einer »Gesellschaft zur Wahrung der Rechte von Minderheiten«, das am 21. März 1971 stattgefunden hatte und den Vermerk *top secret* trug.

Es war keineswegs ungewöhnlich, dass sich der Stabschef einer Regierung mit einflussreichen Lobbyisten traf – aber was hatten die Aufzeichnungen darüber in einem Militärarchiv mit höchster Geheimhaltungsstufe verloren?

Ismael las einige Zeilen, ebenso wie Dr. Jekyll und Crusoe, die dank der Mikrokamera alles auf ihren Bildschirm übertragen bekamen. Und sie alle kamen zu demselben Schluss …

»Das ist es!«, rief Jekyll triumphierend. »Hinter dieser sonderbaren Gesellschaft verbirgt sich der Orden, ich bin mir ganz sicher. Bei diesem Treffen müssen die Details der Einigung ausgearbeitet worden sein.«

»Sieht so aus«, brummte Ismael.

»Es muss noch mehr Aufzeichnungen darüber geben, einen Anhang oder etwas in der Art …«

»Hier«, bestätigte Ismael und zog eine weitere Mappe aus dem Aktenschrank. Er schlug die Mappe auf, überflog das erste Papier darin und sagte: »Eckpunkte bezüglich der ›Regelung von Minderheitenrechten‹.«

»Vor die Kamera damit. Wir machen ein paar Screenshots davon und lassen das Zeug sofort auswerten.«

»Verstanden.«

Ismael blätterte die Mappe durch, gerade so schnell, dass seine Gefährten draußen im Überwachungswagen von jeder Seite eine scharfe Aufnahme machen konnten. Insbesondere stachen ihm Zahlen ins Auge – Dollarbeträge in Milliardenhöhe, die auf Nummernkonten in der Karibik überwiesen worden waren. Nachdem Kennedy ermordet worden war, waren seine Nachfolger offenbar zu weitreichenden Zugeständnissen bereit gewesen, zumindest hinsichtlich finanzieller Zuwendungen der Regierung an den Orden. Man hatte versucht, sich von dem Gespenst freizukaufen, das man gerufen hatte – was jedoch nie ganz gelungen war. Dieses Archiv und die gesamte Gamma-Sektion waren der beste Beweis dafür.

Ismael las und blätterte weiter – und er schaute in erschreckende Abgründe, die sich vor ihm auftaten und die manche politische Entscheidung der US-Regierung in einem völlig anderen Licht erscheinen ließen. Er bedauerte, dass Alex dies nicht sehen konnte, aber er verdrängte sofort jeden Gedanken an sie. Die Mission hatte Vorrang, auf sie musste er sich im Augenblick konzentrieren.

Und schließlich starrte Ismael auf jene Seite, die er eigentlich gesucht hatte:

Eine Liste teils riesiger Grundstücke und Immobilien, die sich im Besitz der US-Regierung befanden und die man dem Orden der Unsichtbaren, der sich dreist als »Gesellschaft zur Wahrung von Minderheitenrechten« tarnte, als – wie es wörtlich hieß – »Wirkungsstätte« unentgeltlich zur Verfügung stellte.

Ein militärisches Versuchsgelände in Arizona fand sich ebenso darunter wie eine alte Rüstungsfabrik in Detroit oder ein stillgelegtes Atomkraftwerk in Nebraska, ein Indianerreservat in North Dakota, eine Insel vor der neuenglischen Küste, ein ganzes County in Alaska, eine Bohrinsel im Pazifik und noch einiges mehr. Es wäre Alex' Aufgabe gewesen, diese Auflistung auszuwerten und herauszufinden, welche von diesen Lokalitäten am ehesten als Schlupfwinkel des Ordens in Frage kam. Nun würden sich andere darum kümmern müssen …

»Okay, wir haben, was wir brauchen«, beschied Dr. Jekyll über Funk. »Jetzt sieh zu, dass du verschwindest. Dir bleiben noch exakt drei Minuten.«

»Nicht sehr viel«, kommentierte Ismael, der die Mappe zuschlug und sie zusammen mit der anderen Akte wieder in den Schrank stopfte.

Dann lief er los, zurück zum Aufzug, der ihn zur Oberfläche tragen sollte.

Er hatte das Glasschott noch nicht erreicht, als ein schriller Heulton die bis dahin herrschende Stille im Archiv zerriss. Gleichzeitig sprangen Dutzende von Scheinwerfern an, die das Gewölbe taghell ausleuchteten und Ismael blendeten.

»Verdammt, was ist das?«

»Der Alarm wurde ausgelöst!«, rief Jekyll verwirrt. Wegen des durchdringenden Heulens war er kaum zu verstehen.

»Aber die Zeit war noch nicht um!«

»Es tut mir leid! Ich weiß auch nicht, wie das geschehen konnte! Nach meinen Berechnungen ...«

Ismael war klar, dass es keinen Sinn hatte, in dieser Situation Ursachenforschung zu betreiben. Die beiden Hälften des Glassschotts schoben sich bereits aufeinander zu. Ismael explodierte förmlich – und konnte gerade noch durch den schmalen Spalt schlüpfen, ehe sich das Panzerglas vollends schloss.

Er setzte zum Aufzug und atmete auf, als sich der Fahrstuhl in Bewegung setzte und die Kabine ihn nach oben trug. Ein Augenblick der Stille trat ein, und ihm wurde bewusst, dass es im Grunde nur zwei Möglichkeiten gab für den frühzeitig ausgelösten Alarm:

Entweder Dr. Jekyll war bei seinen Berechnungen ein Fehler unterlaufen und die Sicherheitsroutine des GIG hatte das Piratenprogramm früher entdeckt als berechnet. Angesichts der Sorgfalt, die der Doktor für gewöhnlich an den Tag legte, und seiner unbedingten Verlässlichkeit war dies jedoch nur sehr bedingt vorstellbar. Oder aber – und dieser Gedanke verkrampfte Ismael den Magen – er war verraten worden ...

Pentagon, Gamma-Sektion
Bereitschaftsraum
T plus 22 Minuten

»Verdammter Bockmist!«

Sergeant Rupert Haggard sprang von der Pritsche. Im guten Glauben, dass es diese Nacht keine Übung geben würde, hatte er die Zeit zwischen seinen Wachschichten genutzt, um sich ein wenig aufs Ohr zu legen. Das Heulen der Sirene hatte ihn jedoch jäh aus seinem Schlaf gerissen.

Dem Klang des Signals entnahm er, dass Code HGW ausgegeben worden war, die höchste von fünf Abstufungen. Das bedeutete, dass sich Unbefugte Zugang zur Sektion verschafft hatten.

Hastig schlüpfte Haggard in seine Stiefel und griff nach dem XM8 Lightweight Assault Rifle, das aus dem G36-Sturmgewehr von Heckler & Koch hervorgegangen war. Das futuristisch aussehende XM8 galt als die Waffe des Infanteristen der Zukunft; noch vor seiner offiziellen Einführung bei der US Army war es an das Sicherheitspersonal des Pentagon ausgegeben worden.

Haggard eilte weiter zu dem Spind, in dem die Spezialhelme lagen. Rasch schnappte er sich den ACH-Helm, der seinen Namen trug, setzte ihn auf und zurrte die Riemen unter dem Kinn und seitlich an den Wangen fest. Auch der Helm war eine Neuentwicklung, die nach und nach bei der Armee eingeführt wurde. ACH stand für Advanced Combat Helmet – *weiterentwickelter Kampf-Helm* –, was sich sowohl auf den verbesserten Schutz bezog, den der Helm seinem Träger bot, als auch auf die Tatsache, dass der ACH mit verschiedenen Sichteinrichtungen, Funksets und ABC-Schutzmasken ausgerüstet werden konnte.

Haggard klappte das integrierte Wärmesichtgerät nach

unten, wie es bei Code HGW befohlen war. Dann öffnete er die Tür und stürmte hinaus auf den Korridor, das XM8 Rifle mit 100-Schuss-Magazin in den Händen.

»Posten beziehen und die Augen offenhalten!«, rief der Lieutenant ihm zu, der auf dem Korridor stand. Er war für Haggard nur als orangeroter Umriss zu erkennen, doch die Funkcodierung seiner Uniform sorgte dafür, dass ihn die Freund-Feind-Kennung sofort identifizierte und Name und Dienstgrad auf dem Sichtfeld von Haggards Wärmesichtgerät erschienen. »Haggard, auf Ihren Posten! Es darf niemand passieren!«

»Verstanden, Sir!«, bestätigte Haggard. Er wirbelte auf dem Absatz herum und rannte in der entgegengesetzten Richtung den Korridor hinab. Atemlos bog er um die Ecke – um einem weiteren orangeroten Schemen zu begegnen, dessen Identifikation jedoch ausblieb.

»Stehen bleiben!«, brüllte Haggard und entsicherte sein Gewehr, bereit, auf den Eindringling zu feuern.

»Ni-nicht schießen, Sarge«, kam es kleinlaut zurück. »I-ich bin's!«

»Verdammt, Snyder!« Haggard, der kurz davor gewesen war, den Abzug durchzuziehen, ließ entnervt den Lauf der Waffe sinken. »Wieso hast du deinen Sender nicht aktiviert? HGW wurde ausgegeben, was bedeutet, dass wir auf alles feuern, was keine Kennung trägt!«

»Sorry, Sarge«, sagte der nachlässige Corporal – und einen Augenblick später hatte Haggard seine Identifizierung auf dem Schirm.

»Idiot!«, knurrte Haggard. »Los, zum Kontrollpunkt!«

Im Laufschritt eilten die beiden Unteroffiziere den Gang hinab zu dem Fahrstuhl, vor dem ihre für den Ernstfall vorgeschriebene Position war.

»Sarge?«, sagte Snyder, als sie davor Aufstellung nahmen.

»Ja?«

»Was ist eigentlich los? Ich saß grade auf der verdammten Toilette, als Alarm gegeben wurde.«

»Was weiß ich? Wahrscheinlich wieder 'ne Übung.«

»Warum müssen wir eigentlich diese verdammten Dinger benutzen?« Snyder deutete auf das Sichtvisier vor seinem Gesicht. »Ich meine, ohne würde ich wesentlich besser sehen.«

»Du denkst zu viel, Snyder!«, wies Haggard ihn zurecht. »Der Befehl lautet, die Dinger zu benutzen, und nicht, sich darüber den Kopf zu zerbrechen. Die Jungs mit den Schlipsen werden schon wissen, warum sie ...«

Er unterbrach sich. Die Stockwerksanzeige über dem Aufzug leuchtete im Halbdunkel.

»Hey, Sarge – da kommt was rauf!«, stellte Snyder wenig geistreich fest.

»Das sehe ich auch.«

»Sollen wir's dem Lieutenant melden?«

»Auf jeden Fall!« Haggard wollte das in den ACH-Helm integrierte Funkgerät betätigen – als sich die Aufzugtüren plötzlich teilten. Haggard sah sie als dunkelblaue Flächen, die auseinanderglitten. Dahinter kam eine orangerot leuchtende Gestalt mit menschlichen Umrissen zum Vorschein.

Eine menschliche Gestalt ohne Kennung!

»Feuer, Snyder!«, stieß Haggard hervor und zog selbst den Abzug seiner Waffe durch. Eine Feuerblume flackerte vor der Mündung des XM8, die auf dem Sichtfeld hellgelb aufblitzte und ihn für einen Moment blendete. Gleichzeitig zuckte die orangerot leuchtende Gestalt zwischen ihm und Snyder hindurch. Mit einem atemberaubenden Hechtsprung schnellte sie aus dem Aufzug, überschlug sich, rollte sich ab und kam hinter ihnen wieder hoch.

»Wow!«, stieß Snyder hervor, während Haggard herumfuhr und der leuchtenden Gestalt eine weitere Garbe hinterherschickte. Der Lärm, den die Schüsse in der Enge des Korridors verursachten, war ohrenbetäubend, die meisten

Projektile prallten Funken schlagend von den metallenen Wänden ab und jaulten als Querschläger davon.

Im nächsten Moment war die leuchtende Gestalt verschwunden, flüchtig wie ein Schemen …

»Haggard, kommen!«, drang die Stimme von Lieutenant Debors aus dem Helmfunk. »Wir haben Schüsse gehört. Was ist los bei Ihnen?«

»Der Eindringling, Sir!«, meldete Haggard unter keuchenden Atemzügen. »Wir sind ihm begegnet. Er kam aus dem Aufzug und bewegt sich jetzt in Richtung Marke acht. Sollen wir ihn verfolgen?«

»Nicht nötig, er kann nicht entkommen! Wir werden ihn einkreisen und ausschalten!«

»Sehen Sie sich vor, Sir!«, warnte Haggard. »Der Kerl ist verdammt schnell!«

»Hat er Sie angegriffen?«

»Dazu hatte er keine Gelegenheit. Snyder und ich haben sofort das Feuer eröffnet.«

»Und? Haben Sie ihn erwischt?«

Haggard klappte das Helmvisier hoch und aus den verblassenden Tupfern an der Korridorwand wurden dunkelrote Spritzer.

»Allerdings, Sir. Das haben wir …«

Johnson Park
Washington D.C.
Zur selben Zeit

»Newton Dustbin Inc.« stand in großen Lettern auf dem Lieferwagen, der auf einer der verlassenen Straßen des Johnson Park stand, in Sichtweite des Pentagon, jedoch auf der anderen Seite der Lagune, die der Potomac an dieser Stelle formte.

Newton Dustbin war eine Reinigungs- und Entsorgungsfirma mit Sitz in Wilmington, Delaware. Doch in Wahrheit verbarg sich hinter der Newton Dustbin Incorporated ein sehr viel weniger konventionelles Unternehmen, und die drei Männer, die im abgedunkelten Inneren des »Mülleimers« hockten, waren dabei, Unrat in einem sehr viel größeren Maßstab zu entsorgen, als das unscheinbare Äußere des Wagens erkennen ließ.

Nur einer von ihnen war mit bloßem Auge sichtbar: Winston Seymour. Dass er seine Begleiter Dr. Jekyll und Robinson Crusoe dennoch sehen konnte, lag daran, dass er eine jener dunklen Brillen trug, die sich im Umgang mit Unsichtbaren als so überaus nützlich erwiesen.

Jekyll kauerte vor dem Terminal, das ihm die Kommunikation mit Ismael ermöglichte, und Crusoe stand in gebückter Haltung hinter ihm. Wie gebannt starrten sie auf den Monitor, auf dem eine dramatische Entwicklung zu sehen war.

»Es hat mich erwischt!«, drang Ismaels Stimme gedämpft aus dem Lautsprecher.

»Wie schlimm ist es?«, fragte Crusoe.

»Es geht«, antwortete Ismael. »Nur ein Streifschuss, an der linken Schulter, aber ich verliere Blut.«

»Shit!«, knurrte Winston, der das Wesen der Unsichtbaren inzwischen gut genug kannte, um zu wissen, was dies bedeutete. Ein Unsichtbarer, der blutete, war nicht länger unsichtbar …

»Und das ist noch nicht alles«, berichtete Ismael weiter, der sich nach der unangenehmen Begegnung mit den beiden Wachsoldaten in einen Nebengang geflüchtet hatte; im Augenblick war er dort allein, aber im Hintergrund waren Stiefeltritte und hektisch gebrüllte Befehle zu hören. »Die Kerle tragen Wärmesichtgeräte. Das bedeutet, dass sie wissen, wer wir sind!«

Dr. Jekyll biss sich auf die Lippen und murmelte: »Jemand muss ihnen gesteckt haben, was los ist.«

»Genau – und wir wissen alle, wer dieser Jemand war!«

»Alex«, sagte Dr. Jekyll leise.

»Wir müssen davon ausgehen, dass die Gegenseite sie geschnappt und zum Sprechen gebracht hat«, sagte Ismael in gedämpftem Tonfall.

»Dann müssen wir sie befreien!«, schaltete sich Winston ein.

»Dazu bleibt keine Zeit!«, sagte Ismael und entschied: »Packt ein und fahrt los! Wenn sie wissen, wo ich bin, wissen sie auch von euch!«

»Und was ist mit dir?«, wollte Jekyll wissen.

»Für mich ist hier Endstation.«

»Nein, das lasse ich nicht zu!«

»Das Spiel ist zu Ende, Jek. Die haben alle Ausgänge abgeriegelt! Ich komme hier nicht mehr raus!«

»Aber es muss eine Möglichkeit geben …«

»Es gibt keine und das weißt du genau. Ich werde unser Equipment zerstören und mich dann ergeben.«

»Dich *ergeben?*« Jekyll lachte freudlos auf. »Du weißt, dass die keine Gefangenen machen!«

»Kannst du nicht deine Körpertemperatur absenken?«, fragte Winston. »Ihr Jungs habt so was doch drauf, oder nicht?«

»Nicht so weit, dass mich die Sichtgeräte nicht mehr erfassen würden. Sie sind wesentlich empfindlicher als gewöhnliche Sensoren.«

»Warum macht ihr's dann nicht einfach umgekehrt?«, fragte der Ex-Cop.

»Was meinst du damit?«, wollte Crusoe wissen.

»Warum stellt ihr in dem verdammten Kasten nicht einfach die Heizung an? Wenn's da drin heiß wird wie in einem Backofen, werden die Wärmesichtbrillen nutzlos, oder?«

»Theoretisch ja«, räumte Dr. Jekyll ein, »aber das Aufheizen eines ganzen Gebäudetrakts würde viel zu lange dauern und wäre viel zu uneffektiv, um ... Moment mal!«

»Was ist?«

»Ich glaube, ich hab eine Idee!« Der Doktor warf einen gehetzten Blick auf die Zeitangabe auf seinem Terminal, die einen Countdown der 24 Minuten zählte. 24 Minuten, die ursprünglich als Zeitfenster für Ismaels Einsatz berechnet worden waren. Noch eine Minute und vierunddreißig Sekunden waren verblieben ...

»Der Link zum GIG arbeitet noch fehlerfrei«, stellte er fest, »sonst hätten wir keine Verbindung.«

»Und das bedeutet?«

»Dass ich mich in die Gebäudesteuerung hacken kann, um dort Bio-Alarm auszulösen.«

»Bio-Alarm? Wozu soll das denn gut sein?«

»Sektion Gamma verfügt über weitreichende Sicherheitsvorkehrungen«, erläuterte der Kommunikationsexperte. »Ganz sicher gibt es auch Abwehrmaßnahmen gegen Angriffe mit B-Waffen. Dabei wird die Temperatur im Gebäude sprunghaft erhöht, um Bakterien und Viren abzutöten.«

»Du ... du meinst, der ganze verdammte Kasten kriegt Fieber?«, drückte es Winston ein wenig laienhafter aus.

»So ungefähr«, bestätigte Jekyll, während seine Finger bereits über die Tastatur tanzten. »Einen Versuch ist es jedenfalls wert.«

»Negativ!«, widersprach Ismael, der über Funk mitgehört hatte. »Ihr lasst jetzt den Motor an und verschwindet *augenblicklich!*«

»Das werden wir«, versicherte Jekyll, »aber erst, wenn wir den Jungs da drin ordentlich eingeheizt haben. Halt dich bereit!«

Gamma-Sektion
Pentagon, Washington D.C.
T plus 23:21 Minuten

Ismael wartete.

In jenen Seitengang gezwängt, dessen Wände immer enger zusammenzurücken schienen, je länger er sich zwischen ihnen befand, kauerte er auf dem Boden, seine Hand auf die blutende Schulterwunde pressend.

Es war vorbei.

Alarm war ausgelöst worden, Soldaten mit Wärmesichtgeräten waren ihm auf der Spur. Schon in Kürze würden sie ihn stellen, und weder konnte er ihnen lange Widerstand leisten, noch hatte er eine Chance, ihnen zu entkommen. Sein einziger Trost bestand darin, dass das, was er herausgefunden hatte, vielleicht ihrer Sache nützen würde.

Verrat …

Ismaels Gedanken jagten sich. Obwohl alles dafür sprach, hielt er doch verbissen daran fest, dass nicht Alexandra die Verräterin war. Er hatte am eigenen Leib zu spüren bekommen, wozu die Gegenseite fähig war, wenn es darum ging, Informationen zu gewinnen, und der Gedanke, dass sie diese grauenhaften Methoden auch an Alex angewandt haben könnten, verkrampfte ihm den Magen. Er mochte die junge Frau aus Deutschland, vielleicht mehr, als gut für ihn war. Er schwor sich, nach ihr zu suchen und sie aus der Hand des Feindes zu befreien, wenn er jemals wieder aus dieser Falle herauskäme – aber er wusste auch, dass er sich selbst in einer schier aussichtslosen Lage befand.

Polternde Schritte, die sich plötzlich näherten, rissen ihn aus seinen Überlegungen.

Ein Trupp Soldaten stürmte den schmalen Gang herab, Wärmesichtvisiere vor den Gesichtern und XM8-Gewehre in den Händen. Jäh sprang Ismael auf und floh vor seinen Häschern, auch wenn er wusste, dass es zwecklos war.

»Da vorn ist jemand!«, hörte er einen der Soldaten hinter sich brüllen.

»Kennung?«, schrie ein anderer.

»Negativ!«, erwiderte der erste – und schon stach eine erste Garbe durch den Korridor!

Ismael duckte sich und flüchtete in einen weiteren Seitengang. Die tödlichen Vollmantelgeschosse verfehlten ihn, während er immer weiter hastete – um nur wenige Augenblicke später vor einem verschlossenen Sicherheitsschott zu stehen.

Aus und vorbei!

Ismael fuhr herum und sah die Soldaten in den Gang drängen.

»Da steht er – ich kann ihn deutlich sehen!«

»Hab ihn im Visier!«

»Worauf wartet ihr? Knallt den Mistkerl endlich ab!«

Ismael schloss die Augen, sich dessen bewusst, dass Dr. Jekyll recht gehabt hatte. Sie befanden sich im Krieg und in diesem Krieg wurden keine Gefangenen gemacht.

Er schloss die Augen und erwartete mit pochendem Herzen, dass die Projektile in seinen Körper schlugen und seine Existenz auslöschten ...

Aber die tödlichen Geschosse blieben aus!

»Verdammt!«, hörte er einen der Soldaten stattdessen rufen. »Was ist los? Mein Helmvisier hat eine Störung.«

»Meins auch!«, rief ein anderer. »Ich kann nichts mehr erkennen. Und wieso ist es hier drin plötzlich so verdammt heiß?«

»Nehmt die verdammten Dinger ab!«, befahl ein Dritter – und von einem Augenblick zum anderen wurden aus den Furcht erregenden Kämpfern mit ihren Hightech-Visieren Menschen aus Fleisch und Blut. Ungläubig starrten sie dorthin, wo sich eben noch jener Eindringling befunden hatte, den sie gestellt zu haben glaubten – und sahen nichts.

Ismael wartete nicht erst ab, bis sie sich von ihrem Schrecken erholten oder begriffen, was geschehen war, sondern ergriff die Flucht. Wie ein Footballspieler in der Offensive durchbrach er die Reihen der verblüfften Wachen und setzte den Gang hinab, eilte im Laufschritt dem Ausgang entgegen.

»Jekyll – sag Winston, er hat etwas gut bei mir!«, keuchte er im Laufen ins Minifunkgerät, doch er erhielt keine Antwort mehr.

Die vierundzwanzig Minuten waren um, das Zeitfenster geschlossen. Die Sicherheitsroutine des GIG hatte das Piratenprogramm entdeckt und vernichtet und damit die Verbindung zur Außenwelt gekappt.

Ismael war auf sich gestellt, aber das spielte keine Rolle mehr. Der Trick seiner Freunde hatte die Chancen wieder ausgeglichen und ihm den Vorteil der Unsichtbarkeit zurückgegeben. Zumindest einigermaßen, denn seine beiden Hände waren blutverschmiert, und Blut sickerte auch weiterhin aus seiner linken Schulter. So waren seine Hände und sein linker Arm sichtbar.

Er musste einen Waschraum finden und das Blut abwaschen und es irgendwie schaffen, die Blutung zu stillen!

Er hatte eine faire Chance zu entkommen und würde sie nutzen.

Jekyll, Crusoe und Winston Seymour hatten ihren Standort im Johnson Park inzwischen sicher längst verlassen, so wie der ursprüngliche Plan es vorsah. Er selbst sollte sich diesem Plan zufolge zum Fluss durchschlagen, wo ein Schlauchboot für ihn bereitlag.

Aber soweit es ihn betraf, hatte Ismael den Plan geändert. Ungeachtet seiner schmerzenden Wunde wollte er herausfinden, was mit Alex geschehen war.

Er hatte einen Schwur zu erfüllen …

Hotel Steuben, Washington D.C.
Kurz nach Mitternacht

»Du bist spät dran.«

Ismael stutzte, als ihn aus dem Dunkel, das vor ihm lag, eine vertraute Stimme ansprach. Erleichtert erkannte er, dass es die von Alexandra Lessing war; offenbar war die junge Deutsche unversehrt. Aber ihm blieb auch nicht der raue, unnahbare Unterton verborgen.

»Alex ...?«

Er trat ins Hotelzimmer, dessen Tür aufgebrochen worden war. Ismael fragte sich, was hier vorgefallen sein mochte – als plötzlich das Licht aufflammte!

Auf dem Sofa sah er Alex sitzen, die Beine übereinandergeschlagen und eine schallgedämpfte Beretta im Anschlag, die sie mit beiden Händen auf ihn gerichtet hielt. Dass sie ihn sehen konnte, lag nicht nur an der Spezialbrille, die sie trug.

»Willkommen, Honey«, sagte sie mit Blick auf seine notdürftig verbundene Schulter. Die Blutung hatte aufgehört, aber der Verband war zu sehen. »Hattest du einen vergnüglichen Abend?«

»Was – was hat das zu bedeuten?«, stieß Ismael verwirrt hervor, obwohl ihn bereits eine böse Ahnung überkam. Er hatte befürchtet, Alex in der Gewalt des Feindes vorzufinden, hätte sein Leben gewagt, um sie zu befreien – und nun saß sie da und bedrohte ihn mit einer Waffe!

Sie lächelte freudlos. »Ich denke, du weißt, was es zu bedeuten hat. Nimm die Hände hoch und bleib ganz ruhig stehen, sonst werde ich schießen!«

»Verdammt, was ist nur los mit dir?«, rief Ismael, während er der Aufforderung widerwillig nachkam. »Was ist in dich gefahren?«

»Ich kenne jetzt die Wahrheit!«

»Wahrheit ist ein dehnbarer Begriff«, entgegnete Ismael,

dem einmal mehr der Gedanke kam, dass nicht nur unsichtbare Mienen tiefe Abgründe bergen konnten. Bisweilen, so schien es, verstanden die Sichtbaren es wesentlich besser, ihre wahren Absichten zu verbergen als jene, die dazu verurteilt waren, ein Dasein als Phantome zu führen.

»So dehnbar nun auch wieder nicht. Die Wahrheit ist in Hinsicht auf Jan Bonic äußerst klar und unverrückbar – und tödlich, nicht wahr?«

»Was hat das alles mit Jan Bonic zu tun? Und warum, verdammt noch mal, bedrohst du mich mit einer Waffe? Ich will dir helfen und …«

»Ach ja? Mir helfen? Hast du Jan deswegen umgebracht?« Sie erhob sich vom Sofa und trat auf ihn zu, den Finger am Abzug. »Er war mein Freund, Ismael! Der einzige, der mir noch geblieben war – und du hast ihn ermordet! Ich habe es mit eigenen Augen gesehen!«

Ismael erwiderte nichts darauf. Wäre er für Alex sichtbar gewesen und nicht nur ein leuchtender Schemen, hätte sie gesehen, wie es in seiner Miene zuckte.

»Hast du nichts zu deiner Verteidigung zu sagen?«, stieß sie hervor. »Willst du es nicht abstreiten?«

Er atmete tief durch. »Nein«, antwortete er mit fester Stimme. »Es ist wahr. Ich war es, der Jan Bonic getötet hat.«

»Bastard!«, zischte sie und ihr Finger am Abzug zitterte.

»Willst du nicht wissen, warum ich es getan habe?«

»Ich kenne den Grund. Jan wollte mich beschützen. Du hingegen bist ein *Demon*, ein ruchloser Killer, der …«

»Wer behauptet das?«

»Leute, die es wissen müssen.«

»Wer?«

»Der Geheimdienst.«

»Der Geheimdienst?« Ismael lachte spöttisch auf. »Welcher denn? CIA? NSA? Vielleicht der Secret Service?«

»NSA«, gab sie ein wenig verunsichert zurück. »Ein gewisser Agent Parker hat mich über die wahren Hintergründe eures Kampfes gegen den Orden in Kenntnis gesetzt. Er sagt, dass in Wahrheit ihr es seid, die nach der Weltherrschaft streben.«

»Und du glaubst ihm?«

»Ich sehe keinen Grund mehr, es nicht zu tun, nachdem er mir eine Videoaufzeichnung vorgespielt hat, die dich als Mörder meines Freundes entlarvt. Verdammter Schweinehund, was hast du zu deiner Verteidigung zu sagen?«

»Sie haben dich nicht dazu gezwungen, nicht wahr?«, fragte Ismael leise. »Du hast die Mission aus freien Stücken verraten ...«

»Antworte mir!«, verlangte sie. Die Tränen in ihren Augen konnte man hinter den Spiegelgläsern der Brille nicht sehen. »Wieso hast du es getan? Warum musste Jan sterben? Er war mein Freund. Ich habe ihn ... *geliebt!*«

»Nein«, widersprach Ismael entschieden, »hast du nicht. Und er war auch nicht dein Freund. Hätte ich ihn an jenem Morgen nicht ausgeschaltet, hätte *er dich* getötet!«

»Was?« Sie starrte ihn an.

»Er war nicht das, wofür er sich ausgab, Alexandra. Jan Bonic war ein Agent des Ordens. Kein unsichtbarer, aber ein Agent, der den Auftrag hatte, dich zu beschatten und zu überwachen.«

»D-da-das ist nicht wahr.«

»Erinnerst du dich an deinen Besuch bei Professor Baumgartner?«

»Was hat das damit zu tun?«

»Ob du dich erinnerst, möchte ich wissen.«

»Natürlich.« Alex nickte.

»Weißt du noch, als der Professor behauptete, dass Jan das Logbuch an sich genommen hätte?«

»Ja ... ja, ich erinnere mich«, sagte Alex. »Das war ein

Missverständnis, weil ich ihm Jan als Kapitänleutnant Hornung vorgestellt hab. Ich wollte ihn aus seiner Lethargie reißen, was mir damit auch gelungen ist.«

»Ich fürchte, du irrst dich. Baumgartner mag ein alter Bastard gewesen sein, der unzählige Verbrechen gegen die Menschlichkeit begangen hatte, aber er war kein Idiot. Er hat dein kleines Manöver durchschaut, und als er Jan beschuldigte, ihm das Logbuch weggenommen zu haben, da war es ihm bitterernst!«

»Was soll das heißen?«

»Erinnerst du dich, wie die Schwester sagte, dass der Professor eine Woche zuvor bereits einmal Besuch gehabt hätte?«

»Woher weißt du davon?«

»Erinnerst du dich oder nicht?«

»Ja, aber ...«

»Es ist kein anderer als Jan Bonic gewesen, der Baumgartner einige Tage zuvor schon einmal besucht hatte. Er war es, der ihm das Logbuch abgenommen hat, und der Professor hat ihn bei seinem erneuten Besuch wiedererkannt.«

»Aber die Schwester nicht, was?«, spottete Alex.

»Nein, die Schwester nicht«, antwortete Ismael. »Die hatte an diesem Tag nämlich dienstfrei und hatte Bonic nicht zu Gesicht bekommen.«

»Woher willst du das wissen?«

»Sehr einfach, Alexandra – ich bin selbst dabei gewesen. Und ich war es auch, der Bonic das Buch abgenommen hat und es dir zukommen ließ!«

»A-aber ...« Alex schüttelte den Kopf, konnte nicht glauben, was sie da hörte.

»Jan Bonic war nicht das, wofür du ihn gehalten hast. Er war ein Agent des Ordens und ein eiskalter Killer. Meist trat er unter dem Namen Milos Lima auf, anderen war er als Iwan Glarov bekannt ...«

»Das ... das kann nicht sein! Jan hat mir geholfen, und zwar von Anfang an!«

»Ja, nicht wahr? Er war immer dann zur Stelle, wenn es brenzlig wurde, hatte immer ein offenes Herz und einen passenden Spruch parat. Eigentlich zu gut, um wahr zu sein, findest du nicht?«

Wut flammte in Alex auf. »Vielleicht ist er ja einfach nicht nur so ein zynischer Bastard gewesen wie du!«

»Vielleicht«, sagte Ismael. »Vielleicht hat er das alles aber auch nur getan, um dein Vertrauen zu gewinnen und dich unauffällig zu beschatten. Vielleicht sollte er im Auftrag des Ordens nur herausfinden, wie viel du in Wahrheit weißt, und dich töten, sobald du dich als Risiko erwiesen hättest. Vielleicht denkst du mal darüber nach.«

»Was für ein Unsinn!«, schrie Alex.

»Wirklich? Willst du mir erzählen, dass dich dein Gefühl nicht vor ihm gewarnt hätte? Willst du ernstlich behaupten, dass du ihn geliebt hättest? Dass du dich nicht schlecht gefühlt hast, nachdem du mit ihm geschlafen hattest?«

»Was soll das heißen?«, fauchte Alex. »Bist du etwa auch da dabei gewesen? Hast du uns beobachtet?«

»Mein Auftrag lautete, dich Tag und Nacht zu begleiten und zu beschützen«, antwortete er. »Hätte ich es nicht getan, wärst du längst tot.«

»Verdammtes Schwein!«, stieß Alex voller Abscheu hervor, und zum wiederholten Mal in den letzten Tagen hatte sie das Gefühl, dass ihre Welt auf den Kopf gestellt wurde.

Wieder einmal war nichts so, wie es erschien. Ihre Hände, die die Pistole hielten, zitterten, ihr Finger krümmte sich am Abzug.

»Siehst du nicht, dass du manipuliert wirst?«, fragte Ismael, der noch immer regungslos dastand, die Hände in Schulterhöhe erhoben. »Dass es genau das ist, was der

Orden will? Du bist zu seiner Marionette geworden, Alexandra.«

»Still!«, zischte sie. »Ich will nichts mehr hören!«

»Sie benutzen dich, um mich aus dem Weg zu räumen«, sprach Ismael beschwörend auf sie ein, »aber es wird ihnen nicht gelingen – du bist keine Mörderin!«

»Was weißt du schon?«, schrie sie ihn an, während Tränen der Verzweiflung hinter ihrer Brille hervorsickerten und ihr über das bleiche Gesicht liefen. »Ihr seid alle gleich! Man kann euch nicht trauen!«

»Aber *mir* kannst du vertrauen«, widersprach er.

»Ach ja?« Für einen Augenblick sah es aus, als wollte sie tatsächlich schießen. Im nächsten Moment jedoch ließ sie, angewidert von Lug und Täuschung, die Waffe sinken und warf sie von sich.

Ismael atmete auf. Aber nur für einen kurzen Moment, denn sie wollte an ihm vorbei zur Tür hinaus. Eine unsichtbare Hand schnellte vor und hielt sie auf.

»Wo willst du hin?«

»Wohin wohl?«, schrie sie. »Fort von hier.«

»Das wäre sehr unklug. Dort draußen kann ich dich nicht vor ihnen schützen.«

»Ich brauche keinen Schutz von einem Lügner und Mörder!«, entgegnete sie verbittert.

»Ich habe Jan Bonic getötet«, gestand Ismael, »aber ich habe dich niemals belogen!«

»Was du nicht sagst – dabei bist du so leicht zu durchschauen!«

»Inwiefern?«

»Wenn alles so war, wie du behauptest, wenn Jan ein Killer der Gegenseite war, warum hast du Jan dann ebenfalls befreit, als wir bei der deutschen Polizei in Untersuchungshaft saßen? Das warst doch du, oder etwa nicht?«

»Aus zwei Gründen. Erstens wärst du damals niemals

ohne ihn gegangen. Du hättest versucht, ihn zu befreien, und wärst dabei gefasst worden.«

»Und zweitens?«

»War es mir lieber, ihn im Auge zu behalten. Auf diese Weise konnte ich dich gleichzeitig schützen und dafür sorgen, dass Glarov keinen Schaden anrichtet.«

»Du lügst!«, beharrte Alex. »Wenn er tatsächlich ein feindlicher Agent war, wieso hat er seine Zelle dann verlassen? Er musste wissen, wem er seine Befreiung zu verdanken hatte.«

»Natürlich wusste er es. Er ist geflohen, um bei dir zu bleiben und weil er sich einbildete, wiederum mich auf diese Weise im Griff zu haben. Ein Irrtum, wie sich herausstellte.«

»Du … du bist ja verrückt!«, stieß Alex hilflos hervor und versuchte ihren Arm aus seinem Griff zu befreien, was ihr jedoch nicht gelang. »Bleib mir vom Leib mit deinen Lügen und Täuschungen. Noch vor kurzem war mein Leben einfach und überschaubar – jetzt weiß ich nicht mehr, was ich denken soll. Alles ist so verworren geworden …«

»Ich weiß«, sagte er. »Herzlich willkommen in der Wirklichkeit, Alexandra. Schattierungen von Grau – der gute Winston kann ein Lied davon singen!«

»Arschloch!«, stieß Alex hervor – und griff Ismael unerwartet an. Mit dem Kopf voraus rammte sie seine Brust, worauf er ins Taumeln geriet und sie losließ.

Der Weg nach draußen war frei.

Mit einem Satz stürzte Alex zur Tür, war im nächsten Moment auf dem Gang und rannte über den Läufer, der schnurgerade durch den Korridor verlief, während sie hinter sich bereits die Schritte ihres Verfolgers hörte.

Alexandra lief so schnell sie konnte, während ihr Myriaden von Fragen durch den Kopf jagten.

Wer sagte nun die Wahrheit?

Agent Parker oder Ismael?

Der Orden oder die Anderen?

Welche von beiden Parteien diente dem Wohl der Menschheit – oder war beiden nur daran gelegen, die eigene Macht zu mehren und die Welt der Sichtbaren zu kontrollieren?

Alex stand zwischen den Fronten, und sobald sie sich einer der beiden gegnerischen Gruppierungen annäherte, sah sie die leblosen Körper von Peter Manhart und Jan Bonic vor sich, die sie mahnten, weder der einen noch der anderen Seite zu vertrauen.

Sie hatte geglaubt, in Ismael einen Verbündeten zu haben, einen Beschützer, dem sie vertrauen konnte. Aber Parkers Aufzeichnung hatte diesen Glauben brutal zerstört. Sie war in eine Schlangengrube gestürzt worden, und Alex hatte kein Verlangen, noch länger in dieser Grube auszuharren. Was genau sie tun wollte, wusste sie noch nicht, aber sie wollte hinaus, wollte fort, an einen einsamen Ort, um ihre Gedanken zu ordnen.

Aber dazu musste sie erst einmal entkommen …

Mit einem gehetzten Blick über die Schulter sah sie Ismaels leuchtende Gestalt. Mit grotesken Bewegungen hetzte er durch den Korridor und erinnerte mehr an ein Tier als an einen Menschen.

Und er kam immer näher!

Alex stieß einen entsetzten Schrei aus, während sie so schnell rannte, wie sie nur konnte.

»Bleib hier!«, rief der Unsichtbare ihr nach. »Du weißt nicht, wie gefährlich sie sind. Du hast noch immer nicht verstanden.«

Sie näherte sich dem Lift, der sich in diesem Moment mit einem hellen Glöckchenklang öffnete – just in dem Augenblick, als Alex in ihrem Nacken einen scharfen Luftzug verspürte.

Reaktionsschnell wich sie zur Seite aus, sodass Ismaels Griff ins Leere ging – und mit voller Wucht rannte ihr unsichtbarer Verfolger in einen Kofferwagen, den ein Hotelbediensteter soeben aus der Liftkabine schob.

Reisetaschen, ein Hartschalenkoffer und ein Beauty-Case flogen davon, als Ismael über das Hindernis stürzte, sehr zur Verblüffung des Bediensteten, der sich den Vorfall nicht erklären konnte. Noch ehe er begriff, was geschehen war, war Alex bereits an ihm vorbei in den Lift geschlüpft und hatte den Knopf für das Erdgeschoss gedrückt. Die Aufzugstüren schlossen sich und Alex sah eine leuchtend rote Gestalt benommen am Boden liegen.

Ein leises »Leb wohl!« kam ihr über die Lippen, dann fuhr der Fahrstuhl summend hinab …

Ächzend raffte sich Ismael auf. Den Hotelbediensteten, der die Gepäckstücke fluchend wieder aufsammelte, beachtete er nicht weiter. Wankend fuhr er herum und stürzte dann zum Treppenhaus. So schnell er konnte hastete er die Stufen zum Erdgeschoss hinab.

Dort platzte er durch die Tür und fand sich in der auch um diese späte Stunde noch belebten Lobby des Hotels wieder. Seine Blicke flogen suchend umher, sahen einige Gäste, die an der Rezeption eincheckten, einige andere, die an kleinen Tischen saßen und Drinks zu sich nahmen, und wieder andere, die mit Handys telefonierten. Schließlich glaubte er, Alex inmitten des Gewimmels, das an der gläsernen Drehtür des Hotels herrschte, entdeckt zu haben, und rannte los.

Er brauchte einen Moment, um sich durch das Gewühl zu kämpfen, hinaus auf die Straße, wo es inzwischen regnete. Hupende Taxis stritten sich um einen Parkplatz am Fahrbahnrand, die Bettler auf den Bürgersteigen – die meisten abgehalfterte Kriegsveteranen – drückten sich eng an die Hauswände, um nicht völlig durchnässt zu werden. Im Wald der Regenschirme, die über die vor Nässe glitzernden Gehsteige tanzten, versuchte Ismael eine Spur von Alexandra auszumachen.

Vergeblich.

Sie war spurlos verschwunden.

Nach ihr zu suchen, kam nicht in Frage – der Regen, der auf seinen Körper prasselte, machte Ismael sichtbar –, und widerstrebend gestand er sich ein, dass er versagt hatte. Er kannte auch den Grund dafür: Die oberste Regel eines *Guardian* besagte, dass er niemals die Distanz zu seinem Schutzobjekt verlieren durfte.

Genau das war geschehen.

21.

»Eine repräsentative Untersuchung des Instituts für Sozialwissenschaftliche Forschung der Universität von Atlanta hat ergeben, dass Amerikaner in sehr viel höherem Maße an paranormale Phänomene glauben als bislang angenommen.

Demnach sind 78 Prozent der US-Bevölkerung überzeugt davon, dass es im Weltraum intelligentes Leben gibt, und 67 Prozent sind geneigt zu glauben, dass Abkömmlinge jener extraterrestrischen Kulturen die Erde beobachten oder regelmäßig besuchen.

An Geistererscheinungen und Jenseitsphänomene glauben 72 Prozent aller Befragten, und immerhin noch stolze 58 Prozent können sich vorstellen, dass bestimmte Menschen über paranormale Gaben wie Telepathie oder Telekinese verfügen.

Allerdings hat die Gutgläubigkeit unserer Mitbürger auch ihre Grenzen. An die Existenz von Bigfoot glauben nur rund acht Prozent, und nur schlappe vier Prozent sind davon überzeugt, dass Elvis noch lebt. Die traurigen Gesichter derer, die bei der Befragung auf dem letzten Platz gelandet sind, können wir leider nicht sehen – nur sage und schreibe 1,8 Prozent der US-Bevölkerung glauben, dass es möglich ist, Dinge oder Menschen unsichtbar zu machen ...«

Aus: »Where have we gone? Crazy?« von Jeremy Peters
4. Aufl., Boston 2004

Nationalfriedhof Arlington
Washington D.C.
Zwei Tage später

Ein geschichtsträchtiger Ort.

Durch den Potomac von der amerikanischen Hauptstadt getrennt, grenzt Arlington direkt ans Pentagon und ist wohl einzig in seiner Art: eine Mischung aus Denkmal, Museum und letzter Ruhestätte.

Während des Amerikanischen Bürgerkriegs gegründet, liegen auf dem Veteranenfriedhof, dem zweitgrößten Friedhof der Welt, Persönlichkeiten der amerikanischen Geschichte begraben, darunter einige Präsidenten der Vereinigten Staaten, unter marmornen Grabsteinen oder in prunkvollen Mausoleen. Und sogar das Grab eines berühmten Schauspielers findet man auf Arlington: Audie Murphy, höchstdekorierter Soldat des Zweiten Weltkriegs.

Aber es gibt auch die endlosen Reihen weißer Kreuze, die für all jene stehen, die ihr Leben im Dienst für das Vaterland gaben, ohne je Berühmtheit erlangt zu haben oder in die Geschichte eingegangen zu sein.

Wärmendes Sonnenlicht schimmerte durch die Zweige der Birken mit ihren gelborange verfärbten Blättern, und dennoch hatte Alexandra Lessing das Gefühl, als würde ein eisiger Hauch um die Monumente und Grabsteine streichen. Es war der Atem der Geschichte. Ihrem deutschen Wesen fehlte jenes Selbstverständnis, mit dem die Vereinigten Staaten von Amerika ihre Gefallenen zu ehren pflegen, und dennoch war sie tief beeindruckt.

Beeindruckt von der schieren Größe des Areals mit den über 260000 Gräbern, beeindruckt aber auch von der Würde, die dieser Ort ausstrahlte. Dass sich der Reporter von der »Washington Post« gerade an diesem Ort mit ihr treffen wollte, schien ihr auf seltsame Weise passend.

Auf einer weiß gestrichenen Parkbank sitzend, beobachtete Alex einen Trauerzug, der einem Veteranen das letzte Geleit gab. Der Sarg des Toten war von der Fahne der Vereinigten Staaten bedeckt und ruhte auf einer zum Katafalk umgerüsteten Geschützlafette, die von einem Vierergespann von Rappen gezogen wurde. Die edlen Pferde trugen Kopfschmuck aus schwarzen Federn und das Geschirr war mit Trauerornamenten verziert. Eine Ehrenformation von Soldaten in prachtvollen Paradeuniformen folgte den sterblichen Überresten des Soldaten. Die Männer gehörten dem United States Marine Corps an; vermutlich war es die Waffengattung, der auch der Verstorbene zu Lebzeiten angehört hatte.

Die Trauergemeinde bestand aus schwarz gekleideten Menschen in Zivil und aus einer Gruppe von Offizieren, die Trauerbänder an den Revers ihrer Uniformjacken trugen. Sobald sie das Grab erreicht hatten, hoben die Offiziere den fahnengeschmückten Sarg vom Katafalk und trugen ihn gemessenen Schrittes zu seiner letzten Ruhestätte.

Alex konnte nicht hören, was der Pfarrer am Grab sprach, aber sie zuckte zusammen, als die Ehrenformation des Marine Corps die Salutschüsse abgab.

»Dr. Lessing?«

Sie schreckte auf, als sie plötzlich jemand ansprach. Sie war so in ihre Beobachtung versunken gewesen, dass sie sein Kommen nicht bemerkt hatte. Der Mann trug einen korrekt sitzenden Anzug und einen Hut, den er nicht abgenommen hatte, obwohl er sich auf einem Friedhof befand. Wahrscheinlich wäre ihm ohne Hut einfach zu kalt gewesen, trotz der Sonne, denn er hatte deutlich erkennbar eine Vollglatze. Eine Sonnenbrille schirmte seine Augen.

»Mr Henderson?«, fragte Alex.

»In der Tat.« Der Mann zückte seinen Presseausweis und zeigte ihn ihr, und nachdem Alex einen prüfenden Blick darauf geworfen hatte, forderte sie den Reporter auf, sich zu ihr zu setzen.

»Ein schöner Tag, nicht?«, fragte Henderson lächelnd.

»Kann ich nicht sagen, nein.« Alex schüttelte den Kopf. »Aber vielleicht wird er es ja noch, sobald ich mich ein wenig – wie soll ich es nennen? – erleichtert habe.«

Henderson rückte seine Brille zurecht und räusperte sich. Die Angelegenheit schien ihm ein wenig peinlich zu sein. »Um die Wahrheit zu sagen, Dr. Lessing, weiß ich nicht, was ich von Ihrem Anruf halten soll. Ohne Ihnen zu nahe treten zu wollen, aber jeden Tag rufen irgendwelche hysterische Menschen in der Redaktion an und faseln etwas von weltumfassenden Verschwörungen. Durch die Enthüllung der Watergate-Affäre hat die ›Post‹ einen gewissen Ruf und jeder Verschwörungstheoretiker wendet sich erst einmal an uns. Bei näherer Betrachtung erweisen sich jedoch die allermeisten Hinweise als reine Hirngespinste.«

»Nicht in meinem Fall«, versicherte Alex. »Und würden Sie mich für hysterisch oder für eine Spinnerin halten, hätten Sie sich wohl kaum zu einem Treffen mit mir bereit erklärt.«

»Ich muss zugeben, dass Sie mich neugierig gemacht haben«, gestand Henderson. »Zudem verfügen Sie über einen akademischen Grad und erscheinen mir daher um einiges glaubwürdiger als manch anderer Zeitgenosse.« Er grinste. »Also, worum geht es? Was ist das für eine Story, die unserem Blatt angeblich den Auflagenrekord des Jahrhunderts eintragen wird? Was für eine weltbewegende Enthüllung haben Sie mir zu machen?«

»Wir sind nicht allein«, antwortete Alex schlicht.

»Ich verstehe. Aliens, nicht?« Henderson seufzte schwer und schüttelte enttäuscht den Kopf. »Ich hätte es wissen müssen. Meine Kollegen hatten mich noch gewarnt …«

»Keine Aliens«, sagte Alex. »Ich spreche von einer Invasion ganz anderer Art, Mr Henderson. Von einer Invasion, die schon längst stattgefunden hat. Sie sind mitten unter uns.«

»Wer?«

»Die Unsichtbaren«, sagte Alex mit Verschwörerstimme – und sie kam sich selbst ziemlich dämlich dabei vor.

»Die Unsichtbaren«, wiederholte der Reporter und nickte.

»Mir ist klar, wie das in Ihren Ohren klingen muss, aber es ist die Wahrheit. Noch vor ein paar Tagen war ich Dozentin an der Universität München und habe nur das geglaubt, was ich auch mit eigenen Augen sehen kann. Seither jedoch habe ich Dinge erlebt ...« Sie wusste nicht, wie sie es sagen sollte, und geriet ins Stocken.

»Was für Dinge?«, hakte er nach.

»Dinge, die mich davon überzeugt haben, dass der Menschheit große Gefahr droht – Gefahr durch einen Orden von Unsichtbaren ...«

»... der nach der Weltherrschaft strebt«, fügte Henderson hinzu.

»Nein«, widersprach Alex, »denn faktisch hat er sie bereits.«

»Und wie übt er diese Weltherrschaft aus?«, fragte Henderson wenig beeindruckt.

»Der Orden steuert die Politik und ihre Entscheidungen, ist dafür verantwortlich, dass überall auf der Welt Krisenherde und Konflikte entstehen. Das Attentat auf Kennedy, der 11. September – all das ist auf den Orden zurückzuführen.«

»Was denn?«, fragte Henderson leicht amüsiert. »Das Kennedy-Attentat auch?«

»Allerdings«, versicherte Alex, »und noch vieles andere mehr. Ich kann Ihnen Details nennen, die ...«

»Nicht nötig«, fiel der Reporter ihr ins Wort.

»Was? Aber ...«

»Wissen Sie, Dr. Lessing«, sagte Henderson und blickte

zu jenem flachen Hügel hinüber, auf dessen anderer Seite sich der Gedenkstein und das Grab John F. Kennedys befanden, »vielleicht sollten Sie etwas leiser sprechen. Der alte JFK dreht sich sonst noch im Grabe herum, wenn er hört, was Sie hier von sich geben.«

»Aber ... aber ... ich sage die Wahrheit!«, stammelte Alex. »Die Unsichtbaren sind tatsächlich unter uns. Das alles geht auf eine Reihe von Experimenten in den Dreißiger- und Vierzigerjahren zurück, unter anderem im Auftrag der US-Regierung. Das Ziel war es, unsichtbare Soldaten zu erschaffen, die unbemerkt im Feindesland operieren sollten. Die Nazis hatten ein ähnliches Forschungsprojekt, das sich ›Laurin‹ nannte und bei dem ...«

»Dr. Lessing«, unterbrach sie der Reporter erneut.

»Äh ... was ist?«

»Haben Sie es denn noch nicht bemerkt?«

»Wovon sprechen Sie?«

»Ich höre Ihnen überhaupt nicht zu«, sagte Henderson achselzuckend. »Was auch immer Sie da erzählen, es interessiert mich nicht.«

»Es ... interessiert Sie nicht?«

»Nein. Und unsere Leser interessieren sich ganz sicher auch nicht dafür. Niemand interessiert sich dafür, ganz gleich, ob er es auf einer Parkbank in Arlington erzählt bekommt oder es in der Zeitung liest.«

»Aber ... die Leute *müssen* sich dafür interessieren!«

»Für die Wahnvorstellungen einer offensichtlich geistesgestörten Frau?«

»Wahnvor...? Ich ... Wie – wie können Sie es wagen?«, fuhr Alex ihn an. »Was bilden Sie sich ein? Haben Sie eine Vorstellung von dem, was ich durchgemacht habe?«

»Nein«, gab Henderson zu, »und es ist mir auch gleichgültig. Mein Beruf besteht darin, Informationen unters Volk zu bringen. Informationen, Tatsachen, Fakten – die ›Post‹ ist nicht irgendein Revolverblättchen! Was Sie da erzählen, ist dummes Zeug. Eine klassische Ente. Die Story von Nessie oder dem Schneemenschen, nur ein paar Nummern abgehobener. Vielleicht 'ne gute Idee fürs nächste Sommerloch. Klopfen Sie mal rechtzeitig bei der Konkurrenz an.«

»Sie glauben mir nicht«, erkannte Alex ernüchtert.

»Natürlich glaube ich Ihnen nicht.« Der Reporter schüttelte den Kopf. »Und ich bin nicht der Einzige, der Ihnen nicht glaubt. Denken Sie ernsthaft, Sie könnten so etwas in einer seriösen Zeitung bringen? Hirngespinste wie diese haben mit der Realität nichts zu tun, Dr. Lessing. Aber dies hier ist die Realität.«

»Ich weiß, dass dies die Realität ist«, fauchte Alex den Reporter an, dessen Arroganz sie provozierte. »Glauben Sie denn, ich hätte mir das alles ausgedacht? In den letzten beiden Wochen hat man mehrfach versucht, mich zu ermorden, und ich riskiere mein verdammtes Leben, indem ich mich hier mit Ihnen treffe!«

»Tatsächlich? Dann sollte ich wohl dankbar sein.«

»Das sollten Sie, Sie selbstgefälliges Arschloch!« Mit diesem letzten Wort erhob sie sich und wollte den Reporter einfach sitzen lassen. Gleichzeitig erinnerte sie sich an das, was Ismael ihr gesagt hatte – dass es unmöglich war, der Welt die Existenz der Unsichtbaren zu offenbaren, weil die Menschen nur das glaubten, was sie glauben wollten ...

»Leben Sie wohl, Dr. Lessing«, rief Henderson ihr hinterher. »Und bestellen Sie Ihrem Schutzengel schöne Grüße von mir!«

Alex machte noch ein, zwei wütende Schritte – dann blieb sie abrupt stehen und wandte sich um.

»Was haben Sie gesagt?«

»Ich sagte, Sie sollen Ihrem Schutzengel schöne Grüße von mir bestellen«, wiederholte Henderson.

Mit einem Mal empfand Alex das Grinsen des Reporters nicht mehr als anmaßend und unverschämt wie eben noch, sondern als gefährlich.

»Wer sind Sie?«, wollte sie wissen.

Hendersons Grinsen blieb bestehen, als er die Brille abnahm. Anstelle von Augen kamen zwei leere Öffnungen zum Vorschein!

Der Reporter war ein Unsichtbarer, sein Gesicht von Make-up bedeckt, sodass zu sehen war, was sonst verborgen blieb.

Alex brauchte einen Moment, um ihre Starre abzuschütteln. Mit gehetzten Blicken schaute sie sich um.

»Keine Angst«, beruhigte sie Henderson, »da ist niemand. Niemand außer uns beiden.«

»Genau das macht mir Angst«, flüsterte Alex.

»Wenn ich Sie töten wollte, hätte ich es längst getan, glauben Sie mir.«

»Was wollen Sie?«

»Mit Ihnen sprechen – so wie Sie mit dem Mann von der Zeitung sprechen wollten. Was für eine idiotische Idee, sich an die Presse zu wenden.«

»Sie sind kein Reporter, oder?«

»Allerdings nicht.«

»Und Ihr Name ist auch nicht Henderson.«

»Nein.« Der Augenlose schüttelte den Kopf. »Der Einfachheit halber wollen wir es jedoch dabei belassen. Setzen Sie sich wieder, Dr. Lessing. Unser Gespräch war noch nicht zu Ende.«

»Soweit es mich betrifft schon.«

»Setzen!«, ordnete der Unsichtbare an und diesmal war seine Stimme unverhohlen drohend. »Glauben Sie mir, ich will nicht gewalttätig werden, aber wenn Sie mir keine andere Wahl lassen, sind meine Skrupel auch nicht allzu groß.«

»Sie arbeiten für den Orden?«, fragte Alex, nachdem sie der Aufforderung zögernd nachgekommen war.

»Sagen wir, es gibt eine einflussreiche Organisation,

in deren Diensten ich stehe und nach deren Weisung ich handle.«

»Natürlich.« Alex nickte resignierend, während sie ihren Blick über das Gräberfeld schweifen ließ. Die Trauergesellschaft am Grab des Veteranen hatte sich inzwischen nahezu aufgelöst. »Sie haben mich also gefunden. Ich gratuliere.«

»Wir brauchten Sie nicht zu finden, Dr. Lessing. Wir hatten Sie die ganze Zeit über im Auge.«

»Sie haben mich beobachtet?«

»Es ging uns darum herauszufinden, was Sie nach vorgestern Nacht tun würden. Auf welcher Seite Sie inzwischen stehen.«

»Spielt das denn noch eine Rolle?« Alex lachte auf. »Ehrlich gesagt, ich habe die Nase voll von diesen ganzen Intrigen! Die eine Seite oder die andere – was macht das für einen Unterschied? Sie können sich meinetwegen gegenseitig umbringen. Die Menschheit braucht Sie nicht – und ich ganz sicher auch nicht!«

Henderson schien sie mit seinen leeren Augenhöhlen zu mustern. »Ist das Ihre Überzeugung?«

»Und ob sie das ist!«

»Denken Sie nicht, dass Sie ein wenig vorschnell urteilen?«

»Das denke ich keineswegs, Mr Henderson. Schließlich haben Sie und Ihre Bande mehrfach versucht, mich umzubringen!«

»Das ist nicht wahr.«

»Ach nein?«

»Der Orden hatte niemals vor, Sie zu töten.«

»Sie lügen!«

»Wieso hätten wir Sie töten sollen? Lebend waren Sie viel nützlicher für uns.«

»Und das Logbuch?«, fragte Alex spitz.

Henderson machte eine wegwerfende Handbewegung.

»Wir kannten seinen Inhalt doch längst, deshalb haben wir es Baumgartner auch gelassen. Es ist wertlos, glauben Sie mir, und wir wussten das. Ebenso wie wir wussten, dass die Polizei Ihnen kein Wort glauben würde.«

»Wenn das Buch angeblich so wertlos ist, warum wurde Peter Manhart dann entführt? Und weshalb wurde auf mich geschossen?«

Der falsche Reporter antwortete nicht, sondern überließ es Alex, ihre eigenen Schlüsse zu ziehen.

»Verstehe«, flüsterte sie. »Ich sollte denken, dass das Logbuch eine große Sache wäre, und damit an die Öffentlichkeit gehen. Peters Entführung, die Anschläge auf mein Leben – das alles war nur Täuschung …«

»Die beste Tarnung, die sich denken lässt«, bestätigte Henderson. »Von Zeit zu Zeit pflegen wir Gerüchte über unsere Existenz zu lancieren, die dann natürlich als bloße Hysterie abgetan werden – ein wenig wie bei den Außerirdischen, die immer mal wieder durch die Nachrichten spuken. Nur dass sehr viel mehr Menschen an die Existenz von Außerirdischen glauben als an die von Unsichtbaren. Darüber gibt es Statistiken. Wussten Sie das?«

»Nein«, antwortete Alex, sich mühsam zur Ruhe zwingend, »das wusste ich nicht. Alles, was ich weiß, ist, dass Peter Manhart für diesen Irrsinn sterben musste.«

»Er war nicht der Erste«, konterte Henderson gleichmütig, »und er wird auch kaum der Letzte sein. Hin und wieder muss ein Opfer gebracht werden, damit der Orden seine Ziele erreichen kann. So ist es die Jahrhunderte hindurch immer gewesen.«

»Die Jahrhunderte hindurch?«, fragte Alex verblüfft. »Was erzählen Sie da?«

»Ich hätte auch von Jahrtausenden sprechen können. Ob Sie es glauben oder nicht, Dr. Lessing – die Unsichtbaren sind schon immer da gewesen und haben das Weltgeschehen bestimmt.«

»Unsinn!«, widersprach Alex unwirsch. »Projekt Laurin wurde von den Nazis ins Leben gerufen und Projekt Gyges von den Amerikanern.«

»Glauben Sie das wirklich? Halten Sie es im Ernst für möglich, dass ein paar hergelaufene Rassisten und eine Gruppe verrückter Wissenschaftler zu so etwas fähig wären?«

»Aber … aber die Forschungen sind in Deutschland und den USA zur selben Zeit betrieben worden«, wandte Alex ein.

»Und? Was beweist das? Doch nur, dass beide dieselben Hinweise bekommen haben.«

»Hinweise?«

»Lösungsansätze. Physikalische Gleichungen und dergleichen mehr. Die Zauberformel der negativen Rezeption – wir haben sie ihnen gegeben.«

»Sie haben sie ihnen gegeben? Beiden Seiten? Obwohl Deutschland und die USA gegeneinander Krieg führten?«

»Dieser Tatsache war sich der Orden sehr wohl bewusst«, versicherte Henderson.

»Aber welchen Grund könnte jemand haben, verfeindete Parteien, die gegeneinander Krieg führen, mit derselben Technik zu versorgen?«

»Ja, welchen Grund wohl?« Henderson grinste.

»Sie wollten, dass beide Seiten gleich stark sind!«, äußerte Alex ihre schreckliche Vermutung. »Sie wollten nicht, dass es einen Sieger gibt, sondern dass sich Alliierte und Achsenmächte gegenseitig auslöschen!«

»Das hätten sie auch fast getan, nicht wahr?«

Alex, die die ganze Tragweite dessen erkannte, was sie gerade zu hören bekam, nickte. »Aber der Krieg ging zu Ende, noch bevor die Unsichtbarkeitstechnik zur Einsatzreife gelangte. Wäre Ihr Plan aufgegangen, hätte der Orden die Welt schon vor sechzig Jahren nach seinen Vorstellungen formen können.«

»Bravo, Dr. Lessing«, sagte Henderson, »Sie fangen an, in größeren Maßstäben zu denken. Die Wahrheit jedoch übertrifft alles, was Sie sich bisher noch vorstellen können, glauben Sie mir.«

»Lassen Sie es auf einen Versuch ankommen«, forderte Alex grimmig, die nicht wusste, ob Faszination oder Verzweiflung die angemessene Reaktion war. Schon die Tatsache, dass die letzten sechzig Jahre der Menschheitsgeschichte im Grunde nichts als eine dreiste Lüge waren, hatte ihr Weltgefüge erschüttert – auf einmal erzählte man ihr sogar, dass der Einfluss der Unsichtbaren schon Jahrhunderte, wenn nicht Jahrtausende zurückreichte. Die Historikerin in ihr gewann die Oberhand, drängte Entsetzen und Wut zurück und wollte so viele Informationen, wie sie nur bekommen konnte.

»Wie, glauben Sie, konnten die großen Weltkulturen entstehen?«, fragte der Mann neben ihr auf der Bank im Tonfall eines Professors, der sich dem hoffnungslosen Unterfangen widmet, einem Grundschüler die Einstein'sche Feldtheorie zu erklären. »Glauben Sie wirklich, dass ein paar gepflasterte Straßen ausreichten, um das römische Weltreich zusammenzuhalten? Denken Sie an die Kreter oder die Anasazi – beide Kulturen sind spurlos verschwunden, waren von hier auf jetzt plötzlich nicht mehr da. Man könnte auch sagen, sie sind unsichtbar geworden …«

»Was versuchen Sie mir hier zu erzählen?«, fragte Alex schaudernd. »Die Geschichtsforschung wäre sicherlich auf Hinweise gestoßen, wäre derart massiv in die Entwicklung der Menschen eingegriffen worden.«

»Das ist sie, wieder und wieder. Aber die angeblich so seriöse Wissenschaft zieht es vor, sich von derlei Entdeckungen nicht aus der Ruhe bringen zu lassen. Sonst müsste man ja wieder ganz von vorn anfangen und die Geschichte der Menschheit komplett neu schreiben. Wer will das schon?«

»Wollen Sie behaupten, es gäbe auf der ganzen Welt keine Geschichtswissenschaftler, die in der Lage wären, die richtigen Schlüsse zu ziehen?«

»Oh, natürlich gib es sie. Von Ihren Kollegen, wehrte Dr. Lessing, werden sie als Fantasten verlacht, und halten sie dennoch an der Wahrheit fest, bezahlen sie dafür mitunter mit dem Leben. So wie dieser italienische Archäologe vor ein paar Tagen.«

Alex zuckte zusammen. Die Bombenexplosion in Rom, bei der Luigi Benati getötet worden war ... Harker hatte also recht gehabt. Der Anschlag war tatsächlich auf das Treiben des Ordens zurückzuführen.

»Die Geschichte ist voller Beweise, Dr. Lessing«, fuhr Henderson fort, »aber nur für die, die sie sehen wollen. Glauben Sie im Ernst, die Thermopylen hätten von ein paar hundert Mann gegen ein Heer von Tausenden gehalten werden können? Dass ein paar Barbaren aus dem Norden das römische Weltreich zu Fall bringen konnten? Dass ein unbedarfter Mönch aus purem Zufall das Schießpulver erfunden hat?«

»Für mich hörte sich das immer sehr plausibel an«, murmelte Alex.

»Natürlich«, antwortete der Mann mit dem Hut, der seine Sonnenbrille nun wieder aufsetzte, »weil die dem Menschen eigene Arroganz den Gedanken nicht erträgt, dass bei solch großen Taten unsichtbare Helfer im Spiel gewesen sein könnten. In Wahrheit jedoch waren es stets die Unsichtbaren, die die Geschicke der Menschen bestimmten, damals wie heute.«

»Wenn das wahr ist, sind Sie nichts anderes als Tyrannen!«, entgegnete Alex aufgebracht. »Unsichtbare Tyrannen, aber nichtsdestoweniger Tyrannen!«

»Sie verurteilen den Orden zu Unrecht«, sagte Henderson, »denn nicht selten ist er auch Wohltäter der Menschen gewesen. Er allein hat das Wissen der Antike über das dunkle Zeitalter hinweg bewahrt, das dem Untergang des Römerreichs folgte. Oder was glauben Sie, woher urplötzlich das Wissen um den Bau prächtiger Kathedralen stammte, die die größten Gebäude der antiken Welt an architektonischer Kühnheit und Raffinesse noch um ein Vielfaches übertrafen? Ich werde es Ihnen sagen: Wir haben all dieses Wissen für die Menschen bewahrt und es ihnen zurückgegeben. Wir – die Unsichtbaren. Der Orden. Wann immer es nötig war, haben wir eingegriffen, um die Geschichte zu formen.«

»Was erwarten Sie jetzt von mir?«, fragte Alex. »Dass ich mich bei Ihnen bedanke?«

»Kaum. Obwohl es angemessen wäre. Der Orden hat mehr für die Fortentwicklung der Menschheit getan, als Ihnen klar ist. Allerdings gehören die Zeiten, in denen wir große Schlachten schlugen, längst der Vergangenheit an. Die rasante Entwicklung der Technik hat subtilere Formen der Einflussnahme erforderlich gemacht.«

»Subtilere Formen? Etwa wie in einem weltweiten Krieg Waffentechnik an beide Seiten zu liefern?«

»Schon wieder verkennen Sie unsere Absichten, Dr. Lessing. Die Gabe der Unsichtbarkeit ist keine Waffe. Es ist ein Geschenk, das zum Guten wie zum Bösen benutzt werden kann – wie so vieles auf dieser Welt.«

»Seltsam.« Alex zog eine Grimasse. »Warum nur glaube ich Ihnen nicht?«

»Vielleicht, weil Sie mich missverstehen *wollen*.«

»Was gibt es da misszuverstehen? Ihr Orden trachtet nach der Weltherrschaft. Er kontrolliert und manipuliert die Menschen nach seinen Vorstellungen. Wer gibt ihm das Recht dazu?«

»Die Evolution«, antwortete Henderson mit überlegenem Lächeln. »Seit Jahrmillionen sorgt sie dafür, dass nur die starken Spezies überleben und über die schwachen triumphieren.«

»Kommen Sie mir nicht mit Darwin!«, herrschte Alex ihn an.

»Warum nicht? Unsichtbarkeit ist ein Privileg der Entwicklungsgeschichte, Dr. Lessing. Oder glauben Sie, es wäre ein Zufall, dass sie genetisch vererbt werden kann? Von jeher hat sich die Evolution stets jene Dinge angeeignet, die ihr für das Überleben wichtig und nützlich erschienen: Den aufrechten Gang, das problemlösende Denken – und nun die Unsichtbarkeit.«

»Wollen Sie Abnormität als Normalzustand bezeichnen?«

»Es kommt darauf an, was als Abnormität verstanden wird. Für einen Unsichtbaren erscheint es abnorm, jederzeit gesehen und wahrgenommen zu werden. Wir empfinden Ihr Dasein als äußerst beengt und eingegrenzt. Sehen Sie, Dr. Lessing, wir sind die überlegene Spezies und daraus ergibt sich evolutionsgeschichtlich ein klarer Führungsauftrag. Nur gibt es leider einige unter uns, die das nicht wahrhaben wollen.«

»Sie sprechen von den *Anderen*«, folgerte Alex.

»Die Rebellen, wie wir sie nennen, sind ein Ärgernis. Terroristen, deren Streben nur darauf ausgerichtet ist, zu zerstören und Chaos zu verbreiten.«

»Den Anderen geht es darum, den Menschen ihren freien Willen zu belassen«, widersprach Alex, der zu dämmern begann, dass sie zu Unrecht an Ismael und seinen Verbündeten gezweifelt hatte.

»Wo ist der Unterschied?« Henderson lächelte matt. »Was schaffen die Menschen denn anderes als Chaos und Zerstörung? Die wenigsten Kriege in den vergangenen Jahrhunderten sind auf das Betreiben des Ordens zurückzuführen, glauben Sie mir.«

»Und was ist mit dem Nahen Osten? Mit den Krisenherden, die Sie absichtlich schüren?«

»All das dient einem höheren Zweck – der absoluten

Kontrolle. Halten wir sie erst in den Händen, wird sich alles zum Besseren wenden.«

»Komisch«, meinte Alex, »genau das pflegen die Herrscher totalitärer Regime auch zu sagen.«

»Ich sehe schon, ich kann Sie nicht überzeugen. Aber auch Sie, Dr. Lessing, werden nicht verhindern können, dass der *homo invisibilis* diese Welt beherrschen wird.«

»Und alle anderen Menschen zu willenlosen Marionetten macht?«, fragte Alex. »Nicht, wenn ich es verhindern kann.«

»Das können Sie nicht. Wir sind unserem Ziel, über die sichtbare und damit unterlegene Menschheit zu herrschen, näher denn je. Weder Sie noch irgendjemand sonst kann uns noch aufhalten. Ganz im Gegenteil.«

»Was wollen Sie damit sagen?«

»Damit will ich sagen, dass Sie uns dabei helfen werden, Dr. Lessing«, verkündete Henderson. »Sie und – wie war doch sein Name? – Mr Winston Seymour!«

»Nein!« Alex schüttelte trotzig den Kopf, während sie aufsprang und vor Henderson zurückwich. Ihr war klar, dass der Unsichtbare etwas im Schilde führte, dass dieses Treffen, dieses Gespräch zu einem bestimmten Plan gehörte. Auch Winston schien in diesem Plan einen Platz zu haben, was Alex nur noch mehr bestürzte, denn es bedeutete, dass der Orden abermals über all ihre Schritte informiert gewesen war.

Ohne es zu wissen, hatte sie sich erneut im Netz der Intrigen verfangen, das der Orden ausgelegt hatte. War sie überhaupt noch Herrin ihrer selbst? Handelte sie noch in eigener Absicht, oder war sie, ohne es zu merken, bereits zum Werkzeug des Ordens geworden? Was Ismael über die Methoden der Unsichtbaren gesagt hatte, hatte sie nicht vergessen:

Der Orden sei ein Meister der Manipulation und verstehe es, seine eigenen Ziele als die seiner Helfer darzustellen. Nicht immer wären die Dinge so, wie sie schienen, und man dürfe sich nicht auf das Offensichtliche verlassen, sondern müsse alles hinterfragen …

Panik überkam Alex, und sie verspürte eine nahezu hysterische Angst, bereits zur Marionette geworden zu sein. Sie fuhr herum und ergriff die Flucht, mit pochendem Herzen und Tränen in den Augen.

»Wo wollen Sie hin?«, rief Henderson ihr hinterher, offenbar amüsiert über ihr Verhalten.

Sie antwortete nicht und lief einfach weiter, den schmalen Weg entlang zur Straße, die zwischen den Gräbern hindurchführte.

»Einen Augenblick noch, Dr. Lessing! Haben Sie nicht etwas vergessen?«

Im Laufen wandte sie sich um – und gab einen entsetzten Laut von sich, als sie erkannte, dass Henderson verschwunden war. Nur noch die Kleidung des angeblichen Reporters lag auf der Bank, Henderson selbst hatte sich scheinbar in Luft aufgelöst.

Wieder griffen Panik und Angst nach ihr, diesmal ursprünglicher, unmittelbarer, und sie rannte weiter, änderte die Laufrichtung und hastete quer über den grünen Rasen, auf dem sich weiße Grabsteine erhoben. Sie glaubte bereits, den Atem ihres Verfolgers im Nacken zu spüren.

Es war nicht nur die Angst um ihr eigenes Leben, die Alex derart verstörte, sondern auch das Gefühl des absoluten Ausgeliefertseins. Hatte sie sich tatsächlich eingebildet, dem Orden ganz allein die Stirn bieten zu können? Sie war nicht mehr als ein Kiesel, der im Räderwerk einer mächtigen und wie es schien auch uralten Maschinerie zermalmt werden würde. Vielleicht war das sogar längst geschehen und sie wusste es nur noch nicht …

Im Laufen griff sie in ihre Jackentasche, um die Spezialbrille hervorzuziehen. Dabei trat sie versehentlich in eine Vertiefung im Gras und geriet ins Stolpern. Vergeblich versuchte sie ihr Gleichgewicht zurückzuerlangen – sie stürzte und schlug der Länge nach hin, die Brille in der Hand.

Es gab ein hässliches Geräusch, als das Hightechgerät zerbrach – und mit ihm jede Möglichkeit, ihren unsichtbaren Verfolger zu entdecken ...

Mit den Tränen ringend, raffte sich Alexandra auf und rannte weiter, hinunter zur Straße, wo einige Officer Cadets – Offiziersanwärter – in Navy-Uniformen standen und sich unterhielten.

»Bitte helfen Sie mir!«, rief Alex ihnen schon von weitem zu.

Die jungen Kerle in ihren schmucken Uniformen wandten sich ihr zu, schienen aber nicht recht zu wissen, wie sie reagieren sollten.

»Bitte helfen Sie mir!«, wiederholte Alex, als sie atemlos bei ihnen anlangte. »Ich ... ich werde verfolgt!«

»Von wem, Ma'am?«, erkundigte sich einer der Officer Cadets. »Es ... es ist niemand zu sehen.«

»Das ist es ja«, erklärte Alex in ihrer Verzweiflung. »Sie sind nicht zu sehen – und dennoch sind sie da, verstehen Sie?«

»Nein, Ma'am«, erklärte der Offiziersanwärter ein wenig befremdet. »Ich fürchte, ich verstehe nicht ...«

»Die Unsichtbaren! Sie sind überall!« Alex packte den jungen Mann am Ärmel seiner Uniform und schaute ihn beschwörend an. »Bitte, Sie müssen mir glauben! Wir werden alle manipuliert. Die Unsichtbaren sind da draußen!«

»Klar, Ma'am, was immer Sie sagen.«

»Verdammt!« Sie packte ihn bei den Schultern, schüttelte ihn. »Verstehen Sie nicht, was hier geschieht? Die Welt, wie wir sie kennen, ist dabei, sich aufzulösen. Es ist Ihre Pflicht, Ihr Vaterland zu verteidigen! Unternehmen Sie etwas! Sofort!«

»Ja doch, Ma'am. Ist schon in Ordnung ...«

Sie sah das Unverständnis in seinem Blick und wollte zu

einer weiteren Erklärung ansetzen – da war ihr auf einmal, als könnte sie sich selbst sehen, wie sie da stand, mit zerzaustem Haar, tränenden Augen und fieberndem Blick und etwas von Unsichtbaren faselnd, von einer weltumfassenden Verschwörung …

Sie drehte den Kopf und schaute in die Gesichter der anderen Fähnriche, konnte auch darin nur Befremden entdecken und – was noch schlimmer war – Mitleid.

»Alle denken, ich hätte den Verstand verloren …«, sprach sie aus, was ihr in diesem Moment dämmerte. Ihr Blick wurde leer und resignierend, und sie ließ den Offiziersanwärter los.

»Ma'am«, sagte dieser peinlich berührt, »wenn wir Ihnen irgendwie helfen können …«

»Nein … nein, danke«, sagte Alex tonlos. »I-ich … ich denke nicht, dass mir noch jemand helfen kann …«

Sie wandte sich ab und ging die Straße hinunter, nicht mehr hastig und mit fliegenden Schritten, sondern langsam und mit hängenden Schultern.

Was war nur aus ihr geworden?

Innerhalb kürzester Zeit war sie von einer vielversprechenden jungen Akademikerin zu einer Frau mutiert, von der jeder annehmen musste, sie hätte den Verstand verloren – mit einem kurzen Zwischenspiel als Freiheitskämpferin, das ihr im Nachhinein wie ein verrückter Traum vorkam.

Ismael hatte recht gehabt.

Man konnte die Welt nicht über die Existenz der Unsichtbaren informieren, denn sie war noch nicht reif dafür. Was dazu nötig war und ob es jemals so weit sein würde, wusste Alex nicht – aber ihr war klar, dass sie jede Glaubwürdigkeit verspielte, wenn sie weiterhin versuchte, der Öffentlichkeit die Wahrheit zu enthüllen.

Existierte dieser Orden überhaupt? War er vielleicht wirklich nur eine Ausgeburt ihrer zu lebhaften Fantasie?

Hatte sie sich zu lange mit ihren Studien beschäftigt? Befand sie sich in Wirklichkeit noch immer zu Hause in München und träumte dies alles nur?

Übermüdet, erschöpft und verängstigt, wie sie war, räumte sie dieser Version eine gewisse Wahrscheinlichkeit ein. In düstere Gedanken versunken, trottete sie weiter die Straße hinab, dem Ausgang des Nationalfriedhofs entgegen. Das Herannahen des Ambulanzfahrzeugs hörte sie kaum.

Der Wagen der Paramedics rollte die Straße herab. Er holte sie ein, noch bevor Alexandra das prunkvolle Eingangstor von Arlington passierte. Sie leistete keinen Widerstand, als die Sanitäter sie mit sanften, aber unnachgiebigen Griffen packten, und legte sich freiwillig auf die Trage.

Sie konnte hören, dass beruhigend auf sie eingesprochen wurde, der Sinn der Worte blieb ihr jedoch verborgen.

Dann gab man ihr die Spritze.

Alexandra spürte den Einstich in ihrem linken Arm. Im nächsten Moment wurde sie von bleierner Müdigkeit befallen, die sich mit ihrer Erschöpfung verbündete und sie schon Augenblicke später in tiefen Schlaf sinken ließ.

Sie hatte nichts dagegen.

Schlaf bedeutete Vergessen.

Und Alexandra Lessing wollte vergessen ...

22.

Es war kein einzelner Vorfall, der mich dazu bewog, alles auf eine Karte zu setzen und aus der Obhut derer, die mich fünfzehn Jahre lang umgeben hatten, zu entfliehen.

Es war alles zusammen.

Das Verschwinden von Frankie.

Die ständigen Besuche der Grauen.

Der Inhalt dessen, was uns beigebracht wurde.

Wir stünden außerhalb der Gesellschaft, hieß es, und über den Gesetzen. Es gebe keine andere Weisung, so schärfte man uns ein, auf die wir zu achten hätten, als auf die des Ordens, und keiner anderen Stimme sollten wir gehorchen als seiner.

Moral und Gesetz nach menschlichen Maßstäben existierten nicht innerhalb des Ordens. Alles war dem großen Ziel unterworfen und dieses Ziel lautete: Kontrolle.

Absolute Kontrolle!

Das ständige Wiederholen dieser Parolen, der beständige Drill, der einer Gehirnwäsche gleichkam … Irgendwann hielt ich es nicht mehr aus und ergriff die Flucht. Wäre ich länger geblieben, wäre ich irgendwann geworden wie sie, und das wollte ich nicht.

Also floh ich.

Und bezahlte den Preis dafür …

Unbekannter Ort
Später ...

»Dr. Lessing? Können Sie mich hören?«

Alexandra schwamm im Ozean des Vergessens. Die Stimme, die wie aus weiter Ferne an ihr Ohr drang, überhörte sie – so lange, bis sie sich nicht mehr überhören ließ.

»Dr. Lessing, wachen Sie auf! Kommen Sie zu sich!«

Alex wollte nicht erwachen. In ihren Träumen hatte sie sich beschützt und behütet gefühlt, hatte nichts gewusst von all den schrecklichen Dingen, die über sie hereingebrochen waren. Krampfhaft schüttelte sie den Kopf, weigerte sich, die Augen zu öffnen und das Meer des Vergessens zu verlassen.

»Sie müssen aufwachen«, beharrte die Stimme, die alt klang und autoritär – und die auf Deutsch mit ihr redete. Geräusche drangen von fern an ihr Ohr: vorbeifahrende Autos, ein Hubschrauber, ein Martinshorn.

Ob es daran lag oder an der plötzlichen Übelkeit, die sie befiel und ihr unmissverständlich klarmachte, dass der Zustand süßer Ahnungslosigkeit endgültig vorüber war, wusste Alex schon einen Augenblick später nicht mehr zu sagen, doch es war ihr, als würde eine kalte eiserne Hand sie packen und mit Gewalt aus dem Traum reißen, der sie wie eine schützende Blase umgeben hatte, zurück in die raue Wirklichkeit.

Ein strenger, beißender Geruch stieg in ihre Nase. Sie schlug die Augen auf und blinzelte in grelles Licht – und angesichts der Umgebung, die vor ihren tränenden Augen Konturen annahm, kam ihr jene Wirklichkeit, an die sie sich zu erinnern glaubte, plötzlich irreal und fremd vor.

Sie befand sich in einem Zimmer, dessen einziges Fenster aus Milchglas war, sodass man nicht nach draußen blicken konnte. Auf dem weißen Glas zeichneten sich jedoch die Schatten von Gitterstäben ab, was Alex' inneren Alarm zum Schrillen brachte. Sie blickte an sich hinab und stellte fest, dass sie in einem Krankenbett lag, mit einem formlosen blauen Hemd bekleidet. Abrupt wollte sie sich aufsetzen, doch etwas hinderte sie daran – lederne Fesseln, die um ihre Hand- und Fußgelenke geschlungen waren.

»Was soll das?«, hörte sie sich selbst keifen, dass es von der hohen Zimmerdecke widerhallte. »Binden Sie mich los – sofort!«

»Dr. Lessing ...«

»Was soll das? Wieso haben Sie mich gefesselt?«

»Zu Ihrem eigenen Schutz«, versicherte die ebenso alte wie respektgebietende Stimme. »Wenn Sie mir einen Augenblick zuhören würden ...«

Gehetzt blickte sich Alex nach dem Sprecher um und sah eine Gestalt im Doktorenkittel, die am Kopfende des Bettes stand. Es war ein hagerer Mann mit grauem, schütterem Haar, dessen Alter Alex auf über achtzig schätzte. Seine Haltung war dennoch aufrecht, der Blick, den er durch die Gläser seiner Brille sandte, ebenso streng wie entschlossen.

»Wer sind Sie?«, fuhr sie ihn an. »Wo bin ich hier? Verdammt noch mal, sagen Sie mir, was los ist!«

»Es ist alles gut«, versuchte sie der Alte zu beruhigen. »Sie befinden sich in Sicherheit. Sie brauchen sich keine Sorgen zu machen.«

»So? Und warum bin ich dann gefesselt?«

»Wie ich schon sagte – zu Ihrem eigenen Schutz. Ich habe diese Maßnahme angeordnet, damit Sie sich nicht selbst Schaden zufügen.«

»Wer sind Sie, verdammt noch mal?«

»Professor Arnulf Frank«, erwiderte der andere. »Ich bin Ihr behandelnder Arzt.«

»Mein behandelnder ...?« Alex schaute sich um. Erst allmählich dämmerte ihr, dass sie sich in einem Krankenhaus befand. »Was ist geschehen?«

»Sie wurden eingeliefert, Dr. Lessing«, gab Frank zur Antwort. »Vor zwei Wochen.«

»Vor … zwei Wochen?« Auf einmal schrie sie nicht mehr. Die Antwort des Professors hatte ihr einen kleinen Schock versetzt. Nach ihrem Zeitempfinden waren höchstens ein paar Stunden vergangen, seit sie … ja, seit was eigentlich?

Sie erinnerte sich an ein paar verschwommene Eindrücke. An weiße Grabsteine und ein Gesicht ohne Augen. Daran, dass sie in wilder Panik geflohen war – und an die Ambulanz, die sie aufgegriffen hatte …

»Ich wurde ins Krankenhaus gebracht«, folgerte sie.

»Das stimmt.«

»Woher können Sie so gut Deutsch?«

»Wie bitte?«

»Ich möchte wissen, woher Sie so gut Deutsch können. Sind Sie Deutscher?«

Frank nickte. »Ich bin in Dresden geboren, meine Eltern stammten aus Thüringen …«

»Und jetzt sind Sie hier in den Staaten?«

»In den Staaten?« Das faltige Gesicht des Professors drückte Unverständnis aus.

»Dies hier ist Washington D. C., oder?«

Der Arzt biss sich auf die Lippen, ließ sich mit der Antwort Zeit. »Was bringt Sie auf diesen Gedanken?«, wollte er dann wissen.

»Was mich auf diesen Gedanken bringt?« Sie lachte auf. »Kommen Sie, Professor, ich weiß, wo ich bin, in Ordnung? Ich bin in ein Flugzeug gestiegen und über den Atlantik geflogen. Ich war zuerst in Boston, dann in Maine, in New York und schließlich in Washington und …«

»Dr. Lessing …«

»Was ist? Was soll dieser seltsame Blick?«

»Es gibt einige Dinge, über die wir reden müssen, Dr. Lessing«, sagte der Arzt. »Diese Reise in die Vereinigten Staaten …«

»Was ist mit ihr?«

»Nun ... ich denke nicht, dass sie jemals stattgefunden hat.«

»Was?« Alex glaubte, nicht recht zu hören.

»Dr. Lessing, Sie befinden sich hier weder in New York noch in Washington D.C., sondern in München. Auch wenn es Ihnen schwerfällt, das zu glauben – Sie haben Deutschland nie verlassen ...«

»Nein ...«, kam es leise über Alex' Lippen. Das Wort klang wie ein Hauch.

»Ich weiß, dass das für Sie nicht leicht zu verstehen ist, aber Sie müssen mir glauben, andernfalls werden Sie nie mehr ganz in die Realität zurückfinden. Als Sie eingeliefert wurden, befanden Sie sich in einem Schockzustand, den wir als Katalyxie bezeichnen. Sie waren noch wach, aber nicht mehr ansprechbar. Ich nehme an, dass ein traumatisches Erlebnis die Ursache dafür war.«

»Was ... was ... was für ein traumatisches Erlebnis?«, stammelte sie.

»Ich weiß es nicht, Dr. Lessing – ehrlich gesagt hatte ich gehofft, dass Sie uns bei der Beantwortung dieser Frage helfen könnten, sobald Sie wieder zu sich kommen und ansprechbar sind. Und ebenso Hauptkommissar Martin Lorenz und seine Kollegin Katja Gerster vom Landeskriminalamt.«

»Lorenz? Gerster? Das LKA?« Alex runzelte die Stirn. Die Namen kamen ihr bekannt vor, klangen in ihrem Kopf nach wie Echos aus der Vergangenheit, aber sie weckten keine konkrete Erinnerung.

»Ich war in Washington«, beharrte sie, während sie verzweifelt versuchte, sich genauer zu erinnern. »Auf einem großen Friedhof ... Arlington, nehme ich an. Und da war jemand, der mich verfolgte ... ein Mann ohne Gesicht ...«

»Ein Maskierter«, interpretierte Frank ihre Worte. »Möglicherweise hat Kommissar Lorenz recht.«

»Womit?«

»Das wird er Ihnen sicher bald persönlich sagen können.«

»Ich will es aber *jetzt* wissen!«, beharrte Alex. »Womit hat er möglicherweise recht?«

Der Professor seufzte. »Nun – damit, dass Sie möglicherweise in diesen Vorfall im Olympiapark verwickelt sein könnten.«

»Welchen Vorfall?«

»Vor zwei Wochen wurde am Mahnmal die Leiche eines jungen Wissenschaftlers der LMU aufgefunden. Der Mann wurde ermordet.«

»Ein ... junger Wissenschaftler?«, wiederholte Alex, die sich in diesem Moment an einige Details erinnerte. »War sein Name ... Manhart? Peter Manhart?«

Frank schürzte die Lippen. »Ich denke, Sie sollten diese Unterhaltung mit der Polizei führen. Meine Aufgabe ist es, dafür zu sorgen, dass Sie wieder gesund werden. Und das können Sie nur, wenn Sie mir unbedingt vertrauen. Wenn Sie es nicht schaffen, sich von Ihren Wahnvorstellungen zu lösen, kann ich nicht garantieren, dass Sie ...«

»Einen Moment, Professor!«, hakte Alex ein, in deren dröhnendem Schädel sich die Gedanken jagten. »Soll das bedeuten, dass ... dass ich die letzten beiden Wochen hier gewesen bin? Die ganze Zeit, die während dieses ... Vorfalls verstrichen ist?«

»Natürlich.«

»Und alles andere? Meine Flucht vor der Polizei, die Reise in die Staaten, meine Recherchen in New York, die Anderen, jene Nacht in Washington ...«

»Ich weiß nicht, was das alles bedeuten soll«, entgegnete der Arzt achselzuckend. »Tatsache ist, dass Sie hier in schwerem Schockzustand eingeliefert wurden und völlig weggetreten waren.«

»Soll das heißen ...« Alex zögerte, wagte kaum, es auszusprechen. »... ich hätte mir das alles nur ... *eingebildet?*«

»Sicher nicht alles – möglicherweise hat Ihr Gehirn auch auf alte Erinnerungen zurückgegriffen. Im Schockzustand kommt es häufig zu Rückkopplungen im menschlichen Bewusstsein. Wir bezeichnen diese als ...«

»Professor«, unterbrach ihn Alex, »ich will keinen wissenschaftlichen Vortrag. Ich will nur eins wissen: Habe ich mir das alles eingebildet – ja oder nein?«

»Diese Frage sollten Sie sich selbst beantworten.«

»Was heißt das?«

»Träume zeichnen sich ebenso wie Wahnvorstellungen dadurch aus, dass ihre Wurzeln zwar in der Realität liegen, jedoch nicht ihre konkrete Ausformung haben. Dadurch unterscheiden sie sich von der Realität. Fragen Sie sich also selbst, was Ihnen widerfahren ist. Hält es der Konfrontation mit der Wirklichkeit stand? Ich habe Patienten erlebt, die mir von Begegnungen mit grünen Männchen berichtet haben. Andere wollten sich selbst in einem früheren Leben begegnet sein. Interessant und faszinierend zweifellos – aber all dies waren Folgen einer mentalen Überbeanspruchung, auf die das Gehirn reagieren musste, um sich selbst zu schützen. Was immer Sie erlebt haben oder erlebt zu haben glauben – es hat Ihnen dabei geholfen, das Trauma zu überwinden.«

»Das Trauma zu überwinden ...«, wiederholte Alex nachdenklich.

Sie erinnerte sich an die Nacht, in der Peter Manhart ermordet worden war. Sollte sie in dieser Nacht einen solchen Schock erlitten haben, dass sie sich alles, was später folgte, nur eingebildet hatte? War sie neben seiner Leiche zusammengebrochen und in einen Zustand völliger geistiger Umnachtung gefallen? Je länger sie wach war, desto deutlicher wurde ihre Erinnerung – und wenn sie ehrlich war, hielt nichts davon der Konfrontation mit der Realität stand ...

Eine düstere Weltverschwörung …

Ein Orden von Unsichtbaren …

Killer, die hinter ihr her waren …

»Ihrem Gesichtsausdruck entnehme ich, dass Sie anfangen nachzudenken«, stellte Frank fest.

Alex sah den Arzt aus großen Augen an und sagte: »Ich kann einfach nicht glauben, dass alles, was ich in den letzten Wochen erlebt habe, Hirngespinste gewesen sein sollen.«

»Das wäre zu viel gesagt. Wie ich Ihnen vorhin schon zu erklären versuchte, waren es abstrakte Ausformungen einer konkreten Bedrohung. Metaphern, derer sich Ihr Bewusstsein bedient hat, um zu bewältigen, was geschehen ist. Verstehen Sie, was ich damit meine?«

»Ich … ich denke schon«, antwortete Alex, denn je länger sie darüber nachdachte, desto plausibler wurde ihr der Gedanke: Fast alles, was sie erlebt hatte, ließ sich nur allzu leicht psychologisch erklären, und Sigmund Freud hätte sie vermutlich als Paradefall bezeichnet. Die Unsichtbaren standen für die Bedrohung durch den geheimnisvollen Anrufer und Entführer, der für sie ja ein Schatten geblieben war, eine Stimme im Nichts. Ihre Beziehung zu Jan Bonic und seine Ermordung durch einen Unsichtbaren war eine Wiederholung dessen, was Peter Manhart widerfahren war; auch er hatte sie geliebt, ohne von ihr geliebt zu werden, und auch als er getötet worden war, hatte Alex starke Schuldgefühle empfunden und sich dafür verantwortlich gefühlt. Die Suche nach Informationen in geheimen Bunkeranlagen war ein Symbol für ihre Suche nach Fakten und Beweisen als Wissenschaftlerin. Die weltweite Verschwörung durch den Orden entstammte ihrer Theorie, dass es einfach keine historische Wahrheit gab, der man bedingungslos trauen durfte. Da sie zuvor das Logbuch eines U-Boots auf einer Mission im Zweiten Weltkrieg gelesen hatte und davon außerordentlich gefesselt und mitgerissen gewesen war, war es nicht verwunderlich, dass in ihren Fantasien auch das Pentagon, Soldaten und ein Heldenfriedhof auftauchten. Und natürlich hatte ihr in ihrer Wahnvorstellung niemand glauben wollen, als sie von Unsichtbaren und einer Weltverschwörung erzählte – ihre Studenten kauften ihr ja ihre wissenschaftlichen Theorien auch nicht ab.

Sollte es tatsächlich so sein?

Ein Teil von Alex war bereit, es zu glauben – vielleicht auch deshalb, weil sie es glauben *wollte*. Immer wieder hatte sie in den letzten Wochen den Wunsch verspürt, in ihr altes behütetes Leben zurückzukehren. Nun, da dieser Wunsch Wirklichkeit geworden war, wollte sie da wirklich zweifeln?

»Sie benutzen Ihren Verstand und das ist gut«, stellte der Professor zufrieden fest.

»Sagen Sie, bin ich verrückt?«, fragte Alex leise.

»Durchaus nicht. Sie haben nur eine Menge durchgemacht. Aber wir werden das alles gemeinsam aufarbeiten. Sie werden mir alles berichten – alles, ohne Ausnahme, verstehen Sie? –, und ich werde Ihnen Zug um Zug helfen, es zu vergessen und wieder ein normales Leben zu führen. Was auch immer hinter Ihnen liegt, Alexandra, und was auch immer Sie erlebt zu haben glauben – es ist vorbei. Wenn Sie diese Tatsache akzeptieren, kann und werde ich Ihnen helfen.«

»Danke, Professor«, sagte sie und entspannte sich ein wenig. Sie brachte sogar ein Lächeln zustande.

»Schon gut.« Frank nickte. »Ich denke, dass wir die hier nicht mehr brauchen …« Er beugte sich zu ihr hinab und löste die Lederschlingen an ihren Hand- und Fußgelenken, sodass sie sich wieder frei bewegen konnte.

»Kann ich … auf die Toilette?«, fragte sie.

»Bitte.« Er trat einen Schritt zur Seite und gab damit den Blick auf die Tür zum Badezimmer frei.

Langsam erhob sich Alex vom Bett und setzte ihre nackten Füße auf den kalten Boden. Noch immer war sie benommen, fühlte sich matt und abgeschlagen und unendlich müde. Kein Wunder bei allem, was sie durchgemacht hatte – auch wenn es nur ein Traum gewesen war, ein Zerrbild der Wirklichkeit …

Der Professor half ihr beim Aufstehen. Auf unsicheren, wackeligen Beinen schaffte sie es, einige Schritte zu gehen, hinüber zur Toilettentür. Sie verspürte nicht wirklich ein Bedürfnis, sie wollte nur einen Augenblick allein sein. Allein mit den Gedanken, die sich in ihrem Kopf drehten wie ein Karussell …

»Brauchen Sie Hilfe?«, erkundigte sich der Arzt. »Soll ich die Schwester rufen?«

»Nein danke, nicht nötig.« Sie rang sich erneut ein Lächeln ab. »Ich muss lernen, mich in der wirklichen Welt wieder zurechtzufinden, nicht wahr?«

»Allerdings.«

Sie nickte, drückte die Klinke und betrat das kleine Badezimmer, das mit einer Waschgelegenheit und einer Toilette ausgestattet war. Sie trat vor den Spiegel und warf einen Blick hinein. Sie erschrak ein wenig. Ihr Gesicht war leichenblass und sie hatte dunkle Ränder unter den Augen. Auch kam es ihr vor, als wären ihre Pupillen geweitet, aber das mochte auch an ihrem übermüdeten Zustand liegen. Sie drehte den Wasserhahn auf und wusch sich das Gesicht, als könnte sie so ein wenig mehr Klarheit in ihre Gedanken bringen und …

In diesem Augenblick roch sie es!

Chlor …

Jener Stoff, den man Trinkwasser präventiv zusetzt, um Verunreinigungen auszuschließen – allerdings nicht in München, wo die städtische Wasserversorgung zum großen Teil auf natürliche Reservoirs zurückgreifen kann …

Noch einmal schaufelte sich Alex Wasser ins Gesicht,

weniger, um den bösen Verdacht zu bestätigen, der sie überkam, als um sich vollends zu Bewusstsein zu bringen und die Schatten der Vergangenheit loszuwerden. Aber der strenge Chlorgeruch blieb – und die Erkenntnis traf Alex wie ein Hammerschlag!

Sie war nicht in Deutschland, sondern befand sich noch immer in den Vereinigten Staaten!

Das Waschbecken, die Mischbatterie, die Toilette und sogar die Spülung darin mochten aussehen wie zu Hause. Aber dass sich das Wasser in den Staaten in Geruch und Geschmack deutlich von dem unterschied, was zu Hause aus der Leitung kam, war etwas, das Alex schon als kleines Mädchen festgestellt hatte, als sie ihren Vater zum ersten Mal in dessen Heimat begleitet hatte.

Das ließ nur einen Schluss zu.

Sie hatte nicht geträumt!

Es war genau andersherum.

Die Verschwörung, die Unsichtbaren, die Anderen – das war Realität. All dies um sie herum jedoch war in Wahrheit nichts als eine Illusion, eine raffinierte Täuschung …

Auf noch immer zittrigen Beinen trat sie vom Spiegel zurück. Sie stand noch unter dem Schock dieser neuen Erkenntnis und hatte keine Ahnung, was sie nun unternehmen wollte, trotzdem verließ sie das Badezimmer und kehrte zu Professor Frank zurück, der sie mit mildem Lächeln erwartete.

»Wer sind Sie?«, wollte sie wissen.

»Wie bitte?«

»Ich fragte, wer Sie sind!«

»Nun, das sagte ich Ihnen doch, oder nicht? Ich bin Professor Arnulf Frank, Ihr behandelnder Arzt.«

»Und wenn ich Ihnen nicht glaube?«

»Warum sollten Sie mir nicht glauben?«

»Veilleicht, weil mir plötzlich Zweifel gekommen sind«, entgegnete Alexandra, während sie sich langsam rückwärtsgehend in Richtung Zimmertür bewegte. »Möglicherweise haben Sie mir ja nicht die Wahrheit gesagt. Vielleicht habe ich mir ja doch nicht alles eingebildet.«

»Dr. Lessing ...« Frank zeigte ihr ein nachsichtiges Lächeln. »Es ist völlig normal, dass Sie zweifeln. Was Sie in Ihrer Wahnattacke erlebt haben, kommt Ihnen wie die Realität vor, also wird Ihr Bewusstsein noch eine Weile lang versuchen, daran festzuhalten – was nichts daran ändert, dass es nicht real war!«

»Ich befinde mich also zu Hause in Deutschland.«

»Natürlich.«

»Dann ist dort draußen« – sie deutete hinter sich auf die Tür – »ein Korridor, nehme ich an ...«

»Was sonst?«

»... ein Korridor mit Fenstern, durch die man eine deutsche Stadt sehen kann, richtig?«

Frank hob die ergrauten Brauen. »Wieso fragen Sie?«

»Nun«, meinte Alex, »wenn es so ist, werden Sie sicher nichts dagegen haben, wenn ich einen Blick nach draußen werfe.«

»Ich bedaure«, erwiderte der Professor, »das kann ich nicht zulassen.«

»Und warum nicht?«

»Weil es noch zu früh für Sie wäre. Sie müssen noch verarbeiten, was Sie während Ihrer geistigen Abwesenheit zu sehen geglaubt haben, was Sie während Ihres Wahnzustands geglaubt haben, zu erleben. Wenn Sie sich zu früh mit der umgebenden Wirklichkeit konfrontieren, kann ich bleibende psychische Schäden nicht ausschließen.«

»Bleibende psychische Schäden, was?« Sie lachte auf. »Wissen Sie was, Professor? Ich denke, Sie sind ein verdammter Lügner.«

»Was?«

»Diese Sache stinkt zum Himmel. Haben Sie wirklich

geglaubt, Sie könnten mir einreden, dass ich mir alles nur eingebildet habe?«

»Ihr Unterbewusstsein versucht, an der Illusion festzuhalten«, erklärte Frank, noch immer lächelnd. »Das ist normal – aber Sie dürfen dem keinesfalls nachgeben.«

»Weil sonst was geschieht?«

»Sie laufen Gefahr, für immer in Ihrem Trauma zu verharren. Es ist ein gefährlicher Pfad, den Sie beschreiten ...«

Alex schaute ihm prüfend ins Gesicht.

Hatte der Professor vielleicht doch recht? Wollte sie ihre geistige Gesundheit abhängig machen von etwas, das vielleicht nur ein dummer Zufall war? Vielleicht hatte sie sich den Chlorgeruch des Wassers nur wieder eingebildet, weil ihr Unterbewusstsein an ihrer Wahnvorstellung festhalten wollte. Hatte sie nicht eben, nach dem Erwachen, ein Martinshorn gehört? US-Polizeiwagen haben keine Martinshörner!

In Alex stiegen wieder Zweifel auf, aber ihr war klar, dass sie durch bloße Überlegung keine Antwort erhalten würde, denn ihre Gedanken drehten sich im Kreis. Eine Entscheidung musste getroffen werden, auf der Stelle!

»Verraten Sie mir eins, Professor«, fragte sie lauernd und wechselte dabei nahtlos ins Englische. »Wenn wir uns hier in Deutschland befinden, wieso riecht und schmeckt das Wasser im Waschraum dann genau wie in den Staaten?«

Eine Sekunde lang stand Frank wie versteinert. Das Lächeln bröckelte aus seinen faltigen Zügen, die sich auf einmal puterrot verfärbten. »Tun Sie das nicht, Alexandra«, sagte er beschwörend auf Deutsch. »Wenn Sie nicht damit aufhören, gibt es kein Zurück für Sie.«

»Das Risiko muss ich wohl eingehen«, entgegnete sie grimmig – und obwohl sie sich in ihrem geschwächten Zustand kaum auf den Beinen halten konnte, unternahm sie einen Ausbruchsversuch.

Sie wirbelte herum, streckte die Hand nach der Türklinke

aus – doch der Professor war schneller, bekam sie an ihrem Krankenhaushemd zu fassen, und Alex wurde jäh zurückgerissen und prallte mit Frank zusammen.

In ausgeruhtem Zustand wäre Alex dem älteren Mann an Schnelligkeit und wohl auch an Kraft überlegen gewesen. So jedoch hatte sie Mühe, sich seinem Griff zu entwinden. Mit geballten Fäusten schlug sie wild um sich und erwischte ihn im Gesicht, worauf er ein Stöhnen von sich gab. Alex nutzte die Gunst des Augenblicks, um sich vollends loszureißen. Sie wollte weg, aber erneut bekam ihr Häscher sie am Kragen ihres Hemdes zu fassen.

Der glatte blaue Stoff zerriss mit hässlichem Ratschen und nackte Haut kam darunter zum Vorschein. Wie eine Schlange legte sich Franks linker Arm um Alex' Hals und würgte sie, in der anderen Hand hielt der Professor plötzlich eine Spritze.

»Das wird Sie ruhig stellen, Sie kleines Miststück!«, stieß er hervor und sprach auf einmal ebenfalls Englisch, das er akzentfrei beherrschte.

Er rammte ihr die Injektionsnadel in den Oberarm.

»Nein!«, schrie Alex, aber sie konnte nichts mehr ausrichten. Sie spürte den stechenden Schmerz, glaubte zu fühlen, wie das Serum – was immer es war – in ihre Blutbahn gelangte und sich in ihrem Körper ausbreitete. »Elender ... *Bastard!*«

Indem sie all ihre verbliebene Kraft zusammennahm, schlug sie mit dem linken Ellbogen zu. Der Stoß war nicht gezielt gewesen, aber sie traf ihn dort, wo es bei einem Mann höllisch weh tut. Der Professor stöhnte auf, rang nach Atem und ließ sein Opfer augenblicklich los. Alex war frei.

Sie wankte zur Tür und drückte die Klinke nach unten. Die Tür war nicht abgeschlossen, was sie doch ein wenig erstaunte, und sie platzte nach draußen. Wenn sie jedoch erwartet hatte, sich auf einem Krankenhauskorridor wiederzufinden, so hatte sie sich gründlich geirrt, denn weder befand sie sich auf einem Korridor noch in einem Krankenhaus.

Stattdessen fand sie sich in einer Art Lagerhalle wieder, in der allerlei Gerätschaften umherstanden: Kamerawagen, Kräne, Scheinwerfer – Dinge, die beim Film Verwendung fanden.

Alex fuhr herum und sah, dass das angebliche Krankenzimmer nur eine Kulisse war: ein abgeschlossener Kasten, den man inmitten der Halle errichtet hatte und dessen Außenwände aus verstärktem Sperrholz bestanden. Ein Scheinwerfer simulierte das Sonnenlicht, das durch das vergitterte Fenster fiel, aus einem Lautsprecher drangen die Verkehrsgeräusche, die Alex gehört hatte.

»Das ... das glaub ich einfach nicht«, entfuhr es ihr verblüfft, während sie benommen hin und her wankte und Mühe hatte, sich noch auf den Beinen zu halten. Das Serum, das Frank ihr verabreicht hatte, zeigte Wirkung – zweifellos ein Sedativ.

Ringsum auf den Stegen, die unterhalb der hohen Hallendecke verliefen, sah sie dunkle Gestalten, die auf sie herabblickten. Sie hörte, dass Befehle gebrüllt wurden, verstand sie jedoch nicht. Mit verschwimmendem Blick sah sie den Professor durch die Tür kriechen, die Züge schmerzverzerrt. Auch er brüllte etwas, und Alex begriff, dass sie fliehen musste.

Sie wollte sich umdrehen und davonlaufen. Stattdessen drehte sich auf einmal die ganze Halle um sie. Dunkle Schatten tauchten aus dem Hintergrund auf, und im nächsten Augenblick sah sich Alex von schwarz gekleideten Männern umringt, deren Gesichter von Sturmhauben bedeckt waren und die sie mit Maschinenpistolen bedrohten.

Alex konnte nicht anders und musste lachen.

Es war ein hysterisches, verzweifeltes Lachen.

Die Kerle sahen genau so aus wie jene Killer, vor denen sie in München geflohen und denen sie nur mit knapper Not entwischt war. All die Strapazen waren offensichtlich umsonst gewesen, denn letztlich hatte sie ihren Häschern doch nicht entkommen können.

Realität und Traumwelt berührten sich, und mit einem Mal wusste sie nicht mehr, ob all das wirklich geschah oder nicht. Vielleicht, sagte sie sich, hatte sie erneut die Besinnung verloren und ihr Unterbewusstsein spielte ihr wieder einen Streich. Sie starrte die Vermummten an, deren Waffenmündungen auf sie gerichtet waren, doch dann zuckten die Kerle plötzlich auseinander, als ob auf einmal etwas zwischen sie gefahren wäre. Etwas, das man nicht sehen konnte …

Alex sah, wie das Gesicht eines der Killer plötzlich und ruckartig nach hinten gedreht wurde – es knackte, dann hing der Kopf des Mannes in groteskem Winkel auf seinen Schultern. Er selbst fiel zu Boden, nicht aber seine MPi, die plötzlich herumgerissen wurde und loshämmerte.

Chaos brach aus, Menschen schrien in Panik und Schmerz und starben unter Einwirkung brutaler Gewalt. Doch Alexandra war es egal. Sie begriff nicht, was um sie herum geschah, und sie wollte es auch nicht begreifen. Eine völlige Gleichgültigkeit, wie Alex sie noch nie in ihrem Leben verspürt hatte, hatte von ihr Besitz ergriffen. Ihr Blick trübte sich, ihre Beine gaben unter ihr nach und hart schlug sie auf den Boden.

Das Letzte, was sie spürte, war, wie jemand sie packte und hochhob.

Dann war da nichts mehr …

23.

»… hat unterdessen, ungeachtet der erbitterten Proteste, die sich längst nicht mehr auf Manhattan beschränken, sondern sich auch auf Brooklyn, Queens und andere Stadtteile New York Citys ausgeweitet haben, der Weltgipfel begonnen.

Heute Morgen trafen bereits die britische und die russische Delegation in New York ein, die Regierungschefs Frankreichs und Deutschlands erwartet man gegen Mittag und im Laufe des Nachmittags werden die Vertreter der übrigen geladenen Nationen auf dem John F. Kennedy International Airport landen. Für den Abend geplant ist zunächst ein Empfang durch den Präsidenten der Vereinigten Staaten, ehe am morgigen Tag im Hauptquartier der Vereinten Nationen unter dem Vorsitz des UN-Generalsekretärs der eigentliche Gipfel beginnt. Die Erwartungen sind hoch: Wird es gelingen, das Armutsgefälle zwischen den Industrienationen und den Drittweltstaaten abzubauen und die Welt dadurch gerechter und friedlicher werden zu lassen?

Die zahlreichen Proteste, zu denen Globalisierungsgegner und Bürgerinitiativen aufgerufen haben, lassen erkennen, dass viele Menschen eher geneigt sind, diese Frage mit einem klaren Nein zu beantworten …«

Ren Kennick für GBC News-TV

Unbekannter Ort
Unbekannte Zeit

Diesmal war das Erwachen anders.

Alex fand sich in einer Art Koje liegend, und die Luft um sie herum war nicht durchsetzt von Desinfektionsmittel, sondern roch nach Metall.

Sie blinzelte und wartete, bis sich ihre Augen an das Halbdunkel gewöhnt hatten. Die Kammer, in der sie sich befand, maß allenfalls zwei Quadratmeter, und die einzige Einrichtung bestand neben der Schlafnische aus einem einfachen Tisch und einem dazugehörigen Stuhl.

Wo war sie?

Sie spürte, dass Boden und Wände leicht bebten, und aus der Ferne hörte sie ein leises Wummern. Ein Generator?

Sie schlug die Wolldecke zurück und stellte fest, dass sie bekleidet war, mit einem schwarzen T-Shirt und einer tarnfarbenen Militärhose mit aufgesetzten Taschen. Nicht gerade ihr bevorzugter Look, aber immerhin praktisch. Allerdings beantwortete das noch nicht die Frage, wo sie sich befand …

Vorsichtig schwang sie sich aus der Koje. In ihrem Schädel hämmerte es, als wollte er zerspringen. Ein wenig verschwommen erinnerte sie sich – an das Krankenhauszimmer, das keines war, und an den Arzt, der wohl ebenfalls keiner gewesen war. Er hatte ihr weismachen wollen, dass sie sich alles nur eingebildet hatte. Sie hatte Verdacht geschöpft und war geflohen, und undeutlich konnte sie sich entsinnen, dass sie Hilfe erhalten hatte. Unsichtbare Hilfe …

Vor der Koje standen schwarze Schnürschuhe. Ungeachtet der heftigen Kopfschmerzen zog sie sie an, wunderte sich, dass sie genau ihre Größe hatten, und schnürte sie zu.

Dann stand sie auf. Den kleinen Tisch als Stütze nutzend, gelang es ihr, sich aufrecht zu halten. Einen Augenblick lang schien sich alles um sie herum zu drehen, dann wurde es besser. Ihr Blick fokussierte sich und auch die Kopfschmerzen ließen nach.

Entschlossen trat Alex auf das Schott zu, das die schmale Tür der Kammer verschloss, und drückte auf den in die Wand eingelassenen Knopf. Zischend glitt das Schott zur Seite und gab den Zugang zu einem schmalen Gang frei, dessen Wände aus nacktem schroffem Fels bestanden. Stahlträger stützten die Decke, unter der Kabel und Leitungen verliefen.

Nur von einer Seite des Stollens drang Licht, also entschied sich Alex für diese Richtung. Sich an der Felswand abstützend, folgte sie dem Gang, um einige Augenblicke später in eine etwa fünfzehn Meter durchmessende kreisrunde Höhle zu treten, die wie der Stollen von Stahlträgern abgestützt wurde. Plasmabildschirme hingen reihum an den rauen Wänden, ihr blaues Leuchten war die einzige Lichtquelle.

Für bloße Augen schien der Raum verlassen, aber Alex nahm an, dass dieser Eindruck täuschte …

»Hallo?«, sagte sie und musste sich räuspern, um lauter sprechen zu können. »Ist da jemand?«

»Ich bin hier!«, antwortete eine tiefe Stimme, die seltsam mechanisch klang und von allen Seiten gleichzeitig zu kommen schien. Verwirrt drehte sich Alex um ihre Achse.

»Bemühen Sie sich nicht, Dr. Lessing. Sie können mich nicht sehen. Nicht einmal, wenn Sie eine Spezialbrille trügen.«

»Warum nicht? Wo sind Sie?«

»Nicht hier«, lautete die lapidare Antwort, und Alex begriff: Die Stimme drang aus den Lautsprechern der Bildschirme …

»Und wo befinde ich mich hier?«, wollte Alex wissen. »Was ist das für ein Ort?«

»Ein streng geheimer Ort. Ein Ort, von dem nur wenige wissen, und an den noch weniger gelangen.«

»Verstehe«, meinte Alex, obwohl sie in Wahrheit keine Ahnung hatte, wovon der Kerl sprach. »Und wer sind Sie, wenn es erlaubt ist zu fragen?«

»Mein wirklicher Name interessiert Sie sicherlich nicht. Genannt werde ich Oberon. Ich bin der Anführer derjenigen, die Sie als ›Die Anderen‹ kennen.«

»Der Anführer der Anderen?«, fragte Alex überrascht. »Ich dachte, Commander Harker ...«

»Die Frau, die sich den Namen Mina Harker gegeben hat, ist eine tapfere und qualifizierte Kommandantin. Aber sie ist nur eine von vielen Untergebenen.«

»Aha«, sagte Alex, der in diesem Moment zu dämmern begann, dass die Anderen kein so verstreutes, unorganisiertes Häufchen waren, wie sie bislang vermutet hatte ...

»Wie fühlen Sie sich?«, wollte Oberon wissen.

»Es geht«, antwortete Alex.

»Haben Sie noch Beschwerden?«

»Nur noch ein wenig Kopfschmerzen. Und ich bin noch etwas wackelig auf den Beinen.«

»Das wird sich geben. Das Sedativum, das man Ihnen verabreicht hat, war sehr stark. Eine noch etwas höhere Dosis, und Sie wären nie wieder aufgewacht.«

»Das war nicht deren Absicht«, war Alex überzeugt. »Die wollten Informationen von mir. Haben mir vorgegaukelt, alles hätte nur in meiner Einbildung stattgefunden.«

»Täuschen und Tarnen ist die Spezialität des Ordens«, stellte Oberon fest. »Ismael hat es Ihnen gesagt, nicht wahr?«

»Das hat er«, sagte Alex. »Wo ist er? Geht es ihm gut?«

»Warum fragen Sie?«

»Ich mache mir große Sorgen um ihn.«

»Nachdem Sie ihn verraten haben?« Oberons mechanisch klingende Stimme veränderte nicht ihre Farbe. Es war kein Vorwurf, nur eine Frage.

»Ich war verwirrt«, brachte Alex dennoch zu ihrer Verteidigung hervor, »und ich war entsetzt. Ismael hat meinen Freund ermordet.«

»Er war nicht Ihr Freund. Das Individuum, das Sie als Jan Bonic kannten, hatte viele Menschenleben auf dem Gewissen.«

»Ich weiß. Ismael sagte es mir.«

»Und? Haben Sie ihm nicht geglaubt?«

»Doch, aber …« Sie unterbrach sich, suchte nach den passenden Worten, ohne sie zu finden. »Hören Sie, was soll das?«, wechselte sie deshalb das Thema. »Warum bin ich hier?«

»Weil wir Sie aus den Klauen des Ordens befreit haben. Die Gründe dafür liegen auf der Hand.«

»Natürlich.« Alex nickte. »Ich wusste zu viel und hätte dem Orden wichtige Dinge verraten können, aber das habe ich nicht getan. Weder habe ich über das Ziel der Mission ein Wort verloren noch über die Lage von Observationsbasis Zero oder …«

»Dr. Lessing«, sagte Oberon nachsichtig, »OZ existiert nicht mehr.«

»Was?«

»Nach den Ereignissen in Washington habe ich unverzüglich die Zerstörung des Postens angeordnet. Nach allem, was vorgefallen war, mussten wir schließlich auch die Möglichkeit in Betracht ziehen, dass Sie zum Feind übergelaufen waren.«

»Das hatte ich nie vor!«, stellte Alex klar.

»Dennoch haben Sie uns und unsere Mission in große Gefahr gebracht. Aber das haben Sie sicherlich nicht bedacht, nicht wahr? Ihnen ging es darum, Ihr Gewissen rein zu halten. Sie wollten nicht Teil von etwas werden, das Sie nicht verstehen.«

»So ungefähr«, gab Alex zu – Oberon vermochte ihre Gedanken und Gefühle besser in Worte zu kleiden als sie selbst.

»Ismael hat Jan Bonic nicht umgebracht, weil er gerne tötet, Dr. Lessing, sondern weil sein Auftrag lautete, Sie zu beschützen. Und diesen Auftrag hatte ich ihm erteilt.«

»Wieso?«

»Weil Sie in diesem Spiel eine Rolle zu spielen haben.«

»Und was ist, wenn ich in diesem irrsinnigen Spiel nicht mehr mitmachen will?«, fragte Alex scharf. »Wer sagt mir, dass Ihre Seite die richtige ist? Wie kann ich die richtige Seite von der falschen unterscheiden?«

»Indem Sie auf Ihr Gewissen hören.«

»Mein Gewissen?« Alex lachte auf. »Dazu müsste ich zunächst einmal die Wahrheit kennen.«

»Fragen Sie mich, was Sie wissen möchten. Ich werde Ihnen antworten.«

»Auf all meine Fragen?«

»Soweit ich es vermag.«

»Na schön.« Alex, die sich ständig um ihre Achse drehte, weil sie nicht wusste, mit welchem der vielen Lautsprecher sie reden sollte, nickte entschlossen. »Ist es wahr, dass der Orden der Unsichtbaren nicht erst die letzten fünfzig Jahre besteht?«

»Allerdings. Sein unheilvolles Wirken reicht sehr viel weiter in die Vergangenheit.«

»Wie weit?«

»Das weiß niemand mit Bestimmtheit zu sagen. Immer wieder sind die Unsichtbaren aus dem Dunkel der Zeit aufgetaucht, um die Geschicke der Menschen zu lenken, aber niemals sind sie so mächtig gewesen wie in diesen Tagen. Früher gab es nur ein paar von ihnen und ihr Einfluss hat sich auf einzelne Länder und Regionen beschränkt. Heute streben sie nach der direkten Weltherrschaft, und sie sind kurz davor, dieses Ziel zu verwirklichen.«

»Aber woher sind sie einst gekommen?«, fragte Alex stirnrunzelnd. »Ich meine, irgendwo und irgendwann muss der Erste von ihnen doch aufgetaucht sein, nicht?«

»Auch das weiß niemand«, sagte Oberon. »Bei Ihren Fragen sollten Sie sich auf solche beschränken, die ich Ihnen beantworten kann.«

»Dann sagen Sie mir, wo ich bin.«

»In einer geheimen Basis der Anderen.«

»Die genaue Lage wollen Sie mir nicht verraten? Sie vertrauen mir nicht, oder?«

»*Quid pro quo*, meine Teure. Oder wollen Sie behaupten, dass Sie *mir* vertrauen?«

»Nein«, gab Alex zu. »Also weiter im Text: Haben Sie oder die Anderen jemals versucht, mich zu töten?«

»Nein. Sämtliche Anschläge auf Ihr Leben wurden vom Orden durchgeführt – auch wenn sie vermutlich nur dazu dienten, Sie in die Arme von Jan Bonic zu treiben, der Ihr Vertrauen gewinnen sollte.«

»Was ist mit dem Logbuch?«

»Wir haben es Ihnen zugespielt, um Sie auf uns aufmerksam zu machen. Leider hat der Orden davon Wind bekommen.«

»Aber der Orden behauptet, an dem Logbuch nicht interessiert zu sein.«

»Eine glatte Lüge«, behauptete Oberon. »Der Orden achtet eifersüchtig darauf, dass keine Beweise für seine Existenz oder die der Unsichtbaren an die Öffentlichkeit gelangen.«

»Der Agent, den ich in Arlington traf, behauptete das Gegenteil«, wandte Alex ein. »Nach seinen Angaben bringt der Orden absichtlich Gerüchte in Umlauf, um seine Existenz zu vertuschen.«

»Das ist wohl wahr – aber er würde dazu niemals tatsächliches Beweismaterial benutzen. Das Risiko, dass es jemandem wie Ihnen in die Hände fällt, ist zu groß.«

»Wieso?«, fragte Alex. »Was ist so Besonderes an mir?«

»Die meisten Menschen in der sichtbaren Welt«, antwortete Oberon, »leben entweder in so bitterer Armut, dass sie sich für solche Dinge nicht interessieren, oder sie sind dafür zu satt und zu selbstzufrieden. Nur wenige von ihnen verspüren noch jenen Hunger nach Wahrheit, der vorangegangene Generationen angetrieben hat. Auch das ist ein Ergebnis des Wirkens des Ordens. Leute Ihres Schlages sind selten geworden, Dr. Lessing. Sie stellen nicht nur die richtigen Fragen, sondern sind auch bereit, alles zu riskieren, um sie beantwortet zu bekommen.«

»Dann ist das der Grund, warum Peter sterben musste?«, fragte Alex traurig. »Wegen *meiner* Neugier?«

»Nein. Weil er so unklug war, sich in Dinge einzumischen, die er nicht im Ansatz verstanden hat. Menschenleben bedeuten dem Orden nichts, das hat sich immer wieder gezeigt.«

»Warum hat man mich dann nicht einfach aus dem Weg geräumt, als man die Gelegenheit dazu hatte?«, fragte Alex.

»Früher oder später hätte man das sicher getan«, war Oberon überzeugt. »Aber wie Sie schon selbst vermuteten, hatte man es zunächst auf Ihr Wissen abgesehen. Dazu griff der Orden auf seine mächtigste Waffe zurück: die Täuschung.«

»Das ist wahr. Dieser Professor Frank gaukelte mir vor, ich wäre noch immer in Deutschland. Seinen Angaben zufolge lag ich zwei Wochen in völliger geistiger Umnachtung in einem Krankenhaus und hätte mir alles nur eingebildet.«

»Dabei waren in Wahrheit nur zwei Tage vergangen«, eröffnete ihr Oberon.

»Zwei Tage?« Alex hob die Brauen. »Mehr nicht?«

»Durch die Medikamente, die man Ihnen verabreicht hat, haben Sie jedes Zeitgefühl verloren. Aber seit den Ereignissen in Washington sind erst achtundvierzig Stunden vergangen.«

»Erstaunlich«, murmelte Alex, die zugleich bestürzt und erleichtert war.

»Der wirkliche Name des Mannes, der sich Ihnen als Professor Frank vorgestellt hat, lautet Franklin. Ein deutschstämmiger Arzt, der in den Fünfzigerjahren als Mediziner zu Projekt Gyges stieß. Er ist verantwortlich für zahlreiche Manipulationen des Ordens, und ich bedaure sehr, dass er uns entkommen ist.«

»Das ist wirklich schade«, knurrte Alex. »Ich hätte ihm gern gesagt, was ich von ihm halte.«

»Vielleicht erhalten Sie dazu noch Gelegenheit – wenn Sie sich entschließen, bei uns zu bleiben.«

»Sie wollen mich noch immer in Ihren Reihen haben?«, fragte Alex ungläubig. »Nach allem, was vorgefallen ist? Nachdem ich Ihren Agenten verraten habe?«

»Sie hatten Ihre Gründe und haben nach Ihrem Gewissen gehandelt. Hätten wir Ihnen mehr Informationen gegeben, wäre vielleicht alles anders gekommen. Der Fehler liegt also auch auf unserer Seite, und ich sehe keinen Grund, weshalb wir nicht weiter zusammenarbeiten sollten.«

Alex' Antwort klang ein wenig trotzig: »Vielleicht deshalb, weil ich keine Lust mehr dazu habe.«

»Wenn es so ist, werden wir Sie nicht daran hindern zu gehen. Aber bedenken Sie, dass Sie dann niemals finden werden, wonach Sie Ihr Leben lang gesucht haben.«

»Und was soll das sein?«

»Die Wahrheit, Dr. Lessing.«

»Und hier finde ich sie?«

»Jedenfalls eher als an jedem anderen Ort dieser Welt.«

Alex nickte nachdenklich. Was Oberon sagte, hatte durchaus etwas für sich. Allerdings bedeutete es auch, dass sie Farbe bekennen musste, dass sie Verantwortung übernehmen musste für Dinge und Methoden, die sie nicht gutheißen konnte. Aber hatte sie eine andere Wahl? »Es gibt keine Neutralität in diesem Konflikt, oder?«, fragte sie schließlich.

»Nein. Obwohl er nahezu unsichtbar geführt wird, unterscheidet sich dieser Krieg in nichts von anderen Kriegen. Er ist schmutzig und grausam und fordert Opfer auf beiden Seiten.«

»Und dennoch muss er geführt werden«, fügte Alex hinzu.

»Ist das Ihre Überzeugung?«

»Wissen Sie ... als ich erkannte, dass das Krankenzimmer nur eine Attrappe ist und ich mir diese Verschwörung nicht nur eingebildet habe, da war ich für einen Augenblick unsagbar erleichtert. Ich habe mich lebendig gefühlt wie lange nicht mehr, und mir wurde klar, dass ich mich in diesem Konflikt für eine Seite entscheiden muss. Das erste Opfer des Krieges ist die Wahrheit, heißt es – bei diesem Krieg jedoch scheint es umgekehrt zu sein. Es geht um die Wahrheit. Sie ist unser höchstes Gut. Verlieren wir sie, haben wir nichts mehr.«

»Also werden Sie wieder für uns tätig werden?«

»Wenn Sie mich nach allem, was war, noch wollen ...«

Oberon antwortete nicht. Alex wertete dies als Zeichen, dass sich der Anführer der Anderen seine Antwort wohl überlegte. Dann jedoch fiel ihr auf, dass es völlig still geworden war in der Zentrale. Das leise Rauschen der Lautsprecher, das die Unterhaltung begleitet hatte, war plötzlich verstummt.

»Ich denke, wir haben genug gehört«, sagte plötzlich eine Stimme neben ihr und Alex zuckte zusammen. »Wie ist eure Entscheidung, meine Freunde?«

»Ich sage, dass wir auf Oberons Rat hören sollten«, antwortete eine andere Stimme, die ebenfalls aus dem Nichts zu kommen schien. »Nehmen wir sie wieder in unsere Reihen auf.«

»Und ich sage, stoßen wir sie aus!«, rief die Stimme einer jungen Frau, die Alex als die von Commander Harker zu erkennen glaubte. »Oberon hat uns die Entscheidung überlassen, also gebrauchen wir unseren Verstand!«

Beifälliges Gemurmel war ringsum zu hören und Alex begriff: Nicht nur, dass ihr anfänglicher Eindruck sie *nicht* getäuscht hatte und sie keineswegs allein in der Höhle gewesen war; bei ihrer Unterhaltung mit dem Anführer schien es sich auch um eine Art Anhörung gehandelt zu haben, mit Oberon als ihrem Verteidiger …

»Mäßigung, meine Freunde!«, verlangte eine Stimme, die Alex als die von Ismael erkannte; das ließ sie aufatmen, trotz allem, was geschehen war. »Habt ihr nicht zugehört? Alexandra Lessing bedauert, was geschehen ist. Es war nicht ihre Absicht, uns Schaden zuzufügen.«

»Und?«, hielt Mina Harker dagegen. »Dennoch hat sie Schaden angerichtet. OZ existiert nicht mehr, und du, Ismael, wärst beinahe getötet worden.«

»Demnach bin ich derjenige, der unter ihrem Verrat am meisten zu leiden hatte – und ich plädiere dafür, dass sie bei uns bleibt. Sagt mir, Freunde, ob ihr für oder gegen meinen Antrag seid!«

»Ich bin dagegen!«, machte Harker unmissverständlich klar.

»Penelope?«

»Ich bin dafür. Auf beiden Seiten wurden Fehler gemacht, genau wie Oberon sagte. Und ihr Wissen kann uns von großem Nutzen sein.«

»Commander Darcy?«

»Ich bin dafür.«

»Dr. Livesey?«

»Dafür.«

»Jekyll?«

»Du hast den Doktor vergessen«, verbesserte der Angesprochene. »Aber ich bin dafür, dass Alex bleibt!«

So ging es weiter. Ein Name nach dem anderen wurde aufgerufen und mit nur drei Gegenstimmen wurde Alex' Wiederaufnahme in die Gemeinschaft der *Anderen* beschlossen. Daraufhin wurde ihr eine Spezialbrille gereicht, und als sie diese aufsetzte, konnte sie, wenn schon nicht die Gesichter, so doch die Gestalten ihrer Richter sehen, die im weiten Rund um sie herum standen – rot leuchtende Gestalten, von denen Alex eine sofort erkannte.

»Du warst es, nicht wahr?«, fragte sie und trat auf den leuchtenden Schemen zu, von dem sie vermutete, dass es Ismael war. »Du hast mich aus der Gewalt des Ordens befreit.«

»Ja«, antwortete er und nickte.

»Wie hast du mich gefunden?«

»Kurz vor der Aktion in Washington haben wir erfahren, dass der Orden einen Stützpunkt in diesem Lagerhaus unterhielt. Im Zuge einer internen Säuberungsaktion wurden dort Gehirnwäschen an abtrünnigen Agenten durchgeführt. Ich nahm an, dass man dich dorthin bringen würde.«

»Du hast dein Leben riskiert, um mich zu befreien«, stellte Alex fest. »Und das, obwohl mein Verrat dich fast das Leben gekostet hätte. Wie kann ich dir dafür danken?«

»Du hast es bereits getan, indem du dich entschieden hast, bei uns zu bleiben«, erwiderte Ismael. »Trotz deiner Zweifel.«

»Es hätte nicht viel gefehlt und ich hätte mich dagegen entschieden«, gab Alex zu. »Aber dann hätte ich nicht gewusst, wohin ich gehen sollte. Ihr seid die einzigen Menschen auf dieser Welt, bei denen ich mich sicher fühle. Die einzigen Freunde ...«

»Freunde verraten einander nicht!«, fuhr Commander

Harker sie an, die lautlos hinzugetreten war und ihre eigenen Höflichkeitsregeln vergessen zu haben schien.

»Was geschehen ist, tut mir leid«, versicherte Alex.

»Rührend, aber das genügt mir nicht. Ich werde Sie beobachten, Lessing. Und wenn sich auch nur der leiseste Verdacht bei mir regen sollte, dass Sie uns erneut verarschen wollen, werde ich zu Ihrem schrecklichsten Albtraum. Haben Sie das verstanden?«

Alex schaute dorthin, wo sie die Augen der Unsichtbaren vermutete. »Allerdings«, erwiderte sie mit bebender Stimme.

»Das war unnötig, Commander!«, stellte Ismael klar.

»Im Gegenteil«, war Harker überzeugt. »Es war mehr als nötig. Denn in Anbetracht dessen, was vor uns liegt, müssen wir uns auf Dr. Lessings Loyalität unbedingt verlassen können.«

»In Anbetracht dessen, was vor uns liegt?« Alex schaute sie fragend an. »Wovon sprechen Sie?«

»Wir sind fündig geworden«, erklärte Ismael. »Unsere Experten haben die Daten aus NAMIR ausgewertet.«

»Die Daten aus NAMIR? Dann war die Aktion also doch ein Erfolg?«

»Ja, das war sie. Wir haben eine Liste von Orten, die als Hauptquartier des Ordens infrage kommen. Wir werden sie uns nacheinander alle vornehmen. Aber es gibt ein vorrangiges Ziel, das unsere Leute anhand verschiedener Indizien und Vermutungen herausgefiltert haben – eine angebliche Wetterforschungsstation in den Rocky Mountains.«

»Und ihr glaubt, die Grauen befinden sich dort?«

»Es spricht einiges dafür«, bestätigte Harker. »Und die Zeit drängt. Deshalb werden wir noch heute Nacht angreifen.«

»Wie?«, wollte Alex wissen.

»Ein Kampftrupp unter Ismaels und meiner Führung wird in die Anlage vorstoßen und sie zerstören«, erklärte die Kommandantin grimmig, »und mit ihr alles, was sich dort befindet.«

»Sind die Angehörigen des Kampftrupps alle unsichtbar?«

»Natürlich.«

»Bis auf eine Ausnahme«, sagte Alex entschlossen.

»Was soll das heißen?«

»Das soll heißen, dass ich euch begleiten werde!«, erklärte Alexandra Lessing.

»Nach allem, was war?«, blaffte Harker. »Das kommt nicht in Frage, Schwester. Sie müssen sich unser Vertrauen erst wieder verdienen.«

»Ich weiß«, sagte Alex, »und diese Gelegenheit scheint mir die beste dafür zu sein. Außerdem könnte euch mein Wissen vielleicht helfen, Informationen, auf die ihr stoßt, auszuwerten.«

»Sie hat recht«, war Ismael überzeugt.

»Und wenn sie uns nur täuschen will?«, wandte Harker ein.

»Das will sie nicht.« Alex sah, wie sich die leuchtende Gestalt ihres Schutzengels straffte. »Ich jedenfalls vertraue ihr.«

»Dann bist du ein Narr, Ismael. Nur Narren schenken blindes Vertrauen.«

»Bin ich ein Narr?«, fragte Ismael, direkt an Alex gewandt.

»Nein«, antwortete sie ohne jedes Zögern. »Ich habe mich für eure Seite entschieden.«

»Dann bist du dabei.«

»Ismael …«

»Oberon hat mir die Leitung des Kommandos übertragen, Mina. Damit liegt die Entscheidung bei mir.«

»Na schön. Aber sagt nicht, ich hätte euch nicht gewarnt.«

An dem Stampfen ihrer Schritte konnte Alexandra hören, dass die Kommandantin wütend die Höhle verließ. Der jungen Wissenschaftlerin war klar, dass sie sich eine Feindin gemacht hatte.

»Danke, Ismael«, sagte sie leise.

»Schon gut. Mina hat noch nicht begriffen, dass es bei diesem Kampf um alles geht. Es gibt deutliche Anzeichen dafür, dass der Geheimplan des Ordens unmittelbar vor der Ausführung steht. Versagen wir bei unserer Mission, wird der Orden uneingeschränkte Macht erlangen, und dann haben wir keine Chance mehr gegen ihn.«

»Also werden wir alles geben«, sagte Alex fest entschlossen. »Meine Hand darauf«, fügte sie hinzu und streckte ihre Rechte aus.

»Meine Hand darauf«, wiederholte Ismael ihre Worte und ergriff ihre Hand.

Und Alex ertappte sich dabei, wie sie ein leiser Schauder dabei durchrieselte …

24.

Meine Flucht blieb nicht lange unentdeckt.

Unsichtbare Häscher waren mir auf der Spur, und ich verfügte weder über genügend Erfahrung noch über ausreichend Mut, um ihnen gewachsen zu sein. Drei Tage lang befand ich mich auf der Flucht, wagte weder zu rasten noch zu ruhen.

Dann, eines Morgens, als die Erschöpfung mich übermannte, schnappten sie mich.

Man verhaftete mich, und anstatt mich zurück ins Internat zu schaffen, wurde ich an einen geheimen Ort gebracht, an den ich mich nur dunkel und in grässlichen Albträumen erinnere.

Dort wurde ich gefoltert.

Ich entsinne mich an keine Details, nur an den Schmerz – und an das Hohnlachen meines unsichtbaren Peinigers. Angst, wie ich sie nie zuvor verspürt hatte, erfüllte mich, und ich war sicher, dass dies das Ende wäre.

Ich irrte mich.

Nachdem man mich eine Woche lang gequält hatte, entließ man mich zurück an die Schule. Sie waren wohl überzeugt davon, dass mein Widerstand gebrochen wäre und ich in Zukunft nicht mehr an der Autorität des Ordens zweifeln würde.

Aber diesmal waren sie es, die sich irrten.

Mein innerer Widerstand war von diesem Tag an noch

stärker als zuvor, und ich schwor mir, dass ich nicht ewig ein Sklave des Ordens bleiben würde. Irgendwann wollte ich erneut ausbrechen, egal, wie hoch der Preis dafür sein mochte.

Ich wusste noch nicht, dass es Gleichgesinnte gab …

Luftraum über Chaffee County, Colorado
00.38 a.m. MST (Mountain Standard Time)

Der Transporthubschrauber vom Typ Sikorsky S-58 war ein altertümliches Modell, das bereits im Koreakrieg eingesetzt worden war. Aber es erfüllte noch immer seinen Zweck.

Drohend wie ein riesiger Raubvogel stand er am nächtlichen Himmel, die kalte Luft über den Bergen mit den Schlägen seiner mächtigen Rotoren geißelnd. Hätte jemand einen Blick ins Innere der Maschine werfen können, hätte er sich sehr gewundert, denn das Cockpit war scheinbar unbesetzt, und im geräumigen Laderaum saß offenbar nur eine junge Frau, die Mikrofon und Kopfhörer trug.

Nur wer genauer hinsah, hätte bemerkt, dass sie nicht so allein war, wie es den Anschein hatte, denn überall im Laderaum bewegten sich Gegenstände scheinbar entgegen den Gesetzen der Physik: Schwere Kopfhörer mit seitlich angebrachten Stabmikrofonen schwebten in der Luft, die Tastaturen von Notebooks, die aufgeklappt auf dem metallenen Boden standen, bewegten sich, als würden Geisterfinger auf ihnen tippen, und Schnellfeuergewehre des robusten Typs M 16 A1 luden sich selbst durch.

Es war ein unheimlicher Anblick, den das Cockpit bot, aber Alexandra Lessing war er inzwischen vertraut. Sie konnte inzwischen damit umgehen, auch wenn manches für sie noch immer recht ungewohnt war.

»Schön, dass du wieder bei uns bist«, hörte sie die Stimme Dr. Jekylls in ihrem schweren Kopfhörer, der gleichzeitig als Gehörschutz gegen das ohrenbetäubende Knattern der Rotoren fungierte. »Ich dachte schon, wir hätten dich für immer verloren.«

»Das dachte ich auch«, entgegnete Alex.

»Ich soll dir übrigens schöne Grüße von Winston bestellen.«

Winston … Über allem, was geschehen war, hatte Alex an den Ex-Polizisten aus New York, dem sie so viel zu verdanken hatte, gar nicht mehr gedacht. »Wo ist er? Warum ist er nicht mitgekommen?«

»Er ist nach New York zurückgekehrt, um die Lage vor Ort im Auge zu haben. Er trägt einen GPS-Sender bei sich, durch den wir jederzeit über seinen Aufenthaltsort informiert sind, und er wird uns informieren, sobald sich an der Ostküste etwas Unvorhergesehenes ereignet.«

Alexandra nickte.

Etwas Unvorhergesehenes … Noch immer wussten sie nicht, was genau es war, das der Orden im Schilde führte. Nur der Ort des Geschehens war ihnen bekannt: New York City. Und alles deutete darauf hin, dass der Anschlag oder was immer sonst die Gegenseite plante, unmittelbar bevorstand. Alex und ihre Kameraden führten einen Wettlauf gegen die Zeit. Würde es ihnen gelingen, das Hauptquartier des Feindes rechtzeitig zu entdecken und die Pläne der Grauen zu vereiteln?

Es war ein wagemutiger, ein verzweifelter Plan, auf den die Anderen sich eingelassen hatten. Sie hatten die direkte Konfrontation mit dem Orden in den zurückliegenden Jahren stets vermieden, weil man es weder mit der Kampfstärke noch mit der Ausrüstung des Gegners aufnehmen konnte, der über nicht zuletzt mit Regierungsgeldern üppig gefüllte Konten verfügte und dessen Beziehungen so weitreichend waren, dass er selbst mächtige Organisationen wie die NSA für sich arbeiten ließ.

All das hatten die Anderen nicht.

Dafür hatten sie Mut, Einfallsreichtum und den eisernen Willen, dem Orden seine Macht über die Menschheit zu entreißen. Je mehr Einblick Alex in die Organisation des Widerstands hatte, je näher sie die Menschen kennenlernte, die in seinen Diensten standen, desto mehr fragte sie sich, wie sie jemals gegen die Anderen hatte agieren können …

»Scarecrow an Tin Man, Scarecrow an Tin Man«, drang Ismaels Stimme aus dem Kopfhörer; das Funksignal ging verschlüsselt über eine Satellitenverbindung ein.

»Hier Tin Man«, antwortete Dr. Jekyll.

»Seid ihr auf Position?«

»Aye, Sir«, gab Jekyll zurück. »Alles bereit. Und wie steht's bei euch?«

»Haben die Koordinaten fast erreicht.«

»Verstanden, Scarecrow. Viel Glück.«

»Danke, Tin Man. Euch auch. Scarecrow Ende.«

Die Verbindung wurde beendet, und Alex warf einen Blick aus dem Seitenfenster, wo jedoch nichts als tiefe Schwärze zu sehen war. Um sich nicht zu verraten, hatte keine der drei Maschinen, die über den Rocky Mountains kreisten, die Positionslampen eingeschaltet. Dennoch wusste Alex, dass Ismael irgendwo dort draußen war, zusammen mit Commander Harker, Crusoe und all den anderen, die sich freiwillig für diese Mission gemeldet hatten.

Die Furcht in ihren Mienen konnte man nicht sehen, aber Alex zweifelte nicht daran, dass sie Angst hatten. Nicht nur davor, bei diesem Einsatz ihr Leben zu verlieren. Sondern vor allem davor, zu versagen und das Schicksal der Welt dem Orden zu überlassen …

Sie warf einen Blick auf das Notebook, auf dessen Bildschirm drei blau leuchtende Punkte zu erkennen waren, die die drei Maschinen der Anderen repräsentierten.

Dann schloss Alex die Augen, und obwohl sie es seit Jahren nicht getan hatte, sprach sie ein lautloses Gebet …

Mount Antero, Colorado
Eagleridge-Wetterstation
Zur selben Zeit

»Jetzt!«

Die Dunkelheit über den Bergen war vollkommen. Dunkle Wolken, die von Norden herangezogen waren und Schnee brachten, hatten sich dicht über den Gipfeln zusammengeballt und ließen kein Mondlicht durchdringen. Aus dieser teerigen Schwärze stießen auf Ismaels Befehl hin zwei Maschinen hinab.

Es waren Kampfhubschrauber vom Typ Bell 204 – überaltete Modelle, die die Armee längst ausgemustert hatte und die jetzt für *andere* Zwecke im Einsatz waren. Als schwarze Silhouetten, die gegen den düsteren Nachthimmel kaum auszumachen waren, sanken sie herab. Auf einmal flammten ihre Suchscheinwerfer auf und die grellen Lichtkegel huschten über die steilen Felswände.

Es war ein gefährliches Manöver. Wenn die Rotoren das schroffe Gestein auch nur berührten, würde es eine Katastrophe geben. Dann war das geheime Kommandounternehmen beendet, noch ehe es richtig begonnen hatte, und jede Hoffnung, den Plan des Ordens zu vereiteln, war dahin.

Ismael wusste all das, aber er versuchte, nicht daran zu denken, während er im Laderaum des Hubschraubers kauerte und darauf wartete, dass der Pilot das Zeichen gab.

Schemenhaft sah er Felswände senkrecht vorüberwischen, während der Bell 204 immer tiefer sank, der Landeplattform entgegen. Schneeflocken tanzten am Fenster vorbei, eine Bö erfasste den Hubschrauber und schüttelte ihn kräftig. Irgendjemand ließ einen Schrei vernehmen, ein anderer übergab sich würgend.

»Ruhig, Leute, ruhig!«, sagte Ismael zu seinen Leuten, fünfzehn Männern und Frauen, die mit ihm im Laderaum hockten, unsichtbar wie er selbst. Nach dem Plan, den Ismael ausgearbeitet hatte, würde der Angriff in zwei Wellen erfolgen.

Die erste Welle, deren Führung er selbst übernommen hatte, würde versuchen, möglichst rasch ins Domizil des Feindes einzudringen, wobei die Kämpfer des Trupps ihre Unsichtbarkeit nutzen würden. Die zweite Welle unter Commander Harker würde anschließend angreifen, ausgerüstet mit Maschinenpistolen des altmodischen, aber noch immer weit verbreiteten Modells Uzi 9mm, Wärmesichtvisieren und schusssicheren Westen. Mit ihrer Ausrüstung waren die Kämpfer zwar nicht mehr unsichtbar, doch sobald der erste Überraschungseffekt verpufft war, bot die Unsichtbarkeit ohnehin keinen Schutz mehr …

»Wir sind da, Captain«, kam die Meldung des Piloten. »Absprung!«

»Also los, Leute!«, stieß Ismael zwischen zusammengebissenen Zähnen hervor. Das Seitenschott des Hubschraubers glitt beiseite. Ismael warf einen Blick hinaus, sah den Lichtkegel des Scheinwerfers, der durch die von Schneeflocken durchtanzte Schwärze schnitt – und sprang ins Ungewisse!

Zwei, drei Meter tiefer befand sich nackter Beton. Ismael federte in die Knie und rollte sich geschickt über die Schulter ab. Sofort stand er wieder und bedeutete seinen Leuten, sich zu beeilen. Ein Unsichtbarer nach dem anderen verließ den Hubschrauber. Durch die Spezialbrillen, die sie trugen, konnten sie einander sehen. Das Gehör, für einen Unsichtbaren eines seiner wichtigsten Sinnesorgane, nützte ihnen wegen des infernalischen Getöses des Hubschraubers nichts.

Um eventuellen, mit Wärmesichtgeräten ausgerüsteten Scharfschützen möglichst wenig Ziel zu bieten, spritzten die Kämpfer des Kommandotrupps auseinander und verteilten sich. Der Hubschrauber stieß zurück in den dunklen Himmel, und Ismael und seine Kämpfer huschten auf die schroffen Felsen zu, über denen der Betonwürfel der Wetterstation thronte wie eine mittelalterliche Festung. Die zahllosen Antennen darauf reckten sich wie knochige Finger in die Nacht.

Obwohl Eagleridge offiziell als Wetterstation geführt wurde, waren dort nie meteorologische Forschungen betrieben worden. In den späten Fünfzigerjahren, als die USA und Kanada den Ausbau eines flächendeckenden Luftüberwachungssystems vorangetrieben hatten, des *North American Aerospace Defense Command*, waren in den Rockys diverse Basen eingerichtet worden, die die technischen Anlagen von NORAD beherbergen sollten. Schließlich jedoch war beschlossen worden, nur das Hauptquartier in den Cheyenne Mountains von Colorado zu belassen und die Außenposten nach Florida, Alaska sowie ins kanadische Winnipeg zu verlegen, wodurch die bereits eingerichteten Stationen überflüssig wurden. Einige davon waren an private Unternehmen verkauft worden und wurden tatsächlich als Wetterstationen genutzt, andere hatten sich auch Jahre später noch in Staatsbesitz befunden. Eagleridge war eine jener Örtlichkeiten, die die Regierung dem Orden angeboten hatte, in der Hoffnung, sich damit freizukaufen.

Ein folgenschwerer Irrtum ...

Auch Commander Harker und ihre Leute hatten inzwischen ihren Hubschrauber verlassen und sich rings um das Landefeld verteilt. Hinter Felsblöcken und Geröll suchten sie Deckung, um ihren Kameraden notfalls Feuerschutz zu geben. Den Funkverkehr des Feindes zu stören, hatte man zunächst unterlassen – die Überraschung sollte vollkommen sein.

Im Laufschritt hasteten Ismael und seine Leute die Stufen hinauf zum Eingang der Station, der mit einem schweren Metallschott gesichert war. Ein Stück unterhalb verharrte er und gab Crusoe, Rowena und Finn ein Zeichen. Während der Rest des Trupps zurückblieb, stürmten die drei zum Eingang, um die Ladungen mit dem Plastiksprengstoff anzubringen, dessen Fernzünder Ismael bei sich trug. Das alles geschah innerhalb von Augenblicken.

Crusoe gab Ismael das vereinbarte Zeichen, der daraufhin den Fernzünder betätigte.

Die Explosion zerfetzte einen Herzschlag später das Schott, ein Feuerball rollte an der Felswand empor, dann klaffte anstelle des schweren Schotts ein dunkles Loch in der Außenwand der Station.

»Vorwärts!«, rief Ismael und war der Erste, der aufsprang und auf den klaffenden Stationseingang zurannte. Noch bediente er sich der Brille, um eventuelle Verteidiger sehen zu können. Sobald sie jedoch in der Station waren, würde er sich auf seine anderen Sinne verlassen müssen …

Es ging blitzschnell.

Jeder der fünfzehn Männer und Frauen, die Ismael begleiteten, war jahrelang trainiert worden in der Technik des gestaltlosen Kampfes. Sie alle waren darauf gedrillt, zu töten, ohne gesehen zu werden. Sie alle hatten schmerzvolle Erinnerungen an eine Ausbildung, die in ihrer Härte die Grenzen des Erträglichen überschritten hatte. Nun endlich erhielten sie die Chance, sich an denen zu rächen, die ihnen all die Qualen angetan hatten, indem sie all das, was man ihnen beigebracht hatte, gegen ihre Peiniger verwendeten …

Der Eingang der Station, eine rußgeschwärzte, schwelende Öffnung, starrte ihnen drohend entgegen. Eine Blendgranate wurde in den dunklen Schacht dahinter abgefeuert. Ihr grelles Licht machte die Wärmesichtgeräte der Verteidiger zehn Sekunden lang unbrauchbar – so viel Zeit nämlich würden die Geräte benötigen, um sich nach der optischen Überladung neu zu kalibrieren.

»Zehn …«, begann Crusoe laut den Countdown zu zählen, »neun … acht …«

Sie passierten den von Trümmern übersäten Eingang und drangen in den Stollen ein, dessen Wände aus kahlem Beton bestanden. Sogleich machten sich Hawkeye und D'Artagnan an den Schaltkästen an den Wänden zu schaffen.

»Sieben …«, zählte Crusoe weiter, »sechs … fünf …«

Die Deckenbeleuchtung schaltete sich flackernd ein, und wie bei einer Kettenreaktion flammte eine Leuchtstoffröhre nach der anderen auf, sodass der schnurgerade Gang Stück für Stück aus der Dunkelheit gerissen wurde. Man konnte deutlich sehen, dass Eagleridge keine gewöhnliche Wetterstation war, denn nur auf den ersten zehn Metern bestanden die Wände des Korridors aus Beton – danach folgte ein Stollen mit rauen Felswänden, der ins Gestein getrieben worden war und ins Innere des Berges führte.

»Vier … drei … zwei …«

Ismael gab das Zeichen zum Angriff.

Die Unsichtbaren entledigten sich ihrer Sichtbrillen und aller anderen Gegenstände, die sie bei sich trugen und die sie verraten konnten. Und indem sie die Fortbewegungstechnik des *iter invisibilium* nutzten, drangen sie in den Stollen vor, getreu dem Grundsatz, dass der Meister auf dem Pfad der Unsichtbaren sich scheinbar wie zufällig bewegte – denn auch der Zufall selbst war unsichtbar …

Ismael führte seine Leute an. Der Stollen beschrieb eine Biegung, und als er dort anlangte, warf er rasch einen Blick um die Ecke und lauschte in die Stille, die in der Tiefe des Berges herrschte. Als er nichts Verdächtiges ausmachen konnte, drang er weiter vor.

Der Stollen verzweigte sich und Ismael teilte seine Leute auf: Lieutenant Lingard übernahm die Führung des einen Trupps, Ismael die des anderen.

Nach etwa fünfzig Metern erreichte Ismaels Gruppe ein weiteres Schott, das allerdings weit offen stand und – so schien es jedenfalls – unbewacht war.

Ismael und seine Leute vergewisserten sich, dass tatsächlich niemand da war. Auch Unsichtbare waren nicht in der Lage, einen anderen Unsichtbaren zu sehen, aber es gab etwas, das Ismaels Lehrer als *sensibilitas* bezeichnet hatten und das schwer zu beschreiben war: Die einen behaupteten, es wäre eine Art paramentale Begabung, durch die Unsichtbare die Anwesenheit ihrer Art spüren konnten, andere waren davon überzeugt, dass diese übersinnlich anmutende Wahrnehmungsgabe lediglich eine Folge der Sinnesschärfung war, die den Schülern des Kaders anerzogen wurde, so wie bei Sehbehinderten, bei denen die übrigen Sinne die Aufgabe der Augen ersetzen mussten und das »Sehen« eine Kombination aus vielfachen Sinneseindrücken war.

Aber so sehr Ismael seine Sinne auch bemühte – er vermochte nichts Verdächtiges auszumachen.

»Crusoe?«, flüsterte er.

»Nichts«, kam es leise zurück.

»Das gefällt mir nicht.«

»Mir auch nicht. Könnte eine Falle sein.«

»Vielleicht.«

»Rückzug?«

»Nein. Ihr bleibt hier und haltet die Stellung. Ich werde die Lage sondieren.«

»Verstanden.«

Lautlos huschte Ismael durch das offene Schott in die Höhle, die sich dahinter erstreckte. Von dieser Höhle, von deren gewölbter Felsendecke dicke Kabelstränge hingen, die darauf schließen ließen, dass hier technisches Equipment untergebracht gewesen war, zweigten mehrere Gänge ab, jedoch war weit und breit nichts von den Bewohnern der Station auszumachen. Sollte sich Oberon geirrt und das falsche Ziel ausgesucht haben? Aber weshalb hatte die Station dann eine funktionierende Stromversorgung? Es sprach einiges dafür, dass dieser Ort bis vor kurzem noch genutzt worden war – aber wo waren diese Benutzer? War der Orden gewarnt worden und hatte er die Basis evakuieren lassen?

Ein hässlicher Verdacht keimte in Ismael auf. Alex hatte ihm beteuert, dass sie dem NSA-Agenten zwar gesagt hätte, dass er – also Ismael – ins Pentagon eingedrungen sei, jedoch nicht, was er dort gesucht hatte. Hatte sie vielleicht doch mehr verraten, als sie zugegeben hatte?

Nein.

Ismael glaubte an Alexandra, er war davon überzeugt, dass sie die Wahrheit gesagt hatte. Aber was, in aller Welt, war dann in dieser seltsamen Station los?

Rasch drang er weiter vor, passierte Durchgänge zu weiteren Höhlen, die allesamt unverschlossen waren. Darin standen Möbel: Schreibtische, Stühle und Spinde aus Metall, deren Türen geöffnet und die alle leer geräumt waren. Hatte der Orden sein Hauptquartier etwa schon vor längerer Zeit aufgegeben?

Ismael folgte einem Stollen. Dieser beschrieb einige Biegungen und verbreiterte sich dabei. Im nächsten Moment war ein Geräusch zu hören, das Ismael irgendwie vertraut vorkam, ihm an einem Ort wie diesem aber dennoch fremd und ein wenig unheimlich erschien.

Es war ein gleichmäßiger mechanischer Laut, der sich beständig wiederholte. Ismael fragte sich, was das für ein Geräusch sein mochte, das ihm irgendwie vertraut vorkam, wenngleich es an einen Ort wie diesen nicht zu passen schien …

Der Stollen mündete in eine Höhle, die geräumiger war als alle bisherigen. Wände und Decke waren betonverstärkt, und an der breiten Stirnseite prangte ein riesiger Weißkopfseeadler, das Wappentier der Vereinigten Staaten, das den Olivenzweig und ein Pfeilbündel in den Krallen hielt, die Symbole für Frieden und Krieg. Die ebenfalls aus Beton gegossenen Podeste, die in der Halle verteilt waren und über denen dicke Kabelstränge hingen, waren größtenteils leer – in dieser unterirdischen Halle hatten wohl ursprünglich die Horchposten und Radaroffiziere von NORAD ihren Dienst versehen sollen, wozu es jedoch nie gekommen war.

Auf einem der Podeste stand ein einzelnes Computerterminal.

Der Bildschirm leuchtete in fahlem Blau, während der Drucker auf dem kleinen Beistelltisch unaufhörlich seinen Dienst versah.

Dieser Drucker war die Quelle des Geräuschs, das sich aus der Nähe sehr viel weniger bedrohlich anhörte. Das Gerät schien schon eine ganze Weile zu arbeiten, denn der Auffangkorb war längst voll, sodass die immer neuen Seiten, die der Drucker ausspuckte, darüber hinausrutschten und auf dem Boden landeten. Unzählige bedruckte Seiten übersäten in weitem Umkreis den kalten Stein.

Ismael ließ noch immer Vorsicht walten.

Langsam bewegte er sich auf das Terminal zu, mit angespannten Sinnen und immer darauf gefasst, jeden Augenblick aus dem Hinterhalt attackiert zu werden. Aber der Angriff blieb auch diesmal aus, und so erreichte Ismael unbehelligt das Gerät, das störrisch seiner Programmierung folgte. Längst waren die Seiten, die aus dem Schacht flatterten, nicht mehr bedruckt. Der Tonerbehälter war leer, aber noch immer spuckte das Gerät Papier aus.

Ismael bückte sich. Im Durcheinander, das auf dem Boden herrschte, musste er ein wenig wühlen, um bedruckte Seiten zu finden. Flüchtig nahm er sie in Augenschein.

Einige davon waren mit Texten in englischer Sprache bedruckt, allerdings – so schien es – aus jedem Zusammenhang gerissen. Andere waren mit französischen Sätzen bedruckt, wieder andere auf Deutsch, einige auf Lateinisch. Dann gab es Blätter mit unverständlichen Skizzen und schließlich noch solche, auf denen Zahlen und Buchstaben in einer scheinbar beliebigen Reihenfolge gedruckt waren.

Ein Code, wie Ismael annahm.

Und plötzlich war er froh, dass Alex darauf bestanden hatte, sie auf diesem Einsatz zu begleiten …

Unbekannter Ort
Zur selben Zeit

Nur langsam und bedächtig griff das Phantom nach dem Hörer, als eines der Telefone auf dem Schreibtisch klingelte.

»Ja?«

»Es ist so weit.«

»Darf ich daraus folgern«, fragte die Gestalt, die in der Mitte des halbkreisförmigen Schreibtisches saß, umringt von Terminals und Bildschirmen, die die Schalthebel fast grenzenloser Macht darstellten, »dass sich unsere Erwartungen erfüllt haben?«

»In jeder möglichen Hinsicht, Sir. Eagleridge befindet sich in der Hand des Feindes.«

»Ich verstehe.« Es folgte eine Pause, in der die Gestalt in das weite Halbdunkel ringsum blickte und dabei jeden Augenblick genoss. »Also worauf warten wir?«, fragte sie schließlich. »Ein Schicksal wartet darauf, sich zu erfüllen, nicht wahr?«

»Allerdings, Sir.«

»Lasst die Operation beginnen. Schon morgen um diese Zeit wird alle Macht auf diesem Planeten uns gehören!«

Mount Antero, Colorado
Eagleridge-Wetterstation
Eine Stunde später

»Und?« Ismael, der ungeduldig im Kreis gegangen war und das Computerterminal unzählige Male umrundet hatte, blieb abrupt stehen. »Kannst du schon etwas sagen?«

»Ehrlich gesagt werde ich aus alldem nicht schlau«, sagte Alex, die auf dem Boden hockte, umgeben von Unmengen von Papier. Ihre Spezialbrille hatte sie hochgeschoben und trug sie auf dem Haar, um die Texte besser lesen zu können und nicht durch Fehlfarben irritiert zu werden, die durch Wärmeabstrahlung entstanden.

Der Sikorsky-Hubschrauber hatte Dr. Jekyll und sie auf der Landeplattform abgesetzt, nachdem Ismael ihre Hilfe angefordert hatte. Allerdings war sich Alex alles andere als sicher, ob sie überhaupt helfen konnte.

Sie hatte versucht, ein wenig Ordnung in das Chaos zu bringen, indem sie die ausgedruckten Seiten sortiert hatte, zunächst nach Sprachen, dann nach Inhalt, was sich als schier unmöglich erwiesen hatte. Gut zwei Dutzend Stapel türmten sich auf diese Weise bereits rings um sie, und es wurden immer noch mehr, während die junge Historikerin verzweifelt versuchte, zwischen all dem einen Zusammenhang herzustellen.

»Ich weiß nicht, was das alles soll«, gestand sie ein wenig resigniert. »Es ergibt überhaupt keinen Sinn.«

»Inwiefern?«

»Na ja – diese Seiten hier sind in italienischer Sprache gehalten. Mein Italienisch ist ziemlich lückenhaft, aber es scheinen Auszüge aus einem wissenschaftlichen Artikel zu sein. Das dort«, sie deutete auf einen weiteren Stapel, »sind Zeitungstexte, aus aller Welt zusammengetragen – amerikanische, russische, deutsche, französische und was weiß ich noch alles. Auch Transkripte von Radio- und

TV-Reportagen befinden sich darunter, in denen es um aktuelle Tagespolitik geht.« Sie wies auf einen anderen Stapel und sagte: »Das hier scheinen dagegen Ausschnitte aus einem Reiseführer über New York zu sein – die Attraktionen von Lower Midtown sind darin beschrieben. Dieser Stapel wiederum enthält Skizzen, deren Sinn ich nicht verstehe. Ein paar davon scheinen aus dem Mittelalter zu stammen – es könnte sich um Kriegsmaschinen oder etwas in der Art handeln, aber sicher bin ich mir nicht.«

»Was heißt, du bist dir nicht sicher?«, fragte Crusoe, der ebenfalls dabeistand. »Hast du nun Geschichte studiert oder nicht?«

»Mein Fachgebiet ist die Geschichte der Neuzeit«, verteidigte sie sich. »Mit Dingen wie diesen hatte ich zuletzt im Studium zu tun. Aber darum geht es nicht. Das Problem ist, dass sich zwischen all dem kein logischer Zusammenhang herstellen lässt, versteht ihr? Es ist ein wenig, als hätte jemand wahllos Seiten aus den Büchern einer Bibliothek kopiert.«

»Nicht ganz wahllos«, schränkte Ismael ein. »Einige der Seiten scheinen durchaus in Verbindung miteinander zu stehen.«

»Ja, während aber wieder andere aus jedem Kontext gerissen sind«, entgegnete Alex.

Ismael seufzte. Wie alle anderen im Team trug auch er inzwischen eine Spezialbrille, so dass er seine Gefährten sehen konnte, während er mit ihnen sprach. »Also, was haben wir?«

»So gut wie nichts«, gestand Alex. »Nur eins lässt sich mit Bestimmtheit sagen – dass eure unsichtbaren Freunde uns dieses Chaos hinterlassen haben. Dieser lateinische Text, den du gefunden hast«, sie zeigte auf einen der Stapel, »deutet in einigen Passagen darauf hin, dass der Verfasser von der Existenz des Ordens wusste.«

»Zum Beispiel?«

»Na ja – von *atrocitas invisibilium* ist da die Rede, von der ›Grausamkeit der Unsichtbaren‹, und etwas weiter unten steht *bella praeparantur in secreto.*«

»Schön …« Crusoe schnaubte. »Und was bedeutet das nun wieder?«

»Es bedeutet, dass im Verborgenen Kriege vorbereitet werden«, übersetzte Alex. »Ihr müsst zugeben, dass sich das ziemlich nach dem Orden anhört.«

»Allerdings«, pflichtete Ismael ihr bei. »Möglicherweise handelt es sich um einen Ausschnitt aus dem Fiorino-Traktat.«

»Was für ein Traktat?«

»Giuseppe Fiorino«, erklärte Ismael. »Ein italienischer Gelehrter, der im späten Mittelalter lebte. Wie es heißt, soll er in lateinischer Sprache eine Abhandlung über das Wesen der Unsichtbaren verfasst haben.«

»Wie ist das möglich?«, fragte Alex erstaunt. »Wie konnte er von ihrer Existenz wissen?«

»Diese Frage gibt bis heute Rätsel auf. Wegen seines Buches musste sich Fiorino vor Gericht verantworten und wurde der Ketzerei für schuldig befunden. Er starb auf dem Scheiterhaufen und sein Buch verschwand spurlos.«

»Nicht ganz spurlos«, berichtigte Alex. »Wenn du recht hast, hat es der Orden in seinem Besitz.«

»Möglich. Aber wieso kommen Auszüge davon aus einem Drucker, den wir in einer aufgegebenen Bergfestung finden? Wo ist ihr verdammtes Hauptquartier?«

»Hier jedenfalls nicht«, sagte eine Stimme, die vom Eingang her drang und durch die leerstehende Zentrale hallte – es war Commander Harker, wie Alex erkannte, als sie sich die Brille wieder ins Gesicht schob. Sie hatte zusammen mit ihren Leuten und Dr. Jekyll den Rest der Station erkundet. »Wir haben den ganzen Laden auf den Kopf gestellt und nicht eine Spur von den Grauen gefunden.«

»Offenbar wurde die Basis aufgegeben«, fügte Jekyll hinzu, »und das wohl schon vor längerer Zeit, denn es sieht nicht so aus, als ob die Räumung überstürzt stattgefunden hätte – weder wurde technisches Gerät zurückgelassen noch Unterlagen. Ich denke auch nicht, dass diese Station jemals ihr Hauptquartier gewesen ist. Die Kapazität des Generators, den wir gefunden haben, würde bei weitem nicht ausreichen, um den Bedürfnissen des Ordens zu genügen. Die Grauen denken in großen Maßstäben, wie wir wissen.«

»Also ist dies hier allenfalls ein Stützpunkt gewesen«, folgerte Ismael. »Fragt sich nur, warum sie ausgerechnet diesen Rechner zurückgelassen haben, wenn alles andere abtransportiert wurde. Was hat das zu bedeuten?« Er bückte sich und hob einige Blätter auf. »Zeitungsartikel, Radioprotokolle, mittelalterliche Texte auf Latein …«

»Da fragst du noch?« Durch das Glas ihrer Spezialbrille sah Alex, wie Mina Harker auf Ismael zutrat. »Das ist doch offensichtlich: Die haben uns verladen! Die wollten, dass wir hierher kommen und uns fragen, was das alles zu bedeuten hat – während sie in der Zwischenzeit ungestört ihren Plan durchziehen.«

»Du meinst, Eagleridge war nur ein Ablenkungsmanöver?«, fragte Dr. Jekyll.

»Was sonst?«, knurrte Harker. »Ein Köder, den man uns hingeworfen hat und den wir bereitwillig geschluckt haben.«

»Aber wie hätte der Orden wissen sollen, was wir vorhaben?«

»Wer weiß?« Alex sah, wie sich Mina Harker ihr zuwandte. »Möglicherweise hat unsere neue Freundin dem Feind ja doch mehr erzählt, als sie zugeben will …«

»Das habe ich nicht!«, sagte Alex entschieden. »Ich war wütend auf Ismael und bestürzt über das, was er getan hat, deshalb habe ich ihm die NSA auf den Hals gehetzt. Aber ich habe kein Wort über seine Mission verloren!«

»Und das sollen wir dir glauben?«

»Vielleicht war euer Vorhaben ja nicht so geheim, wie ihr dachtet. Oder der Orden ist auf andere Weise dahintergekommen, was ihr plant.«

»Das ergibt keinen Sinn«, meinte Ismael. »Wie hätten sie wissen sollen, dass wir ausgerechnet hierher kommen?«

»Und wieso sollte der Orden ein Ablenkungsmanöver starten?«, wandte Dr. Jekyll ein. »Es wäre einfacher und effizienter gewesen, den Berg zu verminen.«

»Ach ja?«, fragte Harker angriffslustig, auf den Computer deutend. »Dann verratet ihr mir doch, was das hier alles soll.« Sie bückte sich ihrerseits, hob einen ganzen Stapel bereits sortierter Blätter auf und warf sie Jekyll vor die Füße. »Habt ihr vielleicht eine bessere Erklärung für all das hier?«

»Nun ja«, meinte der Doktor und betrachtete den Stapel Ausdrucke, der ihm am nächsten war, »zumindest sind die Dinge, mit denen diese Blätter bedruckt sind, nicht völlig sinnlos.« Er bückte sich und hob das oberste Blatt von dem Stapel. »Dies hier zum Beispiel ist eine chemische Formel.«

»Welche?«, wollte Ismael wissen.

Jekyll schaute sich das Blatt ein paar Sekunden lang an. »Die für C4, würde ich sagen.«

»Was ist das?«, wollte Alex wissen.

»Plastiksprengstoff«, erklärte Commander Harker gelangweilt. »Das Zeug, das wie Knetgummi aussieht, aber ziemlich hässliche Löcher reißt.«

»C4 gehört zu den formbaren Sprengstoffen und besteht aus Hexogen, Polyisobuten und DOS«, dozierte Dr. Jekyll. »Es kann nur durch Sprengkapseln oder einen Detonator zur Explosion gebracht werden, daher ist es recht gefahrlos zu transportieren. Außerdem ist C4 nur sehr schwer aufzuspüren, jedenfalls nicht von gängigen Sprengstoffspürgeräten oder Metalldetektoren. Aus diesem Grund werden

C4-Sprengstoff, der legal auf den Markt kommt, Duftstoffe und Metallstaub zugefügt.« Er zuckte mit den Schultern. »Terroristen verwenden natürlich C4 ohne diese Zusätze.«

»Sprengstoff«, murmelte Alex nachdenklich. Dann begann sie, die Papierstapel zu durchwühlen.

»Was ist?«, fragte Ismael.

»Nur eine Idee«, sagte sie. »Ich glaube mich zu erinnern, vorhin einen Artikel über ... Hier ist er!« Sie zog einen der Zeitungsartikel hervor und reichte ihn Ismael mit triumphierender Miene. »Lies das!«

Ismael überflog den Artikel in aller Eile. »Ein Zeitungsbericht über einen Sprengstoffanschlag in Pakistan. Die Polizei vermutet, dass dabei C4 zum Einsatz kam.«

»Schön und gut«, meinte Dr. Jekyll, »aber was sagt uns das?«

»Es sagt uns, dass all diese Blätter möglicherweise doch mehr sind als ein zusammenhangloser Mischmasch«, erklärte Alex. »Vielleicht gibt es etwas, das all diese Seiten zusammenhält – einen roten Faden, der ihnen Sinn und Ordnung gibt.«

»Ich verstehe nicht, was Sie damit meinen«, knurrte Harker.

»Nehmen Sie die Teile eines Puzzles. Ein einzelnes Teil erfüllt, für sich genommen, keinen erkennbaren Zweck. Es ist ein kleiner Ausschnitt aus einem sehr viel größeren Bild. Erst der Gesamtzusammenhang gibt dem einzelnen Puzzleteil Sinn und Bedeutung.«

»Und du meinst, bei diesen Ausdrucken könnte es sich ebenfalls um ein Puzzle handeln?«, fragte Ismael zweifelnd.

Alex nickte. »Bei den Seiten, die scheinbar keinen Sinn ergeben, handelt es sich meiner Ansicht nach um Buchstabenrätsel, was ein versteckter Hinweis auf die Natur der Botschaft sein könnte.«

»Ich weiß nicht recht ...«

»Als ich damals meine Doktorarbeit schrieb, gab es so gut wie keine Standardwerke, auf die ich zurückgreifen konnte, also musste ich auf eigene Faust recherchieren. Ich fertigte unzählige Kopien und Abschriften an. Hätte ein anderer damit arbeiten müssen, er hätte absolut nichts damit anfangen können, weil er weder das Thema kannte, das ich bearbeitete, noch meine Fragestellung. Für mich hingegen enthielten diese Kopien die Antwort.«

»Und was heißt das?«

»Das heißt, dass all diese Blätter die Antwort auf unsere Fragen sind, Commander Harker«, gab sich Alex überzeugt. »Ein paar dieser Seiten stammen aus einem Reiseführer über New York …«

»Und?«

»Nun – sagten Sie nicht, dass vieles darauf hindeute, dass es der Orden auf New York City abgesehen hätte?«

»Das ist richtig. Bei Ihrer Rätselraterei vergessen Sie nur eine Kleinigkeit: Wieso, in aller Welt, sollte uns der Orden versteckte Hinweise auf seine Pläne geben?«

»Wer sagt, dass dies hier das Werk der Grauen ist?«, gab Dr. Jekyll an Alex' Stelle Antwort. »Vielleicht gibt es jemanden innerhalb des Ordens, der die Ziele der Grauen nicht gutheißt und sich im Geheimen gegen den Orden gestellt hat. Jemand, der uns helfen will, indem er uns verborgene Hinweise gibt.«

»Unwahrscheinlich«, wandte Harker ein. »Wer mit den Zielen des Ordens nicht konform geht, ist entweder längst bei uns gelandet oder seit der letzten Säuberungsaktion nicht mehr am Leben.«

»Trotzdem«, entschied Ismael, »wir lassen es auf einen Versuch ankommen.« Er wandte sich an die junge Historikerin. »Alex, wenn es ein Rätsel ist, versuche es zu lösen. – Jekyll, hilf ihr, so gut du kannst, verstanden?«

»In Ordnung«, kam es pikiert zurück, »aber es heißt *Doktor* Jekyll …«

Gemeinsam mit dem Doktor durchforstete Alex noch einmal die bereits gesichteten Seiten, suchte nach Gemeinsamkeiten, nach dem »roten Faden«, wie sie es genannt hatte, nach einer versteckten Botschaft, die sich vielleicht aus den scheinbar zusammenhanglosen Texten herauslesen oder in den Skizzen erkennen ließ.

Mit Erfolg.

Es war wie bei einem Bilderrätsel, bei dem sich zwei Motive in einer einzigen Zeichnung verstecken. Für den Betrachter ist zunächst nur ein Motiv zu erkennen – weiß man jedoch, worauf man zu achten hat, springt einem das zweite Motiv förmlich ins Auge …

Je mehr Hinweise sie erhielten und je mehr sich die Indizien verdichteten, desto deutlicher formte sich das Gesamtbild des Puzzles – und Alex und ihr unsichtbarer Helfer mussten erkennen, dass die Informanten der Anderen keineswegs übertrieben hatten: Der Orden plante tatsächlich den Schlag des Jahrhunderts. Eine Operation von ungeheueren Ausmaßen, nach der die Grauen ihren Einfluss auf die Regierungen dieser Welt endlich direkt ausüben konnten.

»Mein Gott«, murmelte Alex, als Jekyll und sie auch das letzte, das entscheidende Detail gefunden zu haben glaubten.

»Was ist?«, fragte Ismael. »Habt ihr's?«

»Ich denke schon«, sagte Jekyll.

»Also?«

»Noch können wir nicht alle Hinweise und Spuren deuten«, erklärte Alex, »aber es finden sich zahlreiche Berichte über Attentate und Anschläge, was meiner Ansicht nach darauf hindeutet, dass auch der Orden einen Anschlag plant, allerdings einen in sehr viel größerem Maßstab als die hier genannten.«

»Das Ziel scheint tatsächlich New York City zu sein«, fügte Dr. Jekyll hinzu, »genau wie wir vermutet haben.«

»Schön«, knurrte Harker. »Aber wo genau? Und wann?«

»Wir haben noch einmal all diese Zeitungsberichte und Radiotranskripte gesichtet«, antwortete Alex, »und die meisten dieser Texte beinhalten einen Verweis auf das Gipfeltreffen der G7- beziehungsweise G8-Staaten in New York!«

»Der Weltgipfel!«, platzte Ismael heraus, dem es in diesem Moment wie Schuppen von den Augen fiel.

»Genau«, bestätigte Jekyll. »Wenn wir diese Hinweise richtig deuten, plant der Orden einen Anschlag auf das Hauptquartier der Vereinten Nationen, wo sich in etwas weniger als acht Stunden die wichtigsten Führer dieser Welt zu einem historischen Treffen einfinden.«

»Auf einen Schlag wäre die politische Führungsriege ausradiert«, spann Ismael den Gedanken weiter. »Chaos und Totschlag wären die Folge, ein Machtvakuum würde entstehen …«

»… das der Orden dann füllen könnte«, ergänzte Commander Harker atemlos. »Ich würde gerne sagen, dass ich das für ausgemachten Blödsinn halte, aber wir wissen alle, dass der Orden zu so etwas durchaus fähig ist.«

»Das ist noch nicht alles«, sagte Alex.

»Was denn noch?«

»Ich fürchte, auch dies hier ist ein Hinweis!«, erklärte Alex und hielt Harker und Ismael einen weiteren Ausdruck hin, auf dem ein Symbol zu sehen war.

Es war ein Zeichen, das überall auf der Welt verstanden wurde.

Das Symbol für Radioaktivität.

Und sie alle wussten, was es ihnen sagen sollte …

25.

Welche Chancen haben wir?

Im Vorfeld des New Yorker Weltgipfels wurde unzählige Male darüber geschrieben und spekuliert, was von diesem Treffen zu erwarten sei. Sicherheitspolitik, Umweltpolitik, Wirtschaftspolitik, der Kampf gegen den Terrorismus und das Bemühen um einen dauerhaften und stabilen Frieden im Nahen Osten ... Es gibt kaum ein aktuelles Themenfeld, das nicht auf dieser Zusammenkunft der wichtigsten Staatsmänner der Welt behandelt werden soll. Die Hoffnungen ruhen dabei nicht nur auf den Regierungschefs selbst, sondern auch auf deren Ministern und Delegationen, die in gesonderten Arbeitsgruppen zusammentreffen werden, um abseits der sonst bestehenden Regularien und Protokolle die Probleme dieses Planeten anzugehen – ein beispielloses Experiment, für das es in der Geschichte keinen Vergleich gibt.

Aber wird es auch gelingen? Oder werden letztendlich wieder singuläre Interessen den Beschluss weitreichender Maßnahmen verhindern?

»Eine historische Chance« haben die Regierungschefs Frankreichs und Deutschlands in einer gemeinsamen Presseerklärung den New Yorker Gipfel genannt. Ob sie genutzt wird, werden die nächsten Tage zeigen.

Thierry Laurent
Le Monde

Ridgefield, New Jersey
4.12 a.m. EST (Eastern Standard Time)

Das Telefon auf dem Nachttisch von Wayne P. Sutton klingelte und der Leiter der Mordkommission des 6th Precinct hätte jemanden dafür erschlagen mögen.

Schlaftrunken tastete er nach dem Hörer und hob ihn von der Gabel. Er ließ ein unwilliges Schnauben vernehmen. »Nur eine Handvoll Menschen hat diese Nummer«, knurrte er. »Wenn Sie nicht zu denen gehören, können Sie sich auf etwas gefasst machen ...«

Eine Stimme antwortete ihm, von der Sutton gehofft hatte, sie niemals wieder hören zu müssen. »Hier ist Winston Seymour!«

»Was wollen Sie?«, stöhnte Sutton. »Haben Sie eine Ahnung, wie spät es ist?«

»Sorry«, drang es lapidar aus dem Hörer, »aber diese Sache duldet keinen Aufschub.«

»Was für eine Sache?«, fragte Sutton gähnend. Er war noch immer nicht ganz bei sich.

»Lieutenant, ich habe allen Grund zu der Annahme, dass auf die Teilnehmer des New Yorker Gipfeltreffens ein atomarer Anschlag verübt werden soll.«

»Was?« Auf einmal war Sutton hellwach.

»Sie haben richtig gehört. Ich bin im Besitz von Informationen, die darauf hindeuten, dass der Anschlag heute stattfinden soll. Dann nämlich, wenn sich sämtliche Regierungschefs im UN-Gebäude aufhalten.«

»Heute?«, echote Sutton.

»Allerdings.«

»Ein atomarer Anschlag?«

»Genau, Sir.«

»Verraten Sie mir eins, Seymour: Wie viel haben Sie getrunken?«

»Wie bitte?«

»Ich hätte mir denken können, dass Sie nicht lange trocken bleiben. Nach allem, was ich in Ihrer Personalakte über Sie gelesen hatte, war mir klar, dass Sie früher oder später wieder nach der Flasche greifen. Aber sogar ich bin überrascht, dass es so schnell passiert ist. Was ist los mit Ihnen, Seymour? Bekommt Ihnen der Ruhestand nicht? Haben Sie Sehnsucht nach dem Revier? Da kann ich Abhilfe schaffen – denn wenn Sie mich noch einmal mitten in der Nacht anrufen und mich vollquatschen, werde ich Sie einlochen lassen, haben Sie verstanden?«

»Ich habe verstanden«, kam es wenig beeindruckt zurück, »und jetzt hören Sie mir mal zu, Sie beschissener Sesselfurzer …!«

»Wie? Was fällt Ihnen ein?«

»Solange ich meine Marke trug, hab ich das Maul gehalten, weil ich gut erzogen bin und Sie als Leiter der Abteilung nun mal am längeren Hebel saßen. Aber lassen Sie sich gesagt sein, Sutton, dass ich Sie für einen arroganten Yuppie halte, der vermutlich nur deshalb auf seinem Posten sitzt, weil er einen Onkel in der Stadtverwaltung sitzen hat.«

»Woher wissen Sie …?«

»Es ist mir verdammt egal, was Sie von mir denken. Halten Sie mich ruhig für einen Säufer, wenn Sie sich dabei besser fühlen, aber lassen Sie sich Folgendes kurz durch den Kopf gehen: Nur mal angenommen, der alte Winston Seymour hätte recht … Vielleicht habe ich ja tatsächlich einen Tipp bekommen, dass New York ein Anschlag von katastrophalen Ausmaßen bevorsteht, gegen den sich der 11. September ausnehmen wird wie ein vorübergehender Stromausfall. Ein Anschlag, der die Welt nicht nur ihrer führenden Häupter berauben, sondern ganz nebenbei auch noch halb Manhattan einäschern wird. Und nehmen wir weiter an, dass ich Sie deshalb anrufe, weil ich verwunderlicherweise davon überzeugt bin, dass sich hinter all dieser Arroganz und diesem geleckten Äußeren ein halbwegs brauchbarer Polizist verbirgt – und weil Sie verdammt noch mal der Einzige sind, dem ich vertraue! Was dann, Lieutenant?«

»Nun, ich … äh …«

»Ich erwarte nicht, dass Sie die Sache auf Ihre Kappe nehmen. Sagen Sie dem FBI ruhig, dass Sie den Tipp von einem Ex-Bullen haben. Aber sorgen Sie dafür, dass die Gegend um das UN-Gebäude abgeriegelt und alles durchsucht wird!«

»Warum rufen Sie die Feds nicht selber an?«

»Warum wohl? Die würden sich meine Daten auf den Schirm holen und sofort sehen, dass ich an der Flasche gehangen hab. Damit wär der Fall für sie erledigt und so weit darf es nicht kommen. Das FBI hat schon bezüglich des 11. September Mist gebaut, sonst wär's nicht so weit gekommen. Das darf sich nicht wiederholen.«

»I-ich verstehe … aber woher haben Sie diese Informationen?«

»Drücken wir es so aus, Lieutenant: Seit ich meinen aktiven Dienst beendet habe, habe ich mehr interessante Menschen kennengelernt als in den dreißig Jahren davor.«

»Soll das ein Witz sein?«

»Nein, Sir. Ich kann Ihnen nicht alles sagen, was ich weiß, nur so viel: Ich hab einen Riesenhaufen Scheiße gesehen. Da draußen geht etwas vor sich. Was genau es ist, kann ich Ihnen nicht sagen, aber wenn wir nicht verdammt auf Draht sind, wird Miss Liberty in wenigen Stunden in einem Barbecue von apokalyptischen Ausmaßen untergehen. Haben Sie das begriffen?«

»I-ich denke schon …«

»Dann kann ich mich auf Sie verlassen?«

Sutton seufzte. »Warum gerade ich?«

»Sehen Sie es positiv, Lieutenant. Sie wollten mit Ihrer Arbeit doch dazu beitragen, dass sich New York zum Weltgipfel im allerschönsten Kleid präsentiert, oder? Jetzt haben Sie die Chance dazu. Wenn ich mit meiner Voraussage falsch liege, können Sie alles auf einen verkrachten Ex-Cop abschieben, der sich das letzte bisschen Hirn weggesoffen hat. Wenn ich jedoch recht habe, dann werden Sie der große Held sein. Haben Sie daran mal gedacht?«

»Nun, das noch nicht ...«

»Dann tun Sie es jetzt, Sir. Goodbye.«

Es klickte in der Leitung und das eigenartige Telefongespräch war damit beendet. Sutton schaute auf den Hörer in seiner Hand und wusste nicht, ob er bestürzt, verängstigt oder verdammt sauer sein sollte ...

»Ist was, Schatz?«, ließ sich seine Frau vernehmen, die neben ihm im Bett lag und von dem Gespräch nichts mitbekommen zu haben schien. Sutton, dem kalter Schweiß auf der Stirn stand, schaltete die Nachttischlampe an und bedachte Kimberley mit einem liebevollen Blick – ihr hübsches Gesicht, ihr langes blondes Haar auf dem weißen Kissen – und traf eine Entscheidung!

Er musste es tun.

Schon Kimberleys und der Kinder wegen.

Auch, wenn es jeder Logik widersprach, wenn sein gesunder Menschenverstand ihm abriet und sich die Kollegen vermutlich bis zum Ende seiner Dienstzeit über ihn lustig machen würden.

»Nichts, Honey, alles in Ordnung«, sagte er leise.

Dann wählte er die Nummer des FBI.

Manhattan, New York
Kurz darauf

Die Gedanken von Winston B. Seymour überschlugen sich, während er im Taxi saß, das ihn von SoHo nach Midtown brachte. Er konnte nur hoffen, dass sein ehemaliger

Vorgesetzter tun würde, worum er ihn gebeten hatte. Was andernfalls geschehen würde, darüber wollte er gar nicht nachdenken.

Er warf einen Blick aus dem Seitenfenster, während das Taxi den Union Square passierte. Die Dämmerung hatte noch nicht eingesetzt, dennoch erwachte New York bereits zum Leben. Die Müllabfuhr transportierte in den schmalen Seitenstraßen die Unmengen an Abfall ab, die der Big Apple Tag für Tag anhäufte, und hier und dort brannte bereits Licht in den Bakerys und Delis, die in zwei Stunden von gehetzten Berufstätigen gestürmt werden würden.

Allgegenwärtige Eile war das hervorstechendste Merkmal von New York City. Buchstäblich jeder, den man in den Straßen antraf, schien möglichst rasch irgendwohin zu müssen. Es hatte eine Zeit gegeben, da war dieses beständige Drängen und Schieben Winston auf die Nerven gegangen, und er hatte sich zurück nach Texas gewünscht, wo die Menschen weniger modern waren, sich dafür aber auch weniger wichtig nahmen. Lorna war es gewesen, die ihm gezeigt hatte, dass die ständige Hetze und die immerwährende Rastlosigkeit von dem unbändigen Willen zur Veränderung zeugten, dass sie Ausdruck einer Lebensenergie waren, die stets darauf bedacht war, Dinge zum Guten zu wandeln, die Motoren, die die Menschen voranbrachten und New York City bei Tag und Nacht antrieben. Nicht von ungefähr besang das berühmte Lied die Stadt, die niemals schläft, und nicht zufällig war New York City der Inbegriff des amerikanischen Traumes. Ein Ort, an dem die Freiheit gedieh und an dem alles möglich war.

Alles …

Der 11. September hatte gezeigt, dass dieser Grundsatz nicht nur für Positives galt. Wenn jedoch erst Realität wurde, was Alex, Ismael und die anderen herausgefunden zu haben glaubten, so würde New York City nicht länger das Synonym für Freiheit und unbegrenzte Möglichkeiten sein, sondern zum Inbegriff von Tod und Schrecken werden.

Ein nuklearer Sprengsatz, der im Herzen von Midtown detonierte, würde dem hektischen Treiben der New Yorker ein ebenso jähes wie grausames Ende bereiten und die einstmals pulsierende Metropole in ein Trümmerfeld verwandeln. Die Zahl der Todesopfer würde in die Millionen gehen, Manhattan auf Jahrzehnte zu einem unbewohnbaren Ruinenfeld werden. Die Folgen einer solchen Katastrophe waren unabsehbar. Nur eines schien festzustehen: dass der Orden die Situation nutzen würde, um die absolute und direkte Kontrolle zu erlangen.

Über diese Stadt.

Über dieses Land.

Über die ganze Welt …

Winston lachte freudlos auf.

Er hatte sich immer für einen Realisten gehalten und hätte noch vor wenigen Wochen nur mit dem Kopf geschüttelt, hätte ihm jemand von einer weltumfassenden Verschwörung und einem Geheimbund von Unsichtbaren erzählt. Inzwischen hatte sich dies geändert, und Winston hatte erfahren, dass es eine Wahrheit hinter der Wahrheit gab, eine Realität hinter dem, was man sah – eine unsichtbare Wirklichkeit, eine Realität, die nicht real schien. Die Welt war nicht schwarz und weiß, sondern voll grauer Schatten – und in diesen Schatten lauerte die Gefahr …

»Verdammt, Mann!«, schnauzte er den Taxifahrer an. »Können Sie nicht schneller fahren?«

»Sie haben's mächtig eilig, was?«

»Kann man wohl sagen«, knurrte Winston.

Seine Gedanken drehten sich um das, was Ismael gesagt hatte. Noch wussten sie nicht definitiv, ob es sich tatsächlich um eine Atombombe handelte, die der Orden in seinem Besitz hatte, oder lediglich um eine »schmutzige Bombe«, also einen konventionellen Sprengsatz, der bei seiner Detonation radioaktives Material freisetzte. Im Hinblick auf die Gründlichkeit des Ordens und seine vielfältigen Möglichkeiten tippte Winston jedoch auf Ersteres – und jedes Mal, wenn er daran dachte, befielen ihn kalte Schauder.

Nach Dr. Jekylls Schätzung reichte bereits eine Fünf-Kilotonnen-Bombe, um ein Areal von fünf Häuserblocks dem Erdboden gleichzumachen. Der Krater würde halb so groß sein wie der verdammte Central Park, von den Schäden, die durch die Druckwelle und die anschließende Feuerwalze entstanden, ganz zu schweigen. Aber das waren die materiellen Schäden. Viel schlimmer war die Zahl der Todesopfer. Zigtausende unschuldiger Menschen würden ihr Leben verlieren. Ein geradezu apokalyptisches Szenario drohte der Stadt, die Winston Seymour zu seiner Wahlheimat gemacht hatte und der er sich innerlich verbunden fühlte. Ein unerträglicher Gedanke ...

Obwohl er nach Ismaels Anruf keine Zeit verloren hatte, war Winston klar, dass sie kaum noch eine Chance hatten. In etwas mehr als fünf Stunden würde das Gipfeltreffen im UN-Hauptquartier beginnen – wenn die Bombe bis dahin nicht gefunden war, würde die Katastrophe ihren Lauf nehmen.

Die Zeit arbeitete gegen sie, dabei konnte der Sprengsatz im Umkreis jener fünf Häuserblocks um das UN-Gebäude herum praktisch überall versteckt sein. Die Suche danach glich jener nach der berühmten Nadel im Heuhaufen, und die Aussichten, die Bombe rechtzeitig zu finden und zu entschärfen, tendierten gegen null.

Verzweiflung breitete sich in Winston aus, aber er kämpfte mit aller Macht dagegen an. Zweimal war er in seinem Leben Zeuge eines feigen Anschlags geworden, ohne dass er etwas dagegen hatte unternehmen können.

Das erste Mal am 22. November 1963.

Das zweite Mal am 11. September 2001.

Er wollte es kein drittes Mal erleben, und er war bereit,

dafür alles Menschenmögliche zu tun. Einen Unterschied gab es immerhin: Damals war Winston ahnungslos gewesen wie die meisten Menschen, hatte nichts gewusst von dem Verderben, das hereinzubrechen drohte. Diesmal jedoch gehörte er zu den wenigen, die eingeweiht waren …

Er warf einen Blick auf seine Armbanduhr, während das Taxi die 42nd Street erreichte. Alex, Ismael und die anderen saßen längst im Flugzeug. In etwa viereinhalb Stunden würden sie in New York eintreffen – bis dahin würde Winston auf sich gestellt sein.

Viereinhalb Stunden …

Er seufzte und wischte sich den Schweiß von der Stirn.

Es war aussichtslos …

Unbekannter Ort
Zur selben Zeit

Es war ungewöhnlich, dass innerhalb von so kurzer Zeit erneut eine Vollversammlung einberufen wurde. Dennoch waren sie der Aufforderung, sich im Hauptquartier einzufinden, ohne Ausnahme gefolgt: die zwölf Mitglieder des Rates, die in ihren ledernen Sesseln im gläsernen Rund der Ratshalle saßen.

Wie immer trugen sie Mäntel und Hüte, und eine Aura von Unangreifbarkeit umgab ihre hageren, gebeugten Körper. Die Initiation, bei der jedes Ratsmitglied seine Zugangsberechtigung nannte, war bereits abgeschlossen. Wie gebannt starrten die konturlosen Gesichter auf das Gebilde, das im Mittelpunkt der Ratshalle schwebte. Es war die dreidimensionale Projektion einer Stadt, die sich viele tausend Meilen entfernt befand und in der an diesem denkwürdigen Tag Geschichte geschrieben werden würde.

New York City.

Der Gebäudekomplex der Vereinten Nationen war zu

sehen, sowohl die Flachbauten, in denen die Ratskammern und die Vollversammlung untergebracht waren, als auch das hoch aufragende Sekretariatsgebäude. Aus dem halbtransparenten Gewirr der Häuser und Straßen von Lower Midtown, die das Areal zu drei Seiten umgaben, ragten Rockefeller Center, Chrysler Building und Empire State Building als weithin sichtbare Wahrzeichen heraus. Doch die Aufmerksamkeit der Grauen gehörte weder den Vereinten Nationen noch den anderen Sehenswürdigkeiten New York Citys – ihre Blicke waren auf die beiden leuchtenden Punkte gerichtet, die sich innerhalb des holografischen Bildes bewegten.

»Und Sie sind sicher, dass das Zusammentreffen der beiden Komponenten zum beabsichtigten Zeitpunkt erfolgen wird?«

Das angesprochene Ratsmitglied, das wie seine Artgenossen Mantel und Hut trug, richtete den Blick auf den Fragesteller. »Natürlich«, antwortete es selbstbewusst. »Zweifeln Sie etwa daran?«

»Nun – wenn wir eines im Umgang mit den Sichtbaren gelernt haben, dann, dass ihr Wille zur freien Entscheidung nicht zu unterschätzen ist.«

»Vielleicht. Aber in diesem Fall gibt es nichts mehr zu entscheiden. Sämtliche Unwägbarkeiten wurden ausgeschaltet, Schwankungen der Wahrscheinlichkeit mit eingerechnet. Was immer unsere Gegner auch planen, was immer sie auch unternehmen – sie arbeiten uns dadurch nur in die Hand. Den Gesetzen der Physik mag man trotzen können, aber nicht denen der Mathematik.«

Zufrieden wandte er sich wieder dem Hologramm zu, wo einer der beiden Lichtpunkte inzwischen eine fixe Position eingenommen hatte, unter dem Areal der Vereinten Nationen. Der andere Punkt irrlichterte nach wie vor scheinbar ziellos umher – ehe er sich schließlich geradewegs auf den anderen Lichtpunkt zubewegte.

»Sobald die letzte Stufe der Operation begonnen hat, wird Objekt 2 den entscheidenden Hinweis erhalten. Es wird um exakt 10.00 Uhr Ortszeit zum Zusammentreffen der beiden Komponenten kommen. Und während sich die so genannten Führer dieser Welt noch freundschaftlich die Hände schütteln, wird dies geschehen!«

Während er sprach, war auf dem Hologramm zu sehen, wie sich die beiden Punkte zu einem vereinigten. Dadurch schienen sie an Leuchtkraft zu gewinnen, dehnten sich innerhalb von Augenblicken zu einer riesigen Kugel aus, die gleißenden Schein verbreitete, so grell, dass die Ratsmitglieder die Augen unter ihren transparenten Lidern mit den Hüten schirmen mussten.

So rasch, wie er entstanden war, fiel der Glutball wieder zusammen. Was er hinterließ, war ein Trümmerfeld.

Von den UN-Gebäuden war nichts mehr zu sehen. Ein riesiger Krater klaffte dort, wo über die friedliche Zukunft der Menschheit hatte beraten werden sollen und eine bronzene Statue ein Schwert zur Pflugschar umgeschmiedet hatte.

Auch die umliegenden Häuserblocks lagen in Trümmern. Schwelende Ruinen waren alles, was von Midtown Manhattan übrig geblieben war, schwarze Trümmer, aus denen sich, riesigen Skeletten gleich, deformierte Stahlträger erhoben. Das Chrysler Building ragte als rauchender Stumpf zur Decke der Ratshalle auf, die anderen Wahrzeichen der Stadt waren nur noch steinerne Totengerippe, die über die Trümmerlandschaft wachten, während sich Staub und Dunkelheit wie ein schmutziges Leichentuch über die Stadt breiteten und die holografische Darstellung allmählich verblassen ließen.

»Was Sie soeben gesehen haben, meine Brüder«, verkündete der Graue feierlich, »sind die Ruinen, auf denen eine neue Weltordnung entstehen wird. *Unsere* Weltordnung …«

26.

Ich habe es getan.

Weder bin ich stolz darauf, noch empfinde ich Genugtuung darüber, aber ich bekenne mich dazu.

An das Gefühl, das mich dabei durchströmte, kann ich mich noch so deutlich erinnern, als wäre es eben erst geschehen. Jene eisige Kälte, die mich erfüllte und die mich nie mehr ganz losließ. Vielleicht, so denke ich immer wieder, wurde an jenem Tag auch ein Teil von mir getötet.

An jenem Tag, als ich tat, was unvorstellbar ist.

Optische Eindrücke, heißt es, verblassen in der Erinnerung. Vielleicht ist das der Grund dafür, dass meine Erinnerungen so klar und deutlich sind, denn ich entsinne mich nicht, etwas gesehen zu haben. Aber ich habe etwas gehört.

Seine Schreie, die plötzlich erstarben. Sein Stöhnen, als ihm die Atemluft knapp wurde und schließlich das Leben aus ihm wich.

Und ich habe etwas gefühlt.

Den Widerstand, den seine Nackenmuskeln mir entgegensetzten, ohne etwas ausrichten zu können, seine verzweifelten Versuche, sich aus meinem Griff zu befreien.

Ich scherte mich nicht darum.

Zu groß war meine Wut, zu überwältigend meine Verzweiflung. Und so drückte ich immer weiter zu, in der festen Überzeugung, dass dies der einzige Weg war, sein Treiben zu beenden.

Und ich brachte es zu Ende.

Sein Widerstand ließ nach, und sein Stöhnen ging in ein lang gezogenes Seufzen über, ehe es ganz verstummte. Sein Körper erschlaffte in meinen Händen, und in diesem schrecklichen Augenblick wusste ich, dass ich es getan hatte.

Ich hatte jemanden getötet.

Jemanden von meiner Art.

Einen Unsichtbaren …

Lower Midtown, Manhattan
United Nations Plaza
8.12 a.m. EST

Das FBI hatte Großalarm ausgelöst.

Lieutenant Sutton hatte reagiert, und die ersten Einsatzwagen von Polizei und Feuerwehr trafen an der UN-Plaza ein und wenig später zwei komplette SWAT-Einheiten sowie mehrere Busse, denen scharenweise Männer und Frauen in blauen FBI-Jacken entstiegen. Seymour war erleichtert: Man hatte seine Warnung ernst genommen.

Die Beamten des NYPD riegelten die Straßen um das UN-Gebäude ab – im Westen bis zur Third Avenue, im Norden und Süden von der 40. bis zur 50. Straße. Bombensuchkommandos – sowohl solche, die mit eigens angeforderten Spürhunden nach konventionellen Sprengstoffen suchten, als auch mit Geigerzählern bewaffnete ABC-Einsatzkräfte – nahmen sich Straßenzug um Straßenzug vor. Zur Wasserseite des UN-Areals hin patrouillierten Boote der Hafenpolizei sowie der Küstenwache, die zur Verstärkung angefordert worden waren. Nach den Anschlägen des 11. September, die die Welt verändert hatten, reagierten die Sicherheitsbehörden umgehend auf jede Art von Bedrohung, auf jeden noch so vagen Hinweis – Sicherheit war das oberste Gebot.

Nur so war es zu erklären, dass man auf Winston Seymours Warnung mit einem solchen Aufgebot reagierte, obwohl der Ex-Polizist noch nicht einmal seine Quelle preisgeben wollte. Umgehend hatte Suttons Anruf eine Maschinerie in Gang gesetzt, die nur darauf gewartet hatte, dass irgendjemand den entsprechenden Schalter umlegte. Dass es sich dabei um einen Fehlalarm handeln konnte, stand an zweiter, wenn nicht sogar an dritter Stelle: Es würde im Laufe des Weltgipfels noch einige solcher Fehlalarme geben, auf die man im Hintergrund reagierte, ohne dass die Öffentlichkeit viel davon mitbekam.

Dennoch – es war das erste Mal, dass Winston seit dem 11. September einen derart massiven Einsatz an Material und Personal zu sehen bekam. Seine Warnung hatte einen empfindlichen Nerv getroffen. Keiner der Verantwortlichen wollte mit ansehen müssen, wie ein weiteres New Yorker Wahrzeichen in Schutt und Asche versank, und ganz sicher wollte niemand erleben, wie die halbe Stadt in einem Glutball aus Feuer und Rauch verging. Die Anspannung war deutlich zu spüren an diesem Morgen, dennoch arbeiteten die Beamten von FBI, NYPD und der übrigen beteiligten Behörden mit einer Disziplin und einer Professionalität, für die Winston nur Respekt empfinden konnte.

Da die UN rechtlich betrachtet kein Teil der USA sind – das aus einer Schenkung von John D. Rockefeller Jr. hervorgegangene Areal ist als international deklariert und verfügt sogar über ein eigenes Postsystem –, mussten beim Generalsekretariat zunächst Genehmigungen zur Durchsuchung der Gebäude eingeholt werden. Anschließend wurden sowohl das Sekretariatsgebäude als auch die Ratshallen abgesucht. Die in Zweiertrupps eingeteilten Beamten arbeiteten so rasch und sorgfältig, wie es in Anbetracht der Lage möglich war. Fündig wurden sie nicht – und daran änderte sich im Lauf der nächsten zweieinhalb Stunden auch nichts.

Die Morgendämmerung zog im Osten über den Häuserburgen von Queens herauf und das erste Licht des Tages ließ das breite Band des East River leuchten – eines Tages, dessen Ende New York City vielleicht nicht mehr erleben würde ...

Je später es wurde, desto mehr Menschen drängten sich von allen Seiten an die Absperrungen. Angesichts des massiven Aufgebots an Einsatzfahrzeugen und Beamten, das im Verlauf des Morgens immer noch verstärkt wurde, war deutlich zu erkennen, dass dort etwas Großes ablief. Gerüchte machten die Runde, eines furchterregender als das andere – aber keines davon war auch nur annähernd so erschreckend wie die Wirklichkeit. Vertreter der internationalen Presse, die wegen des Weltgipfels ohnehin in New York weilten, fanden sich an der UN-Plaza ein und bestürmten die Beamten mit Fragen, auf die es freilich nur eine Antwort gab:

Kein Kommentar!

Im Fahrzeug der Einsatzleitung, einem riesigen dunkelblauen Bus mit verdunkelten Scheiben, mit Antennen und Satellitenschüsseln auf dem Dach, liefen alle Fäden zusammen. Im abgedunkelten Inneren des Busses hockte ein Dutzend FBI-Beamten mit Headsets an Computerterminals und Bildschirmen und wertete die Meldungen aus, die von den Suchtrupps per Funk eingingen. In der Mitte des länglichen Raums befand sich ein ovaler Tisch mit einer gläsernen, von unten beleuchteten Platte, auf der der Grundrissplan des UN-Gebäudes sowie Straßenkarten der Umgebung lagen. Rote und grüne Markierungen kennzeichneten bereits überprüfte Häuser oder solche, die erst noch gecheckt werden mussten.

Acht Männer waren mit besorgten Mienen um den Tisch versammelt, unter ihnen Lieutenant Sutton und Winston, der sich zu Suttons Verdruss nicht hatte abwimmeln lassen und darauf bestanden hatte, bei der Koordination des Einsatzes zu helfen. Die Leitung hatte Special Agent Walter Roryck, ein FBI-Ermittler in Suttons Alter, der in seinem makellosen Anzug und mit dem kurz geschnittenen pechschwarzen Haar einen für Winstons Geschmack etwas zu geleckten Eindruck machte.

»Verdammt«, sagte Winston nur, als eine Reihe neuer Meldungen von erfolglosen Gebäudedurchsuchungen einging, »wir werden es nicht schaffen!«

»Vielleicht würden wir ja mehr erreichen, Mr Seymour«, sagte Special Agent Roryck säuerlich, »wenn Sie uns verraten würden, woher Sie Ihre Informationen haben.«

»Das kann ich nicht, Sir«, entgegnete Winston ruhig. »Aber ich versichere Ihnen, dass sie verlässlich sind.«

»Ihre Beteuerungen helfen uns wenig, Seymour«, sprang Sutton dem FBI-Mann bei, »denn bislang haben die Suchtrupps nicht den geringsten Hinweis darauf gefunden, dass sich irgendwo dort draußen eine Bombe befindet. Richtig, Agent Roryck?«

»Das ist richtig.«

»Das heißt aber nicht, dass das verdammte Ding nicht existiert, oder?«, fragte Winston. »Hören Sie, Lieutenant, ich weiß, dass sich das alles ziemlich abenteuerlich anhört. Aber Sie müssen mir glauben, dass ich mir das nicht ausgedacht habe – und ich denke, wir sollten allmählich über Konsequenzen nachdenken.«

»Konsequenzen?« Roryck blickte von den Karten auf. »Wovon sprechen Sie?«

»Ich spreche davon, die Öffentlichkeit zu informieren«, erklärte Winston unumwunden. »Die Bevölkerung muss vor dem bevorstehenden Anschlag gewarnt werden. Und natürlich muss man das Gipfeltreffen absagen.«

»Das Gipfeltreffen absagen? Die Bevölkerung informieren?« Einer von Rorycks Leuten schnitt eine Grimasse. »Wo haben Sie die letzten zehn Jahre verbracht, Seymour? Hinterm Mond?«

»Was mein Kollege damit zum Ausdruck bringen will«, ergriff Roryck rasch das Wort, ehe Winston eine geharnischte Erwiderung vom Stapel lassen konnte, »ist, dass wir nichts dergleichen tun werden, Mr Seymour. Ganz egal, wie unsere Suche nach der angeblichen Bombe ausgeht.«

»Ganz egal, wie ...?« Winston musste schlucken. »Ich höre wohl nicht recht!«

»Mr Seymour, denken Sie nur einen Augenblick nach: Was wäre geschehen, wenn das FBI die Bevölkerung von New York City über den eventuell bevorstehenden Anschlag auf das World Trade Center gewarnt hätte?«

»Sehr einfach«, antwortete Winston. »Rund fünftausend Menschen hätten an diesem Tag nicht ihr Leben verloren.«

Roryck schüttelte den Kopf. »Falsch. Eine Massenpanik wäre ausgebrochen, die sich nicht auf den Financial District beschränkt, sondern ganz Manhattan ergriffen hätte – und die Anzahl der Todesopfer, die wir dann zu beklagen gehabt hätten, wäre noch ungleich höher ausgefallen.«

»Das wissen Sie nicht mit Bestimmtheit!«, wandte Winston ein.

»Wir haben das Szenario mehrfach durchgespielt, mit allen erdenklichen Variablen«, erklärte einer der anderen Agenten. »Das Ergebnis war jedes Mal das gleiche, und es besagt, dass die Zahl der Opfer doppelt bis dreimal so hoch gewesen wäre, hätten wir die Bevölkerung gewarnt.«

»Schön und gut«, brummte Winston, »aber der Vergleich hinkt. Damals hatten wir es mit einem Anschlag auf ein einziges Gebäude zu tun. Wenn jedoch Wirklichkeit wird, wovor meine Informanten mich gewarnt haben, dann wird ganz Manhattan in Trümmern liegen. Wir sprechen hier nicht mehr von ein paar Tausend Todesopfern, sondern von Millionen! Geht das nicht in eure verdammten Schädel?«

Winston war lauter geworden, als er beabsichtigt hatte. Die Blicke Rorycks und seiner Leute waren entsprechend mürrisch.

»Ich weiß Ihr Engagement in dieser Sache sehr zu schätzen, Mr Seymour«, erklärte der Einsatzleiter gelassen, »aber die Entscheidung darüber, was zu geschehen hat, werden Sie uns überlassen.«

»Das könnt ihr nicht machen!«, rief Winston und schüttelte ungläubig den Kopf. »Ihr könnt doch nicht eine ganze Stadt der Vernichtung preisgeben!«

»Der Vernichtung?«, fragte Roryck. »Wir haben keine Bombe gefunden, Seymour, weder im UN-Gebäude selbst noch in einem Umkreis von achthundert Yards.«

»Wie können Sie das sagen? Wir haben noch längst nicht jedes Gebäude überprüft ...«

»... jedoch genug, um jetzt ein Bild von der Lage zu haben«, unterbrach ihn der FBI-Mann kaltschnäuzig. »Weder haben unsere Spezialisten etwas gefunden, noch hat die Befragung der Anwohner auch nur einen Anhaltspunkt ergeben. Zudem lag dem FBI bis zu Lieutenant Suttons Anruf nicht der geringste Hinweis auf einen bevorstehenden Anschlag vor.«

»Was nicht allzu viel heißen will«, versetzte Winston. »Die Hinweise, die ihr über den WTC-Anschlag hattet, lagen ja auch noch Tage später in eurem Posteingang!«

»Ich wäre Ihnen dankbar, Mr Seymour, wenn Sie Ihre Meinung über das FBI und seine Arbeit für sich behalten würden«, sagte Roryck pikiert. »Wir machen nur unseren Job.«

»Schön, dann macht ihn richtig!«, knurrte Winston und warf einen nervösen Blick auf seine Uhr. »Bis zum Beginn des Gipfeltreffens bleiben noch zwei Stunden. Genug Zeit also, um die ganze Veranstaltung abzublasen.«

»Auch das wird nicht geschehen«, stellte Roryck klar. »Stellen Sie sich das Bild vor, das New York City nach außen vermitteln würde, wenn der von langer Hand vorbereitete Weltgipfel so plötzlich abgesagt würde. Noch dazu, wenn sich herausstellt, dass dies nur aufgrund eines schlechten Scherzes hin geschah.«

»Moment mal«, sagte Winston, »hab ich da was verpasst? Worum geht es hier eigentlich? Um die Rettung von Menschenleben oder um die Reputation dieser Stadt?«

»Um beides«, gab der FBI-Mann ausweichend zur Antwort. »Wenn Sie das nicht verstehen, bedaure ich das sehr. Aber ich werde nicht zulassen, dass ein hergelaufener Ex-Cop – ich bitte um Verzeihung – sowohl meine Behörde als auch diese Stadt vor aller Welt lächerlich macht.«

»Ist das Ihr Ernst? Sie haben Angst, sich lächerlich zu machen?« Winston lachte bitter auf. »Sorry, das muss ich erst mal verdauen. Sein Arsch wird vermutlich in zwei Stunden geröstet, aber der Gentleman vom FBI hat Angst, sich lächerlich zu machen.«

Roryck erwiderte nichts darauf, sondern bedachte Sutton mit einem Blick, der fordernd und recht eindeutig war. Der Lieutenant, eingeschüchtert durch die bloße Präsenz des FBI, wandte sich daraufhin Seymour zu. »Winston«, sagte er, sich der vertraulichen Anrede bedienend, »ich beschwöre Sie, hören Sie auf damit!«

»Wieso, Lieutenant? Fürchten auch Sie um Ihr Ansehen?«

Sutton schwieg und das war Antwort genug.

Wütend wandte sich Winston um und stürmte zum Heck des Busses, wo sich der Ausgang befand, vorbei an den FBI-Beamten, die an den Konsolen saßen.

»Kein Wort, Seymour!«, rief Roryck ihm hinterher. »Kein Wort nach draußen, haben Sie verstanden? Oder ich lasse Sie einlochen, ich schwöre es Ihnen!«

Winston hörte nicht hin. Wutschnaubend platzte er nach draußen und stampfte quer über den Hof, den die in einem weiten Kreis geparkten Einsatzfahrzeuge von FBI und NYPD mitten auf der First Avenue bildeten. Inzwischen war es hell geworden. Vor der südlichen Schranke hatten sich Demonstranten eingefunden, die in der neuerlichen Absperrung nur eine weitere Beschränkung ihrer Bürgerrechte sahen.

»Von wegen Terroristen!«, schrie einer von ihnen. »Ihr wollt uns nur davon abhalten, diesem arroganten Politikerpack die Meinung zu sagen. Aber damit kommt ihr nicht durch!« Seine Mitdemonstranten bekundeten lautstark und grölend ihre Zustimmung.

Winston schaute frustriert zu Boden. Eitelkeit und Egoismus herrschten unter den Menschen. Auf diese Weise, dachte Winston bitter, wurde es dem Orden leicht gemacht. Es war gut, seine Meinung frei zu äußern und Fragen zu stellen. Das Problem war, dass kaum jemand die *richtigen* Fragen stellte.

Ein Kind schrie auf dem Arm seiner Mutter. Winston fühlte sich elend, als er das Gekrächze des Kleinen hörte. Anders als diejenigen, die dort vor der Absperrung standen, wusste er, welches grässliche Schicksal dem Big Apple drohte, und dennoch konnte er nichts dagegen unternehmen.

Oder …?

Auf einmal musste er an Lorna und an seine Kinder denken, an die Enkel, die er noch nie gesehen hatte und die irgendwo in dieser großen Stadt lebten. Wenn er die drohende Katastrophe schon nicht verhindern konnte, wollte er wenigstens sie warnen …

Kurzerhand zückte er sein Handy und wählte die Nummer, die er in all den Jahren nicht vergessen hatte.

»Komm schon, Baby«, murmelte er, während er dem Klingelzeichen lauschte. »Nimm schon ab …«

»Ja?«, hörte er im nächsten Moment eine samtig weiche Frauenstimme, die tausend Erinnerungen in ihm weckte – Erinnerungen, denen Winston in diesem Moment nicht nachhängen durfte …

»Hi, Lorna«, sagte er und gab sich Mühe, möglichst ruhig zu klingen. »Ich bin's.«

»W-Winston?«

»Ja ... Seltene Überraschung, nicht wahr?«

»Kann man wohl sagen. Was willst du? Geld?«

Es tat weh, dass sie so abweisend war. Aber Winston musste zugeben, dass er es nicht besser verdient hatte. Nicht nach dem Suff und allem, was seine Familie durch ihn hatte durchmachen müssen ...

»Nein, kein Geld«, sagte er. »Lorna, ich ... ich wollte dich nur wissen lassen, wie leid mir alles tut. Und ich möchte dich bitten, die Stadt zu verlassen. Jetzt gleich!«

»Was?«

»Du hast mich gehört. Das ist kein Scherz, Lorna, sondern bitterer Ernst. Verlass die Stadt so schnell wie möglich und nimm Sam und Judy mit!«

»Judy lebt nicht mehr in New York, Winston«, entgegnete Lorna kühl. »Sie ist mit ihrem Mann nach Jersey gezogen.«

»Gut so.« Winston war erleichtert – wenigstens seine Tochter und seine Enkelkinder waren in Sicherheit. »Dann ruf jetzt Sam an und richte ihm aus, was ich gesagt habe. Und dann nehmt den nächsten Zug, der die Stadt verlässt.«

»Warum?«

»Weil ich es sage, verdammt!« Winstons Nerven flatterten. »Bitte, Lorna, ich habe keine Zeit, dir alles zu erklären. Du musst mir glauben, hörst du?«

»Einfach so? Nachdem du die ganze Zeit nichts von dir hast hören lassen?«

»Lorna, es tut mir leid, ich ...«

»Du hast wieder getrunken, nicht wahr?«

»Nein, verdammt. Ich ...«

»Ich wusste es. Ich wusste, dass du nicht mehr davon loskommen würdest ...«

»Aber Lorna, ich schwöre dir, dass ich nicht ...«

Es klickte in der Leitung – Lorna hatte aufgelegt.

Winston stieß eine Verwünschung aus und wählte die Nummer noch einmal, aber Lorna ging nicht mehr ran. Wieso auch? Für sie musste es sich so anhören, als hätte ihr dem Alkohol verfallener Ex-Mann erneut zur Flasche gegriffen und würde Telefonterror betreiben.

Was nun?

Erneut warf Winston einen gehetzten Blick auf seine Armbanduhr. Schon wieder waren wertvolle Minuten verstrichen, in denen nichts geschehen war und sich das Unheil New York weiter genähert hatte. Ein Unheil, das die Stadt in etwa eineinhalb Stunden verschlingen würde ...

Winston schaute hinüber zum Bus der Einsatzleitung, in dem Roryck und seine Jungs saßen und Planspiele betrieben, dann wieder zur Absperrung, wo die Demonstranten aufmarschiert waren und die Presse Posten bezogen hatte. Und er fasste einen verzweifelten Entschluss. Mochten Roryck und Sutton sagen, was sie wollten – Winstons aktiver Polizeidienst war zu Ende, er fühlte sich an ihre Weisungen nicht mehr gebunden.

Die Menschen in dieser Stadt hatten ein Recht darauf zu erfahren, was vor sich ging. Selbst wenn er damit eine Massenpanik auslöste – in der Zeit, die noch bis zum offiziellen Beginn des Gipfeltreffens blieb, konnten Tausende ihr Leben retten. Und wenn Lorna erst mitbekam, was an der UN-PLaza los war, würde sie begreifen, dass er keineswegs betrunken, sondern nur um ihr Wohl besorgt war.

Fest entschlossen, die Bevölkerung New Yorks vor dem bevorstehenden Anschlag zu warnen, ging Winston auf einen der Übertragungswagen zu, die jenseits der Absperrung standen. Ein einziges Interview mit einer großen TV-Station würde genügen und die Wahrheit würde innerhalb von Minuten publik gemacht ...

In nächsten Moment registrierte er, dass sich jemand wie

ein Schatten an ihn heftete – ein athletischer junger Mann, der einen Anzug trug und einen kleinen Empfänger im Ohr hatte.

»Mr Seymour?«, sprach er Winston an, worauf dieser seinen Schritt beschleunigte.

»Mr Seymour – bleiben Sie stehen!«, wiederholte der FBI-Mann, schon ein wenig energischer.

Winston scherte sich nicht darum. Er zwängte sich zwischen zwei geparkten Mannschaftsbussen hindurch und befand sich im nächsten Moment auf der freien Fläche zwischen den Einsatzwagen und der Absperrung.

Der FBI-Agent, der fraglos über Funk die Anweisung erhalten hatte, Winston nicht entkommen zu lassen, begann zu rennen, worauf auch Winston in Laufschritt verfiel. Er hielt auf die Absperrung zu, hinter der die Demonstranten die Fäuste schwangen und soeben eine US-Flagge anzündeten.

»Seht euch das an!«, rief einer der Demonstranten und deutete in Winstons Richtung. »Das ist pure Willkür! Da wird Jagd auf einen friedliebenden Staatsbürger gemacht …!«

Seine Mitstreiter verfielen in Buhrufe und Pfiffe, worauf die Cops entlang der Absperrlinie nervös wurden. Mit gehetzten Blicken schauten sie sich um – und sahen Winston und seinen Verfolger, die auf einen der Ü-Wagen zuliefen.

»Stehen bleiben – oder ich schieße!«, rief der FBI-Mann laut, und Winston wusste, dass der Mann nach der Waffe griff.

»Imperialistenschweine!«, schrie ein Demonstrant aufgebracht. »Jetzt zeigt ihr euer wahres Gesicht …!«

Noch zehn, fünfzehn Meter trennten Winston von der Absperrung. Er sah die von Zorn geröteten Gesichter der Globalisierungsgegner und das lichterloh brennende Sternenbanner, das ihm wie ein Omen erschien, hörte hinter sich das Knallen der Ledersohlen und das Keuchen seines

Verfolgers und fragte sich, was verdammt noch mal derart schief gelaufen war. Dies war kein Albtraum, auch wenn es ihm so vorkam. Er rannte weiter auf die Absperrung zu und dachte daran, dass ihn jeden Moment eine Kugel erwischen würde.

Aber es kam nicht dazu, denn im nächsten Moment durchbrachen die Demonstranten die Barriere und fielen mit Fäusten und zu Schlaginstrumenten umfunktionierten selbst gebastelten Schilden über die NYPD-Beamten her. Schlagstöcke wurden gegen die aufgebrachte Menge zum Einsatz gebracht, und ein wüstes Handgemenge entstand, das sowohl Winston als auch seinen Verfolger verschluckte.

Auf einmal sah sich Winston von der schreienden, wütenden Meute umgeben. Parolen wurden gerufen und heisere Befehle gebrüllt, von irgendwo war eine Polizeisirene zu hören. Winston fuhr herum und sah seinen Verfolger, der vom Angriff der Demonstranten völlig überrascht war.

Mit zwei großen Schritten war Winston bei ihm und versetzte ihm eine Gerade, die ihn stöhnend niedergehen ließ. Winston nahm die Dienstpistole des Special Agent an sich, eine 16-schüssige SIG Sauer P226, Standardbewaffnung des Federal Bureau of Investigation, und ließ sie unter seiner Lederjacke verschwinden. Dann machte er sich davon.

Daran, dem Fernsehen ein Interview zu geben, war in all dem Chaos nicht mehr zu denken – auf der Suche nach immer neuen Sensationen konzentrierten die Kameraleute und Reporter ihre Aufmerksamkeit auf das Handgemenge zwischen den Demonstranten und den Beamten des NYPD, die jetzt massive Verstärkung erhielten. Schon nach wenigen Augenblicken war die Situation an der südlichen Absperrung wieder unter Kontrolle – Augenblicke, die Winston genutzt hatte, um sich abzusetzen.

In einer schmalen Seitengasse an der 42nd Street machte er halt. Schwer atmend lehnte er sich an die Backsteinmauer und versuchte, seine Gedanken zu ordnen – als sich sein Handy trillernd meldete.

In der Erwartung, dass es Ismael und die anderen wären, die sich meldeten, nahm Winston das Gespräch entgegen …

… und wurde überrascht.

»Mr Seymour?«, erkundigte sich die Stimme eines Mannes, die Winston entfernt bekannt vorkam, ohne dass er sie allerdings zuordnen konnte.

»Wer ist da?«

»Das tut nichts zur Sache, Mr Seymour. Ich weiß, wo das versteckt ist, wonach Sie suchen.«

Winston war wie vom Donner gerührt.

Dutzende von Fragen stürmten auf ihn ein. Wer war der fremde Anrufer? Woher hatte er diese Nummer? Wieso kam seine Stimme Winston bekannt vor? Aber keine dieser Fragen war auch nur annähernd so wichtig wie diese eine:

»Wo?«, verlangte er tonlos zu wissen.

»Zählen Sie eins und eins zusammen, Mr Seymour. Bedenken Sie, dass ein nuklearer Sprengsatz aus mehreren Komponenten besteht, die zusammenfinden müssen. Und bedenken Sie weiterhin, dass er nicht zwangsläufig oberhalb der Erde deponiert sein muss, um seine vernichtende Wirkung zu entfalten. Wo also, schließen Sie, kommt alles zusammen?«

Ein leises Klicken – der geheimnisvolle Anrufer hatte aufgelegt, noch ehe Winston etwas erwidern konnte. Ratlos starrte er auf das Handy und fragte sich, was das alles nur bedeuten mochte.

In diesem Augenblick bemerkte er, dass er auf einem Eisengitter stand, das in den Asphalt eingelassen war. Es verschloss einen Lüftungsschacht, der senkrecht in die Tiefe führte.

Die Erkenntnis traf Winston B. Seymour mit der Wucht eines Hammerschlags.

Die Bombe steckte im Subway-Tunnel …

Luftraum über Manhattan
9.04 a.m. EST (Eastern Standard Time)

Ein Helikopter der Anderen hatte Alexandra Lessing und ihre unsichtbaren Begleiter am Flughafen Teterboro abgeholt. Die tiefen Straßenschluchten der West Side überfliegend, steuerte die Maschine den Heliport an der 34. Straße an, der vom UN-Hauptquartier nur rund einen Kilometer entfernt liegt.

»Und?«, erkundigte sich Ismael bei Alex, die versuchte, Winston Seymour über dessen Handy zu erreichen. »Meldet er sich?«

»Ich kriege keine Verbindung zu ihm!«, rief Alex über das Knattern der Rotoren hinweg. »Gerade so, als wäre er vom Erdboden verschluckt.«

»Jek, versuch sein GPS-Signal zu orten!«, wies Ismael den Kommunikationsspezialisten an.

Der verzichtete in Anbetracht der Lage auf den Hinweis auf seinen akademischen Grad. »Verstanden!«, bestätigte er stattdessen und aktivierte das Notebook, das sein ständiger Begleiter war.

Alex schaute auf das Display, das im nächsten Moment eine dreidimensionale Ansicht der Straßen New York Citys zeigte – und mitten darin ein blinkendes Signal.

»Ich hab ihn!«, verkündete Jekyll triumphierend. »Allerdings ist das Signal ziemlich schwach.«

»Was hat das zu bedeuten?«, erkundigte sich Commander Harker, die ebenfalls mitgekommen war.

»Einen Moment, ich überprüfe das!«, sagte Jekyll. Die Darstellung auf dem Bildschirm kippte und zeigte die Straßen Manhattans plötzlich nicht mehr von oben, sondern in seitlicher Ansicht. Das Signal, das jeweils nur kurz zu sehen war und dann wieder für einige Augenblicke verschwand, befand sich nicht ober-, sondern unterhalb der Straßen.

»Da haben wir des Rätsels Lösung!«, rief Alex. »Winston befindet sich offenbar in einem U-Bahn-Tunnel!«

»In einem U-Bahn-Tunnel? Was will er da?«, fragte Harker.

»Möglicherweise folgt er einer Spur!«, glaubte Alex.

»Vielleicht«, stimmte Ismael zu. »Auf jeden Fall sollten wir dorthin ...«

Subway-Tunnel Flushing Line
9.14 a.m. EST (Eastern Standard Time)

Die U-Bahn-Verbindung zwischen Grand Central Station und Queens, die unterhalb des UN-Areals verlief, war durch den ausgelösten Großalarm unterbrochen worden. Kein Zug rauschte durch die dunkle Röhre, die im weiteren Verlauf den East River untertunnelte, und nur die nackten Neonröhren, die in regelmäßigen Abständen an den Wänden installiert waren, spendeten Licht.

Winston Seymour hütete sich davor, beim Gehen über die Schienen die Stromversorgung zu berühren. Die Pistole in der Hand, die er von dem Federal Agent erbeutet hatte, schlich er lautlos durch den Tunnel.

Noch immer dachte er darüber nach, warum ihm die Stimme am Telefon so bekannt vorgekommen war, und voller Sorge fragte er sich, ob er auf der richtigen Spur war und die Andeutungen des geheimnisvollen Anrufers richtig interpretiert hatte.

Winston hasste Rätsel.

Er hatte sie schon immer gehasst, und in diesem Fall

ganz besonders. Warum hatte dieser mysteriöse Informant, der offenbar von dem geplanten Anschlag wusste, jedoch nicht auf Seiten des Ordens zu stehen schien, nicht einfach Klartext reden können?

Winston erinnerte sich nicht an alle Einzelheiten des kurzen Gesprächs, dazu war er von seiner Flucht zu abgekämpft und von dem Anruf zu überrascht gewesen. Aber er wusste noch, dass der Kerl etwas von mehreren Komponenten gefaselt hatte, aus denen sich ein nuklearer Sprengsatz zusammensetzte.

Das stimmte zweifellos.

Zwar hatte Winston es in seiner Eigenschaft als Ermittler der Mordkommission nie mit Fällen zu tun gehabt, in denen solche Dinge eine Rolle spielten, denn sowohl Terrorismus als auch der Diebstahl von Nuklearmaterial fielen in die Zuständigkeit des FBI. Aber er wusste, dass eine Atombombe, wie auch immer sie sonst konstruiert sein mochte, aus einem herkömmlichen Sprengsatz und einer bestimmten Menge von spaltbarem Material bestand – in der Regel Uran oder Plutonium –, die die so genannte »kritische Masse« überschreiten musste, also jene Menge, ab der die durch die konventionelle Sprengung freigesetzten Neutronen eine Kettenreaktion verursachen. Waren es diese Komponenten, von denen der Anrufer gesprochen hatte? Oder was hatte er sonst damit gemeint?

Der Tunnel beschrieb eine leichte Biegung. Nach Winstons Schätzung musste er sich bereits in unmittelbarer Nähe der UN-Plaza befinden. Er fragte sich, was im Augenblick dort oben los sein mochte, und hoffte, dass die Auseinandersetzung zwischen Demonstranten und Polizei, die ihm so unerwartet zu Hilfe gekommen war, inzwischen beendet war.

Die P226 in der Hand schlich er weiter – und sah plötzlich im Licht einer Neonröhre ein Hindernis auf den Schienen.

Es war einer jener elektrischen Wartungswagen, mit denen die Arbeiter der New Yorker MTA – Metropolitan Transit Authority – die Schienen befuhren, wenn es etwas zu reparieren gab. Die darauf befindliche Hebebühne war halb ausgefahren, was den Waggon wie ein prähistorisches Monstrum mit breitem Körper und langem Hals aussehen ließ – und mit einem kugelförmigen Gebilde als seinem Kopf!

Winston merkte, wie sich sein Pulsschlag beschleunigte. Ein Gefühl sagte ihm, dass er gefunden hatte, wonach er suchte.

Er erreichte den Waggon und erklomm die Ladefläche, um das Kugelgebilde genauer in Augenschein zu nehmen.

Sein Durchmesser mochte fünfzig oder sechzig Zentimeter betragen, die Außenhülle setzte sich aus zwei schimmernden Metallhalbkugeln zusammen, vermutlich aus Blei, um eine Ortung des radioaktiven Inhalts zu erschweren; was sich innerhalb dieser beiden Hälften befand, darüber brauchte Winston nicht lange nachzudenken.

Dies war die Bombe!

Ein atomarer Sprengsatz, wie eine Kugel geformt, um eine größtmögliche Reaktion zu gewährleisten. Wenn dieses Ding hochging – das war Winston klar –, würde von hier bis zur West Side kein Stein auf dem anderen bleiben …

»Fuck!« Der hartgesottene Ex-Polizist, der jahrelang an vorderster Front das Verbrechen bekämpft hatte, spürte, wie ihm die Knie weich wurden und ihm kalter Schweiß auf die Stirn trat. Panik griff mit klammer Hand nach seinem Herzen.

Instinktiv zückte er das Handy, um Roryck zu informieren, aber natürlich hatte das Ding hier unten keinen Empfang. Mit zitternden Händen steckte Winston das nutzlose

Gerät zurück in die Tasche und stieg vom Wagen. Er wollte rasch zurück, um das FBI zu alarmieren – als ein schrilles Klingeln die lastende Stille im Tunnel zerriss.

Winston erschrak derart heftig, dass er einen heiseren Schrei ausstieß – dann wurde ihm klar, dass es lediglich das Servicetelefon war, das unweit des Wartungswagens an der Tunnelwand hing und klingelte.

Die P226 in der ausgestreckten Hand, ging er hinter dem Wagen in Deckung und wartete, ob sich jemand zeigte, dem der Anruf galt. Aber es kam niemand, und so wagte sich Winston wieder hervor, ging zum Telefon und nahm den klobigen Hörer ab.

»Ja?«, fragte er atemlos.

»Mr Seymour«, ließ sich erneut die Stimme von vorhin vernehmen, und wieder kam sie Winston bekannt vor, »schön, dass Sie endlich da sind. Um ehrlich zu sein, haben wir Sie schon etwas früher erwartet. Aber niemand ist nun mal perfekt, nicht wahr?«

»Wer sind Sie?«

»Ich erwarte nicht, dass Sie sich an mich erinnern, Mr Seymour, schließlich ist es lange her«, sagte die Stimme. »Aber vielleicht kann ich Ihrem Gedächtnis ein wenig auf die Sprünge helfen …«

Dallas, Texas
Parkland Hospital
22. November 1963

»Ist er das?«

Die beiden Gestalten trugen weiße Kittel. Sie beugten sich über das Bett des schlafenden Patienten – ein junger Mann, der mit einer Schussverletzung eingeliefert worden war. Einer Schussverletzung, die er an der Dealey Plaza davongetragen hatte …

»Ja, Dr. Franklin, das ist er.«

»Seltsam … er sieht nicht aus wie jemand, der Ärger macht.«

»Er hat einen unserer Leute verfolgt. Wir müssen davon ausgehen, dass er etwas gesehen hat.«

»Gesehen?«

Der andere zuckte mit den Schultern. »Wie auch immer.«

»Nun ja, wir werden die Kugel entfernen.«

»Äh … Doktor?«

»Ja, Mr Delacre?«

»Sagen Sie, wäre es nicht besser, den sicheren Weg zu wählen?«

»Wovon sprechen Sie?«

»Nun, ich meine, dass es beim Entfernen einer Kugel aus einer Schusswunde auch leicht zu Komplikationen kommen kann. Komplikationen, die zum Ableben des Patienten führen …«

»Sieh an.« Franklins Blick war amüsiert. »Sie zeigen Nerven, Delacre. Offen gestanden, das hätte ich von Ihnen nicht erwartet.«

»Nun ja, in Anbetracht der Tatsache …«

»… dass nebenan ein toter Präsident liegt?«, führte Franklin den Satz gefühlskalt zu Ende. »Haben Sie etwa Angst, Delacre? Vor diesem Jungen?«

»Dieser Junge«, sagte der andere, auf den Bewusstlosen deutend, »ist ein wichtiger Augenzeuge, der alles ruinieren kann. Ihn am Leben zu lassen, ist nicht nur leichtsinnig, sondern auch höchst gefährlich.«

»Sie denken zu eindimensional, Delacre«, sagte Franklin und verzog die Lippen zu einem eisigen Grinsen. »Wir werden diesen Jungen einer Spezialbehandlung unterziehen. Wenn er aus dem Koma erwacht, wird er sich an nichts erinnern, und wir werden ihn glauben machen, er wäre nie an der Dealey Plaza gewesen.«

»Und so etwas funktioniert?«

»Natürlich, Mr Delacre.«

»Aber aus welchem Grund? Warum wollen Sie ihn am Leben lassen? Weil er unschuldig in die Sache hineingeraten ist?«

Franklin grinste. »Für wie sentimental halten Sie mich? Wir werden dem Jungen einen Sender verpassen, sodass wir zu jeder Zeit über seinen Aufenthaltsort informiert sein werden. Ein Sender, der sich auch zu anderweitigen Zwecken einsetzen lässt.«

»Was für anderweitige Zwecke?«

»Das werde ich Ihnen verraten, wenn es so weit ist, Mr Delacre. Bis dahin richten Sie unseren gemeinsamen Freunden aus, dass alles in Ordnung ist …«

Subway-Tunnel Flushing Line
Gegenwart

»Franklin? Sind Sie das?«

Winston sprach den Namen des Arztes, der ihn damals in Dallas behandelt hatte, voller Unglauben aus.

»Es freut mich, dass Sie sich erinnern, Winston. Obgleich es für das Gelingen dieser Mission keinen Unterschied macht.«

»Welcher … welcher Mission? Wovon sprechen Sie?«

»Können Sie sich das nicht denken, Winston? Wissen Sie nicht längst, worauf all das hinausläuft? Warum wir Sie damals am Leben gelassen haben? Warum wir Sie all die Zeit beschützt und gehütet haben, obwohl Sie während der vergangenen vier Jahrzehnte ein ständiges Risiko waren, da es uns wider Erwarten nicht gelungen ist, Ihre Erinnerungen vollständig zu löschen? Ahnen Sie noch immer nicht, was der Grund für all das ist?«

»Nein«, behauptete Winston, obwohl ihm ein dunkler,

hässlicher Verdacht kam. »Sie werden schon Klartext reden müssen, Sie verdammter ...«

»Keine Beleidigungen!«, bat Franklin. »Stattdessen sollten Sie mir dankbar sein. Wäre ich nicht gewesen, wäre es Ihnen ergangen wie Kennedy damals – Sie hätten den 22. November 1963 nicht überlebt. Ich habe Ihnen mehr als vierzig weitere Jahre geschenkt – ein ganzes Leben, mit dem Sie leider nichts anzufangen wussten.«

»Ein Leben geschenkt«, sagte Winston spöttisch. »Für wen halten Sie sich? Für Gott? Was Sie mir geschenkt haben, war kein Leben, sondern nur die Illusion davon. Ich habe all die Jahre gefühlt, dass ein Teil davon nicht real ist. Dieses Gefühl hat mich fast in den Wahnsinn getrieben. Es hat mich meine Familie gekostet und in den Suff getrieben und ...«

»Ich weiß«, sagte der Doktor nur.

»Sie wissen es?«

»Natürlich, Winston. In all den Jahren haben wir Sie beobachtet und unsere schützende Hand über Sie gehalten. Inzwischen kennen Sie ja die Wahrheit – und sind dadurch zur Schlüsselfigur in unserem Plan geworden.«

»In welchem Plan?«, fragte Winston unsicher, nach dem Wagen mit der Bombe schielend.

»Kommen Sie, Winston. Sie ahnen es doch bereits. Sie wissen, was wir von Ihnen erwarten, oder?«

»Nein, verdammt noch mal, das weiß ich nicht!«

»Dann will ich es Ihnen erklären«, sagte Franklin gönnerhaft. »Während in jenen Novembertagen des Jahres 1963 der US-Präsident auf der Intensivstation des Parkland Hospital verschied, haben wir Sie einer kleinen Behandlung unterzogen und Ihrem Blutkreislauf eine hyperreagene Substanz zugesetzt.«

»Was?« Winston verstand kein Wort.

»Diese Substanz haben Sie ohne es zu wissen all die Jahre in sich getragen, Winston. Ein Nebenprodukt, das aus der Unsichtbarkeitsforschung hervorgegangen ist. Ist es nicht seltsam, dass einige der größten Entdeckungen der Menschheitsgeschichte aus Zufall zustande kamen?«

»Quatschen Sie keinen Bullshit, Mann!«, knurrte Winston. »Was soll das alles?«

»Diese Substanz, von der ich Ihnen erzähle – oder vielmehr die winzig kleinen reagenen Partikel darin –, wird von der Bioelektrizität Ihres Körpers gespeist und dadurch zu einem Sender, der von uns überall auf der Welt geortet werden kann. Bei entsprechender Überladung kann er allerdings auch eingesetzt werden, um einen gezielten Funkimpuls zu verstärken und ...«

»Shit!«, blaffte Winston in den Hörer. »Was erzählen Sie da?«

»Ich spreche von einem gezielten Energieimpuls, Winston – einem Energieimpuls, den Sie dank der Substanz in Ihrem Körper in wenigen Augenblicken weiterleiten werden und der den Zünder der Bombe betätigen wird. Durch die Implosion der den Plutonium-Hohlkörper umgebenden Sprengladung wird die Kettenreaktion ausgelöst, und es wird genau das geschehen, was Sie um jeden Preis verhindern wollten. Ist das nicht eine seltsame Ironie des Schicksals, mein guter Winston? Sie und kein anderer sind der Auslöser, der die Bombe hochgehen lässt.«

»Das ist doch verrückt, Mann!«, schrie Winston. »Dann werde ich einfach von hier abhauen! Ich verschwinde und schaffe zwischen mir und der Bombe so viel Abstand, dass überhaupt nichts passieren wird. Habt ihr das kapiert?« Er lachte hysterisch auf, denn natürlich ahnte er, dass seine Feinde diese Möglichkeit in Betracht gezogen hatten.

»Das hätte keinen Zweck, Winston«, bestätigte Franklin seine Befürchtung. »In der kurzen Zeit, die Ihnen bleibt, ist es unmöglich, sich weit genug von der Bombe zu entfernen. Oder halten Sie uns für so naiv?«

»Nein«, sagte Winston, zuerst leise und mit vor Fassungslosigkeit fast versagender Stimme. Dann noch einmal, laut und voller Verzweiflung: »Neeein!«

»Ich kann verstehen, dass Sie wütend sind. Aber tragen Sie es mit Fassung – Sie sind nicht der Erste, der uns zu bekämpfen glaubt und in Wahrheit genau das tut, was wir von ihm erwarten.«

»Warum?«, fragte Winston fassungslos. »Warum das alles?«

»Sehr einfach: damit niemand den Orden mit dem in Verbindung bringt, was gleich geschehen wird. Der Countdown zur Katastrophe läuft, mein guter Winston – und Sie sind der Täter …«

»Schneller! Lauft Schneller!«

Alex und ihre unsichtbaren Begleiter hetzten durch die Tunnelröhre, quer unter den Straßen von Midtown hindurch, die sich von der Haltestelle Central Station nach Westen erstreckte. Durch einen Wartungsschacht waren die ungleichen Gefährten eingestiegen und rannten, so schnell sie konnten, wissend, dass es auf jede Sekunde ankommen konnte.

Winstons GPS-Signal war zuletzt aus diesem U-Bahn-Schacht gekommen. Da sich nun sowohl Sender als auch Empfänger unter der Erde befanden, war eine Ortung nicht mehr möglich. Alex, Ismael, Harker und Jekyll konnten also nur hoffen, dass sie nicht zu spät kamen, um dem Freund beizustehen.

Der Tunnel beschrieb eine leichte Biegung, um die sie atemlos bogen – um sich unvermittelt einer grotesk anmutenden Situation gegenüberzusehen.

Sie erblickten Winston, der an der Tunnelwand stand, den Hörer eines Servicetelefons in der einen, eine Pistole in der anderen Hand. Und sie sahen die Bombe.

Auf der Hebebühne eines Wartungswagens thronte sie,

ein fettes rundes Gebilde mit bedrohlich schimmernder Oberfläche.

Alex und ihre Begleiter begriffen sofort, dass etwas vorgefallen sein musste. Abrupt blieben sie stehen und starrten ihren Freund an, der mit kreidebleichen Zügen und wie versteinert dastand. Atemlos und mit einem Gesichtsausdruck, der zwischen Entsetzen und Unglauben schwankte, lauschte er in den Hörer.

»Winston!«, rief Alex. »Was ist hier los?«

»Es … es ist vorbei, Honey«, entgegnete der ehemalige Polizist stockend. »Es hat keinen Sinn …«

»Was hat keinen Sinn?«, fragte Ismael. »Mit wem sprichst du da? Wer ist am Telefon?«

»Widerstand zu leisten hat keinen Sinn«, beantwortete Winston nur die erste Frage; die anderen beiden schien er nicht einmal gehört zu haben. »Es ist bereits beschlossen … Sie hatten all dies geplant …«

»Was, Winston? Was haben sie geplant?«

Winston sandte ihnen einen verzweifelten Blick, und es erschütterte Alex, als sie in den Augen des hartgesottenen Ex-Ermittlers Tränen blitzen sah. »Wir hatten nie eine Chance, Freunde. Wir können die Katastrophe nicht verhindern. Sie sind uns einen Schritt voraus. Ich bin der Auslöser, versteht ihr?«

Ratlos blickte Alex in die mutmaßliche Richtung ihrer Begleiter, die sie nicht sehen konnte, da sie die Spezialbrille wegen des in der Röhre herrschenden Halbdunkels abgenommen hatte. Was Winston sagte, ergab keinen Sinn. Er stand unter Schock, das sah man ihm deutlich an, und schien nicht zu wissen, was er sagte.

»Harker, Jekyll«, wies Ismael seine Leute an, »nehmt euch die Bombe vor. Unterbrecht die Stromzufuhr zu den Zündern.«

»Gebt euch keine Mühe«, sagte Winston tonlos. »Es gibt keine Stromzufuhr. *Ich* bin der Auslöser, versteht ihr nicht?

Sie haben mir etwas eingepflanzt oder in mein Blut gegeben oder was auch immer – etwas, das den auslösenden Impuls überträgt und mich zum Massenmörder macht!«

»Nein«, hauchte Alex entsetzt, während Winston den Hörer losließ, der am Kabel hin und her schaukelte.

Der Ex-Cop starrte Alex an, die er als Einzige seiner drei Kameraden sehen konnte, dann zuckte es auf einmal in seinen müden Zügen. »Die Stromzufuhr zu den Zündern unterbrechen …«, wiederholte Winston murmelnd. »So stoppt man eine Bombe, nicht wahr?«

»Ja«, bestätigte Ismael. »Warum?«

Winstons Blick begegnete dem von Alex. Für einen kurzen, dennoch endlos scheinenden Augenblick glaubte sie, darin unausgesprochenes Bedauern zu lesen, eine Entschuldigung für etwas, das er nicht – noch nicht – getan hatte. Dann war dieser Moment vorbei und Winston handelte.

Obgleich er unter Schock stand, hatte er das Gefühl, noch nie zuvor in seinem Leben so klar bei Verstand gewesen zu sein wie in diesem Moment, in dem alles Sinn zu ergeben schien.

Die Träume, die ihn verfolgten, die Trennung von Lorna und den Kindern, die Einsicht, dass die Welt nicht schwarz und weiß war, sondern voll grauer Schatten – all das gipfelte in der Erkenntnis, dass Winston Seymour keineswegs so machtlos war, wie Franklin ihn glauben machen wollte.

Er hatte das Gefühl, als hätte sein ganzes Leben auf diesen Augenblick hingeführt, als dienten alle Erfahrungen, die er je gesammelt hatte, nur dazu, in diesem einen Moment die richtige Entscheidung zu treffen.

Und Winston traf seine Entscheidung!

Die Stromzufuhr unterbrechen …

In einer einzigen fließenden Bewegung riss er die Pistole hoch, presste sich die Mündung gegen die Schläfe …

Und drückte ab.

Als Alex' entsetztes »Neeein!« durch den Subway-Tunnel gellte, war er bereits tot.

Winston Seymour brach auf den Schienen zusammen, direkt vor der Bombe, die er hatte auslösen sollen.

»Was ist passiert?«, drang leise eine hysterisch kreischende Stimme aus dem noch immer hin und her baumelnden Telefonhörer. »Winston ...?«

Während Alex zu Winston eilte, der blutüberströmt auf dem Schotter lag, rannten Harker und Jekyll zu der Bombe, und Ismael schnappte nach dem Telefonhörer.

»Wer immer Sie sind, Sie haben einen Freund von mir in den Tod getrieben«, schrie er hinein. »Winston Seymour hat sich gerade selbst erschossen!«

»Dieser Narr!«, zeterte es aus dem Hörer. »Dieser unglaubliche Narr! All die Jahre der Vorbereitung! All meine Bemühungen! All meine Pläne ...«

In diesem Moment begriff Ismael.

Winston hatte nicht etwa aus Verzweiflung gehandelt, sondern weil es der letzte verbliebene Ausweg gewesen war.

Was auch immer er in sich gehabt hatte, dessen die Gegenseite sich hatte bedienen wollen, es hatte in dem Augenblick aufgehört zu wirken, da Winston Seymours Leben erloschen war. Ebenso wie die Unsichtbarkeit musste es offenbar von physisch erzeugter Energie aufrechterhalten werden. Durch sein selbstloses Opfer hatte Winston im letzten Moment die Katastrophe verhindert – und Millionen von Menschen das Leben gerettet!

»Sind Sie das, Franklin?«, fragte Ismael leise und voll innerer Genugtuung.

»Meine Pläne ... meine Forschungen ...«, drang es verstört aus dem Hörer.

»Wie es aussieht, hat Ihr Plan nicht funktioniert, Doktor«, versetzte Ismael mit verbissener Freude. »Sie werden sich vor Ihren unsichtbaren Freunden wohl dafür verantworten müssen – und Sie dürfen mir glauben, dass der Orden mit Versagern nicht gerade zimperlich umgeht!«

»Das … das kann nicht sein!«, stotterte die Stimme eines alten Mannes, der kurz davor schien, den Verstand zu verlieren. »Ich … ich habe alles vorausberechnet, jede mögliche Planabweichung mit einkalkuliert …«

»Wenn es so ist, haben Sie ja nichts zu befürchten«, entgegnete Ismael mit grimmigem Lächeln – und beendete das Gespräch, indem er den Hörer auf die Gabel schmetterte. »Jekyll? Harker?«

»Die Bombe hat eine Reihe von Zündern, aber sie hat tatsächlich keine eigene Stromversorgung«, erklärte Jekyll. »Auf diese Weise wollte man wohl eine Entdeckung verhindern.«

»Frag mich nicht wie, aber wie's aussieht, war Winston die Flamme, die die Lunte abbrennen sollte«, fügte Harker hinzu. »Doch er hat diesen Bastarden gezeigt, dass er nicht ihr willenloses Werkzeug ist.«

»Das hat er«, stimmte Ismael zu. Dann ging er zu Alex, die noch immer auf den Schienen kauerte, Winstons Leichnam in den Armen und Tränen in den Augen.

»Komm«, sagte er und berührte sie sanft an der Schulter. »Wir müssen hier weg sein, ehe die Polizei eintrifft.«

»Er … er hat … hat sich erschossen«, würgte Alex unter Tränen hervor. »Einfach so …«

»Nicht einfach so«, korrigierte Ismael. »Er hat es getan, um uns alle zu retten.«

»Aber er … er …« Der Rest von dem, was Alex sagen wollte, wurde von Tränen erstickt. Die Trauer und der Schock über den Selbstmord des Freundes überwältigten sie, und es war keine andere als Mina Harker, die ihr mit unsichtbaren Händen unter die Arme griff und ihr aufhalf.

Gemeinsam verließen sie den Tunnel.

Keiner von ihnen blickte zurück.

Der Entschärfungstrupp des FBI traf kurz darauf im U-Bahn-Tunnel ein.

Von der jungen Frau, die den Notruf gewählt hatte, fehlte jede Spur, dafür fanden die Special Agents den Leichnam von Winston B. Seymour, und auf dem Wartungswagen, der nur wenige Schritte von dem Toten entfernt auf den Schienen stand, befand sich ein kugelförmiger Behälter.

Wie die spätere Laboranalyse ergab, enthielt der Behälter 21 Kilogramm waffenfähiges Plutonium, das zum Hohlkörper angeordnet und mit herkömmlichem Sprengstoff ummantelt war – eine primitive, aber funktionsfähige Atombombe, deren Konstruktion den Spezialisten allerdings Rätsel aufgab. Denn um die elektrischen Zünder auszulösen, die um den Kugelkörper verteilt waren, wäre eine Stromquelle nötig gewesen, die allerdings fehlte. Wie also hätte die Bombe jemals gezündet werden sollen?

Bei der gerichtsmedizinischen Untersuchung stellte sich heraus, dass Winston Seymour zweifelsfrei Selbstmord begangen hatte. Aus der Konstruktionsweise der Bombe sowie aus der Rolle, die der ehemalige Polizist beim zuvor ausgelösten Großalarm gespielt hatte, zogen die Ermittler des FBI ihre eigenen Schlüsse.

27.

»... ist der mit hohen Erwartungen verbundene New Yorker Gipfel heute mit einem feierlichen Schlussakt im Battery Park zu Ende gegangen, sodass es Zeit wird, ein Resümee zu ziehen. Was ist übrig geblieben von den hohen Zielen, die sich die Regierungschefs selbst gesteckt hatten? Konnten die Führer dieser Welt ihren eigenen Ansprüchen gerecht werden?

Man muss diese Frage, so fürchte ich, verneinen.

Obwohl eine Reihe von Beschlüssen gefasst wurde, die eine weitergehende Entschuldung von Drittweltländern zum Ziel haben und es Schwellenstaaten ermöglichen sollen, leichter und schneller zum westlichen Standard aufzuschließen, muss insgesamt festgestellt werden, dass der Weltgipfel den hohen Erwartungen in keiner Weise gerecht geworden ist. Zu viel wurde über die Fehler der Vergangenheit gesprochen, zu viel Zeit damit verschwendet, sich gegenseitig die Schuld daran zuzuweisen. Dem eigentlichen Ziel, diese Welt ein Stück friedlicher und sicherer zu machen, ist man nicht näher gekommen, wie nicht zuletzt ein erst heute bekannt gewordener Zwischenfall beweist.

Demnach wurde das New Yorker Gipfeltreffen bereits am ersten Tag vom Attentatsversuch eines offenbar geistesgestörten Mannes bedroht. Wie ein Pressesprecher des FBI heute verlauten ließ, plante ein erst seit kurzem pensionierter Sergeant der Detective Squad des New York City

Police Department namens Winston Benjamin Seymour mit einer Bombe aus eigener Fertigung einen Anschlag auf das UN-Gebäude. Über die Motive Winston B. Seymours, der als Reaktion auf das missglückte Attentat Selbstmord beging, ist nichts bekannt. Eine Gefährdung der Gipfelteilnehmer oder der Bevölkerung New York Citys habe jedoch zu keinem Zeitpunkt bestanden …«

Roger Hoffman
Kommentator auf CTNY Radio

Greenwood Cemetery,
25th Street and 5th Avenue, Brooklyn, New York
Eine Woche später

Es war ein regnerischer Tag.

Dunkle Wolken ballten sich über der Upper Bay zusammen und entluden sich in dünnen Fäden, die nicht abreißen wollten. Graue Schleier hatten sich über New York gebreitet, als würde die Stadt Trauer tragen, um einen ihrer tapfersten Söhne zu ehren.

Winston Seymour.

Alexandra Lessing fröstelte im kalten Wind, der über den Friedhof wehte, während sie aus einiger Entfernung der Begräbnisfeier beiwohnte, die dem Freund zu Ehren abgehalten wurde.

Alex hatte keine Gelegenheit gehabt, den beherzten Polizisten näher kennenzulernen, dennoch hatte sie sich ihm verbunden gefühlt, und sie glaubte zu wissen, zu welcher Sorte Mensch er gehört hatte: zu jenen Menschen nämlich, die einen festen Kodex haben, nach dem sie handeln, die niemals aufgeben und ihre Ziele unnachgiebig verfolgen, ganz gleich, wie hoch der Preis dafür letztendlich ist.

In Winstons Fall war dieser Preis das eigene Leben gewesen.

Über Jahre hinweg war er getäuscht worden, war er, ohne es zu wissen, eine Marionette des Ordens gewesen und hatte beim perfiden Plan dieser Verbrecher, die Weltherrschaft zu erringen, die entscheidende Rolle spielen sollen. Aber Winston hatte erkannt, was der Feind bezweckte, und indem er sein eigenes Leben geopfert hatte, hatte er die Fäden der Marionette durchschnitten. Zu Lebzeiten mochte er unwissentlich ein Diener des Ordens gewesen sein – im Tod jedoch hatte er sich von diesem dämonischen Feind befreit und dessen Pläne vereitelt.

Auch nach einer Woche wusste Alex noch nicht, was sie darüber empfinden sollte. Trauer oder Genugtuung? Erleichterung oder Wut? Stolz oder Scham? Vermutlich war es von allem etwas, das ihr die Tränen in die Augen trieb, als der Reverend ein letztes Gebet sprach, ehe der Sarg mit Winston Seymours sterblichen Überresten ins Grab gesenkt wurde.

Es war eine kleine Trauergemeinde; nur einige ehemalige Kollegen vom 6. Revier waren erschienen, in Zivil, weil Winstons früherer Vorgesetzter Lieutenant Sutton das Tragen der Uniform bei dem Begräbnis eines mutmaßlichen Terroristen untersagt hatte. Alex entdeckte auch eine etwa fünfzig Jahre alte Frau unter den Trauernden, die in Begleitung ihrer Kinder erschienen war. Vermutlich handelte es sich um Lorna, Winstons Frau, der er, ohne es zu wollen, solch großen Schmerz zugefügt hatte, und um seine Kinder Judy und Sam, die er seit Jahren nicht gesehen hatte.

Ein innerer Drang erfüllte Alex, nach Beendigung der Feier zu ihnen zu gehen und ihnen die Wahrheit zu sagen, ihnen zu erklären, dass ihr Mann und Vater weder verrückt noch ein Terrorist gewesen war, sondern sich heldenhaft geopfert und dadurch die Welt vor einem dunklen Schicksal bewahrt hatte.

»Ich weiß, was du denkst«, sagte eine körperlose Stimme neben ihr. »Lass es.«

»Warum?«, fragte Alex, ohne ihren Blick von der Trauergemeinde zu lösen.

»Weil es sie zu Mitwissern machen und ihr Leben gefährden würde. Je weniger sie wissen, desto besser.«

»Aber sie halten Winston für einen Versager, für einen Säufer und noch Schlimmeres.«

»Die Menschen glauben, was sie glauben wollen, Alex. Hast du das noch immer nicht begriffen?«

»Doch«, antwortete sie traurig. »Aber ich hoffe, dass sich das ändern wird. Irgendwann ...«

Sie spürte, wie sich Ismaels unsichtbare Hand auf ihre Schulter legte, und diesmal empfand sie keine Furcht dabei. Es war die tröstende Berührung eines Freundes, der ihr zu verstehen gab, dass sie nicht allein war – auch wenn in ihrer Nähe niemand zu sehen war.

Sie bedachte Winstons Familie mit einem letzten Blick und nahm in Gedanken Abschied von dem Freund, den sie nur kurz gekannt und dem sie dennoch so viel zu verdanken hatte. Dann wandte sie sich ab und ging die Allee zwischen den schon weit entlaubten Bäumen entlang zum Ausgang des Friedhofs. Dort rief sie sich ein Taxi, in das sie freilich nicht allein stieg; es brachte sie und Ismael zurück zu dem Hotel in Midtown, in dem sie beide wohnten.

»Eigenartig«, meinte Alex, nachdem sie eine Weile schweigend am Fenster des Hotelzimmers gestanden und in die triste graue Straßenschlucht gestarrt hatte.

»Was meinst du?«

»Wie seltsam das Leben sein kann. Noch vor ein paar Wochen ahnte ich nichts von alldem – und nun weiß ich von Dingen, die mein Verständnis von dieser Welt völlig verändert haben. Was auch geschieht, ich kann nie mehr zurück.«

»Vermisst du deine Heimat?«, wollte Ismael wissen.

Sie nickte. »Ich habe dort viel zurückgelassen. Vor allem meine Freunde …«

»Du hast neue Freunde gefunden, oder nicht?«

»Ja, das habe ich«, stimmte sie zu und schickte ein Lächeln in die Richtung, in der sie ihren unsichtbaren Begleiter vermutete.

»Ich bin hier«, drang es entschuldigend aus der anderen Richtung.

»Natürlich.« Sie schüttelte den Kopf. »Das alles ist so …«

»… bizarr?«, riet er.

»Ein wenig«, gestand sie ihm. »Ohne dir und deinen Freunden zu nahe treten zu wollen, aber es ist für uns Sichtbare nicht einfach, für jemanden Freundschaft zu empfinden, den wir allenfalls als Wärmebild sehen können.«

»Das verstehe ich. Wäre es leichter, wenn ich für dich sichtbar würde?«

Ihre Augen wurden zu schmalen Schlitzen. »Kannst du das denn?«, erkundigte sie sich. »Sag bloß, du brauchst nur mit den Fingern zu schnippen und schon …«

»Ganz so einfach ist es nicht«, wehrte Ismael ab. »Aber es ist möglich – auch wenn wir es so gut wie nie tun.«

»Warum nicht?«

»Weil wir damit unser Innerstes offenbaren«, antwortete der Unsichtbare mit sehr ernst klingender Stimme – und Alex verstand.

Für einen gewöhnlichen Menschen war es in den meisten Fällen völlig normal, sein Gesicht zu zeigen; es war gewissermaßen eine Fassade, die man nach außen hin zur Schau trug und hinter der man Emotionen von frühester Kindheit an zu verbergen lernte. Bei den Unsichtbaren war es anders: Ihre Stimme war ihre Fassade, die sie der umgebenden Welt zeigten – ihr Aussehen jedoch war ihr innerstes Geheimnis und ihr Gesicht, das zu verstellen sie nie gelernt hatten, ein Spiegel ihrer Seele.

»Wir bezeichnen es als *revelatio*«, erläuterte Ismael. »Angehörigen des Ordens ist es bei Strafe untersagt und selbst unter den Anderen ist es nur unter engsten Vertrauten üblich. Aber wenn es dich tröstet und wenn du damit das Gefühl hast, nicht mehr allein zu sein, dann werde ich mich dir offenbaren.«

»Das ... wäre schön«, sagte Alex flüsternd.

Sie konnte hören, wie Ismael durch das Hotelzimmer ging und das Badezimmer aufsuchte. Als er zurückkehrte, hatte er Alex' Schminkzeug dabei, das er ihr reichte.

»Bitte«, sagte er und sie verstand.

Sie wählte einen dicken Pinsel und färbte ihn mit gesichtsfarbenem Make-up. Dann streckte sie die Hände aus, suchte nach Ismaels Gesicht. Sie fand es, und indem sie sanft den Pinsel darüber führte, wurde das Antlitz ihres Gefährten sichtbar.

Hohe, kantige Wangen kamen zum Vorschein, darunter ein schmaler Mund und ein markant geformtes Kinn. Eine schlanke Nase führte hinauf zu einer energischen Stirn. Was sie sah, waren die Züge eines etwa 35-jährigen Mannes, die einen sanften und milden Ausdruck zeigten und etwas von der Unschuld eines Kindes hatten.

Alex trat einen Schritt zurück, wie eine Künstlerin, die ein Bild gemalt hatte und es nun genauer betrachten wollte. »Ismael«, sagte sie und zum ersten Mal nach langer Zeit huschte ein wirklich ehrliches Lächeln über ihr Gesicht.

»Hallo, Alex«, sagte er und lächelte ebenfalls. »Schön, dass wir uns sehen.«

»Finde ich auch.«

Einen Augenblick standen sie einander gegenüber, dann brachen beide in Gelächter aus. Die Trauer und die Anspannung der letzten Tage und Wochen fielen von ihnen ab, wenn auch nur für einen kurzen Moment.

»Was wird nun werden, Ismael?«, fragte Alex, nachdem die Heiterkeit verflogen war.

»Nun«, erwiderte er, »der Orden ist noch immer dort draußen. Er wird auch weiterhin versuchen, die Menschen zu manipulieren und die Herrschaft zu erlangen. So lange, bis wir ihn endgültig zerschlagen haben.«

»Glaubst du, dass es uns je gelingt?«

»Ich weiß es nicht. Aber wir werden nicht aufgeben.«

»Ich habe Angst«, gestand sie ehrlich.

»Glaubst du, ich nicht?«

»Was, wenn dieser Kampf mehr fordert, als wir geben können? Wenn die Opfer zu groß werden?«

»Ich weiß es nicht, Alexandra«, entgegnete Ismael leise, und obwohl er es nicht gewohnt war, mit seinem Gesicht Empfindungen auszudrücken, zeigte seine Miene Beklemmung. »Ich weiß es nicht.«

»Halt mich fest«, verlangte sie mit einer Stimme, die zum Flüstern verblasste – und sie schloss die Augen und breitete die Arme aus. Ismael zögerte einen Moment. Dann trat er zu ihr und umarmte sie behutsam.

Alex genoss es, seine Berührung zu fühlen, die ihr ein wenig Trost und Zuversicht schenkte in einer kältestarrenden Welt, in der nichts so war, wie es schien. Und indem sie die Augen geschlossen hielt und mit Händen und Fingerspitzen seinen nackten Körper befühlte, hatte sie das Gefühl, ihn tatsächlich zu sehen. Nicht jene künstliche Maske, die die Schminke ans Licht gebracht hatte, sondern einen lebenden, atmenden, empfindenden Menschen, der die Zärtlichkeit erwiderte, die sie ihm schenkte.

Wie selbstverständlich fanden ihre Lippen zueinander und begegneten sich, ebenso wie ihre Körper, die sich verlangend aneinanderdrängten. Unterschiede existierten nicht in diesem Augenblick, sondern nur zwei menschliche Wesen, die allein und unsicher waren und die flüchtigen Schutz suchten vor dem Sturm, der möglicherweise bevorstand.

Vielleicht braute er sich bereits zusammen.

In diesem Augenblick.

An einem weit entfernten Ort …

EPILOG

Unbekannter Ort
Zur selben Zeit

Zwei scheinbar körperlose Stimmen, die sich in einem dunklen Raum unterhielten …

»Haben Sie die Analyse abgeschlossen?«

»Ja, Sir.«

»Und? Wie lautet Ihr Urteil?«

»Der Fehlschlag unserer New Yorker Operation war nicht vorherzusehen. Niemand konnte wissen, dass dieser Polizist seiner Programmierung zuwiderhandeln würde.«

»Niemand?«, fragte die eine Stimme, die alt klang und jemandem gehören musste, dem das Sprechen Mühe bereitete. Jemand, der für einen Moment innehielt, bevor er sagte: »Dennoch muss jemand dafür bestraft werden. Die Regeln des Ordens verlangen es.«

»Ich weiß, Sir. Aus diesem Grund habe ich bereits die Liquidierung des Projektleiters veranlasst.«

»Ohne mich vorher zu konsultieren?«

Die andere Stimme, die jünger und agiler war, lachte leise. »Ich wusste, wie Sie entscheiden würden, Sir.«

Die ältere Stimme klang böse: »Dennoch steht es Ihnen nicht zu, meine Entscheidungen vorwegzunehmen.«

»Nein, Sir. Natürlich nicht.«

»New York war ein schwerer Rückschlag. Eine Gelegenheit wie diese bekommen wir nicht so schnell wieder.«

»Ich weiß, Sir …«

Die alte Stimme seufzte schwer wie unter der Last von Jahrhunderten. »Die Zeit wird knapp, mein junger Freund, das sollten Sie nicht vergessen.«

»Nein, Sir.«

»Wurden die Daten aus Washington inzwischen ausgewertet?«

»Ja, Sir.«

»Und? Wie konnte es dem Eindringling gelingen, sich Zugang zu NAMIR zu verschaffen?«

»Indem er den Handflächenscanner benutzte«, gab der Jüngere zur Antwort.

»Den Handflächenscanner? Nur eine Handvoll Menschen auf diesem Planeten verfügt über eine Zugangsberechtigung.«

»Das ist mir klar, Sir – und ich bedaure, Ihnen mitteilen zu müssen, dass Ihre Vermutung richtig gewesen ist.«

»Meine Vermutung …« Wieder ein lang gezogenes Seufzen. »Das bedeutet dann wohl, dass Ratsmitglied 13 auf ebenso mysteriöse Weise zurückgekehrt ist, wie es verschwand.«

»Ja, Sir.«

»Und wir wissen nun auch definitiv, wer sich hinter dem Codenamen ›Ismael‹ verbirgt – kein anderer als Ihr alter Freund.«

»Ismael«, wiederholte die jüngere Stimme murmelnd. »Ich habe ihn nicht für derart theatralisch gehalten. Zudem ist der Name unpassend.«

»Inwiefern?«

»Im Roman jagte Ismael ein Monstrum und überlebte die Jagd. Dieses Glück wird seinem Namensvetter nicht zuteil.«

Zynisches Gelächter war zu hören, das in heiseres Keuchen überging. »Finden Sie ihn«, stöhnte die alte Stimme. »Finden Sie ihn und ziehen Sie ihn aus dem Verkehr. Wir können nicht dulden, dass er sich uns widersetzt.«

»Verstanden, Sir. Was ist mit der Deutschen?«

»Da der Feind in der Lage war, das Rätsel zu entschlüsseln, das wir ihm aufgegeben hatten, ist davon auszugehen, dass sie sich wieder auf seine Seite geschlagen hat.«

»Was soll mit ihr geschehen?«

Erneut ein Keuchen, das diesmal nicht enden wollte – das war Antwort genug.

»Ich werde mich um beide kümmern, Sir.«

»Ich verlasse mich auf Sie.«

»Ich weiß, Sir.«

Schritte waren zu hören, die sich leise entfernten. Dann öffnete sich zischend ein Schott und eine Säule aus blendendem kaltem Licht fiel in den Raum.

»Mr Gallagher?«

»Ja, Sir?«

»Ihr Vater wäre stolz auf Sie.«

Ein kurzes Zögern.

»Danke, Sir.«

Das Schott schloss sich wieder und sperrte das Licht aus, ließ die Kammer und ihren Insassen in Dunkelheit zurück, während sein Besucher den Lift nach oben nahm, in Rachegedanken versunken.

Eine Schlacht war verloren – der Krieg jedoch ging weiter. Der Orden der Unsichtbaren mochte einen Rückschlag erlitten haben, aber er war noch immer da und wirkte im Verborgenen, unbeachtet von den Menschen.

Er kontrollierte die Welt in ewiger Nacht.

Umgeben von der Stille der Tiefe.

ENDE

Jack Kerley

Den Wölfen zum Fraß

Thriller

Deutsche Erstausgabe

ISBN 978-3-548-26680-0
www.ullstein-buchverlage.de

Mobile, Alabama: Eine junge Reporterin wird auf brutale Weise ermordet. Der Mann, dessen Fall sie untersuchte, stirbt im Gefängnis an Gift. Bei einem Hochhausbrand kommt eine Prostituierte ums Leben. Die scharfsinnigen Ermittler Carson Ryder und Harry Nautilus, spezialisiert auf bizarre Fälle, glauben nicht an das Werk eines einzelnen Psychopathen.

»Kerley verfügt über einen unbändigen und wirklich grausigen Ideenreichtum, der einen wach liegen lässt – noch lange, nachdem man die letzte Seite umgeblättert hat.« *Kirkus Reviews*

UB431

ullstein

Bill Floyd

Im Auge der Finsternis

Thriller

Deutsche Erstausgabe

ISBN 978-3-548-26792-0
www.ullstein-buchverlage.de

Ninas Exmann Randall sitzt in der Todeszelle, überführt als Serienmörder. Mit dem siebenjährigen Sohn Hayden lebt Nina unter falschem Namen in einer fremden Stadt. Da lauert ihr eines Tages eines von Randalls Opfern auf – der Mann will Rache. Er bedroht Ninas Sohn und dann wird der kleine Hayden tatsächlich aus seiner Schule entführt. Während alle fieberhaft nach dem Kleinen suchen, werden die ersten Leichen gefunden – auf die für Randall typische Weise verstümmelt.

UB421

Nelson DeMille

Nachtflug

Roman

ISBN 978-3-548-26645-9
www.ullstein-buchverlage.de

17. Juni 1996: Vor der Küste von Long Island explodiert ein Flugzeug der TWA. An Bord befinden sich 230 Menschen auf dem Weg nach Paris. Alle finden den Tod. In einer offiziellen Verlautbarung wird ein technischer Defekt für den Absturz verantwortlich gemacht. Doch daran wollen John Corey und Kate Mayfield vom FBI nicht glauben …

»Eine reale Tragödie liefert DeMille die Vorlage für einen seiner besten Plots.« *Kirkus Reviews*

»Niemand schreibt derart packende, gut recherchierte Thriller wie DeMille.« *Gala*

ullstein

UB403